상속인들

상속인들

초판 1쇄 발행 2024년 12월 16일

지은이 이세희
펴낸이 장길수
펴낸곳 지식과감성⁵
출판등록 제2012-000081호

교정 한장희
디자인 오정은
편집 오정은
검수 정은솔, 이현
마케팅 김윤길, 정은혜

주소 서울시 금천구 벚꽃로298 대륭포스트타워6차 1212호
전화 070-4651-3730~4
팩스 070-4325-7006
이메일 ksbookup@naver.com
홈페이지 www.knsbookup.com

ISBN 979-11-392-2266-1(03810)
값 25,000원

- 이 책의 판권은 지은이에게 있습니다.
- 이 책 내용의 전부 또는 일부를 재사용하려면 반드시 지은이의 서면 동의를 받아야 합니다.
- 잘못된 책은 구입하신 곳에서 바꾸어 드립니다.

지식과감성⁵
홈페이지 바로가기

상속인들

이세희 지음

목차

1부 한 명의 인간으로부터...
1장. 어느 가장의 이야기 ·················· 8
2장. 두 아들 ·················· 32
3장. 또 다른 가족 ·················· 61
4장. 다짐 ·················· 91

2부 독립
1장. 이루어지지 않는 화합 ·················· 124
2장. 봉합하지 못한 균형 ·················· 149
3장. 각자의 울타리로 ·················· 187
4장. 우스운 인간의 꿈 ·················· 210

3부 가치관
1장. 본질 ·· 244
2장. 분신 ·· 277
3장. 일국삼공(一國三公) ···················· 309
4장. 화해 ·· 334

4부 불멸의 존재
1장. 사랑의 방식 ····························· 360
2장. 내리사랑 ·································· 388
3장. 진리의 열쇠 ····························· 414
4장. 혈육 ·· 440

작가의 말 ······································· 484

1부
한 명의 인간으로부터...

1장
어느 가장의 이야기

　실패와 좌절 따위는 없는 삶. 나아가 매일이 행복하고 나날이 나를 발전시키는, 그토록 완벽한 삶. 인간이라면 누구나 그런 삶을 살고 싶어 한다. 허나 안타깝게도 인간의 삶은 결코 완벽할 수 없다. 인간의 삶에는 필연적으로 실수와 후회, 자책이 따르기 때문이다.
　그럼에도 한 번뿐인 삶을 완벽하게 만들고자 노력하는 인간은 분명 존재한다. 그는 결코 허투루 시간을 보내지 않으며, 자신이 공들여 세운 계획 아래 빈틈없는 인생을 꾸려 나간다.
　이성재는 자신이 그런 삶을 살았다고 굳게 믿는 인간이었다. 아니, 실제로 이성재는 그런 삶을 산 인간이었다. 그 때문에 일흔이 가까운 나이가 된 지금까지, 이성재는 자신의 삶을 후회한 적이 단 한 번도 없었다.
　지금 눈앞에 앉아 있는 주치의의 말을 듣기 전까지는 말이다.
　"확실히, 암입니다."
　이성재의 주치의인 김정민이 모니터를 한참 동안 보더니 조금은 떨리는 목소리로 말했다.
　김정민. 그는 젊은 나이에 대학병원 교수로 임용될 정도로 실력과 재능을 겸비한 사람이었다. 그 덕분에 오십이 되기 전에 국내에서 손에 꼽히는 내과의사로 명성을 얻었다. 그러다 그는 더 늦기 전에 자신이 해야 할 일을 해야겠다는 결심을 했고, 예순이 되자마자 일선에서 물러나 조용히 제자 양성에 힘을 썼다.

이제 김정민이 직접 마주하는 환자는 얼마 되지 않는다. 누구나 이름을 아는 재계 인사, 자주 언론에 얼굴을 비추는 정치인, 혹은 중동 왕가의 후예 정도였다. 그리고 거기에는 이성재도 포함되어 있었다.

이윽고 김정민이 컴퓨터 모니터에서 눈을 뗐다. 그는 최대한 담담한 태도를 유지하기 위해 애썼지만 표정에 드러나는 침울함마저 감출 순 없었다.

"췌장암입니다. 췌장암은 다른 암에 비해 세포 성상이 빠른 편인데…."

그렇게 말하며 김정민은 이성재의 건강검진 기록과 추가로 검사를 받았던 정밀검사 기록을 떠올렸다. 확실히 암과 관련한 증상이 없었다. 김정민은 자신의 기억을, 정확히는 검사 기록이 보여 준 이성재의 건강 상태를 확신했다.

그러나 확신 따위가 대체 무슨 소용이란 말인가. 지금 김정민이 해야 하는 일은 눈앞의 이성재가 하루라도 빨리 치료를 받도록 권유하는 것이었다.

"췌장암은 다른 암에 비하면 치료하기에 어려운 점이 많은 건 사실입니다. 하지만 지금부터 치료를 잘 받으시면 문제없이 생활하실 수 있을 겁니다. 우선 통원치료를 받으시죠. 다른 곳으로 전이되거나 증상이 더 심각하면 입원 치료를 해야겠지만, 아직 그럴 필요는 없어 보이니 너무 걱정하지 않으셔도 됩니다."

말을 마친 김정민이 조심스레 이성재의 반응을 살폈다.

암 진단을 받은 사람들은 크게 두 가지 반응을 보인다. 자신이 왜 암에 걸렸는지 도통 이해하지 못한 채 얼굴이 새하얗게 질린 채 굳어 버리거나, 혹은 자신이 처한 상황을 인정하지 못해 격렬하게 화를 내거나. 김정민은 이성재가 보일 반응을 기다리며 조용히 침을 삼켰다.

그러나 김정민의 예상과는 달리 이성재는 놀라울 정도로 침착한 태도를 보였다. 그는 표정 하나 바꾸지 않은 채 묵묵히 김정민이 하는 말을 듣고만 있었다. 어떤 반응도 보이지 않는 이성재 때문에 김정민은 조금 당황했다.

"의원님. 먼저 가족들에게 진단 결과를 알리시죠. 그래야만…."

"나만 알고 있겠소."

석상처럼 조용히 앉아 있던 이성재가 단호하게 대답했다. 불안이나 공포, 초조함 따위의 감정은 전혀 느껴지지 않는, 평소와 크게 다르지 않은 말투였다.

"하지만 암은, 아니 모든 병은 가족들과 상의를 해야 합니다. 언제 무슨 일이 일어날지 모르니까요. 더구나 췌장암은…."

"방금 전까지는 잘 치료받으면 괜찮을 거라고 말했잖소."

이성재가 위압적인 태도로 되물었다. 김정민은 그만 입을 다물기로 했다. 이성재가 어떤 의미로 이렇게 말하는지 충분히 이해할 수 있었기 때문이다. 김정민은 알았다는 의미로 작게 고개를 끄덕였다.

"김 박사, 당신만 입조심하면 나의 병 따위 얼마든지 가족에게 숨길 수 있소."

위압적인 태도로 말을 잇던 이성재는 잠시 입을 다물었다. 이윽고 조금은 누그러진 목소리로 이성재가 물었다.

"그럼 난 얼마나 살 수 있는 거요?"

"벌써 그렇게 말씀하시면 안 됩니다. 치료에 집중하셔야지요."
"오래 살 수 있다는 말은 절대 안 하는군. 그럼 다음에 언제 오면 되는 거요?"
"일주일 뒤에 오십시오. 그때부터 치료를 진행하겠습니다."
"알겠소."
그게 끝이었다. 이성재는 곧장 자리에서 일어나 진료실 문 앞으로 뚜벅뚜벅 걸어갔다.
이성재는 평소 진료실에 들어올 때마다 아내 김무교를 꼭 대동했다. 그러나 오늘은 어째서인지 진료실에 이성재 혼자 들어왔다. 만약 이성재가 평소처럼 김무교와 함께 진료실에 들어왔으면 지금과는 분명 상황이 달라졌을 텐데. 김정민은 그리 생각하며 나지막이 한숨을 내쉬었다.
그런 김정민의 속내를 알아차리기라도 한 것인지, 돌연 이성재가 걸음을 멈추고는 김정민 쪽으로 몸을 돌렸다.
"다시 한번 말하지만 그 누구에게도 이 사실을 말하지 마시오. 내 나름대로 생각하는 부분이 있으니까."
이성재는 그렇게 말한 뒤 곧장 진료실을 나섰다. 찰칵, 하는 소리와 함께 문이 닫혔다. 홀로 남은 김정민은 잠시 고민했지만 결국 이성재의 말을 따르기로 했다. 이성재의 말을 무시하고 그의 가족들에게 사실을 알린다고 한들 달라지는 건 아무것도 없었기 때문이다.

* * *

진료실을 나와 병원 복도를 걷는 내내 이성재는 현실을 받아들이기 위해 노력했다. 김정민 앞에서는 내색하지 않았으나, 암 진단은 이성재에게도 몹시 큰 충격이었다. 그는 평소 자신의 식습관이 어떠했는지, 일상은 어떻게 보냈는지를 강박적으로 떠올렸지만 이내 부질없음을 깨닫고는 그만두었다. 그러고는 나지막이 신음했다.

 그렇다. 이제는 자신의 삶이 얼마 남지 않았다는 사실을, 그 잔혹한 진실을 이성재는 받아들여야만 했다.

 이성재는 떨리는 걸음을 바로 잡고 최대한 꼿꼿한 자세로 나아갔다. 그러면서 아내에게 전화를 했지만 아내는 연락을 받지 않았다. 진료실에 들어가기 전, 갑작스레 온 전화에 아내가 황급히 자리를 뜨던 모습이 문득 뇌리를 스쳤다. 어찌 보면 그 전화 덕분에 아내가 자신과 함께 진료실에 들어가지 못했으니, 차라리 다행이라고 이성재는 생각했다.

 이성재는 곧 주진혁에게 연락했다. 이성재의 집으로 출퇴근하는 운전기사인 그는 이성재가 전화하기 무섭게 곧장 전화를 받았다.

 "진료 끝나셨습니까? 바로 차를 대기하겠습니다."

 "그럼 정문에서 보지."

 주진혁과 통화를 끝내자마자 아내에게서 전화가 왔다. 휴대폰 너머로 아내 김무교가 조심스러운 어투로 말했다.

 "미안해요. 갑자기 모임에서 연락이 와서요. 당신 진료 끝났죠? 아직 진료실에 있어요?"

 "정문에 차가 있을 테니까 거기로 와요."

 김무교가 무어라 더 말하려고 했지만 이성재는 곧장 전화를 끊었다.

 평소에도 그는 아내에게 용건만 간단히 말할 뿐, 그 이상의 대화는 거의 나누지 않았다. 물론 이성재도 알고 있었다. 이토록 건조하고 차가운 자신의 태도가 심약한 아내에게 커다란 상처가 된다는 사실을 말이다.

 그럼에도 이성재는 결코 자신의 성격을 바꾸려 하지 않았다. 기실 그런 시도조차 하지 않았다. 오히려 아내 김무교가 이런 이성재의 성격과 태도에 맞추기 위해 각고의 노력을 기울이는 것이었다.

정문으로 나오자 주진혁이 기다리고 있었다. 이성재가 다가오자마자 신속히 자동차 뒷문을 연 주진혁은 이성재의 곁에 김무교가 없다는 사실에 의아한 표정을 지었다.

"사모님은 어디 가셨나요?"

"곧 올 테니 잠시 기다리지."

"알겠습니다."

이성재는 뒷좌석에 몸을 파묻고는 말없이 차창 밖을 바라보았다. 방금 진료를 보고 나온 병동 바로 옆에 암센터가 있었다. 근래에 지은 암센터는 다른 병동 건물에 비해 지극히 차갑고 선소한 인상을 주었다. 이성재는 저곳에서 암 치료를 받는 자신을 상상하며 몇 번이고 눈을 감았다 떴다.

그사이, 김무교가 차에 올라탔다. 그녀는 무릎에 가방을 올린 채 가볍게 숨을 고르고는 남편 이성재의 눈치를 살폈다. 이성재는 그때까지도 차창 밖의 풍경을 바라보는 데 여념이 없었다.

김무교가 야속하다는 투로 이성재에게 말했다.

"말도 없이 그냥 가면 어떡해요? 진료실에서 조금만 기다리시지. 그렇게 시간이 오래 걸리지도 않았는데."

"출발하지."

이성재는 김무교의 말을 가볍게 무시하고는 주진혁에게 지시했다. 고급스러운 검은 세단은 곧장 병원을 빠져나왔지만 늦은 오후인 탓에 병원 일대에 늘어선 차량이 많아 쉬이 움직일 수 없었다. 그 모습을 바라보던 김무교가 나지막이 혀를 차고는 기다렸다는 듯이 말을 쏟아냈다.

"이 시간대는 길이 너무 막혀요. 다음에는 조금 이른 시간에 진료 예약을 해야겠어요."

여전히 묵묵부답인 남편 이성재를 원망스럽게 쳐다보던 김무교가 이내 체념한 듯 한숨을 쉬고는 말을 이었다.

"그나저나 김 박사님은 뭐래요? 반년 만에 왔는데 얼굴도 못 봤네요. 안부 인사라도…."

"당신, 애들한테 연락해서 집에 오라고 해요."

이성재가 돌연 아내의 말허리를 끊고는 불쑥 말했다. 자신의 말에 대꾸조차 않고 오히려 고압적인 태도를 보이는 남편에게 화가 날 법도 하건만, 김무교는 그러지 않았다. 오히려 깜짝 놀란 표정을 지었다. 남편 이성재가 먼저 아들들을 찾은 적은 거의 없었기 때문이었다.

여전히 놀란 표정으로 김무교가 물었.

"갑자기 애들은 왜요?"

"이번에는 둘째도 반드시 참석하라고 해요."

김무교는 알았다, 라고 대답하는 대신 남편 이성재를 빤히 바라보았다. 뜬금없이 아들들을 집에 모이라고 하는 것으로도 모자라 오랜 시간을 집 밖에서 떠도는 둘째 이석진까지 오라고 말하다니. 뭔가 심상치 않은 일이 있음이 분명했다.

"당신 왜 그래요? 무슨 일 있어요?"

"내가 전에 말해 주었던 계획, 기억하고 있소? 이제 그 계획을 슬슬 준비해야겠어요."

"네?"

김무교는 이성재가 하는 말을 도무지 이해할 수 없었다. 그녀는 남편에게 무슨 말을 했었는지 물어보려다 이내 그만두었다. 남편이 했던 말 한

마디 제대로 기억하지 못하는 한심한 아내로 보이는 게 싫었다. 그리고 무엇보다 온 가족이 모이면 남편은 알아서 그 계획에 대해 말할 터였다.

사실 정말로 중요한 문제는 따로 있었다. 바로 둘째 이석진이었다. 김무교는 나지막이 한숨을 내뱉었다.

"석진이가 과연 올지 모르겠네요. 지금까지 내 연락을 받은 적이 없단 말이에요."

"혹시 막내한테는 물어봤소?"

"재진이요? 따로 묻지는 않았는데… 둘째와 막내가 서로 연락한대요?"

"둘째가 제 형이랑 연락할 녀석은 아니니까."

그 말에 김무교도 동의하는 뜻으로 고개를 끄덕였다. 둘째인 이석진이 장남 이상진과 사이가 좋지 않다는 사실을 모르는 사람은 아무도 없었으므로.

둘째 이석진은 가족들에게 말도 없이 훌쩍 떠나는 일이 잦았다. 그 때문에 짧게는 몇 주, 길게는 몇 달 동안 서로 연락을 주고받지 않았다. 정확히 말하자면 이석진이 일방적으로 가족들의 연락을 차단하는 것에 가까웠다.

"그래요, 막내한테 물어봐야겠어요. 그럼 언제까지 오라고 할까요?"

병원에서 멀어지자마자 자동차는 제 속도를 내기 시작했다. 빠른 속도였음에도 차는 부드럽고 안정적으로 움직였다. 이성재는 한동안 말없이 차창 밖을 지나치는 자동차들을 바라보다 무덤덤한 말투로 말했다.

"재산 때문에 부른다고 하면 알아서 들어오겠지."

김무교는 순간 귀를 의심했다. 남편이 대놓고 재산에 대해 말한 적은 지금까지 단 한 번도 없었기 때문이었다. 이성재의 갑작스러운 말에 주진혁 또한 저도 모르게 백미러로 뒷좌석을 흘끗 볼 정도였다.

그 말을 끝으로 이성재는 굳게 입을 다물었다. 사실 이성재는 일부러 재산에 대해 언급한 것이었다. 이 또한 이성재가 세운 계획 중 하나였고, 이제부터는 이 계획을 제대로, 효율적으로 실행하는 것이 무엇보다 중요했다. 자신에게 남은 시간이 얼마나 될지 알 수 없으므로 되도록 빠르게 움직여야 했다.

* * *

마침내 이성재는 아내와 함께 연희동에 있는 자택에 도착했다. 김무교는 집에 오는 동안 막내 이재진에게 연락해 둘째 이석진이 집에 와야 한다고 알렸다.

전화기 너머로 이재진이 놀란 말투로 물었다.

"아버지께서 형님을 찾으신다고요? 갑자기요?"

"석진이만 찾는 게 아니야. 모두 집에 모이라고 하시는구나. 그러니 네가 석진이에게 연락해 봐라. 그 녀석, 내가 연락하면 도통 받질 않잖니?"

"네, 어머니. 제가 둘째 형님에게 연락해 볼게요."

"급한 일이니까 되도록 빨리 오라고 연락해라. 그래도 안 되면 네가 석진이가 머물고 있는 곳으로 직접 가서 석진이를 데리고 와라."

김무교의 부탁은 막내아들에게 분명 무리한 부탁이었다. 김무교도 그걸 모르지 않았다. 허나 단순 통화나 메시지만으로 움직일 둘째 아들이 아니므로 김무교도 어쩔 수 없었다.

이재진도 어머니가 자신에게 한 부탁이 상당히 무리한 부탁이라는 걸 모르지 않았다. 하지만 이 집안에서 둘째 이석진에게 연락이 닿을 수 있는 사람은 오직 자신밖에 없다는 사실을 이재진은 잘 알고 있었다.

이재진은 일부러 밝은 목소리로 어머니에게 대답했다.

"알겠어요. 어떻게든 집에 데려올게요."

이성재는 아내가 막내와 대화하는 것을 잠자코 듣고만 있었다. 곧 주진혁이 뒷문을 열었다.

"도착했습니다, 의원님."

"고생했네."

이성재가 먼저 자리에서 일어났다. 차에서 내리자마자 큰 저택이 눈에 들어왔다. 단단한 돌로 만든 담벼락이 저택을 둘러싸고 있었다. 정문 옆에는 자동차가 들어가는 철문이 있었고, 그 안에는 고급 스포츠카가 한 대 주차되어 있었다.

담벼락 너머에는 있는 저택은 2층집이었다. 몇 년 전 보수공사를 한 덕분에 다른 저택과 달리 세련되고 우아한 멋이 있는 집이었다. 이 집의 안주인 김무교가 보수 공사에 유달리 신경을 많이 쓴 덕분이었다.

1층에는 거실이 훤히 보일 정도로 큰 창문이 달려 있었다. 남향에 위치한 덕분에 1층은 사시사철 따뜻한 햇볕이 들어왔다. 특히 높은 천장과 넓은 거실은 넉넉하면서도 아늑한 분위기를 연출했다. 때문에 이성재는 유달리 1층을 좋아했다.

2층은 아들들의 방이 있었다. 모두 세 칸이었는데, 첫째와 막내는 예전과 다름없이 본인들의 방에서 편하게 지냈다. 오직 둘째인 이석진만이 이 집에, 자신의 방에 없었다. 성인이 된 이후 이석진이 자신의 방에서 지내는 일은 거의 없었다.

2층집은 여섯 칸의 방이 있었고, 주변 집들과 비교해도 그 크기가 제법 웅장했다. 집으로 들어가는 길에는 관리가 잘 된 연못과 소나무가 자리 잡고 있었다. 연못에는 커다란 비단잉어들이 한가롭게 노닐었고, 소나무는 사시사철 푸른 잎을 자랑했다.

이성재는 이 모든 광경을, 이 저택의 모든 것을 하나하나 차근차근 눈에 담았다. 그에게 있어 이 집은 삶의 결과물인 동시에 이성재 그 자체였다.

이성재는 무척 파란만장한 삶을 살았다. 그를 아는 모든 이들이 인정할 정도로 그의 삶은 매 순간 고난의 연속이었다. 그는 경기도에 위치한 작은 시골 마을에서 태어났다. 그의 부모님은 말 그대로 찢어지게 가난했다. 가난하고 궁색한 살림은 가족 모두를 피폐하게 만들었다. 가족 구성원 모두가 오늘 벌어 오늘 먹고 사는 일에만 급급했다. 미래를 꿈꾸는 건 가당치도 않았다.

그러나 영민했던 이성재는 일찍부터 깨달았다. 이 지긋지긋한 가난에서 벗어나기 위해서는 누구보다 악착같이 노력해야 한다는 사실을 말이다.

이성재는 오직 스스로의 노력만으로 학업에 열중했다. 낮에는 집안일을 도우며 자기 몫을 다하는 한편 밤에는 집요할 정도로 공부에 열중했다. 어떤 일이든 성심성의껏 도맡아 푼돈을 모았고, 그렇게 모든 돈으로 간신히 서울에 있는 명문대에 진학할 수 있었다.

그렇게 꿈에 그리던 서울에 올라온 이성재는 이 거대한 도시가 온갖 쾌락과 유흥으로 가득 차 있다는 사실을 곧 깨닫게 되었다. 때문에 자신이 마음만 먹으면 언제든 쾌락과 유흥을 즐길 수 있는 환경이었지만 이성재는 오로지 공부에만 집중했다. 이유는 단 하나였다. 눈에 보이는 성과를 남들보다 빨리 내기 위해서였다.

그 과정에서 급변하는 서울의 흐름을 읽은 이성재는 뜻이 맞는 사람들과 의기투합했다. 그들과 함께 자본을 확보한 뒤 저렴한 토지와 건물을 사들였다. 그렇게 그는 젊은 나이에 큰돈을 만질 수 있었다. 나아가 이성재는 경제적 활동 외에도 사회적 활동에도 노력을 기울였다. 이성재는 비록 사교적인 성격은 아니었으나 그 누구보다 우직하고 성실했다. 나아가 세상을 냉철하게 분석할 수 있는 영민함과 판단력을 지니고 있었으므로 그의 주변에는 자연스레 사람들이 따랐다.

어릴 적 궁핍했던 시절을 지우고 새로운 삶을 이루기 위해 이성재는 말 그대로 뼈를 깎는 노력과 고통을 겪었다. 그 과정에서 김무교를 만나 가정을 이루었다. 이성재와는 비교할 수 없을 정도로 유복한 가정에서 자란 김무교였지만, 이성재가 지닌 능력과 야망을 높이 평가한 김무교는 그에게 빠르게 매료되었다. 덕분에 두 사람은 어렵지 않게 결혼할 수 있었다.

그러나 단란한 가정을 꾸렸다고 해서 이성재의 인생 계획이 끝난 것은 결코 아니었다. 그는 자신이 가진 자본을 투자해 자본금을 키웠고, 다시 그 자본금을 투자하여 나날이 자산을 불렸다. 주변 사람들은 이성재를 두고 투자의 대가라 평했지만 이성재에게 있어 투자란 자신의 계획을 이루기 위한 과정에 불과했다. 다만 이 경험 덕분에 이성재는 도시와 시장을 보는 능력을 인정받아 교수직을 얻을 수 있었다.

그러나 이성재는 안정적인 교수직에 만족하지 않았다. 그는 더욱 큰 사회적 명망을 얻기 위해 교수직에서 물러나 정치권에 도전했다. 그리고 마침내, 특유의 처세술과 능력을 인정받아 시의원까지 지내게 되었다.

고군분투. 본래 따로 떨어져 도움을 받지 못하는 처지의 군사들이 많은 적군과 용감하게 싸운다는 의미를 지닌 사자성어다. 그러나 지금은 남의 도움을 받지 않고 힘에 벅찬 일을 잘해 나가는 비유로 사용되기도 한다. 이성재는 자신의 삶을 표현할 때 이 사자성어를 유달리 즐겨 사용하고는 했다.

그런 이성재에게 있어 지금 사는 저택은 이성재가 고군분투하여 얻은 견고한 성이나 다름없었다. 김무교가 아내로서 인생을 함께한 동반자라면, 그의 2층 저택은 이성재라는 인물 그 자체를 보여 주는 상징과도 같았다. 내가 이 성을 얻기까지 얼마나 노력했는데, 이 성이 순식간에 무너진다고? 절대 그럴 수도 없고 그럴 일도 없을 거다. 이성재는 남몰래 주먹을 꽉 쥐며 생각했다. 이 성을 무너뜨리는 위협을 어떻게든 막을 것이다. 설사 그것이 암이라고 해도 말이다.

일흔을 바라보고 있는 이성재는 이제 더 이상 교수도, 의원도 아니었다. 게다가 그는 여전히 많은 자산을 보유하고는 있었지만, 그 자산도 언젠가는 자신의 손에서 벗어나게 될 것이었다. 그 때문에 그는 이미 재산 상속에 관한 계획을 면밀하게 세워 놓은 터였다.

허나 그 계획을 마음먹었던 것보다 더 빨리 진행하게 될 줄은 이성재 본인도 미처 알지 못했다. 그러나 도리가 없었다. 지금 이성재가 처한 처지를 생각하면 결코 미룰 수가 없었다.

물론 아들들이 자신의 계획을 순순히 따르진 않을 것이라 이성재는 짐작했다. 아들들은 모두 30대였고, 각자의 삶을 살고 있는 어른이었다. 어쩌면 아들 모두가 자신의 계획에 반발할 수도 있을 것이다.

그러나 이성재는 거기까지는 생각하지 않기로 했다. 그는 자신의 재산을 가족들에게 모두 상속해야 한다는 목표에만 집중하기로 했다. 오로지 그 목표에만.

* * *

마라도의 날씨는 여느 때처럼 화창했다. 구름 한 점 없는 푸른 하늘이 이석진의 머리 위에 굽이굽이 펼쳐져 있었다. 바닷바람이 다소 세차긴 했지만 간헐적인 바람이었으므로 나름 견딜 만했다. 수평선 가까이서 배들이 오갔다가 사라지는 모습을 바라보며, 이석진은 손에 든 풀잎을 가만히 흔들었다.

그는 오직 자신의 시간을 만끽하기 위해 일부러 휴대폰도 가져오지 않았다. 사실 마라도에 도착한 이후, 그는 거의 휴대폰을 보지 않았다. 이미 가까이 지내는 사람들에게는 자신이 한동안 연락이 되지 않을 것이라 알린 터였다. 그건 연인인 김연희에게도 마찬가지였다.

보통의 연인 사이라면 어느 한쪽이 한 달 가까이 연락이 없을 때 다른 한쪽이 크게 화를 낼 것이다. 그러나 김연희는 크게 신경 쓰지 않았다.

사실 이석진은 김연희 앞에서 자취를 감춘 적이 여러 차례 있었다. 그 이유도 가지각색이었다. 머리를 식히기 위해서, 사업을 정리하기 위해서, 혹은 아무런 이유 없이. 이러한 이석진의 행동을 기행으로 여기는 사람들도 많았다. 그때마다 이석진은 그들을 자신의 인생에서 가볍게 몰아냈다. 그 때문에 현재 이석진의 곁에는 그의 삶을 이해하는 사람들만 남게 된 지 오래였다. 연인 김연희를 포함해서 말이다.

그럼에도 여전히 이석진의 삶을 이해하지 못하는 사람들이 남아 있었다. 바로 그의 가족이었다. 그들은 가장 가까운 사이였지만 그럼에도 이석진을 전혀 이해하지 못했다. 아니, 가족들은 이석진을 이해할 생각 따위는 전혀 없어 보였다.

이번에 마라도에 들어올 때도 그는 동생 이재진에게만 그 사실을 귀띔했을 뿐이었다. 그나마 가족 중에서 이석진을 받아들이는 사람은 이재진뿐이었으므로. 다만 이재진에게도 정확한 행선지를 말하진 않았다. 간간이 이재진에게서 연락이 왔지만 이석진은 마라도의 아름다운 풍경에 매료된 나머지 동생에게서 온 메시지에도 거의 답장을 하지 않았다.

그러므로 호젓하게 바다를 바라보는 이석진에게 다가온 이재진이 잔뜩

화가 나 있는 상태인 것은 너무나도 당연한 일이었다.

"형님, 정말 너무하세요! 어떻게 연락 한 번 제대로 주지 않으신 거예요?"

골이 잔뜩 난 이재진이 언성을 높였지만 이석진은 딱히 당황한 기색을 내비치지 않았다. 그는 동생을 부드러운 눈길로 쳐다보고는 이내 자신의 옆자리를 두드리며 말했다.

"왔으면 여기 앉아서 바다 좀 봐라. 정말 장관이지 않아?"

"바다라면 이제 질렸어요. 어제도 아주 실컷 봤거든요. 저는 형님이 제주도에 있는 줄 알고 어제부터 제주도 이곳저곳을 실컷 돌아다녔단 말이에요."

이재진은 여전히 흥분을 감추지 못한 채 연신 말을 내뱉었다. 이석진은 말없이 그런 동생을 바라보았다. 아주 잠깐 마라도를 떠나 제주도로 가면 어떨까 고민했건만, 이미 동생이 여기까지 온 이상 자신의 계획은 뜻대로 되지 않을 것임을 이석진은 알 수 있었다.

이석진은 다시금 제 옆자리를 두드리며 이재진을 바라보았다. 이재진은 이곳에 혼자 온 듯 보였다. 어쩌면 제주도에서 이재진과 함께 온 사람들이 있을 수도 있겠지만, 이석진은 동생의 성격상 분명 이곳에 혼자 왔을 것이라 짐작했다.

"앉아서 바다 좀 보라니까. 제주도에서 보는 것과는 전혀 다르단 말이야."

"형님, 지금 이렇게 한가하게 있을 시간이 없어요."

동생의 채근에도 이석진은 단호하게 대꾸할 뿐이었다.

"서울로 돌아가고 싶어도 당장은 배가 없어서 못 나가. 그리고 너도 여기까지 오느라 힘들었잖아. 여기서 좀 쉬다 가자."

청바지에 티셔츠를 입은 자신과 달리 이재진은 고급스럽고 반듯한 정장에 잘 닦은 가죽구두를 신고 있었다. 아버지 이성재의 뒤를 이어 복지재단 이사장으로 활동하는 그에게 더할 나위 없이 잘 어울리는 복장이었다. 하지만 이곳 마라도와는 전혀 어울리지 않는 복장이기도 했다. 이석진은 동생이 서울에 급히 내려왔음을 알 수 있었다. 더불어 이재진이 자신을 만나러 온 이유 또한 자신의 예상에서 크게 벗어나지 않으리라 짐작했다.

그런 이석진의 마음을 아는지 모르는지, 동생은 또다시 형에게 투덜거리기 시작했다.

"이틀이에요, 이틀. 아니지, 정확히는 사흘이죠! 금요일 저녁에 제주도에 도착해서 저녁 늦게까지 돌아다녔으니까요. 어제도 마찬가지였죠. 형님이 있을 만한 곳은 모두 돌아다녔어요. 그런데도 형님을 찾을 수가 없었어요. 그래서 혹시나 하는 마음에 이곳에 왔는데, 이렇게 한가롭게 시간을 보내고 있을 줄은 꿈에도 몰랐네요."

"난 너에게 분명 남쪽 섬으로 간다고 말했는데."

"당연히 남쪽 섬이면 제주도를 생각하죠! 누가 마라도라고 생각하겠어요?"

"아무래도 재진이 넌 여행을 더 많이 다녀야겠다. 이 작은 나라에도 갈 곳이 얼마나 많은데."

농담을 던지듯 능청스레 말하는 형에게 질렸다는 듯, 재진이 고개를 절레절레 저었다.

"그 여행의 목적이 형님을 찾는 일이라면 무조건 사양하겠어요."

"그래도 나 덕분에 사흘 동안 제주도를 잘 구경했잖아. 안 그래?"

결국 참다못한 이재진이 한숨을 내뱉었다. 그런 동생을 보고 있자니 조금 미안한 감정이 드는 이석진이었다. 동생이 가족의 일이라면 불만 하나 없이, 거의 순종적이라고 해도 좋을 정도로 행동한다는 사실을 너무나도 잘 알고 있었기 때문이다.

이석진은 동생의 어깨를 다독이며 그의 기분을 풀어 줄까, 잠시 고민했지만 이내 그만두었다. 언제 화를 냈냐는 듯 더없이 밝은 얼굴로 동생이 바다를 보고 있었기 때문이었다. 불쾌하거나 화가 나는 일이 있어도 크게 마음에 담아두지 않는 게 바로 재진이 녀석의 매력이지, 그렇게 생각하며 이석진은 슬며시 미소 지었다.

크게 기지개를 켠 이재진이 조금은 여유를 찾은 투로 말했다.

"형님께서 여기서 지내는 이유를 알겠어요. 정말 좋은 곳이네요. 여기 있으면 잡념이 전부 사라지겠어요."

"무슨 힘든 일이라도 생겼니?"

"형님. 정말 여기서 지내는 동안 제 연락을 거의 확인하지 않으셨나 보네요. 정말 서운하지만, 이 아름다운 바다를 보며 여유롭게 지냈을 형님을 상상하니 다 이해가 됩니다."

그 순간 바닷바람이 세차게 불었고, 이재진은 흩날리는 머리를 정리하며 낮은 목소리로 본론을 말했다.

"아버지께서 가족 모두 모이라고 하셨어요."

"아버지가 직접?"

"네. 돌아오는 주말까지 모두 집으로 돌아오래요. 그래서 어머니가 형님께 연락을 했는데, 형님이 도통 연락이 닿지 않아 결국 제가 여기까지 온 거예요."

어머니가 동생을 이곳까지 보냈다는 사실을 알았음에도 이석진은 그저 시큰둥한 표정을 지었다. 사실 이석진은 부모님, 특히 어머니 김무교의 연락에는 일절 답하지 않았다. 물론 어머니는 그런 이석진의 행동에 몹시 서운해했지만 이석진은 딱히 신경 쓰지 않았다.

"어머니도 내가 연락을 안 받을 줄 알고 이렇게 널 보낸 거겠지."

이석진이 한숨을 내쉬더니 덧붙여 말했다.

"이럴 줄 알았으면 차라리 미국에 있을 걸 그랬다."

"그랬으면 제가 미국으로 갔겠죠. 생각만 해도 아찔하네요. 형님께서 여기 계신 게 오히려 저에게는 다행이에요."

"농담이야. 그나저나 아버지는 왜 우리를 모이라고 하시는 거지?"

"아버지께서는 별말씀 없으셨어요. 대신 어머니께서 말씀하셨는데, 재산 문제 때문에 그렇다고 하시더라고요."

"재산 문제 때문에?"

이석진은 저도 모르게 되물었다. 재산이라니, 조금 갑작스럽다고 이석진은 생각했다. 지금까지 아버지는 자식들 앞에서 재산에 대해 대놓고 말한 적이 없었다. 허나 조금 갑작스러웠을 뿐, 이내 이석진은 평소의 차분한 모습으로 돌아왔다.

다만 궁금한 점이 있다면 바로 형인 이상진의 반응이었다.

"혹시 형도 알고 있어?"

"물어보지는 않았지만 짐작하시는 듯했어요."

"혹시 너한테 무슨 말을 하지는 않았고?"

"아무 말도 없었어요. 대신."

"대신?"

이석진의 물음에 이재진이 조금 곤란하다는 듯 눈을 찡그렸다.

"알잖아요. 큰형님이 어떤 반응을 보이셨을지."

이석진은 더는 아무것도 묻지 않기로 했다. 자기 앞에서는 종종 솔직한 감정을 표현하는 동생이었지만, 부모님과 이상진에 대해서는 이토록 모호한 태도를 취하고는 했다.

 어쨌든 동생이 마라도까지 온 이상, 집으로 돌아가지 않겠다고 버틸 수도 없었다. 만약 버텼다간 이성재가 직접 마라도로 내려올 수도 있었다. 그건 정말이지, 상상만 해도 끔찍한 일이었다.

 이석진이 자리에서 일어나자 이재진이 그를 따라 고개를 들었다.

 "어디 가시려고요?"

 "집에 가야지. 다음 배 시간에 맞춰서 바로 출발하자. 아직 여유 있어."

 "하지만 가족 모임은 다음 주에나 한다고…"

 "가서 미리 인사드려야지. 내가 지금 서울에 있다는 걸 아셔야 아버지나 어머니도 한시름 놓지 않으시겠어?"

 이석진은 그렇게 말하고는 빠르게 펜션으로 향했다. 이재진도 곧 형을 뒤따랐다. 이재진이 걸을 때마다 구두 소리가 탁탁거리며 짧게 울려 퍼졌다. 그 규칙적인 소리에 맞춰 이석진은 서울에 가면 무엇을 해야 할지 차근차근 계획을 세워 나갔다. 설령 계획이 바뀌는 한이 있더라도, 우선 예상할 수 있는 상황에 대비는 해야 했다.

* * *

 마라도에서 출발했을 때는 이른 오후였건만, 서울에 도착하니 어느덧 달이 훤히 뜬 저녁이었다. 이재진은 서울로 올라오는 내내 잠만 잤다. 이석진은 그런 동생을 억지로 깨우지 않았다. 자신이 자리를 비운 동안 분명 동생에게는 여러 일이 있었을 것이고, 그 때문에 동생은 무척 피곤하고 고단했을 터였다.

이석진의 예상대로 이재진은 혼자 마라도까지 왔고, 그건 무척이나 이재진다운 행동이었다. 이재진은 다른 사람에게 도움을 요청하느니 자신이 고생하고 힘든 쪽을 기꺼이 선택하는 사람이었으니 말이다. 물론 그런 동생을 이해하는 것과 가족들의 말을 따르는 것은 이석진에게 있어 전혀 별개의 문제였다. 이석진은 지금까지 늘 그렇게 생각했고. 앞으로도 그렇게 생각할 작정이었다.

서울에 들어오는 동안 두 사람은 이재진의 차로 이동했다. 점점 익숙한 길이 나왔고, 이석진은 대뜸 내비게이션에 새 주소를 찍고는 말했다.

"집으로 가기 전에 잠깐 여기로 가자."

이재진은 형이 알려 준 장소로 순순히 이동했다. 이재진이 모는 세단은 막힘없이 매끄럽게 이석진이 말한 상소로 노착했다. 그렇게 도착한 곳은 서울 시청역에 있는 5성급 호텔이었다.

호텔 앞에 도착한 이재진은 당황한 기색을 숨기지도 않고 말했다.

"형님. 여긴 호텔이잖아요."

"응, 나는 여기서 지낼 거야."

"집에서 지내시는 게 아니었어요? 왜 굳이 호텔에서 지내려고 그러세요?"

"잠깐만 기다려."

이석진은 대답 대신 차에서 내려 곧장 프런트로 향했다. 우선은 일주일 동안 이곳에서 지낼 거라 직원에게 말한 뒤, 그는 자신의 짐을 배정받은 방으로 옮겨 달라고 부탁했다.

일사천리로 모든 절차를 끝내고 차로 돌아온 이석진을 바라보며 이재진은 혼란스러운 표정을 지었다. 한참이나 움직일 생각을 하지 않는 동생을 보다 못한 이석진이 결국 입을 열었다.

"이제 출발해도 돼."

"형님. 다시 생각하시면 안 될까요? 저는 아직도 형님이 이해가 되지 않아요."

"마라도에서도 내가 말했잖아. 나는 단지 부모님께 인사를 드리려고 서울에 올라가는 거라고. 다음 주 모임까지 호텔에서 지낼 거야. 내가 여기서 지낸다는 건 재진이 너만 알았으면 좋겠어. 부모님께는 말하지 마. 당연히 형에게도 말하면 안 돼."

이재진은 여전히 하고 싶은 말이 많은 표정이었지만 입을 꾹 다물었다. 어차피 무슨 말을 해도 형의 고집을 꺾을 순 없을 터였다. 이재진은 한숨을 몰아쉬고는 이내 운전을 시작했다.

이석진이 지내기로 한 호텔은 저택까지 자동차로 30분 정도밖에 걸리지 않았다. 집 앞에 도착하자 이석진은 그제야 자신이 서울에 올라왔다는 사실을 실감했다.

집으로 들어가자 은은한 불빛이 마당을 밝히고 있었다. 마당에는 작은 연못이 있고 소나무가 심겨 있었는데, 특히 소나무는 아주 오래전부터 이 자리를 지키고 있었다. 이석진이 학교에 입학하기 전부터 있었으니 소나무의 나이는 분명 이석진보다 훨씬 많을 것이다.

이석진이 소나무를 바라보며 잠시 추억에 잠기려는 찰나, 그를 부르는 목소리가 들렸.

"생각보다 빨리 오셨네요. 모임에 맞춰서 오실 줄 알았는데."

목소리가 들리는 쪽으로 고개를 돌리자 아버지 이성재의 비서실장인 김주현이 서 있었다. 이석진보다 조금 더 큰 키에 몸에 달라붙는 정장을 입은 그는 안경 너머 날카로운 눈으로 이석진을 노려보고 있었다. 김주현이 자신을 불편하게 여긴다는 사실은 진작부터 알고 있었으므로, 이석진은 김주현을 무시한 채 자리를 뜨려고 했다.

그런 이석진에게 김주현이 차가운 말투로 물었다.

"짐은 없습니까? 빈손으로 여행을 떠나지는 않았을 텐데요."

"호텔에 두고 왔습니다. 여기 오기 전에요."

이석진 역시 차가운 말투로 응수했다. 김주현이 못마땅하다는 듯 안경을 추어올렸지만 이석진은 묵묵히 발걸음을 옮겼다.

김주현은 이석진을 뒤따라가려다가 뒤이어 오는 이재진을 발견하고는 정중하게 인사했다.

"고생 많으셨습니다, 이사장님."

"잘 지내셨어요, 실장님? 아버지는요?"

"안에 계십니다. 제주도까지 나녀오시느라 많이 피곤하시죠?"

"마라도까지 다녀왔어요. 설마 형님이 마라도에 계실 거라곤 상상도 못해서 제주도만 계속 돌아다녔는데! 하지만 드디어 만났지요!"

이재진의 말에 김주현이 눈을 크게 치켜뜨고는 일부러 큰 소리로 말했다.

"석진 씨는 도통 무슨 생각을 하며 사는 건지 모르겠군요. 이렇게 가족들을 고생시키다니!"

노골적으로 불만과 적의를 드러내는 말투였다. 이재진은 그저 난처한 미소만 지어 보였다. 이석진은 그런 김주현을 가뿐히 무시한 채 집 안으로 들어섰다. 지금 이석진에게 중요한 건 김주현의 날 선 반응 따위가 아니었다.

넓은 거실에는 소파가 중앙에 놓여 있었고, 한쪽 벽면에는 진열장이 놓여 있었다. 진열장 안에는 고급 양주와 그릇, 찻잔 세트가 정갈하게 놓여 있었으며, 다른 쪽 벽면에는 커다란 텔레비전과 고급 오디오 세트가 설치되어 있었다.

어머니 김무교는 거실 소파에 앉아 잡지를 읽고 있었다. 그녀는 이석진을 보고는 "어머나!" 탄식하며 잡지를 소파에 내려놓았다. 이석진은 그런 어머니를 향해 조용히 인사를 올렸다.

"다녀왔습니다."

"석진이 너, 지금까지 도대체 어디에 있었던 거니?"

"그냥 조금 쉬다 왔어요. 오늘은 인사만 드리려고 잠깐 들른 거예요."

"인사만 하려고 잠깐 들렀다고? 대체 무슨 소리를 하는 거니?"

"다음 주 모임에 시간 맞춰서 올게요."

시종일관 덤덤한 얼굴로 말하던 이석진은 고개를 들어 아버지의 방을 노려보았다. 굳게 닫힌 문 너머에는 분명 아버지가 계실 것이다. 이석진은 조심스레 걸음을 옮겼다.

그러나 이석진이 미처 걸음을 다 옮기기도 전에 방문이 벌컥 열렸다. 예상대로 아버지 이성재가 모습을 드러냈고, 예상하지 못했던 장남 이상진이 아버지를 뒤따라 나왔다. 두 사람은 문 앞에 서 있는 이석진을 빤히 바라보았다.

이석진은 어머니에게 했던 것처럼, 아버지에게도 매주 건조하게 인사했다.

"다녀왔습니다."

그 모습에 기가 차다는 듯 장남 이상진이 헛웃음을 터뜨렸다. 이성재는 그저 둘째 아들을 무심한 얼굴로 쳐다볼 뿐이었다. 두 사람 사이에서는 그 어떤 말도 오고 가지 않았다. 뒤늦게 집 안으로 들어온 이재진은 차디찬 집안 분위기를 감지하고는 말없이 두 눈만 굴렸다.

드디어 가족이 모두 모였다. 그것도 예상보다 훨씬 더 일찍 모였다. 그러나 누구도 서로에게 다정한 안부를 묻지 않았다. 오직 무겁고 어색한 정적만이 집 안을 흐를 뿐. 이 서늘한 분위기를 깨기 위해서는 누군가 말을 해야 했지만, 어느 누구도 쉬이 말을 꺼내지 않았다.

이석진의 시야에 문득 가족사진이 들어왔다. 아버지 이성재가 환갑이 되었을 때 찍은 사진이었다. 고급스러운 의자에 앉아 있는 아버지 이성재와 어머니 김무교, 그들 뒤에 서 있는 이상진, 이석진, 이재진의 모습은 지금보다 10년은 더 젊은 모습이었다. 양쪽에 서 있는 이상진과 이재진은 각각 아버지와 어머니가 앉은 의자에 손을 올린 채 환한 미소를 짓고 있었다. 이석진도 미소를 머금고 있었으나 그들만큼 밝지는 않았다. 오직 아버지 이성재만이 웃지 않고 근엄한 표정으로 있었다.

사진 속 가족의 모습을 물끄러미 바라보며 이식진은 순간 묘한 감정이 들었다. 사진 속 가족과 지금의 가족은 무엇이 달라졌을까. 혹은 무엇이 여전할까. 이석진은 당장 알 길이 없었다. 다만 이 불편한 관계가 어느 순간부터 익숙해졌다는 사실만 알 뿐이다.

2장
두 아들

 모든 가정은 저마다의 상처가, 즉 타인에게 드러내고 싶지 않은 치부가 있다. 대부분의 사람들은 타인에게 제 치부를 드러내고만 가정을 불행한 가정이라 여긴다. 그러면서 자신들은 그들보다 행복하고 건강한 가정을 꾸렸다고 자위한다. 그러므로 불행한 가정사를 들은 사람들이 그에 대해 위로를 건네는 건 잘 차린 예의에 불과하다. 결국 사람들에게 있어 불행한 가정사는 불 건너 불구경과 다를 바 없기 때문이다.
 이석진은 연인인 김연희를 바라보다가 지그시 눈을 감았다. 만약 김연희에게 우리 가정사에 대해 이야기한다면 그녀는 어떻게 반응할까. 물론 이석진은 자신의 가족에 대해 김연희에게 말한 적이 없다. 얼마 전, 김연희가 자신의 친구 결혼식에 참석했다고 말하면서 넌지시 자신도 결혼하고 싶다는 의중을 내비치는 걸 본 뒤로 부쩍 이런 생각에 사로잡히게 된 것이다.
 "생각보다 빨리 서울에 와서 놀랐어. 한 달은 더 머무를 줄 알았는데."
 "일이 있어서 올라왔어."
 이석진의 대답에 김연희는 조용히 미소 지었다. 이석진은 그런 연인을 보며 과연 이해심이 넓은 사람이라고 생각했다. 김연희는 이석진이 연락도 제대로 하지 않은 채 몇 주, 길게는 몇 달 동안 어디론가 훌쩍 떠나는 일을 반복함에도 불구하고 단 한 번도 화를 낸 적이 없었다. 이번에 마라도에서 지내다 서울로 올라왔을 때도 그녀는 가벼운 포옹과 함께 따뜻한 미소를 지으며 그를 반겨 주었다.

언젠가 이석진은 자신의 행동이 서운하지 않느냐고 김연희에게 넌지시 물어본 적이 있었다. 그때 김연희는 그럴 수도 있다며 대수롭지 않다는 투로 대꾸했다. 이석진은 그 대꾸에서 묘한 위안과 안정감을 느꼈다.

이석진과 김연희는 몇 년 전, 두 사람 모두와 연이 있는 지인의 모임에서 만났다. 두 사람은 유학 경험이 있다는 사실과 예술과 문화에 흥미가 많다는 공통점을 계기로 급속도로 친해졌고, 얼마 지나지 않아 사귀게 되었다.

사귄 지 얼마 되지 않았을 때 김연희는 이석진에게 이렇게 말한 적이 있었다.

"각자의 일상과 삶이 있잖아. 이제 막 대학생이 된 애들도 아니고. 각자의 영역은 서로 존중해야지."

그리고 김연희는 자신이 한 말에서 한 치도 어긋난 행동을 보여 준 적이 없었다. 바로 지금처럼 말이다. 그 때문에 이석진은 김연희에게 최선을 다하였다. 가족 말고, 아니 가족보다도 최선을 다하는 사람이 있다면 그건 바로 김연희였다.

두 사람은 연희동에 운영하는 단골 바(BAR)에서 자주 만났다. 이성재의 저택에서 제법 거리가 있는 곳에 위치했는데, 이석진 말고는 아무도 모르는, 이석진의 아지트와도 같은 곳이었다. 이석진은 서울에 올 때마다 반드시 이 바를 찾았고, 그와 비슷한 나이의 바텐더이자 주인과도 좋은 친분을 유지했다.

10평 남짓한 바에는 다양한 술들이 진열되어 있었다. 다른 직원 없이 오직 사장이 손님을 응대했고, 손님이 아는 자리도 다인용 테이블을 포함해 20석이 채 되지 않았다. 이석진은 제법 오랜 시간 이 바를 드나들었지만, 딱히 손님이 많은 적은 없었다. 여러모로 이석진이 긴장을 풀고 편안하게 시간을 보낼 수 있는 공간다웠다.

실내에 감미롭게 흐르는 음악을 듣고 있자니, 이석진은 김연희와 함께하는 이 시간이 새삼 즐거웠다.

"여기서 자주 시간을 보낼 거야. 되도록 여기서 만났으면 하는데, 괜찮지?"

"좋아. 이 근방은 우리도 자주 왔었잖아."

이석진의 제안에 김연희가 밝게 고개를 끄덕였다. 김연희는 좋고 싫음을 확실히 표현하는 사람이었다. 만약 이석진의 제안이 마음에 들지 않았다면 그녀는 자신이 왜 이석진의 제안을 받아들일 수 없는지 분명히 대답했을 것이다.

바에는 두 사람만이 있었다. 늦은 저녁이었고, 테이블마다 놓인 조명이 은은하게 주변을 밝혔다. 두 사람은 진열장이 바로 보이는 자리에 앉아 대화를 나누었고, 주인은 두 사람이 편히 대화하도록 하기 위해 조금 떨어진 곳에서 조용히 컵을 닦고 있었다.

"가족들은 만났어?"

김연희가 평소 자주 주문하는 칵테일을 한 모금 마신 뒤 물었다. 이어 이석진도 얼음을 넣은 버번위스키를 마시고는 대답했다.

"지난 주말에 잠깐 인사만 드렸어. 이번 주말에는 가족 모임이 있고."

"그동안 별일 없었지?"

"응. 전혀 없었어."

거짓말이 아니었다. 마라도에서 돌아와 오랜만에 가족들을 만났던 그날, 이석진은 아버지에게 인사만 드리고는 곧장 집을 나왔다. 물론 아주 약간의 소동은 있었다.

아버지 이성재에게 인사를 하자마자 이석진은 곧장 나갈 채비를 했다.

"오늘은 돌아왔다는 인사만 드리려고 온 거예요. 다음 주에 시간 맞춰 찾아뵙겠습니다."

둘째 아들의 차가운 말에도 아버지 이성재는 가타부타 말이 없었다. 그저 특유의 딱딱한 태도로 아들을 바라볼 뿐이었다.

집에서는 편한 복장으로 있을 법하건만, 무섭도록 빳빳하게 깃을 세운 셔츠에 잘 정리된 카디건을 입은 이성재의 모습은 강직하고 위엄 있는 농시에 융통성이라곤 전혀 없는 사람처럼 보였다.

"다음 주에는 반드시 와야 한다."

이석진의 예상대로였다. 아버지는 아들을 붙잡지 않았다. 한 달 가까이 집 밖에서 시간을 보냈는데도 어디서 어떻게 지냈고 무엇을 했는지 캐묻지도 않았다. 이석진은 알겠다는 말만 하고 그대로 돌아섰다.

"애가 오랜만에 왔는데 그렇게 말하면 어떡해요? 얘, 석진아. 얼른 방으로 올라가."

어머니 김무교가 부자지간의 대화를 듣고는 깜짝 놀라 아들을 붙잡으려 했지만 이석진은 그런 어머니를 무시했다.

"형님!"

막내 이재진이 나서려고 했지만 그럴 수 없었다. 아버지 곁에서 이석진의 행동을 탐탁잖게 바라보던 이상진이 나섰기 때문이었다.

"그냥 내보내죠? 자기 발로 들어와서 자기 발로 나가겠다는데요. 뭐 한

두 살 먹은 애도 아니고."

노골적인 빈정거림이었다. 이석진은 형을 잠시 노려보았다. 두 사람 사이에 불편한 기운이 감돌기 시작하자 어머니 김무교가 서둘러 두 사람을 말렸다.

"너희 오랜만에 만났는데 정말 이럴 거니? 이제 그만해라."

"형님들, 그만하세요."

"이쯤에서 넘어가지요."

김무교의 말이 끝나기 무섭게 이재진이 이석진을, 비서실장 김주현이 이상진을 말렸다. 이상진은 허, 하고 어이가 없다는 듯 피식거리며 이석진을 빤히 쳐다보았다. 명백한 도발이었지만 이석진은 이쯤에서 멈추기로 했다. 더는 형을 마주하고 싶지도, 이 공간에 머무르고 싶지도 않았다. 이석진은 굳게 입을 다문 채 집을 나섰다.

"형님, 석진 형님!"

그런 이석진을 이재진이 애타게 불렀지만 이석진은 뒤도 돌아보지 않았다. 그게 지난 주말에 있었던 일이었다.

그리고 이번 주말, 이석진은 다시 가족들을 만나야만 한다. 사실 가족 모임에서 이상진과 또 마주쳐야 한다는 사실은 크게 신경 쓰이지 않았다. 어차피 이상진과는 늘 으르렁거리는 사이였으니까. 지금 이석진이 가장 신경 쓰이는 건 바로 가족 모임에서 아버지가 하게 될 말이었다.

혹시 형은 아버지에게 이미 무슨 말을 들은 게 아닐까, 이석진은 잠시 고민했었다. 그러나 아버지의 성격상 이상진에게만 따로 말을 했을 리는 만무했다. 만약 가족들에게 할 말이 있으면 가족들이 모두 보는 앞에서 공개적으로 말할 아버지였다. 그런 점에서 아버지는 무서울 정도로 공평한 사람이었다.

"정말, 별일 없었지?"

김연희가 조심스레 물었다. 이석진은 얼른 정신을 차리고는 연희에게 되물었다.

"그렇다니까. 왜, 무슨 일이 있었던 사람처럼 보여?"

"표정이 많이 심각해 보여서 말이야. 정말 괜찮은 거지?"

"괜찮아. 조금 신경 쓸 일이 좀 있어서 잠깐 딴생각을 하고 말았다. 미안해."

평소에는 표정을 잘 숨기는 편이었지만 형 이상진만 떠오르면 좀처럼 속에서 끓어오르는 분노를 감출 수가 없는 이석진이었다.

김연희가 걱정스러운 말투로 다시 물었다.

"무슨 일? 사업이랑 관련된 일이야?"

"그렇다고 할 수 있지."

김연희는 이석진을 한동안 물끄러미 쳐다보았다. 그녀의 똑 부러지는 성격만큼이나 이석진 또한 명확하고 정확한 말과 행동을 추구하는 사람이었다. 하지만 방금 전 대답은 이석진답지 않은 모호한 대답이었다.

계속해서 걱정하는 김연희를 향해 이석진은 한결 부드럽고 다정한 말투로 말했다.

"금방 끝날 거야. 조금만 기다려 줘."

그러고는 김연희의 손을 가만히 잡았다. 연인의 작은 손은 자신을 향한 걱정과 긴장 때문인지 조금 차가웠다. 이석진의 체온으로 점점 덥혀지는 자신의 손을 느끼며 김연희는 그제야 미소 지었다. 두 사람은 한동안 그렇게 말없이 서로의 체온을 주고받았다.

* * *

형제자매는 부모 자식과는 전혀 다른 관계다. 한 배에서 태어났음에도 불구하고 외모는 물론이요, 성격까지 다르다. 때로는 대립과 갈등을 반복하기도 하고, 때로는 그 누구보다 든든한 조력자가 되기도 한다. 이러한 모순적인 형제자매의 관계성은 성인이 되면서 차츰 둘로 나누어진다. 서로의 동반자가 되어 더욱 돈독해지거나 혹은 철천지원수처럼 돌이킬 수 없는 파국을 맞이하거나.

어머니 김무교에게도 물론 형제자매가 있었다. 그러나 이제는 설이나 추석, 연말이 되어서야 겨우 안부 인사가 오가는 사이가 되었다. 심지어 서로의 생일이나 기념일도 깜빡하고 지나가기 일쑤였다. 하지만 그렇다고 해서 서로 못 잡아먹어 안달인 사이는 결코 아니었다. 그저 각자 나이가 들기도 했고, 무엇보다 각자가 꾸린 가정이 단단해지면서 서로에게 소홀해졌을 뿐이다.

그러나 김무교의 두 아들, 이상진과 이석진은 단순히 나이가 들어 사이가 소홀해진 게 아니었다. 두 사람은 어린 시절부터 끊임없이 갈등을 일으켰다. 사실 이 문제는 누구 한 사람의 문제라기보다는 두 사람의 타고난 기질이 전혀 맞지 않아 빚어지는 문제라고 해야 할 것이다.

"그래, 상진이가 기름이라면 석진이는 물이지."

단순한 비유였지만 그만큼 두 사람의 성정을 잘 표현하는 비유이기도 했다.

이상진은 큰불처럼 활활 타오르는 성격의 소유자였다. 이상진은 아주 어린 시절부터 자신이 원하는 걸 반드시 이루어야만 직성이 풀리곤 했다. 만약 원하는 걸 이루지 못하면 무서울 정도로 격앙된 태도를 보였다. 그런 이상진을 어르고 달래는 일은 언제나 어머니 김무교의 몫이었다.

반면 이석진은 어린 시절에도 고집을 부린다거나 떼를 쓰는 일이 없었다. 게다가 말수도 극히 적었으며 잘 울지도, 잘 웃지도 않았다. 김무교는 혹시 이런 둘째 아들이 남들과는 조금 다른 아이는 아닐까 싶어 걱정한 적이 있었다. 그러나 이석진이 점점 성장해 갈수록, 그저 첫째 이상진에 비해 자기 생각을 쉽게 내비치지 않는 성격의 소유자라는 걸 깨닫게 되었다.

그러나 이런 둘째의 성정은 종종 김무교를 답답하게 했다. 둘째 이석진은 흐르는 물처럼 조용하고 곧은 성격인 동시에 얼음처럼 냉정했으며 끝끝내 속을 내비치지 않았기 때문이다.

"어쩜 이다지도 성격이 다른지."

거실 소파에 앉아 한참 동안 가족사진을 바라보던 김무교는 나지막이 중얼거렸다.

그녀는 지난 주말, 두 아들이 벌인 신경전을 다시 떠올렸다. 그러고는 이내 고개를 가로저으며 가족사진 속 아들들을 다시 바라보았다. 카메라를 바라보며 웃고 있는 두 아들. 같은 곳을 바라보며 함께 웃는 저 모습을 과거가 담긴 사진에서뿐만 아니라 지금 내 앞에서 보여 준다면 얼마나 좋을까! 그러나 그것이 부질없는 바람임을 김무교도 잘 알고 있었다.

저돌적이고 오만한 구석이 있었지만, 일찍부터 다른 사람이 자신을 따르게 하는 능력을 갖추었던 이상진은 자기만의 사람들을 만드는 데 열중했다. 그 때문에 중학생이 될 때까지 반장을 자주 도맡았다. 설사 반장을 하지 못해도 그 반의 실질적 리더는 언제나 이상진이었다. 또 어릴 때부터 체구가 남달라 어느 누구도 쉽게 그에게 덤비지 못했다.

그러다 중학교 졸업 직전, 이상진을 스포츠맨이 되고 싶다며 야구를 시작했다. 장남이 남다른 승부욕을 가졌다고 판단했던 김무교는 아들이 옳은 선택을 했다 여겼고, 그 선택을 기뻐하기까지 했다. 이성재 또한 큰아들의 체육계 진학을 크게 문제 삼지 않았다.

그렇게 이상진이 야구로 진로를 잡게 되면서 김무교의 관심은 자연스럽게 이석진에게로 향했다. 내심 집안에서 공부 잘하는 아들이 한 명 정도 있길 바라는 마음이 그녀에게는 있었다. 그 때문에 그녀는 이석진만큼은 형과 달리 학업에 집중하길 바랐던 것이다.

그러나 형에게만 집중되었던 관심이 자신에게 넘어오자 이석진은 전혀 예상하지 못한 모습을 보였다. 한창 예민해진 사춘기 시절, 이석진은 툭하면 어긋나는 행동을 보이는가 하면, 자주 신경질을 부렸다. 그럴 때마다 김무교는 아들을 애써 타일렀지만 소용없었다. 결국 아버지 이성재까지 나선 뒤에야 겨우 사태를 진정시킬 수 있었다.

그렇게 지독한 성장통을 거친 두 아들은 어느덧 장성했다. 이만큼 장성했으니 이제는 제법 관계가 개선될 줄 알았건만, 오히려 더욱 관계가 악화되고 말다니. 김무교는 지끈거리는 관자놀이를 문지르며 두 아들의 관계가 더욱 험악해진 건 언제부터인가, 곰곰이 생각해 보았다. 이상진이 야구선수를 그만둔 후? 아니면 이석진이 유학을 간 후? 그것도 아니면 둘 다 자신이 어른이 되었다는 걸 완전히 자각한 후?

아무튼 그 시기가 언제가 되었든 성인이 된 두 아들은 눈에 불을 켜고는 서로를 물어뜯기 시작했다.

물론 두 사람의 싸움은 사파리의 맹수들처럼 동물적이고 격렬하지는 않았다. 그러나 보는 사람으로 하여금 두 사람이 서로를 몹시 증오한다는 걸 단박에 알아차릴 수 있을 정도로 매섭게 싸웠다.

정말이지 어쩌다가 이 지경까지 온 것인지, 김무교는 끄응, 신음하며 이마를 부여잡았다.

"저 왔어요."

먼저 도착한 이상진이 어머니에게 인사했다. 먼 과거에서 지난 주말의 기억까지 더듬었던 그녀는 번뜩 정신을 차리고는 숨을 헉, 하며 내뱉었다. 어머니의 행동에 조금 놀란 이상진이 김무교를 내려다봤다.

"왜 그러세요? 어디 아프세요?"

"아니다. 조금 피곤할 뿐이야. 이것저것 신경 쓸 일이 많다 보니."

"가족끼리 모이는 자리인데 뭘 그리 신경 써요? 설마 그 녀석 온다고 이렇게 음식도 많이 준비한 거예요?"

이상진이 부엌 방향으로 코를 킁킁거렸다. 김무교는 이상진의 말이 끝나기 무섭게 아들을 노려보았지만 이상진은 전혀 신경 쓰지 않았다. 그런 아들을 계속해서 노려보며 김무교가 낮은 목소리로 말했다.

"이따 석진이도 오면 말하겠지만 너희 둘 다 조심해라. 오랜만에 가족끼리 만나는 자리니까 괜한 짓 하지 말고."

"그 녀석이 시건방 떨지만 않아도 그럴 일은 없죠."

"지난 주말처럼 행동하지 말라는 뜻이야."

"어머니도 참 괜한 소리! 알겠어요. 아버지는요?"

"방에 계신다. 다 모일 때까지는 안 나오겠다고 하셨으니까 너도 나중에 인사해라."

"아버지, 무슨 일 있으세요? 지난번에도 통 말씀이 없으시더니."

"언제는 말씀이 많으셨니?"

김무교는 자리에서 일어났다. 가족 모임까지는 아직 시간이 남아 있었다. 이재진은 이미 집에 도착해 가사도우미인 이희선의 부엌일을 도와주고 있었다. 김무교도 마지막으로 음식을 확인해야겠다는 생각에 부엌으로 걸음을 옮겼다. 그러다 문득, 큰아들을 돌아보며 의아하다는 투로 말했다.

"웬일로 오늘은 약속 시간보다 일찍 집에 도착했구나."

"그래도 가족끼리 만나는데 늦을 수 있나요?"

김무교의 물음에 이상진은 마치 왜 그렇게 당연한 걸 묻느냐는 투로 반응했다. 김무교는 더는 아무 말도 하지 않고 부엌으로 들어갔다. 큰아들의 평소 행실을 그 누구보다 잘 아는 김무교였기 때문이다.

"이따 모임 끝나면 바로 나갈 거예요. 선약이 있어서요."

이상진이 아무렇지도 않다는 듯 덧붙이는 말에 김무교는 그럴 줄 알았다는 듯 한숨을 내뱉었다. 그러나 더는 아무 말도 하지 않았다.

* * *

가족끼리 모여 식사를 할 때의 분위기란 크게 두 가지로 나뉠 수 있다. 하나는 화목하게 이야기꽃을 피우며 서로가 서로에게 각별한 관심을 드러내는 경우, 다른 하나는 눈앞에 놓인 그릇만 숟가락으로 긁을 뿐, 도통 대화라곤 없이 냉랭한 분위기만 흐르는 경우.

이성재 가족의 식사 자리는 후자에 속했다. 그렇다고 마냥 서먹하거나 싸늘한 분위기는 아니었다. 김무교와 이재진이 이따금씩 가족들에게 말을 건네면서 분위기를 풀기 위해 노력했기 때문이었다. 물론 두 사람이 그럴 때마다 이성재나 이상진, 이석진은 단답형으로 대답하고는 곧바로 식사에 집중했지만 말이다.

이들 가족의 식사 분위기가 처음부터 나빴던 건 아니었다. 이상진과 이석진, 이재진 세 형제가 아직 어릴 때만 해도, 적어도 세 형제가 학창 시절을 보낼 때만 해도 가족의 식사 자리는 제법 단란했다. 그러나 세 형제가 성장할수록, 그리고 이성재와 김무교가 점점 나이가 들수록 예전의 단란한 분위기는 점점 사라져 보이지 않게 되었다. 이제는 가족끼리 그토록 단란한 식사를 한 적이 있었단 사실이 오히려 어색하고 이상하게 여겨질 정도였다.

한결같은 사람이 있다면 바로 막내 이재진이었다. 그는 어떻게든 밝은 분위기를 만들고자 필사적으로 노력했다. 그는 두부가 들어간 맑은 된장국을 한 숟갈 떠먹고는 김무교를 향해 너스레를 떨었다.

"역시 어머니께서 만드신 된장국이 최고예요. 이따 한 그릇 더 먹어도 되지요?"

"얘도 참, 평소에도 자주 먹으면서 새삼스럽기는."

이재진이 식사 자리를 좋게 만들기 위해서 일부러 한 말이라는 걸 알면서도 김무교는 내심 기분이 좋았다. 식탁에 올라온 여러 음식들은 가사도우미인 이희선이 대부분 만든 것이었다. 김무교는 음식의 간만 조금 보는 정도로 그쳤는데, 그래도 된장국만큼은 자신이 만들겠다면서 손을 걷어붙였던 것이다.

"다들 많이 먹어요."

김무교는 그렇게 말하며 식탁 위의 반찬을 남편과 아들들이 있는 쪽으로 부지런히 옮겼다. 오랜만에 가족들이 모인 한 상은 마치 잔칫상을 방불케 했다. 오랫동안 삶아 야들야들해진 살코기로 가득한 갈비찜, 칼칼하고 얼큰한 국물에 비린내는 전혀 없는 붕어찜, 버터로 굽고 와인으로 향을 내서 풍미가 가득한 전복구이까지. 음식만큼은 누구보다 베테랑인 이희선이 솜씨를 유감없이 발휘한 덕분이었다.

그러나 열심히 먹는 이상진과 이재진과는 달리 이 집의 가장 이성재와 둘째 이석진은 좀처럼 음식에 손을 대지 않았다.

도통 제대로 식사를 하지 않는 이석진을 바라보던 김무교가 결국 참지 못하고 한마디를 했다.

"석진아. 좀 먹지 그러니. 오랜만에 너 온다고 준비한 음식들인데, 입에 맞지 않아?"

"아뇨. 정말 맛있습니다."

이석진이 무뚝뚝하게 대답했다. 그러나 그의 대답은 어머니 김무교가 아닌 이희선을 향한 대답이었다. 후식으로 내놓을 과일을 준비하던 이희선은 이석진의 말에 당혹스러운 표정을 지었다.

"밖으로만 싸도니까 입맛도 변했나 보죠, 뭐."

이상진이 일부러 큰 목소리로 말하면서 된장국을 홀홀 들이켰다. 이석진은 또다시 자신을 도발하려는 형을 굳이 쳐다보지 않았다. 그 모습에 이재진이 애써 웃으며 말했다.

"다들 이렇게 모여 식사하니 참 좋아요. 정말 오랜만이지 않나요?"

"오랜만이고말고. 자꾸 밖으로 싸돌아다니는 녀석만 아니었어도 더 자주 모여 식사를 했을 텐데 말이야. 재진이 너도 그렇게 생각하지?"

이상진은 그렇게 말하고는 식사를 끝냈다. 그의 앞에 놓인 그릇은 이미 깨끗하게 비워져 있었지만, 이상진은 갈비찜이 담긴 그릇에서 가장 큰 고기를 집어서는 입안에 욱여넣었다.

고기 기름으로 번들거리는 입술을 닦지도 않은 상진이 재진에게 재차 되물었다.

"재진아. 네가 한번 말해 봐라. 석진이 녀석은 뭐가 그리도 부족해서 밖으로 나가는 걸까? 넌 궁금하지도 않니?"

이재진은 굳으려는 입매를 애써 쓰다듬으며 기계적으로 웃었다. 그러면서 이석진의 안색을 재빠르게 살피는 것도 잊지 않았다.

"상진아. 내가 아까 뭐라고 했니? 식사 자리에서만큼은 조용히 있으면 안 되겠니?"

김무교가 노기 서린 목소리로 말했다. 그러나 상진과 석진, 두 사람 모두 어머니의 분노에는 별다른 반응을 보이지 않았다. 이상진은 그저 거칠게 휴지로 입술을 닦을 뿐이었고, 이석진은 젓가락을 조용히 내려놓았다.

"너희가 듣고 싶어 하는 말은 식사 끝나고 바로 할 테니 거실에 조용히 앉아 있어라."

이성재가 전복 하나를 집으며 모두에게 들으라는 듯 말했다. 이성재의 말에 식사 자리의 분위기가 순식간에 변했다. 방금 전까지 끓는 물처럼 부글거리던 두 아들의 신경전은 이성재의 말 한마디에 거짓말처럼 식어버렸다. 물론 이상진은 여전히 할 말이 있다는 듯 불만스럽게 입술을 우물거렸지만 그걸로 끝이었다. 이석진은 그저 조용히 식탁 위의 음식들을 바라보기만 했다.

한동안 식기가 부딪히고 음식물을 씹어 넘기는 소리만이 고요하게 울려 퍼졌다. 이성재는 가족들 중 가장 늦게 식사를 마쳤고, 그때까지 모두가 조용히 식사 자리를 지켰다.

세 형제는 어릴 때부터 성인이 된 지금까지도 아버지 이성재가 하는 말을 거부한 적이 없었다. 그건 이성재가 세 형제에게 강압적인 태도를 보였기 때문도, 그런 식으로 일부러 교육을 해서도 아니었다. 굳이 말하자면 그건 한 가정의 커다란 축을 짊어지고 있는 가장에게 아들들이 보이는 존경이자 존중이었다.

식사 자리가 끝난 뒤, 세 형제는 아버지와 어머니 곁에 앉아 아버지의 말을 조용히 기다렸다. 그들 앞에 준비된 과일과 차가 있었지만 누구 하나 손을 대지 않았다. 유일하게 김무교만이 차를 한 모금 마셨지만 그녀 또한 남편이 무슨 말을 하려는지 몰라 조용히 눈치만 살피는 중이었다.

한참을 침묵하던 이성재가 마침내 찻잔을 들었다. 그는 먼저 이상진에게 물었다.

"요새 맡은 건물들은 문제없지?"

이상진은 아버지의 말을 기다렸다는 듯 즉각 대답했다.

"전혀 없습니다. 세입자들도 가끔 만나는데 특별한 불만은 없더라고요. 자잘한 문제는 관리인들이 알아서 잘 처리하고 있습니다."

"관리인이 처리했다고는 해도 네가 직접 확인한 뒤 다시 처리해야 한다는 사실을 잊지 말아라."

"당연한 말씀을요."

이상진은 그 정도는 이제 아무것도 아니라는 듯 씩 웃었다. 이성재가 말없이 고개를 끄덕였고, 그제야 이상진은 안도한 표정으로 눈앞에 놓인 사과를 입에 넣었다. 사과 과육이 입안에서 으적거리는 소리가 조용한 거실에 울려 퍼졌다.

이상진은 대학 졸업 후 이런저런 일에 관심을 보였지만 크게 성과를 내지는 못했다. 아버지의 조언에 따라 여러 회사에서 다양한 업무를 보았으나 도통 오래 자리를 잡지 못했다. 적성에 맞지 않다는 이유로 그만두는 경우가 많았는데, 사실은 이상진 특유의 오만하고 독단적인 성격 때문에 회사에서 내쫓긴 거나 다름없었다.

그러더니 나중에는 친구와 지인들을 모아 함께 사업을 벌였다. 자본금도 충분하지 않았고, 시장도 크게 성공한다는 보장이 없었음에도 이상진은 나름 성과를 거두었다. 그러나 특유의 오만한 성격 때문에 함께 사업을 꾸린 이들과 잦은 갈등을 빚게 되었고, 결국 약간의 이익만 할당받고는 사업에서 손을 떼고 말았다.

그런 큰아들에게 이성재는 자신이 소유하고 있던 건물을 관리할 수 있도록 권한을 넘겼다. 갑작스러운 일은 아니었다. 이성재는 언젠가 이상진이 충분한 경험을 쌓았다고 판단했을 때 그렇게 할 예정이었으니 말이다. 다만 모두의 예상보다 그 시기가 빨랐을 뿐이었다.

"이제 네 것이니 문제없이 잘 관리해라."

이성재는 아들에게 권한을 넘기면서 오직 그 말만 했다. 정말 그뿐이었다. 그 때문에 이상진은 어째서 아버지가 자신에게 건물을 관리할 수 있게 했는지 의문이 들 수밖에 없었다. 아직 자리를 채 잡지 못한 장남이 못 미더운 걸까? 그러나 아버지 이성재가 그따위 이유로 결정한 것은 결코 아닐 것이다. 무엇보다도 이상진의 자존심이 이를 허락지 않았다.

그리고 차츰 시간이 흐르면서, 이상진은 결국 어느 부분에서 아버지가 자신을 인정했다고 확신했다. 왜냐하면 그 이후 아버지는 건물 관리에 전혀 개입하지 않았기 때문이었다.

"재단은 요새 어떻게 운영하고 있지?"

이성재가 이번에는 막내 이재진에게 물었다. 잠자코 있던 이재진은 목을 가다듬은 뒤 허리를 반듯하게 펴고는 대답했다.

"큰 문제 없습니다. 다만 내년에는 자금 운영에 변화를 주려고 해요."

"갑자기 무슨 변화?"

"지금 재단 운영 자금을 살펴봤는데, 조금 더 복지 예산을 높여도 될 것 같아서요. 그래서 내년에 복지 사업 세분화를 하면서 예산도…."

"예산을 늘린다고? 그것도 너 혼자? 재단에 돈이 있어도 위험하지 않나? 요새 같은 불경기에는 더더욱."

이상진이 끼어들었다. 이재진은 당혹스러운 얼굴로 이상진을 바라보다가 이내 아버지에게 눈길을 돌렸다. 방금까지 찻잔에 눈길을 두었던 이성재도 이제 막내아들을 바라보고 있었다.

이성재가 직접 물었다.

"류 부장과 고 차장의 반응은?"

이재진은 아버지의 물음에 곧장 대답하지 않았다. 그 반응만 보더라도 이재진이 진행하려는 계획이 내부적으로 반대가 있다는 걸 어렵지 않게 짐작할 수 있었다.

이재진은 복지재단의 이사장으로 활동하고 있었다. 사실 복지재단은 몇 년 전까지만 해도 이성재가 운영했는데, 1년 전에 이재진에게 넘어간 것이다. 어릴 때부터 사회복지에 관심이 많았던 이재진은 대학 또한 사회복지학과를 졸업했고, 졸업 이후에도 사회복지에 종사했었기 때문에 자질은 충분했다.

그러나 20대 후반이라는 젊은 나이에 이사장이 된 탓인지 재단 내부에서 이재진을 향한 반발이 있었다. 그중에서도 오랫동안 이성재 곁에서 복지재단 운영을 도왔던 류재선 부장과 고기준 차장이 이재진의 활동을 탐탁지 않게 여겼다. 이성재 또한 이 사실을 잘 알고 있었지만 그가 아들을 도와주는 일은 결코 없었다.

이재진이 이사장으로 선임되었던 날, 이성재는 막내아들에게 이렇게 말했다.

"이제 네가 이사장이니 재단을 잘 운영해야 한다."

그게 끝이었다. 실제로 이성재는 그 이후 복지재단 일에 일절 관여하지 않았다. 간혹 재단 사람들과 사적으로 만난 적은 있었지만 지극히 개인적인 만남에 불과했다. 이상진에게 건물들을 책임지게 했던 것처럼, 이성재는 자신이 떠난 재단에 어떠한 관여도 하지 않았다.

"잘 마무리 짓도록 해라."

이성재는 그렇게만 말하며 재단 일에 대해 간결하게 마무리 지었다. 이재진도 더는 자신의 상황을 토로하지 않았다. 어떤 말을 덧붙여도 아버지는 재단 일에 절대로 관여하지 않는다는 걸 그 역시 잘 알고 있었으므로. 무엇보다 지금 이 자리는 재단 일을 논의하는 자리가 아니었다.

"그리고, 석진이는?"

이성재의 물음에 가족들의 눈빛이 모두 이석진에게로 쏠렸다. 그중에는 반감이 가득한 눈빛도 있었고, 궁금증이 가득한 눈빛도 있었다.

이석진은 아버지의 눈을 피하지 않고 곧게 응시했다. 아버지를 바라보는 그의 눈동자에는 별다른 감정이 드러나 있지 않았지만 그럼에도 무시할 수 없는 진중함이 담겨 있었다.

가난한 집안에서 태어나 어릴 때부터 큰 성공을 인생의 목표로 삼았던 이성재는 보통 사람이라면 쉽게 하지 못할 여러 경험을 해 왔다. 부동산 투자를 하여 크게 성공한 적도 있고, 그 성공을 발판 삼아 누구라도 이름을 들어 본 적 있는 유수 대학의 교수로도 활동한 바 있었다. 게다가 정계까지 진출하여 국회의원 배지를 가슴에 달기도 했었다.

그리고 그는 지금까지 축적한 많은 재산 중 일부를 아들들에게 나누어 줬다. 이상진이 관리하는 건물들, 이재진이 물려받은 재단 이사장이라는 자리가 바로 그것이다. 그러나 둘째 이석진만은 아직까지 아버지 이성재에게 물려받은 재산이 없었다.

"잘 지내고 있습니다."

"하는 일에 문제는 없고?"

"네."

아들의 대답은 지극히 짧았지만 이성재는 성을 내지 않았다.

사실 이석진이 하는 일이 정확히 무엇인지 아는 가족은 아무도 없었다. 사람들은 그가 미국에서 대학을 졸업한 뒤, 얼마간 미국의 증권회사를 다니다 그만두고는 개인 사업을 하고 있다는 정도로만 알고 있었다. 그럴 수밖에 없었다. 이석진은 무려 10년 동안 자신이 무슨 일을 하는지 속 시원하게 말한 적이 없었기 때문이다.

물론 이성재와 김무교는 둘째 아들이 먹고살 정도의 재산은 소유하고 있다는 사실을 알고 있었다. 사실 그것도 이석진이 이재진에게 넌지시 흘린 말을 이재진이 부모에게 전달해 알게 된 것이었지만.

어쨌든 이석진은 자신이 소유한 재산을 아버지께 말할 이유도, 사업 운영에 대해 구체적으로 알릴 이유도 없었다. 오히려 아버지가 자신의 사업에 관심을 기울인다면 당장에라도 자리에서 일어날 작정이었다.

마침내 아버지 이성재가 입을 열었다.

"너희에게 물려주지 못한 많은 재산이 있다."

이성재는 분명하고도 느린 말투로 말하며 거실을 가리켰다. 물론 이성재가 가리키는 것이 단순 이 거실이 아닌, 가족들이 모여 있는 이 저택 자체라는 사실을 모르는 사람은 없었다. 나머지 가족들이 의아한 듯 고개를 갸웃거렸지만 이성재는 계속해서 말을 이었다.

"너희가 알거나 모르는 재산이 더 있다. 나는 그걸 천천히 정리해서 너희에게 상속할 예정이다."

아버지의 말이 끝나기 무섭게 이상진은 이석진과 이재진을 노려보았다. 혹시 동생들은 아버지에게 어떤 이야기라도 듣지 않았을까? 혹시 나만 제외하고… 이상진과 이재진의 눈이 딱 마주쳤고, 이재진은 세차게 고개를 가로저었다. 자신 역시 아무것도 들은 바가 없다는 뜻이었다. 이상진은 곧 이석진에게로 눈길을 돌렸지만 이석진은 조용히 아버지의 말을 듣기만 할 뿐이었다.

아들들이 말을 아끼는 동안, 어머니 김무교가 나섰다. 그녀는 남편의 재산 문제에 대해 자신도 충분히 끼어들 자격이 있다고 생각했다. 무엇보다 남편의 말 중 이해가 되지 않은 부분이 있었다.

"여보, 갑자기 왜 그런 말을 하는 거예요? 상속 문제는 나중에 천천히 논의해도 되는 문제잖아요."

"갑자기 꺼낸 말이 아니오. 내가 상진이와 재진이에게 건물을 관리할 수 있는 자격과 재단의 이사장직을 갑자기 물려준 게 아닌 것처럼."

김무교는 남편의 말에 차마 반박하지 못했다. 이성재가 두 아들에게 각각 건물과 이사장직을 물려준 행동은 전혀 충동적인 행동이 아니라는 걸, 오히려 무서울 정도로 이성적인 판단에 근거했다는 사실을 김무교도 잘 알고 있었다. 함께 지낸 세월이 30년이 넘었으니 당연했다. 다만 남편은 자신에게 그 과정에 대해 세세히 알려 주지 않을 뿐이었다.

이성재가 이번에는 세 아들의 얼굴을 하나하나 뜯어보듯 살피며 말했다.

"앞으로 이 문제에 대해 어떻게 정리할 것인지 오 변호사와 이야기를 나눌 거다. 하지만 그전에 앞서, 너희들이 내 재산에 대해 어떻게 생각하는지 살펴볼 작정이다."

세 아들은 얼른 대답하지 못했다. 아버지가 꺼낸 말이 무슨 뜻인지 판단하기 위해 각각 골몰한 탓이었다.

지금 아버지에게 얼마나 많은 재산이 있는지, 그 재산이 어떻게 나누어질지, 또한 자신에게 상속될 재산은 과연 무엇인지 각자 생각하는 바는 분명 달랐다. 그러나 서로 통하는 부분 또한 있었다. 아버지의 말을 명확하게 이해할 순 없었지만, 아버지의 말에 어떤 의도가 깃들어 있음을 세 사람은 분명하게 알 수 있었다.

이건 시험이다. 상속에 대한 시험!

이상진은 아버지가 건물 관리를 잘 하고 있는지 물어본 이유가 자신을 시험하기 위함이라는 사실을 비로소 깨달았다. 그러나 앞으로 더욱 조심하고 경거망동하지 말아야 한다는 생각을 하는 대신, 결국 장남인 자신에게 더 많은 재산이 상속될 것이라는 자신감에 찬 그는 동생들 몰래 히죽 미소 지었다.

이재진 또한 아버지께서 자신과 형제들을 시험하려는 의도가 있다는 걸 분명하게 알고 있었다. 동시에 이재진은 과연 자신에게 상속될 재산이 있는지 의문이 들 수밖에 없었다. 단순히 재산 규모의 문제 따위가 아니었다. 자신이 과연 이성재의 재산을 상속받을 수 있는 위치의 사람인지, 좀 더 근원적인 문제를 고민했던 것이다.

이재진은 이내 고개를 가로저었다. 결국 복지재단에서 진행하려는 계획을 잘 마무리하면 아버지에게 인정받을 수 있으리라. 그거면 족하다고 그는 생각했다. 비록 그것이 재산 상속과 전혀 상관이 없을지라도 말이다.

"말씀 끝나셨으면 일어나도 될까요?"

무거운 침묵을 가장 먼저 깬 사람은 바로 이석진이었다. 그의 말에 김무교는 나지막이 숨을 내뱉었다. 마치 오랫동안 숨을 참았던 사람처럼.

이성재가 천천히 고개를 끄덕이고는 자리에서 일어났다.

"오늘 내가 할 말은 이게 다다."

그러고는 곧장 안방으로 향했다. 아버지가 방으로 들어가자 그제야 긴장이 풀린 이상진이 늘어지듯 소파에 몸을 기대었다. 그는 자리에서 일어나는 이석진에게 잠시 눈길을 주다가 이내 거친 손길로 과일을 집어 입으로 가져갔다.

"형님, 가시려고요?"

이재진이 황급히 일어났다. 김무교도 따라 일어났다.

"네 집이 여긴데 또 어딜 가려고 그래? 너 자고 가는 줄 알고 네 방도

다 청소해 놨는데."

　자신의 방을 청소했다는 말에 이석진은 걸음을 멈추고는 위층으로 향하는 계단을 바라봤다. 자신이 머물렀던 2층 방. 그 방은 옛날과 똑같을지, 혹은 조금은 바뀌었을지 궁금하기도 했다.

　이석진은 결국 2층으로 향했다. 이상진은 그런 동생을 보며 코웃음 치고는 계속해서 과일을 먹어 치웠다.

＊＊＊

　이석진의 2층 방은 그가 알고 있는 예전 모습 그대로였다. 그는 손바닥으로 조심스레 책상을 훑어보았다. 어머니가 말했던 대로 깨끗하게 정리된 모습이었다. 어릴 때부터 사용했던 나무 책상, 싱글 베드 침대, 구석에 놓인 탁자와 옷장을 보고 있노라니 저절로 어린 시절의 기억이 떠올랐다.

　"형님, 오늘은 집에 계시는 거죠?"

　이석진을 따라 2층 방까지 온 이재진이 당연히 그래야 한다는 투로 물었다. 이석진은 모호한 표정으로 이재진을 쳐다보더니 오히려 그에게 되물었다.

　"너는 내가 이 집에 있는 게 좋으니?"

　"당연하죠! 게다가 이 방은 어릴 때부터 형님이 머무르셨던 방이잖아요. 형님이 이 방과 이 집에 얼마나 애정을 가지고 있는지 저는 다 알고 있는걸요. 그러니 형님이 이 집에 머무르는 게 너무 좋지요!"

　이석진은 동생의 말에 가만가만 고개를 끄덕였다. 그러더니 무언가 체념한 듯한 표정을 지었다.

　"옛날에나 그랬지. 지금은 이 집에 그 어떤 미련도, 애정도 없다."

형의 말에 잠시 주춤하던 이재진이 이윽고 신중하지만 따뜻한 어조로 말했다.

"형님. 너무 깊이 생각하지 마세요. 그게 무엇이든지요."

"그게 무슨 뜻이지?"

"그러니까 제 말은, 오늘만큼은 그 어떤 고민도 하지 마시고 여기 편하게 머무셨으면 좋겠다는 거예요."

이재진은 자신의 말을 형이 왜곡해서 받아들이지 않도록, 조심스럽게 덧붙였다. 그는 오랜만에 둘째 형이 집으로 돌아왔다는 사실이, 비록 하룻밤일지언정 이곳에 머무른다는 사실이 순수하게 기뻤다.

이석진도 이재진의 마음 씀씀이를 모르는 것은 아니었다. 그 때문에 오늘만큼은 동생이 말한 것처럼 아무 일도 신경 쓰지 않고 이 방에 머무르고 싶은 마음도 아주 잠깐 들었다. 동생이 원하는 대로, 어머니 김무교가 원하는 대로. 단 하룻밤만. 오늘 밤만.

그러나 이석진은 더는 고민하지 않기로 했다. 그는 오늘 이 집에 들어올 때부터 가졌던 마음을 끝까지 유지하기로 결심했다.

"그냥 여길 잠깐 보고 싶었을 뿐이야. 역시나 어색하네. 슬슬 가야겠다."

"형님. 어색한 건 하나도 없어요."

"아니, 아주 많이 어색해. 내가 오랫동안 지냈던 곳이어도 그렇게 느껴지는걸."

"그걸 마음이 떠났다고 하는 거다."

방 앞에서 들린 아버지 이성재의 목소리에 화들짝 놀란 이석진과 이재진이 고개를 돌렸다. 아들들이 그러거나 말거나 이성재는 성큼성큼 방으로 들어오더니 천천히 방 안을 둘러보았다.

"아침부터 여길 청소한다고 다들 부산스럽게 움직였다. 물론 오늘만 이

방을 청소한 건 아니지만 말이다."

이성재는 그렇게 말하며 이석진을 가만히 응시했다. 그러고는 곁에 있는 이재진에게 손짓했다.

"네 형한테 할 말이 있으니 그만 나가 봐라."

이재진은 심상치 않은 아버지의 말에 얼른 방을 나갔다. 조용히 문이 닫히고, 방에는 이성재와 이석진, 두 사람만이 남게 되었다.

이석진이 아버지에게 물었다.

"할 말이 있으세요?"

"아까 네 표정을 보았다. 너는 내 말을 듣고도 아무 생각이 없는 거냐?"

"그럼 제가 무슨 생각을 했어야 했나요?"

"적어도 네 형처럼 대놓고 눈을 굴리며 머리 쓰는 모습을 보이지는 않았으니 뭐라 하지는 않으마."

"형은 본심을 숨기는 법이 없잖아요."

"밥상에서는 그렇게 못 잡아먹어서 안달이더니, 이제 와서 네 형을 그럴싸하게 포장해 주는 거냐?"

이성재는 방 안을 천천히 거닐며 책상을 두들기더니 이내 침대에 걸터앉았다. 잘 마른 이불에서 은은한 향이 났다. 이석진은 그런 아버지를 잠자코 내려다보았다. 이성재는 짐짓 무례할 수도 있는 아들의 태도를 나무라지 않았다.

이석진이 낮은 목소리로 물었다.

"형 이야기를 하려고 여기까지 오셨나요?"

"그게 아니라는 건 너도 잘 알 텐데?"

"그럼 아까 말씀하셨던 재산에 관해서인가요? 그게 저랑 무슨 상관인가요?"

55

이석진은 차가운 말투에도 이성재는 별다른 반응을 보이지 않았다. 언제나 그랬듯이 큰 변화 없는 얼굴로 아들을 올려다볼 뿐이었다.

이석진은 아버지가 다음 말을 꺼낼 때까지 인내심을 가지고 기다리기로 했다. 그것만이 아버지의 의중을 파악할 수 있는 가장 확실한 방법이라고 여겼기 때문이다.

이석진의 예상대로 마침내 아버지가 입을 열었다. 그러나 이석진이 예상했던 말과는 전혀 다른 말이 아버지의 입에서 흘러나왔다.

"이제 네게 했던 투자를 돌려받으려고 한다."

이석진은 순간 이성재가 하는 말이 무슨 뜻인지 얼른 이해할 수 없어 의아한 표정을 지을 수밖에 없었다. 그러다 불현듯 어떤 기억이 하나 떠올랐다.

이석진은 휘몰아치는 감정을 다스리지 못한 채 고통스럽게 미간을 찌푸리며 소리쳤다.

"이제 와서 무슨 말씀하시는 거죠? 그 일은 이번 일과는 전혀 다른 문제 아닌가요?"

"그건 네 생각이지. 정확히는 네가 그렇게 믿고 싶은 거겠지. 어쨌든 내 뜻은 그게 아니었다는 걸 정말로 몰랐던 건 아니겠지?"

이성재가 침대에서 천천히 일어났다. 그는 아들을 무심히 지나쳐 문 앞에 섰다. 방을 나서기 전, 그는 아들을 향해 조용히 말했다.

"여기 머무르지 않아도 된다. 굳이 떠난 마음을 돌릴 필요도 없지. 하지만 때가 되면 결국 마음을 돌릴 시기가 오게 될 게다."

이성재가 방을 나설 때까지 이석진은 잠자코 그 자리에 서 있었다. 곧 방에 홀로 남은 이석진은 여전히 감정이 풀리지 않는 표정으로 굳게 닫힌 문을 바라봤다.

※ ※ ※

거실로 내려온 이재진은 형 이상진이 다시 나갈 준비를 하는 걸 발견했다. 어느덧 편한 옷으로 갈아입은 이상진은 휘파람까지 불며 신발에 발을 구겨 넣고 있었다.

"형님, 어디 가시려고요?"

"지긋지긋한 시간도 끝났으니까 바람 좀 쐬어야지."

"또 늦게까지 나갔다 오시려고요? 오랜만에 가족이 다 모였는데 같이 시간을 보냈으면 좋겠는데…."

"너는 정말 모르는 거냐, 아니면 일부러 모르는 척하는 거냐?"

"그게 무슨 말이에요?"

허리를 편 이상진이 막냇동생을 쳐다봤다. 그는 기분 나쁘게 히죽이더니 이내 동생의 어깨를 툭, 툭, 소리가 날 정도로 세게 두드렸다. 이제는 그만하라는 뜻이었다. 이재진은 위협적인 큰형의 태도에 그만 어깨를 움츠리고 말았다.

이상진은 자신 때문에 잔뜩 움츠러든 동생의 귓가에 가만가만 속삭였다.

"재진아. 난 석진이 녀석의 태도가 참 건방지다고 생각한다. 날 대하는 태도나 부모님을 대하는 태도가 예전이나 지금이나 전혀 변함이 없어. 그 꼬락서니를 보고도 내가 참아야 한다고 생각하니?"

"하지만 큰형님…."

"어차피 저 녀석은 여기에 더 머무르지도 않을 거다. 사실 지금 당장이라도 이 집에서 쫓아내고 싶지만 아버지와 어머니가 허락하시겠어? 맏이인 내가 참고 있어야지."

말을 마친 이상진은 곧장 집을 나섰다. 이재진은 그 모습을 바라보며 깊은 한숨을 내쉬었다. 어째서 두 형님은 이토록 자신들만 생각하는지 그저 답답하기만 했다. 몰려오는 씁쓸한 감정에 이재진은 머리가 아득해질 지경이었다.

물론 마냥 화목한 가족 모임을 바란 건 아니었다. 그러나 적어도 오랜 시간 대화를 나눌 수 있을 거란 기대 정도는 있었다. 하지만 아버지의 말씀이 끝나자마자 모두들 서둘러 이 집을 떠나기만 바빴다.

이재진은 뭔가 결심한 두 발에 신발을 대충 욱여넣었다. 그러고는 멀어지는 큰형을 향해 급히 발걸음을 옮겼다. 이재진이 마당을 가로질러 대문까지 향하는 동안 탁탁거리며 어색한 신발 소리가 울려 퍼졌다.

대문을 나와 두리번거리던 이상진은 갑자기 쫓아온 이재진을 보고는 놀라지 않을 수 없었다. 그러다 결국 화를 참지 못하고 목소리를 높였다.

"너 이 자식, 왜 쫓아온 거야? 왜 이렇게 거머리처럼 굴어?"

"형님. 그래도 우리 오랜만에 만났는데, 이렇게 가시는 건 아닌 것 같아요."

"나 참, 이해가 안 되네. 좋아. 이렇게 된 거 솔직히 말해 보자, 재진아. 지금 누가 잘못을 하고 있는 거냐? 소리 소문 없이 제멋대로 떠돌다가 자기 이익이 걸린 문제라고 하니까 냉큼 찾아오는 음흉한 석진이 놈이 문제 아니냐? 그런데 왜 나한테 잔소리를 하는 거야?"

"아니에요, 둘째 형님은 그럴 듯이 없어요."

"네가 그놈 마음이라도 들여다봤어? 봤냐고? 그 녀석이 나가서 뭔 짓을 하고 돌아다니는지 모르겠지만 분명 그 녀석도 아까 아버지 말씀을 듣자마자 손으로 계산기 두들겼을 거다. 그 자식은 어릴 때부터 그랬어."

이상진의 목소리가 점점 높아지려는 찰나, 누군가들이 그를 향해 다가

왔다. 화려한 셔츠에 다리에 딱 달라붙는 바지를 입은 두 남자는 이상진을 보자 반갑게 아는 척을 했다. 갑자기 나타난 남자들 때문에 움찔 놀란 이상진은 그러나 곧 남자들을 향해 고래고래 소리 질렀다.
"왜 여기서 나타나? 집 근처에서 기다리지 말라고 했잖아."
"형님께서 소리를 지르니까 왔죠. 무슨 일 있었어요?"
"내가 언제 소리를 질렀어?"
"방금까지 계속 소리 지르셨잖아요. 헌데 뒤에 있는 사람은 누구예요?"
두 남자의 정체는 바로 최민호와 김승준이었다. 평소 이상진과 자주 어울려서 노는 이들이었다.
두 사람의 물음에 이상진은 얼른 대답하지 않았다. 그는 이재진을 힐끗 쳐다보다가 두 남자를 향해 거칠게 손짓했다.
"됐어. 얼른 가자고. 벌써부터 맥주가 고프네."
"오늘은 일이 많았어요? 이렇게 늦은 시간까지 집에 있던 적은 없잖아요."
"맞아요. 게다가 우리더러 형님네 집 앞으로 오라고 한 적도 없고."
"야, 일단 좀 가서 이야기하자. 머리 아파 죽겠으니까."
이상진이 귀찮다는 투로 말했다. 명백히 고압적인 태도였으나 두 남자는 이런 이상진의 태도에 익숙한 듯 보였다. 그러다 문득, 최민호가 이재진을 슬쩍 살펴보고는 아, 하며 손가락을 튕겼다.
"그래, 그 사람이네. 상진 형님 막냇동생. 맞죠?"
"네가 어떻게 아냐?"
김승준이 특유의 딱딱한 목소리로 묻자 최민호가 낄낄거렸다. 그 모습을 못마땅하게 바라보던 이상진이 당장 그만하라고 눈치를 줬지만 최민호는 멈추지 않고 계속 지껄였다.

"넌 상진 형님이랑 몇 년은 더 다녀야겠다. 상진 형님 막냇동생이 입양아라는 사실 아직도 모르냐?"

"이 자식이, 입 닥치지 못해?"

참다못한 이상진이 버럭 소리를 지르자 그제야 두 사람은 입을 다물었다. 이상진은 벌겋게 달아오른 얼굴을 휙 돌렸다. 이재진은 여전히 집 앞에 서 있었다. 설마 재진이가 이 녀석들이 한 말을 들은 건 아니겠지? 이상진은 잠시 걱정했지만 이내 더욱 발걸음을 빠르게 놀렸다.

"망할 놈의 집구석. 되는 게 하나도 없어."

"에이, 형님. 화 푸셔요. 네?"

"맥주, 그래요, 얼른 시원한 생맥주 마시러 가요!"

두 남자는 그런 이상진의 비위를 맞추느라 온갖 노력을 다했지만 이상진은 좀치럼 화글 풀지 않았다. 우두커니 서 있던 이재진의 모습이, 자신을 바라보고 있는 동생의 서글픈 눈빛이 눈앞에서 쉽게 사라지지 않았다.

"한 번만 더 그딴 소리 내 앞에서 지껄여 봐. 알겠어?"

그렇게 말하는 이상진의 목소리는 어느 때보다도 차가웠다. 결국 두 사람은 입을 다문 채 조용히 이상진의 뒤를 따랐다. 가는 내내 그는 신경질적으로 씩씩댔다. 그는 망할 둘째 녀석이 이 모든 상황을 초래한 것이라 생각하며 좀처럼 제 분을 이기지 못했다.

3장
또 다른 가족

 삼 형제 중 막내 이재진은 입양아다. 그가 이성재의 손을 잡고 처음 저택으로 들어온 시기는 1998년, 아직 이재진이 6살 때의 일이었다. 이재진은 그 당시의 기억을 여전히 선명하게 간직하고 있었다.
 보육원을 떠나는 날, 원장님은 인자한 모습으로 어린 이재진의 손을 다독였다.
 "좋은 집에서 새로운 부모님과 잘 지내야 한다, 알겠지? 물론 이곳을 찾아오고 싶다면 언제든지 찾아와도 좋단다."
 어린 이재진은 부지런히 고개를 끄덕이며 원장님의 말을 들었다. 그런 한편 부모님이라는 말을, 정확히는 새로운 부모님이라는 말을 속으로 가만히 곱씹었다. 부모님, 재진에게는 너무나도 낯선 존재였다. 사실 그럴 수밖에 없었다. 재진에게 있어 부모라는 존재란 마치 크리스마스에 선물을 나눠 준다는 산타클로스 같은 존재였기 때문이다.
 "가자."
 이성재가 직접 자신을 차에 태워 주었음에도 불구하고, 어린 이재진은 뻣뻣한 자세로 앉아 마냥 눈동자만 굴렸다. 차에서는 좋은 냄새가 은은하게 퍼졌고, 운전석에는 낯선 남자가 운전대를 잡고 앉아 있었다. 어린 재진은 아이다운 호기심에 그를 잠깐 바라보았지만 문득 백미러로 보이는 남자의 차가운 눈빛에 얼른 고개를 돌렸다.

그 모습을 지켜보던 이성재는 무뚝뚝하지만 일말의 진심이 섞인 목소리로 어린 재진을 달랬다.

"걱정할 필요 없단다. 다들 좋은 사람이니까."

어린 이재진은 그저 고개만 연신 끄덕였다. 낯선 차를 타고 낯선 환경으로 가는, 정말로 모든 게 변해 버린 현실에 어린 이재진은 잔뜩 긴장한 나머지 당장이라도 기절할 것만 같았다. 그럼에도 그는 자신이 절대 무서워하지 않는다는 사실을 새 아버지 이성재에게 보여 주기 위해 부단히 노력했다. 그런 아이의 노력을 알아챈 이성재가 조금은 안쓰러운 듯, 아이의 손을 가볍게 잡아 주었지만 이재진은 집에 도착하는 그 순간까지 뻣뻣하고 곧은 자세를 유지했다.

사실 이재진은 이성재의 차를 타고 보육원을 떠날 때까지도 어째서 자신이 그에게 입양되었는지 알 수 없었다. 보통 입양을 원하는 사람들은 대부분 아직 옹알이도 제대로 하지 못하는 아기를 원했기 때문이었다. 그에 비해 이재진은 곧 초등학교에 들어갈 나이였고, 딱히 눈에 띄는 외모를 지녔다거나 대단히 똑똑한 편도 아니었다.

그 때문에 입양된다는 소식을 처음 들었을 때, 어린 이재진의 가슴에는 기쁨보다는 당황스러움이 휘몰아쳤다. 게다가 왜 자신이 이성재에게 입양되는 건지 원장님은 속 시원하게 말해 주지 않았다. 궁금해하는 눈빛을 감추지 못하는 이재진에게 원장님이 한 말은 너무나 간단했다.

"의원님께서 널 좋게 봤으니까 가족으로 데려가는 거겠지. 다른 이유는 없을 거야."

그렇게 이성재의 집에 도착했을 때, 어린 이재진의 눈은 저도 모르게 휘둥그레지고 말았다. 지금껏 이렇게 크고 훌륭한 저택은 텔레비전으로만 보았기 때문이었다. 설령 자신이 누군가의 가족이 되는 날이 온다고 한들, 이렇게 좋은 집에서 지낼 것이라는 예상은 단 한 번도 한 적이 없었다.

어린 이재진은 저택을 보자마자 감탄 섞인 탄성을 내뱉었다. 차 안에서 느꼈던 긴장감은 이미 사라진 지 오래였다.

"가자. 모두가 기다린다."

이성재에게 이끌려 저택으로 들어간 이재진은 처음으로 사람들과 인사를 나누었다. 거실에서 자신을 맞이하는 사람들을 어린 이재진을 조심스레 살펴보았다. 팔짱을 낀 채 자신을 내려다보는 새어머니, 그 옆에서 흥미롭다는 듯 웃고 있는 사내아이, 그리고 무표정한 얼굴로 자신을 지그시 쳐다보는 다른 사내아이까지.

자신을 바라보는 눈빛에 어린 이재진은 다시금 긴장하고 말았다. 그런 이재진의 어깨에 손을 얹은 이성재가 강제로 재진의 허리를 굽히고는 위엄 있는 목소리로 말했다.

"앞으로 함께 할 가족이다. 인사해야지."

"아, 아, 안녕하세요."

내 앞에 있는 이 사람들과 나는 이제부터 정말 가족이구나, 라는 생각에 어린 재진은 순간 복잡한 기분이 들었다. 이제는 보육원에서 지내는 원생이 아닌, 이 가족의 한 일원으로서 지내게 된다는 사실이 새삼스레 실감되었다.

"이쪽은 큰형인 이상진, 이쪽은 작은형인 이석진이다."

이성재가 자기 아들들을 차례차례 소개했다. 이재진은 그들의 이름을 하나하나 천천히 되새겼다. 큰형 이상진, 작은형 이석진. 자신보다 나이가 많은 형이 둘이나 있다는 사실에 어린 이재진은 조금 놀랐다. 언젠가 보육원에서 들은 적이 있었다. 보통 아들이 없는 가정에서 남자아이를 입양한다고 말이다. 그러나 현실은 소문과 달랐다.

보육원에는 어린 이재진보다 나이가 많은 형들이 당연히 존재했다. 이재진은 그들과 보육원에서 부대끼며 형제처럼 지냈지만 언젠가 자신이 보육원을 떠나게 된다면, 혹은 형들이 보육원을 떠나게 된다면 이 관계는 끝이 날 것이라고 어렴풋이 짐작하곤 했다. 결국 끝이 정해져 있는 관계. 어린 재진은 그 관계를 생각할 때마다 막연히 슬퍼져 화장실에서 혼자 울었던 적이 더러 있었다.

하지만 지금 자신의 앞에 서 있는 두 사람은 정말로 자신의 형제가 될 사람들이다. 나의 형제! 이재진의 가슴은 미친 듯이 벅차올랐지만 그를 티 내지 않기 위해 더욱 자세를 바르게 했다.

"여기서 어떻게 지내야 하는지는 새어머니가 알려 주실 거다."

거기다 새어머니라는 말까지 듣자 재진은 금방이라도 눈물이 날 것만 같았다. 지금까지 '엄마' 혹은 '어머니'라는 말을 써 본 적이 단 한 번도 없기 때문이었다. 보육원 원장님은 언제나 원장님, 보육교사는 무조건 선생님이라고 불러야만 했다.

이재진은 이성재를 슬쩍 올려다보았다. 방금 한 말대로라면, 이제 자신의 옆에 있는 이성재 또한 새아버지라고 불러야 했으니 말이다.

그러나 이성재는 이재진을 곧 김무교에게 맡겼다. 그제야 김무교는 팔짱을 풀었지만 여전히 딱딱한 표정으로 이재진을 바라볼 뿐이었다. 김무교는 이재진을 데리고 2층으로 올라가더니 앞으로 이재진이 쓰게 될 방을 보여 줬다.

"여기가 이제 네 방이야. 잘 정리해서 써야 해. 그 정도 예절은 배워 왔겠지?"

이재진은 상기된 표정으로 고개를 끄덕였다. 자신만의 방을 가지는 것. 그동안 얼마나 바라고 꿈꾸었던 일인가! 저도 모르게 흥분한 재진이 방을 둘러보기 위해 고개를 이리저리 움직였다.

그 순간, 김무교가 이재진을 붙잡더니 의자에 바로 앉혔다. 그러고는 어린아이를 똑바로 쳐다보았다. 이재진은 엄한 표정으로 자신을 바라보는 새어머니의 모습에 그만 벌벌 떨었다. 게다가 새어머니는 이성재처럼 괜찮다는 듯 손을 다독이거나 주물러 주지도 않았다.

"너 말이야."

김무교는 딱딱한 얼굴만큼이나 냉랭한 말투로 이재신에게 말했다. 그건 이재진이 이 저택에 들어오면서 새어머니 김무교에게 처음으로 듣는 부탁이기도 했다.

"밖에서는 절대 입양되었다고 말하면 안 된다. 누가 물어봐도 입양되었다는 말을 입 밖으로 내면 절대로 안 돼. 그리고 너는 이제 이재진이야. 네가 입양되기 전에 썼던 이름은 잊어버려. 너는 여기 이씨 가문의 아들이라고. 내가 무슨 말을 하는지 알겠니?"

냉랭하지만 분명한 말투로 말하는 김무교를 보며 어린 이재진은 대답 대신 연신 고개만 끄덕였다. 아까와는 다른 의미로 자꾸만 눈물이 차오를 것 같았다. 비록 어린 나이였지만, 이재진은 자신이 앞으로 어떤 행동을 보여야 하는지, 그리고 어떤 태도로 이 가족들에게 다가가야 하는지를 벼락처럼 깨달았다. 그 깨달음은 단순 김무교의 부탁만으로 깨닫게 된 것은 아니었다. 이미 보육원에서부터 사람들과 부대끼면서 알게 된 경험에서 비롯된 본능적인 태도와 같았다.

이후 이재진은 가족의 일원으로 자리 잡기 위해 부단히 노력했다. 이상진과 이석진은 새로운 동생이 생겼다는 사실을 의외로 크게 거리끼지 않는 듯했다. 물론 처음에는 어쩔 수 없이 어색한 기류가 맴돌았다. 그럴 때마다 이재진은 자신이 형들의 마음에 들 수 있게끔 최선을 다해 행동했다. 그 노력이 통한 덕분인지 큰형 이상진과는 금세 친형제처럼 우애 좋게 지낼 수 있었다. 둘째 형인 이석진의 마음에 들어가는 데는 조금 더 시간이 걸렸지만, 곧 이석진과의 사이도 좋아지게 되었다.

다만 김무교는 이재진을 쉬이 받아들이려 하지 않았다. 그렇다고 이재진에게 모질게 군다거나 이재진을 무시하는 일 따위는 전혀 없었다.

그러나 이재진은 새어머니가 자신의 존재를 달가워하지 않는다는 사실을 금방 알아차릴 수 있었다. 새어머니의 마음에 들어야만 한다! 이재진은 새어머니 앞에서 유달리 밝고 활기찬 모습을 보였고, 보육원에서 배웠던 불량한 태도도 싹 고쳤다. 언제나 예의범절을 지키기 위해 스스로에게 엄격할 정도로 노력했고, 새어머니가 일상생활에서 알려 주는 것들도 곧잘 실천했다. 어린 이재진은 이 모든 것을 정말 필사적으로 해내었다.

마침내 이재진이 초등학교에 입학할 때, 김무교는 이재진에게 다른 부탁을 했다.

"이제 새어머니라고 부르지 않아도 돼. 그냥 어머니라고 불러 주렴. 그리고 새아버지라고 부르지도 말고. 아버지는 아버지란다."

"네, 어머니."

드디어 어머니가 자신을 인정했다는 사실에 어린 이재진은 연신 고개를 끄덕이며 환하게 미소 지었다. 그리고 그날 새벽, 이재진은 침대에 얼굴을 묻은 채 소리 죽여 흐느끼며 마음속으로 다짐했다. 이 집안에서 언제나 좋은 아들, 좋은 동생이 되도록 최선을 다할 거라고. 자신이 할 수 있는 한 끝까지.

그러나 가족들의 인정과는 달리, 이재진에게는 언제나 꼬리표처럼 따라다니는 질문이 있었다. 그 질문은 그가 초등학교에 입학했을 때도, 중고등학교를 졸업했을 때도 항상 따라다녔다. 게다가 성인이 되어 군 입대를 하였을 때도, 하다못해 가족사진을 찍었을 때도 이 질문은 끈덕지게 이재진을 따라 다녔다.

"너는 엄마랑 진짜 안 닮았다."

"이 사진이 네 형들이랑 같이 찍은 사진이라고? 하나도 안 닮았는데?"

"이분이 네 아버지라고? 너 혹시 외탁이야?"

초등학생 시절, 같은 반 친구의 어머니가 재진에게 그런 말을 한 적이 있었다. 중학교와 고등학교를 졸업할 때 형들과 함께 찍었던 사진을 보고 친구들이 그런 말을 한 적이 있었다. 아버지와 함께 복지재단에서 찍은 사진을 보고 사람들이 그렇게 말을 한 적이 있었다.

가족사진을 본 누군가는 이렇게 말한 적이 있었다.

"너는 가족들이랑 하나도 안 닮았다. 너 혼자만 다르게 생겼네."

변주는 있었지만 결국 알맹이는 한결같은 질문들. 이재진은 지금까지 살아오면서 그 질문을 수백 번, 수천 번 이상은 들어왔다. 심지어 다른 사람의 뒷이야기를 좋아하는 호사가들은 이재진이 이성재와 닮지 않았다는 이유로 이재진이 이성재의 혼외자식이지 않겠냐는 말까지 서슴없이 내뱉고는 했다.

그럼에도 이재진은 특유의 밝고 명랑한 모습을 잃지 않았다. 오히려 그런 사람들을 향해 너스레를 떨기까지 했다.

"제가 가족들과 다른 면이 좀 있죠. 저희 가족들도 다 그렇게 말해요."

하지만 속으로는 그런 사람들을 몹시 경멸했다. 뚱뚱한 사람한테 살 좀 빼야겠다고 말하는 것처럼, 아니면 음식을 적게 먹는 사람한테 밥 좀 챙겨 먹으라고 말하는 것처럼 대수롭지 않다는 듯 말하는 그들이 이재진은 너무나도 싫었다.

그들의 말에는 편견과 무지로 가득한 폭력이 한가득 담겨 있었다. 하지만 이재진은 자신에게 가해진 폭력에 폭력으로 맞서지 않았다. 오히려 그는 더할 나위 없이 환하게 미소를 지어 보이고는 했다. 그토록 환한 미소가, 상대방을 향한 부드러운 태도야말로 폭력에 맞설 수 있는 가장 올바른 방법인 것을 경험을 통해 깨달았기 때문이었다.

그럼에도 불구하고 이재진은 지금껏 단 한 번도 자신이 입양아라는 사실을, 그 뼈아픈 진실을 잊은 적이 없었다. 설령 그 진실이 자신의 평생을 옭아매는 족쇄라 해도, 그는 결코 자신의 삶을 원망한 적이 없었다. 오히려 자신에게 쏟아지는 편협한 시선 따위는 아무렇지도 않을 만큼 그는 가족을 사랑했다. 그는 가족의 화합과 행복을 지키기 위해 자신의 모든 것을 바칠 것임을, 그러기 위해서는 엄청나게 노력해야 한다는 사실을 늘 가슴 깊숙이 새기고 있었다.

* * *

가족 모임 이후, 이재진의 일상에는 딱히 큰 변화는 없었다. 이성재는 재산 상속을 말했지만, 이재진은 아버지가 자신에게 물려준 재산이 이미 있다고 여겼기에 크게 신경 쓰지 않았다. 그 재산이란 바로 복지재단 이사장 자리였다. 그러므로 이재진은 지금에 크게 만족했다. 여기에 무엇이 더 필요하고 무엇을 더 바라겠는가. 그럼에도 굳이 바람이 하나 있다면 바로 이상진과 이석진의 관계가 지금보다는 좀 더 원만해지는 것이었다.

이재진은 가족 모임 이후, 여유가 있을 때마다 이석진에게 자주 문자를 보냈다. 시간이 되면 저녁 식사 어떠시냐, 혹은 커피 한잔 어떠시냐는 시답지 않은 내용이었다. 물론 이석진은 마라도에 머물고 있던 그때처럼, 이재진에게 거의 답장을 보내지 않았다. 어쩌다 겨우 연락이 닿아도 직접 만나기보다는 전화로 대화하는 경우가 대부분이었다.

어느 날이던가, 이석진이 머무는 호텔을 지나치던 이재진은 대뜸 이석진에게 전화를 걸었다. 때마침 이석진이 전화를 받았고, 이재진은 평소보다 더 밝은 목소리로 말했다.

"형님. 저 지금 형님이 지내고 계시는 호텔을 지나가고 있는데요."

"그래서?"

둘째 형의 시큰둥한 말투에도 이재진은 아랑곳하지 않고 웃으며 말했다.

"저녁 식사라도 같이하실래요?"

"그럴 시간 없어."

이석진의 차가운 대답에도 계속 이재진은 식사를 권유했지만 결국 만남은 이루어지지 않았다. 이재진은 못내 아쉬웠지만 이내 아쉬운 마음을 훌훌 털어 버렸다.

이재진이 계속 이석진에게 연락하는 이유는 동생으로서 손윗사람에게 안부를 묻기 위함도 있었으나, 사실 어머니 김무교의 부탁도 있었기 때문이었다. 사실 이재진은 이석진이 호텔에서 무엇을 하는지, 어떻게 지내는지 거의 알지 못했다. 다만 이석진이 어디에 머무는지 안다는 그 이유 하나만으로, 어머니는 네가 형에게 더 자주 연락하라고 부탁했던 것이다.

이재진은 어머니의 부탁을 아주 착실하게 지키고 있었다.

"재진아. 석진이가 정말 어디에서 지내는지 모르니? 그때 공항에서 둘이 같이 왔잖니?"

"글쎄요, 저도 형님이 어디로 가시는 것까지는 못 봐서요."

김무교는 이재진에게 이석진이 어디에 머무는지 끈질기게 물었지만, 이재진은 적당히 얼버무렸다. 자신이 머무는 곳을 가족들에게 결코 말하지 말라 신신당부했던 이석진의 얼굴이 떠올랐기 때문이다. 만약 어머니, 아니 누구라도 그 사실을 안다면 둘째 형은 분명 자신에게 실망할 터였다.

"형제가 참 무슨 생각을 하는지 모르겠구나. 이러니 내가 걱정이 줄어들질 않는 거야."

끝끝내 대답하지 않는 아들 이재진을 바라보던 어머니 김무교가 결국 한숨을 섞인 목소리로 말했다. 그럼에도 이재진은 가만히 미소만 지었다. 그는 자신의 침묵이 가족을 지키는 일이라고 굳게 믿었다. 물론 자신에게 돌아오는 여러 감정적인 부담이 있었지만, 그건 아무래도 상관없었다.

허나 아무리 본인이 자처한 일인들 피곤과 스트레스까지 견딜 수 있는 건 아니었다. 그는 가족의 일 말고도 복지재단의 새로운 사업을 추진하기 위해 많은 시간을 쏟아야 했다. 그 때문에 정신적으로도, 육체적으로도 피곤한 나날이 지속되면서 쉽게 일에 집중하지 못했다.

"이사장님, 어디 안 좋으십니까?"

한창 재단 운영 회의가 진행되던 중이었다. 이재진 곁에 있던 류재선 부장이 이재진에게 슬쩍 귓속말로 물었다. 회의를 듣는 둥 마는 둥 하던 이재진은 그 목소리에 번뜩 정신을 차리고는 자세를 고쳐 앉았다.

"아뇨, 저는 괜찮습니다."

"회의에 통 집중하지 못하시는 것 같아서요. 정말로 괜찮으세요?"

"그럼요. 아무렇지도 않습니다."

이재진은 최대한 밝은 목소리로 대답했지만 류 부장은 그런 이재진이

영 미덥지 않은 듯했다. 눈을 가늘게 뜬 채 이재진을 쳐다보더니 곧 고기준 차장을 향해 몰래 손짓을 했다. 고기준 차장은 류재선 부장이 말하고자 하는 바를 얼른 알아듣고는 다른 임원들에게 말했다.

"잠시 휴식을 취하겠습니다. 벌써 회의를 진행한 지 1시간이 넘었네요."
"어떻습니까, 이사장님?"

류재선 부장이 묻자 이재선을 알겠다는 듯 고개를 끄덕였다.

"그럼 그럴까요? 10분만 쉬도록 하지요."

이재진의 말이 떨어지기 무섭게 회의에 참여했던 임원 몇몇이 자리에서 일어났다. 잠시 회의실이 부산스러워졌다. 그동안 이재진은 들고 있던 서류를 책상에 내려놓고는 관자놀이를 지그시 눌렀다. 머리가 지끈거렸다.

그 모습을 가만히 지켜보던 고기준 차장이 이재진에게 물었다.

"이사장님, 피곤하신 건 알겠지만, 개인적으로 하나 여쭤보고 싶은 일이 있는데요."

"네, 말씀하세요."

"사실 며칠 전에 전(前) 이사장님께 연락드렸답니다. 개인적인 일 때문에요. 헌데 현 이사장님께서 추진하려는 자금 운영 변화에 대해 들었다고 제게 말씀하시더군요. 그게 사실입니까?"

이재진은 얼른 자세를 바로 잡고는 류재선 부장과 고기준 차장의 얼굴을 슬쩍 살폈다. 두 사람은 그저 이재진을 바라보며 그의 대답을 기다릴 뿐, 어떤 말도 하지 않았다.

물론 이재진은 고기준 차장이 개인적인 일로 아버지에게 연락했다는 말을 믿지 않았다. 게다가 류재선 부장과 고기준 차장이 보이는 냉담한 모습에 이재진은 서운한 감정마저 들었다. 그도 그럴 것이 이재진이 재단 이사장으로 취임한 지가 벌써 1년이 넘었고, 그 시간 동안 세 사람은 많은 일을 함께 진행했다. 그럼에도 여전히 두 사람은 재단 운영을 꾸림에 있어 전 이사장인 이성재의 의견을 듣고 싶어 했다.

류재선 부장과 고기준 차장 모두 이성재가 복지재단을 설립할 시기부터 같이했던 사람들이다. 두 사람은 재단 설립에 상당한 노력을 기울였고, 그 때문에 재단 운영에 관해 모르는 게 없었다. 게다가 재단 내에서도 실무자로서 상당히 입지가 강했다. 무엇보다 이성재가 재단을 왜 세웠는지, 그 방향과 목적에 대해 가장 잘 알고 있었으며 이를 유지하기 위해 상당한 노력을 기울이는 인물들이었다.

그런 그들에 비하면 턱없이 경험이 부족하고 어린 이재진은, 때문에 류재선 부장과 고기준 차장의 행동에 서운한 점이 있을지라도 그들에게 쉬이 말할 수 없었다. 이재진은 우선 두 사람에 대한 서운한 감정은 접어 두고 재단의 이사장으로서 건조하게 대답했다.

"네, 여쭤봤습니다."

"전 이사장님께서는 뭐라고 말씀하시던가요?"

"별다른 말씀 없으셨습니다. 전 이사장님께서는 이제 재단 사업에는 관심을 보이지 않으시거든요."

"그래도 오랫동안 이 복지재단을 운영하셨는데… 정말 아무 말씀도 없으셨습니까?"

계속해서 고집스레 묻는 고기준 차장의 태도는 강압적이기까지 했다. 이재진은 나지막이 한숨을 내쉬었다. 지금 이재진은 고기준 차장에게 완전히 무시당하고 있었다. 현 이사장이 있음에도 불구하고 여전히 전 이사장을 찾으며 그의 의견을 집요하게 묻는다는 건, 현재의 이사장인 이재진을 이사장으로 인정하지 않는다는 뜻이었다.

류재선 부장 또한 마찬가지였다. 그는 고기준 차장처럼 노골적으로 묻지는 않았으나, 이성재가 무슨 말을 했는지 궁금해하는 기색이 역력했다. 류재선 부장 역시 이재진이 추진하려는 새로운 자금 운영 방식을 전혀 달가워하지 않았기 때문이다.

현재 이재진이 추진하려는 자금 운영 방식은 현재 복지재단에서 운영하는 아동 복지 사업의 세분화를 이루는 한편, 추가로 아동 복지 산업의 예산을 증진하는 것이었다. 현재 재단에서 운영하는 복지 산업은 아동 복지를 중심으로 편부모 가정 복지, 장애아 가정 복지 등 다양했다. 이는 모두 재단 명의로 운영하는 부동산과 건물 덕분에 운영할 수 있는 것이었다. 이 또한 이성재가 일군 결과였다.

그러나 류재선 부장과 고기준 차장은 이재진의 아동 복지 사업 세분화 및 예산 증진을 좋게 보지 않았다. 이재진이 내놓은 계획을 추진하려면 현재 복지재단의 운영방식을 많은 부분 수정해야 했다. 무엇보다 예산 증진은 재단 입장에서 부담이 될 수밖에 없었다. 오랫동안 이성재와 함께했던 두 사람이 이재진의 계획을 환영하지 않는 것도 어찌 보면 당연했다.

재단에서 가장 영향력 있는 실무자들이 계속해서 비협조적으로 나오는 탓에 이재진 역시 걱정이 깊었다. 그렇다고 해서 아버지에게 이 사실을 알려 자신을 도와 달라고 부탁할 생각은 전혀 없었다. 어차피 부탁한다고 들어줄 아버지도 아니었거니와 이미 아버지는 재단 운영에서 완전히 손을 뗀 상태였다. 모든 결정은 이제 자신이, 이재진이 해야만 한다.

이재진은 한층 더 차분한 말투로 류재선 부장과 고기준 차장에게 말했다.

"다시 한번 말씀드리겠습니다. 전 이사장님은 재단 운영에 대해 그 어떤 말씀도 하지 않으셨어요. 두 분 다 아시다시피 지금 제가 추진하는 방식은 오로지 제 의지대로 추진하는 겁니다. 만약 그에 대해 이야기를 나눈다면, 실무자인 두 분과 함께하겠지요."

이재진의 말이 끝나기 무섭게 류재선 부장이 말했다.

"저와 고기준 차장의 의견은 이전과 똑같습니다, 이사장님. 지금 계획하는 방식을 추진하기에는 여러모로 재단 여건과 맞지 않습니다."

이재진은 저도 모르게 얼굴을 찌푸렸다. 게다가 지금 이 회의에서 논의하는 안건은 이재진이 추진하려는 새로운 사업과는 관련이 없는 안건이었다. 하지만 류재선 부장과 고기준 차장은 틈만 나면 노골적으로 이재진의 뜻을 반대하고 있었다.

이재진은 결국 두 사람과 정면으로 부딪치기로 마음먹었다.

"저도 벌써 1년이나 이사장으로 재직했습니다. 그 때문에 재단 자금이 어떻게 흘러가는지 알고 있어요. 자금을 적절하게 조절하면 재단에도 분명 긍정적인 변화가 있을 겁니다. 그걸 확신하기에 우선 두 분께 물어봤던 거구요."

"이사장님의 뜻을 모르는 게 아닙니다. 다만 본질적인 문제가 있습니다."

"그게 뭐죠?"

"지금도 충분히 잘 운영되고 있는데, 굳이 자금 운영 방식을 바꿀 이유가 없지 않습니까. 저는 재단 여건과 이사장님의 뜻은 다르다는 걸 말씀드리고 싶은 겁니다."

"그러니까 부장님과 차장님 두 분께서는 재단에서 운영하는 방식을 고수하는 게 더 좋다는 입장이시죠?"

"좀 더 면밀히 검토하자는 뜻입니다, 이사장님."

평소보다 훨씬 더 분명하고 또렷한 이재진의 목소리에 류재선 부장이 얼른 대답했다. 이재진이 다시 말을 이었다.

"저는 새롭게 자금 운영 방식을 추진할 필요가 있다고 봅니다. 그러면 더 많은 사람들에게 도움이 될 것이고, 그건 재단 운영 측면에도 좋을 겁니다. 무엇보다 전 이사장님은 예전과 똑같은 사업으로 재단을 운영하는 걸 원치 않으실 겁니다."

"이사장님. 잘못 짚으신 부분이 있습니다."

"그게 뭐죠?"

류재선 부장이 연륜이 묻어나는 말투로 차분히 말했다.

"저나 고기준 차장이 전 이사장님의 의견을 궁금해하는 건, 단순히 지금 이사장님의 계획을 전 이사장님께서 승인하셨는지 그 여부를 확인하려는 게 아닙니다. 지금 이사장님께서 추진하시려는 자금 운영 방식이 과연 재단 운영에 있어서 유의미한지를 확인하기 위해서입니다. 헌데 전 이사장님께서 아무 말씀도 하지 않으셨다는 건, 다르게 보면 지금 이사장님의 뜻을 좋게 평가하지 않았다는 뜻 아닐까요?"

류재선 부장의 말에 이재진은 뜨끔할 수밖에 없었다. 분명 류 부장의 말처럼 아버지 이성재는 이재진의 계획에 대해 궁금해하지도, 좋게 말한 적도 없었기 때문이다. 오랫동안 이성재를 이사장으로 모시며 옆에서 도왔던 사람다운 통찰력이었다.

류재선 부장과 고기준 차장이 새로운 이사장이 추진하려는 방식에 반대한다는 소문은 이미 이사회에 파다하게 퍼져 있었다. 그 소문을 잠재우기 위해서라도, 이재진은 어떻게든 좋은 성과를 내고 싶었다. 그것이 그가 새로운 자금 방식 변화에 집요하다 싶을 만큼 매달리는 이유였다. 이번 일을 무사히 잘 넘겨야만, 이번 산을 무사히 잘 올라야만 이재진은 재단에서 이사장으로서 영향력을 펼칠 수 있었다.

사실 이재진은 이사장이라는 권한을 이용해 독단적으로 운영 방식 변화를 추진할 수도 있었다. 그러나 그것은 결코 현명한 방법이 아니었다. 만약 이런 식으로 이재진이 영향력을 행사한들, 그래서 설령 좋은 성과를 낸다고 한들 누가 이사장으로서 이재진이란 사람을 믿고 신뢰하겠는가. 무엇보다 그런 제왕적이고 독단적인 방식은 이재진의 성향과 맞지 않았다.

게다가 이재진은 너무나도 잘 알고 있었다. 자신이 이사장으로서 재단에서 영향력을 행사하기 위해서는 무엇보다 류재선 부장과 고기준 차장의 협력과 동의가 필요하다는 사실을.

"새로운 운영 방식에 대해서는 좀 더 고민하겠습니다. 생각이 정리되는 대로 두 분께 알려 드리도록 하지요."

류재선 부장과 고기준 차장은 재진의 말에 긍정도 부정도 하지 않았다. 마치 영원과도 같았던 10분간의 휴식이 끝났고, 회의가 다시 진행되었다. 하지만 이재진은 이번에도 결국 회의에 집중할 수 없었다. 휴식을 갖기 전, 머리를 무겁게 만들었던 이유와 다른 이유가 생겼기 때문이다.

* * *

그 후로 시간이 제법 흘렀지만, 이재진은 여전히 재단 자금 운영 방식에 대해 정리를 하지 못하고 있었다. 계획은 이미 충분히 검토한 뒤 수립했지만, 류재선 부장과 고기준 차장을 설득할 만한 묘수가 떠오르지 않았다.

이런저런 고민을 하다 시간이 훌쩍 지나가고 말았다. 이제 막 해가 서쪽으로 기울어질 때 즈음, 이재진은 이석진에게 문자 메시지를 보냈다. 이제는 으레 습관처럼 이석진에게 문자 메시지를 보내고는 했다. 식사는 했는지, 오늘 하루는 어땠는지, 혹시 시간이 되면 저녁 식사라도 같이하자는 내용을 담아서 말이다.

그러나 이석진은 이재진이 재단 업무를 마무리 지을 때까지 답장이 없었다. 이재진은 답답한 넥타이를 느슨하게 풀며 한숨을 내쉬었다.

"오늘 호텔에 가 봐야 하나?"

괜한 아쉬움에 이재진이 휴대폰을 만지작거릴 때, 문득 메시지 하나가 도착했다. 이재진은 그것이 이석진에게서 온 메시지라고 확신하며 기쁜 마음으로 휴대폰을 확인했다. 그러나 메시지는 이석진의 것이 아니었다. 그렇다고 실망스러운 메시지는 결코 아니었다. 오히려 아주 반갑고 그리운 사람에게서 온 것이었다.

"재진아. 오랜만에 연락하는구나. 재단 일 때문에 많이 바쁘지? 봄이 되었는데도 연락을 한 적이 없는 것 같아 문자 남긴다. 여유가 있을 때 한번 봤으면 한다."

이재진에게 문자를 보낸 사람은 바로 그가 지냈던 보육원 원장인 조혜민이었다. 재진의 입가로 꾸밈없는 밝은 미소가 번지기 시작했다.

이재진이 처음 이성재와 함께 저택에 들어갔을 때, 김무교는 이제 한집안 사람이라는 사실을 이재진에게 강조했다. 이재진은 그 말을 성실히 따랐고, 덕분에 김무교는 물론 이성재에게도 한 가족으로 인정받을 수 있었다. 그럼에도 이재진은 완전히 보육원과 작별하지 않았다. 보육원에는 여전히 조혜민 원장이 있었기 때문이다.

조혜민 원장은 이재진에게 있어 단순한 보육원장이 아니었다. 지금은 한 가족의 일원이 되었지만, 그렇게 되기 이전에 자신을 성심성의껏 돌봐 준 조혜민 원장을 더 크고 깊이 여기는 이재진이었다. 그 때문에 중학생이 되자마자 이재진은 이성재와 김무교에게 허락을 받아 일 년에 한두 번씩 보육원을 찾아 조혜민 원장과 안부를 주고받았다. 그리고 성인이 되었을 때는 따로 조혜민 원장과 전화번호를 교환해 자주 연락하곤 했다.

그 인연은 여전히 유효했다. 지금도 이재진은 설날과 추석에는 반드시 조혜민 원장을 찾았고, 여유가 있을 때면 조혜민 원장에게 문자라도 보냈다. 하지만 최근 일이 너무 바빠진 탓에 원장과 거의 연락을 주고받지 못했던 것이다.

이재진은 메시지를 다 읽자마자 서둘러 조혜민 원장에게 전화를 걸었다. 통화음이 길게 울렸고, 드디어 휴대폰 너머로 그리운 조혜민 원장의 목소리가 들렸다.

그녀는 밝은 목소리로 인사했다.

"재진이니? 문자만 남겨도 되는데 이렇게 다 연락을 해 주는구나. 바쁘지는 않고?"

"괜찮아요, 원장님. 마침 여유가 좀 있던 참이었어요. 먼저 연락드렸어야 했는데 죄송해요."

"아니다. 재단 일 때문에 얼마나 바쁘겠니? 이해한다. 건강은 괜찮고? 요새 힘들지는 않지?"

이재진은 대답 대신 그저 웃기만 했다. 그러다 불현듯 오늘은 원장님을 꼭 찾아뵈어야겠다는 생각이 마음속 깊은 곳에서 솟구쳤다. 비록 충동적인 생각이었지만 재진은 곧 실행에 옮기기로 했다.

"원장님. 혹시 오늘 저녁에 시간 괜찮으세요? 원장님과 식사하면서 나누고 싶은 이야기가 있어요."

"오늘 저녁? 나는 괜찮은데, 네가 무리하는 거 아니니?"

"전혀요. 그럼 일 끝나고 출발할 때 문자드릴게요."

원장과의 통화를 마치자마자 재진은 남은 서류를 빠르게 검토했다. 이석진과의 만남이 뜻대로 이루어지지 않아 실망했던 마음은 어느덧 눈 녹 듯 사라져 있었다. 오히려 오랜만에 원장과 만나 대화를 나눌 수 있다는 사실에 아이처럼 기쁘기만 했다.

모든 업무를 마친 뒤, 이재진은 바로 어머니 김무교에게 연락했다. 저녁 약속이 급하게 잡혀 식사를 하고 간다는 내용이었다. 이어 조혜민 원장에게도 출발한다는 메시지를 보낸 뒤, 곧장 보육원으로 향했다.

재단에서 보육원까지는 자동차로 1시간 이상 달려야 했다. 가는 동안 이재진은 조혜민 원장에게 줄 선물을 사지 못했다는 사실을 깨달았다. 지금이라도 다시 차를 돌려 원장님께 드릴 선물을 살까? 이재진은 잠시 고민했지만 이내 서둘러 차를 몰았다.

"나는 그저 네 얼굴을 보는 것만으로도 행복하다. 날 위해서 좋은 선물을 마련해 준 건 너무나도 고맙지만 그저 마음만 받도록 하마. 다음에는 꼭 빈손으로 와야 해, 알았지?"

언젠가 이재진이 원장을 위해 값비싼 선물을 준비했을 때, 조혜민 원장이 했던 말이었다. 조혜민 원장은 함께 지냈던 사람들에게 언제나 인자하고 너그러웠지만 그에 대해 어떠한 대가도 바라는 사람이 아니었다.

해가 완전히 저문 저녁이 돼서야 이재진은 보육원에 도착했다. 작년 가을에도 보육원을 방문했건만, 이재진은 보육원을 방문할 때마다 늘 감회가 남달랐다. 사실 그럴 수밖에 없었다. 어쨌든 이곳은 이재진의 어릴 적 추억이 가득 담긴 곳이었으므로.

보육원에서 어린 시절을 함께 보냈던 원생들 중 그와 연락이 닿는 사람은 아무도 없었다. 이따금 이재진은 그들의 소식이 궁금할 때가 있었다. 자신처럼 좋은 곳으로 입양을 갔을지. 혹은 계속해서 보육원에서 지내다 사회로 나갔을지 알 길이 없었기 때문이었다.

고등학생 무렵, 이재진은 조혜민 원장에게 함께 지냈던 원생들이 어떻게 지내는지 넌지시 물어보았다. 조혜민 원장은 말없이 고개를 가로젓더니 이내 부드럽고 조용한 투로 이재진을 타일렀다.

"재진아. 모두에게는 각자만의 사정이란 게 존재한단다. 그러니 더는 그들에 대해 궁금해하지 말려무나. 모두가 잘 지내고 있다는 사실만 알려 주마."

당시만 해도 이재진은 원장의 말을 이해하지 못했다. 그러나 성인이 된 이후, 이재진은 조혜민 원장이 한 말을 이해하게 되었다. 어느 누구든 각자만의 시간과 사연이 존재했다. 이재진 자신도 그런 시간과 사연을 간직한 존재였다. 그러므로 호의를 가장한 지나친 간섭과 개입, 호기심이 몹시 이기적인 태도라는 걸 누구보다 잘 알고 있었다.

그 후, 이재진은 보육원에서 함께 지냈던 사람들에 대해 더는 궁금해하지 않았다. 동시에 언제나 같은 자리에서 묵묵히 자신의 일에만 집중하는 조혜민 원장이 감사하고 고마울 따름이었다.

이재진은 원장실로 가는 동안 보육원 건물을 구석구석 살폈다. 2년 전, 조혜민 원장은 건물 전체에 도배는 물론 페인트칠도 새로 했다며 기뻐했다. 그럼에도 보육원 건물은 오래되고 낡은 티가 역력했다.

언제던가, 이재진이 보육원을 전반적으로 보수하는 게 어떠냐고 제안한 적이 있었다. 그러나 조혜민 원장은 예상외로 민감하게 반응했다.

"그럴 돈이 있으면 우리 애들이 조금이라도 더 건강하게 지낼 수 있게 돈을 쓸 거다."

그러면서 조혜민 원장은 처음 자신이 원장으로 부임했을 때 모습 그대로 보육원이 유지되길 바란다고, 그래야만 당시 가졌던 마음가짐이 그대로 이어진다는 말을 덧붙였다. 이재진은 그런 원장의 뜻을 존중하기로 했다.

그러나 그는 원장의 고민을 알고 있었다. 결국 돈이 문제였다. 예산이 충분하다면 왜 보육원을 보수하지 않겠는가. 조혜민 원장은 이재진에게 자신의 깊은 속사정까지 말하지 않았지만 이재진은 어느 정도 눈치채고 있었다.

이 보육원은 이재진이 이사장으로 있는 복지재단의 지원을 받고 있었다. 전국적으로 복지재단의 지원을 받는 보육원이 몇 군데 있었는데, 이재진은 다른 지역의 보육원도 이곳과 사정은 비슷할 것이라 예상했다. 그렇기에 더더욱 이재진은 복지재단 예산을 증진하여 재단의 시원을 받는 보육원을 돕고 싶었다. 재단 자금 운영 방식에 변화를 일으키고자 하는 이유도 바로 그 때문이었다. 그러나 아직 이재진의 뜻을 아는 사람은 아무도 없었다. 심지어 이성재조차도 말이다.

드디어 원장실 문 앞에 선 이재진은 매무새를 가다듬은 뒤 가볍게 문을 두드렸다. "들어와요." 안에서 정다운 목소리가 들리자마자 이재진은 바로 문을 열었다. 원장실에는 조혜민 원장 혼자만 있었다. 어느덧 60대에 접어든 그녀는 얼굴 곳곳에 주름이 깊었고 한층 더 야윈 모습이었다. 그럼에도 특유의 부드럽고 고요한 모습은 여전했다.

원장은 재진의 손을 부여잡으며 온몸으로 재회의 기쁨을 드러냈다.

"재진아. 정말 오랜만이구나. 잘 지냈니?"

"원장님도 그동안 건강하게 지내셨나요?"

"나야 늘 그렇지. 오느라 고생이 많았구나. 무리해서 여기 온 건 아니니? 괜히 널 피곤하게 한 것 같아 걱정이구나. 별일 없는 거지?"

"그럼요, 원장님. 전 아주 잘 지내고 있어요. 원장님 연락을 어떻게 지나칠 수 있겠어요? 이곳이 저에게 얼마나 소중한 곳인데요."

"네 마음이 항상 변치 않아서 정말 기쁘구나. 그래, 요새는 어떻게 지내니? 무슨 일이 있으니까 왔겠지?"

"전혀요, 원장님."

"내 눈은 못 속인단다, 재진아. 네가 여기에 올 때는 꼭 고민이 있었어. 가족들에게 말하지 못하는 사정을 내게 말한 적이 여러 번 있었잖니?"

조혜민 원장은 인자하게 웃었고, 이재진은 겸연쩍은 미소를 지었다. 조혜민 원장은 연륜만큼 경험이 풍부했다. 그런 원장 앞에서 이재진이 제아무리 아무렇지 않은 척해 봤자 기실 소용없는 짓이었다.

원장은 직접 우려낸 따뜻한 차를 이재진 앞에 놓아 주며 소파에 앉기를 권했다.

"널 난처하게 하는 일이 분명 있나 보구나. 이사장으로 지내는 게 많이 힘드니? 아니면 가족들이랑 무슨 일이라도 생긴 거니?"

이재진의 앞에 앉은 조혜민 원장이 다정한 목소리로 질문했다.

"글쎄요. 둘 다가 아닐까 싶네요."

"둘 다라. 그렇다면 분명 의원님과 관련이 있겠구나."

의원님. 조혜민 원장은 여전히 이재진의 아버지 이성재를 의원님이라고 불렀다. 이제 더는 의원이 아님에도 불구하고.

이재진은 잠깐 고민하더니 이내 고개를 끄덕였다. 그런 이재진을 물끄러미 바라보던 원장이 다시 질문했다.

"이제 재단의 이사장이 된 지 1년이 넘었지? 혹시 의원님께서 재진이 네가 더 좋은 성과를 내길 바라시니?"

"아니에요. 그건 결코 아니에요. 오히려 아버지는 제가 재단 운영을 어떻게 해 나가는지에 대해 전혀 관심이 없으세요. 다만, 아버지께 다른 뜻이 있는 것 같아요."

"다른 뜻?"

원장이 고개를 갸웃거렸지만 재진은 입을 다물었다. 막상 원장에게 말하려니 선뜻 입을 열기가 어려웠다. 지금의 가족에 대해 속 시원하게 털어놓는 건 이재진에게 너무나도 어려운 일이었다. 그러나 조혜민 원장을 오랫동안 보아 온 이재진이었다. 그만큼 원장을 믿고 신뢰했다.

몇 차례 헛기침을 한 이재진이 천천히, 조심스럽게 자신의 속내를 내비쳤다.

"얼마 전에 가족 모임이 있었어요. 오랫동안 자리를 비웠던 작은형님까지 참석했죠. 아버지 때문에 모인 자리였고, 아버지께서는 아주 중요한 말씀을 하셨어요. 그런데 아버지께서 하신 말씀 때문에 지금 집안이 아주 냉랭해요. 특히 큰형님과 작은형님의 사이가요. 두 분은 항상 사이가 좋지 않은 편이었지만, 이제는 정말 살얼음판을 걷는 것 같아요."

"재진이 너는 의원님께서 하신 말씀 때문에 너희 형제들이 사이가 더 안 좋아졌다고 생각하니?"

이재진은 잠시 머뭇거리다 이내 고개를 끄덕였다.

"아무래도 민감한 문제니까요."

"그게 너와도 관련이 있는 거니?"

이재진은 조용히 고개를 끄덕였다. 당연한 말이지만, 조혜민 원장은 이재진의 집안에서 무슨 일이 있는지, 이성재가 무슨 말을 했는지 확실히 알지 못했다. 다만 경험으로 볼 때, 이재진이 상당한 압박을 받고 있다는 건 분명했다. 그녀는 이재진이 현재 처한 상황에 대해 더는 묻지 않기로 했다.

이윽고 조혜민 원장은 진심이 담긴 목소리로 이재진을 격려했다.

"재진아. 의원님께서 무슨 생각을 하시든, 어떤 계획을 갖고 계시든 그게 결코 너를 괴롭히는 방향은 아닐 거라 나는 믿는다. 이 믿음은 의원님께서 널 입양하겠단 뜻을 밝히신 그때부터 지금까지 변함이 없다. 그러니 너무 네 자신을 괴롭히지 말렴. 다른 가족들도 널 지지할 거야."

"그럼 원장님, 형님들은 어떡하죠? 형님들은 아버지와는 또 다른 생각을 갖고 있는걸요."

"그것도 널 괴롭히는 일이니?"

"잘 모르겠어요."

"그럼 재진이 네가 지금 이 상황에서 바라는 건 무엇이니?"

이재진은 고개를 들어 조혜민 원장을 바라보았다. 그러고는 아주 분명하고 또렷한 목소리로 말했다.

"가족들 모두가 다시 화목하게 지내는 것, 그걸 바라요."

"그거 말고 네가 진정으로 원하는 건 없니?"

"없어요. 저는 가족들의 행복과 건강만을 바라요."

이재진은 일말의 주저함도 없이 바로 대답했다. 그것은 한 치의 거짓도 없는 재진의 진심이었다.

이재진에게 있어 아버지 이성재의 재산은 아무것도 아니었다. 사실 그는 처음부터 아버지의 재산 따위에 관심도 두지 않고 있었다.

그러나 이상진과 이석진은, 특히 큰형 이상진은 아버지의 재산에 큰 관심을 보이고 있었다. 가족 모임에서 큰형이 내비쳤던 욕망을, 그리고 이글거리는 눈빛을 이재진은 선명하게 기억하고 있었다. 게다가 작은형 이석진도 내색하고 있지는 않지만 분명 나름의 생각이 있을 터였다. 원래도 사이가 좋지 않았던 이상진과 이석진은 이제 시간이 지나면 지날수록 철천지원수가 될 것이다.

생각이 거기까지 미치자 이재진의 마음은 이루 말할 수 없을 정도로 착잡해져만 갔다. 이재진의 모습을 차분히 바라보던 조혜민 원장이 다시금 부드러운 목소리로 말했다.

"재진아. 나는 네가 가족들 사이에서 차지하고 있는 네 자리에 최선을 다했으면 좋겠구나. 지금은 그것 말고는 달리 방법이 없는 듯하다."

원장의 말에 이재진이 놀란 듯 두 눈을 크게 떴다.

"제 자리요? 원장님, 무슨 뜻인지 잘 모르겠어요."

"이를테면 아들이라는 자리가 네 자리겠지. 그리고 형제 중에서 막내라는 자리도 네 자리일 테고."

"하지만 원장님. 저는 늘 형들에게 좋은 동생이 되기 위해 노력했어요. 그리고 부모님께 좋은 아들이 되기 위해 노력했는걸요."

재진의 말에 원장은 인자한 모습으로 말했다.

"그건 네가 바라는 너의 모습이지. 그런 모습이 솔직한 네 모습은 아니라고 나는 생각한다."

조혜민 원장의 말에 이재진은 조금 당황스러웠다. 지금까지 이런 말을 들은 적도, 나아가 그런 생각을 한 적도 없었기 때문이다. 눈을 동그랗게 뜬 이재진과 달리 조혜민 원장은 여전히 인자한 미소를 짓고 있었다. 그 미소는 단순 이재진을 안타깝게 여기는 동정의 미소 따위가 아니었다. 그에게 진심으로 용기를 주기 위한, 꾸밈없고 진솔한 미소였다.

"네 형들이 정말로 잘 지내길 바란다면, 그리고 너희 가족이 화목하게 지내길 바란다면, 더는 가족들에게 신경 쓰지 말거라. 각자 알아서 자기 일을 해결하길 바라야지."

"그럼, 저는요? 저는 어떡하면 좋죠?"

"너는 그들이 도와 달라고 하는 일에만 도움을 주면 돼. 그러니까 내 말은, 네가 너무 많은 걱정을 짊어질 필요는 없다는 뜻이야. 네 형제들이든 의원님이든 마찬가지야. 각자 생각하는 부분이 있고, 그 생각대로 행동하겠지. 그건 그들의 선택이란다. 그러므로 네가 어떻게 바꿀 수 있는 부분이 아니지. 재진이 너는 그저, 그들 곁에서 조용히 기다리면 된단다. 그들이 다시 널 찾을 때까지 말이다."

어떤 말은 그 말을 듣는 순간 강한 충격으로 다가온다. 이재진에게는 방금 조혜민 원장이 한 말이 그런 충격으로 다가왔다. 그럼 지금까지 내가 가족들을 위해서 해 온 노력은 뭐란 말인가? 그 모든 노력은 그저 덧없는 물거품이었단 말인가?

머릿속이 혼란해진 나머지 이재진은 저도 모르게 말까지 더듬었다.

"그, 그럼 원장님, 저는 지금까지, 그러니까 제가 가족들을 위해 한 모든 행동은 헛된 일이었나요?"

그런 재진의 어깨를 그 어느 때보다 다정하게 도닥이며 원장이 대답했다.

"아니. 재진이 너는 충분히 노력했단다. 하지만 이제는 너의 태도를 바꿀 때가 되었다는 뜻이야. 아까 재진이 너는 의원님이 뭔가 다른 생각을 갖고 계신 것 같다고 말했지? 그럼 한번 생각해 보자. 의원님께서는 평소와 다르게 행동하시니?"

"아니요."

"그럼 네 형제들은 최근 들어서 갑자기 사이가 냉랭해졌니? 내가 기억하기론 네 형제들은 어릴 때부터 사이가 좋지 않았는데."

"그건 맞아요."

"그럼 네 형제들이 널 갑자기 싫어하니?"

"아뇨. 전혀요."

조혜민 원장은 그럴 줄 알았다는 듯 고개를 끄덕이며 덧붙였다.

"그동안 재진이 너는 네 가족을 위해 최선을 다했어. 나보다 네 가족들이 더 잘 알 거야. 그러니 이제부터는 네가 아닌 네 가족들이 재진이 널 위해 노력할 차례야."

원장의 말에 이재진은 고개를 수그리고는 조그맣게 말했다.

"과연 그런 순간이 올까요?"

"조금 더 시간을 가지렴. 내가 보기에는 금방 해결될 일은 아닌 것 같구나. 차분하게, 하지만 너무 고민하지 말고 기다리면 돼. 그리고 내가 한 말은 조언일 뿐이란 걸 기억해 주렴. 결국 선택은 너의 몫이란 걸 잊지 말란 뜻이야."

"네, 알겠습니다, 원장님. 감사해요."

이재진은 한결 가벼워진 얼굴로 원장에게 고마움을 표했다. 물론 고민과 걱정이 해결된 건 아니었다. 그러나 원장의 조언처럼, 결국 모든 문제를 해결하는 데는 자신의 단호한 선택이 필수였다. 돌이켜 보면, 이재진은 가족에 대해 고민할 때도, 재단 문제에 대해 고민할 때도 언제나 타인만을 우선 생각했다.

이재진은 자신이 진정 원하는 게 무엇인지, 즉 자신의 욕망에 대해서는 깊이 알려고 하지 않았다. 언제나 타인에 대한 고민과 걱정에 잠겨 자신을 방치했다. 그 때문에 지나친 걱정과 고민에 휩싸여 괴로움에 몸부림쳤던 것이다.

이재진의 표정이 달라진 것을 눈치챈 조혜민 원장이 웃으며 자리에 일어났다.

"이제 저녁 먹으러 갈까? 재진이 뭘 먹고 싶니? 이 근처에는 네가 좋아할 만한 식당이 없어서 항상 고민이구나."

"아니에요, 원장님. 저 뭐든지 잘 먹잖아요."

평소처럼 너스레를 떨면서 이재진이 자리에서 일어나려던 그때, 휴대폰 진동이 울렸다. 휴대폰을 꺼내 발신자를 확인한 이재진의 두 눈이 휘둥그레졌다. 발신자는 이석진이었다.

"저 잠시 전화 좀 받고 올게요."

이재진은 급히 원장실을 나섰다. 그는 조용한 구석으로 가서 전화를 받았다. 휴대폰 너머로 이석진이 의아하듯 물었다.

"아직도 일하니? 벌써 퇴근한 줄 알았는데."

"아니에요. 형님. 지금 약속이 있어서요."

"약속? 아까 저녁 먹자고 메시지 보내지 않았어?"

"제가요?

순간 이재진은 아차, 싶었다. 보육원에 오기 전, 이석진에게 함께 저녁을 먹자고 메시지를 보냈지! 기억이 나지 않았다. 이재진은 급히 둘째 형에게 사과했다.

"죄송해요, 형님. 제가 갑자기 약속이 잡혔는데 그걸 형님께 말씀드리지 않았네요. 정말 중요한 약속이라 파할 수 없어서 그만…."

"아니다, 그럴 필요 없어. 괜히 너만 힘들지. 중요한 약속이면 재단 일이지? 나중에 통화하자."

"아니요, 실은 보육원 원장님과 만나고 있어서요."

재진의 말이 끝났음에도 휴대폰 너머에서는 아무 말도 들리지 않았다. 이재진은 이석진의 반응을 확인하고는 또다시 아차, 싶었다. 이석진은 이재진이 보육원에 찾아가는 걸 무척이나 싫어했기 때문이다. 조혜민 원장과의 대화에 너무 몰두한 나머지 말을 고르고 조심해야 한다는 걸 잊고 말았다.

예상대로, 이석진은 냉랭한 목소리로 동생에게 물었다.

"보육원에는 또 왜 간 거야?"

"그냥 오랜만에 원장님께서 식사하자고 연락이 와서요. 정말 그뿐이에요."

휴대폰 너머로 한숨 소리가 들려왔다. 이재진은 긴장한 채 휴대폰을 고쳐 쥐었다.

"나는 도무지 이해가 안 된다, 재진아. 바로 옆에 네 가족들이 있는데 왜 아직도 보육원을 가는지 모르겠단 말이야. 거기다 원장 말고는 너와 연락하는 보육원 사람은 한 명도 없다면서?"

"그러니까 가는 거예요. 그리고 제가 자주 보육원에 가는 것도 아니잖아요."

저도 모르게 욱한 이재진이 반항 조로 말했다. 휴대폰 너머 이석진은 말이 없었다. 이재진도 침묵을 고수했다. 서로 간에 불편한 침묵이 잠시 오갔고, 결국 이재진이 먼저 형에게 사과했다. 그는 이런 상황을 길게 끌고 싶지 않았다.

"형님, 죄송해요. 나중에 다시 전화해요."

"집에 얼른 돌아가라."

그게 끝이었다. 이재진은 통화가 종료된 휴대폰을 바라보다 이내 원장실로 들어갔다. 그러고는 아무 일도 없었다는 듯, 조혜민 원장을 향해 밝게 웃었다.

이석진은 이재진이 지냈던 보육원에 단 한 번도 방문한 적이 없다. 그건 이상진도 마찬가지였다. 사실 두 사람은 이재진이 보육원에서 어떻게 지냈는지 말로만 전해 들었을 뿐이었다. 그 때문에 두 사람은 이재진에게 있어 조혜민 원장과 이 보육원이 어떤 존재인지 전혀 이해하지 못했다.

그러나 이재진에게 있어 보육원은 다시없을 추억의 공간이자 몹시도 소중한 사람과 함께했던 소중한 공간이었다. 그러므로 이재진은 반드시 이 보육원을 지키고 싶었다. 그것만큼은 결코 가족들과 타협하지 않을 작정이었다.

4장
다짐

 누구나 인생을 살다 보면 다양한 고민을 떠안게 마련이다. 대부분 사람들은 고민을 해결하기 위해 나름의 계획을 구상한다. 그 과정에서 원래 계획을 끊임없이 수정하며 신중을 가하는 사람이 있는가 하면, 이것저것 고민하기 싫어 처음의 계획을 그대로 밀어붙이는 사람도 있다.
 이상진은 후자의 사람이었다. 그는 단순하고도 우직한 태도로 자신의 계획을 확고하게 밀어붙였다.
 이상진은 최신형 스포츠카를 끌고 최민호가 운영하는 음식점으로 향했다. 이상진과 자주 어울리는 두 사람 중 하나인 최민호는 이탈리아식 화덕피자 레스토랑을 운영했고, 다른 하나인 김승준은 일본식 선술집을 운영했다. 두 가게 모두 이상진이 단골손님이었다. 그가 두 사람의 가게를 자주 찾는 까닭은 오직 하나였다. 그곳에서는 다른 사람의 시선에 상관하지 않고 마음껏 즐길 수 있었기 때문이다.
 최민호는 이탈리아 나폴리에서 직접 전수받은 피자 레시피로 레스토랑을 운영한다고 홍보했고, 김승준은 일본 유학 경험이 있는 일류 주방장이 선술집에서 모든 요리를 만든다고 떠들썩하게 홍보했다. 정작 두 사람 모두 일본과 이탈리아도 가 본 적이 한 번도 없었지만. 물론 이상진도 이 사실을 알고 있었다. 게다가 이상진이 보기에 김승준의 선술집과 최민호의 이탈리아 레스토랑이나 겉모습만 화려할 뿐, 맛이나 서비스 모두 그저 그런 수준에 불과했다.

이상진의 스포츠카가 최민호의 레스토랑 앞에 도착하자 지나가는 사람들이 이상진의 스포츠카를 흘깃흘깃 쳐다보았다. 2억 원에 가까운 최고급 스포츠카는 사실 눈에 띌 수밖에 없었다. 최민호의 가게를 찾는 손님들 대부분은 평범한 서민이므로, 그만큼 비싼 자동차를 소유하기 힘들었다.

최민호와 김승준의 가게를 찾을 때마다 이상진은 이런 시선을 느꼈다. 그는 사람들의 시선을, 부러움과 시샘이 섞인 시선을 꽤 즐기는 편이었다. 가게 주변에서 술에 취해 시끄럽게 구는 사람들도 이상진의 차 앞에서는 모두 이상할 정도로 조용해지곤 했다. 혹여나 차에 흠집이라도 내면 인생이 나락으로 굴러떨어질 테니 말이다. 이상진은 그런 사람들을 보며 은근한 희열을 느꼈고, 그 때문에 가게를 찾아올 때마다 반드시 스포츠카를 몰았다.

"어서 오십시오, 형님!"

이상진이 레스토랑에 들어오자 주방에 있던 최민호가 허겁지겁 이상진을 맞이했다. 그는 곧장 이상진을 구석진 창가 자리로 안내했는데, 거기에는 이미 먼저 도착한 김승준이 앉아 있었다.

"형님, 승준이가 자리에 있으니까 승준이와 먼저 마시고 계세요. 저는 준비되는 대로 가겠습니다."

"오늘 지희도 온다고 했어. 걔 좋아하는 와인 알지?"

"그럼요. 제가 다 알아서 준비할 테니 형님은 아무 걱정 마십시오."

말이 끝나기 무섭게 최민호는 이상진 몰래 직원에게 얼른 와인을 사 오라고 지시했다. 직원은 최민호가 알려 준 와인 종류를 듣고는 빠르게 눈을 깜빡였다.

"사장님. 그런 와인은 저희 가게에서 취급하지 않잖아요. 게다가 그 와인, 엄청 비싸고 구하기 힘든 와인 아니에요?"

직원의 말에 최민호가 잠시 눈썹을 꿈틀하더니 사나운 투로 말했다.

"멍청아, 내가 몰라서 하는 말이냐? 잔말 말고 얼른 가서 사 오란 말이야. 이 동네를 이 잡듯이 뒤져서라도 찾아와. 오늘 그 와인 못 구하면 너랑 나는 끝장이야."

직원은 저도 모르게 침을 꿀꺽 삼켰다. 평소에는 실없는 농담을 자주 하며 직원들에게 스스럼없이 굴던 최민호가 이번만큼은 심상치 않았기 때문이었다.

만약 박지희가 좋아하는 와인을 구하지 못한다면, 이상진은 분명 자리에서 일어날 것이다. 자신이 요구한 와인이 없다는, 고작 그 이유 하나만으로 말이다. 그 어느 누가 평범한 레스토랑에서 수백만 원을 호가하는 최고급 와인을 마시겠는가! 그렇다고 해서 와인을 구하지 못한다면 최민호는 이 일에 대해 몇 날 며칠을 이상진에게 사과해야 했다. 어떤 굴욕을 감수해서라도 이상진의 마음을 풀어 주어야만 했다. 최민호는 아득해지려는 정신을 간신히 붙든 뒤, 직원의 등을 억지로 떠밀었다.

최민호가 그러고 있는 사이, 김승준은 자리에서 벌떡 일어나 이상진을 향해 허리를 숙이며 인사했다.

"형님, 오셨습니까? 시장하시지요? 방금 민호가 준비한 음식들이니 어서 드시지요."

"지희도 곧 도착한다니까 그때까지 기다리지."

"오는 데 얼마나 걸린답니까? 너무 늦으면 음식이 식을 텐데요."

"우리가 음식 먹으려고 만나?"

이상진이 그렇게 말하며 피식 웃자 김승준도 따라 웃었다. 하지만 사실 김승준은 늦은 아침에 김밥 한 줄로 요기를 해결했기에 몹시 배가 고팠다. 게다가 어제 선술집이 늦게 마감하는 바람에 상당히 피곤했다. 그러나 그는 내색하지 않았다. 이상진보다 먼저 음식에 손도 대지 않았다. 만약 그랬다가는 이상진은 기분이 나쁘다며 자리에서 일어날 것이 뻔했기 때문이다. 이미 전에도 한 번 그런 적이 있었으므로, 김승준은 아예 음식에는 눈길조차 주지 않았다.

테이블에는 화덕피자와 샐러드, 파스타가 놓여 있었다. 모두가 레스토랑에서 취급하는 메뉴들이었지만, 이상진을 위해 최민호가 세심하게 신경 쓴 티가 역력했다. 게다가 체코에서 직접 공수한 맥주도 있었다. 원래 최민호의 가게에서는 국내산 생맥주만 판매했지만 이상진은 오직 체코에서 직수입한 맥주만 마셨다. 최민호는 그런 이상진을 위해 특별히 체코 맥주를 준비한 것이었다.

곧 최민호도 자리에 합석했다. 그제야 이상진은 앞에 놓인 맥주병을 따서 잔에 따랐고, 최민호와 김승준도 각자 마실 술을 챙겼다.

이상진은 잔에 가득 찬 맥주를 단숨에 들이켰다. 이가 시릴 정도로 차가운 맥주가 목구멍을 지나가자 그제야 만족스럽다는 듯 이상진이 웃었다.

"좋네. 여기 오길 잘했어."

"자주 오세요, 형님. 언제든지 환영이니까요."

"다음에는 저희 선술집으로 가시죠. 이번에 들어온 참치가 아주 좋습니다."

"거기는 참치를 다룰 줄 아는 사람도 없잖아. 어디서 구한 거야?"

이상진이 놀리듯 물었지만 김승준은 그저 헤헤거릴 뿐이었다. 사실 이상진의 말처럼 김승준은 참치에 대해 아는 바가 거의 없었다. 그저 아는 사람의 아는 사람을 통해 비싼 참치를 구입할 뿐이었다. 오직 이상진의 비위를 맞춰주기 위해서 말이다.

세 사람이 이런저런 대화를 나누며 술잔을 기울이고 있을 때, 박지희가 가게로 들어왔다. 명품 가방에 값비싼 반지와 목걸이로 치장한 박지희는 이 가게에 있는 여자 손님들 중 단연 돋보이는 미인이었다. 몇몇 남자들은 박지희에게서 시선을 뗄 줄 몰랐다. 박지희는 그런 남자들은 거들떠보지도 않고 곧장 이상진이 있는 자리로 향했다.

"어째서 만나는 장소가 바뀔질 않는 거야? 레스토랑 아니면 선술집, 지긋지긋하지도 않아?"

박지희가 대놓고 툴툴거리며 이상진 옆에 털썩 앉았다. 박지희는 최민호와 김승준에 비하면 나이가 어렸지만 행동에 거리낌이 없었다. 최민호는 이 상황을 좋게 넘기기 위해 그저 실실 웃기만 했다.

"에이. 우리 가게 음식이 뭐 어때서 그래? 그리고 무엇보다 상진 형님이 우리 가게를 편하게 생각하니까 모이는 거잖아."

"맞아. 그게 제일 중요하지."

김승준이 최민호의 말에 맞장구를 치려는 순간, 최민호가 슬쩍 자리에서 일어났다. 와인을 구하기 위해 나갔던 직원이 때마침 가게로 들어왔기 때문이었다. 정말 적절한 순간에 나타났다고 생각하며 최민호는 안도의 한숨을 내쉬었다. 만약 직원이 조금만 더 늦었더라면 최민호가 직접 와인을 구해야 했을 테니까.

최민호가 와인을 가지고 자리로 돌아왔지만 박지희는 여전히 거만하게 팔짱을 낀 채 입술을 씰룩거렸다.

"내 참, 진짜 웃기지도 않아. 상진 오빠가 두 사람 편의를 봐주기 위해서 매번 여기로 오는 건데."

"어어, 그럼 다 알고 있지. 상진 형님 덕분에 우리 가게 매출도 많이 올랐는걸. 물론 아직 제대로 자리를 잡으려면 멀었지만…."

최민호의 말에 박지희가 사납게 눈을 부라렸다.

"또, 또 그 소리! 사정 어렵다는 이야기는 이제 그만 듣고 싶어! 왜 다 같이 모일 때마다 힘들다는 이야기만 주구장창 늘어놓는 거야? 할 이야기가 그것밖에 없어?"

순간 최민호의 턱이 움찔거렸다. 이상진만 아니었다면 최민호는 당장 자리를 박차고 나갔을 것이다. 아니, 애당초 박지희와 어울리지도 않았을 것이다. 그럼에도 그는 자신의 감정을 드러내지 않기 위해 무던히도 애를 썼다. 김승준은 최민호의 눈치를 보며 그저 묵묵히 술잔만 기울였다.

박지희는 이상진이 최민호와 김승준, 두 사람과 오랫동안 가까이 지냈다는 사실을 잘 알고 있었다. 세 사람은 이상진이 관리하는 건물에 최민호와 김승준이 각각 가게를 차리면서 처음 인연을 맺게 되었고, 서로 나이대가 비슷해 금방 술친구가 되었다.

훗날 최민호와 김승준이 각각 운영하던 가게가 수익이 나지 않아 결국 문을 닫게 되었을 때, 이상진은 두 사람을 경제적으로 도와줬다. 권리금을 받지 않았을 뿐만 아니라 그들이 가게를 운영하게 되었을 때도 어느 정도 자금을 투자하기까지 했다. 사실 이상진에게 그 정도의 자금 투자는 크게 의미 없는 것이었지만, 최민호와 김승준은 아예 이상진을 인생의 은인으로 모시고 있었다.

사실 지금까지도 최민호와 김승준 두 사람 모두 왜 이상진이 자신들을 도와줬는지 알 수 없었다. 그가 아무리 어마어마한 배경을 지녔고 돈이 많다고 한들, 굳이 자신들을 도와줄 이유가 없었기 때문이다. 다만 평소 가깝게 지냈으니 의리로 도와준 게 아닌가, 두 사람은 짐작할 뿐이었다. 이유가 어쨌든 이상진에게 감사한 건 사실이었다.

박지희 또한 그런 두 사람의 속내를 모르지 않았다. 아니, 오히려 너무나도 잘 알고 있었기 때문에 내심 두 사람을 우습게 여겼다. 최민호나 김승준과는 달리 그녀는 이상진과 경제적으로 엮인 관계가 아니었다.

박지희는 우연한 소개로 이상진을 알게 되었고, 점차 이상진과 가까운 사이로 발전하였다. 그렇다고 해서 두 사람이 연인 사이인 건 아니었다. 다만 박지희의 생일마다 이상진이 그녀에게 값비싼 물건을 선물하는, 다른 사람들에 비해 좀 더 친밀하고 깊은 관계일 뿐이었다. 오늘 그녀가 가져온 명품 가방과 착용한 팔찌, 목걸이도 모두 이상진이 선물로 준 것들이었다.

그렇기에 박지희는 늘 궁색하게 이상진을 쫓아다니며 은근히 이상진에게 도움을 바라는 최민호와 김승준이 탐탁지 않았다.

"다들 그만해. 그런 이야기 하라고 모인 자리가 아니잖아. 술이나 마시자."

이상진이 나서자 그제야 박지희는 입을 다물었다, 최민호와 김승준은 이상진의 빈 잔에 얼른 술을 따랐다. 그러면서 두 사람은 이상진 몰래 박지희를 노려보았다. 박지희도 이상진과 어울리지 않았다면 값비싼 선물 따위는 받지 못했을 것이다. 사실은 누구보다 이상진에게 목을 매는 주제에. 두 사람이 보기에는 박지희 또한 자신들과 다를 바 하나 없는 인간이었다.

"뭐 해? 안 마실 거야?"

다시 이상진이 세 사람을 향해 말했다. 아니, 세 사람에게 명령했다. 결국 세 사람은 순순히 술을 마셨다. 이어 다시 이런저런 대화가 오갔다. 물론 대부분의 대화 주제는 이상진이 관리하는 건물이나 주변 상권에 대한 것이었지만.

"얼마 전에 좋은 상권을 봤어. 교통도 나쁘지 않고 주변에도 꽤 좋은 건물들이 많아. 사람들도 많이 오가고. 나중에 그 땅을 한번 매입할까 생각 중이다."

이상진의 말에 김승준이 과장스럽게 감탄스러운 표정을 지으며 이상진을 추켜세웠다.

"이야, 형님은 어떻게 그런 곳을 알아보셨어요? 정말이지 형님은 대단하십니다. 나중에 거기에서 뭘 하실 겁니까?"

"뭘 하겠다는 건 아냐. 그저 투자를 하는 거지. 흐름이 좋으면 돈을 더 불릴 수 있으니까. 사고팔면서 점점 몸집을 불리는 게 결국 돈이잖아?"

거기까지 말한 이상진이 최민호와 김승준을 바라보더니 짐짓 뻐기는 투로 말을 이었다.

"내가 매번 너희에게 말하잖아. 돈이 돈을 낳는다는 말이 괜히 있는 게 아니라고."

"그럼요. 형님 말씀이 옳습니다."

"역시 사람은 투자하면서 재산을 불려야 하는 거죠. 정말이지 형님의 안목은 늘 존경스럽습니다."

최민호와 김승준은 연신 이상진의 말에 맞장구를 쳤다. 그런 두 사람을 바라보며 이상진은 흐뭇한 기분이 되었다.

사실 이상진은 언제까지나 건물만 관리하며 살 생각이 눈곱만큼도 없었다. 그는 자신의 힘으로 큰돈을 만지고 말 것이라는 나름의 꿈이 있었고, 그 꿈을 이루기 위해 어느 정도 계획도 세워 둔 상태였다. 아직 아버지에게는 말하지 못했지만, 훗날 계획이 명확하게 그려지는 즉시 아버지에게 자신의 계획을 말할 예정이었다.

아니, 꼭 말해야만 했다. 왜냐하면 이상진이 이루고자 하는 계획에는 아버지의 재산이 반드시 필요하기 때문이었다. 이상진은 아버지가 가족모임에서 말했던 상속이 마무리된다면, 그 돈으로 더 큰 사업을 할 작정이었다. 이상진은 자신의 큰 뜻이 아버지에게 분명 전달될 것이며 나아가 아버지에게 격려를 받게 될 것이라 굳게 믿었다. 그 믿음에는 한 치의 의심도 존재하지 않았다.

"기분 좋다, 자, 마셔!"

우쭐한 기분과 취기에 잠식된 이상진이 잔을 높이 들었다. 최민호와 김승준도 얼른 잔을 들었다.

"형님, 저희 잠시 화장실 좀 다녀오겠습니다."

분위기가 무르익을 때쯤 최민호와 김승준이 슬쩍 자리에서 일어났다. 자리에는 이상진과 박지희, 두 사람만 남게 되었다. 박지희는 말없이 와인 한 모금을 입안에 머금었고, 이상진은 기분 좋게 웃으며 그녀에게 호언장담했다.

"지희야. 나중에 분명 기쁜 소식이 있을 거야. 그때는 우리 더 좋은 장소에서 만나자."

이상진의 말에 박지희가 새침한 투로 대꾸했다.

"두 사람은 없는 자리지?"

"너무 그렇게 두 사람 싫어하는 티 내지 마라. 나한테는 좋은 동생들이야. 같이 어울리면 기분도 좋아지고 복잡했던 생각도 풀리거든."

이상진의 말을 자르며 박지희가 한 소리 했다.

"생각은 오빠 혼자 해도 되잖아? 솔직히 저 사람들과 대화를 나눠도 오빠의 상황이 나아지는 것도 아닌데. 결국 오빠 문제는 오빠 혼자서 해결해야 하는 거고. 게다가."

박지희가 조금은 힘 빠진 목소리로 말을 이었다.

"지금 오빠가 하려는 사업도 나나 저 오빠들의 도움이 필요한 건 아니잖아."

"나는 도움 같은 건 안 받아."

이상진은 단호하게 말했다. 이상진의 말에 박지희가 조그맣게 한숨을 내쉬었다. 이상진은 웃으며 그런 박지희를 물끄러미 바라보았다.

이상진은 이런 박지희가 좋았다. 처음부터 그녀의 가식이라곤 없는 솔직한 성격이 마음에 들었다. 이상진은 바보가 아니었다. 최민호와 김승준이 이상진의 말에 무조건적인 호응만 해 준다는 사실을 누구보다 잘 알고 있었다.

이윽고 박지희가 분위기를 풀기 위해 화제를 전환했다.

"오빠네 집안은 좀 어때? 별문제 없어?"

"문제 같은 건 전혀 없어."

말 그대로였다. 이상진에게 문제 같은 건 전혀 없었다. 걱정도 없었다. 시간이 지나면 지날수록 그는 아버지의 상속 문제에 있어서 이석진과 이재진에 비해 자신이 훨씬 우위에 있다고 확신했던 것이다. 결국 아버지 마음에 쏙 드는 사람은 장남인 자신밖에 없다고 그는 믿었다.

물론 둘째인 이석진이 자신보다 똑똑한 건 사실이다. 하지만 이석진은 상속이니 증여니, 그런 일에 전혀 관심이 없어 보였다. 그런 녀석이니만큼, 갑자기 아버지께서 상속에 대해 한마디 했다고 돌연 생각이 바뀔 것 같지는 않다. 그러기에는 이석진은 자신만의 까다로운 고집이 있었다.

이재진은, 마냥 착하고 성실했다. 이상진에게 있어 막내는 언제나 그런 인상이었다. 하지만 그 정도였다. 결정적으로 막내에게는 야망이 없었다. 막내가 아버지에게 재산을 상속받는다고 한들 그걸 유지만 하면 다행일 것이다. 게다가 그런 막내의 성격을 누구보다 잘 아는 사람이 바로 아버지였다.

"결국 내 뜻대로 될 거야. 두고 보라고."

이상진은 혼잣말을 중얼거렸다. 그 혼잣말에는 이상진 특유의 분명한 태도와 자신감이 느껴졌다.

"그래, 오빠가 어련히 알아서 잘 하겠지."

결국 박지희도 이상진에게 졌다는 듯 피식 웃어 보였다. 이상진과 박지희의 잔이 가볍게 부딪쳤다. 이상진은 천천히 와인을 마시는 박지희를 보며 오늘은 평소보다 집에 더 늦게 들어갈까, 잠시 고민했다. 물론 박지희가 싫다고 하면 최민호와 김승준은 따로 떼 놓을 작정이었다.

* * *

"당신, 요새 괜찮아요?"

"갑자기 무슨 말이오?"

"매일 아침 일찍 나가잖아요. 의원이었을 때보다 더 바빠 보여요."

"할 일이 많으니 부지런히 움직여야지요. 이 나이가 되었다고 해서 한적하게 보낼 생각은 전혀 없소."

이성재는 거울에 비친 자신의 모습을 보면서 옷매를 고쳤다. 그는 평소처럼 반듯하게 정리된 정장에 새하얀 하얀 와이셔츠를 입었다. 집에서도 마찬가지였으나, 외출하는 날이면 더욱 차림새에 신경 썼다.

물론 김무교의 걱정대로 최근 이성재는 분주했다. 거의 매일 외출해 사람들을 만났고, 집에 있는 날이면 여러 군데에 연락해 따로 일을 보기도 했다. 그리고 오늘은 병원에서 김정민을 만나 항암치료를 받아야 했다. 이미 두 번 치료를 받았는데, 그 사실을 이성재는 김무교에게 한 번도 말한 적이 없었다. 애당초 김무교는 이성재가 자신 몰래 병원에 오간다는 사실을 전혀 알지 못했다.

이성재는 성큼성큼 안방을 나섰다. 위층은 아주 조용했다. 이미 이재진은 출근한 뒤였다. 세 아들 중 가장 성실한 막내이니 어찌 보면 당연했다. 이성재는 현관에서 구두를 신다가 문득 김무교에게 슬쩍 물었다.

"어제 상진이는 들어왔소? 저녁 늦게 나갔는데."

"새벽에 들어왔나 봐요. 방에서 자는 숨소리만 들린다고 희선 씨가 말해 주었어요."

김무교가 걱정스럽다는 투로 말했다. 그러나 사실 그녀가 걱정하는 건 아들 이상진의 몸 상태가 아니라 남편 이성재의 반응이었다. 늦은 시간까지 사람들과 어울려 술자리를 가진 뒤 늦게 귀가하는 아들을 좋아하는 아버지란 이 세상에 없으니 말이다.

그러나 김무교의 걱정과는 다르게 이성재는 별 반응을 보이지 않았다. 그는 곧 현관문을 열었고, 김무교가 그를 배웅했다.

"집에 오기 전에 꼭 전화해요. 미리 식사 준비해 놓을게요."

이성재는 대답하지 않았다. 어쩌면 일정 때문에 저녁 식사를 밖에서 해결할 수도 있었지만 그 또한 김무교에게 말하지 않았다. 그는 오직 앞만 바라보며 걸어갔다.

집 대문을 나서자 이미 자동차가 준비되어 있었다. 뒷좌석 문이 열려 있었고, 그 옆에 김주현 실장이 서 있었다. 김 실장이 인사하자 이성재는 가볍게 고개를 끄덕였다.

두 사람은 뒷좌석에 올라타자 곧 자동차가 출발했다. 미끄러지듯 움직이는 차 안에서 김주현이 미리 준비한 서류봉투를 이성재에게 건넸다.

"말씀하신 서류입니다."

"별문제 없었나?"

"네. 미국에 연락해서 실제로 운영하는 법인인지 확인했습니다. 모두 문제없었습니다. 그리고… 생각보다 석진 씨가 보유한 자산이 상당했습니다."

김주현 실장의 묘한 반응에 이성재는 곧장 봉투에서 서류를 꺼내 확인했다. 서류에는 다양한 기업의 이름이 적혀 있었다. 그 뒤로 기업의 자산 규모 및 이익 등이 적힌 재무제표가 있었다. 모두 해외 기업이었다. 이어 투자 금액과 투자자가 적혀 있었는데, 세부적인 사항은 적혀 있지 않았지만 거기에는 이석진이 분명 포함되어 있었다.

이성재가 김주현 실장에게 받은 서류에는 지금까지 이석진이 투자한 회사명과 재무제표, 그리고 투자 금액 등이 적혀 있었다. 그 서류를 통해 이성재는 지금까지 둘째 아들이 모은 자산 규모가 어느 정도인지 대략 파악할 수 있었다. 물론 구체적인 액수까지 파악할 수는 없었다. 아무래도 해외에서 활동하는 기업이라 조사하는 데 어려움이 따른 탓이었다.

그러나 이성재는 서류상 명시된 금액만 보더라도 아들 이석진이 상당한 자산을, 그것도 자신보다 더 많은 자산을 지니고 있다는 사실을 깨달았다. 이성재는 그 규모에 놀라 저도 모르게 헛웃음을 내뱉었다.

"적어도 몇백억 원은 되겠군. 하긴. 미국에서 허투루 지냈을 녀석은 아니지."

"저도 조사하면서 확인했는데, 아무래도 의원님께서 짐작하시는 것보다 석진 씨에게 더 많은 자산이 있는 듯합니다."

"그래, 그렇겠지. 그러니까 저렇게 조용히 지내는 게 아니겠나?"

이성재에게 권한을 받아 건물을 관리하는 이상진, 그리고 재단 이사장이라는 자리를 물려받은 이재진과는 달리 이석진은 그 어떤 것도 이성재에게 물려받지 않았다. 그런데도 아버지에게 아쉬운 소리 하나 없이 생활한다는 건 그만큼 경제적 여유가 뒷받침된다는 뜻이었다. 그리고 이성재는 서류로나마 그 사실을 오늘 확인했다.

김주현이 옆에 있었기에 크게 내색하지 않았으나, 이성재는 내심 만족했다. 이석진이 축적한 재산은 아비인 자신의 도움 따윈 받지 않은, 오로지 이석진 스스로 일군 결과였기 때문이다. 확실히 이석진은 자금 운영과 경제 흐름을 이해하는 데 뛰어난 감각이 있었다. 그 감각은 분명 이성재 자신과 닮아 있었다. 물론 이석진은 그 말에 절대로 동의하지 않겠지만 말이다.

피는 어떻게든 연결된다. 그 피를 부정한다고 해도 결국 세대를 따라 이어지기 마련이다.

"김 실장, 자네는 석진이가 어떻게 이토록 많은 자산을 키웠다고 생각하나?"

"분명 석진 씨는 의원님을 많이 닮았습니다. 그 때문에 경제적 안목이 아주 탁월하죠. 하지만 자산 규모를 키우는 건 오로지 자기 자신의 능력에 달려 있습니다. 그런 면에서 본다면 석진 씨의 능력은 확실히 출중합니다."

"내 아들들 중에서 석진이가 가장 출중하다고 생각하나?"

"저만 그렇게 생각하는 건 아닐 겁니다."

김주현의 말에 이성재가 고개를 끄덕였다. 사실 이성재도 김주현과 같은 생각이었다. 사실, 이성재는 자기 혈육이라는 이유로 세 아들을 무조건 좋게 보지는 않았다. 오히려 냉랭하다고 여겨질 정도로 객관적인 기준으로 아들들의 능력과 됨됨이를 판단했다.

그럼에도 분명 이석진의 능력은 탁월했다. 이성재는 일찍이 그런 둘째 아들의 잠재력을 알아보았고, 그 때문에 미국으로 유학까지 보냈다. 그러나 유학 이후, 자신의 기대와는 달리 둘째 아들은 가족들과 멀어져 홀로 지내게 되었다.

아들들에 대하여 골똘히 생각하던 이성재는 저도 모르게 고개를 치켜들었다. 비로소 자신의 판단이 옳았음을 그는 확신했다. 더는 지체할 필요 없이 계획대로 움직여도 되겠다고 결심이 선 이성재가 김주현에게 말했다.

"나는 병원 들렀다가 따로 갈 데가 있네. 김 실장은 따로 오지 않아도 돼."

"혹시 석진 씨한테 가실 건가요?"

김주현의 물음에 이성재는 대답하지 않았다. 오랫동안 이성재 곁에서 그를 보좌했던 김주현은 굳이 이성재에게 다시 질문하지 않았다. 다만 김주현은 이성재가 이석진을 따로 만난다는 사실이 내심 신경 쓰였다.

이성재의 뜻을 가장 먼저 이해하는 사람, 동시에 이성재의 곁을 충실히 지키는 사람이 바로 김주현이었다. 그는 이성재가 의원이었던 시절부터 그를 보좌해 왔다. 처음에는 의원과 보좌관으로 만난 사이였지만, 이성재가 지닌 능력과 가치를 단번에 이해하고는 그와 함께하기로 결심했던 것이다. 그 때문에 이성재가 의원직에서 물러날 때도 김주현은 그를 따랐고, 결국 이성재는 비서실장이라는 명목으로 김주현을 자신의 곁에 두었다. 그 시간이 벌써 10년은 족히 넘었다.

지난 10여 년 동안, 김주현은 이성재의 곁에서 많은 일을 도왔다. 그 일이 무엇이든 김주현은 묵묵히 도맡았다. 자신의 능력으로 해결할 수 있는 일은 단번에 해결했고, 그렇지 못한 일은 모든 역량과 관계를 동원해서라도 이성재에게 도움이 될 수 있도록 노력했다. 이성재는 그런 김주현을 인정했다. 그건 김무교도 마찬가지였다. 그 때문에 김무교는 자주 김주현을 집으로 초대해 식사를 같이하거나 따로 선물도 챙겨 주곤 했다.

이성재와 김무교에게 인정받게 되면서, 김주현은 이성재의 아들들도 바로 곁에서 지켜봤다. 김주현은 저마다 다른 성격과 개성을 지닌 이성재의 아들들과 잘 지내려고 노력했지만, 유독 이석진만큼은 정이 가지 않았다. 자신이 그토록 존경하는 이성재의 뜻을 끝끝내 거스르는 이석진의 태도를, 김주현은 도저히 이해할 수 없었다.

그래도 김주현은 이성재와 김무교 앞에서는 이를 내색하지 않으려고 각고로 노력했다. 그럼에도 불구하고 이성재의 뜻에 엇나가는 모습을 이석진이 보여 줄 때마다 불편함을 넘어 불쾌감까지 들었다. 그래서 김주현은 일부러 이석진을 '석진 씨'라고 불렀다. 김주현에게 있어 이석진은 아버지에게 무례하게 행동하는 철부지 아들에 불과했다.

물론 김주현도 이석진의 능력만큼은 인정했다. 이성재에게 한 말도 결코 빈말이 아니었다. 그러나 능력과 성품은 별개의 문제였다. 김주현이 보기에는, 자기 멋대로 행동하는 첫째 이상진보다 더 질이 안 좋은 쪽이 바로 이석진이었다. 자기 속을 내비치지 않는 음흉한 사람. 김주현은 이석진을 그렇게 평가했다.

김주현은 이성재가 가족들을 모아 상속에 대해 말했다는 걸 알고 있었다. 분명 이성재가 이석진을 만나는 일도 상속과 관련이 있으리라. 아직까지 이성재의 뜻을 구체적으로 알 수 없었으나, 그게 무엇이든 이석진과 관련된 것이라면 결코 좋은 징조는 아니라고 김주현은 확신했다.

* * *

    평일 오후임에도 호텔 라운지에는 오가는 사람들이 제법 있었다. 이석진은 라운지에 마련된 자리에서 휴대폰을 보고 있었다. 그런 모습만 보면 얼핏 서울에 일이 있어 들른 사람처럼 보였지만, 사실 이석진은 그 누구보다 한가한 시간을 보내는 중이었다.
    그는 저녁에 김연희를 만날 예정이었다. 만나서 무엇을 할지는 아직 정하지 않았다. 시간이 넉넉하다면 함께 영화를 볼 작정이었고, 잠깐 얼굴만 보는 정도라면 단골 바에서 간단히 식사를 할 예정이었다. 물론, 호텔에서 잠시 대화를 나누고 헤어지는 정도여도 이석진은 만족했다. 그에게 중요한 건 김연희와 함께하는 시간 바로 그 자체였기 때문이다.
    그때, 진동이 짧게 울리며 이석진의 휴대폰으로 메시지 하나가 도착했다. 이재진이 보낸 메시지였다. 이재진이 보육원을 다녀온 이후, 두 사람은 잠시 냉랭한 시간을 보냈다. 그러나 결국 먼저 연락한 쪽은 이재진이었고, 두 사람은 예전처럼 연락을 주고받았다.
    물론 두 사람 사이에 직접적인 사과가 오간 것은 아니었다. 하지만 사과하지 않는다고 해서 서로가 서로에게 서운한 감정을 노골적으로 드러내는 사이는 아니었다. 그건 어릴 때도 그랬고, 지금도 마찬가지였다.
    휴대폰을 가만히 바라보던 이석진은 이내 펜과 종이를 꺼냈다. 이석진은 늘 손바닥만 한 수첩을 지니고 다녔다. 사업 때문에 연락이 올 때 그 정보를 적기 위함도 있었지만, 평소 머릿속에 떠오르는 생각 중 특히 기억에 남기고 싶은 내용을 적기 위함도 있었다.
    이석진은 수첩에 다음과 같은 단어들을 하나하나 적어 내렸다. 'university', 'master', 'phd', 'lac', 'prime', 'bk', 'pe', 'fund'. 그리고는

단어들에 여러 선을 연결하였다. 그건 마치 삼각형 혹은 마름모 같은 모형 같았다. 얼핏 보면 불규칙한 낙서처럼 보였지만, 사실 이석진 나름대로 머릿속에 있는 생각을 긴밀하게 연결한 것이었다. 그 연결고리의 순환에는 이석진만의 정교한 규칙이 있었다.

언제였던가. 이석진은 지금보다 더 많은 자산을 모으게 된다면 교육재단을 만들고 학교를 설립하고 싶었다. 이 단어들의 조합은 이석진이 그 당시 세우고자 하였던 재단을 구조적으로 표현한 것이었다. 이석진은 재단 설립을 위해 나름 구체적인 계획까지 세웠는데, 그 당시에는 아주 진지하게 교육재단 설립을 고민했기 때문이다. 지금은 그저 과거의 수많은 꿈들 중 하나일 뿐이지만 말이다.

"아직 환한 대낮인데 여기서 시간을 보내는 거냐?"

이석진은 순간 제 귀를 의심했다. 호텔에서는 절대 들을 줄 몰랐던 낯익은 목소리가 바늘처럼 귀를 찔렀기 때문이다. 이석진은 황급히 고개를 들었다. 아버지. 자기 앞에는 분명 아버지 이성재가 서 있었다.

이석진은 당황한 기색을 얼른 숨기고는 차갑게 아버지를 쳐다봤다.

"어떻게 오신 거예요? 저 여기 있는 줄은 어떻게 아셨어요?"

"재진이가 알려 줬다. 뭐 대단한 비밀이라고 숨기는 거냐? 네가 숨는다고 내가 못 찾을 것 같으냐?"

"그렇다고 이렇게 멋대로 찾아오세요?"

"내가 너에게 연락하면 만나 줄 의향은 있는 거고? 너와 대화하려고 이렇게 무작정 찾아와야 하는 걸 내 탓으로 하지 마라."

"제 잘못처럼 몰아붙이지 마세요. 그리고 저는 아버지와 할 이야기 없어요."

이석진은 곧장 자리에서 일어났다. 그러나 이런 아들의 태도를 이미 예상한 이성재는 나름의 준비를 한 상태였다.

"여기서 날 무시하고 그냥 가면 뼈저리게 후회할 거다. 그러니 내 말을 듣는 게 너에게도 좋을 게야."

"제 앞날은 제가 알아서 꾸려 나가요. 아버지께서 이래라저래라 할 문제가 아니에요."

"너만 문제가 되는 게 아니니까 하는 말이다."

아버지의 말에 이석진은 멈칫할 수밖에 없었다. 아버지가 결코 가볍게 말하는 사람이 아니라는 건 그 누구보다 아들인 자신이 가장 잘 알고 있었다.

아들이 그 자리에서 움직이지 않자, 이성재는 훨씬 더 분명하고 엄격한 투로 말했다.

"멀리 갈 필요도 없다. 여기 라운지에서 얘기를 나눠도 돼."

"옆에 바(BAR)가 있어요. 거기서 말씀하세요."

결국 이석진은 아버지를 위해 잠깐 시간을 내기로 했다. 정말 잠깐만. 그가 앞장섰다.

호텔 로비에 마련된 바로 향하면서 이석진은 이성재 외에 다른 사람이 없다는 사실에 그나마 안도했다. 비서실장인 김주현이 옆에 있었다면 매우 껄끄러운 분위기가 되었을 테니 말이다. 혹은 이상진이 있었다면 대화는커녕 처음부터 분위기가 험악해졌을 것이다.

사람들이 술을 마시는 바는 보통 오후 늦게 운영하지만, 호텔 바는 달랐다. 아직 해가 저물지 않은 오후였는데도 바에는 손님들이 꽤 있었다. 대부분의 손님은 외국인이었는데, 삼삼오오 앉아 저마다 음료와 술을 마시며 대화를 나누었다. 바에 들어온 한국인은 이성재와 이석진 두 사람뿐이었다. 두 사람은 능숙하게 손님을 응대하는 바텐더 앞에 앉았다.

두 사람이 자리를 잡자 곧 바텐더가 그들 앞에 잔을 닦으며 다가왔다.

"어서 오십시오. 식사를 하시겠습니까, 아니면 술을 드시겠습니까?"

이성재는 바로 커피를 주문했고, 이석진은 보드카를 주문했다. 바텐더 뒤로 수많은 술들이 진열되어 있었다. 그중에는 이석진이 즐겨 마시는 술도 있었고, 처음 보는 술도 있었다. 만약 이성재와 오지 않았으면 흥미가 생기는 술을 주문했을 것이다.

바텐더는 바로 두 사람 앞에 커피와 보드카를 내려놓았다. 이성재도 이석진도, 바텐더를 향해 감사하다는 말만 할 뿐 서로 대화는 없었다. 테이블 사이로 묘한 긴장감이 오갔고, 이를 감지한 바텐더는 그들에게서 슬쩍 멀어졌다.

마치 영겁처럼 느껴지는 시간이었으나, 이석진은 먼저 입을 열지 않았다. 먼저 대화를 주도하고자 한 사람은 자신이 아니라 아버지였으니까. 이윽고 커피를 한 모금 마신 이성재가 곧장 말을 꺼냈다.

"아침에 병원에서 김 박사를 만나고 오는 길이다. 나중에는 오 변호사도 만날 거고. 내 재산을 관리하는 사람이니 이제 자주 보게 될 거다."

"이토록 일정이 바쁘심에도 기어코 절 찾아오셨군요."

이석진은 관심 없다는 투로 말했다. 물론 이성재가 말한 오 변호사가 누구인지 이석진도 잘 알았다. 이성재의 오랜 친구이자 이 집안의 재산 분할을 담당하는 변호사였기 때문이다.

아들의 냉랭한 태도에 이성재는 딱히 반응하지 않았다. 다만 자신이 어째서 오 변호사에 대해 언급했는지는 아들이 충분히 이해했을 거라 믿었다. 둘째 아들은 결코 눈치가 부족한 아들이 아니었다. 아니, 오히려 눈치가 무척 빠른 편에 속했다.

드디어 이성재가 자신이 찾아온 진짜 이유를 밝혔다.

"재산 분할할 때 막내가 고생 좀 할 거다. 아마 큰 시련이 오겠지."

이석진은 방금 아버지가 한 말이 무슨 말인지 얼른 이해하지 못했다. 그는 보드카도 마시지 않은 채 아버지 이성재만 바라봤다. 곧 이성재가 아들을 똑바로 쳐다보고는 아예 쐐기를 박는 말을 내뱉었다.

"그 시련은 내가 줄 거다."

"재진이에게 무슨 짓을 하시려고요?"

이석진이 다소 격앙된 반응을 보였다. 어느 아버지가 아들에게 시련을 주겠다는 말을 서슴없이 한단 말인가! 그런데도 이성재는 아무렇지 않다는 표정을 지었다. 그에 이석진은 소름이 돋을 지경이었다.

"무슨 짓이냐? 내 말 잘 들어라. 나는 이제 내 계획대로 움직일 거다. 그 계획대로라면 아마 재진이가 힘들겠지."

"아버지 계획은 제 알 바 아니죠. 그런데 왜 재진이를 괴롭히는 겁니까? 대체 재진이가 무슨 잘못을 했다고요?"

"난 남은 재산을 분할해 내 가족들이 잘 지내길 바랄 뿐이다. 그래서 내 계획을 실행하려는 것이고."

"아버지가 무슨 계획을 하셨든 상관없어요. 그런데 재진이가 힘들 거라고요? 대체 그게 무슨 짓이에요?"

그저 몇 마디 말이 오갔을 뿐인데. 자신이 이토록 격노할 것이라고는 이석진 자신도 예상하지 못했다. 그는 흥분을 가라앉히기 위해 노력했지만 쉽지 않았다. 무엇보다 자신이 화를 내 건 말 건 아랑곳하지 않고 오히려 느긋하게 커피를 마시는 아버지를 보고 있다니 더욱 감정이 요동쳤.

늘 차갑기만 했던 둘째 아들이 이토록 분노하는 모습을 보고 있자니, 절로 자신의 어린 시절이 떠오르는 이성재였다. 나도 한때는 저토록 분노하고 감정적인 시절이 있었지. 그러나 이는 당장 밖으로 꺼낼 추억은 아니었다.

　주변이 시끄러움에도 불구하고 이성재는 아들이 똑똑히 알아들을 수 있도록 분명히 말했다. 그 말은 마치 송곳처럼, 이석진의 귓가에 날카롭게 꽂혔다.

　"네 엄마, 있는 집안에서 곱게만 살아서 아무것도 못 한다. 그리고 네 형, 제 앞가림도 제대로 못 하지. 자기 좋을 대로 생각하고 그걸 밀어붙이지. 네가 아는 걸 나도 다 안다. 아니, 오히려 너보다 훨씬 더 잘 알고 있지. 그리고 내가 데려와 우리 가족으로 만든 네 동생, 재진이. 여전히 아이처럼 순진하기만 하다. 그 나이가 되도록 말이다. 네 어머니도, 형도, 재진이도. 내가 만들어 준 튼튼한 울타리 아래에서 다들 부족함 없이 지냈다."

　"저는 아버지의 자기 자랑 따위 듣고 싶지 않아요."

　"내 자랑을 들으라는 게 아니다. 현실을 말하는 거지. 너나 나나 똑같이 바라보는 현실 말이다. 이 아비가 하는 말 똑똑히 들어라. 지금까지는 네 멋대로 지냈지만 이제는 그럴 수 없다. 네가 내 말을 듣지 않는다면, 아까 말했던 대로 나는 재진이부터 망가뜨릴 거다. 나는 오랫동안 가족들의 안위를 위해 살았어. 그러니 이제부터라도 내가 원하는 걸 얻어야겠다."

　"아버지가 원하는 걸 얻기 위해서 재진이를 고통스럽게 만든다고요? 지금 그 말이 아버지로서 할 말이에요? 세상 어느 부모가 자기 자식 앞에서 그런 말을 하죠? 아무리 피로 낳지 않았어도 재진이는 엄연히 아버지 자식인데, 어떻게 그런 생각을 하실 수 있어요?"

　이석진은 분노에 몸을 떨었다. 자신이 상대하는 이 사람이 과연 아버지는 맞는지 의문스러울 지경이었다. 지금의 아버지는 흡사 악마와도 같았으니까.

　동시에 그는 아버지가 어째서 자신에게 이런 말을 하는지 짐작이 갔다.

아버지가 원하는 무엇을 얻어야만 동생 이재진에게 가해질 위협은 사라진다. 그리고 그 위협을 사라지게 만들 수 있는 열쇠, 아버지가 원하는 그 무엇을 얻기 위한 수단은 바로 자신과 매우 밀접한 관련이 있었다. 그 확신에 이석진은 기가 찰 노릇이었다.

이석진이 거칠게 의자를 뒤로 밀려는 순간, 이성재가 더더욱 차가운 말투로 아들을 붙잡았다.

"다시 말하지만, 여기서 일어나서 나가면 두 번 다시 기회는 없다. 나는 지금 네게 부탁하러 온 게 아니다. 이건 아버지로서 명령하는 거지. 네 동생을 구하고 싶거든 일어날 생각은 집어넣어라."

"정말 독하시네요. 고작 상속 때문에, 재산 분할 때문에 재진이를 미끼로 쓴다고요?"

"같은 말 반복하게 하지 마라. 나는 내가 원하는 걸 얻기 위해서 이러는 거다. 더 심한 짓도 할 수 있다. 네가 재진이를 구하고 싶거든, 네 동생이 구속되어서 뉴스에 나오는 모습을 보고 싶지 않거든 내 말을 끝까지 들어라."

"구속이요?! 지금 그걸 말이라고 하는 거예요?!"

이석진이 순간 언성을 크게 높였다. 주변의 손님들이 그런 이석진을 쳐다봤다. 바텐더가 빠르게 그에게로 다가왔다. 그는 이성재와 이석진을 슬쩍 쳐다보고는 차분한 말투로 물었다.

"손님. 괜찮으신가요?"

당연히 이석진은 괜찮지 않았다. 속이 뒤집힌다는 말을 감각적으로 이해할 수 있을 지경이었다. 마음을 요동치게 만드는 이 시간을 없앨 수 있다면 무엇이든 하고 싶었다. 그러나 이석진은 지금 당장은 자신이 무엇도 할 수 없음을, 그저 아버지의 말을 들어야 한다는 사실을 알고 있었다. 이에 깊은 무기력함마저 느꼈다.

"별일 아니니 신경 쓰지 마시오. 대화는 금방 끝날 거요."

이성재는 바텐더를 돌려보낸 뒤 다시금 자기 아들을 똑바로 쳐다봤다. 격정적인 태도의 아들과 달리 이성재는 눈 하나 꿈쩍하지 않았다. 나아가 그토록 감정적으로 구는 아들을 칭찬하기까지 했다.

"지금 네 눈빛, 네 행동. 나쁘지 않구나. 매번 얼음장처럼 차갑게 행동하더니 이제야 좀 사람 같다. 재진이를 구하고 싶으냐? 그럼 막내가 운영하는 재단이 어떻게 운영되는지 알고 있겠지? 재단 자금 중에 네 몫이 있다는 것도 알고 있을 테고."

이석진은 대답하지 않았다. 이미 이재진이 운영하는 복지재단이 어떻게 운영되는지 들은 적이 있기 때문이었다.

복지재단은 단순히 어려운 소외계층을 돕기 위해 운영되는 재단이 아니었다. 복지재단은 오랫동안 이성재가 모은 자금이 모인 총본산과도 같았다. 실제로 재단 명의로 운영되는 부동산이 상당했고, 그 모든 것은 바로 이성재가 일궈 낸 것이었다.

지금 이성재가 살고 있는 저택이 그의 일생을 말해 주는 상징이라면, 복지재단은 이성재가 일군 경제적 상징이었다. 물론 이상진이 관리하는 건물처럼 재단 명의로 된 재산도 더러 있었지만, 상당수는 복지재단에서 운영했다. 그렇기에 복지재단 이사장이라는 자리는 단순 소외계층을 돕기 위해서 앉는 자리 따위가 아니었다.

이성재가 이어 말했다.

"재진이는 재단 자금으로 남을 돕고 있지. 자기랑 비슷한 처지였던 사람들을 위해서 물심양면으로 나서고 있다. 그 얼마나 순진한 짓인지. 자기 딴에는 보람차겠지. 게다가 이사장으로 취임한 지 1년 정도 됐답시고

자금 운영에도 손을 댈 모양이더구나. 그걸 재단 사람들이 그냥 둘 것 같으냐?"

이성재는 고기준 차장에게서 이재진이 재단 자금 운영에 크게 관심을 보인다는 말을 들은 터였다. 그것도 가족 모임이 있기 이전에 들었다. 그러나 이성재는 굳이 이재진의 계획에 대해 어떤 말도 하지 않았다. 이미 이사장에서 물러났기 때문만은 아니었다. 이성재 본인이 먼저 자신의 계획을 실행해야 했기 때문이다. 그 사실을 아는 사람은 이재진도, 그 곁에 있는 류재선 부장이나 고기준 차장도 아니었다. 오직 자기 자신뿐이었다.

커피를 한 모금 마신 이성재는 이제 조금은 느긋한 자세로 바뀌어 있었다. 이석진은 자리에서 일어날 생각 따위는 하지 않았으나, 여전히 이 자리가 불편한 건 변하지 않았다.

"재진이가 무슨 생각을 하는지 몰라도, 나는 아니다. 나는 재단 자금을 현물로 바꿔서 네 엄마와 형에게 줄 거다. 그럼 재단은 사정이 어려워지겠지. 회계상 문제가 발생할 거고. 그럼 재진이는 내 계획대로 되겠지."

"그럼 제게서 얻고자 하는 게 뭐죠? 단도직입적으로 말씀해 보세요."

"재진이가 별 탈 없이 지내길 바란다면 너는 오늘부로 당장 집으로 돌아와야 한다. 그리고 내가 말하는 대로 움직여야 해."

이석진의 눈으로 참을 수 없는 분노가 넘실거렸다. 그러나 이성재는 아들의 이글거리는 눈이 마음에 들었다. 자신의 젊은 시절을 빼다 박은 듯한 눈이었다. 자기 앞에 닥친 커다란 산을, 거부할 수 없는 운명을 상대하는 모습, 그리고 꺾이지 않으려는 투지와 자존심으로 가득한 눈은 분명 자신의 젊은 시절과 똑같았다.

이석진이 최대한 냉정한 태도로 물었다.

"겨우 저를 집에 데려오려고 그런 말씀을 하시는 건 아니잖아요. 제가 집에 돌아가면 뭘 해야 하죠?"

"재단 명의로 된 부동산과 자산 말고 내 명의로 된 법인이 있다는 걸 알겠지? 꽤 많다. 그걸 네가 직접 관리해라. 지분은 나를 제외하고 네 엄마, 상진이와 재진이, 그리고 네가 똑같이 나누어야 한다."

"이제 보니 상속할 재산을 제가 관리하라는 뜻이군요. 그런 건 아버지께서 충분히 하실 수 있는데, 왜 굳이 제가 그걸 해야 하죠?"

"네가 적임자라고 판단했다."

"형과 재진이를 곁에 두고 가르쳐도 될 일이에요."

아직도 자기 말을 들을 생각이 추호도 없는 이석진에게 이성재가 다른 수를 꺼냈다.

"네가 미국에서 쓴 논문들을 읽었다."

"갑자기 무슨 이유로요?"

"네 능력을 보기 위해서지. 꽤 많이 썼더구나. 특히 한국에 다가올 금융위기에 대한 논문은 썩 괜찮았다. 형태가 다른 제2의 IMF라는 프레임이라고 썼던 논문 말이다."

이석진은 어째서 아버지가 자신이 쓴 논문까지 들먹이는지 이해할 수 없었다. 다만 아버지가 자신을 만나기 위해 상당한 노력을 기울였다는 사실만큼은 알 수 있었다. 아버지는 무작정 자신을 찾아와 상속할 재산을 관리하라고 할 성격의 소유자는 분명 아니었다. 물론, 그러한 노력은 결국 이석진을 얽매기 위한 고도의 장치에 불과했지만 말이다.

"나도 경제학 학자였다는 사실을 잊지 마라. 네가 날 아버지가 아닌 학자로서 어떻게 볼지는 모르겠지만, 나도 한때는 이 분야에서 탁월하다는 평가를 받았다. 그러니 나는 네 학업을 존중한다. 같은 학자로서 말이다. 하지만 넌 네 판단이 아주 바르고 정교하다고 스스로 믿겠지. 정말 그렇다고 생각하느냐? 현실은 달라. 이 시장을, 이 나라를 움직이는 사람들은 네가 생각하는 흐름과 다르게 위기를 받아들인다. 네가 학문적으로는 그들보다 우월하다고 느낄 순 있다. 허나 정치와 계략과 단순 음모 정도로는 그들과 같은 판에서 살 수 없어."

"왜 그렇게 생각하세요? 전 그 말에 동의할 수 없어요. 아버지 생각은 잘못됐어요. 저는 그들과 싸우지 않아요. 그럴 이유도 없고요."

"아니, 넌 그래야 해. 그래야 네 동생을 지킬 수 있어."

이석진은 자신의 동생이 한없이 가엾게만 느껴졌다. 오랫동안 아버지에게 능력을 인정받기 위해 부단히 노력했건만, 사실 아버지가 자신을 가족을 위한 장기 말처럼 쓰고 있다는 걸 알게 되면 얼마나 큰 충격을 받겠는가.

이성재는 거기서 멈추지 않았다.

"미국에 있는 네 재산에 대해서도 알아봤다. 꽤 많더구나. 진심으로 놀랐다. 그렇게 많은 돈을 고작 10년도 안 되어서 벌었지."

"이제 아들 뒷조사까지 하셨나요?"

이석진이 경악했지만 이성재는 그저 덤덤하게 자신이 할 말만 이어갔다.

"아버지로서 네가 어떻게 지내는지 알 필요가 있었다. 네가 미국을 떠나고 다시 한국으로 돌아올 때까지, 그리고 지금까지 어떻게 지내는지 알아야지."

"아직도 절 모르세요? 그렇게 제가 걱정되신다면 차라리 저를 내버려 두셔야죠. 그리고 그 돈은 어디에도 안 쓸 겁니다. 미국 돈은 제가 미국에서 번 돈이에요. 말씀하신 대로 아버지께 손도 벌리지 않았고요."

"그럼 그 돈으로 뭘 하려고?"

"아직도 모르겠어요? 돈은 그냥 돈이에요. 말 그대로 돌고 도는 재화라고요. 제가 갖고 있는 수단과 맞물려서 보관하고 있을 뿐이에요. 전 그걸 관리하는 관리자고요."

 이성재는 이석진이 한 말을 받아들이기 힘들었다. 그리고 아들이 어리석다고 여겼다. 저 나이에는 절대 만질 수 없는 자산을 소유하고 운용하면서도, 어떻게 저런 태도를 유지하고 있는지 그저 의아할 따름이었다. 그는 자기 주변에서 이런 가치관을 지닌 사람을 단 한 번도 본 적이 없었다. 물론 이성재 본인도 그런 생각을 가진 적이 없었다.

 "관리자는 관리만 하는 게 아니다. 그리고 너 역시 관리만 하는 역할에 만족할 리가 없어. 그러니 나름대로 사람과 교류하고 그토록 많은 자산을 운용한 것이 아니냐?"

 "그래요. 아버지도 아버지 나름대로 교류하는 사람들이 있겠죠. 하지만 그들은 아버지가 당신 손으로 입양한 자식을 무너뜨리려는 수작이나 부리는 사람인지는 결코 모를 테지요."

 "내 평생 다른 사람 말에 좌지우지된 적 없다. 조언 하나 하마. 미국에 있는 자산 일부를 해외 사모펀드로 명의로 전환해라. 그리고 그걸 앞으로 네가 운영할 국내 부동산 법인에 투자해. 그래야 네가 생각하는 국내 금융위기에 맞춰서 사용할 수 있을 거다. 후순위 담보권까지 대출되는 부동산 상품은 파산하겠지. 그때가 되면 한국 시장도 유동성에 브레이크를 걸 거다. 대부분의 PF대출도 막힐 것이고. 또 자기가 가진 자본보다 더 많은 대출을 한 사람들이 지닌 상품을 추려라. 그걸 가지고 있는 사람들이 어떤 입장인지 너는 잘 알 거다. 그들에게는 어느 정도의 현금만 챙겨 주면 돼. 현찰은 무조건 달러로 하고. 네가 그걸 헐값으로 매수하는 대신, 너는 법적 절차를 진행해서 파산과 면책을 받을 수 있게 그들을 도와라. 그 뒤 그 사람들한테 어렵지 않게 살 수 있는 적당한 금액을 달러로 주면 돼."

지금 이성재가 하는 말은 단순한 조언이 아니었다. 그렇다고 해서 이석진은 순순히 아버지의 말을 듣고 있기만 할 수는 없었다. 허나 그가 반박하기도 전에 이성재는 계속해서 말을 이었다.

"그리고 네 엄마, 상진이도 챙겨야겠지. 나라 경제가 안정되면 오래된 건물은 최대한 월세를 받게 유지하다가 매각해라. 거기서 네 엄마와 네 형 몫은 따로 떼어 새로 건물을 주도록 하고. 도로에서 가까우면서 대지 면적이 잘 나온 오래된 빌라들이면 좋겠지. 거기에 수익이 잘 나오는 병원이 들어선 건물이면 더 좋을 거다. 그리고 상진이는 자기 멋대로 매각하지 못하게 해라. 담보권도 잡지 못하게 오 변호사와 상의하면 될 일이다. 명의는 상진이한테 주지만 네 동의 없이는 함부로 어떤 것도 못하게 말이야. 거기에 적당히 돈을 쥐어 주면 그 녀석은 지금처럼 건물 관리를 하면서 유유자적 지낼 거다. 녀석이 원하는 최고급 아파트와 좋은 차 몇 대는 살 수 있는 목돈을 내가 줬다면서 몇 년에 한 번씩 나뉘어 손에 쥐게 해 주면 불만은 없을 거다."

자산 운용에 이어 가족들까지 챙기라는 이성재의 말에 이석진은 지금 자신이 듣는 이 모든 말이 아버지의 계획이라는 걸 깨달았다. 그리고 이 계획을 반드시 따르라는 지시라는 것도 어렵지 않게 짐작할 수 있었다.

이성재가 조금은 누그러진 말투로 말했다.

"그리고 네 엄마는 신경 쓰지 마라. 상진이가 챙길 테니까. 그래도 딴에 집안의 장남이라고 네 엄마는 끝까지 생각하는 녀석이다. 때가 되면 재진이도 집에서 내보내라. 그리고 넌 미국에서 투자한 네 돈만큼 알아서 회수해서 가지고 있으면 된다."

"그게 바로 아버지의 계획인가요? 이 계획을 또 누가 알고 있나요?"

119

"아무도 모른다. 누구에게도 말한 적이 없다. 지금 네게 처음 말했다. 그리고 너는 내 계획대로 해야만 아무 문제가 없을 게다."

"만약 제가 아버지 재산을 마음대로 쓴다면요?"

아들의 도발에도 이성재는 어떤 반응도 보이지 않았다. 그는 남은 커피를 다 마셔 찻잔을 비웠다.

"애당초 너는 그럴 수 없다. 그러니 내가 너에게 이 모든 계획을 터놓고 말한 것이지."

그건 사실이었다. 이성재가 밝힌 계획은, 이석진이 마음만 먹는다면 모두 어그러뜨릴 수 있는 계획이었다. 그럼에도 아버지 이성재가 모든 걸 이석진에게 털어놓는 까닭은 아들을 깊이 신뢰하기 때문이었다. 정확히는 아들의 능력을 신뢰하기 때문이었다.

바로 가족을 지킨다는 명목으로 말이다.

"그리고 하나 더. 혹시 금융감독위원회니 뭐니 그런 기관에서 찾아와도 문제될 일 없다. 어차피 혼란스러운 시장에서 법이 지닌 권력은 약해질 거다. 모두가 살려고 버둥거릴 텐데 법을 따질 사람은 없다. 생존이 먼저고, 법도 그 사실을 알 테니 우선 침묵할 거다. 나중에 사정이 좋아져야 절차상 법적 문제를 따지겠지. 그때는 합의해라. 이 나라는 합의 하나로 모든 게 해결된다. 너뿐만 아니라 나라 녹을 챙긴 이들이라면 다들 아는 일이지. 나도 그렇게 재산을 모았다는 걸 잊지 마라."

이석진은 아버지의 말에 어떤 의견도 덧붙이지 않았다. 이성재가 내리친 도끼 때문에 이석진의 고요하고 조용하게 얼어붙어 있던 호수는 완전히 박살이 났다. 박살이 난 호수는 이제 무섭도록 급살을 탈 것이다.

이성재는 홀가분하다는 태도로 자리에서 일어났다. 그리고 마지막으로 이석진에게 말했다. 마치 모두에게 군림하는 왕처럼.

"여기까지 오기까지 나는 나름대로 심사숙고했다. 하지만 넌 그럴 필요 없다. 대신, 다음에는 네가 날 찾아와야 할 거다."

이성재는 곧 바를 나갔다. 이석진은 아버지의 뒷모습을 보지 않았다. 대신 그는 가지고 있던 보드카를 모두 입에 털어 넣었다. 잔잔하게 퍼지는 음악과 시끄럽게 떠드는 사람들의 대화는 그에게 들리지 않았다.

왕이 성으로 돌아오라고 명령했다. 그건 거역할 수 없는 명령이었다. 이석진은 어떻게든 마음을 추스르기 위해 노력했다. 그러나 아버지가 던진 말, 이성재가 이석진에게 내려찍은 도끼는 좀처럼 그의 마음에서 빠지지 않았다. 그리고 이 도끼는 아주 오랜 시간 이석진의 마음에 꽂혀 있을 터였다.

2부

독립

1장

이루어지지 않는 화합

　가족이라는 화두는 예로부터 지금까지 수많은 문학예술 작품에서 다뤄졌다. 흔히 문학예술 작품에 등장하는 가족은 갈등과 대립을 끊임없이 반복하다 절정에 이르러서는 가족이 완전히 분열되고 만다. 그러나 분열된 가족들은 결국 화해한다. 그리고 가족애라는 이름 아래 끈끈하게 결속한다. 설사 그런 모습이 작품에 나타나지 않아도 작품을 보는 이들이라면 충분히 이를 예상할 수 있다.

　가족의 갈등과 대립이 결국 화합으로 끝나는 일련의 흐름에서, 가족 구성원 중 누가 이기거나 지는 모습은 제대로 나타나지 않는다. 왜냐하면 가족이라는 이름으로 서로가 필연적으로 연결되어 있기 때문이다. 그 때문에 그들이 왜 싸웠는지, 왜 서로 등을 돌렸는지에 관한 세부적인 사항은 사실 중요한 문제가 아니다. 진정으로 주목해야 하는 건 가족 구성원의 화합이다.

　하지만 현실은 다르다. 현실에서는 부모든 자녀든 누군가는 자신의 의지와 태도, 가치관을 꺾어야만 가족의 화합과 평화가 이루어질 수 있기 때문이다. 혹자는 이를 숭고한 희생이나 강인한 책임으로 말할 수도 있겠다.

그러나 냉정하게 판단해야 한다. 부모의 말을 따르기 위해서는 자녀가 자기 뜻을 꺾어야 하고, 자녀의 가치를 받아들이려면 부모가 태도를 누그러뜨려야 한다. 자식 이기는 부모 없다는 말, 혹은 자식은 결국 부모의 뜻을 따르게 마련이라는 말이 예부터 지금까지 널리 쓰이는 이유가 무엇이겠는가.

그 때문에 이성재는 호텔에서 이석진과 대화를 나눈 지 정확히 일주일이 지났을 무렵, 아들이 집으로 돌아오는 모습을 바라보며 결국에는 아들이 자신의 뜻을 받아들였다고 여겼다. 이석진이 자신에게 제대로 인사를 하지 않아도, 아비인 자신을 차가운 눈으로 쏘아보아도, 다른 가족들과 일절 이야기를 나누지 않으려고 해도 이성재는 결코 화를 내지 않았다. 일단 아들이 집에 돌아왔다는 것만으로도 그는 만족했다.

둘째 아들이 집에 돌아왔다는 것. 바로 이것이 이성재의 계획 중 하나였고, 결국 그의 계획대로 상황이 돌아가고 있었으니 말이다.

"당신, 석진이에게 무슨 말 했어요?"

소리 없이 안방으로 들어온 김무교가 서류를 검토하고 있던 이성재에게 넌지시 물었다.

이성재가 검토하는 서류에는 나중에 오 변호사와 상의할 재산 분할에 대한 내용이 담겨 있었다. 아내가 서류를 봐도 큰 문제는 되지 않았지만, 그럼에도 이성재는 슬쩍 서류를 치우고는 아내에게 되물었다.

"내가 무슨 말을 했다는 거요?"

"아니, 그렇잖아요. 절대 집으로 돌아오지 않을 것처럼 굴던 애가 갑자기 집으로 돌아왔으니까 말이에요."

이성재는 아내를 물끄러미 쳐다보더니 이내 건조한 목소리로 대꾸했다.

"이게 당신이 원했던 모습 아니오?"

"물론 그렇죠. 그렇기는 한데….”

남편의 반응에 김무교는 말을 제대로 끝맺지 못했다.

물론 김무교도 남편이 자신에게 허심탄회하게 털어놓을 거라 생각하진 않았다. 그래도 혹시나 하는 마음에 남편에게 물었건만, 결국 남편의 반응은 김무교의 예상에서 크게 벗어나지 않았다.

하지만 김무교는 남편이 둘째 아들에게 분명 어떤 말을 했다는 걸 직감했다. 남편은 둘째 아들에게 아주 중요한 말을 했고, 그 말이 아들을 크게 자극했을 것이다. 자신의 속내를 결코 드러내지 않는 아버지나, 그런 아버지를 똑 닮은 아들을 대하다 보니 느끼는 거라곤 직감과 눈치뿐이었다.

이전에도 김무교는 이성재가 이석진을 이런 식으로 대하는 걸 본 적이 있었다. 이석진이 십 대였을 때였다. 사춘기 때문이었을까. 당시 이석진은 김무교의 말을 거의 듣지 않았다. 그뿐만 아니라 사사건건 큰형 이상진과 다투었고, 자꾸만 엇나가려 했다. 그런 둘째 아들을 도무지 어찌할 수가 없어 김무교의 고민은 나날이 깊어져만 갔다.

그런 이석진을 해결한 사람이 바로 아버지 이성재였다. 그때나 지금이나 이성재는 아들들에게 결코 화를 내지 않았다. 그저 아버지와 아들로서, 어쩌면 남자 대 남자로서 진솔한 대화를 나누었을 뿐이었다. 물론 그 모습을 김무교가 직접 두 눈으로 확인하지는 못했으나, 분명 그 이후 이석진의 태도가 눈에 띄게 변하기 시작했다.

어쨌든 이 상황이 믿을 수 없는 동시에 기쁘기도 했던 김무교는 남편에게 채근하듯이 물었다.

“당신, 석진이에게 도대체 무슨 말을 한 거예요?”

그러나 돌아온 남편의 반응은 김무교의 기운을 쭉 빠지게 했다.

“앞으로 어떻게 지낼 건지 미래를 고민하라고 했을 뿐이오.”

"정말 그게 다예요?"

"그럼 내가 애를 때리기라도 했단 말이오?"

"아뇨, 그럴 리가. 당신이 결코 그럴 리가 없죠."

영 시원찮은 남편의 대답이 답답했던 김무교는 그날 이후로도 남편에게 몇 번이고 둘째와 무슨 대화를 했냐고 물어봤지만 남편은 결코 알려주지 않았다. 당연히 이석진도 아버지와 나눈 대화를 어머니에게 알려주지 않았다. 아버지와 아들, 두 사람만의 비밀이 생긴 것 같아 김무교는 내심 섭섭한 마음이었지만, 어쨌든 큰 불화로 나아가지 않았다는 사실에 안도했다.

그리고 얼마 안 있어 이석진은 미국 유학을 선언했다. 유학과 관련하여 부모와 그 어떤 상의도 하지 않았던 아들의 갑작스러운 선언에 김무교는 적잖이 당황했다. 그에 반해 이성재는 놀라는 기색 하나 없이 이석진이 유학을 가도록 도와줬다.

그렇게 유학 준비는 일사천리로 진행되어 이석진은 곧장 미국으로 떠났다. 그제야 김무교는 어렴풋이 이해할 수 있었다. 이석진의 갑작스러운 유학은 아버지인 이성재의 입김이 크게 작용했음을 말이다.

그리고 현재도 마찬가지였다. 김무교는 그 당시 받았던 직감을 지금 현재 똑같이 느끼고 있었다. 김무교는 불안한 감정을 애써 추스르며 안방을 나섰다. 그러면서 남편과 아들을 예의 주시하기로 마음먹었다.

* * *

이석진이 다시 집으로 돌아온 날의 늦은 밤, 모두가 잠들어 조용한 저택의 현관문이 슬며시 열렸다. 곧 커다란 실루엣이 집 안으로 들어왔다.

이미 거실은 불이 꺼진 지 오래였고, 인기척이라곤 전혀 느껴지지 않았다. 창문 너머로 달빛이 조금 보였지만, 집 안을 밝히기에는 턱없이 부족했다.

실루엣은 조금 비틀거리더니 이내 중심을 잡았다. 그러고는 귀찮다는 듯 신발을 대충 벗어 던졌다. 실루엣의 주인공은 다름 아닌 이상진이었다. 이상진은 김승준의 선술집에서 진탕 술을 마신 참이었다. 전에 김승준이 약속한 대로 참치를 대접받았지만 맛이 나쁘지도, 좋지도 않은 참치였다. 게다가 오늘 자리에는 박지희가 오지 않아 더욱 아쉬웠다. 그러나 늘 그렇듯이, 최민호와 김승준이 자신의 이야기를 잘 들어 주고 호응해 줬기에 그럭저럭 괜찮은 기분으로 술을 마실 수 있었다.

언제나 그랬듯 이상진은 곧장 자기 방으로 올라갈 생각이었다. 대충 정리하고 얼른 침대에 눕고 싶은 마음이 가득했다. 현관에서 벗어나 방으로 향하려던 순간, 이상진은 그 자리에 우뚝 서고 말았다. 낯선 구두가 현관에 가지런히 놓여 있었던 것이다.

"오늘따라 너무 과음해서 헛것을 보았나?"

이상진은 나지막하게 중얼거리고는 몇 번이고 눈을 비볐다. 그러나 낯선 구두는 이상진의 시야에서 사라지지 않았다.

아마도 아버지가 새로 장만한 구두이리라, 이상진은 대수롭지 않게 생각했다. 하지만 보면 볼수록 그 구두는 아버지 세대와는 전혀 어울리지 않은 디자인의 구두였다. 그럼 막내의 구두일까. 하지만 이재진의 구두라고 하기에는 사이즈가 조금 작았다. 이상진은 막내 이재진이 재단 이사장으로 취임했을 때, 동생을 축하하기 위해 고급 가죽 구두를 선물한 적이 있었다. 그 때문에 이상진은 막내의 신발 사이즈를 그 누구보다도 잘 알고 있었다.

한동안 구두를 노려보던 이상진은 이내 무언가를 깨달은 듯, 빠르게 계단을 올랐다. 어느덧 취기는 완전히 달아나 있었고 정신은 그 어느 때보다 또렷해져 있었다.

단번에 2층으로 올라온 이상진은 자신의 옆방을 우두커니 노려보았다. 불은 꺼져 있지만 묘하게 달라진 분위기의 옆방. 분명 누군가가 방 안에 있었다. 그리고 이 방은 오랫동안 주인 없이 정리되어 있던, 바로 동생 이석진의 방이었다.

이상진은 무작정 문을 열고 들어가지 않았다. 술 때문에 흥분한 상태였으나 늦은 시간에 집안을 시끄럽게 들쑤시고 다닐 정도로 막무가내는 아니었다. 대신 이상진은 다른 방으로 건너가 문을 열었다. 찰칵, 하면서 문이 열렸고 곤히 잠들어 있는 이재진이 보였다. 이상진이 다가오는데도 이재진은 전혀 알아차리지 못했다. 어릴 때 이상진이 장난을 치기 위해 슬금슬금 다가갈 때도 금세 알아차릴 정도로 잠귀가 밝은 재진이었지만, 이제는 피곤에 시달리다 보니 전혀 그렇지 않았다.

물론, 그런 사실은 지금의 이상진에게는 전혀 중요하지 않았다.

"재진아, 일어나 봐라."

이상진이 거칠게 이재진을 흔들어 깨웠다. 잠에서 깬 이재진이 큰형 이상진을 흐리멍덩한 눈으로 바라보았다.

"형님? 언제 들어오셨어요? 지금 몇 시예요?"

"묻는 말에 대답이나 해. 혹시 석진이가 왔어?"

"석진 형님이요? 네, 맞아요. 오늘 저녁에 들어왔어요."

"갑자기? 왜?"

"석진 형님이 아무 말도 하지 않으셔서 잘 모르겠어요. 집에 오자마자 곧장 방으로 들어가셨거든요."

이재진의 대답에 이상진의 얼굴이 순식간에 험상궂어졌다. 그는 고개를 돌려 문을 뚫어져라 노려봤다. 정확히는 문 너머에 있는 방, 바로 둘째 이상진이 잠들어 있을 방을 노려봤다.

이상진이 거친 목소리로 물었다.

"그래서, 그 자식 언제 집에서 나간대?"

"어쩌면 안 나가실 수도 있어요. 확실하지는 않지만요."

그렇게 대답하며 이재진은 순진하게 미소 지었다. 이재진은 형 이석진이 다시 돌아왔다는 사실이 정말로 순수하게 기뻤다. 물론 가족들과, 특히 자신과는 한마디 말도 섞지 않으려는 이석진의 태도가 못내 아쉽고 원망스러웠지만, 그래도 결과적으로 한집에 가족들이 모두 모였다는 사실이 좋았다.

물론 막내의 그런 생각 따위, 이상진은 전혀 관심이 없었지만 말이다.

"됐다. 잠이나 자라."

이상진은 이재진을 내버려둔 채 곧장 방을 나섰다. 지금 이상진의 머리에는 오직 이석진에 대한 생각만이 가득했다. 그는 자기 방으로 돌아와서도 옷도 갈아입지 않은 채 방 안을 서성였다. 아무리 생각해도 동생 이석진이 갑자기 집으로 돌아올 이유가 없었다.

그러나 이상진은 이내 깊이 생각할 필요가 없음을 깨닫고는 피식, 실소를 터뜨렸다. 아무리 생각해도 이유는 하나였다. 너무나 단순한 사실 아닌가. 석진이 녀석이 집으로 돌아온 이유는 결국 아버지의 상속 때문이겠지!

"망할 자식. 혼자 고상한 척은 다 하더니 딴생각을 하고 있었네."

지난 가족 모임 때 이석진이 보였던 태도를 이상진은 똑똑히 기억하고 있었다. 아버지의 말에도 전혀 미동조차 하지 않았던 동생의 모습, 아버지의 말이 끝나자마자 자리에서 일어나서는 곧장 집을 떠났던 모습.
 이상진이 보기에 그런 동생의 모습은 한없이 건방졌지만, 그래도 아버지의 상속에는 큰 관심이 없는 것 같아 크게 관심을 기울이지 않았다. 10년 동안 집을 떠나서 자기 멋대로 사는 주제에 무슨 낯짝으로 아버지의 재산을 관심을 가지겠나.
 그런데 그런 이석진이 다시 집으로 돌아왔다. 이상진은 새삼 이석진이 괘씸해 속이 뒤틀렸다. 지금까지 아버지에게는 관심도 보이지 않았고, 특히나 가족에게는 눈곱만큼도 보탬이 되지 않았던 동생이었다. 게다가 혼자 뻣뻣하게 행동하더니 결국 재산에 욕심이 생겨 슬며시 집으로 기어들어 왔다.
 뻔뻔한 동생이 이제는 검은 속내까지 드러냈다. 다른 생각은 할 필요가 없었다. 이상진은 절대 이석진이 자신의 눈을 속일 수 없다고 확신했다. 동시에, 이런 동생을 도저히 받아들이기 힘들었다.
 이상진은 이제부터라도 자기 몫을 확실히 챙겨야겠다고 마음먹었다. 바로 아버지의 상속을 통해 돌아올 자신의 몫을 말이다.
 "아무래도 빨리 아버지에게 말씀드려야겠어."
 이상진이 나지막이 중얼거렸다. 그러나 이는 단순한 중얼거림이 아니었다. 그는 한 번 내뱉은 말은 어떻게든 지키기 위해 수단과 방법을 가리지 않고 노력하는 인간이었다. 자신의 계획이 확실히 달성되기 위해서는, 그래서 지금보다 자신이 더 크게 성장하기 위해서는 아버지의 투자가 무엇보다 절실했다. 아버지가 자신에게 줄 몫이 필요했다.
 그리고 그 계획에서 이석진은, 전혀 예상치 못했던 변수였다.
 이상진은 이석진이 슬쩍 아버지를 찾아가 자신의 몫을 요구하는 모습을 상상해 보았다. 저 녀석이라면 분명 교묘한 말솜씨로 아버지를 설득할 수도 있다. 아니면 어머니를 동원할 수도 있을 테고. 그걸 그대로 둘 것인가?

전혀! 그럴 리가 있나! 이상진은 그럴 생각이 추호도 없었다.

이상진은 이를 뿌득뿌득 갈았다. 이석진이 다시 이 집에 돌아온 이상, 멋대로 행동하지 않게끔 버르장머리를 고칠 생각이었다. 그것이 이씨 집안의 장남으로서, 세 형제의 맏이로서 해야 하는 일이라고 이상진은 믿었다. 게다가 그 믿음은 이상진이 아주 어릴 때부터 가슴속 깊이 새긴 믿음이기도 했다.

*　*　*

다음 날, 이성재는 일찍부터 나갈 준비를 했다. 그는 거울에 비친 자신의 모습을 바라보면서 옷매를 확인했다. 어쩐지 옷이 큰 것 같다는 생각에 몇 번이고 확인했다. 아침에 몸무게를 재 보니 체중이 눈에 띄게 줄어 있었다. 그게 최근 사람들을 만나느라 분주히 움직여서 그런 탓인지, 아니면 병 때문인지 이성재는 확신할 수 없었다.

다만 최근 통원치료를 받으러 병원에 다녀왔을 때, 주치의 김정민이 자신 없는 투로 말했던 사실만큼은 분명히 기억났다.

"아직은 통원치료만 진행하지만, 언제까지 효과가 있을지는 알 수 없습니다."

한국 최고의 내과 의사인 김정민이 이토록 자신감 없는 모습을 내비친다니, 이성재는 그 말을 그냥 넘길 수 없었다.

"그게 무슨 말이요?"

"통원치료 말고 다른 방법을 쓸 수도 있다는 뜻입니다."

"확실하게 말해 주시오. 당신은 누구보다 내 상태를 잘 알고 있지 않소? 내 상태가 그렇게 심각한 거요?"

이성재가 아는 김정민은 언제나 친절한 동시에 자신의 소견을 확실하게 말해 주는 사람이었다. 그런 그가 좀처럼 확실한 태도를 보이지 않다니. 이성재는 김정민을 추궁하듯 대했다.

결국 김정민이 낮게 한숨을 내뱉고는 말했다.

"의원님의 암세포 활동이 생각보다 빠릅니다. 처음 진단한 뒤 겨우 한 달밖에 지나지 않았는데, 이렇게 빨리 암세포가 활동하는 모습을 본 적은 처음입니다."

김정민의 솔직한 소견에 이성재는 평소처럼 무뚝뚝한 표정을 지었다. 김정민은 그런 이성재의 태도에서 무엇을 느꼈는지 얼른 말을 이었다.

"의원님의 암세포 활동이 빠르긴 합니다만, 이런 사례가 전혀 없는 건 아닙니다. 일단 항암제를 좀 더 처방해 드릴 테니…."

"지금 김 박사가 하고 싶은 말은, 내가 빨리 병원으로 들어와 입원 치료를 받았으면 좋겠다는 거요?"

"솔직히 말씀드리면, 맞습니다."

그 말을 들었음에도 이성재는 자신의 건강 상태에 대해 걱정하지 않았다. 이미 암 진단을 받았던 그 순간부터 자신의 죽음을 각오했으니 말이다. 오히려 김정민이 솔직하게 자신의 상태를 말해 준 덕에 더욱 빨리 계획을 진행해야겠다고 이성재는 생각했다.

김정민과의 대화를 떠올리며 이성재는 자신의 배를 슬쩍 만져 보았다. 아침 식사를 했는데도 어쩐지 볼록한 느낌이 들지 않았다. 게다가 찌르르 하는 통증이 복부 전체를 휘감았다. 이성재는 그저 스트레스 때문이라고, 여기저기 돌아다니면서 여러 사람들을 만나다 보니 그런 것이라고 애써 생각했다. 아니, 반드시 그래야만 했다.

"아버지, 잠깐 시간 되세요?"

문 두드리는 소리와 함께 첫째 이상진의 목소리가 들렸다. 이성재는 아들의 목소리에 번뜩 정신을 차리고는 마저 옷매무새를 다듬었다.

"들어와라."

곧 이상진이 방으로 들어왔다. 아내 김무교는 보이지 않았다. 아마 이희선과 집안일에 대해 이야기를 나누고 있을 것이다. 아침마다 김무교가 하는 일과였으니까.

이성재는 멀끔한 차림으로 들어오는 이상진을 힐끗 쳐다봤다.

"어제는 또 어디서 뭘 했는데 보이지 않았던 거냐? 그런 생활을 지속하다가는 금방 건강이 상할 거다."

"아직은 튼튼하죠."

이상진이 너스레를 떨었다. 지난밤에 보였던 취기는, 그리고 이석진에 대한 분노는 전혀 보이지 않았다. 그 대신 눈빛은 어느 때보다 강렬했다. 평소와는 다른 큰아들의 눈빛을 알아챈 이성재는 큰아들이 어떤 목적이 있어 자신을 찾아왔다는 사실을 단번에 알아차렸다. 큰아들은 어릴 때부터 목표를 세우고 그 목표를 실행하려 할 때마다 지금처럼 눈빛이 강렬해졌기 때문이다.

"하고 싶은 말이 뭐냐? 금방 나가야 하니까 짧게 말해라."

"아버지. 사실 제가 좋은 상권을 알아봤는데요. 거기에 투자하면…."

"안 된다."

이상진이 채 말을 다 끝맺기도 전에 이성재가 곧장 대답했다. 자신에게 비정할 정도로 선을 긋는 아버지의 모습에 이상진은 적잖이 당황했다. 그러거나 말거나 이성재는 옷을 모두 갖춰 입고는 방을 나서려고 했다.

다급한 마음에 이상진은 방을 나가려는 아버지를 온몸으로 가로막았다. 그러나 이성재는 큰아들의 이런 무례함을 용납할 생각이 추호도 없었다.

"아버지, 잠깐만요. 제 얘기를 좀 끝까지 들어보세요."

"지금 건물 관리하는 것만으로는 성에 안 차는 거냐? 갑자기 무슨 상권이냐? 내가 건물 관리만 하라고 했었는데 벌써 잊는 거냐?"

"제가 언제까지 건물 관리만 할 수는 없잖아요. 저도 제가 할 수 있는 걸 하고 싶단 말이에요. 그리고 이번에는 확실해요."

큰아들 이상진도 나름 시장을 보는 눈이 있었다. 나름 잠재력과 추진력도 있었다. 사실 그마저도 없었다면 지난번 사업도 성과를 내지 못했을 것이다. 하지만 한계도 명확했다. 특유의 오만한 성격을 고치지 않는 한 무엇을 해도 크게 성공하지 못할 것이라고 이성재는 판단했다.

게다가 사업으로 성공할 가능성이 큰 쪽은 이상진이 아니라 바로 이석진이었다. 무엇보다 이성재는 이상진이 조용히 지내기를 바랐다. 이상진이 투자나 사업을 한다고? 그것은 계획에서 전혀 고려하지 않은 변수였다. 무엇보다 크게 가치 있지도 않은 일이었다.

"괜한 말 꺼내지 말고 지금 가지고 있는 건물이나 잘 관리해라. 아침부터 하고 싶은 말이 고작 그거였냐?"

그렇게 말하고는 이성재는 아들을 무정하게 스쳐 갔다. 이상진은 그런 아버지를 따라가지 않았다. 그저 현관을 나서는 아버지의 뒷모습을 황망하게 바라볼 뿐이었다.

"형님, 거기서 뭐 하세요?"

출근 준비를 끝마친 이재진이 안방 앞에서 우두커니 서 있는 이상진을 의아하게 쳐다보았다. 뒤이어 이석진이 모습을 드러내었다. 이석진 또한 이미 나갈 채비를 마친 상태였다. 그는 형 이상진을 한 번 힐끗 쳐다보았지만 이내 그를 무시했다.

형에게 저토록 무례한 태도를 보이다니! 이상진은 불쑥 화가 치밀어 올랐다. 대놓고 사람을 무시하는 동생이 정말이지 꼴도 보기 싫었다.

"석진이 넌 아침부터 어디 나가니?"

부엌에 있던 김무교가 이석진에게 얼른 물었다. 그러나 이석진은 대답 없이 훌쩍 현관을 나섰다. 바람처럼 사라지는 아들의 모습에 김무교는 어쩔 수 없다는 듯 고개를 저었다.

이재진이 어색한 분위기를 풀기 위해 애써 웃으며 말했다.

"석진 형님은 아침부터 바쁜가 보네요. 그나저나 이렇게 다 같이 거실에 나온 모습은 참 오랜만이에요. 모두 출근하는 것 같아서…."

거기까지 말한 재진은 힙, 하고 입을 다물었다. 그러고는 큰형 이상진의 눈치를 살폈다. 아침부터 큰형의 심기를 건드릴 생각은 추호도 없었지만, 자신이 분위기를 풀고자 한 말에 분명 큰형이 화를 낼 것이라 지레짐작한 탓이었다.

그러나 재진의 걱정과 달리 이상진은 재진에게 화를 내지 않았다. 아니, 분명 화가 난 모습이기는 했지만, 그 화는 동생 이재진을 향한 화가 아니었다. 자신의 계획을 아버지가 허락하지 않았다는 사실이, 그리고 아침부터 자신을 무시하는 이석진의 태도가 너무나 싫어서 끓어오르는 화였다.

자신이 인정받기 위해서는 반드시 투자를 받아야만 했다. 그래서 성과를 보인다면 아버지의 태도도 분명 변할 것이고, 음흉한 이석진 또한 다른 생각은 꿈도 꾸지 못할 것이다. 이상진은 그렇게 생각하며 곧장 자기 방으로 올라갔다.

"이러다가 내가 제명에 못 살겠구나."

김무교는 아들들을 바라보며 나지막이 중얼거렸다. 불안함이 그녀를 휘감았다. 물론 예상하기는 했지만, 둘째 이석진 때문에 바뀐 냉랭한 집안 분위기를 마냥 방치할 수는 없었다. 어떻게든 이 집안을, 정확히는 이 집안의 분위기를 바꾸고 싶었다. 그러나 아버지처럼 완고하기 그지없는 세 아들을 어떻게 바꿔야 할지, 그녀는 걱정부터 앞섰다.

＊ ＊ ＊

"어째서 석진이만 유학을 가요?"
이석진의 미국 유학이 결정되었을 당시 가장 먼저 반발한 사람은 바로 형 이상진이었다. 이상진은 이석진이 유학을 간다는 소식을 듣자마자 곧장 아버지 이성재를 찾아가서는 거칠게 항의했다. 아버지 앞에서 그토록 무례한 태도를 보인 적은, 단언컨대 그때가 처음이었다. 그만큼 이상진은 동생의 유학 사실에 크게 분노했다.
"여기서 공부하는 것보다 외국에서 공부하는 게 좋을 것 같다고 판단했으니까."
이성재는 큰아들의 질문에 요점만 간단히 대꾸했다. 물론 이상진은 그런 아버지의 말을 곧이곧대로 받아들이지 않았다. 이제는 아버지보다 훨씬 커진 덩치에 야구선수 활동을 하느라 잔뜩 그을린 얼굴의 이상진은 확실히 또래보다 나이 들어 보였다. 그러나 눈동자만큼은 여전히 그 나이대의 소년답게 형형하게 빛나고 있었다.
자신이 대답했는데도 큰아들이 전혀 물러날 기색이 없자 이성재는 한동안 큰아들을 물끄러미 바라봤다. 여전히 성이 난 큰아들은 거친 숨을 내뱉을 뿐이었다.

"내 말을 납득하지 못한 모습이구나."

"당연하죠. 가족 모두가 외국으로 가면 저도 이해하겠어요. 아니면 저나 재진이도 유학을 보내 주면 좋잖아요. 그런데 왜 하필 석진이만 유학을 가는 거예요? 왜요?"

"석진이는 너희 셋 중 가장 머리가 똑똑한 녀석이니까."

"말도 안 돼요. 걔는 그저 학교 성적이 좋을 뿐이잖아요. 고작 그런 이유로 유학을 보낸다고요?"

"그럼 만약 가족 모두가 외국으로 떠난다면, 너는 야구를 포기할 거냐?"

아버지의 물음에 이상진은 곧바로 입을 다물었다. 이성재는 그런 큰아들에게서 눈을 떼지 않았다. 물론 큰아들이 어떻게 대답하느냐에 따라 다른 반응을 보일 순 있었겠지만, 어쨌든 둘째 이석진이 미국 유학을 간다는 사실은 변함이 없었다.

이성재는 이상진의 속내를 어느 정도 짐작할 수 있었다. 이상진은 중학생 시절부터 야구를 시작해 고등학생이 된 현재는 선발선수로서 나름 활약하고 있었다. 충분히 가능성이 엿보였고, 김무교는 그런 큰아들이 야구선수로서 꾸준히 활동하길 바랬다.

그러나 이성재는 무섭도록 냉정했다. 물론 그 역시 큰아들이 잘되길 바랐지만, 객관적으로 봤을 때 큰아들 이상진은 프로선수로 활동할 정도의 실력은 아니었기 때문이었다. 큰아들 이상진에게는 가혹한 말이었지만 그것이 현실이었다.

더군다나 지난 훈련 시즌 때, 이상진은 어깨 부상을 당해 성적도 그리 좋지 못했다. 그리고 이성재는 큰아들이 부상 이후 야구에 대한 열의가 많이 사라졌다는 사실을 학부모 상담에 참석했던 김무교를 통해 익히 들은 터였다. 하여 이상진이 야구를 포기한다고 한다면, 그래서 이석진처럼 유학을 강력히 원한다면 이성재는 기꺼이 이상진의 유학을 지원해 줄 참이었다.

그럼에도 불구하고 이상진은 어째서 야구를 포기하겠다는 말을 하지 않는가. 이성재는 그 누구보다 큰아들의 성격을 잘 알고 있었다. 고집 세고 자존심 센 이상진의 성격상 절대 먼저 야구를 포기하겠다고 선언하지 못하는 것이었다.

그런데도 이상진은 스스로를 속이고 있었다. 자신은 아직도 야구에 미련이 남아 있으며 그래서 선수로 활동하고 있다고 확신했던 것이다. 물론 그건 거짓된 믿음이자 자기 위안에 불과한 확신이었다.

만약 아버지인 자신이 야구를 포기하라고 말했다면 이상진은 깔끔하게 야구를 포기했을 것이다. 스스로 야구를 포기하기에는 자존심이 상하는 만큼, 차라리 부모님이 야구를 포기하라고 말해 주길 이상진은 내심 바랐던 것이다. 그러나 이는 무책임하고 비겁한 행동이었다. 자신의 인생을 자신이 결정하지 않고 부모에게 의탁하려는 꼴이라니.

이미 아들의 마음을 간파한 이성재는 그렇기에 더더욱 이상진의 의도대로 움직여 줄 생각이 없었다.

"다시 한번 물으마. 너 운동 포기할 거냐?"

이상진은 대답하지 않았다. 그러나 아들의 눈빛은, 야구로 이름을 날리겠다며 당당히 포부를 밝혔던 예전의 강렬한 눈빛은 이미 죽은 지 오래였다. 그 눈빛만 봐도 이성재는 아들이 무엇을 원하는지 단박에 알아차릴 수 있었다. 허나 아들이 자신에게 솔직하게 말하지 않는 이상, 이성재도 아들의 말을 들어줄 생각은 추호도 없었다.

"그만 나가 봐라. 석진이 일은 이미 결정된 일이다. 너는 네 일에만 집중해라. 만약 생각이 바뀌면 다시 말하고."

안방에서 나온 이상진은 곧장 제 방으로 향했다. 도무지 분이 풀리지 않는 동시에 내심 아버지의 말이 서운했다. 인정하고 싶지 않았지만, 이성재의 말처럼 셋 중에서 가장 머리가 좋은 건 바로 둘째인 이석진이었다. 게다가 영어도 제법 유창하게 구사했으므로 유학 생활도 곧잘 할 터였다.

그럼에도 이상진이 아버지에게 불만을 터뜨린 이유는 하나였다. 바로 아버지가 자신이나 이재진에게는 유학에 대해 그 어떤 말도 하지 않았다는 것. 더불어 어머니 김무교에 대한 원망도 샘솟았다.

"상진아. 부상 때문에라도 야구는 그만 포기하고 유학을 가는 건 어떻겠니? 우리는 언제든 너를 도와줄 수 있단다."

부모님이 자신에게 이런 말을 해 주었더라면, 생각하던 이상진이 문득 이맛살을 찌푸렸다. 찌르는 듯한 어깨 통증이 참을 수 없을 정도로 고통스러웠다. 어쩌면 이 어깨 통증은 이상진을 평생 따라다닐 수도 있었다.

"망할. 되는 게 하나도 없어."

사실 이상진은 부상 이후 곧바로 자신의 상태를 직감했다. 선수로 아무리 노력한다고 해도 절대 프로선수가 될 수 없다는, 뼈아픈 진실을 말이다. 이름 한번 제대로 날리지 못할 바에는 차라리 야구를 그만두고 싶었다. 그러나 본인 입으로는 결코 말하고 싶지 않았다. 야구를 하겠다고 말한 사람은 다름 아닌 이상진 본인이 아닌가.

누구도 시키지 않았던 일이었고, 그래서 더욱 열심히 야구를 했다. 부모님 또한 자신이 훌륭한 선수로 성장할 수 있게끔 아낌없이 지원을 해 주셨다. 무려 3년이 넘는 세월 동안. 이상진 자신이 누구보다 그 사실을 잘 알고 있었다. 더구나 부모님은 자신의 상태에 대해 너무나도 잘 알고 계신다.

이상진은 이 모든 상황이 참을 수 없을 정도로 수치스러웠다. 그렇다고 해서 자신의 처지를 누구에게 하소연하고 싶지는 않았다. 그저 부모님이 자신에게도 유학을 제안했으면 했다. 무엇보다 자신은 이 집안의 장남이지 않나? 하다못해 유학 기회를 세 형제 모두에게 공평하게 줘야 옳지 않나? 굳이 이석진만, 그 녀석만 선택한 이유는 무어란 말인가?

이 층으로 막 올라온 이상진 앞에 동생 이석진이 모습을 드러냈다. 이석진은 이상진을 차갑게 바라보기만 했다. 저 눈빛이 어릴 때부터 정말 거슬렸다고 이상진은 생각했다. 그러자 동생이 유학을 떠난다는 사실이 더욱 실감되었고 미친 듯이 속이 뒤틀렸다.

"좋겠다. 유학 가서. 다른 사람 눈치 보지 않고 거기서 편하게 지낼 수 있겠네. 어머니 속을 그렇게 긁었던 놈을 어째서 유학까지 보내는 건지 난 도무지 이해가 안 된단 말이지. 나에게 그 비법 좀 알려 줘 봐라."

이석진은 아무 말도 하지 않았다. 이상진은 한껏 격앙된 얼굴로 그런 이석진을 노려보았다.

사실 이상진은 자신과 이석진을 언제나 비교할 수밖에 없었다. 이상진은 중학교에 진학하면서 야구부 활동을 시작했다. 사춘기가 제대로 오기도 전에 그는 운동부 특유의 권위적인 분위기에 맞춰 생활해야 했다. 감독과 코치, 선배들은 험악하고 무서웠다. 그런데도 이상진은 꿋꿋이 버텼다. 자신이 프로선수가 된다면 이런 수모쯤 얼마든지 되갚아 줄 수 있겠다고 여겼기 때문이다.

자신이 운동선수로서 힘든 나날을 보내고 있을 때, 동생 이석진은 어떤 나날을 보냈는가. 부모님한테 반항이나 하면서 학교와 학원을 빼먹기 일쑤였다. 게다가 동생은 며칠 동안 집을 나갔다가 어머니의 손에 이끌려 집으로 돌아온 날도 수두룩했다. 이토록 형편없는 녀석인데, 이런 녀석이 미국 유학을 간다는 현실을 이상진은 도저히 납득할 수가 없었다.

큰형의 살벌한 눈빛을 분명 보았음에도 이석진은 물러나지 않았다. 그는 얼음장처럼 차가운 목소리로 대꾸했다.

"형은 당장 눈앞에 보이는 것만 보지. 어릴 때부터 그랬잖아."

"뭐?"

"내가 유학 가는 게 그렇게 싫어? 그럼 형이 유학을 가겠다고 말해. 나도 좋아서 가는 게 아니니까."

"말이면 다냐? 이제 와서 유학 가기 싫다는 말은 왜 하는 거야?"

"그게 사실이니까. 나보다 형이 더 유학을 가고 싶은 모양인데, 가서 아버지한테 분명히 말씀드려. 형이야말로 유학을 가고 싶다고."

이상진의 눈썹이 힘하게 꿈틀거렸다. 그나마 그에게 남아 있던 냉정함마저 빠르게 사라졌다. 가슴 속에서 불이 끓어올랐고, 그 불은 결국 이상진의 온몸을 뒤덮었다.

그리고 이석진이 이어 한 말은 기어코 이상진의 불길을 완전히 솟구치게 만들었다.

"야구 포기할 테니까 유학 가겠다고 말씀드리라고. 왜, 차마 입이 안 떨어져? 자기가 좋다고 선택한 야구를 포기하려니까? 아니면 내가 지금 가서 아버지께 대신 말씀드릴까?"

결국 분노를 참지 못한 이상진이 이석진의 멱살을 거칠게 쥐었다. 몇 년 동안 야구공을 던진 탓에 이상진의 손아귀 힘은 아주 거칠고 억셌다. 이석진은 큰형에게 매섭게 멱살이 잡혀 있음에도 큰형을 쏘아보았다.

"너, 다시 말해 봐. 이게 아주 형을 우습게 아네?"

"솔직히 인정해. 형도 이제 야구 관심 없잖아. 나처럼 유학 가면 편하게 지낼 수 있겠다고 생각하고 있잖아. 내 말이 틀려?"

"거기서 뭐 해요? 왜 다들 그러고 서 있어요?"

그때, 문이 열리면서 막내 이재진이 모습을 드러냈다. 그러나 두 형이 풍기는 험악한 분위기 때문에 그는 자리에 얼어붙고 말았다. 이 집안의 가족이 된 이후, 이상진과 이석진이 싸우는 모습을 이미 몇 번이나 봤음에도 이재진은 도무지 그 모습에 적응할 수가 없었다.

겁에 질린 막냇동생을 발견한 이상진이 결국 이석진의 멱살을 놓아 주었다. 사실 마음만 먹었으면 둘째 녀석의 턱을 날리는 건 일도 아니었지만, 그 모습을 막내 앞에서 보였다간 어떤 사달이 날지 몰랐다.

결국 이상진은 씩씩대며 자기 방으로 들어갔다. 쾅, 하고 세차게 문이 닫혔고 이재진은 저도 모르게 어깨를 움찔거렸다. 이석진은 매무새를 고쳤다. 이재진은 그런 둘째 형에게 떨리는 목소리로 물었다.

"형님, 방금 무슨 일이….”

"그냥 못 본 척해. 괜히 힘들어지고 싶지 않아."

이석진의 말에 이재진은 잠자코 다시 방으로 들어가야만 했다. 언제 그랬냐는 듯 사위가 조용해졌고, 그제야 이석진은 형이 붙잡았던 목 주변을 천천히 쓰다듬었다. 피부가 화끈거렸고 몹시 목이 말랐다. 그는 빠르게 계단을 내려와 부엌으로 향했다.

그리고 부엌에서 아버지 이성재와 마주쳤다. 이석진이 냉장고에서 물을 꺼내 벌컥벌컥 마시는 모습을 잠자코 지켜보던 아버지 이성재가 나지막하게 입을 열었다.

"네 형이 너에게 뭐라고 하든?"

"좋은 말을 하지는 않았죠."

그럴 수밖에 없겠지만, 위층에서 싸웠던 소리가 아래층까지 들린 모양이었다. 이석신은 저도 모르게 한숨을 내뱉었다. 형이 아버지와 대화를 나눌 때 어머니도 함께 있었다면 분위기는 한결 부드러웠을지도 모른다.

흥분한 형을 달랠 수 있는 유일한 사람이 바로 어머니였으니까. 그러나 어머니는 저녁 모임 때문에 외출한 터였다.

둘째 아들을 말없이 바라보던 이성재가 아무 일도 아니라는 듯 덤덤히 말했다.

"걔는 그럴 녀석이지. 신경 쓰지 마라. 너는 오직 유학 준비에만 집중해."

"신경 쓰지 않아요. 형은 원래 그런 사람이니까."

"그래, 너는 너한테만 집중하면 된다."

이성재는 놀랍도록 차갑게 대꾸했다. 이석진은 자신의 생각 이상으로 형에게 냉정한 아버지의 모습에 조금 당황하고 말았다.

이성재가 다시 이석진에게 물었다.

"설사 다른 걱정이 있더라도 흔들릴 필요 없다. 알겠니?"

"제가 먼저 유학을 가겠다고 말씀드렸던 걸 잊지 마세요."

이석진이 단호히 말했다. 큰아들에 이어 둘째 아들까지 이토록 무례한 태도라니, 이성재는 오늘 하루가 참으로 험난하다고 생각했다. 그러면서도 어느새 아들들이 자신들의 생각과 고집을 가질 정도로 자랐다는 사실을 실감하기도 했다. 물론 두 아들의 성격은 전혀 달랐지만 말이다.

이성재와 김무교는 이상진, 이석진, 이재진 세 형제가 각자의 자리에서 성실히, 무탈하게 학창 시절을 보내길 바랐다. 거기에 열심히 공부하는 모습과 그에 비례하는 성적 또한 갖춘다면 더는 바랄 것이 없었다.

적어도 중학생 때까지는 세 형제 모두 부모님, 특히 어머니인 김무교의 말을 잘 따랐다. 그러나 장남 이상진이 야구로 진로를 틀면서, 김무교는 서서히 둘째 이석진에게 더 많은 관심을 쏟았다. 스포츠맨을 꿈꾸는 큰아들을 응원하면서도 한편으로는 학교에서 좋은 평가를 받는 우등생 아들이 있길 바란 탓이었다.

그리고 그 아들이 바로 둘째 이석진이었다. 이석진도 그런 어머니의 속 내를 모르지 않았다. 그러나 사사건건 자신의 일상에 개입하려는 어머니에게 질리고 만 이석진은 점점 어긋나는 모습을 보이기 시작했다. 특히 고등학교에 진학하면서 그의 모난 성격은 절정에 달했다. 하루에도 몇 군데의 학원을 다녔던 이석진은 학원을 핑계로 집에 늦게 귀가하기 일쑤였고, 어느 때는 공부를 핑계로 아예 집에 들어오지 않기도 했다.

어머니 김무교가 나무랄 때마다 이석진은 차가운 투로 이렇게 대꾸했다.

"성적만 좋으면 되잖아요? 제가 밖에서 사고치고 돌아다니는 것도 아니구요."

이석진은 여전히 우수한 성적에 친구들과도 사이좋게 어울리는, 학교에서 평가가 좋은 우등 학생이었다. 그러나 집에서는 계속해서 엇나가는 행동을 하는 탓에 어머니 김무교의 속은 까맣게 타들어 갔다.

처음에는 그저 단순 사춘기라고 여겼기에, 김무교는 여러 전문가와 상의하여 둘째 아들과의 관계를 개선하려고 노력했다. 그러나 둘째 아들과의 관계는 전혀 나아지지 않았다. 거기다 원래도 성격이 달라 종종 마찰을 빚었던 형 이상진과 사사건건 부딪히게 되면서 집안 분위기는 극도로 험악해졌다.

결국 아버지 이성재가 이석진의 문제를 해결하기 위해 전면에 나섰다. 이성재는 김무교처럼 아들을 타이르거나 나무라지 않았다. 그렇다고 병원에 데려가 심리 상담을 받으라고 권유하지도 않았다. 대신 아들과 독대하면서 한 가지 제안을 했다.

"원하는 걸 말해 봐라. 네가 조용해질 수 있는 방법을 알려 주면 내가 널 도와주마."

아버지의 말을 듣는 순간, 이석진은 자신에게 기회가 왔다는 사실을 깨달았다. 미치도록 답답한 이 집안, 집요할 정도로 잔소리를 하는 어머니, 사사건건 부딪히는 형에게서 벗어날 수 있는 기회를 말이다.

"미국으로 유학 가고 싶어요. 거기서 공부 열심히 할 테니 제게 기회를 주세요."

그렇게 말하면서도 이석진은 아버지가 과연 자신의 요구를 들어줄지 반신반의했다. 아무리 풍족하고 좋은 집안이어도 미국 유학을 보내는 건 상당히 어렵다는 걸 들은 적이 있기 때문이었다.

이석진의 말을 들은 아버지 이성재는 그러나 다소 의외의 반응을 보였다. 된다, 안 된다는 대답과는 전혀 거리가 없는 질문이 이석진에게 되돌아왔다.

"널 유학 보내면, 내가 얻는 건 뭐냐?"

전혀 예상하지 못한 질문에 이석진은 크게 당황했다. 이성재는 그런 아들을 지그시 바라보다가 이어 대답했다.

"가라. 유학. 거기서 잘 지낼 수 있도록 아낌없이 지원해 줄 테니까. 네 엄마는 걱정 마라."

그렇게 이석진의 미국 유학은 일사천리로 진행되었다. 중간에 어머니 김무교의 걱정과 이상진과의 마찰이 있었지만, 결국 이석진은 자신이 원하는 대로 미국으로 떠나게 되었다.

이석진이 한국을 떠나기 전, 이성재는 아들에게 이렇게 말했다.

"그냥 미국으로 보내는 게 아니다. 나는 네게 투자하는 거다. 아버지로서 말이다. 이 말을 반드시 명심해라."

이석진은 아버지의 말을 충분히 이해했다. 그 말인즉, 이석진은 미국으로 유학 보내면서 자신 역시 무언가 대가를 얻겠다는 뜻이었다.

이 일련의 사건은 이성재는 물론 이상진, 이석진 형제에게 선명히 각인

되어 있었다. 특히 이석진은 그 당시의 일을 결코 잊을 수 없었다. 그로부터 10년이란 세월이 지난 지금까지도 말이다.

한차례 폭풍이 지나가면 난장판이 되었던 땅이 되돌아오는 듯 보이지만, 그럼에도 상흔은 존재한다. 화합과 봉합은 늘 완벽할 수 없다. 그리고 현재, 집으로 돌아온 이석진은 가족 모임 직후 아버지가 자신의 방을 찾아와 했던 말을 떠올렸다.

'이제 네게 했던 투자를 다시 돌려받으려고 한다.'

이석진은 새삼스레 깨달았다. 아버지 이성재는 자산관리를 요구함으로써 당신이 10년 전에 한 '투자'를 돌려받고자 한 것이었다. 모든 게 철저히 아버지의 계획하에 놓여 있었다는 사실에 이석진은 소름이 돋을 지경이었다.

물론 세월이 흐르면 아무리 격한 감정과 태도, 불안한 대립도 빛이 바래기 마련이다. 이상진은 결국 스스로 야구를 포기하고 말았다. 이석진이 유학을 떠난 직후의 일이었다. 이후 이상진은 남들보다 늦게 학업에 전념하였음에도 부모님의 지원 덕분에 나쁘지 않은 성적을 받아 좋은 대학교에 진학했다. 막내 이재진 또한 당시 형들이 보였던 격한 모습은 잊은 지 오래였다.

여하간 현재의 이석진에게 그런 문제 따위는 하나도 중요하지 않았다. 그에게 가장 중요한 건 바로 아버지의 태도였다.

이석진은 아침 일찍 저택을 나와 자신이 머물렀던 호텔 로비에 앉았다. 얼마 전, 아버지와 호텔 바에서 대화를 나누고 집으로 돌아왔음에도 그는 여전히 호텔 방을 체크아웃하지 않고 있었다. 마라도에서 서울로 돌아온 이후 계속 머물렀던 프리미엄 스위트룸은 여전히 자신의 이름으로 예약되어 있었다.

이제는 정말로, 이석진은 진지하게 생각했다. 집에서 다시 나올 방법을 찾아야만 한다. 하지만 그러기 위해서는 어디론가 아주 멀리 떠나야만 했다. 그곳이 어디든, 가족들이 전혀 알 수 없는 곳이라면 아무래도 상관없었다. 허나 그런 곳이 어디 있단 말인가? 이석진의 고민은 깊어져만 갔다.

2장

봉합하지 못한 균형

 어떤 계획을 실행하기 위해서는 그 계획을 이룰 수 있는 최소한의 조건이 필요하다. 조건 없이 무턱대고 계획을 실행하다가는 십중팔구 낭패를 보기 때문이다. 그 때문에 대부분의 사람들은 자신이 계획에 맞는 조건을 갖추었는지 신중하게 고민하고 살핀다. 허나 그 정도가 지나쳐 결국 계획을 실행하지 못하기도 하고, 혹은 너무 늦게 실행한 나머지 원하는 목표를 이루지 못하기도 한다.
 이성재는 그러지 않았다. 그는 자신의 계획을 실행할 수 있는 조건이 충분히 갖추어졌다고 판단하자마자 대담하게 계획을 실행하기로 했다. 그는 이른 아침부터 오재필 변호사의 사무실을 방문하기로 했다. 아주 중요한 계획을 실행에 옮기는 날임에도 불구하고, 이성재는 평소와 다름없이 태연하고 의연한 모습이었다.
 "요즘 오 변호사님을 부쩍 자주 찾아뵙네요."
 김주현 실장이 슬쩍 물었다. 연희동에서 출발한 자동차는 어느덧 강남에 도착한 상태였다. 출근길인 탓에 거북이처럼 느리게 움직이는 자동차 차창 너머로 오재필 변호사의 사무실이 위치한 빌딩이 보였다.

이성재는 김주현의 물음에는 대꾸하지 않고 자신이 해야 할 말만 간단히 전했다.

"오늘은 중요한 일이 있으니 오랫동안 있을 거네. 김 실장은 주 기자와 점심을 먹은 뒤 석진이가 어디서 뭘 하는지 알아보도록 해."

"그렇게나 오래 대화를 나누신다고요?"

김주현 실장이 의아한 듯 고개를 갸웃거렸다. 보통 이성재가 오재필 변호사와 만나 대화를 나눈다고 해도 그 시간은 30분 남짓, 길어야 1시간 정도였기 때문이다. 거기다 자신과 주진혁까지 따로 움직이라고 하니, 김주현이 놀라는 것도 어쩌면 당연했다.

이성재에게 김주현 실장이 무어라 더 물어볼 새도 없이, 자동차는 오재필 변호사의 사무실 앞에 도착했다. 이성재는 곧바로 차에서 내려 오 변호사의 사무실로 걸음을 옮겼다. 이제는 오 변호사의 사무실이 너무나도 익숙해진 나머지 고급스러운 빌딩 외관은 눈에 들어오지도 않았다.

판사 출신인 오재필 변호사는 국내에서 내로라하는 로펌에서 오랫동안 일한 인물이었다. 특히 경제 관련 법률에 대해서는 국내에서 알아주는 인물이었기에 굵직한 사건을 여러 차례 맡아 언론의 주목을 받기도 했다. 그런 오재필 변호사와 이성재는 이성재가 국회의원을 지내던 당시 처음 만나 인연을 맺게 되었다. 두 사람은 특히 경제와 관련해 뜻이 맞아 가깝게 지내게 되었다.

그리고 현재, 오재필 변호사는 이성재의 재산 관리를 담당하고 있었다. 본래 이성재의 재산 관리를 담당하는 변호사는 따로 있었으나, 오재필 변호사가 이성재의 재산 관리를 해 주겠다며 선뜻 나선 것이었다. 뛰어난 능력과 높은 사회적 지위가 있음에도 오 변호사는 자신과 가까운 사람의 일이라면 궂은일도 마다하지 않는 의리 있는 사람이었다. 이성재 또한 그런 오 변호사를 마음 깊이 신뢰하고 있었다.

사무실로 들어가자, 이성재를 바로 알아본 사무원이 그를 정중히 변호사실로 안내했다. 최고급 원목 책상과 수많은 책이 정갈하게 꽂힌 책장으로 둘러싸인 오재필 변호사의 변호사실은 흡사 아늑한 서재와도 같은 느낌을 주었다.

의자에 앉아 있던 오재필 변호사가 자리에서 일어나 이성재를 맞이했다.

"오셨습니까, 의원님? 역시 제시간을 맞춰 오셨군요."

"너무 이른 아침부터 만나자고 한 건 아닌지 모르겠습니다."

"우리 사이에 무슨 그런 말씀을 하십니까? 그리고 오늘은 혼자도 아니시 않습니까?"

오재필 변호사는 호탕하게 웃으며 이성재에게 자리를 권했다. 검은 가죽 소파에 앉자 은은한 향이 퍼졌다. 곧 사무원이 이성재의 앞에 따뜻한 차를 내려놓았다. 두 사람은 한동안 이런저런 이야기를 편하게 나누었다. 뉴스를 통해 알게 된 이슈, 날씨, 교통, 음식 등등.

어느 정도 분위기가 무르익었을 즈음, 이성재가 진지한 표정을 짓고는 말했다.

"둘째가 집에 돌아왔으니 이제 시작해도 되겠어요."

이성재의 말을 들으며 오재필 변호사는 손가락에 끼운 금반지를 만지작거렸다. 오재필 변호사의 손가락만큼이나 두툼한 금반지에는 세심하게 세공한 보석이 품격 있게 박혀 있었다. 이성재가 손수 소개해 준 보석 디자이너가 공들여 만든 반지였다.

오 변호사는 종종 사석에서 자신이 제일 아끼는 물건이자 부적 같은 물건이 바로 이 금반지라고 말하곤 했다. 그리고 그를 증명하듯 자신에게 아주 중요한 날에는 이 금반지를 반드시 착용했다. 그 때문에 오늘처럼 사무실에 금반지를 끼고 오는 경우는 극히 드물었다. 그만큼 오재필 변호사에게도 오늘은 중요한 날이었다.

"그렇습니까? 정말 다행입니다. 이제 계획대로 되셨군요."

이성재는 천천히 고개를 끄덕였다. 계획대로, 오 변호사가 한 말을 속으로 곱씹으며 이성재는 조금 홀가분한 기분이 되었다. 동시에 흡족하기도 했다.

오재필 변호사는 이성재가 아끼고 신뢰하는 사람임에는 분명했다. 그러나 이성재는 오재필 변호사에게 모든 진실을 솔직하게 털어놓지는 않았다. 기실 이성재는 오재필 변호사는 물론 그 누구에게도 자신의 내밀한 계획과 문제를 털어놓은 적이 단 한 번도 없었다.

다만, 이성재는 자신의 재산을 원만하게 분할하기 위해서는 오재필 변호사 또한 자신의 계획을 알아야 했기에 몇 가지 정보를 오재필 변호사에게 알려 주었을 뿐이었다. 허나 오 변호사는 제법 눈치가 좋았고, 재산 상속과 관련해서 가장 중요한 인물인 이성재의 둘째 아들이 이성재의 계획과는 자꾸 어긋나는 모습을 보이고 있음을 어렴풋하게 알고 있었다.

오재필 변호사는 자리에서 일어나 책상으로 향했다. 그러고는 개인적으로 비밀스럽게 보관하고 있는 서류철을 조심스럽게 꺼냈다. 바로 이성재의 재산 상속과 관련한 서류였다.

오 변호사는 서류철을 가져오며 이성재에게 질문했다.

"아드님 말입니다. 혹시 다른 문제가 있지는 않겠지요?"

오 변호사의 질문에 이성재는 무덤덤한 투로 대답했다.

"일단 돌아왔지만 분명 내 손아귀에서 벗어나려고 할 겁니다. 그러고도 남을 녀석이니까. 하지만 제아무리 발버둥을 친다고 한들 내 계획을 거스를 순 없을 거요."

"결국 아드님은 의원님의 뜻을 따르게 된다는 거군요?"

"당장은 아니어도 결국 그렇게 될 거요. 아직도 세상 물정을 잘 모른다는 게 좀 걱정스럽긴 하지만."

"둘째 아드님은 분명 의원님을 닮았을 테니, 빠른 시일 내에 의원님의 뜻을 헤아리게 될 겁니다."

오 변호사는 그렇게 말하며 은근슬쩍 이성재의 능력을 치켜세웠다. 이성재는 그런 오 변호사의 의중을 알았지만 가볍게 무시했다. 대신 방금 자신이 오 변호사에게 했던 말, 이석진이 세상 물정을 모른다는 말을 속으로 곰곰이 되씹었다. 그러는 동시에 호텔에서 이석진이 했던 말을 떠올렸다.

'돈은 그냥 돈이에요. 말 그대로 돌고 도는 재화라고요. 제가 갖고 있는 수단과 맞물렸기에 보관하고 있을 뿐입니다. 전 그걸 관리하는 관리자고요.'

어리석은 녀석 같으니, 이성재는 저도 모르게 코웃음을 치며 생각했다. 관리자라니. 고작 관리자 따위가 되라고 너를 미국으로 유학 보낸 게 아니란 말이다.

이성재가 이해하는 관리자란 결국 무언가 소유하지 못한 채 중간에서 운용하는 존재, 무엇보다 소유자의 밑에 있는 존재에 불과했다. 이성재는 이석진이 관리자가 되는 걸 결코 원치 않았다. 이석진은, 자신의 둘째 아들은 자기 재산을 소유해 당당하게 운용하는 소유자가 되어야만 했다.

"내 아들이 말이오."

이성재는 잠시 말을 멈추고는 조용히 커피를 마셨다. 허나 커피를 다 마셨음에도 이성재는 좀처럼 말을 잇지 않았다. 오 변호사는 의아한 표정을 지으면서도 인내심 있게 기다렸다.

이윽고 이성재가 조금은 안타깝다는 표정을 지으며 말을 이었다.

"대단한 이상주의자요. 세상 돌아가는 흐름을 알면서도 그 흐름을 애써 무시하고 있지요."

"더 높은 곳을 바라보고 있다, 그렇게 생각해도 될까요?"

"그러면 좋겠소. 그런데 그게 아니오. 녀석은 현실을 직시하지 않고 있소. 이상만 있고 현실은 무시하는 거요."

"그렇다면 아드님이 이룬 성과는 없습니까?"

오 변호사의 말이 이성재는 입을 다물었다. 그건 아니다. 분명 아들은 자신보다 더 많은 자산을 보유하고 있다. 성과가 없다고는 결코 말할 수 없다. 그건 아들을 명백히 무시하는 행동이자 기만이었다.

그러나 이성재는 아들의 가치관을 받아들이기가 도무지 힘이 들었다. 미국에서는 어떨지 몰라도, 적어도 한국에서는 그런 가치관과 태도로는 활동할 수 없었다. 이는 지난 몇십 년 동안 자산을 축적했던 이성재가 내린 확고한 결론이었다. 아들에게 하는 조언이자 인생 선배로서, 그리고 학자로서 먼저 체득한 경험을 그는 아들에게 고스란히 물려주고 싶었다.

잠시 고민하던 이성재는 이내 고개를 젓고는 말했다.

"내 아들이지만 정말이지 눈에 띄는 성과를 냈소. 그러나 내가 하는 걱정은 그게 아니오. 예를 들면 이런 거지. 고산지대에서 지냈던 식물이 산에서 내려와 다른 환경에서 지낸다면 과연 잘 지내겠소? 하다못해 도시 한복판에서 지내게 된다면 뿌리도 내리지 못하고 바로 죽을 거요."

거기까지 말한 뒤 잠시 숨을 고른 이성재가 더욱 낮고 신중한 목소리로 말했다.

"나는 내 아들에게 그 사실을 알려 주고 있는 거요."

"어떤 사실을 말입니까?"

"이 도시 한복판에 뿌리를 내리고 살아남으려면 바로 이렇게 해야만 한다는 사실을, 냉혹하고도 틀림없는 진실을 말이오."

오재필 변호사는 이성재의 말을 이해하고는 고개를 끄덕였다. 물론 이성재의 그 속내까지 완전히 알 수는 없었지만, 이성재와 그의 아들 이석진은 서로가 완전히 다른 곳을 보고 있다는 것 정도는 바로 알 수 있었다. 그리고 이성재는 그런 아들이 자신과 같은 곳을 바라보게끔 방법을 강구해야만 하는 상황이었다.

물론 그 방법이 아들을 향한 무자비한 통제가 될지, 혹은 친절한 안내가 될지는 두고 봐야 알 일이었다. 그리고 거기까지는 오 변호사 자신이 신경 쓸 문제가 전혀 아니었다.

"변호사님, 다른 손님들이 오셨습니다."

곧 문이 열리더니 두 명의 남자가 변호사실로 들어왔다. 이성재 또래의 중년 남자와 그보다 훨씬 나이가 많은 노인이었다. 머리가 희끗한 중년 남자는 이성재를 보자마자 호탕하게 웃었다.

"오랜만이군. 잘 지냈나, 이 의원? 이제 얼굴도 잊어버리겠어!"

"우리 사이에 무슨. 아직 그럴 나이도 아닌데."

이성재는 평소와 달리 미소를 지으며 남자를 환영했다. 그런 뒤 그 남자와 함께 온 노인에게 정중히 인사했다. 노인은 껄껄 웃더니 별안간 이성재의 안색을 살폈다.

"이 의원, 안 본 사이에 조금 수척해진 것 같구먼. 이 사람아, 잘 챙겨 먹어야지."

순간 조금 뜨끔했지만 이성재는 결코 내색하지 않았다. 노인의 앞에서는 결코 긴장을 풀어서는 안 되었다. 그 누구보다 눈썰미가 대단하고 예리한 사람이므로.

노인은 바로 최건웅으로, 일찍이 한국 사회가 경제 개발을 이룰 당시 부동산 투자를 시작한 인물이었다. 1970년대부터 부동산 투자를 시작한 그는 단번에 상당한 부를 축적한 거물로, 현재도 서울을 비롯한 수도권에 상당한 부동산 상품을 보유한 인물이었다. 당연히 정재계와도 연이 닿은 인물이며, 동시에 이성재가 지금의 자산을 보유할 수 있도록 도와준 은인이기도 했다. 현재의 이성재는 더는 최건웅에게 기대지 않아도 되었지만, 그럼에도 여전히 최건웅을 깍듯이 모셨다.

최건웅과 함께 온 중년 남자는 바로 그의 아들인 최재학이었다. 그는 이성재의 대학 동창이자 이성재와 함께 부동산 투자를 했던 사람이었다. 이성재와는 아주 막역한 사이로, 아버지 최건웅에게 이성재를 소개한 사람도 바로 최재학이었다. 지금까지도 이성재는 재산과 관련된 일이라면 늘 두 부자(父子)와 상의하고는 했다.

이성재와 각별한 사이이자 재산을 직접 관리하는 오재필 변호사, 이성재의 은인이자 스승이며 현재 부동산의 거물로 평가받는 최건웅 노인, 이성재의 재산 문제를 다루는 데 있어 가장 미더운 조언자인 최재학. 각자의 위치에서 상당한 영향력을 지닌 인물들인 만큼, 이성재가 이 세 사람을 한 자리에 모이게 하는 경우는 거의 없었다.

네 사람은 서로의 근황과 안부를 주고받으며 가벼운 대화를 이어 나갔다. 어느 정도 시간이 지나자, 아흔에 가까운 나이에도 불구하고 여전히 정정한 최건웅이 지팡이로 바닥을 탁, 탁 쳤다.

"시간은 귀한 법이지, 나 같은 늙은이한테는 더더욱. 그러니 왜 이런 자리를 만들었는지 속 시원히 말해 보게, 이 의원."

최건웅은 물론 최재학, 오재필 변호사의 시선이 모두 이성재에게 쏠렸다. 이성재는 잠시 숨을 고르고는 천천히 입을 열었다. 이제는 정말로 자신의 뜻을 밝혀야 했다.

"제가 가진 재산을 차차 정리할 예정입니다. 헌데 그 재산을 모으기까지 여기 계신 분들이 큰 도움을 주었지요. 그래서 이 자리를 마련한 겁니다."

"갑자기 그럴 이유가 있나?"

최건웅은 그렇게 묻고는 슬쩍 자신의 아들을 쳐다봤다. 최재학 또한 어리둥절한 표정을 짓더니 고개를 가로저었다. 갑작스러운 이성재의 결정에 의아하기는 최재학 역시 마찬가지였다.

이성재는 세 사람을 바라보며 다시금 입을 열었다.

"이제는 때가 되었다는 확신이 들었기 때문입니다."

"확신? 무슨 확신?"

최재학의 되물음에 이성재는 고개를 끄덕이고는 말을 이었다.

"제가 재산을 쥐고 있는 것보다는 제 아들에게 재산을 상속하는 것이 좋을 거라 판단했습니다. 그리고 바로 지금이야말로 제 아들에게 재산 상속을 해야 할 때라는 확신이 왔습니다."

"그리고 나서 여생을 한가하게 지내겠다, 이건가? 내가 아는 이 의원은 그럴 사람이 아닌데 말이지. 무슨 바람이라도 들었나?"

최건웅이 슬쩍 떠보는 투로 말했다. 이성재는 잠시 입을 다물었다. 만약 그가 끝까지 시치미를 뗀다면, 최재학과 오 변호사는 대충 이 상황을 납득하고 넘어갈 것이다. 그러나 연륜과 경험이 풍부한 최건웅 노인이라면 이야기가 달라진다.

결국 이성재는 가족에게도 차마 이야기하지 못한 자신의 운명을 이들에게 알려 주기로 했다.

"암 진단을 받았습니다. 췌장암 4기고, 암세포의 활동이 상당히 빠르답니다. 제 주치의도 이례적이라고 평가했을 정도니까요. 아마 저는 오래 살지 못할 모양입니다."

최건웅과 최재학, 오재필 변호사 모두 말없이 이성재의 얼굴만 바라보았다. 세 사람 중 그 누구도 쉬이 입을 열지 못했다. 이성재는 담담한 표정으로 셋 중 누군가가 먼저 입을 열기를 기다렸다.

사무실 밖에서 사무원이 떠드는 소리가 들리더니 이내 멈추었다. 창밖으로 자동차 경적이 요란하게 울렸고, 더 멀리서 오토바이가 시끄럽게 지나가는 소리가 들렸다. 그 모든 소음이 각자의 귀에 선명하게 맴돌 정도로 사무실 안은 조용했고, 또한 무섭도록 무거웠다.

가장 먼저 입을 연 사람은 가장 연장자인 최건웅이었다.

"그럼 이 의원은 얼마나 더 살 수 있는가?"

"길어야 1년 정도로 예상합니다."

"병원에서 그렇게 진단했나?"

잠자코 있던 최재학 또한 조심스레 입을 열었다. 그러나 그의 입술은 부르르 떨리고 있었다. 언제나 건강이 제일이라고 입버릇처럼 말해 온 최재학이었다. 그는 일찍부터 술과 담배를 멀리했고, 등산과 골프 등을 즐기며 건강한 체력을 유지하고 있었다. 그런 최재학이었으므로, 가장 가까운 친구가 곧 죽는다는 사실이 도무지 믿기지 않는 듯했다.

그러나 이성재는 그런 최재학에게 다시금 현실을 알려 줘야만 했다.

"병원에서 진단하지 않아도 알 수 있네. 내 몸이니까 말이야. 지금도 가끔 배가 쑤신다네. 살도 계속 빠지고 있고."

친구에게 자신의 증상을 말하며, 오히려 이성재는 마음이 가뿐해지는 것을 느꼈다. 결국 그는 지금의 몸 상태를, 나아가 자신에게 닥친 운명을 받아들일 수밖에 없었던 것이다.

　그렇다. 계속해서 수척해지는 건 결코 스트레스 때문이 아니었다. 엄연히 암 때문이다.

　사람들에게 자신의 상황에 대해 솔직하게 털어놓자, 그동안 무시하고 외면했던 현실을 담담히 받아들일 수 있게 되었음을 이성재는 비로소 깨달았다.

　"오늘 이렇게 모이자고 한 이유가 있었군."

　노인이 다시금 지팡이로 바닥을 때렸다. 처음보다 더 묵직하고 날카로운 소리가 사무실에 울려 퍼졌다. 최건웅은 이제 진심을 담아, 마치 사업을 논의하는 듯한 표정으로 이성재에게 물었다.

　"그럼 이 의원. 우리가 여기 모인 이유를 이제는 솔직히 알려 줄 수 있겠나?"

　"어르신. 저는 죽기 전에 저의 재산을 모두 정리할 예정입니다. 지금 여기 있는 오 변호사와 매일 재산에 대해 상의하고 있지요. 저는 제가 가진 모든 재산을 제 둘째 아들에게 물려줄 예정입니다. 그리고 훗날 제가 세상을 떠나면, 제 둘째 아들이 저의 재산을 잘 관리하고 있는지 살펴봐 주셨으면 합니다."

　최건웅은 가늘게 눈을 뜨고는 이성재를 바라봤다. 주름이 자글자글한 눈가였지만 눈동자만큼은 이성재 못지않게 날카롭고 형형했다.

　이윽고 노인이 차갑게 대꾸했다.

　"자네 재산이 어느 아들에게 가든 말든 솔직히 내 알 바 아니네. 그건 자네 사정이니까. 내가 알고 싶은 건 그거야. 왜 나와 내 아들이 자네 아들을 살펴줘야 하지?"

　노인의 말을 이미 예상한 듯, 이성재는 막힘없이 대답했다.

"저희 둘째 아들은 매우 똑똑한 동시에 시장을 볼 줄 아는 밝은 눈을 소유하고 있습니다. 재산을 제법 굴릴 줄도 알지요. 때가 되면 반드시 제 둘째 아들을 소개해 드리겠습니다. 나중에 분명 쓸모가 있을 겁니다."

최건웅은 허, 하며 탄식하듯 웃었다. 못마땅한 기색이 역력했다. 이성재도 이런 상황을 예측하지 않았던 건 아니었기에 더는 말을 덧붙이지 않았다.

"쓸모가 있다? 그건 내가 직접 판단할 일이네. 물론 나는 자네 성격을 알고 있지만, 그럼에도 분명 팔이 안으로 굽어서 이런 말을 하는 거겠지."

"아버지. 이 의원이 그럴 사람은 아니잖아요."

최재학이 얼른 이성재를 변호했다. 최재학이 40년 가까이 만나 온 친우 이성재는 그 누구보다 감정에 흔들리지 않는 사람이었다. 언제나 냉철하고 철두철미했으며, 이성을 바탕으로 논리적으로 행동하는 사람이었다. 그런 그가 직접 자신과 아버지에게 둘째 아들을 부탁할 정도라면, 분명 그 아들의 능력은 두말할 것 없이 탁월할 터였다.

그럼에도 최건웅은 더는 입을 열지 않았다. 그는 여전히 이 상황을 받아들이지 못하는 듯했다. 최재학은 그런 아버지를 슬쩍 곁눈질하고는 이성재가 제 아들의 능력을 자랑할 수 있도록 판을 깔아 주기로 했다.

"아버지와 나는 오직 눈에 보이는 것만 믿네. 그러니 자네 아들이 어떤 성과를 냈는지 우리에게 알려 주게."

이성재는 미리 준비한 서류를 두 사람 앞에 꺼내 보였다. 이석진이 보유한 재산 등이 기록된, 바로 비서실장 김주현에게서 받은 그 서류였다.

두 사람은 말없이 서류를 훑어보았다. 빠르게 눈을 굴리던 두 사람은 이석진의 재산 규모를 확인하고는 눈썹을 크게 꿈틀거렸다. 이성재는 그런 두 사람을 알아차리고는 이석진에 대해 본격적으로 말하기 시작했다.

"어릴 때 미국에서 공부한 녀석입니다. 미국에서 머무는 동안 세상 보는 눈을 키웠고, 그러면서 제법 자산을 키우게 되었지요. 보시는 것처럼 제 재산의 몇 배는 될 겁니다."

"이 아들에게 초기 자본금으로 얼마가 되는 돈을 빌려줬나?"

"없습니다. 단 한 푼도 아들에게 빌려준 적은 없습니다. 모두 자기 힘으로 이룬 겁니다."

이성재가 힘주어 대답했다. 물어본 최재학도, 여전히 못마땅한 기색으로 서류를 살피던 최건웅도 이성재의 대답에 눈을 동그랗게 떴다. 초기 자본금 없이 이루기에는 너무나 큰 액수였기 때문이다.

다시금 서류를 훑어보던 최재학이 이성재에게 물었다. 그의 목소리는 흥분과 놀라움으로 조금 떨리고 있었다.

"그러니까, 이걸 자네 아들이 모두 혼자 힘으로 이루어 냈단 말이지? 자네에게 정말 돈 한 푼 안 빌리고 말이야?"

"유학 비용 정도는 내가 대 주었지. 하지만 투자금 같은 건 단 한 푼도 빌려준 적 없네."

"그런데 이렇게 재산을 모으다니! 기껏해야 10년 정도의 시간이 있었을 텐데!"

10년. 물론 강산이 바뀌는 시간이라는 걸 감안한다면 결코 짧지 않은 시간이다. 그러나 10년이라는 세월 동안 이토록 많은 재산을 모으기란 하늘의 별을 따는 것보다도 어려운 일이었다. 대부분은 그의 몇 배가 되는 시간을 쥐고 있어도 이석진만큼 재산을 모으기 힘들다. 아니, 오히려 잃지만 않아도 다행일 것이다.

최재학과 최건웅, 두 부자 모두 이토록 젊은 나이에 많은 자산을 소유한 이를 본 적이 없었다. 최재학은 이성재가 둘째 아들을 자신들에게 소개해 주는 이유를 비로소 이해할 수 있었다. 영 탐탁지 않아 했던 최건웅도 어느덧 흥미 가득한 얼굴로 변해 있었다.

물론 그 얼굴 뒤에는 냉철한 계산이 뒤따른다는 사실을 이성재는 이미 경험으로 알고 있었지만 말이다.

이성재가 오재필 변호사를 가리키며 말했다.

"제가 가지고 있는 모든 재산은 오 변호사를 통해 제 둘째 아들에게 상속될 예정입니다. 제 아들은 유학을 다녀온 뒤로 오랫동안 집을 떠나 있었습니다. 하지만 이제 집으로 돌아왔으니 분명 제 뜻을 따를 겁니다."

"헌데 이미 이만큼의 재산을 가진 젊은이인데, 자네 재산에 관심을 보이던가?"

"사실 별 관심을 보이지 않고 있습니다."

최건웅의 물음에 이성재는 솔직하게 대답했다. 최건웅은 이성재의 대답을 듣자마자 빠르게 눈동자를 굴렸다. 그가 깊은 생각에 잠길 때마다 나오는 습관이었다. 이어 최건웅은 여전히 생각에 잠긴 채로 이성재에게 질문했다.

"그럼 둘째 아들 녀석은 왜 갑자기 자네의 재산을 상속받는다는 거지?"

"제 뜻을 아들에게 관철시켰습니다."

"본인의 의지는 전혀 없이 아비의 의지로 강행하는 게로군. 하지만 자네 아들 녀석, 쉬이 제 아비 뜻을 따를 것 같지 않아 보여. 꽤 오랜 시간 집을 떠났다가 다시 집으로 들어왔다는 걸 보면 말이야."

노인은 경험이 많은 만큼 몇 마디만 주고받아도 사람에 대해 빠르게 파악하는 사람이었다. 그는 계속해서 이석진에 대해 파악하고 있는 중이었다. 이성재는 그런 노인의 의도를 충분히 이해했다.

지금 이성재가 이만큼 자산을 모으고 사회적 지위를 얻는 데는 최건웅과 최재학의 도움이 매우 컸다. 특히 최건웅이 이성재를 믿고 자본을 빌려주지 않았다면, 이성재는 지금처럼 풍족한 삶을 살지 못했을 것이다. 그런 만큼 최건웅 노인은 이석진에 대해 깐깐하게 따질 수밖에 없었다. 마치 젊은 시절의 이성재를 처음 만났을 때 최건웅이 그랬던 것처럼 말이다.

최건웅은 고개를 들어 이성재를 똑바로 바라보았다. 드디어 모든 생각이 정리되었다는 듯, 아주 개운한 얼굴이었다.

"능력은 있지만 제 아비 뜻은 따르지 않는다. 고삐 풀린 망아지군. 고집이 상당해. 자네, 아들 녀석에게 재산을 물려주는 과정이 결코 순탄하지는 않겠어. 게다가 자네가 이 세상을 떠난 후에도 계속 문제를 일으킬 수도 있이."

"아버지, 그런 말씀은 좀…."

최건웅의 무섭도록 냉철한 말에 최재학은 기겁했다. 하지만 이성재는 전혀 동요하지 않았다. 그 또한 자신에게 주어진 현실, 그리고 훗날 벌어질 미래를 어느 정도 예상하고 있었기 때문이다.

이성재는 평소와 달리 순순히 자신의 뜻을 밝혔다.

"그래서 어르신께 소개해 드리려는 겁니다. 바로 제 둘째 아들을요."

"자기 눈으로 세상을 이해하려는 자세는 아주 바람직하지. 하지만 단순한 객기일 수도 있네. 나는 객기 있는 젊은이를 상대하기에는 이제 너무 많이 늙었어."

만약 최건웅이 이석진에게 전혀 흥미를 보이지 않았다면, 지금 그가 한 말은 명백히 거절을 뜻하는 것이었다. 그러나 최건웅은 분명 이석진에게 흥미를 보이고 있었다.

잠시 생각하던 이성재는 비로소 최건웅의 진의를 깨달을 수 있었다. 최건웅은 지금 이성재에게 하나의 임무를 준 것이었다. 자신에게 이석진을 소개하고 싶다면, 아들의 그 고집을 꺾으라는, 가장 중요하고도 힘든 임무를 말이다.

별안간 노인이 끌끌거리며 웃었다. 최재학은 아버지가 왜 웃는지 몰라 눈을 껌뻑거렸다.

"왜 그러세요, 아버지?"

"재학아. 너 기억 나냐? 이 의원이 처음에 날 찾아왔을 때를 말이다."

"제가 그걸 어떻게 잊겠어요? 솔직히 아버지께서 이 의원에게 역정을 내지 않으신 것만 해도 놀라웠는걸요."

아버지가 왜 웃는지 이해한 최재학도 과거를 떠올리고는 따라 웃었다. 묘하게 이성재를 놀리는 듯한 표정이었지만 이성재는 전혀 신경 쓰지 않았다. 아무것도 모르는 오재필 변호사는 그저 세 사람을 어리둥절하게 바라볼 뿐이었다.

최재학이 그런 오 변호사를 알아차리고는 말했다.

"이 의원은 저와 대학 동창입니다. 처음 만났을 때부터 이 의원은 성공하고자 하는 욕망으로 가득한 친구였죠. 그런데 어느 날, 이 친구가 저에게 와서는 다짜고짜 부탁하더군요. 제 아버지를 좀 뵙고 싶다고 말이에요."

아들의 말을 즐겁다는 듯이 듣고 있던 최건웅도 말을 거들었다.

"그 당시 나는 강남 개발이 한창일 때 거기에 투자해 제법 돈을 모았지. 그러니 아쉬울 게 없었어. 헌데 웬 청년이 내 앞에 나타난 거야. 내 아들과 함께 말일세."

"그 청년이 바로 이 의원님이었군요. 만나서 뭐라고 하던가요?"

오 변호사가 흥미롭다는 듯이 물었다. 노인은 껄껄 웃으며 이성재를 똑바로 가리켰다.

"갑자기 돈을 빌려 달라고 하더군. 고작 몇천 원, 몇만 원도 아니고 건물 한 채를 살 수 있는 돈을 말이야."

"그때를 생각하면 정말이지, 분위기가 아주 험악했지요."

그러면서 두 부자는 내내 재미있다는 듯 웃었다. 이성재는 그저 조용히 미소 짓기만 했다. 오 변호사는 이성재를 바라보며 혀를 내둘렀다.

"이 의원님께서 행동력과 추진력이 대단하다는 건 알고 있었지만 그 정도로 무모할 줄은 몰랐습니다."

"그때 나에게 돈을 빌려 달라는 사람이 강남의 땅만큼이나 많았다네. 하지만 나는 그 사람들을 모두 내쳤지. 죄다 사기꾼에 불과했거든. 하지만 이 의원은 아니었어. 그래서 이 의원에게 기꺼이 투자금을 내줬지."

"왜 그렇게 결정하셨나요?"

오 변호사가 진심으로 놀라 물었다. 하지만 대답은 최건웅이 아닌 이성재가 했다. 그는 담담한 투로 과거에 있었던 일을 알려 주었다.

"좋은 토지와 건물이 있으니 투자를 해 달라고 설명했지."

"네? 고작 그게 전부였나요?"

자신의 예상과 다른 답변에 오 변호사는 맥이 빠진 듯했다. 그 모습을 바라보며 최재학과 최건웅이 하하, 소리 내며 웃었다.

비록 최건웅과의 만남까지는 무모했을지언정, 최건웅을 만난 후부터 이성재는 특유의 냉철함과 판단력으로 최건웅을 설득했다. 자신을 믿고 무조건 투자를 해 달라고 떼를 부리지도 않았다. 투자금을 회수하지 못하면 목을 잘라도 좋다고 호언장담하지도 않았다. 각서는 혈서로 쓰겠다는 무시무시한 짓도 하지 않았다. 그런 일은 드라마나 영화에서나 나오는 저질스러운 쇼에 불과했다.

이성재는 개발되는 도시의 흐름을 이해했다. 서울은 강남 개발로만 끝나는 게 아니며 더욱더 확장하고 발전할 것이라고 이성재는 믿었다. 그러니 하루라도 더 빨리 투자해야 그만큼 재산을 더 축적할 수 있었다. 그는 특히 재개발에 관심이 많았고, 마침 싼값에 살 수 있는 토지와 건물도 확인한 터였다. 그 토지와 건물을 매입하기 위해서는 당연히 큰돈이 필요했고, 그 때문에 최건웅을 찾아간 것이었다.

자신의 계획을 스스럼없이 밝힌 이성재에게 최건웅은 선뜻 투자금을 내주었다. 내심 아버지가 어떻게 나올지 궁금했던 최재학은 예상과 다르게 아버지가 친구에게 선뜻 돈을 내주자 깜짝 놀라고 말았다.

돈을 얻은 이성재가 당당하게 떠나는 뒷모습을 바라보던 최건웅은 아들 최재학에게 확신에 찬 어조로 말했다.

"저 친구를 잘 알아 둬라. 나중에 분명 크게 될 사람이다."

그리고 최건웅의 예상은 적중했다. 이성재는 최건웅에게서 받은 투자금으로 토지와 건물을 매입했다. 이후 부동산 시장이 상승하여 수익을 얻게 되었고, 이성재는 3년도 채 되지 않아 최건웅에게 받은 투자금을 그에게 돌려줄 수 있었다. 그러나 이후로도 이성재는 최건웅과 최재학을 자주 만났다. 세 사람 모두 한국, 특히 서울에서 부동산으로 큰 이익을 얻을 수 있다고 예측하고 있었기 때문이다.

이후 자본금이 생긴 이성재는 꾸준히 자신의 부동산 규모를 늘렸다. 구입한 부동산 상품 중 규모가 커지는 게 있으면 곧장 은행 대출을 통해 다시 부동산을 매입했다. 그리고 그중 빠르게 값이 상승하는 부동산은 처분해 현금 보유량을 늘렸다. 그 사이에 이성재는 대학을 졸업했고, 김무교를 만나 가정을 이루었다.

물론 이성재에게도 위기가 없었던 건 아니다. 허나 1997년 외환위기

시기에 자산 가치가 크게 떨어졌을 때도, 그는 오히려 이 위기를 기회로 삼았다. 그는 그간 모았던 현금을 모두 사용해 값이 많이 떨어진 상가 건물들을 통째로 매입했다. 여기에 이성재는 한 발자국 더 나아가 경기가 회복할 때까지 임대료를 싸게 받아 상인들에게 특혜를 주었다. 또한 동업 방식으로 등기가 되어 관리하였던 건물에 대해서는 동업자의 재정 상태에 대해 잘 알고 있었으므로 적당한 값을 제시해 소유권을 이전받아 완전히 자신의 부동산으로 확보했다.

모두가 이성재가 미친 사람이라고 손가락질했다. 최건웅과 최재학, 오직 두 부자만이 그런 이성재를 말없이 지켜보았을 뿐이었다. 사실 두 부자도 이성재의 판단을 무모하다고 생각했다. 그러나 2000년대에 들어 경기가 회복되었다. 덕분에 이성재가 보유하고 있던 부동산은 모두 제 가격을 회복하게 되었고, 그는 이전보다 더 많은 자산을 소유하게 되었다.

결과적으로, 이성재를 욕하던 이들은 모두가 그만 입을 다물게 되었다.

무모했던 최건웅과의 첫 만남에서 외환위기까지, 최건웅과 최재학은 이성재가 어떻게 자산을 키웠는지 바로 곁에서 지켜봐 온 인물들이었다. 게다가 필요하다면 서로 도와주고, 부동산 정보를 함께 공유했던 적도 상당했으므로 세 사람의 사이는 돈독할 수밖에 없었다.

한창 이성재의 과거를 이야기하던 최건웅이 미소를 거두고는 이성재를 향해 말했다.

"이 의원, 내가 왜 이런 이야기를 하는지 자네는 알겠지? 자네 아들이 자네만큼, 아니 자네보다 더 능력이 출중하다고 해도. 그 녀석이 만약 나를 만나고 싶으면 이 의원 자네의 방식을 따를 필요가 있네."

"예, 이해했습니다, 어르신."

"보아하니 자네 아들은 미국에서 공부했고 재산 대부분도 미국에 있더군. 하지만 자네 재산을 가지려면 한국식으로 다시 배울 필요가 있네. 방향이 달라도 너무 달라. 자네 아들은 자네가 세상을 이해하는 방식을 배울 필요가 있어."

그 말에 오재필 변호사도 고개를 끄덕였다. 그 역시 최건웅 노인과 같은 생각이었다. 결국 이 자리의 모두가 똑같은 생각을 하는 셈이었다.

"자네의 마지막이 잘 마무리되길 바라네. 자네가 원하는 대로 말이야."

"고맙습니다, 어르신."

"그럼, 식사하러 가실까요? 벌써 점심시간이네요."

최재학이 손목시계를 보고는 슬쩍 자리에서 일어나자 다른 사람들도 따라 일어났다. 이성재는 세 사람 몰래 가만히 한숨을 내쉬었다. 만족과 안도, 여러 감정이 뒤섞인 한숨이었다.

최건웅, 최재학, 그리고 오재필 변호사. 이성재의 가족을 제외하면 누구보다 이성재를 잘 아는 사람들이다. 그러므로 자신의 재산을 이석진에게 상속한다면, 그들은 이성재 자신을 도왔듯이 자신의 아들 이석진 또한 기꺼이 도와줄 것이다.

그러나 이석진이 이들을 만나는 건, 그리고 재산을 무사히 상속받는 건 결국 이성재가 움직여야만 가능한 일이었다. 그는 한 집안의 아버지로서, 그리고 한 집안의 가장으로서 이 일을 온전히 감당해야만 했다.

사무실을 막 나가려던 최재학이 발걸음을 멈추고는 이성재에게 물었다.

"그런데 성재, 자네 장남은 이 사실을 알고 있나?"

"모르네. 아무것도."

"자네 장남은 상속에 별 관심이 없나? 그렇지 않고서야 자네의 계획을 알면 무척 실망하고 싫어할 텐데?"

이성재는 큰아들 이상진이 자신에게 투자하기를 권유했던 모습을 떠올렸다. 하지만 금세 그 기억을 지워 버렸다. 일고의 가치조차 없는 일에 마음을 기울이기에는, 지금 이성재에게 남은 시간이 너무나도 부족했다.

다만 그는 친구에게 이렇게 답했다.

"이건 다 내 가족을 위한 일이네. 상진이도 이해할 걸세."

* * *

이성재가 자기 사람들과 시간을 보내는 동안, 이석진 또한 호텔 로비에서 자신의 일에 몰두하고 있었다. 그는 며칠 동안 제대로 확인하지 못한 메일을 읽은 뒤 답하며 미국에 보유한 자산에 관한 업무를 처리했다. 대부분 급한 용무는 아니었지만, 이석진은 자신이 보유한 자산에 문제가 없는 선에서 여러 사람들과 전화를 주고받거나 메일에 답변했다.

정말 급한 일이 아니라면, 이석진은 늘 메일을 확인하는 것으로 그날 하루를 시작했다. 그건 하루 일과의 시작인 동시에 이석진에게 있어 가장 중요한 시간이기도 했다. 그는 여전히 메일을 더 고수했는데, 전화와 메시지와는 달리 좀 더 세밀한 정보를 주고받을 수 있을 뿐만 아니라 분량에 상관없이 글을 쓸 수 있기 때문이었다. 자신의 생각을 정리하고 분명히 드러내는 데 메일만큼 효과적인 수단이 없었다.

엄연히 업무를 보는 시간이니만큼, 이석진은 낮 시간 대부분을 호텔 로비에서 보내야 했다. 호텔 로비를 오가는 수많은 사람들이 있었지만 이석진은 그들에게 눈길조차 주지 않았다. 마침내 오후가 다 되어서야 일을 마친 이석진은 호텔을 빠져나왔다. 호텔을 나오는 동안 그는 연인 김연희와 연락을 주고받았다.

이석진은 아직까지도 김연희에게 집으로 돌아갔다는 말은 하지 않은 상태였다. 사실 굳이 말할 필요도 없었다. 언제든 기회만 주어진다면 그 즉시 집을 떠날 생각이었기 때문이다.

오후가 되어서야 운영하는 단골 바를 찾은 이석진은 평소 자주 앉는 자리에 앉아 간단한 술과 안주를 주문했다. 이석진을 알아차린 바텐더이자 주인이 이석진을 향해 슬며시 미소를 지었다.

"오늘은 혼자신가요? 아니면 나중에 일행이 오시나요?"

"조금 있으면 일행이 올 거예요. 오늘은 어떤 술이 좋은가요?"

"혹시 이 위스키는 어떨까요? 얼마 전에 들어온 술인데, 평가가 썩 괜찮거든요."

주인이 보여 주는 위스키병은 평범해 보였지만, 병을 두른 라벨의 그림이 제법 인상적이었다. 주인은 직접 코르크 마개를 따 이석진이 위스키의 향을 맡을 수 있게 도와주었다. 쌉싸름한 위스키 향이 코끝으로 은은하게 퍼졌고, 이석진은 마음에 든다는 표시로 고개를 끄덕였다.

"한 잔 주세요. 향이 좋네요."

"미국에서 공수한 위스키죠. 손님은 버번위스키를 좋아하시니 아마 마음에 드실 겁니다."

이석진의 취향을 이미 알고 있는 주인이었다. 그는 위스키를 잔에 따른 뒤 그 앞에 비스킷과 땅콩을 놓았다. 손님은 아직 이석진 혼자였고, 이석진은 바의 주인과 간단한 대화를 나누며 천천히 위스키를 마셨다. 이렇게 좋은 위스키를 마시고 괜찮은 사람과 대화를 나누고 있자니 집에서 느꼈던 답답함이 모두 씻겨 나가는 것만 같았다.

바의 바텐더이자 주인은 술에도 안목이 있었지만 여러 예술과 문화에도 조예가 깊었다. 그는 이석진이 흥미를 가질 만한 전시회를 추천해 주었다.

"인사동에 있는 갤러리에서 전시회가 진행 중이에요. 영국에서 활동하는 미술가인데, 썩 괜찮을 겁니다."

"그래요? 오늘 한번 가 봐야겠네요."

그리고 어느덧 저녁이 되었다. 이석진은 퇴근한 김연희와 만나자마자 그녀에게 인사동에 있는 갤러리에 가자고 제안했다. 김연희는 갑작스러운 그의 제안에 묘한 웃음을 지었다.

"갑자기 웬 갤러리야? 혹시 보고 싶은 미술작품이라도 생겼어?"

"그냥 가 보고 싶어서. 영화는 자주 봤어도 미술 전시회에 가 본 지는 꽤 됐잖아."

"나야 좋지. 혹시 봐 둔 전시회라도 있어?"

김연희의 물음에 이석진과 바텐더 모두 묘한 웃음을 짓기만 했다. 물론 바 주인이 전시회를 추천했다는 이유만으로 이석진이 전시회를 가려는 것은 아니었다. 낮 시간 내내 여러 사람이 오가는 호텔 로비에서 작업을 한 탓에 이석진은 부쩍 예민해져 있었고, 그 때문에 조용한 곳에서 제 연인과 시간을 보내고 싶었다.

거기다 회화와 디자인에 관심이 많은 김연희는 영화는 물론 그림, 조각에 풍부한 지식을 가지고 있었다. 그런 그녀인 만큼 이석진의 제안을 마다할 이유가 없었다. 오히려 김연희는 이석진의 제안을 무척 반기며 좋아했다.

두 사람은 곧장 인사동으로 향했다. 인사동 골목 어귀에 위치한 갤러리는 저녁 시간임에도 관람객이 없었다. 안내데스크 직원, 표를 검사하는 직원, 전시된 그림을 관리하는 직원이 고작이었다. 두 사람은 표를 끊은 뒤 전시회 팸플릿을 들고는 천천히 전시회를 관람했다.

40평 정도 되는 갤러리에 전시된 회화는 수십 점에 달했다. 김연희는 처음부터 팸플릿에 적힌 정보를 꼼꼼히 읽으며 전시된 회화들을 면밀히 감상했다.

영국에서 유망주로 평가받는 이 미술가는 이석진보다 몇 살 연상이었다. 그는 영국에서 알아주는 예술학교를 나와 유럽의 다양한 전시회에서 개인전과 단체전을 진행했다. 그리고 수많은 미술평론가들에게 높은 평가를 받았으며, 몇 년 전에는 일본에서의 개인전도 성공적으로 마쳤다. 이번 전시회는 이 미술가가 한국에서 가지는 첫 개인전이었다.

또각, 또각. 이석진의 구두 굽 소리가 갤러리 전체로 퍼졌다가 사라졌다. 이석진은 전도유망한 예술가의 작품을 하나하나 천천히 살폈다. 화려한 색감으로 사람들을 표현한 그림들이 특히 많았다. 역동적이고도 생동감 넘치는 회화 속 인물들을 응시하며 이석진은 앞으로 나아갔다.

회화 속 인물들을 바라보는 데 집중하던 이석진이 문득 고개를 돌려 김연희를 바라봤다. 그녀는 이석진이 보고 지나쳤던 그림에 깊이 집중하고 있었다. 이석진도 봤던 그 그림은 마치 발레를 하듯 턴을 하는 한 남자가 그려져 있었다. 색감과 구도는 꽤 멋졌으나 그다지 깊은 인상을 주는 그림은 아니었다.

이석진은 그런 김연희에게 다가가지 않았다. 다만 계속해서 천천히, 앞으로 나아갔다. 이석진 또한 김연희처럼 회화 감상에만 집중하고자 했다. 이제 그림은 인물화가 아닌 풍경화로 바뀌어 있었다. 색감은 여전히 화려했고, 유럽형 고급저택과 들판, 바다 등이 화려하고 역동적인 붓 터치로 그려져 있었다.

그러나 이석진은 도통 집중하지 못한 채 앞을 향해 나아가기만 했다. 그의 구두 소리가 갤러리에 울렸다가 사라지기를 반복했다. 그러다 이석진의 발걸음이 우뚝, 멈추었다. 그러고는 자신의 앞에 전시되어 있는 회화를 뚫어지게 응시했다. 노을이 지는 배경으로 마을이 그려진 그림이었다. 다른 그림들과는 달리 상당히 정적인 분위기였다. 이석진은 그 조용한 분위기가 마음에 들었다. 물론 색감은 다른 그림들처럼 화려했으나 그 화려함 속에 드러나는 묘한 한적함과 고요함이 이석진을 사로잡았다.

이석진은 그 회화를 계속 감상하며 김연희를 기다렸다. 그러나 여전히 그녀와 이석진의 거리는 좁혀지지 않았다. 김연희는 천천히 이석진을 향해 다가오고 있었지만, 그에게 완전히 다가오려면 더 많은 시간이 필요했다.

이석진은 김연희를 향해 걸음을 옮기지도, 회화를 감상하는 데 더 집중하지도 못했다. 그는 그저 자리에 우뚝 서 있을 뿐이었다.

평소 이석진은 회화를 겉핥기식으로 감상하는 편이 결코 아니었다. 김연희만큼은 아니어도 그 역시 예술작품을 감상하며 나름의 감상과 사유를 깊게 펼치는 편이었다. 그러나 오늘의 전시회는 좀처럼 집중하기가 어려웠다. 미술가의 작품이 이석진의 취향이 아니라는 단순한 이유 때문만은 아니었다.

이석진이 작품에 집중하지 못하는 가장 큰 이유는 바로 잡념 때문이었다. 좀 더 정확히 말하자면, 바로 아버지 이성재 때문이었다. 그리고 자신을 고깝지 않게 바라보는 형, 이상진을 향한 냉소가 뒤따랐다. 마지막으로 아버지의 무서운 의도라곤 전혀 모른 채 여전히 재단 이사장으로서 열심인 동생 이재진을 향한 동정이 따라왔다.

나는 이들과 도무지 어울릴 수 없다는, 아주 근본적인 거리감이 이석진의 머리를 휘저었다. 그리고 이 거리감은 좀처럼 좁혀지지 않을 거라는 예감에 이석진의 마음은 이루 말할 수 없이 답답해졌다. 무엇보다 그런 사람들이 살고 있는 집으로, 연희동의 2층 저택으로 그는 다시 돌아가야만 했다.

이석진은 김연희가 있는 쪽으로 다시금 시선을 옮겼다. 이제 그녀는 인물화를 지나쳐 풍경화를 감상하고 있었다. 그 때문에 좀 전보다는 이석진과 훨씬 가까워진 상태였다. 다음 작품을 감상하기 위해 발걸음을 옮기던 김연희가 드디어 고개를 들어 이석진과 눈을 마주쳤다.

김연희는 이석진을 향해 살짝 미소 지었다. 그러고는 이석진에게 입을 벙긋거렸다. 입술 모양을 자세히 보니 조금만 기다리라고 말하는 것이었다. 이석진은 고개를 끄덕이고는 천천히 걸음을 옮겼다. 그사이 김연희는 이석진과 좀 더 거리를 좁히고 있었다. 이석진은 그런 김연희와 보폭을 맞추다시피 하며 천천히 작품들을 살폈다.

마침내 갤러리에서 나온 두 사람은 갤러리 근처 식당에서 저녁 식사를 했다. 식사를 하는 동안, 아니, 정확히는 갤러리에서 나올 때부터 김연희는 작품에 관해 수다스러울 정도로 많은 말을 했다. 그녀가 이토록 좋아하는 모습을 보며 이석진은 만족스러운 미소를 지었다.

"왜 그래? 혹시 전시회가 별로였어?"

식사를 거의 마칠 무렵, 김연희가 조심스러운 투로 물었다. 이석진은 얼른 고개를 가로저었다. 그런 이석진을 빤히 바라보던 김연희가 다시금 넌지시 물었다.

"사실 갤러리에서부터 이상하다고 생각했거든. 거의 그림에 집중하지 못했잖아."

"그랬나?"

이석진은 그렇게만 말할 뿐 더 이상의 말을 아꼈다. 그러자 김연희가 아, 하며 생각났다는 듯 웃으며 말했다.

"그래도 석진 씨, 어떤 풍경화 하나는 오래오래 감상하지 않았어? 그 풍경화, 제목이 뭐였더라?"

이석진은 입을 다물었다. 자신이 한참 동안 바라보았던 풍경화의 제목이 전혀 기억나지 않았다. 대답하지 못하는 이석진을 다정하게 바라보던 김연희가 이해한다는 투로 말했다.

"아침부터 일하느라 바빴다면서? 오늘 무리했던 모양이네. 식사 끝났으면 일어날까?"

사실 자신과의 데이트에 집중하지 못하는 연인이 서운할 법도 하건만, 김연희는 언제나처럼 사려 깊고 친절했다. 만약 자신을 괴롭히는 이 잡념만 없었더라면 이석진은 깊은 밤까지 김연희와 함께했을 것이다. 그러나 결국 이석진은 그러지 못했다.

두 사람은 호텔 앞에서 헤어졌다. 김연희는 헤어지기 직전까지 내내 미소를 잃지 않았다. 이석진은 김연희가 자신의 시야에서 완전히 사라질 때까지 그녀의 뒷모습을 쳐다보았다. 그리고 마침내 김연희가 그의 시야에서 완전히 사라지자, 이석진은 엄청난 고독감이 밤공기처럼 싸늘하게 밀려오는 것을 느꼈다.

다시 집으로 돌아가야 한다는 사실에 이석진은 그저 한숨만 나왔다. 그는 늦은 시간까지 시간을 보낼 곳을 찾았다. 호텔에 있는 바는 어떨까 잠시 고민했지만, 기껏해야 몇 시간 정도밖에는 보낼 수 없었기에 이내 그만두었다.

문득 휴대폰으로 갑작스러운 메일 수신 알림이 울렸다. 이석진은 바로 휴대폰을 확인했다. 정확히는 메일을 확인했다. 처음에는 낮에 보냈던 메일에 대한 답변이 도착한 줄 알았다. 그러나 아니었다. 낯선 주소의 메일 하나가 화면에 나타났다.

"리가 나를 아직 잊지 않길 바라며. 앤드류 양 보냄."

앤드류 양! 어떻게 그 이름을 잊을 수 있을까. 그는 이석진이 미국 유학 시절 사귄 친구였다. 비록 이석진이 한국으로 돌아오면서 연락이 끊겼지만, 대학 시절에는 가장 친했던 친구들 중 하나였다. 대만계 미국인인 앤드류 양은 대학 졸업 후 로스쿨에 진학해 미국에서 변호사로 활동 중이었다.

이석진은 곧장 메일을 확인했다. 메일 내용은 간단했다. 시간이 되면 연락해 주길 바란다면서 그의 메신저 아이디가 적혀 있었다. 오랫동안 연락을 하지 못해 미안하다며, 그동안 무척 바빴다는 내용도 함께 적혀 있었다. 혹시나 하는 마음에 앤드류 양의 메신저 아이디를 검색하자, 그의 소셜 미디어가 바로 나왔다.

정면을 응시한 채 환히 웃는 그의 모습들이 소셜 미디어 피드를 채우고 있었다. 대학 시절만큼의 풋풋함은 사라졌지만, 여전히 그때처럼 밝고 환하게 웃는 앤드류 양을 보며 이석진은 조용히 미소 지었다.

그러던 중, 이석진은 피드에서 낯익은 사람을 한 명 더 발견했다. 그는 멋진 정장을 입고 앤드류와 함께 포즈를 취하고 있었다. 다름 아닌 다니엘 마츠다였다. 일본계 미국인인 다니엘 또한 이석진의 대학 동창이었다. 다만 앤드류와 다르게 다니엘은 대학 졸업 직후 연락이 끊겨 도무지 그 소식을 알 수 없었다.

이유야 어쨌든, 이석진은 앤드류에게서 연락이 왔다는 사실이 순수하게 기뻤다. 그리고 아직 확신할 순 없었지만, 이 연락을 계기로 집에서 나올 수 있을 거라는 어떤 예감이 빠르게 그를 스쳐 지나갔다.

"석진 형님, 여기 계셨네요."

문득 들려오는 동생의 목소리에 이석진은 퍼뜩 정신을 차렸다. 제법 의기양양한 얼굴을 한 동생 이재진이 자신의 앞에 서 있었다. 이토록 의기양양한 동생의 모습은 처음인지라, 이석진은 다소 어이가 없다는 듯 웃음을 터뜨렸다.

"너, 방금 그 표정은 뭐야? 설마 지금까지 호텔에서 기다렸던 건 아니겠지?"

"저는 이제 형님을 찾는 데 아주 도가 텄거든요. 게다가 아까부터 연락했는데도 계속 답장이 없으시니, 제가 이렇게 직접 찾아왔죠."

"이사장은 그만두고 차라리 형사나 탐정이 되는 건 어때?"

"저는 아는 사람만 찾아요. 그것도 의뢰비 없이요."

그렇게 말하며 이재진이 호텔 앞에 주차된 차를 가리켰다. 바로 이재진의 차였다.

"얼른 집으로 가요, 형님."

앞서는 이재진을 따라 이석진도 걸음을 옮겼다. 두 사람의 거리는 멀어졌다가 가까워지기를 반복했다. 그들은 그렇게 앞서거니 뒤서거니 하며 각자의 걸음을 걸었다.

차에 올라탄 이석진은 차창 너머로 보이는 호텔을 잠시 바라봤다. 엔진에 시동을 건 이재진이 막 호텔에서 멀어지려고 할 때, 이석진이 중얼거리듯 그에게 말했다.

"재진아."

"네, 말씀하세요."

"그나마 네가 가장 가깝구나."

"네? 무슨 말씀이세요?"

이석진은 더는 말을 하지 않았다. 침묵을 지키는 둘째 형을 잠시 바라보던 이재진도 더는 캐묻지 않았다. 자동차는 천천히 호텔에서 멀어졌다.

* * *

집. 한 사람이 온전하게 생활할 수 있는 공간. 편안하고 아늑한 분위기를 가진 공간. 그러나 집으로 돌아가는 차 안에서 이석진은 내내 심란했다. 그런 이석진의 속내를 전혀 알 길이 없는 이재진은 운전을 하는 와중에도 끊임없이 이석진에게 말을 걸었다.

"저는 요즘 재단 사람들과 나름 씨름하고 있어요. 그래도 어쩌겠어요? 어떻게 하면 그 사람들을 제 편으로 만들 수 있을지 계속해서 고민해야죠."

이석진은 대꾸 없이 동생의 말을 듣기만 했다. 이사장으로서 확고한 모습을 보이기 위해 저토록 노력하는 막내아들을 아버지도 분명 알 것이다. 그걸 알고 있음에도 어째서 아버지는 막내아들을, 비록 본인의 핏줄은 아니어도 기른 정이 남다른 자식을 매정하게 이용할 수 있단 말인가.

거기까지 생각이 미치자 이석진의 마음이 돌연 꿈틀거렸다. 자신이 지은 크고 우아한 성에서 보란 듯이 자신을 기다리고 있을 아버지를 상상하니 더더욱 명치 부근이 아팠다.

그러다 문득 이재진의 한 마디가 이석진의 귀에 송곳처럼 꽂혔다.

"아무래도 재단 자금 운영을 바꾸려고 하다 보니 재단 사람들이 민감하게 생각할 수밖에 없겠죠. 그래도 잘 설득하면…."

"재단 자금 운영이라고?"

"네. 제가 형님께 말씀 안 드렸나요?"

이석진의 반응에 되레 이재진이 의아한 반응을 보였다. 그는 운전대를 잡은 채 잠시 고민하다가 이내 웃었다.

"아아, 생각해 보니 제가 형님께 제대로 말씀드린 적이 없네요. 가족 모임 때 말했다고 생각했었는데 말이에요. 죄송해요, 제가 너무 제 생각만…."

"재진아."

동생의 말을 단박에 끊은 이석진이 차가운 얼굴로 동생을 바라보았다.

"왜 그러세요, 형님?"

"너 혹시 재단을 운영하면서 이상하다고 생각해 본 적은 없었니?"

이석진의 말에 이재진은 그저 고개를 갸웃할 뿐이었다.

"이상한 점이요? 글쎄요. 잘 모르겠네요. 재단에서 운영하는 법인도 모두 문제없는걸요."

"자산 운영 방식에 전혀 문제가 없다고 생각해? 정말로?"

"서류상으로는 전혀 문제없어요. 매년 회계감사도 받는걸요. 왜 갑자기 그런 걸 물어보세요? 혹시 제가 재단 운영을 하는 것에 대해 어떤 말을 들으셨나요?"

이재진은 정말로 그 어떤 이상함도 느끼지 못하는 듯했다. 이석진은 지끈거리는 머리를 부여잡았다. 만약 이재진이 자기만의 방식대로 재단 자금 운영 방식에 손을 대는 순간, 걷잡을 수 없이 문제가 심각해질 것이다.

이재진이 이사장임에도 불구하고 재단 사람들이 그의 운영 방식을 거부하는 이유는, 너무나도 뻔했다. 바로 아버지 이성재가 그걸 막고 있었기 때문이다. 바로 둘째 아들인 이석진에게 자신의 재산을 물려주기 위해서 말이다! 복지재단 운영에 자신과 아버지 말고도 더 많은 사람들이 얽혀 있다는 사실에 이석진의 표정은 굳어지기만 했다.

갑작스럽게 굳어 가는 둘째 형의 얼굴을 알아차린 이재진이 괜스레 너스레를 떨었다.

"제가 괜한 말을 했네요. 재단 일은 걱정 마세요, 형님. 회계사가 항상 확인하고 제게 알려 주고 있는걸요. 자금 운용이나 사업 추진비 같은 것도 미리 다 확인하고 있으니 염려 놓으셔도 돼요. 게다가 제가 이사장인데, 어떻게 안일하게 대처하겠어요?"

그렇게 말하며 이재진은 싱긋 웃어 보였다. 잠깐 풀 죽어 있던 얼굴은 어느덧 평소의 다정하고 해사한 얼굴로 돌아와 있었다. 이석진은 자신의 의도를 전혀 이해하지 못한 채 마냥 밝게 웃는 동생이 안쓰러웠다. 한편으로는 자신이 아는 아버지의 모습을, 아버지의 진정한 이면을 동생에게 알릴 수 없다는 이 현실이 미치도록 버거웠다.

그러는 사이, 두 사람은 어느덧 연희동 집에 도착해 있었다. 헌데 어쩐 일인지 거실 불이 꺼져 있었다. 마치 집 안에 아무도 없는 것처럼 보였다. 이석진은 마당에 가만히 선 채 집 안을 살폈다. 다시금 주의 깊게 살펴보니 사람이 없는 것은 아니었다. 2층 이상진의 방에 불이 켜져 있었다.

주차를 마친 이재진이 이석진에게 말했다.

"아버지께서는 아직 안 오셨네요. 약속이 늦게까지 이어지나 봐요. 어머니는 오늘 모임이 있다고 하셔서 늦는다고 하셨고요. 아, 큰형님은 방에 있나 보네요!"

가장 껄끄러운 동시에 마주치고 싶지 않은 사람이 집에 있다는 사실에 이석진의 얼굴이 노골적으로 경멸하는 빛을 띠었다. 이재진은 그런 둘째 형을 바라보며 그저 조용히 눈치만 살필 뿐이었다.

만약 지난밤에 큰형 이상진이 무작정 자신의 방에 들이닥쳐서는 둘째 형 이석진에 대해 물었다는 사실을 둘째 형이 안다면 어떻게 될까? 상상만 해도 간담이 서늘해졌다. 사실 이재진은 학창 시절 두 형이 보였던 날카롭고 서슬 퍼렇던 갈등을 여전히 기억하고 있었다. 그 때문에 이재진은 지난밤 이상진이 벌인 일에 대해 이석진에게는 결코 말하지 않을 작정이었다.

두 사람은 집 안으로 들어왔다. 넓은 거실은 사뭇 썰렁함마저 맴돌았다. 이재진이 집 안의 환기를 위해 창문을 여는 순간, 2층에서 이상진의 목소리가 들렸다.

"재진이냐? 왜 이제 오는 거야? 오늘은 일이 늦게 끝났어?"

이재진이 대답하기도 전에 이상진이 아래층으로 내려왔다. 이재진을 맞을 생각에 실없이 웃던 이상진은 둘째 이석진을 보자마자 그 웃음을 싹 거두었다. 이석진은 그런 형을 가늘게 뜬 눈으로 바라보았다. 그러자 이상진이 들으라는 듯 코웃음을 내뱉으며 말했다.

"어이구. 그래도 문 박차고 나갈 줄 알았더니 제 발로 집에 기어들어 왔네. 아버지께서 이번에는 단단히 혼쭐을 냈나 봐."

"형님, 식사는요? 오늘은 안 나가셨어요?"

이상진의 말이 끝나기 무섭게 이재진이 살가운 투로 그에게 말을 붙였다. 이쯤에서 그만하고 어서 올라가라는 막냇동생의 우회적인 행동에 이상진은 아량을 베푸는 양, 다시 위층으로 올라가며 심드렁하게 말했다.

"오늘은 집에서 좀 알아볼 일이 있어서 안 나갔어."

"그러셨어요? 무슨 일이었는데요?"

"아직은 말해 줄 수 없어. 굳이 말하면 아버지와 관련된 일이야. 안 그래도 내가 투자할 상권을 알아봤는데, 아버지께서 내 말을 제발 좀 들어줬으면 하는데 말이야."

"아버지는 절대 형의 말을 듣지 않을 거야."

차갑게 울려 퍼지는 동생 이석진의 말에, 계단을 따라 위층으로 올라가던 이상진은 그 자리에 우뚝 멈출 수밖에 없었다. 그는 이석진을 사납게 노려보았다.

"너, 방금 뭐라고 했냐? 아버지가 내 말을 듣지 않으실 거라고? 네가 뭘 안다고 함부로 떠들어?"

"내가 형이었으면 그냥 가만히 있었을 거야. 정말로 부모님의 체면을 생각한다면 말이야."

결국 이상진은 빠르게 계단을 내려왔다. 그런 큰형을 말리려고 이재진이 애썼지만, 이미 흥분한 이상진을 제압할 수는 없었다.

이상진에게 끌려가다시피 그의 어깨와 손을 붙잡으며 이재진이 애타게 소리쳤다.

"큰형님, 제발 그만하세요!"

"놔! 이 자식이 아버지 때문에 슬금슬금 집에 기어들어 온 주제에 겁도 없이 형에게 대들어?"

만약 이재진이 이상진을 붙잡고 있지 않았다면, 그랬더라면 이상진은 그 자리에서 바로 이석진에게 주먹을 날렸을 것이다. 그럼에도 이석진의 얼굴은, 정확히는 흥분한 형 이상진을 바라보는 이석진의 얼굴은 무서우리만치 고요하고 차분했다.

아버지의 속내를 모르는 이재진은 마냥 안타까웠지만, 반대로 형 이상진은 너무나 멍청해서 실소가 나올 지경이었다. 원래도 차분하고 냉정한 이석진이었지만 그럼에도 좀처럼 동요하지 않는 이유는, 아이러니하게도 그가 아버지의 계획을 알고 있기 때문이었다.

"난 형이 무슨 일을 하든 솔직히 관심 없어. 아버지께 무슨 말을 하는지도 사실 궁금하지 않아. 하지만 이거 하나만큼은 형에게 확실하게 말해줄게. 형은 아무것도 하지 말고 지금처럼 건물이나 관리해. 그 일이야말로 형의 그릇에 딱 맞는 일이니까."

"뭐? 이 새끼가 말 다 했어? 아버지의 재산이 탐나서 집으로 기어들어 온 주제에!"

형의 말에 결국 이석진이 코웃음을 쳤다.

"아버지의 재산을 탐낸다고? 내가?"

"그래! 너 이 자식, 그 누구보다도 아버지의 재산을 노리고 있잖아! 누가 모를 줄 알아?"

이상진은 시뻘겋게 달아오른 얼굴로 고래고래 소리쳤다. 이석진은 그저 기가 찰 노릇이었다. 내가 아버지의 재산을 노리고 있다니. 정작 아버지의 재산을 노리는 건 형인 주제에!

"형은 내가 아버지의 재산을 원한다고 생각해? 정말로?"

"그게 아니면 네가 이 집에 들어왔겠어? 내 눈은 못 속여! 너, 지난번 모임 때 아버지한테 들은 말 때문에 들어온 거잖아! 이제 와서 자식 노릇 하려는 거 뻔히 보인다고!"

"형은 늘 그런 식이었지. 어릴 때부터 말이야."

"뭐라고?"

"형은 모든 게 다 자기 것인 줄 알잖아. 내가 가지고 놀던 장난감도 형이 빼앗아 갔지. 원하는 옷이며 컴퓨터며 모두 자기 것이 되어야만 형은 직성이 풀렸어. 그리고 지금도 그렇잖아? 이제는 아예 아버지 재산까지 자기 것이라고 당연하게 생각하고 있어."

"석진 형님, 이제 그만하세요. 제발요."

보다 못한 이재진이 울먹이며 애원했다. 그러나 이석진은 그런 동생을 무시했다. 그는 오직 큰형, 이상진만을 빤히 쏘아보았다.

"아버지가 재산을 어떻게 상속할지 궁금해? 아니다, 사실 형은 궁금하지 않잖아. 형은 그저 아버지의 재산을 모조리 소유하고 싶은 것뿐이잖아. 그렇지?"

"자식 노릇 한 번 안 했으면서 재산 때문에 은근슬쩍 집으로 돌아오는 치사한 행동을 하는 너보다는 내가 백배 낫지!"

"그러는 형은 아들 노릇을 했으니까 아버지에게 재산을 상속받겠다는 거야?"

이상진이 목청이 터져라 소리 질렀다.

"나는 장남이야! 이 집안의 장남이라고! 게다가 아무것도 안 하는 네 놈한테 아버지 재산이 간다는 건 말도 안 된단 말이야! 난 절대 인정 못 해! 알아듣겠어?!"

이석진은 여전히 흔들림 없는 표정으로 그런 형을 보며 차갑게 말했다.

"그럼 내가 깨끗하게 포기할게. 사실 나는 아버지 재산을 물려받을 생각조차 없었으니, 아버지 재산을 포기한다는 말도 참 우습네."

말을 마친 이석진이 이상진을 향해 발걸음을 옮겼다. 그는 여전히 씩씩거리는 형을 향해 한껏 상체를 기울이고는 나지막한 목소리로 말했다.

"이번에야말로 아버지께 내가 직접 말할까? 나 말고 형이 유학을 가고 싶었던 그때처럼?"

순간, 분을 참지 못한 이상진이 이석진을 향해 있는 힘껏 주먹을 뻗었다. 이상진의 주먹은 이재진의 어깨를 지나쳐 이석진의 뺨으로 정확히 날아갔다. 만약 이재진이 몸을 틀지 않았더라면 이상진의 주먹은 이석진의 턱을 강타했을 것이다.

쩍, 하는 둔탁한 소리가 거실에 울렸다. 이재진은 그만 그 자리에 얼어붙고 말았다. 그러나 이내 원망 가득한 눈초리로 이상진을 쏘아보며 소리쳤다.

"형님! 이게 대체 무슨 짓이에요?!"

"저 새끼 말하는 거 봤냐?! 아주 머리끝에서 사람 놀리려고 하는 짓을 봤냐고! 이걸 아버지도 보셨어야 했어!"

"집이 왜 이렇게 시끄럽냐?"

세 사람 모두 현관문 쪽으로 고개를 돌렸다. 이 집안의 가장인 이성재가 살벌한 얼굴로 형제들을 향해 다가오고 있었다.

이성재는 찬찬히 아들들을 살폈고, 결국 이석진의 부어오른 뺨을 알아차렸다. 그는 미간을 찌푸리며 장남 이상진을 노려보았다. 이토록 노여움이 가득한 아버지의 얼굴을 본 적이 없었던 이상진은 저도 모르게 움찔하고 말았다.

이성재가 낮은 목소리로 이상진을 나무랐다.

"상진이 너, 지금 뭐 하는 거냐? 지금 너희들 나이가 몇인데 집에서 이런 짓을 벌이는 거냐."

"아버지. 석진이 저 녀식이 무슨 말을 했는지 아세요? 저 녀석은 이 집안에 전혀 관심이 없어요!"

"그만. 더는 시끄럽게 굴지 마라. 너희 셋 모두 방으로 들어가."

분위기는 순식간에 가라앉았다. 이상진과 이재진은 그 자리에 못 박힌 채 우두커니 서 있었다. 허나 이석진은 달랐다. 자신의 도발 때문에 형이 흥분할 거란 사실은 익히 예상하고 있었지만, 설마 폭력까지 행사할 줄은 몰랐다. 하지만 이 모습을 아버지가 목격했으니 결과적으로는 오히려 좋은 일이었다.

형이 보여 준 행동, 무엇보다 형의 노골적인 속내 때문에라도 이석진은 이제 미련 없이 이 집을 떠날 수 있었다.

"더는 여기 머물고 싶지 않네요. 떠나겠습니다. 계속 있다가는 제 몸이 남아나질 않겠어요."

이석진의 말에 이성재가 그를 빤히 노려보았다. 눈빛에는 노여움이 가득했지만 그는 굳이 이석진을 붙잡지는 않았다.

"형님, 어디로 가시려고요? 제발 이러지 마세요!"

이재진이 기겁하며 말렸지만 이석진은 확고한 태도로 말했다.

"너도 봤잖아. 나는 맞으면서까지 이 집에 머물고 싶지 않아. 한동안 날 찾지 마라. 멀리 갈 거니까."

이석진은 만류하는 동생을 뿌리친 뒤 아버지 곁을 빠르게 지나쳤다. 자신을 바라보는 이성재의 시선을, 그 시선이 품고 있는 의중을 분명 읽었지만 무시했다. 아니, 일부러 무시했다. 그건 바로 이석진이 아버지에게 던지는 무언의 메시지였다. 절대 당신 뜻대로 되지 않을 것이라는, 강력하고도 분명한 침묵의 메시지.

이석진은 그렇게 자신을 따라오는 시선을 뒤로하고 가족들과 다시 멀어졌다.

3장

각자의 울타리로

 최근 호텔이란 공간은 레저 서비스, 스포츠 서비스, 비즈니스 서비스 등 다양한 서비스를 강조한다. 그러나 결국 호텔의 본질은 숙박이다. 숙박이 되지 않는 호텔이란 이 세상에 존재할 이유가 없다. 언제 어디에서나 찾아오는 고객을 위해 호텔은 언제나 문을 열고 기다려야 한다. 그리하여 호텔을 찾아온 이들이 쉴 수 있게 해야 한다.
 미국에서 10년 가까이 세월을 보낸 뒤 한국으로 돌아온 이석진이 처음 찾은 곳도 집이 아닌 호텔이었다. 그리고 현재까지도 그는 서울의 고급 호텔에서 장기 투숙을 했다. 가끔 지방으로 내려가는 날을 제외하면, 혹은 정말이지 어쩌다 집으로 돌아가는 날이 아니라면 그는 늘 호텔에서 지내고는 했다.
 사업으로 번 돈이 제법 있었으므로, 한때는 집을 마련할까 고민한 적도 있었다. 꽤 진지하게 한 고민이었지만, 결국 이석진은 집을 사지 않았다. 어느 한곳에 자리를 잡고자 하는 욕망도 크지 않았고, 무엇보다 언제든 다른 곳으로 떠날 수 있는 자유를 제한받고 싶지 않았기 때문이다.
 내 집을 마련한다는 건 결국 자주 오가는 동시에 내가 관리를 해야 하는 공간이 생긴다는 뜻이다. 사업 때문이든 혹은 개인 성향이든, 그런 공간이 생기는 게 이석진은 영 내키지 않았다. 아마 오랫동안 미국에서 생활하면서 체득한 경험 때문일지도 모른다고 그는 짐작했다.

그 때문에 이상진과의 다툼 이후 집을 뛰쳐나왔을 때도, 이석진은 자신이 아직 호텔방을 체크아웃하지 않았다는 사실을 다행이라 여겼다. 의도한 건 아니지만 결과적으로 당장 머물 수 있는 장소가 있었으니 말이다. 현재 이석진의 수중에는 고작 휴대폰과 지갑이 전부였지만, 아무려면 상관없었다. 옷이든 가방이든 필요한 건 다시 구하면 될 일이었다.

호텔에 도착한 이석진은 곧장 자신이 머물던 프리미엄 스위트룸으로 향했다. 이상진에게 맞은 뺨은 여전히 화끈거리고 쓰라렸다. 게다가 동생에게서는 끊임없이 연락이 왔다. 물론 이석진은 끝끝내 동생의 연락을 받지 않았다. 겨우 방으로 들어가 침대에 몸을 누이고 나서야 뺨의 통증이 잠잠해졌다. 동생도 더 이상 연락하지 않았다.

집을 떠난 이석진이 지금 당장 해야 할 일은 바로 앤드류 양에게 연락하는 것이었다. 마침 미국에 연락할 적당한 시간이 되었다는 생각에 이석진은 휴대폰을 꺼냈다. 액정에는 부재중 전화와 메시지가 가득했지만 그는 거들떠보지도 않았다.

바로 화면을 전환한 이석진은 앤드류 양에게 메일을 보냈다. 아직도 자신을 기억해 주어 고맙다고, 대학에서 함께 지냈던 시절을 여전히 기억한다고, 얼마든지 연락해도 좋다는 내용이었다. 그리고 메일 마지막에는 자신의 연락처도 덧붙였다.

이석진이 기억하는 앤드류 양은 미소가 근사한 남자였다. 게다가 무척 사교적이었으며 자기 관리에도 철저한 사람이었다. 무엇보다 앤드류 양은 이석진이 유학 시절에 만난 친구들 중 가장 명석한 두뇌를 소유한 사람이었다. 그런 앤드류가 자신의 능력을 살려 변호사가 된 것은 어쩌면 자연스러운 일이었다.

하염없이 앤드류 양의 연락을 기다릴 수는 없었다. 이석진이 1층에 있는 바에서 간단한 술과 음식을 먹을지, 아니면 룸서비스를 주문할지 잠시 고민하는 사이, 휴대폰에 낯선 번호로 연락이 왔다. 처음 보는 번호에는 일절 반응하지 않는 그였지만 이번에는 달랐다. 이석진은 전화를 받기 전, 서둘러 룸서비스로 술과 안주를 부탁했다.

그리고 마침내 전화를 받았을 때, 휴대폰 너머로 익숙하고도 그리운 친구의 목소리가 들렸다.

"여보세요? 벤? 벤자민 맞아?"

친구의 목소리는 세법 분명하고 힘이 있었지만, 잡음이 많이 섞여 있었다. 그래도 상관없었다. 친구의 목소리를 듣자마자 지금까지 잊고 있었던 과거의 기억들이 순식간에 떠올랐기 때문이다.

이석진은 진심으로 반가워하며 전화기 너머 앤드류에게 말했다.

"오랜만이야, 앤드류. 이렇게 목소리를 들으니까 어색한데?"

"벤, 정말 오랜만이야. 목소리가 거의 바뀌지 않았는데?"

"아직 변할 나이는 아니지. 그건 앤드류 너도 마찬가지야."

"그렇지. 우리는 노인이 아니지. 어쨌든 뭘 먼저 물어봐야 할지 모르겠네. 지금은 어디서 지내? 한국에 있다는 소식은 들었는데 말이야."

"내 소문을 어떻게 들었는지 궁금한데? 맞아, 지금 한국에 있어. 미국에서 한국으로 건너온 지는 몇 년 됐어."

두 사람은 무려 10년이란 세월 동안 만나지 못했지만 그럼에도 불구하고 어제 만난 사이처럼 친밀하게 대화하고 있었다. 그러다 문득, 이석진은 어떻게 앤드류 양이 자신에게 연락했는지 궁금해졌다. 긴 세월이 흐른

만큼 두 사람의 연락이 닿을 수 있는 방법은 그리 많지 않았기 때문이다.

이석진의 궁금증은 그러나 바로 풀리게 되었다.

"자네가 운영하는 미국 법인이 있다는 걸 들었어. 거기서 고문으로 있는 변호사 데이먼이 나와 같이 일한 적이 있지. 얼마 전 우연히 여름휴가를 갔다가 데이먼을 만났거든. 그때 데이먼이 벤, 바로 자네 이야기를 하더라고. 벤이 바로 자신의 클라이언트라면서 말이야."

"앤드류, 여름휴가를 갈 정도로 한가한 모양이지?"

"무슨 소리! 몇 년 만에 바닷가를 찾아간 거라고! 벤, 자네는 내가 여기서 얼마나 일에 치이는지 모를 거야."

"미국이라는 나라가 그렇지."

"듣자 하니 한국에 완전히 자리를 잡은 건 아니라고 하던데? 혹시 사업 때문에 미국에 올 일은 없나? 한번 만나자고."

아무래도 자신이 고용한 변호사가 앤드류 양에게 이런저런 이야기를 늘어놓은 모양이었다. 게다가 굳이 만나자고 앤드류 양이 제안까지 하는 걸 보면, 그는 이석진이 미국에서 제법 많은 자산을 축적했다는 사실도 이미 알고 있는 듯했다. 사실 그러지 않고서야 두 사람이 만날 이유는 딱히 없었다.

이석진이 미국에 가는 이유는 오직 하나, 바로 자신의 비즈니스 때문이었다. 평소에는 유유자적한 일상을 보내는 이석진이지만 사실 그 유유자적은 한국에서만 가능했다. 비즈니스와 관련된 일이라면, 특히 한국이 아닌 미국에서라면 더더욱 철저하게 자신을 관리하는 그였다. 미국 시장에서 자신이 어떻게 행동해야 하는지 너무나도 잘 알고 있었기 때문이었다.

그러므로 평소의 이석진이였다면 앤드류 양의 제안을 부드럽게 거절했을 터였다. 하지만 이번에는 달랐다. 마침 멀리 떠나고 싶은 마음이 있었던 이석진이였기에 크게 고민할 것도 없이 앤드류 양의 제안을 받아들였다.

 "좋아, 앤드류. 안 그래도 미국에 볼일도 있었고 말이야. 내가 미국에 가면 바로 연락하지."

 "그래, 미국에 오면 반드시 나에게 연락해. 나 말고도 벤, 자네를 만나고 싶어 하는 사람이 있거든."

 앤드류 양은 그렇게 말하며 사람 좋게 웃었다. 이석진은 그가 말하는 사람이 다니엘 마츠다라는 걸 알았지만 굳이 티를 내지는 않았다. 두 사람은 가까운 시일 내에 만나기로 약속한 뒤 곧 전화를 끊었다.

 전화를 끊은 지 얼마 지나지 않아 문 두들기는 소리와 함께 정중한 목소리가 들렸다.

 "룸서비스입니다."

 문을 열자 호텔 직원이 곧장 테이블에 술과 안주를 내려놓았다. 이석진은 주문한 위스키를 곧장 잔에 따른 뒤 한 모금 마셨다. 그와 동시에 미국에 갈 수 있는 가장 빠른 비행기 표를 예매했다. 그는 모든 일을 일사천리로 끝냈다.

 그러다 문득, 이석진은 이 모든 사실을 김연희에게 말하지 않았다는 생각이 들었다. 정확히는 김연희에게 이 사실을 말할 시간적 여유와 심적 여유가 없었던 거지만. 잠시 고민하던 이석진은 지금 당장은 김연희에게 이 사실을 말하지 않기로 했다. 그러기에는 그 자신이 너무나도 피곤했다.

 이석진은 휴대폰 화면을 묵묵히 바라보았다. 그새 또 다른 부재중 전화와 읽지 않은 메시지가 수도 없이 쌓여 있었다. 이석진은 그 모든 걸 철저히 무시했다. 그러고는 입안에 위스키를 머금으며 천천히 생각했다. 여행은 되도록 빨리 떠나는 것이 좋다고.

결국 호텔은 떠나는 이가 머무는 곳에 불과했다.

* * *

김무교는 이상진과 이석진이 고등학교를 다니던 시절, 학부모 모임에서 만난 두 사람과 여전히 친분을 유지하고 있었다. 유은자와 강주원이 바로 그들이었는데, 두 사람 모두 명문대를 졸업한 뒤 굴지의 기업에 다니는 아들과 딸이 있었다. 그들의 남편들 또한 알아주는 직업을 가지고 있었다. 그러나 김무교의 남편 이성재와 비교한다면, 그리고 소유한 재산을 비교한다면 그들은 김무교의 상대가 되지 않았다.

물론 유은자와 강주원은 그 사실을 잘 알고 있었다. 아니, 너무 잘 알아서 오히려 탈이었다. 서울 굴지의 부동산을 소유하고 있으며 교수직과 의원직을 맡았던 이성재의 영향력은 여전히 상당했다. 그 때문에 유은자와 강주원은 자녀들이 이미 대학을 졸업하고 사회에 진출했음에도 계속해서 김무교와 친분을 유지하기 위해 애썼다.

김무교 또한 이들이 자신과 어울리는 이유를 잘 알고 있었다. 하지만 일부러 모르는 척했다. 집안에서 가사도우미인 이희선을 제외하면 자기 목소리를 거의 내지 못하는 김무교가 유일하게 편히 목소리를 낼 수 있는 자리, 그리고 자신의 허영과 우월감을 채울 수 있는 자리가 바로 유은자와 강주원을 함께하는 이 자리였기 때문이었다.

그러나 최근, 상황이 조금 달라졌다. 강주원의 아들이 곧 결혼한다는 소식이 들렸고, 유은자는 며칠 전 손자를 봤기 때문이었다. 특히 유은자는 모임에 오자마자 자신의 신세를 한탄했다.

"요새는 아기 보는 게 힘들다는 핑계로 젊은 부부가 아기를 자기 부모님한테 맡긴다잖아. 설마 내가 그렇게 될 줄은 꿈에도 몰랐지 뭐야! 이 나이 들어서 어린 손주 시중이나 들 줄 누가 알았겠어?"

"애는 착하고 조용해?"

"말도 마. 얼마나 시끄럽게 구는지. 그래도 애들 키운 경험이 있어서 곧잘 달래 주기는 하는데, 영 힘에 부치네."

"아유, 나도 벌써부터 걱정된다. 내 아들 녀석은 벌써부터 애를 둘이나 낳을 생각을 하던데."

"둘이면 좋지. 형제 있는 게 어디야."

유은자의 한숨 섞인 소리에 맞장구를 치던 강주원이 슬쩍 자신의 아들 이야기를 꺼냈다. 그러나 김무교는 말없이 어색하게 미소만 지을 뿐이었다. 김무교의 세 아들은 모두 가정을 꾸릴 생각을 전혀 하지 않았기 때문이다.

"아유, 우리 좀 봐. 너무 우리 이야기만 했네."

"아니야, 아이들이 가정을 이루는 건 좋은 일인데 뭐. 우리 애들도 빨리 자기 짝을 만나야 할 텐데."

"근데 아들들은 아직 애인 없어?"

강주원이 눈치 없이 김무교에게 물었다. 유은자가 얼른 그녀의 옆구리를 찔렀고, 강주원은 헙, 하며 재빨리 입을 다물었다. 김무교는 애써 두 사람을 향해 미소 지어 보였다. 그러나 사실 김무교는 자신의 아들들에게 애인은 있는 건지, 결혼 생각은 있는 건지 도무지 알 수 없었다. 애당초 아들들과 그런 주제로 대화를 나눈 적이 거의 없었다.

그렇게 뒷맛이 씁쓸한 모임을 마치고 돌아온 집에서는 김무교가 전혀 예상하지도 못한 일이 벌어져 있었다. 이재진에게서 자신이 모임에 가 있던 동안 집에서 있었던 일을 모두 들은 김무교는 소파에 쓰러지듯 주저앉았다. 그러고는 떨리는 목소리로 장남을 불러냈다.

"그래서, 동생을 때렸다고? 서른을 훌쩍 넘긴 녀석이 어린애처럼 동생에게 손찌검을 해? 어?"

감정이 앞서는 상황에서도 목소리를 크게 내지 않기 위해 평생을 노력한 김무교였다. 그러나 이번에는 상황이 달랐다. 김무교는 서슬 퍼런 얼굴로 이상진을 노려보며 고래고래 목소리를 높였다.

그러나 이상진은 묵묵부답이었다. 여전히 분이 안 풀린 듯, 몰아쉬는 숨도 조금은 거칠었다. 그 모습을 바라보며, 김무교는 더욱 울화가 치밀어 견딜 수가 없었다.

김무교는 다시 목소리를 높여 이상진을 책망했다.

"내가 오기 전까지 동생들한테 소리 질렀다면서? 그런데 왜 지금은 아무 말이 없니? 무슨 말이라도 해 봐라. 뭐가 그렇게 마음에 안 들어서 동생을 때린 거야? 겨우 집에 돌아온 동생과 잘 지내지는 못할망정 동생을 두들겨 패서 내쫓는 게 말이나 되니?"

"겨우 한 대 때렸다고요."

큰아들의 말에 김무교는 그만 할 말을 잃었다. 결국 그녀는 자리를 박차고 일어나 이상진의 면전에 삿대질까지 하며 소리쳤다.

"겨우 한 대? 겨우 한 대? 너 그걸 지금 말이라고 하는 거야?"

슬슬 이상진도 부아가 치밀어 오르기 시작했다. 그는 이석진만 다독이고 이석진만 편들어 주는 어머니를 도저히 납득할 수 없었다. 동시에 답답했다. 그 녀석이 이 집에 돌아온 이유가, 그 음흉한 속내가 뻔히 보이는데도 어째서 부모님은 녀석의 속내를 간파하지 못하실까!

곧이어 이어지는 어머니의 말도 안 되는 부탁에, 결국 이상진은 폭발하고 말았다.

"네가 한 짓이 있으니, 어서 나가서 석진이를 찾아와라. 그리고 이 집에 데려와. 석진이가 어디에 있는지는 재진이가 잘 알 테지."

"어디에 있든 말든, 어째서 제가 그놈을 집으로 데려와야 하는데요?"

"너 지금 그게 무슨 말이니?"

예상외로 거친 큰아들의 행동에 당황한 김무교가 눈을 깜빡거렸다. 이상진은 아주 넌더리가 난다는 듯 머리를 깊이 쓸어 넘기며 한숨을 내뱉었다.

"아직도 모르시겠어요, 어머니? 그놈은요, 석진이 녀석은 아버지 재산을 상속받으려고 이 집에 기어들어 온 거예요. 그게 아니었으면 이 집에 절대로 돌아오지 않았을 거예요!"

"너 지금 그게 동생한테 할 말이니? 석진이가 왜 아버지의 재산을 노려?"

"지난번 모임 때 아버지께서 하셨던 말씀을 잊으셨어요? 자식들에게 재산을 상속할 거라던 말씀이요. 그놈은 재산을 상속받기 위해 아버지에게 눈도장을 찍으려고 여기 온 거예요. 그게 아니면 내내 한량처럼 지내던 놈이 굳이 불편한 기색을 드러내면서까지 이 집에 있을 이유가 도대체 뭐가 있겠어요? 안 그래요?"

기가 차다는 듯 허, 하며 잠시 허공을 노려보던 김무교가 다시 이상진에게 말했다.

"그런 이유로 동생을 때렸다고? 형으로서 동생이 마음을 바로잡게 하지는 못할망정 주먹질을 했다는 말이냐?"

"도무지 제 말을 안 듣는 놈이니까 그렇게 할 수밖에 없었어요. 어머니도 한번 생각을 해 보세요. 제정신이 박혀 있는 놈이었다면 애당초 여기저기 싸돌아다니지도 않았을 거예요!"

그만 말문이 막힌 나머지, 김무교는 큰아들을 말없이 노려보기만 할 뿐이었다.

이상진은 계속 분을 못 이겨 씩씩거리면서도 나름대로 머리를 굴렸다. '그래, 오히려 이걸 기회로 삼아야 한다. 석진이 녀석이 아버지의 재산을 노골적으로 노리고 있다고, 오로지 그 이유 하나 때문에 집 안으로 기어들어 온 것이라고 집안 사람 모두에게 밝혀야 한단 말이다! 그래야만 아버지와 어머니를 내 편으로 만들 수 있다! 그렇게 아버지와 어머니를 내 편으로 만들게 되면 상속은 물론이고 지금 내가 하려는 투자도 아버지께서 좋게 봐 주실 거다!'

이상진은 크게 한 번 심호흡을 하고는 어머니 김무교를 똑바로 바라보며 말했다.

"어머니, 잊지 마세요. 석진이 그 녀석은 미국에 유학 간 뒤로 이 집에 온 적이 손에 꼽힌다는 사실을요. 그 녀석, 이 집에서 잤던 적은 얼마나 있고, 엉덩이 붙인 날은 얼마나 돼요? 가족들이 그렇게 애타게 돌아오라고 부탁했는데도 나 몰라라 했던 녀석이에요. 그 녀석이 제멋대로 사는 동안 이 집에서 아들 노릇 했던 사람은 저와 재진이, 우리 두 사람이라는 걸 잊지 마세요."

"그래서 네 동생은, 석진이는 이 집에서 내쳐 버릴 생각이냐? 그게 네 생각인 거냐?"

결국 안방에 있던 아버지 이성재가 거실로 나왔다. 그는 김무교처럼 목소리를 높이지도, 그렇다고 아들을 거칠게 대하지도 않았다. 그저 낮은 목소리로 조용히 아들의 흥분을 가라앉힐 뿐이었다.

아버지의 말에 이상진도 결국 움찔했다. 어머니를 대할 때와 달리 이상진은 얼른 아버지에게 저항하지 못했다.

"아들 노릇 할 자식은 부모가 정하는 법이다. 그걸 네 녀석 마음대로 정해도 된다고 생각하지 마라."

"아버지, 전 사실을 말했을 뿐이에요."

이상진이 기어코 한마디를 내뱉었지만 이성재는 아들의 항변을 들어줄 생각 따윈 결코 없었다. 여전히 자기 멋대로 행동하는 이상진을 보면서, 이성재는 새삼 둘째인 이석진과 첫째 이상진이 너무나도 다른 사람이라는 사실을 깨달았다.

저도 모르게 한숨이 나오려는 걸 꾹 참은 이성재가 다시금 위엄 있는 목소리로 이상진에게 말했다.

"방으로 올라가서 네가 진정 뭘 해야 하는지 천천히 고민해 봐라. 네가 정말로 아들 노릇을 하고 싶으면 뭘 어떻게 해야 하는지 깊이 고민하고 생각해 보라는 뜻이다."

결국 이상진은 입을 다물었다. 물론 여전히 분은 풀리지 않았다. 하고 싶은 말이 목구멍까지 차올랐지만 그는 결국 아버지의 말을 따를 수밖에 없었다. 어머니는 몰라도 아버지를 당장 설득할 자신이 없었다. 이상진은 우선은 물러나기로 마음먹었다.

이상진이 제 방으로 올라가려는 그때, 이성재는 마지막으로 큰아들을 향해 엄중한 목소리로 경고했다.

"그리고 한 번만 더 상속이니 뭐니 그런 소리를 하면, 정말로 네 녀석을 가만두지 않겠다. 내 재산이 마치 네 것인 양 행동하지 마라."

이상진은 말없이 묵묵히 방으로 올라갔다. 자신의 시야에서 완전히 모습을 감춘 큰아들을 멀거니 바라보던 김무교가 마침내 참아 왔던 숨을 깊이 토했다.

"저토록 흥분한 녀석한테 무슨 이야기를 한다고 한들 제대로 듣겠소?"

남편 이성재의 말에 김무교는 손을 절레절레 저으며 말했다.

"그래도 내가 엄마인데, 응당 나서는 게 맞지요. 언제까지 동생과 저렇게 으르렁거리는 모습을 두고 볼 수도 없는 노릇이구요. 정말이지, 둘 다 어린애도 아닌데. 다른 사람들이 이 사실을 알면 뭐라고 할지 두려워요."

"다른 사람들의 시선은 신경 쓰지 마요. 남들이 뭐라 한들 그게 우리와 무슨 상관이오?"

남편의 말에 김무교는 대답하지 않았다. 오늘 모임에서 있었던 일이 여전히 마음에 걸렸던 그녀는 자신의 아들들도 다른 사람의 시선을 생각해서라도, 나아가 자기 자신을 위해서라도 마음을 다잡았으면 하는 바람이었다. 어쨌든 체면이라는 게 있지 않은가! 그러나 이는 남편에게는 결코 말할 수 없는 김무교만의 사정이었다.

김무교는 서둘러 다른 주제를 꺼내 분위기를 전환하기로 했다.

"그나저나 석진이는 어떻게 해야 할까요? 다시 집으로 불러야 하지 않겠어요?"

"그래야지요. 내일 재진이와 김 실장한테 부탁해 석진이에게 가 보라고 할 거요."

"재진이는 그렇다 치고, 김 실장은 괜히 따라가는 게 아닐까요? 당신도 알겠지만, 석진이랑 김 실장 사이가 썩 좋지 않잖아요."

고심하던 김무교는 결국 남편에게 조심스러운 투로 말했다.

"차라리 당신이 가 보지 그래요?"

이성재는 말없이 고개를 저었다. 김주현 실장과 이재진이 설령 이석진과 만난다고 한들, 이석진은 꿈쩍도 하지 않을 거란 사실을 이성재는 이미 알고 있었다. 그렇다고 해서 그가 아들을 만나기 위해 직접 발로 뛸 수도 없었다. 당장 내일부터 오재필 변호사와 상속에 대해 상의해야 했고,

그 뒤로도 여러 사람들을 만나 이런저런 일들을 처리해야만 했다.
　이성재가 이석진을 직접 찾지 않는 가장 큰 이유는 사실 따로 있었다. 지난번 만남에서 그는 이석진에게 모든 사실을 알려 준 동시에 경고를 했고, 결국 아들은 자신의 경고를 받아들였다. 만약 자신의 경고를 받아들이지 않았다면, 애당초 아들은 집으로 돌아오지 않았을 테니 말이다. 그 때문에 당장은 이석진의 마음이 흔들려도 큰 문제는 없다고 이성재는 생각했던 것이다.
　어쨌든 이번 일은 그저 아들들끼리 싸우다가 감정이 격해져서 벌어진 사소한 사건일 뿐. 시간이 흐르면 다시 모든 게 제자리로 돌아와 그의 계획대로 될 것이라 이성재는 확신했다.
　"재진이한테 우선 전해요. 내일 형을 만나러 오라고."
　남편의 말에도 김무교는 대꾸하지 않았다. 그 대신 눈을 동그랗게 뜨며 떨리는 손으로 남편의 얼굴을 가리켰다.
　"무슨 일이오?"
　"세상에! 당신, 코피가 나요."
　이성재가 얼른 코를 만졌다. 김무교의 말처럼 검붉은 피가 손바닥 가득 흘러넘쳤다. 김무교가 재빨리 이성재에게 휴지를 건넸고, 이성재는 서둘러 코피를 훔쳤다.
　김무교가 걱정 가득한 눈으로 남편을 바라보더니 조심스럽게 물었다.
　"요즘 너무 무리하는 거 아니에요? 아침 일찍부터 나가는 날도 잦았잖아요."
　"피곤해서 그런 거니까 너무 걱정하지 말아요."
　"당신, 정말 괜찮죠?"
　이성재는 잠자코 아내 김무교를 바라보았다. 아내의 걱정 어린 눈빛에 묘한 불안감과 두려움이 어려 있다는 것을 그는 어렵지 않게 알 수 있었다. 하지만 그는 아내를 향해 괜찮다고, 아무 문제도 없다고 속 시원히 대답하지 않았다. 대신 자리에서 일어나 방으로 향했다. 이성재의 손에는 여전히 휴지가 들려 있었다. 눈처럼 새하얗던 휴지는 어느덧 새빨갛게 물들었다.

* * *

아침 일찍 호텔 로비로 나온 이석진은 미국으로 갈 계획을 부지런히 세웠다. 그러는 동시에 그의 법인을 관리하는 변호사와 사업을 함께하는 투자자들에게 자신이 곧 미국에 갈 것이라 연락했다. 여러 일에 한꺼번에 몰두한 탓에 그는 호텔 로비로 들어오는 사람들에게는 신경조차 쓰지 않았다.

그 때문에 이석진의 바로 앞까지 두 사람이 다가왔을 때도 이석진은 휴대폰만 바라보며 일에 열중하고 있었다.

"형님."

이재진의 목소리를 알아차린 이석진이 그제야 고개를 들었다. 평소처럼 덤덤하게 이재진을 바라보던 이석진은 이재진의 옆에 김주현 실장이 있는 것을 보고는 미간을 찌푸렸다. 김주현 실장은 그런 이석진을 냉담하게 바라보았다.

"이제는 저 사람까지 데려와서 날 집으로 데려가려는 거야?"

이제 자신도 어쩔 수 없다는 듯, 이재진이 고개를 설레설레 저었다. 사실 이석진은 김주현 실장과는 말 한마디 섞고 싶지 않았지만, 이제는 피할 수 없었다.

이석진은 김주현 실장에게 단도직입적으로 질문했다.

"아버지께서 내가 다시 집으로 돌아와야 한다고 말씀하시던가요? 물론 내가 여기 있다는 건 재진이가 말해 주었을 테고요."

"이사장님께서 당신이 여기 있다는 사실을 알려 주시기는 했습니다. 하지만 의원님께서는 당신을 데리고 오라는 말씀은 하지 않으셨어요."

김주현 실장은 이석진을 '당신'이라고 부르며 예전보다 더 극명하게 선을 그었다. 무례할 정도로 딱딱한 태도의 김주현을 보다 못한 이재진이 나섰다.

"형님. 어제 있었던 일은 부디 잊으세요. 큰형님께서 너무 흥분해서 벌어진 일이잖아요. 아버지, 어머니 모두 큰형님께 단단히 경고하셨으니 이제 더는 그런 일 없을 거예요."

"재진아. 부탁이 있어."

"말씀만 하세요, 형님."

"지금 집에 가서 내 방에 있는 여권 좀 가져올래? 어제 그냥 나가서 미처 챙기질 못했거든."

"네? 갑자기 여권은 왜요?"

이재진은 얼른 형의 말을 이해하지 못했지만 이석진은 괘념치 않았다. 그는 이재진과 김주현을 동시에 바라보며 분명한 태도로 말했다.

"미국에 갈 거다. 거기서 오랫동안 있을 거야."

"갑자기 왜 미국을 가세요? 설마 어제 일 때문에 그러시는 거예요?"

이석진의 말에 이재진은 황당하다는 표정을 감추지 못했다. 하지만 김주현 실장은 그럴 줄 알았다는 듯 짧게 헛웃음을 내뱉고는 이석진에게 차갑게 말했다.

"이사장님. 본인이 가겠다는데 그냥 두시지요. 석진 씨, 이사장님 말고 제가 직접 여권을 가지고 올까요?"

"나는 당신에게 부탁한 적이 없습니다. 나는 재진이한테 부탁한 겁니다."

이석진 또한 차갑게 대꾸했다. 김주현 실장은 한껏 과장되게 고개를 끄덕였다. 조소와 빈정거림이 실린 고갯짓이었다.

"이사장님. 석진 씨 뜻대로 해 주십시오. 석진 씨는 이미 마음을 단단히 먹으신 듯하니, 저와 이사장님의 말은 듣지 않을 겁니다."

"대체 무슨 말씀을 하시는 거예요, 실장님? 전 어떻게든 형님을 설득하기 위해 여기 왔어요. 실장님도 형님을 집으로 데려오라는 아버지의 말씀을 들으셨잖아요?"

"저는 의원님께 그런 말씀을 들은 적이 없습니다."

김주현 실장이 단호하게 말했다. 이석진은 이제 김주현 실장의 의도가 궁금할 지경이었다. 이재진처럼 적극적인 태도를 보이는 것도 아니고, 그렇다고 아버지 이성재에게서 어떤 지시를 받은 것 같지도 않았다.

사실 어느 쪽이든 상관없었다. 이석진은 자신의 상황을 이재진에게 솔직히 알리기로 했다.

"재진아. 대학 졸업 후 연락이 끊긴 동창이 나를 만나고 싶다고 연락이 왔다. 아무래도 내게 긴히 할 말이 있는 것 같아. 그래서 미국에 가는 것이니, 집에서 얼른 내 여권을 가져다줘. 부탁할게."

당연한 이야기지만, 이재진은 이석진을 설득해 어떻게든 집으로 데려갈 작정이었다. 이는 어머니인 김무교의 간절한 부탁 때문이기도 했다. 이재진 또한 큰형 이상진과 이석진이 어서 빨리 만나 화해했으면 하는 바람이 있었다. 하지만 이석진이 이렇게까지 부탁하니, 이재진도 결국 어쩔 수 없었다.

김주현 실장이 다시 이재진을 부추겼다.

"이사장님. 석진 씨가 저렇게까지 말하잖아요. 그러니 안심하셔도 될 것 같네요. 게다가 고작 며칠이지 않습니까? 어서 집에 다녀오시지요."

마침내 이재진이 호텔 로비를 나섰다. 눈에서 점점 멀어지는 이재진의 뒷모습을 지켜보던 이석진이 김주현 실장에게 물었다.

"아버지께서 실장님께 뭐라고 하시던가요?"

"제게 별말씀 없으셨습니다. 이건 거짓말이 아닙니다. 의원님께서는 석진 씨를 집에 데려오라는 말씀을 전혀 하지 않으셨습니다."

"그럼 실장님은 그저 재진이와 함께 이곳에 온 것뿐인가요?"

"뭔가 단단히 착각하고 있는 모양인데, 의원님은 석진 씨처럼 한가하신 분이 아닙니다. 지금도 여러 사람들을 만나느라 분주하시죠. 그만큼 여전히 영향력이 대단하신 분입니다. 그 사실을 잊으시면 곤란합니다."

"하긴, 그러니 당신이 아버지 곁에 여전히 붙어 있는 거겠죠. 차라리 당신이 아버지의 아들이었으면 아버지도 참 좋아하셨을 텐데."

이석진이 노골적으로 빈정거렸지만 김주현 실장은 그저 하하, 웃기만 했다. 그 역시 이석진과 차분한 분위기에서 부드러운 대화가 오갈 거라곤 생각하지 않던 참이었다.

"저는 의원님을 보좌하면서 많은 걸 배웠습니다. 그건 지금도 마찬가지입니다. 의원님의 의중을 이해하고 그것을 실천하는 게 바로 제 역할이죠. 그러니 석진 씨도 모쪼록 의원님의 뜻을 받아들였으면 합니다."

"어차피 제가 아버지의 뜻을 거부한다고 한들 결국에는 그 뜻을 받아들여야 하니 순순히 아버지의 말을 따르라, 이 소리인가요? 그게 아버지의 뜻입니까?"

"아뇨. 이건 순전히 제 생각입니다."

김주현 실장은 그렇게 말하고는 뜻 모를 미소를 지었다. 그러면서도 시선은 내내 이석진을 향해 있었다. 그가 이어 말했다.

"정말이지 이해가 되지 않아요. 저라면 의원님 같은 아버지가 있다면, 더구나 그 아버지께서 큰 뜻이 있다면 그 뜻을 기꺼이 이해하고 받아들였을 겁니다. 그게 나 자신에게 나쁜 일이 아니라면 더더욱 그렇지요. 그런데 어째서 석진 씨는 의원님의 뜻을 거부하는 거죠? 나는 정말로 모르겠습니다. 솔직히 의원님이 저러시는 것도 다 석진 씨 잘되라고 그러시는 건데요."

"난 아버지 뜻대로 사는 아들이 될 생각이 없어요. 내 삶은 내가 알아서 살아요."

"무작정 아버지의 뜻을 따르라는 게 아닙니다. 그런 사람은 이사장님만으로 충분하죠. 적어도 아버지의 뜻을 이어받는 아들이 되라는 겁니다. 그놈의 자존심을 제발 굽히고 말이에요."

말은 마친 김주현 실장은 이석진을 향해 꾸벅 인사했다. 정중한 태도였지만 더는 이석진과 말을 섞고 싶지 않다는 의지가 엿보였다. 왕을 지근거리에서 보좌하는 충신 같은 그 모습에 이석진은 이제 넌더리가 날 정도였다.

"미국 잘 다녀오시길 바랍니다. 가서 많이 고민해 보십시오. 무엇이 자신에게 가장 현명한 선택인지 말입니다."

마지막 말을 마친 김주현 실장이 이석진에게서 점점 멀어져 갔다. 마침내 김주현 실장이 호텔에서 완전히 사라졌을 때, 이석진은 비로소 김주현 실장이 한 말의 의도를 깨달을 수 있었다. 그는 정말로 자신이 어떻게 지내는지 알기 위해 왔을 뿐이었다.

그렇다면 어째서 아버지는 그 어떤 말도 김주현 실장에게 하지 않았는가. 그건 바로 자신을 기다리겠다는 무언의 경고였다. 아니, 더 정확하게 이해해야 할 필요가 있었다. 이석진이 어디서 무엇을 하든, 어디론가 훌쩍 떠나든, 결국 집으로 돌아와야 하며 반드시 돌아와야만 한다고 아버지는 경고하고 있었다.

이석진은 테이블에 놓인 휴대폰을 잠시 응시했다. 그러다 호텔 로비를 오가는 사람들을 뚫어져라 쳐다보았다. 아무도 자신에게 눈길 하나 주지 않았다. 이석진은 좀 더 차분해진 마음으로 이재진을 기다리기로 했다. 어쨌든 이재진은 여권을 챙겨 이곳으로 다시 올 터였다. 그럼 어쨌든 이 지긋지긋한 곳을 떠날 수 있다.

비록 떠남의 끝이 정해져 있다고 해도 일단은 움직여야만 한다. 그래야 시작할 수 있다. 시작이 있어야 끝이 있는 법이니 말이다.

* * *

그로부터 며칠 뒤, 이석진은 미국 뉴욕으로 향했다. 그는 사업차 미국을 방문하는 적이 1년에도 여러 번 있었다. 그는 짧게는 며칠, 길게는 몇 주 동안 미국에 머물렀다. 다만 이번 미국 방문은 평소와 다른 목적이 있다 보니 그의 마음가짐 또한 평소와는 달랐다.

여느 공항과 마찬가지로 이석진이 있는 공항 또한 분주히 오가는 사람들도 정신이 없었다. 금요일 오후였고, 오가는 사람들 중 이석진이 아는 얼굴은 어디에도 없었다. 결국 한국에서 가져온 작은 가방을 들고는 유유히 걸음을 옮겼다.

결국 이석진은 미국에 간다는 사실을 김연희에게 알려 주었다. 김연희는 이번에도 아무것도 묻지 않았다. 그저 잘 다녀오라고 밝게 말하며 언제나처럼 이석진을 신뢰하고 믿어 주었다. 두 사람은 이석진이 미국에 가기 전까지 함께 시간을 보내며 여느 때와 같은 일상을 공유했다.

그리고 예상은 했지만, 자신이 미국으로 간다는 사실을 동생이 가족들에게 말한 모양이었다. 어머니 김무교에게서 매일매일 연락이 왔기 때문이었다. 물론 이석진은 단 한 번도 어머니의 연락을 받지 않았다.

아버지 이성재는 끝까지 이석진을 찾아오지도, 연락을 하지도 않았다. 집을 떠난 뒤 2주가 넘도록 호텔에서 지냈는데도 이성재는 그 어떤 반응도 보이지 않았다. 김주현 실장이 다시 찾아오는 일도 없었다.

그러나 이미 아버지의 의도를 간파한 이석진이었다. 그래서일까. 이석진은 미국으로 떠나는 비행기에 오르면서도 묘하게 자신을 지켜보는 듯한 시선을 느꼈다. 그 시선은 비행기가 한국을 떠나는 순간까지 계속해서 이석진을 따라오는 것 같았다.

"헤이, 벤 맞지?"

이석진이 공항을 나가는 출구로 막 향하려는 순간, 낯선 사람이 나타나 그를 가로막았다. 하지만 이미 그의 목소리만으로 이석진의 머릿속에는 옛 기억이 파노라마처럼 떠올랐다.

이석진은 자신의 앞에 우뚝 선 앤드류 양을 바라봤다. 이제 그는 대학 시절 풋풋했던 청년의 모습이 아닌, 성숙한 분위기가 물씬 풍기는 어른이 되어 있었다. 그럼에도 오랜만에 조우한 이석진을 맞이하는 근사한 미소만큼은 대학생 때와 다르지 않았다.

이석진도 환하게 웃으며 그에게 인사했다.

"오랜만이야, 앤드류. 보기 좋은데?"

"그건 벤 자네도 마찬가지야. 거의 10년 만이지? 이렇게 빨리 만나게 될 줄은 몰랐어."

"마침 미국에서 할 일이 있었거든. 운이 좋았지. 지금은 어떻게 지내?"

"그에 대해서는 할 말이 많지. 걸으면서 이야기를 좀 나눠 볼까? 안 그래도 우리의 동창이 우리를 기다리고 있거든."

이석진은 그 동창이 다니엘 마츠다임을 이미 짐작하고 있었지만 아무 말도 하지 않았다. 그는 순순히 앤드류 양과 함께 출구로 향했다.

앤드류 양은 대학 때보다 더 넓어진 이마와 깊어진 주름을 가지고 있었다. 한눈에 보기에도 시간과 일에 쫓기면서 지내는 모습이었다. 그는 대학 졸업 후 로스쿨로 진학, 전공을 살려 기업 M&A 관련 일을 하는 변호사로 일한다며 자신의 근황을 알렸다.

앤드류 양의 말을 잠자코 듣기만 하던 이석진은 그가 변호사가 되었다는 말에 흥미를 보였다.

"대학 다닐 때까지만 해도 변호사가 될 생각은 없었잖아? 내 기억이 틀렸나?"

"아냐, 자네 말이 맞아. 대학을 졸업하고 한참 후에 변호사가 되리라 마음먹었지."

"그럼 대학 졸업 후에는 뭘 했는데?"

"뭐, 남들처럼 지냈지. 기업에서 일했는데, 내가 생각했던 것과는 많이 달랐어. 결국 고민하다가 로스쿨로 진학했지. 자네도 알잖아. 그 당시 여기 상황이 심상치 않았다는 거."

이석진은 앤드류 양의 말을 이해하고는 고개를 끄덕였다. 이석진이 아직 대학생이던 시절, 미국 사회에는 엄청난 이슈가 있었다. 이석진은 그 이슈를 직접 지켜본 동시에 피부로 실감했다. 그건 결코 잊을 수 없는 경험이었다.

"그리고 거기서 저 친구를 만났지."

이석진은 인근에 주차된 자동차에서 내리는 한 남자를 바로 알아차렸다. 그가 희미한 미소를 지으며 앤드류 양과 이석진을 향해 손을 흔들었다.

앤드류 양이 슬쩍 이석진에게 물었다.

"벤, 다니엘 마츠다와는 그다지 친한 사이가 아니었지?"

"응, 인사만 나누는 사이였지."

"나도 저 친구를 로스쿨에서 만났어. 저 친구도 변호사로 일하고 있지. 제법 괜찮은 녀석이니까 잘 지내 보라고."

두 사람은 주차된 자동차로 곧장 걸어갔다. 다니엘 마츠다가 이석진에게 악수를 청했다. 이석진 또한 반갑게 그와 악수했다. 이석진이 기억하는 다니엘 마츠다는 호리호리한 체격에 광대가 두드러진 얼굴을 지닌 남자였는데, 이제는 입고 있는 와이셔츠가 꽉 낄 정도로 제법 살집이 올라 있었다.

"정말 오래만이야, 벤. 날 기억하는지 모르겠네."

"당연히 기억하지, 다니엘. 오랜만이야. 모습이 달라져서 조금 놀랐어."

"바쁘게 사는 일상의 결과지. 짐은 그게 다야? 생각보다 너무 없는데."

다니엘 마츠다가 이석진의 가방을 힐끗 쳐다봤다. 이석진은 그저 어깨를 으쓱거렸다.

"몸이 가벼운 게 좋아서 말이야. 그리고 여행으로 온 것도 아니니까."

"그렇겠군. 일단 타자고. 우선 호텔로 가야겠지? 내가 데려다주지."

다니엘 마츠다는 덩치만큼이나 무거운 목소리로 이석진을 곧장 차로 안내했다. 이석진과 앤드류 양은 고급스러운 검은 세단에 차례로 탑승했다. 세단은 곧장 공항을 빠져나갔고, 얼마 지나지 않아 뉴욕 특유의 교통 상황이 눈앞에 펼쳐졌다. 그 모습을 바라보며 이석진은 자신이 미국에 왔다는 사실을 새삼스레 실감했다.

더불어 단순히 동창들과 한가한 시간을 보내기 위해 미국으로 돌아온 것이 아니란 사실도 새삼스레 깨달았다. 앤드류 양이 직접 공항으로 와 자신을 데리고 가겠다는 말을 들었을 때, 그리고 다니엘 마츠다까지 공항에 직접 나와 있는 모습을 보며, 이석진은 두 사람이 자신에게 원하는 게 있다는 사실을 확실히 직감했다.

그러나 이석진은 자신의 생각을 두 사람에게 결코 드러내지 않았다. 그는 차창 밖으로 펼쳐지는 뉴욕을, 복잡하고도 화려한 풍경을 바라보았다. 하늘을 찌를 듯한 고층 빌딩이 즐비한 마천루를 바라보며, 이제 자신을 내내 쫓아왔던 따가운 시선이 더는 느껴지지 않음을 이석진은 알았다.

4장

우스운 인간의 꿈

 사람은 쉽게 변하지 않는다는 말이 있다. 오랫동안 살아가면서 형성한 가치관과 태도, 성향은 어떤 경우에도 변하기 어렵다는 뜻이다. 물론 예외도 있다. 일생일대의 강렬한 사건과 상황을 경험한 사람은 이를 계기로 자신의 가치관과 태도를 바꾸게 된다. 여기서 중요한 건 바로 그 사건과 경험이다.
 이석진 역시 그런 경험을 겪었다. 그에게 일생일대의 사건이란 바로 미국 유학이었다. 정확히는 미국에서 경험했던 모든 일들이 이석진이 지녔던 사고와 성향을 바꾸었다. 그 시작은 미국 땅을 밟자마자 바로 나타났다. 공항에 처음 도착한 이석진은 말 그대로 충격을 받았다. 그저 미국이라는 다른 나라에 왔을 뿐이라고, 만반의 준비를 했으니 문제될 건 아무것도 없다고 다짐했던 마음은 공항에 도착하자마자 산산조각 붕괴되고 말았다. 붕괴라니, 지나치게 과장된 단어 같지만 이석진 그 자신에게는 전혀 과장되지 않은 단어였다. 공항에 도착할 때부터 시작된 미국에서의 경험은 정말로 이석진을 새로운 사람으로 다시 태어나게 했기 때문이다.
 물론 그 이전에도 이석진은 가족들과 함께 세계 이곳저곳으로 여행을 다녔지만, 지금은 여행이 아닌 학업을 위해 이 낯선 미국으로 온 것이었다. 그 때문일까. 그는 자신이 미국이라는 나라에 홀로 던져졌다고 잠시 생각했다. 하지만 이내 마음을 단단히 다잡았다. 마냥 충격에 사로잡혀 멍하니 있을 틈이 없었다. 그는 서둘러 정신을 차리고 앞으로 머물 집으로 향했다.

그리고 조금 더 시간이 흘러, 그는 미국에서의 생활이 곧 자신의 생존과 직결되어 있음을 알게 되었다. 이는 단순히 죽고 사는 문제의 생존이 아니었다. 바로 미국에서 많은 걸 깨닫고 얻어야만 자신이 성공할 수 있다는 감각의 생존이었다.

매년 찾아오는 미국 뉴욕에서, 유학 시절과는 달리 도시 중심부의 고급 호텔에서 보내게 된 지금의 이석진은 유학 시절을 깊이 떠올린 적이 없었다. 이미 대학을 졸업한 지 오래되었고, 무엇보다 사업이 바빴기 때문이다. 그러나 이번 미국 방문에는 대학 동창들이 함께하는 만큼 옛 추억이 자꾸만 떠오를 수밖에 없었다.

앤드류 양과 다니엘 마츠다가 호텔 로비에서 기다리는 동안, 이석진은 체크인한 룸에서 자신이 예전에 머물렀던 집이 있는 쪽을 바라보았다. 물론 뉴욕 중심부에서 서쪽으로 위치한 대학교와 이석진이 유학 시절 머물렀던 집은 이 호텔에서는 보이지 않았다. 그럼에도 그는 지은 지 50년은 족히 넘은 3층 빌라가 여전히 그곳에 있다는 걸 알 수 있었다. 아마 지금도 그 빌라에는 과거의 이석진과 같은 유학생이 살고 있으리라.

짐을 정리한 이석진은 로비로 내려오면서 김연희에게 메시지를 보냈다. 자신은 뉴욕에 잘 도착했으며, 동창들도 잘 만났다고. 물론 답장은 금방 오지 않았다. 김연희가 머물고 있는 한국의 서울은 아직 한밤중일 테니 그럴 만도 했다. 휴대폰에는 이재진에게서 온 메시지도 있었지만, 이석진은 그 메시지를 읽지 않았다. 그는 미국에 있는 동안만큼은 오직 자신에게만, 그리고 자신의 추억에만 집중하기로 마음먹은 터였다.

로비로 내려온 이석진을 바라보던 앤드류 양과 다니엘 마츠다가 그를 향해 빙긋 웃었다.

"여기 꽤 고급스러운 호텔이라고, 벤. 나와 다니엘은 이런 호텔에서 머문 적이 없지."

앤드류가 자신과 다니엘을 가리키며 농담을 건넸다. 이석진은 어깨를 으쓱였다.

"시간이 없어서? 아니면 돈이 없어서?"

"그야 시간이 없으니까. 자네도 알잖아. 이 미국 땅에서 살아남으려면 부지런히 움직여야 한다는 사실을 말이야."

"맞아, 쉬어도 쉬는 게 아니지."

다니엘 마츠다가 맞장구를 쳤다. 두 사람 모두 아무것도 아니라는 듯 웃었지만, 이석진은 알고 있었다. 그들의 말은 과장도, 뺨도 없는 진실이라는 것을.

이석진 또한 뉴욕을 자주 오갔음에도 자신이 다녔던 대학교와 머물렀던 빌라를 찾은 적은 단 한 번도 없었다. 그건 어쩔 수 없는 자연스러운 흐름이었다. 졸업 후 이석진은 바쁜 일상을 보냈고, 어느 정도 바쁜 일들이 마무리되었을 때는 다시 한국으로 돌아와야 했다.

그런 그이니, 한가로이 대학 시절을 추억할 여유가 있을 리 만무했다. 아마 이렇게 앤드류 양과 다니엘 마츠다를 만나지 않았더라면 정말로 대학 시절을 떠올리지 못했을 터였다.

"그럼 가 볼까? 이 근처에 괜찮은 술집이 있어. 거기서 간단하게 한잔하자고."

"아직 저녁도 안 됐는데?"

이석진이 슬쩍 시간을 확인하며 물었지만 앤드류 양과 다니엘 마츠다는 그저 웃기만 했다.

"시간은 중요하지 않아, 벤. 중요한 건 무엇을 하느냐 아니겠어?"

"맞아. 핵심은 언제이냐가 아니라 무엇이냐, 인 거지."

"망할. 교수님이 하셨던 말씀을 아직도 기억하고 있는 거야?"

이석진은 저도 모르게 혀를 내둘렀다. 설마 두 사람에게서 교수님이 학생들을 가르칠 때마다 버릇처럼 하던 말을 다시 들을 줄은 몰랐기 때문이다. 그런 이석진을 바라보며 앤드류 양과 다니엘 마츠다가 또다시 웃음을 터뜨렸다.

"이제야 내학 시설 모습으로 돌아온 것 같군, 벤."

"맞아. 환영해."

두 사람은 그들이 자주 가는 술집으로 이석진을 안내했다. 그곳은 호텔에서 그리 멀지 않은 작은 바(Bar)였지만 이석진은 개의치 않았다. 분주하게 사람들이 오가는 정신없는 뉴욕에서 세 사람이 담소를 나눌 만한 공간이라면 사실 어디든 상관없었다.

세 사람은 곧장 술을 주문해 마셨다. 순식간에 취기가 오른 앤드류 양과 다니엘 마츠다는 서로가 자신의 이야기를 우선 꺼내느라 바빴다.

"반년 가까이 끌었지. 이번 매각 건 말이야. 솔직히 말하면 그렇게 큰 이익이 남는 건 아니었어. 그래도 좋게 해결하려고 공을 들였지. 결과적으로 성공했고."

"매각 조건을 그대로 수용했어?"

"처음에는 안 그랬지. 하지만 어쩌겠어? 시간이 흐르면 흐를수록 결국 자기네들이 더 손해라는 걸 알고 있었어. 그쪽도, 우리도. 결국에는 원만하게 해결했지. 하지만 다시는 하고 싶지 않아. 이번 일은 정말 미친 짓이었거든."

앤드류 양은 '원만하게'라는 단어를 사용하면서 손가락을 까딱거렸다. 미국인 특유의 손동작을 그대로 사용하는 것이었다. 사실 앤드류 양은 대학 시절부터 그 손동작을 자주 사용했다. 그 사실을 기억하는 이석진과 다니엘 마츠다는 서로 눈길을 주고받으며 앤드류 양 몰래 웃었다.

대학 시절 교수가 수업 때마다 즐겨 했던 말을 들먹이며 당시의 추억을 떠올리게 한 앤드류 양과 다니엘 마츠다였지만, 결국 대화 주제는 과거의 대학 시절이 아닌 현재 그들이 하고 있는 일에 관한 것이었다. 특히 술이 들어가자 앤드류 양과 다니엘 마츠다는 최근에 자신들이 겪었던 일들을 언급하며 엄청난 불만을 토로했다. 두 사람은 벌써 10년 가까이 변호사로 일했는데도 불구하고 여전히 시간에 쫓기듯 일하는 자신들의 처지를 한탄했다. 그러면서도 대화 중간중간 자신들의 업적과 성과를 슬쩍 끼워 자랑하는 것도 잊지 않았다.

세 사람이 함께하고 있는 이 술집은 조촐한 바였다. 중년 백인 바텐더가 그럴듯하게 차려입고는 테이블 너머에서 손님을 상대했다. 그는 이석진을 비롯한 세 사람에게는 주문만 받을 뿐 거의 말을 걸지 않았다. 다른 자리에는 백인 남자들이 앉아 있었는데, 그중 젊은 남자는 매우 초췌한 모습이었고, 중년 남자는 말없이 스마트폰만 만지작거리고 있었다. 바텐더는 그들에게도 거의 말을 걸지 않았다.

그 때문에 바에서 활발하게 떠드는 사람들이라곤 이석진을 포함한 세 사람뿐이었다. 그럼에도 불구하고 그들에게 누구 하나 조용히 하라고 경고하지 않았다. 이석진은 앤드류 양과 다니엘 마츠다가 왜 이곳을 자주 찾는지 이해할 수 있었다.

"그럼 이쯤에서 우리 두 사람의 이야기는 그만하고, 벤은 그동안 어떻게 지냈는지 들어 볼까?"

"맞아. 10년 동안 연락을 하지 않다가 갑자기 연락을 해서 많이 놀랐을 텐데 말이야."

벤. 이석진의 영어 이름인 벤자민의 애칭으로, 앤드류 양과 다니엘 마츠다는 대학 시절부터 이석진을 그렇게 불렀다. 딱히 이석진이 그렇게 불러 달라고 요청한 건 아니었지만, 앤드류 양과 다니엘 마츠다는 자신들과 같은 동양인이라는 점에서 처음부터 이석진을 친근하게 대했다. 그러다 훗날, 이석진은 이 두 사람의 행동이 다른 사람들에 비하여 상당히 독특했다는 걸 알게 되었다.

미국은 다인종 국가이자 다문화 국가다. 그만큼 다양한 인종과 민족이 함께 어우러져 문화를 형성한 사회로, 이는 미국 건국 때부터 있었던 흐름이기도 하다. 물론 백인과 원주민의 갈등과 흑인 노예에 대한 억압, 이에 따르는 인종차별 등은 오늘날 미국 사회에도 여전히 남아 있으나 그럼에도 되도록 다문화가 공존하기 위해서 미국이 나름의 노력을 하고 있다는 건 분명한 사실이다. 이석진 또한 미국 사회가 이런 모습이라고 여겼다. 그가 직접 미국에 오기 전까지는 말이다.

처음 이석진이 미국에 왔을 때, 그는 대학에 입학하기 위해 우선 뉴욕에 있는 고등학교에서 공부했다. 게다가 영어와 미국 문화에 적응하기 위해서 따로 과외까지 받아야 했다. 사교육 경쟁이 어느 나라보다도 높아 과외가 일상인 한국과는 달리 미국에는 과외가 없다고 다들 생각하지만, 결코 그렇지 않았다. 어느 나라나 교육에 대한 열망이 높은 사람들이 있었고, 그 때문에 정규과정 말고도 따로 학원을 다니거나 과외를 받으며 공부를 하는 학생들이 존재했다. 그건 미국도 마찬가지였다.

그 때문에 이석진은 밤낮을 가리지 않고 공부해야 했다. 한국에서보다 더욱 힘들고 고된 나날이 이어졌다. 자신이 예상한 미국에서의 생활과는 전혀 다른 생활에 이석진은 조금 충격을 받았지만 이대로 한국으로 다시 돌아가고 싶은 마음은 없었다. 그는 오직 공부에만 집중했다.

그 과정에서 이석진은 다문화 국가라는 미국의 진짜 현실을 엿볼 수 있었다. 다수의 민족과 인종이 함께 어울리는 것은 드라마나 영화 속에서나 볼 수 있는 모습이었다. 민족과 인종의 차별 없이 모두가 자유롭게 어울리는 사회인 줄 알았던 미국은 오히려 각자가 형성한 커뮤니티를 통해 폐쇄적으로 어울렸다. 게다가 그 커뮤니티란 아주 오랜 세월 동안 형성된 것이었으므로, 외부인이 그 커뮤니티에 들어가는 것은 거의 불가능에 가까웠다. 단순 관광이 아닌, 이석진처럼 학업이나 사업을 이유로 미국에 온 사람들이 정착하기란 참으로 어렵고 까다로운 사회가 바로 미국이었다.

이석진은 미국의 고등학교를 다니면서 그 사실을 뼈저리게 깨닫게 되었다. 학교의 절대다수는 백인 학생이었다. 동양인은 자신을 비롯하여 얼마 되지 않았으며, 흑인은 기껏해야 한 학년에 몇 명 정도에 불과했다. 나아가 인종별로 서로를 구분하는 것도 모자라 국적과 민족에 따라 서로를 구분하기도 했다. 가령 동양인이라고 해도 한국에서 왔느냐 중국에서 왔느냐, 아니면 이민 세대냐에 따라서 서로 구분하였던 것이다.

그리고 가정 형편과 부모의 사회적 지위 등에 따라 서로를 철저히 구분 지었다. 인종과 문화가 같다고 해서 모두가 잘 어울리는 것도 아니었던 것이다. 결국 비슷한 처지와 지위를 지닌 이들끼리, 어느 정도 동질감을 가진 이들끼리 자신들만의 커뮤니티를 형성했다. 그 모습을 보며 이석진은 이 커뮤니티야말로 미국이라는 나라의 축소판이라는 것을 알아차릴 수 있었다.

그러므로 동양인이자 이방인은 이석진은 홀로 지낼 수밖에 없었다. 그러나 그는 이런 생활에 익숙해져야만 했다. 다른 학생들처럼, 다른 사람들처럼 미국 사회에서 아무렇지 않게 생활하기 위해서는 엄청난 시간과 노력을 쏟아야 했기 때문이다. 외로움이니 슬픔이니, 감상적인 것들은 철저히 배제한 채 이석진은 오직 학업에만 몰두했다. 자신이 겪고 있는 어려움을 한국에 계신 부모님과 동생에게도 결코 알리지 않았다. 그러한 피나는 노력 끝에 이석진은 아이비리그에 속하는 명문대학에 진학할 수 있었다.

그리고 그렇게 입학한 대학에서 만난 동창들이 바로 앤드류 양과 다니엘 마츠다였다. 대만계 3세인 앤드류 양과 일본계 4세인 다니엘 마츠다는 대만인과 일본인이라는 정체성이 전혀 남아 있지 않은 철저한 미국인이었다. 그들 중 먼저 이석진에게 다가온 사람은 앤드류 양이었다. 두 사람은 같은 경제 수업에서 토론을 진행하다가 서로를 알게 되었다. 한국인이 아닌, 미국인으로서의 정체성이 강한 앤드류 양이 먼저 아는 체하며 인사하는 모습은 분명 이석진에게 낯선 경험이었다.

잠시 추억을 떠올리던 이석진은 잔에 든 잭다니엘을 한 모금 마셨다. 한국에서도 쉽게 구할 수 있는 위스키지만 지금의 이석진은 어떤 술을 마셔도 상관없었다. 그에게 중요한 건 술의 종류 따위가 아니었기 때문이다.

"대학 졸업 후에는 잠깐 증권회사를 다녔어. 그때는 참 바빴지. 하지만 다들 알고 있잖아? 열심히 살려면 바쁘게 지내야지. 그건 지금도 마찬가지고. 그러다가 이대로 회사에서만 지낼 수는 없다는 생각이 들어서 그동안 모은 돈으로 투자를 했어. 운이 좋았지. 나는 꽤 많은 돈을 모았고, 마침 여유가 생겨서 대학원에 진학하게 되었어."

"대학원이면 로스쿨?"

대학원에 진학했다는 이석진의 말에 앤드류 양이 끼어들어 물었다. 이석진은 살짝 미소를 지으며 고개를 가로저었다.

"아냐, 학부처럼 경제학이었어. 어쨌든 계속 투자와 유치를 하면서 대학원생으로 지냈지. 그리고 학위를 받을 때까지 여러 곳에 투자했어. 그게 다야."

"뭐야? 그게 다야?"

"이봐, 벤. 자신의 삶을 이토록 간단하게 말하지 말자고. 우리처럼 로스쿨로 진학해서 변호사가 된 것보다 더 괜찮은 삶을 보냈을 거 아냐?"

"글쎄. 간단하긴 해도 내가 할 수 있는 말은 그게 전부야. 이게 사실이거든."

이석진은 어깨를 으쓱하곤 더는 말을 덧붙이지 않았다. 앤드류 양과 다니엘 마츠다는 잔을 들고는 술을 한 모금씩 마셨다.

두 사람이 자신에게 보였던 흥미가 많이 사라졌다는 사실을 이석진은 두 사람의 눈빛을 통해 알 수 있었다. 공항에서 그랬듯이, 분명 두 사람이 자신에게 바라는 게 있다는 생각을 이석진은 버리지 않고 있었다. 다만 앤드류 양도, 다니엘 마츠다도 아직까지는 자기 속내를 속 시원히 털어놓지 않고 있었다. 두 사람은 다시 주제를 바꾸어 그저 그런 가벼운 이야기를 내놓았다. 이석진은 그들의 대화에 적당히 맞장구를 쳤다.

사실 이석진은 자신이 미국에서 어떻게 지냈는지, 어떤 일을 하는지에 대해 주변 사람에게 말한 적이 손에 꼽혔다. 가족은 물론이고 연인 김연희에게도 자신의 과거에 대해 구체적으로 언급한 적이 없었다. 오히려 앤드류 양과 다니엘 마츠다는 그들이 이석진의 대학 동창이라는 이유로 이석진의 삶에 대해 들었던 것이다.

게다가 두 사람은 이석진에 대한 어떤 정보를 알고 있다는 걸 은연중에 내비치기도 했다. 그렇다고 해서 이석진이 지금의 만남을 불편하게 여기는 것은 아니었다. 그는 다만 인내심 있게 기다릴 뿐이었다. 동창들이 언제쯤, 어떻게 자신에게 속내를 드러낼지 말이다.

이석진은 잔에 담긴 위스키를 천천히 비웠다. 깨끗해진 잔을 잠시 바라보던 이석진은 바텐더에게 같은 종류의 술을 다시 주문했다. 곧 잔에 가득 담긴 위스키가 그의 앞에 놓였고, 이석진은 문득 주변을 둘러봤다. 바에 앉아 있던 백인들은 어느새 사라지고 없었다. 이제 바에는 이석진을 포함한 세 사람만 있을 뿐이었다.

이석진은 방금까지 이 바에 앉아 있던 초췌한 백인 남자를 떠올렸다. 피곤한 기색이 역력한, 말 그대로 삶에 찌들어 있던 남자의 모습.

이석진이 앤드류 양과 다니엘 마츠다에게 물었다.

"참 신기한 곳이야. 그렇지 않아?"

"어디? 뉴욕 말이야? 늘 그렇지 뭐."

"살아남은 사람들만 간신히 버티는 곳이지."

이석진은 고개를 끄덕이고는 다시 술을 한 모금 마셨다. 잭다니엘을 목구멍으로 꿀꺽 넘기며, 이석진은 초췌했던 젊은 백인 남자가 오늘 일자리를 잃었을 것이라고 확신했다. 이곳 뉴욕에서는 그런 사람을 쉽게 볼 수 있었다. 아마 스마트폰을 만지작거리던 중년 백인 남자도 사정은 비슷했을 것이다. 이렇게 이른 시간부터 술을 마시는 사람은 두 부류니까 말이다. 하나는 휴식을 취하는 사람, 다른 하나는 일자리가 없어 하릴없이 돌아다니는 사람.

뉴욕, 아니 미국은 그런 곳이었다. 누구나 자유롭게 활동할 수 있는 사회이지만, 동시에 그만큼 철저하고 냉혹한 사회이기도 했다. 이석진은 이런 미국 사회를 모르지 않았다. 아니, 오히려 아주 잘 알고 있었다. 그럼에도 여전히 미국이 신기하다는 생각이 종종 드는 이유는, 이석진 자신과 미국은 동화되기 힘든 곳이기 때문이리라.

* * *

대학에 입학원서를 넣을 무렵, 이석진은 어느 대학으로 진학할 것인지 깊이 고민했다. 한국에 있을 때만 해도 흔히 말하는 아이비리그에 갈 것이라고 무작정 결심했지만, 실제로 대학 진학을 해야 할 시기가 오자 대학 선택에 신중을 거듭할 수밖에 없었다. 이석진은 각고의 노력 끝에 우수한 성적을 얻었고, 이제 영어라면 능숙했다. 어느 대학에서든 요구하는 입학 자격은 충분히 갖춘 그였다.

한국에서 받은 지원, 개인의 능력 등 모두가 적절했으나 이석진은 그에 만족하지 않았다. 사실 그 정도는 다른 유학생들도 이미 갖춘 능력과 배경이었다. 그는 자신이 어디에서 얼마나 어떤 능력을 발휘할 수 있는지 고민했고, 그렇게 선택한 학교가 바로 컬럼비아 대학교였다.

"컬럼비아 대학교라고? 의외네. 대부분 너 정도 성적이라면 하버드 대학교나 예일 대학교, 그것도 아니면 스탠포드 대학교에 진학하려고 하는데."

이석진에게 영어를 가르쳐 주었던 과외 선생은 의외라는 듯 말했다. 그의 반응에 이석진은 이해한다는 듯 미소를 지었다.

"아마 저희 부모님도 그러길 바라시겠죠. 하지만 저는 아니에요. 대학의 명성보다는 내가 원하는 학문을 정말 잘 배울 수 있는 학교로 가고 싶어요."

"좋은 생각이야. 하지만 너도 알고 있지? 컬럼비아 대학교도 상당히 좋은 대학교라는 것을 말이야. 아이비리그 중 하나인 대학이라고. 물론 한국에는 잘 알려져 있지 않지만, 여기서는 꽤 알아주는 곳이라고."

과외 선생은 일부러 이석진을 놀렸다. 이석진은 그의 의도를 알고 있었기에 별다른 반응을 보이지 않았다.

한국에서는 미국 최고의 대학이라면 응당 하버드 대학교나 예일 대학교를 가리킨다. 물론 두 대학은 세계적으로도 가장 널리 알려진 대학임에는 분명하다. 그러나 특정한 대학만이 명문대라 평가되는 한국과는 달리 미국은 여러 대학이 각각의 개성을 비롯하여 오랜 전통과 명성을 지녔다고 평가받는다. 그렇게 평가받는 대학들이 바로 아이비리그인데, 그중에는 한국에 잘 알려지지 않은 학교도 있었다. 컬럼비아 대학도 그중 하나였다.

그 때문에 이석진은 과외 선생의 반응을 충분히 이해할 수 있었다. 단순히 학교 이름과 명성을 따진다면 그 역시 누구나 아는 하버드 대학교로 진학했을 것이다. 그러나 이석진은 그보다는 자신이 탐구하고 싶은 학문에 집중하고 싶었다. 그 학문이란 바로 경제학이었는데, 컬럼비아 대학교는 오랫동안 미국의 경제학을 선도했다는 평가를 받을 정도로 경제학의 중심인 학교였다.

무엇보다 컬럼비아 대학교가 뉴욕에 있다는 사실이 이석진에게는 상당히 매력적이었다. 다른 대학교에 진학하기 위해서는 뉴욕이 아닌 다른 곳으로 떠나야 했지만, 컬럼비아 대학교는 그럴 필요가 없었다. 컬럼비아 대학교는 세계 최대 중심 도시인 뉴욕에 위치하였고, 국제 정치와 경제 정보를 가깝게 접할 수 있는 환경에, 금융 중심지로 평가받는 월 스트리트와도 가까웠다. 이는 분명 다른 학교와는 확연하게 구별되는 컬럼비아 대학교만의 차별성이었다.

학문도 학문이지만, 이석진은 뉴욕에서 경제와 금융의 흐름을 직접 확인하고 싶었다. 대학에 입학하여 자본이 직접 오가는 모습을 직접 보고 익히고 싶었다. 그러므로 학문적으로도, 실무적으로도 다양한 경험을 쌓을 수 있는 최적의 장소는 바로 뉴욕이라고 판단한 이석진에게 있어 컬럼비아 대학교 입학은 어쩌면 당연한 선택이었다.

사실 이석진은 미국에 왔을 때부터, 아니 그 이전부터 경제학을 전공하고 싶었다. 아버지 이성재의 영향이 아주 없다고는 할 수 없었으나, 경제학을 선택한 건 온전히 이석진의 선택이었다.

이석진은 자신이 경제학을 전공하고 싶다는 말을 과외 선생에게도 꺼냈다. 그의 말에 제 나이보다 족히 5살은 더 많아 보이는 과외 선생이 그럴 줄 알았다는 듯 고개를 끄덕였다. 학업과 과외를 동시에 해내느라 수면 시간이 부족한 과외 선생은 항상 피곤하고 지친 모습이었다. 그 때문에 이석진은 처음에 그가 자신의 말을 듣고도 그저 졸고 있는 줄로만 알았다.

그러나 과외 선생은 이석진의 말을 놓치지 않고 있었다.

"그래, 경제학은 괜찮지. 경제는 어느 산업이나 영역에서도 반드시 이야기되는 부분이니까. 노동, 금융, 산업, 정치, 의학 등등. 하다못해 예술에서도 마찬가지지. 나도 부단히 노력해서 경제학과에 진학했어야 했는데 말이야."

그렇게 말하며 과외 선생은 씁쓸한 웃음을 지었다. 그는 뉴욕 대학교에서 영문학을 전공하는 학생이었다. 한국에서 군대를 다녀온 뒤 뒤늦게 대학에 다시 입학한 바람에 이석진과는 10살 가까이 차이가 나는 사람이었다.

게다가 이석진과는 달리, 그는 온전히 홀로 유학 생활을 감당해야 했다. 그는 과외를 하는 와중에도 종종 푸념하듯이 자기 신세를 털어놓기도 했는데, 교수에 국회의원 활동까지 하였던 이성재와는 달리 그의 부모님은 전통시장에서 물건을 납품하는 유통회사의 평범한 직원이었다. 거기다 경제 사정도 그리 좋지 않아서 유학비도 턱없이 부족하게 지원할 수밖에 없었다. 그런데도 미국 유학을 가라는 부모의 성화로 인해, 그는 어쩔 수 없이 미국으로 와야 했고, 부족한 돈을 벌기 위해서 이석진처럼 유학생을 상대로 영어를 가르쳤던 것이다.

그는 자신이 하는 유학 생활은 바로 생존 유학이라고 버릇처럼 말했다. 그 때문에 이석진은 내심 과외 선생이 자신의 생활을 부러워한다는 걸 알고 있었다. 물론 그걸 대놓고 드러내는 과외 선생은 아니었다. 그는 사회 경험이 풍부했고, 어른으로서도, 선생으로서도 이석진을 잘 대해 주었다.

과외 선생이 이내 웃음을 거두고는 이석진에게 충고했.

"대학 진학이야 석진이 네가 알아서 잘할 테니 굳이 말하지 않을게. 하지만 이거 하나는 명심해. 절대 딴 곳을 쳐다보지 마."

"딴 곳 어디요?"

"그게 어디든. 너는 하고 싶은 공부에만 집중하도록 해. 집에서 잘 지원해 주니 문제없을 거야. 괜히 어쭙잖게 다른 애들이랑 어울리면서 놀지 마. 힘들다고 여기저기 기웃거리다가 방탕해지지도 말고. 여기 미국이라는 곳은 말이야, 온갖 걸 누릴 수도 있어. 동시에 온갖 걸 빼앗길 수도 있는 곳이야. 뭣도 모르는 사이에 바닥에 내던져질 수도 있는 곳이란 말이지."

늘 친근하고 장난스러운 모습을 보였던 과외 선생이었지만 그때만큼은 사뭇 진지한 말투로, 진심을 다해 말했기에 이석진 또한 장난으로 반응하지 않았다.

진지해진 이석진을 바라보던 과외 선생이 그제야 평소처럼 소리 내며 웃었다.

"그렇다고 너무 심각하게 받아들이지는 마. 그래도 여기 미국은 열심히 하는 만큼 자기 몫을 챙길 수 있으니까. 말 그대로 자본주의 국가잖아? 이런 나라가 쉽게 흔들리지는 않지."

그 후 과외 선생과는 몇 번의 수업 이후 헤어졌다. 이석진은 자기 뜻대로 컬럼비아 대학교로 진학했고, 과외 선생은 뉴욕 대학교로 다시 돌아갔다. 이후에는 각자의 생활이 너무 바빠 서로 연락을 주고받는 일은 없었다. 다만 이석진은 그가 자신에게 그랬던 것처럼 다른 학생들에게도 좋은 수업을 하고 있을 거라 확신했다.

훗날 대학에 입학한 이석진은 과외 선생이 어째서 자신의 유학 생활을 생존 유학이라고 말했는지 온전히 이해할 수 있었다. 대학에 입학하게 되자, 공부만 해서는 경제적 여유를 전혀 누릴 수 없었기 때문이다. 그렇다고 온전히 공부만 해야 하는 상황에서 과외나 다른 활동을 한다는 건 정말로 어리석은 짓이었다. 과외는 성적과 돈을 맞바꾸는 행동이었다.

물론 과외 선생에게 있어 과외란 그 자신의 생활을 유지하는 활동이었지만, 그 때문에 형편없는 성적의 졸업장을 간신히 얻을 것이라는 걸 이석진은 짐작할 수 있었다. 그의 충고는 정말로 진심이었고 어느 정도 들어맞는 것이었다.

물론 그가 이석진에게 한 충고 중 들어맞지 않는 것도 있었다. 바로 자본주의의 상징인 미국이 크게 흔들린 사건이 발생했기 때문이다. 그 사건은 이석진이 대학교에 입학한 지 2년 뒤에 벌어졌다.

"많이 기다렸나요?"

이석진은 바로 곁에서 들리는 목소리에 퍼뜩 정신을 차렸다. 순간 자신이 깜빡 졸았다고 느껴질 정도로 몽롱했던 정신이 얼른 돌아왔다. 그는 건너편 자리에 앉은 백인 남자를 바라보다 잠시 머리를 흔들었다. 대학 입학 전에 과외 선생과 나누었던 대화와 장면들은 어느덧 꿈처럼 사라져 있었다.

"피곤해 보이네요. 어제 뉴욕에 도착했다고 하셨으니 당연하겠죠."

"괜찮아요. 어제 술을 마셔서 그래요."

"누구와 함께 마셨어요?"

"동창인 앤드류 양과 다니엘 마츠다와 함께 마셨어요. 두 사람이 말하길, 데이먼 당신과 만났다고 하던데요?"

이석진의 건너편에 앉아 있는 사람은 바로 이석진의 미국 법인을 담당하는 경제 전문 변호사 데이먼이다. 그는 오랫동안 이석진의 고문 변호사로 활동하였고, 뉴욕에서도 제법 평가가 좋은 사람이었다. 반듯하게 정리한 갈색 머리에 다소 그을린 얼굴, 이제는 주름이 깊이 파인 입매를 지닌 그는 이석진이 앤드류 양과 다니엘 마츠다를 들먹이자마자 인상을 찌푸렸다.

"오해하지 말아요, 벤. 그건 아주 우연한 만남이었어요. 여름에 서부로 놀러 간 적이 있는데, 거기에서 우연히 만났던 거예요. 예전에 같이 일한 적이 있어 서로 안부를 물었지만, 기껏해야 30분 정도 대화를 나누었을 뿐이에요."

"나는 당신을 비난할 생각 없어요, 데이먼. 하지만 앤드류와 마츠다가 당신을 만난 건 사실이군요."

데이먼은 인정한다는 뜻으로 어깨를 으쓱거렸다. 항상 들고 다녔던 서류가방은 언제나 그렇듯 그의 옆에 가지런히 놓여 있었다. 출중한 능력을 지닌 데이먼은 평소 행실이나 태도 또한 상당히 반듯했다. 이석진은 평소 그런 데이먼의 반듯한 모습을 상당히 마음에 들어 했다. 그러나 지금 데이먼이 보이는 태도는 그렇지 않았다.

이석진이 이어 말했다.

"한국에 있을 때 앤드류에게 연락이 왔어요. 10년 만에 온 연락이었죠. 그는 미국에 오면 한번 만나자고 했고, 마침 나도 여기 올 일이 있어서 그에게 만나자고 했죠. 솔직히 동창한테 먼저 연락이 온 건 나도 처음이라 흔쾌히 만났던 거였어요."

"그래서 그들과 만나 함께 술을 마신 거군요."

"맞아요. 공항까지 와서 직접 날 맞이하더군요. 그래서 일부러 당신한테는 연락하지 않았어요. 다른 사람들에게도 마찬가지고요. 아무튼 두 사람은 직접 이 호텔까지 날 데려와서는 근처에 있는 바에서 술도 사 주더군요."

"평소 고객을 대할 때는 결코 그런 태도가 나오지 않죠. 그들은 나에게도 그런 모습을 보인 적이 없어요."

데이먼이 앤드류 양과 다니엘 마츠다를 향해 빈정거렸다. 이석진은 데이먼이 보이는 반응을 천천히 살폈다. 분명 자신의 동창들이 무슨 꿍꿍이가 있다는 사실이 분명했다. 미국에 오기 전부터 가졌던 의심이 이제는 확신이 되는 순간이었다.

이석진이 데이먼에게 물었다.

"앤드류 양과 다니엘 마츠다에 대해 자세히 알려 줘요. 그들은 내 동창이지만 사실 그들에 대해 제대로 아는 게 하나도 없어요. 그들이 운영하는 소셜 미디어만 잠깐 들여다보았을 뿐이에요."

"벤, 미리 말하지만 이 뉴욕에는 돌만큼이나 차고 넘치는 존재가 변호사예요. 그건 굳이 말하지 않아도 알겠죠?"

"소송이 그만큼 많은 나라니까요."

데이먼은 자신이 변호사임에도 지금처럼 자신의 직업을 심심찮게 깎아내리곤 했다. 물론 데이먼이 말하는 변호사란 실력이 형편없는 변호사를 말하는 것이었다. 그만큼 뉴욕, 아니 미국 사회에는 온갖 변호사들이 활동했고, 그 때문에 그들은 고객을 만들기 위해 동분서주해야만 했다.
데이먼이 두 손을 쫙 펼치고는 이어 말했다.
"그렇게 많고 많은 뉴욕의 변호사들 중에서, 그래도 앤드류 양과 다니엘 마츠다는 그런대로 성과가 있었어요. 벤, 당신의 출신 학교를 추켜세울 생각은 없지만, 그들은 확실히 경제지식에 해박했으니까요. 그래서 그들은 로펌에서도 나름 활약을 했죠. 나도 법원에서 몇 번 그들을 만난 적이 있었고, 같이 일한 적도 있었어요."
뉴욕 대학교 로스쿨을 나온 데이먼은 자기가 나온 대학교에 자부심이 상당했다. 그 때문에 데이먼이 방금 내뱉은 농담은 사실 그의 진심이라는 걸 이석진도 알고 있었다.
한국 사회가 유난히 학벌을 따진다고 다들 생각하지만, 실상 다른 나라도 이는 마찬가지다. 좋은 대학을 나왔다는 건 그만큼 엘리트라는 사회적 인식은 동서고금을 막론한다. 그러므로 미국은 한국에 비하면 학벌을 따지지 않는다는 말은 허구다. 미국은 그 사람의 출신 대학은 물론이고 그가 어느 사립학교를 다녔는지까지 철두철미하게 따져 그가 엘리트인지 아닌지를 구분한다. 단지 학벌만이 아니라 개인의 능력과 배경을 더 다양하게 구분할 요소, 가령 가문과 부모의 사회적 지위, 직업, 지역, 인종, 심지어 이름까지 따진다.
어쨌든 데이먼은 이어 말했다.
"몇 년 전에 앤드류 양이 있던 로펌과 다니엘 마츠다가 있던 로펌이 합작해서 기업 인수합병을 맡은 적이 있습니다. 적대적 기업 인수에 대한 방어를 펼쳐야 했었는데, 결과부터 말하자면 실패했습니다. 실패한 정도가 아니라 완전히 망했죠. 그 일 때문에 앤드류 양과 다니엘 마츠다 모두 몸담았던 로펌에서 쫓겨나듯이 나와야 했어요."

데이먼은 아예 자신의 휴대폰으로 앤드류 양과 다니엘 마츠다가 맡았던 기업 인수합병에 관한 인터넷 뉴스를 검색해 이석진에게 보여 주었다. 나름 뉴욕 언론에서 집중했던 사건이었고, 데이먼의 말처럼 이석진은 결국 두 사람이 보기 좋게 패했다는 언론보도를 확인할 수 있었다.

휴대폰을 다시 주머니에 넣은 데이먼이 이야기를 마무리 지었다.

"이 일 이후 두 사람은 한동안 활동이 뜸했죠. 그만큼 두 사람한테는 타격이 컸으니까요. 그러다 같이 사무실을 차렸는지 함께 활동하기 시작하더군요. 제가 마지막으로 듣기로는 스타트업과 관련한 소소한 인수합병을 맡고 있다고 했어요."

"그들이 그걸로 만족할까요?"

"만족할 수 없으니 벤 당신을 찾았겠죠."

이석진은 데이먼의 말에 동의하며 고개를 끄덕였다. 어제 앤드류 양과 다니엘 마츠다가 이석진에게 보였던 태도와 행동은, 분명 동창이 아닌 고객을 대하는 행동이자 태도였다.

물론 모든 뉴욕 변호사가 고객을 깍듯하게 대하지는 않는다. 지금 이석진 앞에 앉아 있는 데이먼처럼 말이다. 아무래도 앤드류 양과 다니엘 마츠다 모두 그들 나름대로 이해한 방식으로 한국인인 이석진을 상대한 것이리라 이석진은 짐작했다. 그러니까 말하자면, 동양인 고객을 대하듯이 말이다. 물론 그들의 방법은 완전히 잘못된 방법이었지만.

데이먼은 이석진의 얼굴을 살피고는 낮게 한숨을 내뱉었다. 그리고는 휴대폰을 다시 꺼내려고 했다.

"벤, 이번 일은 정말 미안하게 생각합니다. 이렇게 될 줄 몰랐어요. 내가 두 사람에게 바로 연락하죠. 당신에게 더는 접근하지 말라고요."

"아뇨. 괜찮아요, 데이먼. 아까도 말했지만 난 당신을 비난할 생각이 전혀 없어요. 그리고 어쨌든 두 사람 모두 내 동창이에요. 내가 적당하게 물러나게 할게요."

"아마 그들은 당신이 미국에 오기 전에 당신에 대해서 이것저것 조사했을 거예요. 당신에게서 얻어먹을 것이 있는지 알아보기 위해서요."

"그건 당연하겠죠. 그 정도 조사는 해야 날 상대할 수 있을 테니까요."

"그러니까 내 말은, 그들이 쉽게 당신에게서 떨어지지 않을 거라는 뜻이에요."

"알아요, 데이먼. 하지만 나에게는 그들을 떨어뜨릴 방법이 있어요. 나는 이런 종류의 사람들을 여럿 상대해 왔어요. 미국에서든, 한국에서든."

데이먼은 고개를 가로저었다. 그 고갯짓은 이석진에게 향한 것이 결코 아니었다. 지금의 이 상황을 도저히 이해할 수 없다는 뜻이었다. 그러나 이석진은 정말 아무렇지도 않았다. 사실 처음부터 데이먼과 만나려고 한 이유 또한 앤드류 양과 다니엘 마츠다에 대해 제대로 알기 위해서였다.

결국 데이먼이 이석진에게 속내를 털어놓았다.

"솔직히 그렇게 치졸하게 나올 줄은 몰랐어요. 나름 괜찮은 사람들인 줄 알았거든요. 설마 벤 당신한테 연락할 줄이야!"

"사람은 시간이 지나면 변하기 마련이에요, 데이먼. 당신도 알잖아요."

"하지만 패소 한 번 했다고 이런 식으로 나오면 곤란하죠."

"내가 보기에는 패소가 중요한 게 아니에요."

"그럼요?"

데이먼은 의아한 얼굴로 이석진을 바라보았지만 이석진은 얼른 대답하지 않았다. 그는 로비를 둘러싼 창밖을 잠시 바라보았다. 시끄럽게 오가는 자동차들, 분주하게 걷는 사람들, 그리고 흐릿한 날씨는 뉴욕의 상징과도 같았다. 처음 미국에 왔을 때도 뉴욕은 이런 모습이었고, 지금도 그

229

모습에는 변함이 없었다. 그럼에도 불구하고 변화는 분명 존재했다. 이석진은 이 변화를 똑똑히 감지하고 있었다.

"서브프라임 모기지 사태 기억해요, 데이먼? 그 이후로 벌써 10년이 넘었네요."

"그걸 어떻게 잊겠어요? 온 사회가 난리였는걸요."

데이먼이 혀를 내둘렀다. 비단 데이먼은 물론이고 미국인이라면 2007년부터 미국 사회를 뒤흔든 서브프라임 모기지 사태에 대해 대부분 비슷한 태도를 보였다.

2007년부터 미국 사회를 흔들었던 서브프라임 모기지 사태는 말 그대로 사회 전반의 모든 것을 바꾸었다. 자본주의의 상징이라고 여겨졌던 미국은 크게 휘청거렸고, 그 파급력은 미국은 물론 전 세계적으로 이어졌다. 한국은 물론이고 유럽과 일본, 중국 등 특히 미국과 긴밀한 관계인 국가들은 상당한 악영향을 받았다.

당시 컬럼비아 대학교 2학년에 재학 중이던 이석진 또한 흔들리는 미국 사회를 직접 목도했다. 기업과 은행이 도미노처럼 연쇄적으로 파산하였고, 거리로 내몰리는 사람들을 매일 볼 수 있었다. 미국 정부가 어떻게든 경기 침체를 막아 보려고 했지만 소용없었다. 그리고 그 영향은 2020년대인 현재까지 이어지고 있다는 평가를 받을 정도였다. 지금의 미국 사회를 살아가는 사람 중 그 사건을 직접 겪었느냐 혹은 겪지 않았느냐에 따라 그 사람의 가치관이 다를 정도라고 해도 과언이 아닌 사태였다. 그만큼 미국 사회에서 서브프라임 모기지 사태는 심각한 문제였다.

이석진이 데이먼에게 말했다.

"나는 두 사람이 그때부터 여러 문제를 겪었다고 봐요, 데이먼."

"변호사로서 두각을 드러내지 못한 게 문제가 아니라요?"

"패소는 부차적인 문제에 불과해요. 서브프라임 모기지 사태는 두 사람만의 문제가 아니니까요. 그때는 모두가 그랬고, 지금도 마찬가지죠."

이석진은 자신의 생각이 틀리지 않았다고 확신했다. 2008년부터 본격적으로 서브프라임 모기지 사태가 심각해졌을 무렵, 컬럼비아 대학교를 다녔던 학생들도 상황을 직시하고는 나름대로 살길을 찾아야만 했다. 명망 있는 대학이니만큼 어떻게든 먹고살 것이라고 낙관적으로 생각하는 이들도 있었으나, 미리 미래를 짐작하고 살기 위해 노력하는 이들도 있었다. 이석진은 앤드류 양과 다니엘 마츠다가 변호사가 된 배경에는 이 또한 크게 작용하였을 것이라고 예감했다. 그 여파가 여전히 두 사람에게 남아 있기에, 그들은 현재도 부단히 노력하며 살고 있는 것이다.

그리고 아이러니하게도, 유학생 신분이었던 이석진은 그 여파에서 벗어날 수 있었다. 그는 미국인이 아니었고, 여전히 아버지 이성재가 유학 비용을 지원했기 때문이다. 그러나 바로 곁에서 목격한 서브프라임 모기지 사태로 인해 이석진 또한 어느 정도 생각이 변할 수밖에 없었.

왜냐하면 그 역시 국가 전체가 경제적 여파로 인해 뒤흔들린 경험을 어린 시절에 겪은 적이 있기 때문이다. 1997년의 한국 외환위기를 그가 어떻게 잊겠는가.

"이 도시는 늘 변함이 없는 것 같지만 사실 변하고 있었어요. 그래서 모두가 버둥거리면서 살고 있는 거죠."

데이먼은 얼른 이석진의 말을 이해하지 못했다. 그저 더욱 반듯하게 자세를 갖출 뿐이었다. 아마 지금보다 더 긴 시간 이야기를 나누어도 데이먼 특유의 반듯한 자세는 흐트러지지 않을 것이라고 이석진은 생각했다.

이석진이 이어 말했다.

"앤드류 양과 다니엘 마츠다는 제가 알아서 할게요. 그 일이 끝나면 다시 만나요. 그 후 본격적으로 일을 확인하죠."

"오래 걸리지 않길 바랄 뿐이에요, 벤."

"끝나는 대로 연락할게요."

두 사람은 자리에서 일어나 악수한 뒤 헤어졌다. 이석진 말고도 고객이 많은 데이먼은 분주한 발걸음으로 호텔을 빠져나갔다. 이석진은 그를 잠시 바라보고는 이내 기지개를 켰다. 졸음은 달아났지만, 아직도 피곤함이 어깨를 짓누르는 듯했다. 아무래도 방에 올라가 다시 쉬어야 할 것 같아 이석진은 그대로 테이블에 놓인 책을 들어 올렸다.

이 책은 호텔 근처 서점에서 구입한 표도르 도스토예프스키의 단편집이었다. 우연히 발견한 책이었는데, 평소에 도스토예프스키의 소설에 관심이 많았던 이석진은 곧장 책을 구입해 읽었다. 그는 데이먼을 만나기 전까지 〈우스운 자의 꿈〉을 읽고 있던 중이었다. 그 소설은 제정신이 아니라고 주변에서 평가받는 한 남자가 진리를 깨닫는 과정을 그린 소설이었는데, 이석진은 특히 이 소설이 마음에 들었다. 그는 방에 올라가 좀 더 소설을 읽기로 했다. 그리고 내일 저녁에 만날 앤드류 양과 다니엘 마츠다에게 자신의 뜻을 분명히 밝히기로 결심했다.

* * *

다음 날 저녁, 이석진이 머무는 호텔로 앤드류 양과 다니엘 마츠다가 찾아왔다. 이석진은 평소처럼 로비에 마련된 테이블에 앉아 있었다. 그는 어제 구입한 도스토예프스키의 단편집을 계속해서 읽고 있었다.

앤드류 양은 이석진의 손에 들린 소설집을 보고는 슬쩍 웃었다.

"의외군, 벤. 소설을 읽을 줄은 몰랐는데."

"재미있는 글이 많거든. 틈틈이 읽어."

"괜찮네. 여유로워 보여."

"두 사람은 이제 문학은 읽지 않는 거야?"

이석진이 소설집을 덮었다. 앤드류 양과 다니엘 마츠다는 서로 얼굴을 마주 보더니 이내 어깨를 으쓱였다. 아마 이석진이 한 말에 무슨 의도가 담긴 것인지 이해하려는 것 보였다. 그러나 이내 이석진의 말이 별 의미가 없다는 걸 깨달은 그들이 솔직하게 말했다.

"예전에는 좀 읽었지. 하지만 지금은 아냐."

"맞아. 휴대폰으로 경제 이슈 확인하는 것도 벅차다고."

"그래. 두 사람 모두 바쁘니까. 그런데도 나와는 자주 만나네."

"우린 친구잖아, 벤. 오랫동안 만나지 않았으니 그만큼 함께 시간을 보내자는 거지."

이석진의 말에 앤드류 양이 얼른 대답했다. 앤드류 양은 여전히 밝은 미소를 띠고 있었다. 하루 종일 사무실과 법원에서 사람들을 상대하느라 정신이 없었을 텐데도 미소는 잃지 않았다. 이석진은 그런 앤드류 양을 프로답다고 여겼다. 동시에 그는 다니엘 마츠다를 슬쩍 쳐다봤다. 앤드류 양과 다르게 그는 무표정한 얼굴로, 그러나 무거운 눈빛으로 앤드류 양을 지켜볼 뿐이었다.

"여기서 멀지 않은 곳에 괜찮은 가게가 있다고 해. 오늘은 내가 사지."

"벌써 그런 가게를 알아냈어? 어딘데?"

"여기서 멀지 않아. 어제 데이먼을 만났는데, 그 가게를 추천해 주더라고. 두 사람한테 안부도 전했어."

물론 데이먼은 이석진에게 가게 따위는 추천하지 않았다. 이석진은 일부러 데이먼을 들먹인 것이었다. 예상대로 앤드류 양과 다니엘 마츠다는 저들끼리 몰래 눈빛을 교환했다.

호텔에서 도보로 5분 정도 소요되는 거리에 가게 하나가 있었다. 계단을 이용해 아래로 내려가니 겉모습과 달리 그럴듯한 가게가 모습을 드러냈다. 자리에 앉은 이석진에게 웨이터가 다가왔고, 세 사람은 자연스럽게 한자리에 앉았다.

구운 감자가 곁들여진 스테이크, 고추기름으로 볶은 해산물 요리, 연어가 들어간 샐러드를 주문한 이석진은 가게에서 가장 비싼 위스키를 하나 주문했다. 그 모습에 앤드류 양과 다니엘 마츠다는 조금 놀란 모습을 보였지만, 이석진은 아무렇지 않은 얼굴이었다.

음식이 나오기 전, 웨이터가 먼저 위스키를 가져왔다. 그는 곧장 이석진과 다른 두 사람의 잔에 위스키를 채웠다. 잔에 위스키를 따르자 조금은 스파이시한 향이 은은하게 퍼졌다.

"먼저 한 잔씩 할까?"

"너무 무리하는 거 아냐, 벤? 이 정도는 너무 부담스러운데."

이석진이 잔을 들어 올리자 앤드류 양과 다니엘 마츠다도 어쩔 수 없이 잔을 들어 올렸다. 앤드류 양은 여전히 미소 짓고는 있었지만, 분명 이 상황에 부담을 느끼는 듯했다. 이석진은 개의치 않고 술을 한 모금을 마셨다. 알싸한 맛이 혀를 타고는 그대로 목을 넘어갔다.

"좋은 술이야. 값어치가 있다고 나는 생각해. 다들 어때?"

"괜찮은데? 좋은 싱글몰트 위스키야."

"처음 보는 병인데? 어디에서 생산하는 거야?"

위스키를 한 모금씩 마신 앤드류 양과 다니엘 마츠다도 그제야 처음 보는 라벨과 병 모양의 위스키에 관심을 보였다. 이윽고 잔을 비운 이석진은 빈 잔에 다시 술을 따르고는 위스키병이 잘 보이게끔 테이블에 올려놓았다.

"내가 유통하는 술이야. 뉴욕에서는 이 가게를 포함해 30군데의 가게에서 유통되고 있지. 물론 한국에서도 유통하고 있어. 이 술 말고도 몇몇 내가 유통하는 술이 조금 있고."

자신이 유통하는 위스키라는 이석진의 말에 놀란 앤드류 양과 다니엘 마츠다는 말없이 눈만 깜빡였다. 그사이, 주문한 음식들이 하나하나 테이블에 놓였다. 스테이크는 알맞게 구워졌고, 해산물과 연어 역시 최고급이라는 걸 알 수 있었다. 이석진은 두 사람의 반응에 스테이크를 잘라 한입 맛을 본 뒤 위스키를 한 모금 마셨다.

"내가 운영하는 미국 법인 중 하나가 술을 유통해. 위스키와 와인, 코냑을 취급하지. 고객들도 제법 괜찮아. 하지만 포인트는 판매가 아냐. 투자지."

"투자라고? 술에 투자한다는 말이야?"

"아니. 술은 그저 발판일 뿐이야. 좋은 술을 확보해서 많은 고객들을 포섭하는 발판이라는 뜻이야. 물론 술도 좋은 투자 대상이야. 위스키만 보더라도 그래. 괜찮은 위스키는 시간이 지날수록 가치가 높아지고, 그만큼 높은 가격을 책정할 수 있지. 사람들도 더 좋은 위스키를 원하니까 투자 가치는 상당하지."

"술을 좋은 투자 대상인 동시에 발판으로 사용한다. 이렇게 이해할 수 있겠어. 이거 어디서 많이 들어 본 말인데?"

"대학에서 많이 들었던 말이잖아. 교수님들이 귀가 따가울 정도로 말했지."

이석진의 말에 앤드류 양과 다니엘 마츠다가 기억을 떠올리며 웃었다. 세 사람은 잠깐 화기애애한 시간을 보냈다. 그러나 앤드류 양과 다니엘 마츠다는 지난번처럼 자기 일상에 대해서는 거의 말하지 않았다. 그들은 지금 이 자리가 바로 이석진을 위한 자리라는 사실을 분명히 알고 있었다.

분위기가 제법 무르익었을 때쯤, 이석진이 두 사람에게 물었다.

"전에 교수님이 이런 말씀을 했지. 언제인지가 중요한 게 아니라 무엇인지가 중요하다고 말이야."

"그래, 그랬었지. 교수님이 자주 강조했던 말씀이잖아."

"그런데 그 말씀 말고 다른 것도 기억나더라고. 도시 형성 말이야."

"그게 뭐였지?"

앤드류 양은 이석진에게 질문하는 동시에 다니엘 마츠다를 슬쩍 바라봤다. 기억이 없는 건 다니엘 마츠다도 마찬가지였으므로, 그는 그저 고개를 가로저을 뿐이었다. 이석진은 차분한 말투로 두 사람에 설명했다.

"예를 들어 도시를 세운다고 가정해 보자고. 허허벌판인 땅에 도시가 세워지려면 무엇이 필요할까? 당연히 수많은 건물들이지. 하지만 그 외에도 많은 게 필요해. 전기나 수도는 당연하고 대중교통, 자동차를 위한 길도 닦아야 하지. 그리고 사람들이 이것저것 살 수 있는 상업단지가 필요하고. 그렇게 도시가 건축되는 동안 자본이 오가는 거지."

"그래, 그렇게 말씀하셨던 것 같아. 시장이 형성되면 돈이 오간다고 말이야."

"물론 돈은 중요한 자본이지. 하지만 그것 말고도 많은 자본이 있잖아. 노동이나 재화도 대표적인 자본이지. 결국 도시라는 생태계를 만들 때 필요한 자본은 많아. 여기서 자본의 개념이란 궁극적으로 무엇이지?"

"투자를 목적으로 생산에 투입하는 모든 것."

"젠장. 다시 대학생으로 돌아간 느낌이군."

다니엘 마츠다가 맞장구를 쳤고, 앤드류 양은 과장되게 고개를 저으며 웃었다. 그러나 이석진은 웃지 않았다. 그는 진지하게 자신의 가치관, 특히 경제관에 대해 말하고 있었기 때문이다.

"하나의 생태계를 이룰 때 자본이 어떻게 흘러가는지 이해하는 건 아주 중요해. 거기서 돈을 얻을 수 있거든. 하지만 돈은 중요한 게 아냐. 미국도 없는 건 아니지만, 한국은 자본이라면 무조건 돈으로 생각해. 사실 돈은 자본의 일부일 뿐인데 말이야. 그게 시장과 경제를 모두 좌우한다고 여겨. 사실은 그게 아닌데 말이지."

"하지만 벤, 돈은 중요하다고. 그게 없으면 아무것도 못 해."

"나는 돈을 무시하는 게 아냐. 아까 이 술을 예로 들었잖아. 당장 이 술을 팔면 돈을 얻을 수 있지만, 내가 이 술에 투자를 하면 더 많은 가치를 얻을 수 있다고 말이야."

"당장의 이익을 쫓지 말고 더 큰 시장을 보라는 뜻이야?"

"그보다는 시장 너머를 봐야 한다는 거지. 그게 본질이야. 나는 그것을 대학에 다닐 때부터 알게 되었어. 정확히는 2008년에 있었던 이슈를 통해서 알게 되었다고 해야겠지."

이석진의 말이 끝나기 무섭게 앤드류 양과 다니엘 마츠다의 표정이 순식간에 굳어졌다. 이석진이 서브프라임 모기지 사태를 말하고 있다는 걸 두 사람은 단박에 이해한 것이다. 그들도 데이먼처럼, 당시를 살던 미국인으로서 상당한 고역을 겪어야만 했다.

앤드류 양이 짐짓 무거운 말투로 말했다.

"그때는 모두가 위기였어, 벤. 모든 게 무너졌고, 무너진 것을 다시 일으키기까지 상당한 시간이 걸렸지. 사실 지금도 그 여파가 이어지고 있어."

"내가 말하는 건 당시의 위기가 아니야. 그 이후를 말하는 거지. 모든 것이 무너졌지만, 그래도 이익을 얻은 사람들은 분명 존재했어."

"그들은 기회주의자야."

다니엘 마츠다가 선언하듯 말했다. 그렇게 말하는 그의 얼굴에는 불쾌함이 가득했다. 이석진은 다니엘 마츠다와 그의 집안이 당시에 엄청난 손해를 봤다는 걸 짐작만 할 뿐이었다. 그러나 이석진은 당시 그의 집안 사정이 어땠는지에 대해서는 관심이 없었다. 그에게 정말 중요한 건 따로 있었다.

"위기를 기회로 만드는 사람은 2008년 미국에서만 있었던 건 아냐. 1990년대에 아시아 전반에서 발생했던 금융위기가 있었지? 한국은 1997년에 결국 버티지 못하고 외환위기를 겪어야 했어. 그때도 말 그대로 모든 게 풍비박산이 났지. 그래도 위기를 모면하고, 오히려 기회를 얻는 사람이 있었어."

이석진은 그렇게 말하며 아버지 이성재를 바로 떠올렸다. 당시에는 아직 어렸던 이석진이었지만, 1997년 외환위기가 일대 사건이라는 사실을 모르진 않았다. 매일같이 기업이 파산하였고, 거리로 사람들이 내몰렸고, 심지어 스스로 목숨을 끊는 사람이 언론을 통해 매일 알려졌다. 그 당시, 아직 학생이었던 이석진 또한 주변 친구들이 상당한 어려움을 겪는 모습을 직접 보았던 터였다.

그러나 당시의 이석진은 큰 문제가 없었다. 그는 물론이고 그의 집안 또한 위기에 흔들리지 않았다. 바로 아버지 이성재가 덕분이었다. 국가 전체가 흔들리는 경제 사건이 발생했는데도 이성재는 그 상황을 잘 견뎠을 뿐만 아니라 보육원에서 이재진까지 입양했었다. 게다가 이재진을 입양한 일은 이성재가 국회의원으로 당선될 때 상당히 중요한 역할을 하기도 했다. 어려운 상황에서도 자신보다 더 어려운 이를 기꺼이 품에 안은 이성재의 모습에 많은 이들이 관심을 보였기 때문이다.

이석진은 그런 아버지를 진심으로 대단하다고 생각했다. 모든 이들이 어려움에 처했을 때도 오히려 굳건하게 버티는 아버지를 보며, 새삼 다른 아버지들과는 다르다고 생각했다. 그러나 점차 세상을 바라볼 수 있게 되면서, 특히 경제에 눈을 뜨게 되면서 아버지가 위기를 버틸 수 있었던 이유는 사실 권력을 지닌 사람들과 잘 어울렸기 때문이라는 사실을 이석진은 알게 되었다.

이석진은 두 동창에게 이어 말했다.

"위기를 기회 삼아 오히려 자신의 위치와 권력을 공고히 만드는 이들이 있지. 한국에서는 그런 사람들을 기득권이라고 해. 외환위기 이후 경제가 불균형을 이루면서 기득권과 그렇지 않은 사람들로 구분됐지."

"벤. 한국에서만 그런 일이 있었던 건 아냐. 미국에서도 마찬가지였다고. 2011년 월가 점령 시위를 잊지 마."

"나는 미국과 한국이 전혀 다른 배경과 상황을 겪었다고 말하는 게 아냐. 결국 미국이나 한국이나 본질은 똑같아. 시장 경제가 무너지는 위기가 있었고, 이를 극복하기 위한 재건 과정을 기회로 삼아 자본을 축적하는 사람들이 있었지. 나는 1997년 한국 외환위기와 2008년 서브프라임 모기지 사태를 바로 옆에서 지켜봤어. 그러면서 내가 자본을 얻을 수 있는 기회를 엿보았지. 그래서 대학 졸업 후 증권회사를 다니다가 바로 나와 사업가가 되었어. 투자를 약속받았고, 가능성이 있는 산업에 투자를 했지. 온전히 내 힘으로 말이야."

이석진은 이토록 깊은 사정을 다른 사람에게 말한 적이 없었다. 특히 경제에 대한 자신의 가치관에 대해서 말이다. 그러나 그는 앤드류 양과 다니엘 마츠다를 대하면서, 자신이 아버지 이성재와 다를 수밖에 없는 근본적인 차이를 다시 한번 깨달았다. 그것은 경제에 대한 서로 다른 입장 차이였다.

아버지는 위기를 기회로 바꾸면서 돈을 얻었고, 결국 자신의 자리를 공고히 다지고자 노력했다. 그러나 이석진은 위기를 기회로 바꾸어 자본을 얻었고, 이를 유동적으로 흐르게 하여 더 많은 자본을 축적하기 위해 노력했다.

이석진이 이어 말했다.

"내가 미국에서 많은 일을 겪으면서 얻은 게 있어. 결국 자본은 계속 움직여야 해. 유동성을 가져야 해. 그렇지 않으면 고이다 못해 썩게 될 거야. 누구는 위기가 두려워 자본을 움켜쥐고 있지만, 누구는 위기이니까 오히려 자본을 과감히 유통하지."

"그럼 벤, 자네는 후자군. 앞으로도 계속 그럴 거고."

"그렇겠지. 내가 갑자기 엄청난 충격을 받아 내 가치관이 변하지 않는 한."

앤드류 양과 다니엘 마츠다가 호텔에서 그랬듯이 서로 눈빛을 교환했다. 그러다 앤드류 양이 슬쩍 고개를 저었다. 이석진은 그의 고갯짓을 보면서 그들의 의도를 짐작했다. 고객으로서 동창에게 무언가를 얻으려고 했던 그들의 계획이 무산되었다는 걸 말이다.

"벤, 자네는 너무 이상주의자야."

두 사람이 거의 동시에 말했다. 그러나 이석진은 그 말에 전혀 충격받지 않았다. 두 사람이 자신을 그렇게 생각하고 있다는 걸 이미 알았기 때문이었다. 게다가 이석진은 지금까지 살아오면서 이상주의자라는 말을 자주 들은 터였다.

이석진은 조용히 미소를 지으며 말했다.

"나는 배운 대로 세상을 볼 뿐이야."

다시 식사를 하는 동안 어느 누구도 경제에 대해 말하지 않았다. 적당히 웃고 떠들 수 있는 이야기가 오가다 누구랄 것도 없이 아쉬움을 남기지 않고 자리에서 일어났다. 세 사람은 식당 앞에서 인사를 나누었다. 그리고 이후, 앤드류 양과 다니엘 마츠다는 다시 이석진에게 연락하지 않았다. 언젠가 다시 만나자는 형식적인 인사만 주고받았을 뿐이었다.

그렇게 이석진은 한동안 미국에서 지내면서 직접 자신의 사업을 점검했다. 곁에서 데이먼이 자금 유통이나 법인 관리에 대한 정보를 알려 줬고, 이석진은 그 정보를 바탕으로 어떻게 사업을 운영할 것인지 결정했다. 앤드류 양과 다니엘 마츠다와 함께했던 시간은, 돌이켜 보면 그에게 있어 상당히 여유로운 시간이었다. 그는 2주 넘게 바쁜 시간을 보내야만 했다.

뉴욕에서 지낸 지 한 달이 되있을 무렵, 새벽에 길게 울리는 전화벨에 이석진은 잠에서 깨어났다. 벨소리가 오래 울려 확인해 보니 막내 이재진에게서 온 연락이었다. 이석진은 무시하고 잠을 청하려고 했다. 그러나 전화는 좀처럼 끊어지지 않았다.

결국 이석진은 참지 못하고 전화를 받았다. 그리고 전화를 받자마자 무언가 이상함을 느꼈다. 휴대폰 너머로 이재진의 거친 숨소리만 간헐적으로 들렸다.

"여보세요? 재진아?"

"형님. 얼른 한국으로 돌아오세요. 지금 당장이요. 한시가 급해요. 아버지가 쓰러지셨어요. 지금 병원에 입원 중이니까 얼른 오세요."

이재진은 낮은 목소리로 같은 말을 계속 반복했다. 동생의 목소리를 들으며 이석진은 차츰 정신이 돌아오는 것을 느꼈다. 몽롱했던 잠결에서 벗어나니 단번에 몸을 감싼 건 차디찬 현실이었다.

3부
가치관

1장
본질

 삶의 마지막 순간을 눈에 담기 위해 얼마나 많은 사람들이 노력했는가. 누군가는 자신이 이룬 성과를 담으려 했고, 누군가는 자신의 혈육을 담으려 했다. 그것도 아니면 자연의 이치를 이해하고자 노력하기도 했다. 이토록 저마다 차이는 있을지라도, 삶의 마지막에 자신이 원하는 것을 눈으로 확인하는 순간은 분명 가장 행복한 시간일 것이다.
 그 때문에 이성재가 다시 눈을 떴을 때, 낯선 침대에 누워 있는 자신을 발견하고 안도한 것은 지극히 당연한 것이었다. 그가 생의 마지막이라고 여겼던 바로 그 순간, 그는 그 어느 것도 자신의 눈에 담지 못했기 때문이다.
 정신을 잃기 전, 마지막 기억은 그에게 여전히 생생했다. 이성재는 늦은 밤까지 서류들을 검토하다가 갈증을 느껴 방을 나섰다. 부엌에 다다를 때까지도 몸은 멀쩡했다. 그러나 부엌에 들어가기 직전, 갑작스러운 복통을 느꼈다. 너무나 극심한 통증에 그대로 주저앉았다. 신음조차 제대로 내기 어려울 정도로 고통이 온몸으로 퍼졌다.
 이성재는 쓰러지기 직전 간신히 몸을 돌려 반쯤 열린 안방 문을 바라봤다. 아내 김무교가 침대에 누워 있는 안방을 향해 소리치려고 애썼다. 이것이 마지막이길 아니길 간절히 바라면서. 그러나 결국 고통이 그를 짓눌렀고, 그는 곧 정신을 잃고 말았다.

이제 정신을 차린 이성재는 여전히 기회가 있음을 깨달았다. 그런데 무슨 기회? 당연히 마무리를 지을 기회 말이다! 어차피 자신의 병세가 악화되고 있다는 사실은 진작 알고 있지 않았는가. 그러니 고작 한 번 쓰러졌다고 이렇게 흔들려서야 되겠는가!

이성재는 천천히 눈을 굴려 주변을 살폈다. 분명 병원이었다. 그것도 주치의 김정민이 일하는 병원이었다. 침대 옆으로 보이는 창밖의 도시들, 고급스러운 인테리어, 그리고 누워 있는 병실을 보니 확실했다.

누가 자신을 발견하고, 어떻게 여기까지 데려왔는지 이성재는 알 수 없었다. 어쨌든 지금은 환한 낮이었고, 병실 밖으로 사람들의 목소리가 아주 작게 들렸다. 이성재는 고민할 것도 없이 간호사를 호출하는 벨을 눌렀다. 그러자 곧장 간호사가 안으로 들어왔다.

"환자분, 정신이 좀 드세요? 몸은 어떠세요?"

"멀쩡하오. 아무렇지도 않소."

"잠시만 기다리세요. 곧바로 선생님을 호출할게요."

"내 가족은 어디 있소? 보호자로 같이 오지 않았소?"

"1시간 전에 제가 체크하러 왔을 때만 해도 사모님이 계셨거든요. 이따 선생님 호출하면서 바로 사모님께 연락드릴게요."

간호사는 이성재의 상태를 간단히 확인하고는 곧장 병실을 나갔다. 잠시 시간이 흐르니 아내 김무교가, 곧이어 주치의 김정민이 병실에 도착했다. 두 사람 모두 놀란 기색이 역력한 모습이었으나 이성재는 태연했다. 그들을 기다리는 동안, 처음 눈을 떴을 때 느꼈던 두려움 따위는 이미 사라지고 없었다.

"당신, 괜찮아요? 어때요?"

"보다시피 아무렇지도 않소."

"아무렇지도 않다고요? 그게 할 말이에요? 아프다는 걸 왜 숨겼어요? 어떻게 암이 있다는 사실을 아내한테 숨겨요?!"

평소와 다르지 않은 이성재의 모습에 김무교는 버럭 소리를 질렀다. 그녀는 지금껏 이성재에게 소리를 지른 적이 손에 꼽혔으며, 특히 누군가와 함께 있는 곳에서는 그런 모습을 보인 적이 없었다. 그런데도 이성재는 평소처럼 아무렇지도 않다는 듯, 말없이 침대에 기대고 있을 뿐이었다.

이성재가 주치의 김정민에게 하는 말이 오히려 김무교를 맥 빠지게 했다.

"내가 분명 아내한테 말하지 말라고 했을 텐데요? 나와의 약속을 잊은 거요?"

"뭐라고요? 지금 죽을 뻔했으면서 그런 말이 나와요?"

"나 아직 안 죽었어요. 그렇지 않소, 김 박사?"

여전히 성을 내는 아내 김무교를 상대하는 대신 이성재는 김정민에게 물었다. 김정민은 지금까지 여러 환자를 상대해 왔다. 삶과 죽음, 희망과 허무함이 공존하는 병원에는 온갖 사람들이 온다. 그들은 누가 시키지 않았는데도 자신의 허물과 민낯을 드러낸다. 그러니 김정민은 지금보다 더한 상황을 여러 차례 경험했고, 그 때문에 눈앞의 김무교와 이성재의 모습은 그에게 있어 특별할 것 없는 모습이었다.

다만 이성재의 질문이 자신의 생각과는 다른 의도가 있다는 것을 김정민은 직감했다. 그게 무엇이든 의사로서 가져야 하는 자신의 사명과는 관계가 없길 그는 바랐다. 그는 얼른 이 자리를 벗어나고 싶었다.

김정민은 서둘러 자신의 마음을 다스리며 평소처럼 이성재를 상대했다.

"일단 안정을 취하세요, 의원님. 그리고 이제는 더 미룰 수가 없습니다. 입원 치료를 해야 합니다. 정신을 잃는 것은 시작에 불과해요. 적은 가능성이라도 확인해야….”

"그건 그저 가능성일 뿐, 내가 입원 치료를 하면 살 수 있을 거라고 백 퍼센트 확신할 수 있소?”

이성재의 말에 김무교가 싸늘한 눈으로 김정민을 바라봤다. 김정민은 최대한 차분함을 유지하기 위해 애썼다. 고작 이런 질문 하나에 흔들릴 그가 아니었으나, 점점 자신의 예상대로 흘러가는 상황에 김정민은 점점 불안해졌다.

김정민이 무어라 말하기 전에 이성재가 말했다.

"김 박사가 무슨 말을 하든 내 결심은 확고하오. 나는 퇴원해서 내 할 일을 마무리 지어야겠소.”

"여보! 그게 무슨 말이에요? 병원에서 치료를 받아야죠!”

"당신도 방금 들었잖소? 나는 이미 시한부 인생이오. 병원에서 치료받는다고 그게 바뀌지는 않소. 나도 암에 관해 들은 바가 있소. 이미 암세포 활동도 빠른 급성 암이니 전이도 진작 시작했을 거요. 췌장 하나 절단한다고 끝날 일은 아니잖소, 김 박사?”

김정민은 대답 대신 고개를 끄덕였다. 이성재의 예상이 맞았다. 자신의 예상보다 훨씬 빨리 암세포가 전이되는 바람에 이미 다른 소화기관도 문제였다. 그러니 이성재의 말처럼 췌장만 치료한다고 끝날 일이 아니었다. 암 말고도 합병증까지 의심스러운 상황이니, 이성재의 상태가 위험한 건 분명한 사실이었다.

"그래도 무슨 방법이 있잖아요? 김 박사님, 당신은 한국 최고의 내과 의잖아요? 그런데도 어떻게 환자가 하는 말만 들으면서 가만히 있을 수 있어요?"

 이 상황을 받아들이지 못하는 사람은 오직 김무교뿐이었다. 차라리 김무교만 상대한다면, 김정민은 이 상황에 연민과 동정을 느꼈을 것이다. 그러나 평소처럼 냉철한 모습을 유지하는 이성재는 어떠한가. 치료 대신 자신의 삶을 정리하겠다고 말하는 모습에, 김정민은 정말이지 혀를 내두르고 싶었다.

 지독한 사람, 김정민이 이성재에게 하고 싶은 말은 그뿐이었다.

 "아내와 충분히 대화를 나누겠소. 나중에 다시 봅시다."

 단둘이 있고 싶다는 이성재의 말에 김정민은 그대로 병실을 떠났다. 그는 마음이 심란했다. 환자의 병을 치료하지 못했다는 무기력함 때문이 아니었다. 이성재가 정말로 퇴원을 원한다면 자신이 이를 허락해야 했기 때문이었다. 거부한다고 한들 가만히 있을 이성재가 아니었다. 이성재의 건강 상태보다도 그가 가진 사회적 지위를 더 잘 아는 김정민이었다. 그러니 자신이 의사로서 이성재를 붙잡고 싶어도 결국 이성재를 퇴원시켜야만 했다.

 그러나 이성재는 그런 김정민의 심경 따위는 신경 쓰지 않았다. 그럴 시간이 없었다. 지금까지 자신의 계획을 위해서 열심히 움직였던 그였다. 그리고 이제는 정말 마지막 기회만이 남았고, 그러므로 불도저처럼 더욱 앞만 보고 나아가야 했다.

 "애들도 이 사실을 알고 있소?"

 "당연하죠. 당신이 거실에 쓰러져 있는 걸 제가 발견했을 때, 병원까지 데려간 사람이 누군데요? 상진이었어요. 구급차를 기다릴 수 없다면서 막무가내로 당신을 업고는 여기까지 데려왔어요."

 이성재는 김무교의 말을 들으며 고개를 끄덕였다. 정확히 어떤 상황이 없는지는 알 수 없었으나, 장남 이상진이라면 그러고도 남을 성격이었다. 구급차가 올 때까지 기다리지 않고 신호도 무시한 채 병원까지 냅다 차를 몰았을 것이다.

"재진이도 있었소?"

"당신 일어나기 직전까지 있었던 애였어요. 그 애 성격, 당신도 알잖아요. 잠도 안 자고 계속 당신 곁에 있길래 제가 집에 가서 좀 쉬라고 했어요. 재단에 가지도 말라고 했구요. 그런데 재진이의 고집은 정말 대단해요. 집에서 조금 쉬다가 결국 재단에 갔다고 희선 씨가 전하더라고요."

이번에도 이성재는 아내의 말에 동의했다. 언제나 자신보다 가족을 먼저 챙기는 이재진이었다. 당연히 아버지인 자신이 아프다는 걸 알았으니 병간호를 하겠다고 나섰을 것이다. 비단 자신이 아니라 누가 아프더라도 그럴 아들이라고 이성재는 확신했다.

"그럼 석진이도 알고 있소?"

"재진이가 직접 석진이와 통화했다고 하더라고요. 그러니까 곧 여기로 올 거예요."

이성재는 둘째 이석진이 다시 돌아올 것이라고 확신했다. 미국에 갔다는 사실을 비서실장 김주현에게 한 달 전에 들은 뒤, 둘째 아들에 관한 어떤 소식도 전해 들은 적이 없었다. 그러나 이번 일을 계기로 어떤 변화가 있을 것이라고 이성재는 여겼다. 물론 그 변화가 자신의 예상과 맞아떨어질지, 아닐지는 확실하지 않았다. 그럼에도 이석진이 다시 돌아오면, 그 즉시 자기 계획대로 아들을 움직이게 할 것이다.

이제 모든 아들들이 자신의 상태를 알게 되었다. 각자 어떤 속마음을 가지고 있는지 몰라도, 이성재는 이번 일로 아들들이 변화를 겪을 것이라고 예상했다. 비단 이석진뿐만 아니라 이상진, 이재진도 마찬가지였다. 누구도 짐작하지 않았던 일이 벌어졌으니 저들 나름대로 고민에 빠졌을 것이리라.

"김 실장 좀 불러 줘요. 부탁할 게 있으니까."

"오려면 시간이 걸릴 거예요."

이제는 제법 감정을 추스른 김무교를 이성재가 빤히 바라보았다. 피곤한 기색이 역력했으나 눈빛은 평소와 다르지 않은 이성재였다.

그가 나지막한 목소리로 물었다.

"당신, 김 실장 어디에 있는지 알고 있소?"

"상진이랑 같이 있을 거예요."

"둘이? 갑자기 무슨 일로 만나는 거요?"

"잘 모르겠어요. 김 실장도 여기 계속 있다가 갑자기 상진이가 불러서 간다고 했거든요. 같이 점심 먹는다고 말했어요."

그러면서 김무교는 장남 이상진에게 연락했다. 그러나 이상진은 김무교의 전화를 받지 않았다. 김주현 실장 또한 마찬가지였다.

아내 김무교가 두 사람에게 연락하는 모습을 이성재는 물끄러미 쳐다봤다. 김주현 실장이 세 형제 중 장남 이상진과 성격이 가장 잘 맞는다는 것은 진작 알고 있었다. 김주현은 원래도 사이가 좋지 않은 이석진, 밝지만 그저 고분고분한 막내 이재진보다는 결단력이 있고 가족을 가장 먼저 챙기는 이상진을 비교적 가깝게 생각했던 것이다.

그래도 김주현과 이상진이 따로 어울리는 모습을 이성재는 지금껏 본 적이 없었다. 그들은 식사는커녕 커피를 마신 적도 없었다. 이상진은 두 사람이 왜 만나는지 분명히 알 수 없었지만, 그 만남이 자신과 관련이 있음을 분명하게 직감했다. 정확히는 자신의 재산 문제 때문이리라. 나아가 누가 먼저 만나자고 제안했는지도 그는 충분히 예감할 수 있었다.

아무래도 자신과는 다른 계획을 장남이 준비하고 있음을 이성재는 깨달았다. 그리고 그게 무엇이든, 대비를 단단히 해야겠다고 이성재는 마음먹었다.

* * *

오랫동안 믿었던 존재가 흔들리는 모습을 보인다면, 사람들은 두 가지 태도를 보인다. 하나는 확신이 의심으로 변하면서 자신이 지닌 믿음을 부정하거나 기피하는 태도, 다른 하나는 확신을 더욱더 공고하게 만들어 헌신하는 태도다. 이러한 태도는 고작 몇몇 사람의 문제가 아니다.

오랫동안 인간은 그러한 모습을 보였다. 정치, 사회, 종교, 도덕 등 자신을 둘러싼 세상과 환경이 흔들리면 거의 두 가지 태도 중 하나를 선택했다. 하물며 가정 또한 마찬가지다. 가족을 지켰던 울타리가 흔들리는 순간, 서로 다른 모습을 보인다.

이성재가 쓰러지기 무섭게 따로 시간을 내 보라는 이상진의 연락을 받으며, 김주현 실장은 자신이 흔들려서는 결코 안 된다고 굳게 결심했다. 곧 일흔인 이성재가 이전처럼 건강을 유지하지 못할 거라는 건 진작 예상하지 않았던가. 그 시간이 생각보다 빨리 다가왔지만, 그래도 마음만 흔들리지 않는다면 큰 문제는 없을 것이라고 그는 몇 번이고 되새겼다.

그런 김주현 실장의 마음을 눈치채지 못한 이상진은 식사 자리에서 계속 그를 떠보는 듯한 말을 꺼냈다.

"아버지께서 암 진단을 받았다는 사실, 정말 몰랐어요?"

"전혀요."

"한 번도 말한 적이 없어요?"

"사모님께도 말씀하시지 않으셨으니 제게도 당연히 말씀하지 않으셨죠."

"그럼, 아버지께서 상속에 대해 말한 것도 암과는 상관없는 건가요?"

"무슨 말을 하는지 모르겠군요."

김주현 실장이 어떤 질문에 꿈쩍도 하지 않는 탓에 이상진은 답답해졌다. 당장이라도 맥주를 주문해 벌컥벌컥 들이켜고 싶었다. 그러나 이상진은 참았다. 어쨌든 아버지가 입원한 상황에서 술을 마신다면 다들 자신을 뭐라고 생각하겠는가.

이상진은 고급스러운 한정식 식당에 김주현 실장을 초대했다. 평소 어울리는 김승준과 최민호를 데려온 적은 단 한 번도 없는 식당이었다. 그러나 박지희와는 몇 번 온 적이 있었는데, 그만큼 이상진에게 있어 중요한 사람과 함께하는 식당이었다. 이상진은 그 정도로 김주현 실장을 신경 쓰고 있었다. 그런데 여느 때와 다르게 비협조적인 그를 보면서 이상진은 더는 가만히 있을 수가 없었다.

그리고 이러한 이상진의 태도를 김주현 실장은 이미 눈치채고 있었다. 김주현 실장은 자신의 뜻을 지키면서 동시에 적당히 이상진을 구슬릴 수 있는 말을 꺼냈다.

"의원님께서 제게 어떤 말도 꺼내지 않았다는 건 틀림없는 사실입니다. 솔직히 말하자면, 의원님은 최근 당신의 계획을 제게 말한 적이 단 한 번도 없으십니다."

"하지만 김 실장님은 아버지의 최측근이잖아요? 그런 만큼 아버지 곁에 있으면서 아버지가 뭘 하셨는지 충분히 봤을 텐데요?"

"여러 사람들을 만나셨죠. 하지만 그게 상속과 무슨 관련이 있는지 저는 알지 못합니다. 그 자리에 제가 없었으니까요."

"제가 지금 그런 의도로 말하는 게 아니잖아요?"

"상진 씨가 절 왜 이 자리에 불렀는지, 무슨 뜻으로 제게 질문하는지 모르지 않습니다. 아마 걱정이 되니 절 불렀겠지요."

"그럼 제가 뭘 걱정하는지도 알겠군요."

"의원님의 상당한 재산이 어떻게 상속되는지 궁금하겠죠. 제가 의원님의 뜻을 다 알 수 없는 노릇이지만, 분명 아드님 세 분께 적절하게 배분할 겁니다."

"나한테 더 많은 재산이 상속되는 게 아니라요?"

순간, 이상진은 자신의 뜻을 노골적으로 드러냈다. 김주현 실장은 그런 이상진을 가만히 바라보았다. 이상진이 이 자리를 마련한 진짜 이유가 바로 저것이리라.

그러나 김주현 실장은 이상진의 의도를 모르는 척 시치미를 떼고는 말했다.

"거듭 강조하지만, 저는 의원님의 깊은 뜻을 알지 못합니다. 의원님이 현재 무슨 계획을 세웠는지도 전혀 들은 바가 없어요. 하지만 상진 씨는 걱정하지 않으셔도 됩니다. 제가 곁에서 지켜본바, 의원님께서는 모두가 납득할 만한 계획을 준비하셨을 테니까요."

"만약 내가 납득하지 못하면요?"

"그럴 이유가 없지요. 상진 씨가 의원님을 위해서 얼마나 노력했는지 모르는 사람은 없습니다. 상진 씨는 가족을 위해서 누구보다 열심히 움직였죠. 집안의 장남으로서 말이죠. 의원님께서 쓰러지셨을 때, 의원님을 병원으로 데려간 사람이 바로 누굽니까?"

"그야 당연히 나죠."

김주현 실장의 물음에 이상진은 금세 우쭐해졌다. 그러나 단순히 원하는 대답을 들었기 때문에 그런 것은 아니었다. 바로 김주현 실장이 자신을 인정했다는 생각이 들었기 때문이다. 아버지 이성재의 곁에서 오랫동안 일해 온 사람이 자신을 인정하는데 어찌 기분이 안 좋을 수 있겠는가.

이어 김주현 실장이 말했다.

"또 이사장님은…."

"그렇게 딱딱하게 부르지 말고 그냥 재진이라고 부르세요."

"재진 씨는 지금 그 자리에 충분히 만족하실 겁니다. 제 말은, 재진 씨는 더 바라는 게 없다는 뜻입니다. 혹시 의원님께서 재산을 상속한다고 해도 그게 무엇이든 그냥 순순히 받으실 겁니다."

"재진이 녀석, 상속받은 아버지의 재산을 나중에 사회에 환원한다고 하지나 않으면 다행이죠."

"그리고 석진 씨는…."

의기양양했던 방금 전의 모습과 달리 이상진의 눈빛이 날카로워졌다. 김주현 실장은 그럴 줄 알았다는 듯 작게 고개를 끄덕였다. 이상진에게 있어 가장 큰 걱정거리는 분명 동생 이석진일 터였다. 그리고 그건 김주현 실장 또한 우려하는 부분이었다.

김주현 실장은 이성재가 따로 이석진을 만났던 일, 그리고 이석진이 이성재의 재산을 아득히 넘는 자산을 보유하고 있다는 사실을 당장 이상진에게 말하지 않기로 했다. 만약 그 사실을 알게 된다면 이상진은 무슨 행동을 보일지 몰랐기 때문이다. 그게 어떤 행동이든, 이성재의 건강을 해치는 일이 분명하므로 김주현 실장은 우선 이 상황을 적당히 넘어가기로 결심했다.

"석진 씨는 잘 알지 않습니까? 오랫동안 집을 비웠고, 의원님의 뜻을 전혀 헤아리지 않는다는 걸요."

"그런 놈한테 아버지 재산이 간다는 사실이 난 도저히 이해가 되지 않아요."

"의원님의 혈육이니 완전히 무시하지는 않을 겁니다. 그래도 모두가 납득하는 정도에서 상속이 이루어지겠죠. 물론 제 개인적인 의견이에요."

이리저리 눈을 굴리던 이상진은 그제야 만족스러운 표정을 지었다. 김주현 실장은 이제 자리에서 일어나고 싶었다. 이성재가 쓰러진 지 고작 하루도 지나지 않았는데 벌써부터 상속이니 재산이니, 이런 말이 오가는 이 자리가 내키지 않았기 때문이다. 지금 김주현 실장에게 가장 중요한 것은 이성재의 건강이었다.

그러나 이상진은 이 자리를 파할 생각이 전혀 없었다. 그는 젓가락을 들어 앞에 놓인 고기를 한 점 입에 넣으며 말했다.

"김 실장님은 앞으로 어떻게 하실 겁니까? 다시 국회로 돌아가고 싶지는 않을 텐데요."

김주현 실장은 얼른 대답하지 않았다. 사실 그도 자신의 미래가 걱정되었다. 만약 이성재가 세상을 떠난다면, 자신은 어디에 있게 될까? 다시 국회로 돌아가 보좌관으로 일할 수도 있고, 아니면 계속 이씨 집안에 남아 있을 수도 있다. 그것도 아니라면 제3의 길을 선택할 수도 있다.

이상진이 김주현 실장에게 던진 질문은 아버지 이성재를 대신해 자신과 함께 일하지 않겠느냐는 의도가 다분했다. 그러나 김주현 실장은 이상진과 함께하고 싶은 마음이 전혀 없었다. 물론 이석진은 말할 것도 없었다.

김주현 실장은 이번에도 자신의 뜻을 분명하게 밝히지 않았다.

"전 의원님의 뜻에 따라 움직일 뿐입니다."

자신이 원하는 대답을 얻지 못한 이상진이 가볍게 코웃음을 쳤다. 그는 우선 상속에만 집중하기로 했다. 사실 김주현 실장의 미래 따위는 자신이 알 바 아니었다.

그렇다고 해서 김주현 실장을 무시할 생각은 없었다. 상속이 완전히 끝날 때까지, 이상진에게는 여전히 김주현 실장이 필요했다. 어쨌든 김 실장이 자신을 인정하는 만큼 큰 문제는 없을 테지만, 동생 이석진이 무슨 짓을 꾸밀지 모르니 아직 안심하기는 일렀다. 이상진은 적절하게 김주현 실장과 친분을 유지하기로 했다. 딱 지금 정도로 말이다.

얼마 지나지 않아 이성재가 정신을 차렸다는 김무교의 연락을 받은 이상진과 김주현 실장은 곧장 병원으로 향했다. 각자의 차를 이끈 채. 두 사람은 서로 약속하지 않았으나 오늘 점심에 있었던 만남에 대해서는 누구에게도 말하지 않았다.

* * *

이상진과 김주현 실장이 병원에 도착했을 무렵, 김무교는 막내 이재진에게 연락했다. 이재진은 아버지 이성재가 깨어났다는 소식을 무척이나 기쁘게 받아들였으나, 그럼에도 아버지의 병세가 심각한 건 여전하였기에 마냥 기뻐할 수는 없었다.

"다행이에요, 어머니. 아버지는 괜찮으시죠?"

"조금 있으면 상진이가 와서 만날 거다. 그러니까 너도 이따 병원에 들러야 해."

"알겠어요. 일 끝나는 대로 갈게요."

"석진이한테는 아직 연락 없니?"

"아직은 없어요. 그래도 곧 올 거예요. 분명 제가 전달했으니까요."

"그래야지. 아무리 그래도 아버지인데."

김무교는 한숨을 나지막이 내쉬고는 그대로 전화를 끊었다. 이재진은 통화가 종료된 휴대폰을 잠시 바라보았다. 그러고는 이석진에게 연락할까 잠시 고민했다. 아버지가 다시 깨어났다는 소식을 들으면 분명 형도 안심할 터였다. 하지만 소식을 듣자마자 별일 아니라고 여기고는 계속 미국에 있는 건 아닌지, 또 다른 걱정이 들기도 했다.

결국 이재진은 이석진에게 연락하는 걸 포기했다. 사실 어머니만이 이석진이 다시 오는 걸 바라는 게 아니었다. 그건 이재진 또한 마찬가지였다.

복잡한 마음의 이재진이 퇴근 준비를 할 무렵, 사무실로 류재선 부장과 고기준 차장이 들어왔다. 갑자기 찾아온 두 사람을 바라보며 이재진이 의아한 듯 고개를 갸웃거렸다.

"부장님, 차장님. 무슨 일 있으신가요?"

"이사장님과 함께 가려고 왔습니다."

"함께 가다니요? 오늘 무슨 일정이 있었나요? 전 기억에 없는데요."

"병원에 가실 예정이시죠? 전(前) 이사장님을 뵈려고요. 저희도 이사장님을 따라 병원으로 가려고 합니다."

이재진은 당황할 수밖에 없었다. 지금까지 두 사람에게 아버지 이성재에 대해 말한 적이 없었기 때문이다. 굳이 타인에게 집안일에 대해 꺼낼 이유가 없었고, 아직 자신도 아버지 일에 대해 어떻게 생각해야 하는지 확신할 수 없었기 때문이다.

선뜻 걸음을 떼지 못하는 이재진과 달리 류재선 부장과 고기준 차장은 태연했다.

"이사장님을 놀라게 할 의도는 없습니다. 저희는 전 이사장님께 연락을 받았습니다. 전 이사장님은 이사장님과 함께 병원으로 와 달라고 저희에게 말씀하셨습니다."

"아버지께서 직접 연락하셨다고요?"

이재진이 놀라 묻자 류재선 부장은 조용히 고개를 끄덕였고, 고기준 차장은 문을 열고는 어서 나가자는 듯 고갯짓을 했다.

"안심하십시오. 다른 사람들에게는 말하지 않았습니다."

"왜 아버지께서 두 분을 찾는 거죠?"

"저희도 아직 알 수 없습니다, 이사장님."

궁금한 점이 많았지만 이재진은 결국 두 사람과 함께 움직일 수밖에 없었다. 이재진은 병원으로 가는 동안 류재선 부장과 고기준 차장과는 거의 대화를 나누지 않았다. 우선 아버지의 상태를 확인하는 게 중요했기 때문이다.

병원에 도착한 세 사람은 곧장 병실로 향했다. 은은한 약 냄새가 퍼지는 병실에는 이성재만 있었다. 그는 침대를 조절하여 상반신을 의자에 기댄 것처럼 앉아 있었다. 김무교도, 이상진도 없었다. 김주현 실장 또한 마찬가지였다. 오직 세 사람을 맞이하기 위해 이성재가 모두를 밖으로 내보냈기 때문이었다.

"다들 왔군. 오랜만이네."

이성재는 이재진에게는 살짝 고개만 끄덕였고, 류재선 부장과 고기준 차장에게만 인사를 건넸다. 수척해진 이성재를 본 두 사람의 표정이 급격히 어두워졌다. 이재진은 그들보다 조금 앞으로 나와 아버지에게 물었다.

"아버지, 몸은 좀 어떠세요? 선생님께서는 뭐라고 하셨어요?"

"걱정할 것 없다, 당장은. 하지만 너도 이미 들었겠지. 내가 시한부 삶이라는 걸 말이다."

"그런 말씀 마세요, 아버지. 분명 좋은 방법이 있을 거예요."

"좋은 방법이란, 현재 내가 처한 상황을 냉철히 판단해 현실을 직시하는 거다."

이성재는 이재진에게 말하면서도 류재선 부장과 고기준 차장을 계속해서 바라봤다. 마치 두 사람에게도 들으라는 듯이. 시한부라는 단어에 두 사람은 흠칫 놀랐으나, 이성재는 두 사람의 반응은 무시한 채 이재진에게 질문했다.

"석진이는 아직 연락이 없지?"

"네, 아직이요. 그래도 곧 올 거예요."

"재진이는 나가서 잠깐 기다려라. 두 사람에게 할 말이 있으니까."

이재진에게 궁금한 점을 확인한 이성재는 곧 표정을 바꾸었다. 이성재의 바뀐 표정을 알아본 류재선 부장과 고기준 차장은 서둘러 태도를 고쳤다. 방금 전까지 수척한 이성재를 바라보며 안타까워했던 두 사람은 그림에도 여전히 이성재가 이사장으로서의 위엄과 품격을 잃지 않았다는 사실을 깨달았기 때문이다.

이재진이 병실을 나가기 무섭게 이성재는 자신의 상태를 두 사람에게 알렸다.

"아까 들은 대로네. 나는 이제 살아갈 날이 얼마 남지 않았어. 췌장암이고, 전이도 빨리 진행되고 있어. 내 주치의도 손을 쓸 수 없는 모양이야."

말하는 내내 이성재는 류재선 부장과 고기준 차장에게서 눈을 떼지 않았다. 슬픈 소식이었지만 두 사람은 동요하지 않았다. 그들은 마치 상사에게 지시를 받는 부하직원처럼 우직하게 서 있을 뿐이었다.

이성재가 이어 말했다.

"자네들한테 내 아들을 부탁한다는 말을 굳이 하지 않겠네. 재진이는 이사장으로서 잘 행동할 거야. 하지만 물심양면으로 남을 도와주는 성격이니만큼 자네들이 곁에서 잘 봐줬으면 하네."

"염려하지 마십시오."

"재진이가 지금 자금 운영을 바꾸려고 한다지? 재단 운영에 문제가 되나?"

"지금 이사장님께서는 집행하는 재단 예산 중 일부를 사업으로 사용하실 계획을 가진 것 같습니다. 그리 큰 규모는 아니어서 문제가 될 정도는 아닙니다."

"그런데 류 부장과 고 차장이 재진이의 계획을 반대하는 것 같더군."

"이사장님의 뜻은 충분히 이해하고 있습니다. 개인적인 의견입니다만, 사실 나쁜 계획도 아닙니다. 재단 입장에서는 더 많은 사업을 추진할 수 있으니 이미지나 위상을 올리기에도 좋지요."

고기준 차장은 이재진의 계획을 긍정적으로 평가했다. 지금까지 그는 이재진에게 그런 말을 한 적이 단 한 번도 없었다. 오히려 이사장으로서 이재진이 자금 운영 방식에 대해 말을 꺼내면 가장 먼저 거절했던 사람이 바로 고기준 차장이었다.

듣고 있던 류재선 부장도 비슷한 태도를 보였다.

"예산 규모만 보자면 큰 문제는 없습니다. 다만 걱정되는 부분이 있습니다."

"걱정이라면?"

"이번 일로 전 이사장님의 운영 방식에서 완전히 벗어나 이사장님 뜻대로 재단을 운영하는 건 아닌지 걱정스럽습니다."

"뭐, 이제는 내 아들이 이사장이니 그 녀석도 영향력을 키워야겠지."

"물론 저는 이사장님의 뜻을 이어받을 거지만, 그렇다고 해서 이사장님이 자기 뜻대로만 재단을 운영하게 하고 싶지 않습니다."

"내 아들은 그럴 녀석은 아니네. 지금껏 이사장으로 그 녀석이 재단 운영을 자기 멋대로 추진한 적이 있었나?"

이성재의 말에 류재선 부장은 대답하지 않았다. 그도 이재진이 재단 운영을 함에 있어 절차에 따라 운영했다는 걸 충분히 알고 있었으니까. 오히려 이사장으로서 이재진은 정말 성실한 사람이었다.

그렇지만 재단 자금 운영을 자신의 뜻대로 바꾸려고 하니, 류재선 부장은 이재진에게 반감이 들 수밖에 없었다. 혹여 이 일을 계기로 정말로 이재진이 재단 운영을 자기 뜻대로 하려는 건 아닌지 걱정이 되었고, 그 때문에 계속해서 이재진의 계획을 거부하고 있었던 것이다.

이성재는 그러나 뜻밖에도 재단 운영 실무자들에게 이제부터 이재진의 뜻을 따르라고 지시했다.

"이사장은 재진이야. 나쁜 의도로 움직일 녀석은 아니니 녀석의 뜻에 잘 맞춰 주게."

"혹시 이 일 때문에 저희를 부르셨나요?"

"하나 더 있네. 내가 이사장으로 있을 때 기록했던 서류들은 아직 다 있겠지? 특히 회계서류 말일세."

"당연히 모두 가지고 있습니다."

"문제될 것도 없지?"

"전혀 없습니다. 갑자기 그건 왜 물어보시는지요?"

"조만간 일이 생길 수 있으니 철저히 준비하도록 하게."

류재선 부장과 고기준 차장은 알겠다고 대답하면서도 이성재의 뜻이 얼른 이해되지 않았다. 이성재는 그런 그들에게 앞으로 일어날 일이 무엇인지 구체적으로 설명하지는 않았다. 그 때문에 두 사람은 그저 이성재가 세상을 떠난 뒤에 남을 문제를 걱정한다고 생각할 뿐이었다.

그리고 이성재는 두 사람에게 위엄 있는 목소리로 말했다. 예전, 이사장 시절처럼 말이다.

"그리고 나중에 내 둘째 아들 이석진이 자네들을 찾을 걸세. 그 녀석이 자네들에게 뭔가를 말할 거고, 그건 바로 남겨 둔 내 뜻이니 잘 도와주길 바라네."

"이건 현 이사장님도 아는 문제인가요?"

"전혀 모르네. 둘째 아들이 재진이한테 말하지 않는 한 말일세. 하지만 그 녀석은 동생에게 말하지 않을 거야. 내가 아는 한, 내 둘째 아들은 모든 문제를 자기 손에서 해결하려고 할 테고, 그러니까 재진이는 전혀 모를 테지."

"죄송합니다만, 저희는 이사장님의 형님을 한 번도 본 적이 없습니다."

평소 자기 가족을 다른 사람들에게 소개해 준 적이 없는 이성재였다. 당연히 류재선 부장과 고기준 차장은 이석진에 대해 모를 수밖에 없었다.

그때, 병실 문을 두드리며 이재진이 병실 안으로 들어왔다. 다소 난감한 표정을 지으며 그가 아버지에게 말했다.

"말씀 중에 죄송합니다. 대화에 끼어들고 싶지 않았는데, 아버지께 드릴 말씀이 있어서요."

이성재는 막내아들 뒤에 서 있는 사람에게 바로 눈길을 돌렸다. 이재진만큼이나 큰 키의 남자였고, 이성재는 익숙한 얼굴을 금방 알아볼 수 있었다. 다름 아닌 이석진이었다.

두 아들을 번갈아 바라보던 이성재가 나지막이, 그러나 분명한 투로 류재선 부장과 고기준 차장에게 이석진을 소개했다.

"내 둘째 아들이네. 저 얼굴을 잘 기억하게. 훗날 자네들을 꼭 찾아갈 테니까."

　류재선 부장과 고기준 차장은 이석진을 물끄러미 쳐다봤다. 그들은 이석진의 눈빛이 이성재와 닮았다는 걸 금세 알아차렸다. 허나 두 사람은 이석진과 살갑게 인사를 나누지는 않았다. 아버지 이성재를 바라보는 이석진의 눈빛이 심상치 않았기 때문이다.

* * *

　이석진은 피곤했다. 그는 동생 이재진의 연락을 받자마자 곧장 한국으로 향하는 비행기를 알아본 뒤 지체하지 않고 공항으로 향했다. 한국에 도착해서는 바로 이재진에게 연락해 아버지 이성재가 입원한 병실에 대해 물었다. 모든 행동에 주저함이란 없었다. 그는 자신의 가슴에 깊숙이 박힌 도끼처럼 차가운 이성에 따라 움직일 뿐이었다.
　그리고 마침내 아버지 이성재를 병실에서 마주했을 때, 그에게는 안타까움이나 후회와 같은 감정은 들지 않았다. 오직 쓰라린 차가움만이 가슴에서 꿈틀거릴 뿐이었다. 이석진은 아버지에게 제대로 인사도 하지 않았고, 안부도 묻지 않았다. 그저 수척해진 아버지를 잠시 바라보다가 그대로 병실을 나왔다.
　그런 아들을 이성재는 그저 조용히 지켜볼 따름이었다. 돌처럼 단단한 태도로 병실을 나서는 이석진을 바라보던 그의 눈이 이내 이재진에게 향했다. 그는 이재진에게 어서 형을 따라가라고 눈빛으로 말했다. 아버지의 뜻을 이해한 이재진이 급히 병실을 나갔다.
　병실을 나온 이재진이 곧장 이석진 옆에 따라붙었다.
　"형님. 이렇게 가시려고요?"

이재진의 만류에도 이석진은 걸음을 멈추지 않았다. 그럴 마음이 전혀 들지 않았다. 그는 시종일관 딱딱한 태도로 반응했다.

"나나 아버지나 모두 서로의 얼굴을 봤으니 그걸로 됐어. 아버지께서는 곧 퇴원하시겠지."

"형님. 아버지 건강은 형님이 생각하는 것보다 훨씬 더 좋지 않아요. 아버지께서 암에 걸리셨대요. 췌장암 말기라고 하세요. 어머니가 말씀해 주시길, 이미 암세포가 다른 곳으로 전이되었다고 하더라고요. 병원에서는 치료받으라고 계속 권유하고 있어요."

이석진은 동생이 빠르게 전하는 소식에 차분히 숨을 골랐다. 아버지 이성재의 암 진단은 분명 놀랄 만한 일이었다. 그러나 그는 냉정히 상황을 판단했다. 자신이 알고 있는 아버지 이성재는 결국 퇴원할 것이다. 병원에 있으면서 한가로이 시간을 보낼 리가 없다. 그리고 결국 당신 뜻대로 모든 계획을 진행할 것이었다.

대부분의 사람들이 이석진의 이러한 태도를 보면 어떻게 그럴 수 있느냐고 비난할 것이다. 하지만 이석진은 다른 사람들이 알지 못하는 아버지의 속내를 알고 있었다. 지난번 호텔에서 나누었던 대화, 그리고 자신에게서 무언가를 다시 얻으려는 듯한 태도가 그러했다.

이석진은 아버지 이성재가 왜 자신에게 그런 말들을 했는지 이제야 제대로 알 수 있었다. 그건 아버지가 당신의 마지막을 위해서, 그리고 가족을 위해서 둘째 아들인 이석진에게 많은 걸 넘긴다는 뜻이었다.

이미 다른 가족들보다 더 많은 상황을 아는 이석진이었기에 더더욱 병실로 돌아갈 마음이 들지 않았다. 그는 도착한 엘리베이터에 몸을 싣고는 문 앞에 서 있는 이재진을 그저 무심히 바라봤다.

"안 탈 거면 나 먼저 가도 되지? 어머니도 곧 병실에 도착하실 테고. 아버지는 걱정하지 않아도 돼. 혹시 병실에 있던 사람들이 신경 쓰여서 그래? 재단에서 온 사람들이지? 네가 같이 있어야 하면 너는 여기에 남아 있어."

이재진은 잠시 고민했지만 결국 이석진과 함께 엘리베이터를 탔다. 이석진은 자연스럽게 지하로 내려가는 버튼을 눌렀다. 엘리베이터가 잠시 흔들리는가 싶더니 빠르게 아래로 내려가기 시작했다. 이재진은 여전히 고민하는 듯한 얼굴이었으나 이내 고개를 가로저었다. 그 모습을 이석진이 힐끗 쳐다봤다.

"그렇게 걱정되면 다시 올라가든가."

"아니에요, 형님. 어차피 재단 사람들은 아버지랑 대화하실 거예요. 그 자리에 제가 있을 수는 없어요. 아마 제가 있어도 아버지가 따로 할 말이 있다고 하시면서 절 병실에서 내보내겠죠."

이재진은 재단 이사장인데도 여전히 자기 목소리를 내지 못했다. 재단에서 맡은 직책이 있는데도 자신이 원하는 대로 할 수 없는 동생이, 이석진은 안타까웠다. 물론 재단 사람들은 이재진을 이사장으로서 대접할 것이다. 그러나 모두가 진심으로 이재진을 대하는 것은 아닐 터였다. 여전히 재단에는 아버지 이성재의 영향력이 강하게 남아 있으니까.

엘리베이터에서 내릴 무렵, 이재진이 환한 미소를 지었다. 순박한 웃음 뒤에는 분명 체념이 느껴졌으나, 이재진은 정말로 괜찮다는 듯 행동했다.

"차차 나아지겠죠. 재단 일은 너무 걱정하지 마세요, 형님."

"네 일이 잘되길 바라야지."

"제 일이요? 사업을 말씀하신다면 그건 계속해서 추진할 예정이에요. 여러 사람들을 도와줄 수 있으면 좋은 거니까요."

지하 주차장에 주차한 세단에 이석진과 이재진이 올라탔다. 평일 밤에도 주차장은 붐볐다. 면회가 끝날 시간인데도 말이다. 나가는 차들이 많은 만큼 들어오는 차도 여전히 많았다. 운전석에 앉은 이석진은 처음 병원에 도착할 때만 해도 이렇게 많은 차가 있었는지 알아차리지 못했다. 그만큼 병원에 올 때까지 다른 생각이 머릿속에 들어오지 않았던 것이다.

그러다 별안간 이석진이 나지막이 웃었다. 그 모습에 운전대를 잡은 이재진이 눈을 깜빡이며 물었다.

"왜 그러세요, 형님?"

"아냐. 예전에 여기에 왔을 때 있었던 일이 불현듯 기억나서 그래."

"형님께서 여기에 오신 적이 있었나요? 혹시 어디 아프셨나요?"

이석진은 고개를 저었다. 그는 1년 전, 이 병원에 온 적이 있었다. 연인인 김연희가 몸이 안 좋았기 때문이었다. 걱정할 만큼 심각한 일은 아니었지만, 그때 이석진은 김연희를 위해 몇 번이나 병원에 함께 온 적이 있었다.

그리고 그때, 정말 사소하지만 이석진 자신의 마음에 나름 깊이 새겨진 사건이 있었다.

"재진아. 내가 전에 이 병원에서 겪었던 어떤 일에 대해 말해 줄까?"

"좋아요, 형님. 어떤 일이든 다 좋아요."

이재진은 병실에서 겪었던 심란함을 해소할 수 있다면 이석진의 어떤 말도 들어 줄 자신이 있었다. 그는 곧 차의 시동을 걸었다. 세단은 자연스러운 움직임으로 유유히 지하 주차장을 빠져나갔다.

궁금함을 참지 못한 이재진이 재촉했다.

"형님, 어떤 일을 겪으셨어요? 빨리 말해 주시기 곤란한 일인가요?"

"아냐. 잠시 그 사건에 대해 마음속으로 정리하느라 그랬어. 우선 너에게 질문 하나 할까? 재진이 너는 나눔의 본질에 관해 생각해 본 적이 있어?"

"나눔의 본질이요? 글쎄요. 어떤 부분을 말씀하시고 싶으신가요?"

"네가 어떤 감정으로 재단 일을 대하고 있는지 궁금해서 묻는 거야. 단순히 타인에 대한 배려 때문에 이사장으로 있는 거야? 아니면 연민? 혹은 동정심과 비슷한 감정인 거니?"

이재진은 예상과 다른 이석진의 질문에 잠시 고민했다. 그러나 운전대를 잡고 있는 중이었고, 자신에 대해 심각하게 고민한 적 없던 이재진은 그저 모호한 대답을 할 수밖에 없었다.

"형님, 그런 식으로 단정 짓기에는 인간이라는 인격체가 가진 감정이 너무나도 다양해서요. 그래서 무언가 하나를 콕 집어서 이야기할 수 없는 것 같아요. 형님께서 언젠가 저에게 말씀하셨잖아요. 우리의 삶은 무언가 설명할 수 없는 감정들로 가득하다고요."

이재진의 대답을 들은 이석진이 순간 멈칫했다. 저 말은 자신이 여행을 다녀온 뒤 이재진과 다시 만났을 때 했던 말이었다. 허나 그 말을 이재진에게 한 지 꽤 오랜 시간이 지났기에 이미 잊고 있을 줄 알았다.

"아직도 내가 한 말을 기억하는구나. 하지만 그것은 감정일 뿐이지. 네가 무언가를 행동하고 살아가기 위함과는 다르지 않을까? 나는 너에게 네 정의에 대해 묻는 거야. 네가 어떤 방식으로 사고하며 살아가는지 형으로서 궁금해서 그래."

"형님. 질문이 너무 어려워요. 저는 그저 타인을 돕는 과정 자체가 즐거워요. 저는 아버지나 상진 형님, 석진 형님처럼 돈을 버는 재주가 없어요. 다만 제가 하고 있는 일이 단순한 소비가 아니라는 것쯤은 알아요. 예를 들면, 정치와 비교하고 싶네요. 정치라는 개념은 단순히 돈을 벌고 쓰는 행위가 아닌, 적절하게 분배해 주는 역할이잖아요. 아버지께서는 타인보다 많은 재산을 축적하셨고, 그중 일부를 필요한 이들에게 나눠 주고 싶어 재단을 운영하셨다고 전 생각해요. 저 또한 필요한 사람들에게 재산의 일부를 나누어 주는 일을 하고 있어요. 나아가 도움을 주고 싶어 하는 사람들을 모으고 있죠."

"내가 듣기에 네 말은, 그저 타인들에게 무언가를 주는 행위가 좋다는 것으로 들려. 내가 잘못 이해했니?"

"형님께서 그렇게 말씀하신다면 뭐라고 반박할 수는 없어요. 하지만 단순히 타인에게 무언가를 주는 것이 행복이라면, 저는 아버지 재단을 맡아서 하는 일을 하지 않았을 거예요. 저에게도 나름의 도덕적인 사명감이 있는걸요."

"그래. 도덕적 사명감. 그것을 이유로 너는 타인을 돕고 있어."

이재진이 얼른 고개를 저었다. 그러나 눈은 여전히 정면을 응시하고 있었다. 이제 이재진의 세단은 병원을 빠저나와 도로 위를 주행했다. 도로 위에는 아직 차들이 많아 천천히 앞으로 나아가야 했지만, 그럼에도 병원에서 서서히 멀어져 가고 있었다.

"형님. 그렇게 단순하게 단정하지 말아 주세요. 저에게도 여러 가지 생각과 이유가 존재한단 말이에요."

"내가 안타깝게 여기는 점은 네가 하는 일에 대한 정의를 네가 모르고 살아가고 있다는 거야. 아까 내가 병원에서 겪었던 일이 궁금하다고 했지? 이제 그걸 말해 줄게. 이야기가 조금은 복잡할 수도 있어."

"괜찮아요, 형님."

"나는 내 경험담을 이야기하면서 네게 어떤 정의를 묻고 싶으니까 한번 고민해 봐. 1년 전, 나는 이 병원에 볼일이 있었어. 막 병원 지하 주차장으로 향하던 중이었지. 너도 알겠지만, 대부분 그렇게 큰 주차장은 질서를 위해 일방통행로를 만들지. 그래야 순서에 맞춰 먼저 온 사람이 주차를 할 수 있는 시스템이 완성되고, 누구도 불필요하게 싸울 일이 없게 되지. 그건 사회적 약속이야. 이런 시스템은 우리 사회를 윤택하게 만들고 있어. 그런데 내가 그때 무슨 일을 겪었는지 아니?"

"글쎄요. 잘 모르겠어요."

"나는 지하 3층에 자동차를 주차하려고 했어. 나는 순서를 기다렸고, 주차 공간을 찾은 뒤에 그곳으로 향했지. 그런데 갑자기 웬 자동차 한 대가 반대 방향에서 빠르게 나타났어. 그러고는 내가 주차하려던 공간에 자동차 앞부분을 밀어 넣더군."

"세상에. 사고가 날 뻔했잖아요!"

이재진은 마치 자신이 겪은 일처럼 목소리를 높였다. 언제나 이석진의 말에 귀를 기울이며 공감해 주는 이재진다운 행동이었다.

"맞아. 정말 사고가 날 뻔했지. 내가 얼마나 당황스럽고 어처구니가 없었겠어? 그래서 나는 잠시 그 광경을 지켜봤지. 혹시 내가 무슨 잘못을 했나, 싶어서. 그렇게 얼마간 시간이 지난 뒤, 그 자동차 창문이 슥 내려오더니 어떤 노인이 웃으며 내게 손을 흔들며 인사했어. 미안하다는 시늉을 하면서 말이야. 그리고 나도 창문을 열고 공손히 말했지. 그렇게 주차하시면 안 된다고. 뒤에 있는 사람들처럼 정해진 방식으로 돌아서 순서를 기다리라고 말이야. 그런데 그 노인이 어떻게 행동했는지 아니?"

"설마, 그냥 주차를 하던가요?"

"맞았어. 노인은 내 말을 무시하고 주차 공간에 차를 계속 들이밀었지. 그래서 나는 차에서 내려 그 노인에게 다가가 공손하게 말했어. 나는 양보할 수 있는 권한이 있지 않다고. 내 뒤에 사람들이 있다고."

"그렇게 형님이 말하니 순순히 차를 빼던가요?"

"그랬으면 네게 이 이야기를 꺼내지 않았을 거야. 노인은 자신이 먼저 봤던 자리라며 오히려 내게 역정을 냈어. 억지를 부린 거지. 그리고는 차에서 내려 휙 사라지더라. 그때 내 옆에는 주차 요원이 있었어. 그도 당황했는지 내게 다른 자리에 주차할 수 있는 특권을 줄 테니 그만 기분 풀라며 나를 위로했어. 하지만 나는 그때 알 수 없는 감정에 사로잡혔지."

"알 수 없는 감정이요?"

이재진은 이석진의 말을 얼른 이해하지 못하겠다는 표정을 지었다. 이제 자동차는 조금씩 빨리 움직이기 시작했다. 여전히 이재진은 앞만 보며 운전대를 잡고 있었고, 그런 동생을 조용히 바라보며 이석진이 말을 이었다.

"그때 나는 생전 처음 보는 주차 요원에게 격려를 받았어. 만약 그 과정이 내가 원하는 방식의 도움이었으면 나는 기분이 좋아졌을 거야. 하지만 그런 방식의 도움은 사람을 불편하게 만들어. 그건 내가 원하지 않는 배려일 뿐이니까. 그 주차 요원은 아마 자신이 옳은 일을 했다고 생각했을지도 모르지."

"어쨌든 그 사람은 주차장 문제를 해결해야 할 임무가 있으니까요."

"그럼 애초에 그 주차 요원이 주차를 하지 못하게 노인을 막았다면 어땠을까? 그럼 나는 주차 요원에게 위로를 받을 일이 없었을 거야. 나 또한 불편한 감정을 굳이 마음에 담아 둘 일이 없었겠지. 혹시 내 말이 틀렸다고 생각하니?"

"아뇨. 그럴 수 있겠다고 생각해요."

"나는 틀리지 않았어. 그저 이것이 원칙적인 방식이라고 네게 말하고 싶어. 어쨌든 나는 이상한 감정에 사로잡힌 채 병원 건물로 향했어. 그런데 엘리베이터 앞에 그 말썽을 일으켰던 노인이 서 있었어. 다른 사람들과 같이. 나도 엘리베이터를 이용해야 하니 그 노인 옆에 섰지. 그때 노인은 어떻게 행동했는지 예상이 가?"

"설마 형님을 알아보고 또 화를 내던가요?"

"아니. 정반대야. 나를 보며 해맑게 웃었어. 심지어 내게 말도 걸었지. 주차장에 있었던 일은 미안하다면서. 자기가 너무 급하다 보니 순서를 지키지 못했다고 말이야. 진료시간이 늦었다고 했지. 나는 그 말을 듣자마자 무척 화가 났어. 그 노인은 너무나 파렴치하고 경우가 없었지. 이렇게 이기적인 사람이 아직도 사회에 있다는 사실에 나는 결국 한마디 했어. 물론 주변 사람들을 조심하면서. 요즘 같은 세상에 내가 아무리 옳은 말을 해도 노인에게 공격적으로 행동하면 오로지 그 사람만 나쁜 인간으로 평가받으니까. 그런 단면적인 모습만 보는 무서운 세상이지."

이재진은 반응하지 않았다. 그는 여전히 앞만 바라보며 운전대를 꽉 쥐고 있었다. 그렇다고 해서 이석진의 말을 무시하는 건 결코 아니었다. 오히려 이석진의 말에 더욱 집중하고 있었다. 이석진은 동생의 표정이 조금씩 달라지고 있음을 알았지만 계속해서 말을 이었다.

"나는 주차장에서 그랬던 것처럼 차근차근 말을 꺼냈어. 공손하게. 내게 사과하지 말라고. 당신은 그저 당신이 편하기 위해 새치기를 했다고 말이야. 그런데 이제 와서 마음까지 편해지려고 사과를 한다면, 정말 자기밖에 모르는 나쁜 사람이라고 말했지. 내게 하는 사과도 정말 내게 미안해서 하는 사과가 아니라 노인 스스로 불편함을 덜어 내기 위한 행동이 아니냐고 되물었지. 그래서 나는 사과를 받지 않겠다고 분명히 말했고, 나를 좋지 못한 사람으로 남게 해 달라고 말했어."

차창 밖으로 자동차들이 휙, 하며 지나가는 소리가 들렸다. 이재진은 자동차의 속력을 조금씩 줄였다. 목적지에 다다라서 그런 것이 아니었다. 이석진은 이재진이 자신의 말을 들으며 다른 감정을 품고 있음을 직감했다.

"나는 화를 내지 않았어. 아주 작은 목소리로 말했지. 그런데 이미 주변에서는 날 범죄자처럼 쳐다보기 시작했어. 정말 좋지 않은 시선이었지. 그래서 더는 그 노인과 말을 섞지 않았어. 다만 그 노인도 어색한 감정에 사로잡혔는지 엘리베이터 전광판만 말없이 바라보더군."

이석진은 잠시 숨을 골랐다. 아주 잠깐의 침묵이 두 사람 사이를 오갔다. 먼저 말을 꺼낸 사람은 이석진이었다.

"재진아. 네가 보기에는 그 노인과 나 둘 중에 누가 더 나쁜 사람인 것 같아?"

"형님, 너무하셨어요."

이재진은 씁쓸한 표정을 숨기지 않았다. 그 모습에 이석진이 날카롭게 되물었다.

"어째서?"

"노인이잖아요. 형님께서 한 번 참아 주시면 넘어갈 수 있는 일 아니었나요?"

"내 뒤에 수많은 차들이 기다리고 있었어. 만약 주차장이 아니었다면, 그러니까 대형마트 계산대처럼 내가 줄을 서 있었다면 나는 그 노인에게 자리를 양보하고 뒤로 물러섰겠지. 하지만 그럴 수가 없었어. 그리고 내 뒤에 있는 차 안에는 그 노인보다 더 나이가 많은 노인이 타고 있었을 수도 있잖아. 어쩌면 거동이 불편한 사람이 있었을 수도 있고. 만약 새치기를 했던 그 노인이 정말로 몸이 불편했다면 어땠을까? 아마 장애인 전용 주차장을 이용했겠지. 하다못해 누군가의 도움을 받아 정문으로 출입했을 거야. 아까 내가 말했지. 세상에 존재하는 방식 말이야. 그런 것들이 존재하기에 우리는 규칙을 유지할 수 있어."

"하지만…."

"재진아. 네가 무슨 말을 하려는 줄 알아. 나도 내가 잘했다고 생각하지 않아. 그 노인은 사회적으로 약한 존재지. 이미 많이 늙었으니까. 그렇게 따끔하게 말할 필요가 없었다고 너는 말하고 싶지?"

"맞아요, 형님! 그래야 형님다운 모습이죠!"

이재진이 밝은 목소리로 대답했다. 이석진이 자신의 마음을 이해했다고 그는 생각한 것이다. 그러나 이석진은 계속해서 자신의 행동에 대해 설명했다.

"하지만 재진아. 내가 만약 그 노인에게 그렇게 말하지 않았다면 말이야. 앞으로 그 노인은 계속 그렇게 행동했을지도 몰라. 그는 자신이 무엇을 잘못했는지 모르면서 지내겠지. 하지만 적어도 내가 그렇게 말했기에 그 노인은 나중에 그와 비슷한 행동을 하면, 적어도 도덕적 양심이라는 잣대와 기준으로 자신을 한 번쯤 점검하리라고 나는 생각해. 그날 나는 엘리베이터에 있는 다른 사람들에게 비난의 대상이 되었을지도 몰라. 하지만 앞으로 그 노인 때문에 생길 수 있는 도덕적 피해자는 더 늘어나지 않을 거야. 그게 온전히 내가 원하는 방식이지."

"전 형님의 뜻을 충분히 이해해요. 그래도 더 나은 방식으로 말씀하실 수 있었잖아요."

"할 수 있었겠지. 하지만 할 수 있는 모든 것들을, 반드시 타인에게 전부 사용하면서 살아갈 이유는 없어."

이재진의 표정이 점차 어두워졌다. 그는 자신의 마음을 에둘러 조심스럽게 표현했다.

"형님. 역시 미국에서 무슨 일을 겪으셨군요."

"미국에 다녀온 일은 내게 중요하지 않아. 넌 내가 많이 변했다고 여기겠지. 나도 알고 있어. 나는 이미 사회적인 사람으로 살아가기로 결심했으니까. 그냥 너의 솔직한 생각을 알려 줘."

"그냥, 조금 슬퍼요."

"왜지?"

"형님이 그런 모습을 보일 줄은 몰랐으니까요. 형님께서는 똑똑하고 여유롭잖아요. 그런데도 형님께서 그런 행동을 선택하셨어요."

"그렇게 생각할 수도 있지. 재진이 너는 네가 원하는 형의 모습이 아니라 내게 실망했니?"

"그런 뜻이 아니에요. 다만 저는, 그저 제 관점에서 본다면 형님의 행동이 조금 아쉽다는 뜻이에요."

"재진아. 나는 늘 올바른 길을 걸을 수 없어. 게다가 때에 따라 개인의 가치관이나 기준은 변하는 법이야. 도덕적인 옳고 그름이란 대중들과 시대 성향에 맞게 변하기 마련이지. 그리고 그런 행위들을 저울질당해야 하는 세상에서 우리는 살고 있어. 기독교도 이미 여성을 인정했잖아? 이미 이 정도 경지에 오른 인간 문명에 더 이상 어떤 선과 악이 중요할까? 네가 말하는 부분도 그저 타인들의 눈 밖에 나기 싫어서 하는 행동으로밖에 나는 들리지 않아. 오늘 네게 정말 해 주고 싶은 말이 이거였어."

"조금 쉽게 말해 주실 수 있나요?"

"재진이 네가 진정으로 믿는 것들을 현실화시켰으면 좋겠어. 그것이 곧 정의고 올바른 길이라고 나는 생각해."

어느덧 이석진이 미국으로 떠나기 전 머물렀던 호텔에 도착했는데도 두 사람은 조용히 자리를 지켰다. 이재진의 복잡한 얼굴을 바라보면서, 이석진은 동생이 어떤 생각을 하고 있을지 어렴풋이 짐작했다.

얼마 지나지 않아 이석진이 차 문을 열었다.

"여기서 같이 식사라도 할까?"

"정말요?"

이재진이 언제 그랬냐는 듯이 눈을 껌뻑이며 이석진을 바라봤다. 이토록 순수한 눈빛을, 이석진은 오랫동안 보고 싶었다. 문득 이석진이 중얼거리듯 말했다.

"재진아. 너는 너무 심성이 고와. 필요 이상으로 말이지. 인간의 온전한 감정만으로 세상의 잣대가 만들어진다면, 재진이 네가 판단하는 도덕적 사회야말로 진정 옳은 길이라고 형은 장담해. 하지만 말이야. 생각보다 많은 이들이 이런 사회적 문제를 만들고 해결하고 있어. 그 안에서 우리는 많은 혼란을 겪고 있지."

"예?"

"재진아. 너는 때 묻지 않았어. 그래서 나는 이제 막 결심했어."

"무엇을요?"

"때가 되면 네게 가장 먼저 알려 줄게. 더러운 피는 내 손에서 끝내야겠다. 그러니 형이 부탁 하나만 해도 될까?"

"네. 말씀하세요. 형님."

"너는 어른이 되지 않았으면 좋겠다."

이재진은 형의 말에 고개를 갸웃거리더니 이내 피식 웃었다. 그리고는 형을 따라 운전석에서 내리며 당돌한 말투로 말했다.

"형님. 그게 무슨 말씀이세요? 저는 이미 어른이에요. 다 컸어요."

"그래. 그렇다면 지금처럼 계속해서 지내길 바라."

순수하게. 순수한 어른으로. 이석진은 그 말을 하려다가 이내 목구멍으로 삼켰다.

이재진은 갑자기 말을 아끼는 이석진에게 무슨 말을 해야 할지 알 수 없었다. 도무지 이해할 수 없는 부분들로 가득한 이 대화에서 얻을 수 있는 거라곤 자신과 이석진의 정신적 거리감뿐이었다.

형을 뒤따르며, 이재진은 잠시 생각에 잠겼다. 늘 많은 책을 읽고 사고하며 끊임없이 삶에 대해 고민했다. 그 과정에 있어 단 한 번도 소홀했던 적이 없다고 이재진은 자부했지만, 지금처럼 이석진과 대화를 나누고 나면 한없이 작아지는 자신이 초라하게 느껴졌다.

두 사람은 로비에서 운영 중인 바로 향했다. 바에서 간단하게 식사를 한 뒤, 두 사람은 커피를 마셨다. 여전히 피로감이 남아 있던 이석진은 술을 마시지 않았다. 그 모습에 이재진이 조금 놀란 듯한 반응을 보였다.

"오늘은 술을 안 마시네요, 형님."

"늘 마시는 건 아니야. 오늘은 커피를 마시고 싶어."

"늘 마시던 파나마 게이샤 에스메랄다요?"

"여기에 있는지 모르겠네. 그런데 네가 아직도 기억하는구나."

"그럼요. 제가 어떻게 형님 취향을 잊겠어요?"

언제던가, 연남동 인근에 있는 괜찮은 카페를 찾은 이석진은 이재진과 함께 그곳에 갔던 적이 있었다. 이석진은 평소 즐기던 커피가 이 카페에 있다며 무척이나 좋아했다. 벌써 몇 년이나 지난 일인데도 이재진은 여전히 이석진이 좋아하는 커피를 기억하고 있었던 것이다.

그리고 이재진은 병원에서 호텔까지 오면서 이석진과 나눈 대화도 또렷하게 기억했다. 아주 먼 미래에, 이재진은 이석진의 뒷모습을 따라가려고 노력했으나, 형은 늘 너무 먼 곳에서 진리를 탐구하고 있는 사람처럼 보였다고 말했다.

2장
분신

 이성재가 병원에서 퇴원하기로 한 날, 김무교는 병실에 없었다. 평상시 이성재가 입었던 정장을 가져온 사람은 김주현 실장이었다. 완전히 퇴원할 준비를 마친 이성재를 주치의 김정민이 걱정스러운 얼굴로 바라보고 있었다. 하지만 이성재는 넉넉해진 재킷이 신경 쓰일 뿐이었다. 고작 며칠이나 병원에 입원했다고 이토록 살이 빠지고 말았나, 생각하면서도 한편으로는 자신의 병세가 점점 악화되고 있다는 사실을 실감할 수 있었다.
 "집사람은 집에 있나?"
 "희선 씨에게 연락해 보니 아직 댁에 있다고 하십니다. 그런데 나갈 채비를 하신다고 하더라고요."
 이성재 또한 김무교의 마음을 모르지 않았다. 남편인 자신이 병원에서 암 치료를 받으며 지내길 바랐지만, 한사코 퇴원을 고집하니 아내 입장에서는 속이 타들어 갈 수밖에 없었다. 지금껏 김무교는 이성재가 자신의 마음에 들지 않은 행동을 보여도 되도록 이해하고 넘어갔다. 그러나 이번만큼은 자신의 태도를 굽히지 않겠다는 것을 이성재에게 보여 주기 위해 일부러 병원에 나타나지 않는 것이었다.

"이런다고 아예 나 몰라라 할 수는 없는 노릇이지. 집에서 나간다고 한들 결국 다시 내 얼굴을 봐야 하지 않겠나?"

"맞는 말씀입니다, 의원님."

"석진이는?"

"아무래도 전에 머물렀던 호텔에서 지내는 듯합니다."

김주현 실장은 이석진이 한국에 돌아왔다는 소식을 듣고는 그가 이전과 다른 태도를 보일 것이라고 기대했다. 그러나 사람이 어찌 쉽게 변할 수 있겠는가. 여전히 집에 돌아오지 않는 이석진을 알아차린 김주현 실장은 이성재가 지시하지 않았는데도 이석진이 전에 머물렀던 호텔로 향했다. 그리고 호텔에 도착하자마자 로비에 있는 이석진을 발견하고는 헛웃음을 지었다. 미국에 가기 전과 하나도 달라지지 않은 모습이라니! 김주현 실장은 그런 이석진이 너무나도 괘씸했다. 아버지의 병세를 분명히 아는데도 이석진이 호텔에서 머문다는 게 너무나도 오만하게 보였기 때문이다.

그럼에도 방금 이성재의 물음에 김주현 실장은 평소보다 더 건조하게 대답했다. 이성재는 그의 말투가 순간 변했다는 것을 알면서도, 구태여 이유를 캐묻지 않았다. 또한 김주현 실장이 이상진과 함께 식사했다는 사실에 대해서도 묻지 않았다.

"다음에 병원에 와야 하는 날은 언제요?"

옷매무시를 다듬으며 이성재가 김정민에게 물었다. 김정민은 며칠 사이 부쩍 피곤해진 모습이었다. 언제나 정갈하게 정리한 머리는 다소 흐트러져 있었다. 거기다 깊이 생각에 잠겼는지 이성재의 물음에 답하지도 않았다.

이성재가 김정민을 보며 다시 물었다.

"김 박사, 언제 다시 오면 되냐고 내가 방금 물었소."

"내일 다시 오시면 됩니다."

"내일? 며칠 뒤가 아니고요?"

"제 말은 늘 병실에 있으면서 치료를 받아야 한다는 뜻입니다."

피곤한 모습의 김정민이었지만 말투는 또렷했다. 그 모습에 이성재는 김주현 실장에게 먼저 나가 보라고 지시했다.

"김 실장, 짐은 미리 옮겨 놓게."

"알겠습니다, 의원님."

김주현 실장도 분위기를 눈치채고는 곧장 침을 챙겨 병실을 나섰다. 이제 병실에 있는 사람은 이성재와 김정민뿐이었다. 국내에서 손꼽히는 병원에서 운영하는 최고급 병실은 늘 햇볕이 잘 들었고 아늑함마저 느껴지는 곳이었다. 일반 병실과는 차원이 달랐다. 그러나 지금 이성재와 김정민 사이에는 수술실에서보다 더 강한 긴장감이 흘렀다.

이성재가 다소 낮아진 목소리로 물었다.

"이미 다 끝난 이야기 아니오? 퇴원하라고 했으면서 이제 와서 그 말을 번복하는 거요?"

"퇴원은 제 뜻이 아니라 의원님 뜻이지요. 저는 지금도 의원님께서 입원 치료를 받아야 한다고 생각합니다. 그 생각은 변함이 없습니다."

"그러면 퇴원시켜 달라는 내 말을 거부하면 되지 않소?"

"제가 의원님의 뜻을 어떻게 모르겠습니까? 제가 퇴원을 거부한다고 한들 의원님께서 가만히 계시겠습니까?"

"그럼 김 박사, 말해 보시오. 의사로서 환자의 퇴원을 거부할 수 있는데도 왜 내가 퇴원하는 걸 막지 않은 거요? 내 결정에 동의한 이유는 뭐요?"

"전 의원님의 결정에 동의한 적이 없습니다. 다만 제 행동이 소용없다는 것을 알고 있을 뿐입니다. 제가 만약 퇴원을 결정하지 않았다면, 의원님은 다른 의사에게 진료를 받았을 겁니다. 의원님의 말씀을 아주 잘 듣는 의사로요. 그런 뒤, 그 의사에게 퇴원시켜 달라고 압박하지 않았을까요? 그럴 바에는 제가 의원님을 퇴원시키는 게 낫습니다. 무책임한 행동이지만요."

이성재는 고개를 끄덕였다. 분명 이성재는 김정민의 짐작대로 행동했을 것이다. 이 병원에는 김정민 말고도 이성재가 아는 의사가 여럿 있었다. 심지어 그는 병원 재단 관계자와도 잘 알고 지냈다. 그러므로 김정민의 예측은 전혀 틀리지 않았다. 오히려 이토록 솔직하게 말해 주니, 이성재는 김정민에게 고마움을 느낄 정도였다.

그러나 이성재는 자신의 속마음을 내비치는 대신 다른 질문을 꺼냈다.

"김 박사, 의사로서 당신의 사명감은 무엇이오?"

"그야 제가 담당하는 환자의 병을 낫게 하여 건강한 삶을 회복하게 하는 것이지요."

"모든 의사들이 그렇지요. 또한 환자들도 자기 병이 완치되길 바라오. 나도 그랬소. 김 박사한테 처음 암 진단을 받았을 때 말이오. 하지만 이제는 그게 소용없다는 것을 나 김 박사 모두 알지 않소?"

"그렇다고 이렇게 포기할 수는 없습니다."

김정민이 목소리를 높였다. 지금껏 여러 환자를 상대했던 베테랑 의사 김정민은 지금보다 더 좋지 않은 상황도 여러 번 목격했다. 차라리 곧 죽을 환자라면 어쩔 수 없이 포기했을 것이다. 하다못해 치료비가 부족한 상황이라면 적절한 도움을 줬을 것이다. 그러나 이성재는 그 어느 쪽도 아니었다. 분명 이성재의 암세포 활동이 빠른 건 사실이었지만, 그렇다고 희망이 아예 없는 것도 아니었다. 긴 싸움이 될 테지만 포기할 정도는 아니었다. 그런데도 이성재는 자신의 삶을 연장할 수 있는 기회를 아무렇지 않게 포기하고 있었다.

이성재는 김정민의 격한 태도에도 그저 태연했다. 그는 언제나 그랬듯, 진료실에서 자신의 주치의를 상대할 때처럼 무표정한 표정을 지었다.

"지금 내게 남은 사명이 무엇인지 아시오? 병원에서 벗어나 내 할 일을 마무리 짓는 거요. 그게 나를 위한 일이고, 내 가족들을 위한 일이오."

"그래서 제가 의원님을 퇴원시키는 겁니다. 어리석게도 말이죠. 의사는 환자의 자기결정권을 존중해야 하니까요."

"히포크라테스 선언에서 나온 말이라고 알고 있소. 내 존엄성을 지킬 시간을 줘서 고맙소."

"처방한 약은 항생제가 상당히 독합니다. 부작용이 있을 수 있으니 조심하십시오. 일주일 뒤에 오십시오. 하지만 그 전에 몸이 조금이라도 이상하면 바로 절 찾으십시오."

곧 김주현 실장에게서 연락이 왔다. 자동차를 병원 앞에 대기시키겠다는 연락이었다. 이성재는 곧장 병실에서 나가기 위해 발걸음을 옮겼다. 병실 밖에서 그를 기다리는 사람들, 그가 해야 할 일이 많았지만 이성재는 깊이 고민하지 않았다. 이미 병실에서 머무는 동안 모든 계획을 다시 확인했으니 말이다.

병실을 떠나기 전, 이성재가 김정민에게 말했다.

"나중에 때가 되면 다시 말하겠지만, 내가 가진 재산 중 일부를 이 병원에 기부할 거요. 김 박사가 지금껏 날 봐준 것에 대한 보답이오."

"의원님. 혹시 그 기부가 지금 제가 의원님을 퇴원시킨 보상이라면 전 거절하겠습니다. 전 그런 돈을 받으려고 의원님을 퇴원시키는 게 아닙니다. 만약 그렇게 생각하셨다면 지금까지 절 잘못 보신 겁니다."

강경한 김정민의 태도에 이성재는 무심히 고개만 끄덕이더니 뜻밖의 말을 던졌다.

"김 박사야말로 지금까지 날 잘못 봤소."

"무슨 말씀이십니까?"

"내가 재산 일부를 병원에 기부하는 이유는 내 마지막을 정리하기 위함이오. 내 많고 많은 재산을 정리하는 과정이니 개의치 마시오."

이윽고 이성재가 병실 문을 열었다. 아늑한 병실 밖으로 나오자 차디찬 복도가 가장 먼저 눈에 들어왔다. 이성재는 이 복도로 들어온 기억이 전혀 없었다. 당연했다. 그때 자신은 정신을 잃었으니까. 사실 병실에 서 있는 이 순간도 여전히 꿈만 같았다.

복도를 바라보며 이성재가 중얼거리듯 말했다.

"나는 내 시간을 매듭지어야 하오."

이성재는 병실에서 머무는 동안 단절되었던 현실을 잇고자 하였다. 고작 며칠에 불과했지만, 그 시간은 이성재는 물론 많은 사람들의 생각과 행동을 바꾸기에 충분한 시간이었다. 이제 이성재는 정말로 모든 것을 마무리 짓고자 했다. 그러기 위해서 그는 병원을 나서야 했다. 병마가 제아무리 자신을 괴롭힌다고 한들, 여전히 그 앞에 남은 현실을 흐트러뜨릴 수 없었다. 그건 이성재의 계획에 전혀 포함되지 않은 문제였다.

* * *

연희동 저택으로 이성재의 고급 세단이 도착했다. 김주현 실장이 문을 열었고, 이성재는 차에서 내렸지만 곧장 저택 안으로 들어가지 않았다. 그는 고개를 들어 잠시 저택을 바라봤다. 언제나 보아 왔던 저택인데, 오늘따라 유난히 더 눈에 들어왔다. 특히 여기저기 낡은 흔적들이 그의 눈에 들어왔다. 색이 바랜 담벼락, 녹이 슨 지붕, 누구도 관리하지 않아 말라 버린 화분들, 그리고 구석에 대충 정리되어서 이제는 먼지가 쌓인 잡다한 물건들.

아무리 이성재와 김무교가 저택을 살핀다고 한들 세월의 흔적을 모두 지울 수는 없는 노릇이었다. 그건 이성재나 김무교, 아니면 아들들, 그것도 아니면 이 저택에서 일하는 사람들의 잘못이 아니었다. 또한 방치도 아니었다. 말 그대로, 그저 세월이 흐르면서 생긴 자연스러운 결과였다. 제아무리 치우고 색을 덧씌운다고 한들 세월의 흔적은 나타날 수밖에 없었다.

"때가 되면 여기도 정리하겠군."

이성재가 중얼거렸다. 그러나 제법 분명한 말투였으므로, 바로 곁에 있는 김주현 실장과 주진혁도 들을 수 있었다. 마치 다른 사람이 이 집을 정리할 것이라고 말하는 듯한 이성재의 말이 영 신경 쓰였으나 두 사람은 잠자코 있었다.

이성재가 현관문을 열고 집 안으로 들어오자, 소파에 앉아 있던 이상진이 얼른 자리에서 일어났다. 그는 어색한 미소를 머금은 채 이성재에게 인사했다.

"오셨어요, 아버지? 이럴 줄 알았으면 병원으로 바로 갔었어야 했는데요."

"이 시간에 웬일로 집에 있는 거냐?"

"그야 아버지 퇴원하시는 날이니까요. 아침에 일찍 나가서 건물들 살펴보고 왔어요. 별문제 없었고요."

이상진이 너스레를 떨었다. 병원에서 보였던 모습과 별반 다르지 않은 모습이었다. 이상진은 아버지 이성재가 정신을 차린 뒤에야 병원을 찾았다. 그러니까 김주현 실장과 식사를 한 뒤에 찾았다는 말이다. 그때 이상진은 아버지 이성재의 상태를 살피고는 다행이라며 일부러 과장되게 한숨을 내뱉었다. 그러면서 은근슬쩍 자신이 이성재를 병원까지 데려왔다고 몇 번이나 말했다.

이어 주방에서 이희선이 나와 이성재에게 인사했다. 이희선은 놀란 표정을 숨기지 않았다.

"의원님, 괜찮으세요? 병원에서 나와도 되는 거죠?"

"의사가 잘 진단했겠죠. 아버지 짐 푸는 것 좀 도와주세요."

이상진이 김주현 실장이 들고 있는 짐을 받아 이희선에게 넘겼다. 그러나 이성재는 현관 앞에서 전혀 움직이지 않았다. 안방으로 들어가지도, 거실 소파에도 앉지 않는 그를 보면서 김주현 실장은 뭔가 이상함을 감지했다.

이성재의 심상치 않은 분위기에, 김주현 실장이 이상진에게 얼른 눈치를 주었다. 그러나 이상진은 김주현 실장을 전혀 쳐다보지 않았다. 오히려 그는 앞장서 안방으로 발걸음을 옮겼다.

"피곤하시죠? 얼른 옷 갈아입으세요. 어머니도 곧 오실 거예요. 아마도요. 제가 한 번 연락해 볼게요."

안방으로 걸어가려다 이내 멈추어서는 휴대폰을 꺼내는 이상진을, 이성재는 그저 물끄러미 쳐다보기만 했다. 그렇게 이상진이 김무교에게 연락하려던 찰나, 이성재가 평소처럼 무덤덤한 말투로 장남에게 지시했다.

"상진이 너, 지금 당장 호텔로 가서 석진이를 데려와라."

이상진은 하던 행동을 모두 멈추고는 아버지를 쳐다보았다. 그의 떨리는 눈동자를 이성재를 비롯해 집 안에 있는 사람들이 목격했다. 어쨌든 아버지 앞에 서 있는 만큼 최대한 조심스러운 태도를 보이기 위해 이상진은 애썼지만, 감정이 격해지는 것을 참기 어려운 탓에 자꾸만 턱이 움찔거렸다.

"제가 왜요? 밖에 잘 있는 놈을 굳이 왜 데리고 와요?"

"그럼 이 아비가 다녀오길 바라는 거냐?"

"그런 뜻이 아니고요. 저는 그냥, 아니 재진이 시키면 되잖아요. 조금만 기다리면 재진이 퇴근 시간인데요."

"나는 너한테 말했다. 네가 가서 석진이를 데려와라."

이성재가 단호하게 말했다. 절대 내 뜻을 거스르지 말라는 의도가 다분했다. 이상진도 그걸 모르지 않았다. 그렇다고 아버지의 뜻을 순순히 받아들이고 싶지도 않았다. 차라리 다른 일이라면 하겠지만, 이석진과 관련한 일은 도무지 마음이 움직이지 않았다. 오히려 아버지의 의도를 이해할 수 없어서, 아니 이해하기 싫어서. 이상진의 입술이 제멋대로 움직였다.

이상진은 아버지 곁에 있는 김주현 실장을 슬쩍 쳐다봤다. 그는 이게 대체 무슨 일이냐는 눈빛을 김주현 실장에게 보냈으나 김주현 실장도 알 길이 없었다. 그저 조용히 고개를 가로저을 뿐이었다.

이성재가 이어 김주현 실장에게 지시했다.

"김 실장도 상진이랑 같이 다녀오게. 주 기사도 같이."

아버지의 말에 이제는 헛웃음이 나왔다. 막냇동생 이재진이 함께해도 이석진을 집으로 데려올 수 있을지 확신할 수 없는데, 이석진과 사이가 좋지 않은 것을 누구나 다 아는 김주현 실장까지 같이 가야 하다니! 이상진은 정말이지 기가 막힐 노릇이었다.

결국 이상진은 아버지의 뜻을 거부했다.

"전 안 가요. 제가 그 녀석을 왜 데려와야 해요? 병원에는 코빼기도 안 보이다가 재진이 연락받고는 겨우겨우 얼굴만 비추던 놈이에요."

"그래서? 이 아비 말을 듣지 않을 거냐?"

"그러면 몽둥이라도 들고 가서 억지로 끌고 올까요? 제가 그렇게라도 해서 데려오길 바라세요?"

최대한 조용히 넘어가려고 했던 이상진이었지만 결국 평소의 성격이 드러나고 말았다. 그런 아들에게 이성재는 화를 내지 않았다. 아들보다 더 목소리를 높인다고 한들 좋은 결과가 나타나지 않는다는 것을 불 보듯 뻔한 일이었으니 말이다.

대신 이성재는 아들이 자신의 뜻을 따르도록 분명하게 지시했다.

"겨우 동생 하나 품지 못하면서 어떻게 내 재산을 상속받겠다는 거냐? 자기 가족 하나 제대로 다루지 못하면서 수십억 원을 돈에 쥐겠다고?"

"아버지, 이건 경우가 다르죠. 제가 건물 관리하면서 언제 사고 친 적 있나요? 저 열심히 했어요. 지금도 임대인들이랑 잘 지내고 있고요. 그런데 그게 석진이랑 어떻게 똑같아요?"

"그러면 나중에 내가 없으면 석진이는 신경 쓰지 않을 거냐? 서로 남남처럼 이렇게 지낼 거란 말이냐?"

순간 이상진은 입을 다물었다. 방금 아버지가 한 말이 마치 선언과도 같이 들려 손가락 하나 까딱할 수 없었다. 이게 대체 무슨 일인가 싶으면서도, 지금 이 상황을 모면할 수 있는 방법은 오직 하나라는 것을 그는 잘 알고 있었다.

화가 점점 누그러지면서, 이상진은 비로소 아버지의 의도를 이해할 수 있었다. 지금 아버지가 자신을 시험하고 있다는 것을 말이다. 그 시험은 예전에 가족 모임에서 아버지가 했던 말과 이어졌다. 상속에 대한 시험 말이다.

뒤이어 이성재가 하는 말이 이상진의 자존심을 움직이게 했다.

"내 상태가 어떤지 알면서 네가 그런 모습을 계속 보이면 나도 다른 방법이 없다."

"알겠어요. 알겠으니까 쉬고 계세요. 데리고 오면 되잖아요."

결국 이상진은 아버지의 뜻대로 움직였다. 그는 이성재를 지나쳐 구두를 대충 욱여넣고는 걸어갔다. 그 뒤를 김주현 실장이 뒤따랐다. 한바탕 시끄러운 소리가 오간 뒤에야 그들은 집을 떠났다. 이런 일이 있으면 언제나 뒤따르던 김무교의 한숨 섞인 모습은 오늘 보이지 않았다.

"짐 다 정리했어요."

"수고했소."

이희선은 곧 인방을 나와 주방으로 향했다. 이성재는 안방 문을 닫고 조용히 의자에 앉았다. 병원에서 퇴원한 지 얼마 되지 않았는데도 너무나 피곤했다. 그는 의자에 기댄 채 간신히 숨을 골랐다. 주방에서 덜그럭거리는 소리가 희미하게 들려왔다. 이희선이 저녁 준비를 하는 듯했다. 이성재는 눈을 감은 채 나지막히 웅얼거렸다.

"못난 사람 같으니."

* * *

호텔로 향하는 자동차의 분위기는 냉랭했다. 누구 하나 입을 열지 않았다. 모두 이상진이 보이는 태도 때문이었다. 그는 화가 잔뜩 난 얼굴로, 바로 옆에 앉은 김주현 실장이나 운전하는 주진혁에게는 눈길도 주지 않은 채 차창 밖을 노려보았다. 넓은 골목을 벗어나 상가 건물이 보이는 도로를 따라 움직이는 거리가 나타났으나 어느 것도 이상진의 눈에 들어오지 않았다.

　도로 위에는 어느덧 비슷비슷한 모습에 색깔을 지닌 자동차들만이 보일 뿐이었다. 그제야 이상진은 차라리 자신의 스포츠카를 끌고 왔으면 좋았을 것이라고, 다른 사람 없이 혼자 가는 게 더 나았을 것이라고 한탄했다. 그러다 자신의 차에 망할 동생이 같이 타는 모습을 생각하니 차라리 지금이 더 낫다고 생각을 바꿨다. 지금까지 이상진의 스포츠카를 탄 사람은 오직 그가 허락한 사람뿐이었다. 최근에는 박지희였다.

　"김 실장님, 병원에서 집까지 오면서 아버지가 뭐라고 하셨어요?"

　종로로 향할 때 즈음, 결국 이상진이 입을 열었다. 이상진의 질문에 김주현 실장은 힐끗 백미러로 주진혁을 살피고는 아무렇지도 않다는 듯 대답했다.

　"아무 말씀 없으셨습니다."

　"정말이에요? 그런데 왜 아버지가 갑자기 저러시는 거예요?"

　"석진 씨를 데려오는 일에 대해 묻는 거라면 의원님께서 가족 모두를 한자리에 모이게끔 하고 싶은 것 같습니다."

　"그러니까 그런 일을 왜 나한테 시키는 거냐고요? 솔직히 김 실장님도 알잖아요. 나보다 재진이가 이 일을 더 잘할 수 있단 사실을 말이에요."

　"오히려 그렇기에 의원님께서는 상진 씨를 선택한 거겠죠. 방금 말한 대로 재진 씨가 석진 씨를 만나는 건 전혀 어려운 일이 아니니까요. 누구나 예상할 수 있는 모습입니다. 하지만 지금은 그렇지 않죠. 의원님께서도 알고 계십니다. 제가 보기에는 의원님께서 지금 상진 씨의 태도를 판단하려는 것 같습니다."

　"내 태도요? 내 태도가 왜요?"

　"장남으로서 상진 씨가 의원님의 뜻을 얼마나 받아들일 수 있는지 시험하는 거죠."

시험이라는 김주현 실장의 말에 이상진은 입술만 이리저리 움직였다. 결국 김주현 실장의 판단도 자신의 예상과 크게 다르지 않았다는 것을 그는 깨달았다. 이상진은 이 상황을 머리로는 이해했지만 그럼에도 받아들일 수가 없었다. 오히려 괜한 반감이 들어 눈썹만 계속 꿈틀거렸다.

"그 녀석을 집으로 끌고 간다고 해서 뭐가 나아진답니까? 고작 동생 한 번 데려왔다고 아버지께서 무슨 생각이 달라질까요?"

"그건 의원님만 아시겠죠."

"그럼 지금 아버지는 다른 계획을 가지고 계신 거예요?"

이상진의 질문에 김주현 실장은 얼른 대답하지 않았다. 다만 그는 바로 앞에 앉아 운전하는 주진혁의 눈치를 살폈다. 운전대를 잡은 채 묵묵히 앞만 보던 주진혁이 김주현 실장과 눈을 마주친 건 그 직후였다. 고작 얼마 되지 않은 시간이었지만 김주현 실장은 얼른 시선을 회피했다. 김주현 실장은 방금 이상진이 한 질문은 명백한 실언임을 깨달았다. 동시에 자신이 한 말도 후회했다.

"아무것도 알 수 없으니 상진 씨는 우선 석진 씨를 어떻게 데려갈지 고민해 보세요."

김주현은 그렇게 말하며 서둘러 대화를 마무리 지었다. 여전히 이 상황이 납득이 되지 않는 이상진이었으나 그도 지금 이 상황을 돌리기 어렵다는 것을 인정할 수밖에 없었다. 그러는 사이 세단은 점차 이석진이 머무는 호텔과 가까워졌다. 고풍스러운 호텔 외관을 보면서 이상진이 할 수 있는 건 겨우 한숨을 내뱉는 정도였다.

마침내 세단이 호텔 앞에 도착했을 때, 이상진은 차 문을 힘껏 열며 밖으로 나왔다. 마치 문을 박차는 듯한 모습이었다. 그러한 이상진의 태도에 김주현 실장과 주진혁은 어쩔 수 없다는 듯 한숨만 내뱉었다.

"그 망할 놈. 차라리 호텔에 없었으면 좋겠네."

이상진이 지금 바라는 건 고작 그 정도였다. 하지만 그 정도만 되어도 답답하고 기분 나쁜 이 상황을 해결할 수 있다고 그는 믿었다. 호텔에 이석진이 없으면, 자신이 어떻게 할 수 없는 불가항력적인 문제이니 곧장 집으로 돌아갈 수 있지 않겠는가. 상황을 아버지 이성재에게 말하면 그때도 과연 자신을 탓하겠는가.

그러나 이상진의 어쭙잖은 생각을 비웃기라도 하듯, 이석진은 호텔 로비에 앉아 있었다. 그는 사람들이 오가는 로비에 마련된 테이블에 앉아 독서를 하고 있었다. 여러 사람들이 가방을 든 채 분주하게 움직이는데도 이석진은 눈길조차 주지 않았다. 이석진은 이런 호텔 로비 분위기가 익숙한 모습이었고, 그 모습에 이상진은 부아가 치밀어 올랐다.

김주현 실장 또한 이석진의 행동이 못마땅했지만 지금은 자신이 나설 때가 아니라는 것을 잘 알고 있었다. 김주현은 이상진의 뒤에 조심스레 따라붙더니 그에게 조언했다.

"천천히 대화 나누세요."

"나도 생각이 있어요. 도와주지 않을 거면 가만히 좀 계세요."

말은 거칠게 내뱉었으나, 그는 최대한 침착한 태도를 유지하기 위해 노력했다. 김주현 실장도 더는 말하지 않았다. 이상진과 이석진과의 거리가 점점 가까워졌고, 마침내 이석진도 이상진을 알아보았다. 곧 김주현 실장이 예상한 것처럼, 그는 눈을 가늘게 뜬 채 이상진을 올려다보았다. 마치 못 볼 사람이라도 본 것 같은 태도였다.

눈빛만큼이나 싸늘한 말투로 이석진이 물었다.

"여긴 왜 왔어?"

"누군 오고 싶어서 온 줄 알아?"

"사과하려고 온 거면 필요 없어."

이상진은 이석진의 말을 얼른 이해하지 못했다. 그러다 문득, 집에서 이석진에게 주먹을 날렸던 기억이 떠올랐다. 이상진은 코웃음을 쳤다. 그는 동생에게 사과할 생각이 전혀 없었다. 이상진에게 있어 그날의 행동은 집안의 장남이자 이석진의 형으로서 당연히 해야 하는 행동이었으니까.

이석진은 이상진과 그 뒤에 서 있는 김주현 실장을 번갈아 쳐다봤다. 두 사람이 왜 자신을 찾아왔는지 어렴풋이 짐작할 수 있었다. 그러나 이석진은 자리에서 일어나지 않았다.

겨우 몇 마디 주고받았을 뿐인데도 이상진은 이 상황이 답답하게 느껴졌다. 그럼에도 그는 인내심을 발휘했다. 턱이 자꾸만 움찔거렸지만 애써 무시하고 이석진에게 손짓했다.

"잔말 말고 따라와. 아버지께서 찾으시니까."

"내가 왜 형 말을 따라야 하는데?"

"내 속 긁는 말 좀 작작해. 넌 아버지가 암 진단을 받았는데도 이렇게 여유를 부리는 거냐? 그게 아들이 할 짓이야?"

결국 화를 참지 못한 이상진의 언성이 높아졌다. 그는 당장에라도 동생의 멱살을 붙잡고 끌고 갈 기세로 이석진을 노려봤다. 아마 다른 사람들이 없었다면 충분히 그러고도 남았을 것이다. 그러나 로비에는 사람들이 많았고, 사람들이 이쪽을 힐끗 쳐다보기까지 했다.

결국 김주현 실장까지 나섰다.

"의원님께서는 가족이 다시 모두 모이셨으면 합니다. 그러니 그만 일어나시죠."

"그렇군요. 그 이유는 저도 알 것 같네요."

"알면 당장 일어나라고."

이상진이 으르렁거렸는데도 이석진은 여전히 요지부동이었다. 오히려 흥분한 사냥개처럼 행동하는 자신의 형을 차분한 눈으로 바라볼 뿐이었다.

이석진이 눈빛만큼이나 차분한 말투로 말했다.

"형은 눈에 보이는 것만 보려고 해."

"갑자기 무슨 헛소리야?"

"형은 눈앞에 있는 것만 보기 급급하다고. 좀 더 깊이 들여다보면 지금 상황이 어떻게 돌아가는지 알 수 있을 텐데."

"야, 너!"

"아버지께 말씀드려. 며칠 내로 집으로 다시 들어가겠다고. 오래 걸리지 않을 거야. 아버지께 그 정도만 말씀드려도 이해하실 거야."

이상진은 동생의 말에 일단 입을 다물었다. 동생의 말을 믿어도 되는 건지, 아니면 우격다짐으로 동생을 데려가야 하는 건지 그는 잠시 고민했다. 그래도 어쨌든 제 발로 집으로 돌아온다고 했으니 아예 성과가 없는 건 아니었다. 그는 김주현 실장을 슬쩍 쳐다봤고, 김 실장은 조용히 고개를 끄덕였다. 이 정도만 되어도 괜찮다는 뜻이 분명했다.

이상진은 마지막까지 으르렁거리는 모습을 숨기지 않았다.

"네가 한 말, 분명히 지키는 게 좋을 거다."

이상진은 그대로 이석진에게서 멀어져 다시 세단으로 향했다. 그러나 김주현 실장은 이상진을 따라가지 않았다. 김주현 실장은 여전히 이석진 앞에 서 있었고, 그런 그를 이석진은 물끄러미 쳐다볼 뿐이었다. 이상진 때와 달리 싸늘한 기운이 오갔지만, 그렇다고 대화를 나누지 못할 정도는 아니었다.

먼저 질문을 건넨 사람은 이석진이었다.

"무슨 할 말 있나요?"

"미국에 있는 동안 생각을 정리할 줄 알았는데, 제 예상이 빗나갔네요."

"미국은 제게 중요하지 않아요. 거길 가기 전이나 지금이나 내 마음은 똑같아요."

"하지만 상황이 변했지요."

"아버지 건강 상태를 말하는 거면 나한테는 크게 중요하지 않아요."

다른 사람이 방금 이석진의 말을 들었다면 너무나 차가운 태도에 섬뜩함마저 느꼈을 테지만, 김주현 실장은 그렇지 않았다. 오히려 그는 이석진의 태도를 보면서 이성재와 이석진 두 사람 사이에서 모종의 대화가 오갔음을 알 수 있었다. 그게 무엇인지는 알 수 없었으나 아무래도 자신이 생각하는 것과 다른 무엇이 있음은 확실했다.

김주현 실장이 눈을 가늘게 떴다.

"아무래도 제가 착각한 부분이 있나 보네요."

"그게 무엇인지 난 궁금하지 않아요."

"저도 굳이 말하지 않겠습니다. 다만 의원님의 뜻을 더 이해할 수 있겠네요. 그럼 잘 마무리 짓고 오십시오. 그게 무엇이든."

김주현 실장은 인사도 하지 않은 채 이상진이 나간 방향으로 발걸음을 옮겼다. 그는 이석진이 지금 생각을 정리하고 있다고 확신했다. 이석진이 아직 집으로 돌아가지 않는 이유는 그 생각을 아직 정리하지 못했기 때문이라는 것을 알아차릴 수 있었다.

김주현 실장은 이석진이 상당히 신중하게 고민하고 있다고 판단했다. 그리고 이석진이 선택이 마친다면 분명 어떤 파장이 일어날 것이다. 긍정적으로든 부정적으로든 말이다.

호텔을 나온 김주현 실장은 자기 생각을 이상진에게 알려 줄까 잠시 고민했지만 이내 그만두었다. 세단에 올라타 이상진을 힐끗 보니 그는 제 할 일은 끝냈다고 여겼는지 여유롭게 웃고 있었다. 이석진이 이상진에게 했던 말은 전혀 틀리지 않았다.

* * *

현실은 생각과 다르다. 이 말은 누구에게나 통용된다. 생각대로 현실을 살아가는 사람이 없으며, 현실을 생각대로 이해하는 사람도 없다. 그건 이석진 또한 마찬가지였다. 그는 오랫동안 이 현실이, 세상이 자신의 뜻대로 되지 않을 것이라는 것을 알고 있었다. 이미 오랫동안 그러한 경험을 여러 차례 겪었으니까.

다만 유학 이후 이 세상을 바라보는 시선만큼은, 특히 경제적 관념에서 바라보는 시선만큼은 되도록 유지하기 위해 부단히 노력했다. 자신만의 시선이 있었기에 자신이 많은 자산을 얻은 것이라고 그는 믿었다. 그 때문에 미국에서 만난 앤드류 양과 다니엘 마츠다에게도 자신의 뜻과 신념을 펼쳐 보였다.

누군가는 이석진의 태도가 너무나 이상적이라고 평가하겠으나, 그는 자신의 가치관과 신념에 대한 자부심과 믿음이 확고했다. 그 생각은 지난 10년 동안 변함이 없었다. 그러나 병원에서 아버지 이성재를 본 그날, 이석진은 자신의 마음에 나타난 균열을 알아차릴 수 있었다. 그 균열은 아버지가 자신에게 던진 도끼의 여파였다.

이석진은 심란해진 마음을 다잡을 수 있는 방법이 무엇인지 고민했다. 미국에서 그랬던 것처럼, 한국에 돌아오자마자 그는 다양한 책을 읽기 시작했다. 톨스토이, 도스토예프스키 등 러시아 대문호의 소설을 읽었고, 호텔 인근을 천천히 걸으며 생각을 정리하기도 했다. 그러나 달라지는 건 아무것도 없었다.

그러다 자신의 앞에 이상진이 나타났을 때, 이석진은 아버지의 뜻을 다시금 깨달았다. 아버지가 이재진이 아닌 이상진을 보내는 이유는, 단순히 형제 사이를 화해시키기 위함이 아니었다. 아버지는 여전히 이석진의 자신의 뜻을 따르길 바라고 있었다. 호텔에 나타난 이상진은 바로 아버지의 암묵적인 표현이었다. 자신의 뜻만 따른다면 이상진은 어떤 문제도 아니라는 아버지의 뜻이었던 거다. 결국 중요한 건 이석진의 선택이었다.

아버지의 뜻을 모르지 않는 이석진이었으나, 그는 순순히 아버지의 뜻을 받아들이지 않았다. 객기나 단순한 투정이 아니었다. 선택에 따른 여파를 오직 그 스스로 수용해야 했기 때문이었다. 거기까지 생각을 마친 이석진은 결국 책장을 덮었다. 아직 햇볕이 밝은 오후였다. 그는 소설책을 든 채 곧장 호텔을 나왔다. 물론 아버지에게로 가는 것은 아니었다. 가야 할 곳은 이미 정한 상태였다.

상념에 잠겨 걷는 탓에, 이석진은 평소와 달리 주변을 전혀 인지하지 못했다. 손을 잡고 걸어가는 연인들, 정장을 입은 채 휴대폰으로 누군가와 통화하는 직장인들, 두툼한 캐리어를 끌고 길거리를 오가는 관광객 등 많은 이들로 북적이는 거리를 걷는 동안 이석진은 자기 자신에 대한 생각에만 집중했다. 그 때문에 다른 사람과 몸을 부딪치거나 신호등을 제대로 보지 못해 횡단보도를 그냥 지나칠 뻔했다.

그렇게 1시간 이상 껍질만 있는 사람처럼 걷던 이석진은 마침내 평소 자주 드나드는 단골 바 앞에 도착했다. 오랫동안 걸은 탓에 이마와 등에는 땀이 맺혀 있었다. 옷이 젖어 몸에 딱 달라붙었으나 그는 개의치 않았다. 원숭이 모양 인형을 정문에 매달고 있는 라멘 가게, 프랜차이즈 카페, 낡은 간판이 걸려 있는 한의원, 얼마 전에 새로 영업하기 시작한 편의점 등이 주변에 있었으나 이석진은 묵묵히 지하로 내려가는 계단을 따라 발을 옮겼고, 이어 검은 문을 열었다.

문을 열자 향긋한 향이 이석진의 주변을 맴돌았다. 작은 의자 다섯 개가 넓은 간격으로 배치된 바 테이블, 작은 테이블 두 개가 마련된 10평 남짓한 바는 이석진에게 너무나 익숙하고 친숙한 공간이었다. 그리고 바 테이블 너머 덩치가 제법 큰 젊은 남성이 잔을 닦고 있었다. 편안한 평상복 차림의 바텐더이자 이 바의 사장이 이석진을 알아보고는 싱긋 웃었다.

"어서 오세요. 오늘은 일찍 오셨네요."

"일이 있어서요."

이석진도 미소로 화답하며 의자에 앉았다. 그는 진열장을 스윽 훑었다. 숫자가 적힌 오래된 위스키들이 마치 규칙이라도 있는 것처럼 일정한 방식으로 배치되어 있었다. 그 모습을 보고 있자니 이석진은 바에 오기 전까지 자신의 머릿속에 가득했던 상념이 일순간 사라지는 것을 알 수 있었다. 그러자 평온한 마음이 들었다.

바텐더가 이석진 앞에 얼음물 한 잔을 놓았다. 아마 땀에 젖은 이석진을 알아차리고 준비해 준 게 분명했다. 이석진은 단숨에 잔을 비웠다.

바텐더가 잔을 치우며 물었다.

"오늘은 어떤 걸로 준비해 드릴까요?"

"혹시 맥켈란 파인 앤 레어가 있을까요?"

이석진이 맥켈란을 갑자기 찾는 것은 아니었다. 미국에서 머무르는 동안 앤드류 양과 다니엘 마츠다와도 맥켈란을 마시려 했지만, 맥켈란을 취급하는 가게가 많지 않아 좀처럼 마실 수가 없었다.

맥켈란을 정확히 언제부터 마셨는지 이석진도 기억나지 않았다. 다만 미국에서 사업을 시작하면서 어느 정도 재산을 갖게 되었을 때, 사업 파트너가 그에게 권했던 것만큼은 분명히 기억했다. 그 후 이석진은 가장 좋아하는 위스키 중 하나로 맥켈란을 꼽았고, 지금도 마음을 다잡을 때마다 그 위스키를 마셨다.

이석진의 요구에 바텐더는 조용히 진열장으로 향했다. 그는 린넨 천으로 잔을 닦는 행위를 그만두고는 곧 진열장 가장 윗자리에 진열된 술을 집었다. 다른 병 때문에 자세히 보이지 않았지만, 이석진은 자신이 본 위스키가 자신이 원하는 위스키라는 걸 바로 알 수 있었다.

바텐더가 잘 관리된 위스키병을 이석진 앞에 내려놓았다.

"말씀하신 맥켈란 파인 앤 레어입니다. 1973 빈티지이죠. 1973년도에 숙성을 시작하여 30년 후인 2003년에 병입을 했죠. 밥 달가노라는 장인이 손수 하나씩 고른 최고의 캐스크들을 시리즈로 만든 제품입니다. 맛은 아주 뛰어나죠."

"이걸로 한 잔 주세요. 정말 오랜만이네요."

이석진은 자신이 좋아하는 위스키가 있다는 사실에 기뻐하며 미소 지었다. 평소에는 냉랭한 모습으로 가족을 대하는 그였지만, 결국 다른 사람 앞에서는 자신이 좋아하는 것을 요구하며 즐거워하는 평범한 청년과 다르지 않았다.

바텐더가 병뚜껑에 감긴 하얀 필름을 돌려 떼어 냈다. 이어 쇠로 만든 지거로 술을 한 잔 따르고는 이석진 앞에 놓았다. 이석진이 잔에 담긴 맥켈란을 보며 물었다.

"요즘 이 술은 한 잔에 얼마 정도 하나요?"

"230만 원입니다."

술 한 잔에 거금을 낼 사람은 흔치 않다. 그럼에도 이석진은 개의치 않았다. 그는 곧 잔을 들어 자기 코 앞으로 가져오더니 향을 맡았다. 이석진이 만족스러운 표정을 지었다.

바텐더가 병을 정리하며 물었다.

"오늘은 평소와 다르시네요. 가격을 다 물으시고요. 혹시 무슨 일이 있나요?"

바에 손님이라고는 이석진뿐이었으므로, 바텐더는 기꺼이 이석진의 말동무가 되어 주었다. 이석진도 혼자 있는 시간을 바라고 바에 온 것은 아니었기에 바텐더의 물음에 순순히 대답했다.

"요즘 이런 한정적인 상품들의 값어치는 어떤 방식으로 측정되나 궁금했어요. 10년도 되지 않았죠. 잔술 한 잔에 20만 원 정도였죠. 그런데 지금은 열 배가 훌쩍 넘었죠. 물론 여기가 비싸다는 건 아니에요. 더 비싸게 판매하는 곳도 있겠지요."

"알아주시니 감사합니다. 그런데 오늘따라 조금 달라 보이시네요. 단순히 제 착각은 아니에요."

"그런가요? 제가 어떻게 보이죠?"

"고독하다고 할까요? 혹시 무슨 일인지 알 수 있을까요?"

이석진은 한참 동안 대답하지 않았다. 이 바는 평소 김연희와 자주 찾았으나 그만큼 이석진 혼자 자주 오는 곳이기도 했다. 혼자 올 때는 별다른 말을 하지 않는 이석진이 오늘은 자신에게 이런저런 질문을 던지는 것에 바텐더는 흥미를 보이고 있었다.

이석진은 맥켈란을 한입에 전부 털어 넣었다. 그러고는 입술을 살짝 오물거리면서 입안에서 술이 오가는 것을 느꼈다. 은은한 향이 입안에서 퍼졌다. 이석진은 술을 한꺼번에 꿀꺽 삼켰다. 그 느낌이 좋아 이석진은 절로 흐뭇한 표정을 지었다.

이석진이 빈 잔을 바라보며 말했다.

"보통 제가 쉽게 말하는 타입은 아니죠."

"그래요. 감정을 잘 드러내지 않았죠. 하지만 오늘은 분명 다르네요. 지금 제가 하는 말이 손님의 기분을 상하게 할 수도 있겠지만, 지금까지 봐 온 손님의 모습 중에서 가장 인간답네요."

인간다움. 그 말에 이석진은 살짝 고개를 끄덕였다. 고작 술 한 잔에 취할 그가 아니었다. 다만 그 스스로도 오늘 자신이 평소와 다른 모습을 보이고 있음을 인정했다.

이석진은 바텐더에게 부탁했다.

"같은 술로 한 잔 더 주시겠어요?"

바텐더가 다시 술을 잔에 채웠다. 이석진은 그것을 바라보며 중얼거리듯 말했다.

"그런 생각이 들더라고요. 지금 세상의 모든 한정적인 상품의 가치는 계속해서 상승하고 있다고요. 반면 인간이 표현할 수 있는 수단은 넓어지고 있지만 그 깊이는 줄어들고 있어요. 이건 값이랑 다른 문제죠."

"아무래도 물건이 더 귀한 세상이라 그런가 봅니다."

물건이 더 귀한 세상이라는 말에 이석진은 고개를 끄덕였다. 그러나 바텐더의 말에 공감한다는 뜻은 아니었다. 그는 오히려 다른 귀한 것이 있다고 여겼다. 그리고 그것이 오늘 자신을 여기까지 오게 만들었다.

그런 이석진을 빤히 바라보던 바텐더가 이내 자리를 뜨더니 잔을 가져왔다. 그러고는 맥캘란이 아닌 다른 술을 두 잔에 따르고는 한 잔을 이석진에게 건넸다.

"손님, 괜찮으시다면 같이 건배할까요?"

이석진은 마다할 이유가 없었다. 그는 오른손으로 바텐더가 준 잔을 받고는 허공에 건배하는 손짓을 한 뒤 술을 모두 마셨다. 맥켈란만큼은 아니어도 분명 괜찮은 위스키였다.

바텐더가 술을 마시고는 자기 입장을 말했다.

"손님. 제가 왜 손님과 건배했는지 아시나요?"

"글쎄요."

"사실 저는 물건이 귀하다는 말에 동의하지 않습니다. 손님처럼요. 손님과 더 값진 걸 나누고 있다고 생각하죠. 그래서 잔을 들었습니다."

바텐더의 말에 이석진이 흥미를 보였다. 그는 자신과 생각이 비슷한, 아니 어쩌면 동일할 수도 있는 바텐더를 바라보다가 이내 잔을 가리켰다.

"맥켈란 한 잔을 사 드리죠. 같이 한 잔 어떠세요?"

"무엇을 위해서 마시죠?"

바텐더의 물음에 이석진은 깊이 고민하지 않았다. 그는 아주 오랫동안, 유학 이전부터 지니고 있던 자신의 뜻을 바텐더에게 말해 주었다.

"인간으로 살기 위해서."

"그거 좋네요. 인간으로 살아가기 위해서!"

이석진과 바텐더는 허공에서 서로 잔을 마주하는 시늉을 하고는 각자의 술을 음미했다. 이번에도 훌륭한 위스키의 맛에 이석진은 만족했다. 바텐더는 가볍게 물을 마시고는 평소와 다르지 않은 모습으로 서 있었다.

지금까지 이석진이 이 바를 찾아온 횟수만 해도 수십 번에 달했다. 작지만 아늑한 공간, 사람은 적으나 단골들이 자주 올 법한 분위기에 매료된 이석진은 곧장 이 바의 단골이 되었다. 미국에서 돌아온 지 얼마 되지 않았을 때였다. 바텐더와 몇 번 대화를 주고받은 적은 있긴 했지만, 그게 전부였다. 이석진은 조용히 술을 마시다 떠나는 날이 많았고, 김연희와 사귄 뒤에도 둘이 오는 경우가 많았으니 바텐더와 이야기를 나눌 시간은 많지 않았다.

그럼에도 이석진과 바텐더에게는 어떤 친밀함이 분명 존재했다. 바텐더는 이석진이 자주 찾아오니 나쁠 것이 없었고, 이석진도 자신에게 언제나 친절하고 정중한 바텐더의 모습을 좋아했으니 말이다. 다만 서로가 그 사실을 말하지 않을 뿐이었다.

그 때문에 이석진은 지금 이 순간이 참으로 특별하게 느껴졌다. 그는 들고 있던 소설책을 바에 올렸다. 바텐더는 힐끗 책을 보고는 묘한 웃음을 지었다. 그의 웃음을 분명 보았음에도 이석진은 우선 자기 말을 꺼냈다.

"아까 여기까지 걸어오면서 그런 생각이 들더라고요. 지금 내가 좋아하는 것들, 아니 우리가 살아가면서 좋아하는 것을 다시 마주하는 날이 점점 어려워지고 있다는 걸요. 만약 그 순간이 돌아와도 과연 이전과 같은 설렘을 느낄 수 있을까요?"

"쉽지는 않죠. 나이가 든다는 건 그런 거죠."

"나이도 나이지만, 저는 우리가 앞서 경험하지 못했던 새로움이 지닌 신비함, 그리고 그와 관련한 기쁨에 사로잡혀 일시적인 감정으로 만든 착각이 아니라고 생각한 적이 있죠."

"왜 그렇게 생각하나요?"

"자신이 다짐했던 부분을 다시 생각하고 과거의 틀어진 감정을 바로잡는 행위를 하지 않는 사람이 많죠. 사회도 그래요. 잠깐의 흔들림이나 설렘 같은 일시적인 감정을 마치 영원한 것처럼 포장하잖아요. 서점에서 이러한 제목들의 책을 본 적 있어요. 순간을 소중히 여겨라. 현재를 즐겨라. 지금은 다시 돌아오지 않는다. 그런데 이런 제목은 자신이 진심이라고 여겼던 과거를 쉽게 소멸시켜요. 쉽게 끝날 감정이었으면, 아니 착각하지 않고 살아가는 방식을 더 고민하는 태도가 좋죠."

이석진은 최대한 담담한 말투로 말했다. 지금 하는 말이 누구에게 하는 말인지 그는 얼른 이해하지 못했다. 여전히 장남이라는 위치에 사로잡힌 이상진에게 하는 말일 수도 있고, 다른 사람을 돕는 게 좋다고 말했던 이재진에게 하는 말일 수도 있다. 어쩌면 자신에게 하는 말일 수도 있다.

그러나 이건 내면에 관한 고백이 아니었다. 당연히 술기운에 하는 말도 아니었다. 그는 그저 현실을 바라볼 뿐이었다.

바텐더가 고개를 끄덕였다.

"손님의 말씀에 저 또한 깊게 공감하며 동의합니다. 의미가 없는 것들에 포장이 깊어지는 시대죠. 본질을 중요하게 여겨야 하는데 눈에 보이는 것만 평가하려고 해요. 애석하지만 지금은 그런 시대죠. 그래서 진정으로 의미를 가진 것들도 오히려 포장이 점점 깊어지는 바람에 진정한 의미를 방해하고 있다고 생각한 적도 있지요."

"저와 생각이 비슷하시네요. 가령 그런 게 뭐가 있을까요?"

바텐더는 자연스럽게 손가락을 뻗었다. 그가 가리킨 방향에는 이석진이 가져온 소설책이 있었다. 바로 도스토예프스키의 장편소설이었다. 이석진의 두 눈이 휘둥그레졌다.

"소설이 그런 것이라고요?"

"소설 작품이라고 정의하는 게 더 정확하겠네요. 애석하지만 지금은 지적 허영심이 있는 시대죠. 혹시 문학이나 철학, 예술을 잘 모르면서도 안다고 말한 적이 있으신가요?"

"그런 적은 없지요. 그건 정말로 지적 허영심에 불과하니까요. 제 주변에서도 그런 사람은 본 적이 없네요."

이석진은 그러다 슬쩍 이상진을 떠올렸다. 어쩌면 자신의 형이라면 그런 모습을 보일 수도 있겠다고 그는 생각했다. 그러나 허영심보다는 자존심이 더 강한 이상진이었다. 차라리 모르면 모른다고 하지 괜히 아는 척하다가 좋지 않은 모습을 들키면 분명 길길 날뛸 사람이었다.

바텐더가 어깨를 조금 으쓱거렸다.

"놀랍게도 그런 사람들이 많아요. 예를 들어 영화를 보지 않았는데도 봤다고 하는 사람들이 있지요. 인터넷으로 얼마든지 영화와 관련한 정보를 얻을 수 있으니까요. 심지어 자신이 정말로 그 영화를 봤다고 착각하는 사람도 있어요. 부자가 아무렇지 않게 사치품을 휘감는 행동처럼요, 이러한 지적인 부분들에도 허영심이 생겨나고 있죠. 마치 홀든 콜필드가 경멸했던 헐리웃처럼 말이에요."

"홀든 콜필드라면 〈호밀밭의 파수꾼〉의 주인공 아닌가요? 그 반항아 말이에요."

"정확합니다. 저는 그런 사람들이 이 세상에 참 많다고 봅니다. 의미를 전혀 알 수 없는 문학 따위에 열광하죠. 그리고 그걸 좋아하는 사람들이 많아지면서 정작 가만히 있었던 사람들도 서서히 거기에 심취합니다. 그 자체가 허무함에도 불구하고 그런 과정에 하나의 새로운 의미가 다시 부여됩니다. 많은 이들이 좋다고 정의하면 그제야 심취하게 되는 거죠. 그렇게 해서 남는 건 사실 어마어마한 거품뿐입니다. 사실 위스키도 마찬가지죠."

바텐더가 안타깝다는 듯 웃었다. 그러나 진지한 웃음은 아니었기에 이석진이 그가 어느 정도 농담조로 말하고 있다는 것을 알았다.

"거품은 허영이다. 그러니 마크 채프먼이 존 레논을 암살했겠죠."

비틀즈의 존 레논을 암살한 마크 채프먼이 허영심에 압도되어 결국 이상증세를 보였다는 사실은 꽤 유명한 일화다. 거기다 마크 채프먼이 〈호밀밭의 파수꾼〉의 애독자라는 루머가 마치 사실처럼 퍼졌는데, 이석진은 바텐더의 말에 그럴듯하게 대답한 것이다.

바텐더 또한 이석진의 말에 만족스럽다는 듯 웃으며 말했다.

"정말 좋은 손님이시군요. 이런 대화를 나눌 줄 몰랐어요. 다들 존재하지 않는 것에 열광하고 있죠. 그게 허영이죠. 그리고 문학에는 그런 지적 허영심을 지닌 작품들이 많아요. 소설도 그렇죠. 멋있는 제목, 유명해야 하는 작가, 이해하기 어려운 난해한 주제들, 사실은 별거 아닌 서사로 가득하죠. 오히려 우리가 방금 전 이야기를 나누었던 그 반항아 이야기보다도 나빠요. 그런 작품을 쓰는 사람이 또 누가 있겠어요?"

"감히 추천하죠. 도스토예프스키가 있을 겁니다."

이에 바텐더가 정말로 놀랍다는 듯 눈을 동그랗게 떴다. 그 모습에 이석진은 역시 그가 자신과 상당히 닮은 취향을 지니고 있다고 확신했다.

바텐더가 당장에라도 박수를 칠 것처럼 손을 과장되게 움직였다.

"정말 좋은 작품을 많이 쓴 소설가죠. 〈죄와 벌〉은 정말 최고입니다. 많은 사람들이 이렇게 말합니다. 주인공 라스콜리니코프가 전당포 주인을 살해하고 살아가다가 소냐라는 여자를 만나 사랑의 순결함이라는 이유로 살인의 죄를 자수하고 자신의 부족함을 돌아보는 소설이라고요. 그 말에 동의하시나요?"

"전혀요. 라스콜리니코프, 그러니까 로쟈는 그런 사람이 전혀 아니었어요."

"저는 손님의 의견을 더 듣고 싶네요."

도스토예프스키의 소설이라면 몇 번이고 읽었던 이석진이었다. 그는 물 한 모금을 마시고는 자신이 아는 〈죄와 벌〉에 대해 이야기했다.

"로쟈는 젊고 순수한 남자였죠. 그는 니체의 초인사상에 매료된 사람이기도 했죠. 문제는 그가 잘못된 자신만의 사상으로 인간의 목숨을 저울질했다는 겁니다. 비범한 인간은 비범하지 않은 인간을 처단할 권리가 있다면서 말이죠. 그렇게 그는 악덕 고리대금업자인 전당포 주인을 살해합니다. 다수의 행복을 위해서요. 하지만 그 후로 심각할 정도의 죄책감에 시달리죠. 수사망이 점점 좁혀지는 현실에 대한 불안감도 커지고 있었고요. 그러다 소냐를 만나게 되었고, 그녀에게 사랑의 감정을 느끼죠. 동시에 그녀의 모습에 숙연해지죠."

"왜 그렇죠?"

"선(善) 때문이죠. 로쟈는 선을 위해 타인을 희생시켰으나 소냐는 자기 몸을 팔아 가족을 부양했으니까요. 결국 로쟈는 자신이 도달하고자 했던 선한 행위의 일부를 부정하기 시작하죠. 그건 단순한 사랑의 감정이 아니에요. 그리고 안타깝지만 그게 소설의 한계죠."

"〈죄와 벌〉이 지닌 한계요? 그게 뭐죠?"

"정확히는 소설이라는 문학이 지닌 한계예요. 소설에서는 대부분 인물이 어떤 사건을 계기로 승화합니다. 그런데 현실은 그렇지 않아요. 설령 합리적인 사고를 지닌 인간도 그렇죠. 오히려 위험에 빠지려고 하지 않아요. 그럼에도 인간은 계속해서 그런 모습을 보여요. 애당초 인간의 행동, 성향을 관찰할 수 있다고 여기고, 그래서 미래를 짐작할 수 있다고 말하죠. 그러나 현실은 다르고, 소설과도 다르죠."

"그럼 로쟈는 왜 그랬을까요?"

"소냐를 보면서 자신을 반성하기 위해 자수를 선택했다고 할 수 있지만 사실 자기 마음이 편해지길 바라는 염원에서 나타난 이기적인 행동이죠. 소설은 소설에 불과해요. 중요한 건 현실이고, 인간이죠."

이석진은 그렇게 말하면서 자신이 어떻게 가야 하는지 조금은 실마리가 풀리는 듯했다. 그리고 자신이 어떻게 행동해야 하는지도 이해했다. 이것은 단순한 취기가 아니요, 소설에서 찾은 해답도 아니었다.

그건 바로 선택이었다.

이석진이 바텐더에게 요구했다.

"맥켈란으로 칵테일 한 잔 만들어 주세요. 위스키 샤워로요."

"정말로요?"

당연히 바텐더는 놀랄 수 없었다. 한 잔에 수백만 원을 호가하는 위스키를 누가 칵테일로 마시는가. 바텐더는 이석진이 취한 게 아닌지 조금은 걱정스럽게 쳐다봤다. 그러나 이석진은 처음 바에 왔을 때보다 더욱 강렬해진 눈빛으로 잔을 보고 있었다. 그 모습이 진심이라는 생각에 결국 바텐더는 셰이커를 가져왔다.

이어 바텐더는 적당히 재료를 담아 강하게 흔들었다. 열 번 정도 강렬한 소리가 두 사람 사이에서 울렸다. 이어 바텐더가 차가운 칵테일 잔에 셰이커에 있는 내용물을 담았다. 이석진은 자기 앞에 놓인 잔을 보면서 말했다.

"비싼 술에 이것저것 섞어서 칵테일을 만들었다고 해도, 결국 본질은 바뀌지 않아요."

"인간은 그 본질을 찾을 뿐이죠."

"본질을 찾는 방법은 의지만으로는 안 돼요. 의미보다 앞선 정의를 깨부수고 내가 만든 방식으로 세상과 직면해야 하죠. 세상이 만든 틀보다 내 의지로 많은 것들을 관찰하고, 나만의 방식으로 해결해야 하죠."

"해답을 찾았나요?"

바텐더의 말에 이석진이 고개를 들었다. 그는 바텐더를 바라봤다. 그리고 조용히 고개를 끄덕였다. 이제 이석진은 깨달았다. 아버지가 자신에게 다시 돌려받기를 원하는 것, 그리고 자신의 마음에 여전히 남아 있는 도끼를 없애는 방법을 말이다. 서로 연결되지 않았다고 여겼는데, 실상 모든 것이 연결되어 있었다.

이석진은 앞에 놓인 칵테일 잔을 바라봤다. 그는 손으로 잔을 만지다가 이내 잔을 내려놓았다.

"마시지 않겠어요. 지금 저를 찾는 사람을 만나러 가야겠네요. 그리고 제가 원하는 방식으로 해결해야겠어요. 그때 이 칵테일을 다시 주문하겠습니다. 그리고 맥켈란 파인 앤 레어 또한 다시 마시죠. 그때는 이 술이 사라져 버릴 수도 있겠죠?"

"세상에 영원한 건 없죠. 인간은 언제나 영원함을 꿈꾸지만, 그 부재를 지니고 있잖아요."

영원함. 그것이야말로 아버지 이성재가 원하는 것이었다. 아버지가 자신을 계속해서 저택으로 불러들이는 이유는 자신의 혈육이 저택에 있길 바라서였다. 단순히 물리적으로 존재하는 것이 아니라, 자신의 가족을 유지하기 위해서 말이다. 설사 자신이 세상을 떠난다고 해도 남아 있을, 자신의 피를 확인하기 위해서.

"그 영원함을 찾는 사람도 있지요. 거기에 맞서 싸워야겠네요. 그리고 다시 오겠습니다."

지금 자신에게 필요한 건 허영심이나 우월감 따위가 아니다. 바로 현실을 극복할 수 있는 태도다. 자신을 기다리고 있을 아버지에게 돌아가야겠다는 마음이 다시 한번 그의 깊은 곳에서 솟구쳤다. 그는 비로소 현실을 직시하고 있었다.

바텐더는 이석진의 태도가 달라졌다는 것을 깨닫고는 조용히 인사했다.

"저는 언제나 열려 있습니다."

이석진은 모든 술을 계산한 뒤 바를 나섰다. 이석진이 나간 뒤, 바텐더는 천천히 그가 앉았던 자리를 정리했다. 여전히 바 안으로 들어오는 사람은 없었다. 손님이 오기에는 아직 이른 시간이었으므로. 그러나 바텐더는 이석진과 나눈 대화를 다시 곱씹으며 천천히 린넨 천을 만지작거렸다.
그리고 아무도 없는 바임에도 나지막이 중얼거렸다.
"불멸의 존재, 불멸의 서적."

3장

일국삼공(一國三公)

　시간이 부족해도 돌아가라는 말이 있다. 문제가 있는 상황에서도 촉박하게 생각하지 말고 차분하게 행동한다면 일을 해결할 수 있다는 뜻이다. 오랫동안 자기 계획을 철저하게 지켰고, 지금은 불도저처럼 계획을 밀어붙이려는 이성재이지만 여전히 이 말을 믿었다. 조급하게 행동한다면 제아무리 저돌적으로 계획을 밀어붙여도 무너질 수 있다. 그 때문에 그가 불도저처럼 행동하는 이유는, 바로 충분한 승산이 있기 때문이었다.
　그러므로 이성재는 며칠 전 동생을 데려오라는 지시에도 혼자 돌아온 이상진을 나무라지 않았다. 사실 이성재는 장남 이상진이 빈손으로 돌아올 것이라고 이미 예상한 터였다. 오히려 이상진이 제 성질을 이기지 못하고 이석진과 극심한 갈등을 빚을 것이라 짐작했다. 그러나 이상진은 이석진과 싸우지 않았으며, 이석진에게서 며칠 뒤 반드시 집으로 돌아오겠다는 약속을 받았다고 의기양양한 모습을 보여 주었다. 곁에 있던 김주현 실장 또한 이상진의 말이 사실이라고 대답했으므로, 이성재는 나름 이상진이 노력했다고 평가했다.
　결국 모든 상황은 이성재의 계획대로 될 것이었다. 그는 이석진이 돌아올 때까지 우선 기다리기로 했다. 그에게는 시간이 많지 않았으나 그렇다고 인내심마저 바닥난 것은 아니었다. 그는 조용히 안방에서 책을 읽었다. 사실 책의 내용은 하나도 머릿속에 들어오지 않았다. 며칠째 냉랭하기만 한 아내 김무교를 도무지 무시할 수 없었기 때문이다.

이성재가 병원에서 돌아온 그날, 김무교는 저녁 늦게 집으로 돌아왔다. 안방에 있는 이성재에게 몸은 어떠냐고 안부 한번 묻지 않고 옷만 갈아입고는 그대로 침대에 누웠다. 그녀는 남편 이성재를 아예 없는 사람 취급하였다. 다음 날, 김무교는 이성재보다 일찍 잠자리에서 일어나 외출했다. 아내가 어디로 가는지 이성재는 알 수 없었다. 늘 이희선과 함께 아침을 준비했던 김무교였으나 이제는 집안일을 거들떠보지도 않았다. 그러한 행동이 벌써 며칠째 이어지고 있었다.

지금 아내가 하는 행동이 일종의 시위라는 것을 이성재는 알고 있었다. 바로 이성재의 사과를 원하는 시위 말이다.

이성재는 결국 페이지를 몇 장 넘기지 못한 채 탁상 위에 책을 올려놓았다. 작은 테이블에는 이희선이 끓여 준 차가 놓여 있었으나 이미 식은 지 오래였다. 늦은 오후의 햇볕이 창문을 따라 안방까지 들어왔다. 이제는 제법 해가 길어졌고, 기온도 많이 올라 조금만 걸어도 등에 땀이 맺힐 정도였다. 이성재는 그런 창밖을 조용히 바라보며 숨을 골랐다. 그렇게 숨을 고르고 있자니 뱃속에서 불편한 통증이 느껴졌다. 심한 정도는 아니었으나 그 통증은 병원을 퇴원한 뒤에도 이따금씩 올라왔다. 이성재는 그것이 점점 자신에게 다가오는 끝이라고 여겼다.

"의원님. 석진 씨가 왔습니다."

문 두드리는 소리와 함께 김주현 실장의 목소리가 들렸다. 그 소리에 이성재는 창밖을 바라보던 눈길을 돌렸다. 이내 문이 열렸고, 안방으로 둘째 이석진이 들어왔다. 그 뒤를 김주현 실장이 뒤따랐다.

이석진은 이성재를 바라보지 않았다. 마치 일부러 의식하지 않는 모습이었다. 그러한 아들을 조용히 지켜보던 이성재는 김주현 실장에게 지시했다.

"그만 나가 보게. 둘이서 할 말이 있으니까."

김주현 실장은 이석진을 힐끗 보더니 이내 안방을 나갔다.

햇빛 가득한 방과는 어울리지 않을 정도로 두 사람은 냉랭한 모습으로 서 있었다. 평소처럼 편한 복장으로 온 이석진이지만 어쩐지 피로감이 가득해 보였다. 이성재는 그런 부분을 놓치지 않았고, 바로 이석진에게 의자를 가리켰다.

"그렇게 서 있지만 말고 앉아라."

"아뇨. 그냥 서 있을게요. 아버지와 긴 대화를 나누기에는 제 용건이 길지 않아요."

"하지만 내가 너에게 할 말은 짧지 않아."

이성재는 이석진이 이렇게 자신을 찾아와 대화를 나누게 된 것만으로 이미 충분한 성과를 얻었다고 확신했다. 그는 이제 상체를 더욱 뒤로 기울인 채 아들을 대했다. 일부러 거만한 태도를 보이려고 한 건 아니지만, 이성재가 아들을 어떻게 대하려는지 충분히 알 수 있는 태도였다.

그런 아버지의 모습을 이석진은 굳이 눈에 담으려고 하지 않았다. 그는 자기 할 말만 했다.

"아버지 뜻을 따라 보도록 하죠."

결국 자기 뜻을 받아들이려는 아들의 모습에 이성재는 자기도 모르게 웃음이 나올 뻔했다. 그러나 이성재는 손쉽게 감정을 드러내지 않았다. 평소처럼 덤덤하게 말할 뿐이었다.

"그래. 그럼 이제 진행해도 되겠어. 상속에 필요한 자료는 모두 내가 준비하마. 네가 요구하면 더 정보를 줄 수도 있고."

"다만 조건이 있습니다."

"조건? 무슨 조건?"

"아버지의 모든 재산을 상속받는 건 한꺼번에 이루어지지 않겠죠. 분명 일정한 기간에 따라 아버지가 정해 준 금액이 저에게 올 겁니다. 저는 그동안, 재진이를 독립시킬 겁니다."

"재진이를 이 집에서 독립시키겠다는 건 이미 내가 먼저 말했다."

"제 말은 재진이가 운영하는 복지재단을 독립시킨다는 겁니다. 적당한 수익성이 보장되는 부동산 형태의 펀드를 만든 뒤, 거기서 나오는 이익을 재단에 전달할 겁니다."

그 말에 이성재는 결국 웃음을 참지 못했다. 크게 웃는 아버지의 모습에도 이석진은 당황하거나 화를 내지 않았다. 그는 처음 방에 들어왔을 때처럼 조용히 서 있을 뿐이었다. 물론 이성재의 웃음은 조소가 아니었다. 정말로 그는 이 상황을 즐거운 듯 웃고 있었다.

마침내 이성재가 웃음을 멈추고는 물었다.

"남한테 좋은 일이라면 얼마든지 나서는 네 동생을 도와주겠다는 거냐? 정말로 그럴 작정이냐? 그렇게 네 돈을 뜯어 가는 재단 따위에 굳이 네 돈을 써서 네 동생을 도와주겠다고?"

이석진 또한 그 사실을 모르지 않았다. 지금 재단 명의로 된 재산을 자신이 상속한다면 그 재산은 얼마든지 자기 마음대로 사용할 수 있을 것이다. 물론 그런다면 이재진이 이사장으로 있는 재단은 얼마 가지 않아 흔들릴 것이다. 어쩌면 아버지의 지적처럼 별 쓸모가 없을 것이다. 그럼에도 불구하고 이석진은 자기 뜻을 저돌적으로 밀어붙일 작정이었다.

"다시 말씀드리지만 재진이는 독립시키겠습니다."

"굳이 그럴 이유가 뭐냐?"

"남은 시간 동안 아버지께서 반드시 해야 할 일이 있으니까요."

"내가 해야 할 일이 뭐지?"

"지금처럼 재진이에게 좋은 아버지로 남아 주시길 부탁드립니다."

지금까지 아버지 이성재와 눈도 마주치지 않았던 이석진이 이제는 아버지에게 고개까지 숙였다. 그 모습에 이성재는 웃지 않았다. 그렇게 꼿꼿하던, 자기 가족도 남처럼 대하던 아들이 이런 모습을 보일 줄은 꿈에도 몰랐으니 말이다.

이성재가 말했다.

"나는 언제나 새진이에게 좋은 아버지였다. 지금까지 그 아이한테 나쁜 모습을 보인 적이 없지."

"자기를 장기 말처럼 쓰는 아버지의 원래 모습을 안다면 재진이는 그렇게 생각하지 않겠죠. 더불어 자기가 이사장으로 있는 재단이 흔들리는 것도 원하지 않을 테고요."

이성재는 이해했다는 듯 고개를 끄덕였다. 이석진의 말뜻은 아버지로 정말 좋은 모습을 보이라는 것이 아니었다. 남은 시간 동안 이재진을 도와주고, 그를 보호하라는 뜻이었다.

거기까지 생각이 미치니 이성재는 아들의 뜻을 묻지 않을 수가 없었다.

"재진이가 네게 이사장으로서 겪는 어려움을 말한 적이 있냐?"

"없어요."

"아니면 자기가 더 좋은 이사장이 되도록 도와 달라고 한 적은?"

"전혀요."

"그럼 너는 왜 재진이를 그렇게 챙기는 거냐? 친형제는 놔두고."

"재진이도 엄연히 가족이니까요."

이석진은 그제야 고개를 들어 이성재를 노려봤다. 그 모습을 바라보며 이성재는 확신했다. 아들은 자기 사람을 어떻게든 챙기려 하고 있었다. 그리고 그런 아들은 분명 자신과 닮아 있었다.

"너는 분명 가족을 생각하는 마음이 있어."

"형도 잘 챙기라는 말이라면 사양하겠어요."

"그런 말은 하지 않겠다. 하지만 너는 분명히 알아야 해. 본질을 중요하게 여기는 네 태도는 인정하겠다. 하지만 그 과정과 방법의 차이를 보다 더 긴밀하게 고민할 필요가 있어."

"충고인가요?"

"이제 와서 네게 충고나 조언할 생각은 없다. 네가 내 말을 새겨듣지 않는다는 것도 이미 알고 있어. 하지만 나는 내 아들이 어떻게 행동할지 궁금하다. 아버지로서 말이다."

이성재가 무슨 말을 하려던 찰나, 밖에서 이런저런 소리가 들렸다. 누군가 대화를 나누는 소리였는데, 이내 차츰 말소리가 멎었다. 이석진은 슬쩍 뒤로 물러나서는 문고리를 살짝 돌렸다. 곧 문이 조금 열리더니 거실의 차가운 공기가 안방으로 들어왔다.

이석진이 다시 이성재에게 다가가 말했다.

"전 제가 어떻게 할지 말하지 않겠어요. 아버지는 제가 아버지의 재산을 상속받는 동안 제가 한 말을 꼭 지켜 주세요."

"네가 부탁한 말은 모두 받아 주겠다. 재진이에게도 어떤 말도 하지 않으마. 내가 죽어서도. 나는 끝까지 재진이에게 좋은 아버지로 남겠다."

"그 말씀, 꼭 지켜 주시길 바랍니다."

말을 마친 이석진이 몸을 돌리려는 순간, 그는 아버지의 앞에 놓인 책을 슬쩍 보았다. 처음 안방에 들어올 때부터 이석진의 눈길을 사로잡은 그 낡은 책은 분명 아버지 서재에 꽂혀 있던 책이었다.

"사마의의 책인가요?"

"맞다. 원한다면 가져가서 읽어라."

"굳이 그런 건 읽고 싶지 않네요. 그리고 아버지께 지금 필요한 책은 육도삼략 병법서가 아닐까요?"

이석진은 그대로 방을 나섰다. 이성재는 자신을 도발하는 동시에 상대에게 뻔히 보이는 수싸움을 벌인 이석진의 태도를 떠올리며 조용히 웃기만 했다. 아들과 나눈 대화는 고작 몇 마디에 불과했지만, 이성재의 생각을 바꾸기 충분했다.

무엇보다 이석진이 추천한 책은 분명 의도가 있었다. 육도삼략 병법서. 주나라의 강태공이 썼다고 알려진 병법서로, 손자병법과 더불어 가장 널리 알려진 병법서 중 하나다. 그러나 이석진이 육도삼략 병법서를 추천한 건 단순히 유명 병법서이기 때문은 아니었다. 이석진은 마지막까지 아버지 이성재가 철저하게 계획을 지켜 나갈 것이라고 여겼다. 그러나 그 계획을 다시 점검해 전략적으로 마무리를 짓길 바란 것이었다.

이석진이 병법서를 추천한 이유는 그 때문이라고 이성재는 확신했다.

* * *

이석진이 안방을 나오자, 그 앞에는 이상진과 김주현 실장이 서 있었다. 이상진은 어느 때보다 분노로 가득 찬 얼굴이었다. 김주현 실장은 두 눈을 동그랗게 뜬 채 이석진을 바라보고 있었다. 안방만큼 환한 햇빛이 거실을 비추고 있었고, 실내는 조금 더웠다. 흥분한 이상진의 가슴과 어깨가 눈에 띄게 움직였다. 그건 단순히 더위 때문만이 아니었다.

안방 문고리에서 손을 뗀 채, 이석진이 조금 앞으로 나와 이상진에게 인사했다.

"지금 집에 들어온 거야? 아버지께 인사드리지 그래?"

"너, 이 망할 자식!"

이상진이 그대로 트럭처럼 돌진하더니 이석진의 멱살을 붙잡았다. 이상진의 힘에 이석진이 그대로 벽으로 밀려났다. 바로 옆에 걸려 있던 가족사진이 덜컹거리며 움직일 정도였다. 시끄러운 소리에 부엌에서 나온 이선희가 두 사람을 보고는 소스라치게 놀랐다. 김주현 실장이 얼른 두 사람을 떼어 놓으려고 했지만 소용없었다.

"그만하세요. 얼른!"

"놔 봐요! 이 자식 말하는 거 김 실장님도 들었죠? 이 새끼가 아버지한테 모든 재산을 다 받겠다잖아요! 이제 와서! 야, 이석진 네 놈이 뭘 했다고 지금 아버지 재산을 탐내는 거야? 왜 이제 와서 미친 짓거리를 하는 거야! 너 지금 날 엿 먹이는 거야?!"

이상진은 고래고래 소리를 질렀다. 지금 그의 눈에는 오직 이석진이 자신을 바라보는 눈 말고는 아무것도 보이지 않았다. 화가 머리끝까지 올라간 그를 말릴 사람은 아무도 없었다. 그 사실을 아는 이석진도 굳이 형의 손아귀에서 벗어나려고 애쓰지 않았다. 오히려 그는 형의 이러한 모습이 너무나 처량하게만 느껴졌다.

이석진은 이상진이 이럴 것이라 충분히 예상했다. 사실 이석진은 이상진이 이토록 분노를 터뜨리도록 일부러 유도한 것이었다. 그는 아버지와 대화를 나누는 도중 형 이상진이 집에 돌아왔다는 사실을 알고는 슬쩍 안방 문을 열어 두었다. 그는 이전에 이상진이 늦은 오후에 호텔에 도착했던 것을 기억했고, 그래서 일부러 형이 도착하는 시간에 맞춰 집으로 돌아온 것이었다. 물론 아버지 이성재와의 대화가 밖으로 들리게 한 것도 그의 의도였다.

이석진은 영악하게 행동했다. 그러나 그의 행동은 단순히 형 이상진을 짓밟기 위한 행동이 아니었다. 이미 아버지가 자신에게 계획을 밝힌 이상, 언젠가 이러한 상황이 벌어질 것이라고 짐작했을 뿐이다. 아버지의 계획으로 인해서 나타나는 여파를 모든 가족들이 체감하길 바라면서 말이다.

무엇보다 가장 먼저 형 이상진이 이 사실을 알아차리길 바랐다.

"의원님! 얼른 나와 보세요! 얼른요!"

이희선이 다급하게 안방에 들어가 이성재를 불렀다. 김주현 실장이 온 힘을 다해 이상진을 이석진에게서 떨어뜨리려고 했지만 버거웠다. 평소에도 큰 덩치에 힘이 남다른 이상진이었는데, 이제는 분노에 휩싸여 완전히 짐승처럼 행동하고 있었다.

그런 형을 차갑고 매정하게 쳐다보며 이석진이 말했다.

"형. 이거 놔. 그리고 정신 좀 차리는 게 어때?"

"헛소리 마! 네가 감히 날 갖고 놀았어!"

"그렇게 불만이 있으면 나 말고 아버지께 말씀드려. 나는 재산을 받기 싫으니까. 아버지께 가서 재산을 달라고 말하면 되잖아. 아직도 모르겠어? 아무것도 모르는 주제에 형은 지금 나한테 불만을 가지고 있는 거야?"

잔뜩 흥분한 이상진은 동생의 말에 머릿속이 더욱 혼란스러웠다. 왜 아버지는 지금까지 집안일에 전혀 관심을 두지 않았던 이석진에게 재산을 전부 상속하려는 걸까. 그렇다고 해서 저토록 아무렇지도 않게 행동하는 이석진을 그냥 두고 싶지는 않았다.

"이번에야말로 형이 갖고 싶은 걸 챙겨. 자꾸 남한테 떠넘기지 말고."

이석진의 차가운 말은 비수가 되어 이상진의 가슴을 후벼 팠다. 뜨끔한 느낌이 가슴 속 깊이 퍼지자 머릿속 혼란이 순식간에 사라지고 다시금 분노가 치밀어 올라왔다. 어떻게 된 일인지 몰라도, 결국 원흉은 이석진이었다. 이 녀석 때문에 모든 게 틀어졌다.

지금 당장 이 분노를 가라앉힐 수만 있다면 이석진이 어떻게 된다고 해도 상관없었다.

"웬 소란이냐?"

곧 안방에서 나온 이성재가 두 사람의 모습을 보고는 엄한 목소리로 물었다. 순식간에 분위기가 가라앉았으나 여전히 이상진은 흥분한 상태였다. 그는 동생의 멱살을 쥔 손을 푼 뒤 빠르게 아버지에게로 다가갔다.

"상진 씨. 이쯤에서 그만하세요."

김주현 실장이 다시 막으려고 했으나 이상진은 막무가내였다. 그는 김 실장을 밀치고는 아버지 앞에 똑바로 섰다. 아직도 가라앉지 않은 흥분 탓에 뺨과 귀는 벌겋게 달아올라 있었고, 눈빛은 매서웠다. 이토록 흥분한 장남을 이성재는 여태껏 본 적이 없었다. 그럼에도 이성재는 이석진처럼 차가운 눈으로 아들을 쳐다볼 뿐이었다.

이상진이 결국 울분을 토했다.

"저 녀석한테 아버지의 재산을 모두 상속한다고요? 그게 말이 돼요? 저 녀석이요. 지금까지 이 집에 제대로 있어 본 적이 없었던 놈이에요. 그걸 모르는 사람이 없다고요. 그런데도 왜 석진이한테 재산을 모두 상속하겠다는 거예요? 저는 도통 이해가 되지 않아요!"

이상진이 숨을 거칠게 내뱉으며 말했으나 이성재는 요지부동이었다. 아들의 말에도 이해한다는 듯 다독이거나 그만하라고 매몰차게 선을 긋지 않았다. 그저 아들이 하고 싶은 말을 모두 쏟아 내게 내버려두었다. 그런 아버지의 모습에 이상진은 더더욱 흥분했지만 말이다.

제 목을 쓰다듬는 이석진을 가리키며 이상진이 말을 이었다.

"저, 여기 장남이에요. 제가 아버지와 어머니, 재진이를 위해서 얼마나 열심히 움직였는데요. 저 녀석이 20년 가까이 이 집에 없는 동안 제가 아들로서 얼마나 노력했는지 모르세요? 제가 아버지 곁에 있다는 건 완전히 잊으셨어요? 그게 아니라면 어떻게 저 녀석만 찾고 재산도 저놈한테 넘길 수 있냐고요?!"

"내 앞에서 내 재산에 대해서는 말하지 말라고 했었다."

"이걸 어떻게 넘어가요?! 저나 재진이가 아버지 곁에 있었다는 걸 싹 무시하시는데요! 대체 제가 뭐가 못 미더운 거예요? 저 장남이라고요. 아버지 첫째 아들이요. 그래서 아버지랑 어머니한테 얼마나 잘해 드렸어요? 제가 뭐가 못났다고 이러한 식으로 대하세요? 제가 부족한 게 도대체 뭐냐고요?!"

그렇게 울분을 토하던 이상진은 그럼에도 전혀 흔들리지 않는 아버지 이성재를 바라보았다. 거친 숨소리가 거실을 맴돌았다. 누구 하나 입을 함부로 열지 않았다.

별안간 이상진이 웃기 시작했다. 이 상황을 받아들이지 못해 터뜨리는 실소 따위가 아니었다. 자신이 뭐라고 한들, 아버지가 결코 들을 생각이 없다는 사실을 깨달아서 나오는 웃음이었다. 그런 이상진을 바라보던 김주현 실장과 이희선은 무언가 잘못되었다는 것을 직감했다. 이제 이상진의 눈에는 묘한 섬뜩함마저 감돌고 있었다.

이제 거실에는 이상진의 웃음소리만이 나돌았다. 곧 그는 자신의 어깨를 붙잡은 김주현 실장을 밀치고는 현관으로 걸어갔다. 이성재와 이석진은 그런 이상진을 조용히 지켜볼 뿐이었다.

이상진이 구두를 대충 신으며 모두에게 들으라는 듯 소리쳤다.

"내가 뭘 더 바랍니까? 섭섭하네요, 아버지. 제가 정말로 재산 때문에 이러는 줄 아세요? 정말로 그렇게 생각하세요? 그냥 장남으로 대해 달라고 한 거죠. 제가 지금까지 쌓았던 노력을 이해해 달라는 거죠. 그런데 그런 것 하나 없으면, 뭐 됐어요. 그게 아버지 뜻인데 제가 뭘 어떻게 하겠어요? 제가 40년 가까이 잘못 생각했네요."

이상진이 완전히 집을 나설 때까지 그를 따라가는 이는 아무도 없었다. 어차피 그를 붙잡는다고 한들 이상진은 자기 고집대로 집을 나설 것을 알았기 때문이다. 무엇보다 여전히 눈빛이 섬뜩했기에 감히 그를 붙잡을 수가 없었다.

완전히 닫히지 않은 문틈 사이로 더운 공기가 훅 들어왔다. 동시에 밀리서 바람에 나뭇가지가 흔들리는 소리가 들렸다. 그것 말고는 어떤 말도 들리지 않았다. 무거운 침묵을 깨뜨리려고 시도하는 사람은 없었다. 한참을 그 자리에 서 있던 사람들이 조용히 흩어질 때까지.

* * *

이성재가 쓰러졌던 바로 그날, 이상진은 자기 방에서 이런저런 궁리를 하고 있었다. 어떻게 하면 아버지를 설득해 조금이나마 재산을 미리 받을 수 있는지에 대해 말이다. 이미 지인들에게는 투자할 기업에 많은 돈이 오가고 있다는 소식이 전해졌다. 그러니 얼른 돈을 확보해 투자한다면 꽤 많은 이익을 얻을 수 있을 것이라고 그는 확신했다. 그러나 완고한 아버지 이성재를 어떻게 설득해야 할지 도무지 알 수가 없었다.

이미 며칠 전부터 김승준과 최민호의 가게를 찾지 않았다. 고민 때문에 찾지 않는 것도 이유였지만, 박지희가 최근 일이 바빠 만날 수 없다고 이상진에게 메시지를 보냈기 때문이다. 그러나 이상진은 신선한 재료들이 들어왔다는 김승준의 연락에도, 형님이 좋아할 만한 맥주를 준비했다는 최민호의 연락에도 시큰둥하게 반응할 뿐이었다.

그렇게 몇 번을 침대에서 뒤척이던 이상진은 결국 자리에서 벌떡 일어났다. 달조차 보이지 않는 어두운 밤이었으나 그는 좀이 쑤셔 침대에 누워 있을 수가 없었다. 일단 나가서 뭐라도 해야 직성이 풀릴 것 같았다. 무엇을? 무엇이든. 하다못해 이 시간에 간단히 드라이브라도 하면 속이 좀 후련해질 것 같았다.

대충 옷을 걸친 이상진은 이미 잠들었을 이재진의 방을 지나쳤다. 여전히 정갈하게 정리된 이석진의 방에는 눈길조차 주지 않았다. 그는 휴대폰을 든 채 어디로 갈 것인지 잠시 고민했다. 이러다가 김승준이나 최민호의 가게로 가게 되는 거 아냐? 잠시 고민하던 그는 곧 나쁘지 않은 선택이라고 판단했다.

그렇게 거실로 내려온 이상진은 부엌 앞에 검은 형체가 몸을 구부린 채 쓰러져 있는 걸 발견했다. 가벼웠던 이상진의 발걸음이 일순간 멈추었다. 그는 가늘게 눈을 뜬 채 바닥에 누운 그것을 천천히 살폈다.

"뭐지? 거기 뭐야? 어, 아버지?"

웅크린 채 정신을 잃은 아버지 이성재를 확인한 이상진에게 이제 드라이브 따위는 안중에도 없었다. 그대로 아버지에게 달려간 그는 이성재의 얼굴을 살피고는 집이 떠나가라 소리쳤다.

"어머니! 나와 보세요! 재진아! 얼른 내려와! 빨리!"

한밤중에 낯선 사람을 발견한 경비견처럼 이상진이 목청껏 소리치자 김무교와 이재진은 급하게 방에서 나왔다. 이어 쓰러진 이성재를 발견하고는 모두가 놀라고 말았다. 두 사람이 경황없음을 알아차린 이상진은 그대로 이성재를 업고는 현관으로 향했다. 미리 자동차 키를 가져온 게 다행이라고 여기며, 이상진은 그대로 아버지를 차로 옮긴 뒤 병원으로 향했다.

그리고 아침이 될 때까지 그는 아버지 곁에서 한시도 벗어나지 않았다. 그 곁에는 이재진이 있었다. 그렇게 시간을 보내던 이상진은 뭐라도 먹고 오라는 김무교의 말에 따로 김주현 실장에게 연락해 점심 식사를 같이했다. 김정민이 결국 이성재의 암에 대해 사실대로 말한 지 얼마 지나지 않아서였다.

이성재가 암에 걸렸다는 소식을 들은 이상진은 이제는 정말로 자신이 이 집안을 유지해야 한다고. 자신이 장남으로서 누구보다 더 적극적으로 행동해야 한다고 믿고 있었다. 그러나 그의 믿음은 순식간에 무너지고 말았다.

"형님. 이제 그만 드세요. 너무 많이 마셨어요."

김승준의 가게에는 구석에 적당한 크기의 테이블이 있었다. 안에서는 가게에 오가는 사람들이 보이지만 밖에서는 사람이 있는지 분간하기 어려운 공간에 놓인 테이블이었다. 김승준은 그 공간 앞에 일부러 천을 덮어 다른 공간과는 완전히 구분되게끔 하였다. 그 때문에 이 공간은 김승준의 가게를 찾는 단골 고객, 특히 돈을 제법 많이 쓰는 사람들에게만 제공했다. 대부분은 이상진이 애용하는 자리였지만 말이다.

김승준이 만류하는데도 이상진은 아랑곳하지 않고 계속해서 술을 마셨다. 그의 앞에는 신선한 야채, 곧바로 잡은 듯한 연어와 참치 다타키, 그럴듯하게 담긴 튀김들 따위가 놓여 있었다. 그러나 이상진은 어느 음식에도 눈길조차 주지 않았다. 김승준의 가게에 무작정 나타나서는 술부터 찾는 이상진의 모습에 김승준은 처음으로 당황하고 말았다. 단 한 번도 미리 연락하지 않고 가게를 찾아온 적이 없었던 이상진이었으니 말이다.

이상진의 태도가 평소와 너무 다르기에 김승준은 결국 최민호를 불렀다. 처음에는 두 사람이 이상진과 함께 술을 마셔 주며 무슨 일인지 물었으나 이상진은 대답하지 않았다. 살벌한 그의 태도에 결국 최민호는 둘이서는 이 문제를 해결할 수 없다고 여겨 곧장 박지희에게 연락했다. 다른 일정이 있던 박지희였으나 최민호가 거의 빌듯이 사정하고 나서야 결국 김승준의 가게에 모습을 드러냈다.

평소대로라면 박지희는 단골처럼 찾는 김승준의 가게에 오자마자 투덜거렸겠지만 이번에는 그러지 않았다. 이상진을 보자마자 상황이 좋지 않다는 걸 단번에 알아차렸기 때문이다. 불콰해진 얼굴로 술잔을 쥐고 있던 이상진은 박지희가 자리에 앉는 걸 보고는 크게 웃었다.

"뭐야? 요새 바쁘다며? 여긴 어떻게 왔어?"

"오빠들이 연락해서 왔지. 대체 무슨 일이야? 무슨 일인데 이렇게 술을 마셔?"

"오늘? 평소랑 다를 게 없는데?"

"거짓말하지 마. 이미 표정에서 다 드러나고 있으니까."

"내 표정? 그래. 지금 내 표정이 거지 같겠지. 그리고 오늘은 내 인생에서 가장 거지 같은 날이고!"

그렇게 말하며 이상진이 무섭도록 폭소했다. 박지희는 이게 무슨 일인가 싶어 김승준과 최민호를 슬쩍 쳐다봤다. 당연히 상황을 알지 못하는 두 사람은 고개만 천천히 저었다. 자기와 함께하는 사람들이 무슨 행동을 하든 이상진은 다시 술을 들이켰다.

상황이 심상치 않았으므로, 박지희 또한 조심히 행동했다. 다만 김승준이나 최민호처럼 조용히 있기보다는 이상진의 마음을 풀어 주기 위해 노력했다.

"말을 해 봐. 사업 때문에 그래? 아니면 건물 관리 때문에 그런 거야?"

"차라리 둘 중 하나에 문제가 있으면 속이라도 편하겠지. 나 말이야. 지금까지 헛짓거리하고 있었어. 40년 가까이 살면서. 내가 그것도 모르고 집에서 키우는 개처럼 지냈던 거지."

"술 그만 마시고 잘 말해 봐. 도와줄 수 있으면 도와줄 테니까."

"도와준다고? 누가? 나를? 말도 안 되는 소리. 아무도 날 도와줄 수 없어. 아버지도 날 버렸는데 무슨."

술에 진탕 취해 횡설수설하는 이상진이지만 그럼에도 속 시원하게 자기 상황을 말하지 않았다. 아무리 술기운에 정신이 없어도 그는 자존심을 굽히는 행동 따위는 하지 않았다.

계속해서 낄낄거리며 웃던 이상진이 순간 눈을 번쩍였다. 그 모습에 다른 사람들이 움찔거렸다. 실성한 사람처럼 행동하는 이상진 때문에 김승준과 최민호는 당장에라도 자리를 떠나고 싶었다.

"이렇게 되면 다른 방법을 선택해야지. 가지지도 못하는데 그냥 멍청하게 두고 볼 수는 없잖아. 안 그래?"

"그럼요. 형님 말씀이 맞죠."

"확실히 보여 주세요. 형님의 모습을요."

"당연히 그래야지. 내가 어떤 사람인데? 나 이상진이야. 장남이라고. 절대 그냥 놔둘 수 없지. 그렇고말고!"

박지희는 여전히 이상진 곁에 앉아 있었다. 이상진이 조금이라도 술기운을 떨쳐 내도록 물도 마시게 하고, 이런저런 말을 붙이기도 했다. 그런 박지희 때문에 이상진은 김승준과 최민호에게는 별다른 관심을 보이지 않았다. 그 상황을 간파한 두 사람은 서로 눈길을 주고받더니 조용히 자리에서 물러났다.

아예 가게 밖으로 나온 두 사람은 질렸다는 듯 한숨을 내뱉었다. 가게를 열자마자 이상진이 찾아와 술을 마셨기에 아직 이른 저녁이었다. 이제는 저녁에도 공기가 뜨뜻했다. 거리를 오가는 사람들도 대부분 옷이 짧았다. 김승준이나 최민호는 가게 밖까지 들리는 이상진의 웃음을 조용히 들었다.

먼저 입을 연 사람은 김승준이었다.

"너, 저 사람 왜 저러는 거 같아?"

"알 수 없지. 하지만 지금 상황이 상당히 안 좋은 건 분명해."

"집에 무슨 일이 있나?"

"무슨 일이 있어도 저렇게 미친 사람처럼 행동하지는 않지. 자기가 가지고 있는 걸 내놓는 상황이 아니라면."

잠시 침묵이 오갔다. 두 사람은 이제 이상진에게는 별 관심이 없었다. 결국 두 사람에게 중요한 건 자기 안위였으니 말이다.

김승준이 은밀히 물었다.

"당장은 저 인간을 무시하기 어렵겠지?"

"어렵지. 일단 조금만 지켜보자고."

"언제까지?"

"저 인간이 무슨 짓을 할 때까지. 그때 상황을 살펴도 늦지 않겠어."

"괜찮을까?"

"우리는 우리가 알아서 잘 처신하면 되지."

최민호의 대답에 김승준이 조용히 고개를 끄덕였다. 그들의 편의를 봐

주었던 이상진이었지만, 김승준이나 최민호는 이상진의 일과는 엮이고 싶지 않았다. 혹여 이상진에게 안 좋은 일이 있으면 어떻게든 그를 피할 작정이었다.

　　　　　　　　＊ ＊ ＊

　김주현 실장은 사람이 한순간에 변한다는 말을 믿지 않는다. 다만 인간이 변하지 않는다는 말에 동의하는 것은 아니었다. 김주현 실장은 사람이 자신을 둘러싼 인간관계나 환경에 적응하고, 그에 맞춰 행동한다고 늘 생각했다. 저마다 차이는 있어도 결국 인간은 적응하는 존재다. 그러니 어떠한 상황과 문제에 대해 스스로가 어떻게 수용하느냐에 따라서 달라질 수 있다고 여겼다.
　그는 의원 보좌관으로 일하던 중 이성재를 만났다. 그리고 지금, 그의 비서실장이 되어 일하게 된 것도 자신의 적응력과 수용력 때문이라고 여겼다. 김주현 실장은 자신의 능력을 믿었다. 그러한 믿음이 있었기에 지금까지 이성재 곁에 있을 수 있었다. 아무리 이성재가 뛰어난 능력과 날카롭게 세상을 보는 눈을 가지고 있어도 그를 이해하지 못했다면 그에게서 진작 멀어졌을 것이다.
　이성재와 함께하겠다고 결단을 내린 순간, 오랫동안 그의 곁에 있을 것이라고 김주현 실장은 스스로 다짐했다. 지금도 그 믿음은 여전했다.
　아니, 지금까지는 그 믿음이 있었다.
　이성재의 저택에 이석진이 찾아와 아버지의 재산을 모두 상속한다는 말을 김주현 실장도 분명히 들었다. 막 집에 도착한 이상진이 곧장 아버지 이성재에게 인사드린다는 걸 김주현 실장이 막았는데, 얼마 지나지 않아 그 대화가 안방에서 흘러나왔다. 조금 열린 문틈 사이로 나오는 대화를 들은 이상진의 표정은 순식간에 굳어졌고, 그 옆에 있던 김주현 실장은 이 상황이 어떻게 된 것인지 얼른 깨닫기 어려웠다.

오랫동안 이성재를 보좌했던 김주현 실장은 스스로 이성재의 계획을 어느 정도 알고 있다고 자신했다. 모든 계획을 완벽하게 이해했다고 자부하는 건 아니지만, 그럼에도 자신이 이성재의 의도와 뜻을 알기에 지금까지 그를 보좌할 수 있었다고 믿었다. 그러나 이성재와 이석진이 안방에서 나눈 대화는 김주현 실장의 예상에서 완전히 벗어나 있었다.

물론 김주현 실장이 이성재의 재산 상속에 대해 왈가왈부할 수는 없다. 그는 이성재의 비서실장이지 재산 상속에 관여하는 사람이 아니니까. 그럼에도 김수현 실장은 예상치 못한 이 상황이 조금 당황스러웠다. 그래, 둘째인 이석진의 능력이 다른 형제들에 비하여 뛰어나다는 것은 인정한다. 그러므로 그에게 재산을 조금 더 챙겨 줄 수는 있다. 딱 이 정도가 김주현 실장이 한 예상이었기 때문이다.

어쨌든 상황이 이렇게 되었으므로, 김주현 실장은 스스로에게 질문해야만 했다. 자신의 미래에 대해서 말이다. 지금까지 확신했던 자신의 미래는, 이성재가 자신을 도와줄 거라 굳건히 믿었던 미래는 과연 존재할까. 이 모든 낙관은 자신이 이성재를 최측근에서 보좌했다는 이유로 한 착각은 아니었을까.

침대에 누워 고민에 빠져 있던 김주현을 현실로 되돌아오게 한 건 바로 한 통의 전화였다. 불빛 하나 없는 침실에 휴대폰 액정이 번쩍였고, 김주현은 누구에게서 온 연락인지 바로 확인했다. 다름 아닌 이상진이었다.

처음에, 김주현은 전화를 받지 않으려 했다. 이미 짐승처럼 분노하며 집을 나섰던 이상진을 목격하지 않았는가. 하물며 이토록 깊은 새벽에 온 연락이라면 결코 좋은 소식이 아닐 터였다. 그럼에도 김주현 실장은 혹시나 하는 마음에 휴대폰을 귀에 댔다.

"여보세요? 상진 씨? 이 새벽에 무슨 일입니까?"

"김 실장님. 잠깐 나하고 이야기 좀 나눠요. 통화 말고 얼굴 보면서요."

"시간이 너무 늦었어요. 그리고 지금 취하지 않았나요?"

고작 말 한마디 들었을 뿐인데 김주현 실장은 이상진의 상태가 상당히 좋지 않다는 것을 단번에 알아차렸다. 그러나 이상진은 통화를 종료할 생각이 전혀 없었다. 그의 웃음소리가 휴대폰 너머로 선명하게 들려왔다.

"잠깐이면 돼요. 그리고 나 멀쩡해요. 우리 진지하게 미래에 대해서 대화 좀 나눠요."

"내일 점심에 뵙죠. 지금은 안 됩니다."

"그렇게 이영부영 시간을 보냈다가 무슨 일이 일어날 줄 알고요? 김주현 실장도 낮에 집에서 그런 일이 있는 걸 목격한 주제에 아직도 아버지의 지시만 기다릴 거예요?"

분명 취기가 잔뜩 오른 이상진이었지만 말은 제법 분명하게 했다. 오히려 김주현 실장의 속내까지 아는 것 같아 그는 얼른 전화를 끊을 수가 없었다. 이석진보다는 못할지라도, 사람 속을 볼 줄 아는 능력은 결국 이성재에게 물려받은 이상진이었다.

무엇보다 이상진이 이어 한 말이 김주현을 자리에서 벌떡 일어나게 했다.

"아버지 다음에는 석진이 그놈 곁에 있을 겁니까? 벌써 그렇게 선택했어요? 그게 아니면 다른 방법을 궁리해야죠."

"어디로 가면 됩니까?"

이상진이 곧장 김승준의 가게 주소를 알려 주었다. 김주현 실장은 주소를 확인한 뒤 곧장 밖으로 나섰다. 가는 동안에도 과연 이게 잘한 선택인지 판단이 되지 않았다. 우선 이상진을 만나 조금 더 대화를 나눈 다음에 고민해도 늦지 않다고 여기면서도, 그는 이미 상황이 기울어지고 있다는 걸 인정해야 했다.

김승준의 가게에 도착하니 손님은 한 명도 보이지 않았다. 곧 주방에서 두 사람이 얼굴을 내밀었다. 한 명은 가게 직원처럼 보였으나 다른 한 명은 전혀 그렇지 않은 모습이었다. 다른 직원은 보이지 않았다.

가게 직원처럼 보이는 남자가 피곤에 찌든 얼굴을 숨기지 않고 주방에 나와 김주현에게 물었다.

"상진 형님 손님이시죠? 제가 안내할게요."

김승준과 최민호가 곧 김주현 실장을 따로 마련된 공간으로 안내했다. 다른 테이블과 달리 분리된 공간에는 이미 잔뜩 취한 이상진이 의자에 대충 기댄 채 앉아 있었다. 그 옆에는 처음 보는 여자가 있었다. 그 또한 누군지 알 수 없었으나, 김주현 실장에게 그런 건 중요하지 않았다.

김주현 실장을 알아본 이상진이 손을 휘저으며 그에게 인사했다.

"김 실장님 오셨어요? 생각보다 빨리 왔네요."

"술을 얼마나 마신 겁니까?"

"이른 저녁부터 지금까지 마셨어요."

이상진 대신 옆에 있는 여자, 박지희가 대답했다. 그녀 또한 상당히 피곤한 얼굴이었다. 김주현 실장은 이상진과 대화를 나누기 위해서라도 사람들을 물러나게 했다. 어떤 말이 오갈지 몰라도, 두 사람의 대화를 다른 사람이 듣는 것은 곤란한 일이었다.

"상진 씨는 제가 모실 테니 다른 분들은 그만 가셔도 괜찮습니다. 고생 많으셨습니다."

김주현 실장의 말에 김승준과 최민호는 반가운 표정을 숨기지 않았고,

박지희는 안타까운 얼굴로 이상진을 바라봤다. 가게 주인인 김승준은 여전히 이상진이 나갈 때까지 기다려야 했으나 그래도 곧 자리가 파할 것이라고 여겼는지 얼른 테이블에서 벗어났다.

그렇게 사람들이 물러나자, 이상진이 김주현 실장에게 빈 잔을 건넸다.

"한잔하시겠어요? 이런 날을 그냥 넘어가는 건 너무 힘들잖아요?"

"술 마시려고 온 게 아니니 본론부터 말하시죠."

"재미없기는. 좋아요, 김 실장님. 전에 분명 아버지의 계획을 전혀 모른다고 하셨죠?"

벌건 얼굴에 말투도 평소와 다른 이상진이었으나 막상 대화를 나누려고 하니 그새 눈빛이 달라졌다. 김주현 실장은 아직 이상진이 제정신이라는 걸 알고는 조금 안심했다.

"맞습니다. 의원님 상속에 대해 묻는다면 저도 뜻밖이었지요."

"그럼 단도직입적으로 물어보죠. 이 상속에 동의하시나요?"

"그건 제가 판단할 문제가 아닙니다. 의원님의 뜻이죠."

"그렇게 가만히 있다가 내가 바보가 됐는데도 그런 말이 나와요?!"

이상진이 버럭 소리를 지르더니 들고 있던 빈 잔으로 테이블을 내리쳤다. 탕, 하며 시끄러운 소리가 테이블 주변으로 퍼졌다. 이상진은 거칠게 고개를 절레절레 흔들고는 빈 잔에 술을 따른 뒤 마셨다. 김주현 실장은 그런 이상진을 조용히 지켜봤다.

이윽고 술을 다 마신 이상진이 으르렁거리는 목소리로 말했다.

"김 실장님. 솔직히 말해 보세요. 실장님이 그토록 따랐던 제 아버지가 석진이한테 모든 재산을 상속한다잖아요. 실장님도 그게 싫지 않아요?"

"의원님께 나름 깊은 뜻이 있을 겁니다."

"그래서 순순히 따를 수 있단 말이에요? 어쩌면 김 실장님도 예상하지 못한 미래가 나타날 수 있는데도요?"

김주현 실장은 얼른 대답하지 않았다. 이상진도 김 실장의 대답을 기다리지 않았다. 그는 다시 술을 마시고는 결심한 듯 분명한 어조로 말했다.

"나는 내 몫을 가져야겠어요."

"쉽지 않을 겁니다."

"그럼 나도 가만히 있지 않을 거예요."

"뭘 어떻게 한다는 겁니까?"

이상진이 김주현 실장을 똑바로 쳐다보고는 분명한 어조로 부탁했다.

"아버지가 운영하는 재단과 관련한 자료 있죠? 거기에 엮인 부동산이든 뭐든 그걸 내가 좀 봐야겠어요."

"어려운 일입니다."

"아니요. 김 실장님은 하실 수 있어요. 충분히 가능하잖아요. 나한테 재단 자료를 넘기는 걸 망설이는 것뿐이죠."

"그걸 알아서 뭘 어쩌려고요? 재단 재산은 아직 의원님 명의로 되어 있습니다."

"그건 알려 줄 수 없죠. 나도 다 생각이 있으니까요. 거기까지 알면 김 실장님이 피곤해질 거예요. 김 실장님은 그냥 자료만 나한테 넘겨주는 걸로만 끝내요. 나머지는 내 선에서 끝낼 테니까."

이상진의 말은 진심이었다. 그 모습을 보면서 김주현 실장은 이석진과 다른 차가움을 이상진이 가지고 있다는 걸 깨달았다. 불과 같은 성격의 소유자였지만, 그 안에는 절대 흔들리지 않는 굳은 심지가 있었다. 그 모습이 자신이 아는 사람과 정말 닮았다고 김주현 실장은 생각했다.

이어 이상진이 은밀히 제안했다.

"그것만 넘겨주면 김 실장님은 제가 잘 대우해 드리죠. 이석진 그놈이 김 실장님을 괴롭히는 일은 없을 겁니다. 편하게 미래를 생각하세요."

김주현 실장은 이상진에게 자신의 속내를 들킨 것만 같아 저도 모르게 주먹을 꽉 쥐었다. 김주현 실장도 더는 이상진의 말을 무시할 수 없었다.

곧 김주현 실장이 테이블에 서류봉투 하나를 올렸다. 이상진은 느리게 눈을 껌뻑이며 그 서류를 노려보았다. 이 순간, 김주현 실장은 부디 자신의 선택이 옳길 바랐다.

"나중에 이 서류를 확인해 보십시오. 이 서류는 의원님께서도 아는 정보니까요."

"얼마나 대단한 서류인데 여기까지 가져왔어요?"

이상진이 코웃음을 치더니 봉투를 열어 슬쩍 내용을 확인했다. 처음부터 끝까지 영어가 잔뜩 적혀 있는 서류였다. 알아보기 힘든 영어에 금세 흥미를 잃은 이상진은 서류를 치우려고 했다. 그 순간, 영어만큼이나 숫자가 많이 적혀 있음을 알아차린 이상진이 다시금 서류를 훑었다.

거기에는 수천억 원에 달하는 재산 규모를 지닌 법인과 부동산이 기재되어 있었다. 이상진의 눈빛이 점점 달라졌다. 그런 이상진을 바라보며 김주현 실장이 설명했다.

"석진 씨가 소유한 자산입니다. 모두 미국에 있는 재산이죠. 의원님께서 지시해서 찾은 정보예요."

"그러니까, 이석진 그 망할 놈은 이렇게 많은 재산을 이미 가지고 있는데도 불구하고 욕심이 나서 아버지 재산을 노리고 있단 말이죠?"

서류를 확인하는 이상진의 눈빛이 더더욱 섬뜩하게 번뜩였다. 이제 그는 자신의 계획을 확고하게 밀고 나갈 예정이었다. 그 눈빛을 김주현 실장도 어렵지 않게 알아차릴 수 있었다.

별안간 이상진이 웃기 시작했다. 아주 호탕한 웃음이었다. 가게 전체가 쩌렁쩌렁 울릴 정도였다. 그가 웃는 모습에, 김주현 실장은 돌이킬 수 없는 선택을 했다는 사실을 분명히 알 수 있었다. 그러나 그 선택도 결국 자신의 몫이었다.

4장

화해

　사람은 살아가면서 누구나 갈등을 겪는다. 갈등은 대부분 인간관계에서 비롯되며, 이를 해결하는 방식은 저마다 다르다. 갈등이 발생하면 이를 즉시 해결하는 사람이 있는가 하면, 자연히 시간이 흐르면서 갈등을 잊고 이전의 모습으로 상대를 대하는 사람도 있다. 어느 쪽이 더 좋다고 말하기는 힘들다. 중요한 건 갈등을 인식하고 이를 해결 또는 수용하는 자세이며, 결국 원만한 인간관계를 유지하는 게 가장 중요하다. 친구, 연인은 물론 가족 또한 마찬가지다.

　김무교는 본래 대화로 갈등을 푸는 사람이다. 어떤 문제가 생겼다고 판단한 순간, 그것을 최대한 풀어 서로 원만한 합의점에 도달하는 방식을 추구한다. 그녀는 특히 집 밖에서 만나는 사람들과 문제가 생길 때면 이러한 해결 방식을 선호하였는데, 이런 방식이야말로 자신의 품위를 지키는 일이라고 여겼기 때문이다.

　그러나 김무교가 유일하게 자기 방식을 시도하지 않는 사람이 있었다. 바로 남편 이성재였다. 매사 말도 없고 독단적으로 행동하는 남편과 대화로 갈등을 해결하기에는, 김무교가 자신의 방식을 유지하기란 쉽지 않았다. 그 사실을 김무교는 결혼 직후 바로 깨달았고, 그 때문에 남편과 갈등이 생겨도 그저 속으로 삭이는 쪽을 택하곤 했다. 처음에는 몹시 어려운 일이었으나 함께 세월을 보낸 지 어느덧 수십 년이 지났기에, 제법 익숙해졌다고 김무교 스스로도 여겼다.

그러나 지금의 김무교는 집안일 때문에, 특히 이성재 때문에라도 좀처럼 화를 숨길 수가 없었다. 아내인 자신에게 암이란 병을 숨긴 남편을 도저히 이해하지 못해 며칠 동안 대화를 거부하였던 김무교는 아침 일찍부터 사람들을 만났다가 저녁 늦게 되돌아가기를 반복했다. 물론 만나는 사람은 늘 유은자와 강주원이었는데, 며칠 내내 만남이 지속되니 두 사람도 김무교에게 무슨 일이 있다는 걸 알아차렸다.

두 사람이 넌지시 걱정할 때마다 김무교는 아무렇지도 않다는 듯 말했다.

"요새 남편이 아들들이랑 이것저것 준비하느라 정신이 없어서 슬쩍 자리를 피해 줬어. 괜히 나가 있으면 불편할 것 같아서."

"그런 자리에는 오히려 무교 씨가 있어야 하는 거 아냐? 아내이자 엄마잖아."

"사내들끼리 뭘 그렇게 열심히 대화를 나누는지! 내가 조금만 가까이 가도 모르는 척하더라니까."

"부자지간은 꼭 그러더라. 그래도 무교 씨가 얼른 알아차리고 나왔네. 그게 현명하지."

김무교가 으레 그래왔듯 허영심 가득한 말로 집안일을 포장하자 유은자와 강주원이 적절하게 맞장구를 쳤다.

지금까지 김무교는 두 사람에게 단 한 번도 집안일에 대해 사실대로 말한 적이 없었다. 그러니 두 사람에게 김무교의 남편 이성재는 여전히 능력 있는 동시에 아내를 생각하는 남자였고, 세 아들 또한 어머니를 잘 따르는 효자이자 건실한 청년들이었다. 무엇보다 지금까지 유은자와 강주원은 단 한 번도 이성재를 만난 적이 없었다.

여하튼 김무교는 이렇듯 두 사람을 만나 시간을 보낸 뒤, 늦은 시간에 집으로 돌아왔다. 그러나 사흘 정도 이렇게 시간을 보내고 나니, 이제는 남편 이성재의 마음을 헤아려도 되지 않나, 라는 고민이 마음 한편에서 샘솟는 그녀였다. 사실 누구보다 충격을 받은 사람은 바로 남편일 텐데, 아내가 그 속마음도 몰라주고 제멋대로 행동하는 게 과연 옳은 일인가? 김무교는 집으로 돌아오는 내내 고민을 거듭했다.

그러나 김무교의 고민이 무색할 정도로, 돌아온 집안은 너무나도 냉랭했다. 김무교는 그 이유를 이재진에게서 바로 들을 수 있었다. 남편이 이석진에게 모든 재산을 상속한다는 사실이 알려지면서 이상진이 참지 못하고 집을 나갔다는 사실을 말이다.

"여보, 정말 무슨 생각을 하고 있는 거예요? 어떻게 상속을 석진이에게만 해요?"

김무교는 곧장 안방으로 건너가 남편에게 따졌다. 김무교도 김주현 실장처럼 남편의 재산을 세 아들에게 어느 정도 골고루 분배할 것이라고 예상했기 때문이다. 그게 지극한 상식이고, 세 아들 사이의 갈등을 해결할 수 있는 방법이라고 그녀 또한 생각했으니까.

그러나 자신의 예상과 상식에서 벗어나는 일이 며칠 사이 계속 반복되자, 이제 김무교도 더는 참을 수가 없었다.

"말을 해 봐요. 어떻게 상속을 그런 방식으로 진행할 수가 있어요? 상진이와 재진이한테 미안하지도 않아요?"

안방에서 흘러나오는 김무교의 목소리에 이재진이 얼른 어머니를 말렸다. 이상진은 여전히 집으로 돌아오지 않았고, 이석진은 아버지와 대화를 나눈 뒤 다시 호텔로 떠난 뒤였다. 예전에는 무섭도록 고요한 집이었는데, 지금은 어느 때보다 시끄러운 집이 되고 말았다.

이재진은 평소처럼 특유의 웃음 섞인 얼굴에 순진무구한 태도를 유지하며 어머니를 달랬다.

"어머니, 전 괜찮아요. 아무렇지도 않으니까 신경 쓰지 마세요. 그러니까 어머니도 이제 그만하세요. 이렇게 늦은 시간에 이러실 필요 없어요."

"아니, 오늘은 그냥 넘어가지 못하겠다. 너도 봤잖니? 네 아버지가 아내든 자식이든 전혀 신경 쓰지 않고 이렇게 나오는데 내가 어떻게 가만히 있을 수 있겠어?"

"우선 흥분을 가라앉히세요. 나중에 모두 모여서 다시 대화를 나누면 되잖아요."

"네 아버지가 그런다고 생각을 바꿀 것 같니?!"

이재진도 그 말에는 반박할 수가 없었다. 사실 그도 어머니의 생각과 다르지 않았다. 설령 모두가 한자리에 모여 대화를 나눌 수 있는 분위기를 조성한다고 한들 결국 결과는 똑같으리라.

다만 이재진은 진심이었다. 모든 재산을 형 이석진에게 상속한다는 소식에도 그는 아쉬움이나 원망, 분노 따위는 전혀 들지 않았다. 오히려 격한 감정으로 집을 나간 이상진을 대체 어떻게 해야 하는지 고민했을 뿐이었다. 그리고 지금은 어머니 김무교를 말리느라 진을 빼는 중이었다.

아내의 날 선 반응과 이를 말리는 막내아들의 모습에도 이성재는 전혀 반응하지 않았다. 그는 단단한 바위처럼 앉아 있을 뿐이었다. 그런 남편을 바라보던 김무교는 이제 허탈하기까지 했다. 자신이 이렇게나 흥분하는데도, 지금까지 이렇게 언성을 높인 적이 없는데도 어쩜 이렇다 할 반응 하나 보이지 않는지 도저히 이해가 되지 않았다. 이런 남편이 자신이 아는 그 사람이 맞는지 의심스럽기까지 했다.

부부싸움은 칼로 물 베기라는 말이 있지 않은가. 김무교는 부부 사이가 원만하지 않아도 시간이 지나면 해결할 것이라고 지금까지 믿어 왔다. 그만큼 어느 한쪽이 인내심을 갖고 다른 한쪽을 수용해야 했다. 김무교는 스스로 자신이 그런 사람이라고 여겼다. 그러나 지금에 와서는 남편이 정말 어떤 사람인지 모르겠다는 두려움과 더불어 남편에 대한 자신의 믿음마저 허망하게 느껴졌다.

지친 김무교가 숨을 가쁘게 골랐다. 어머니의 태도가 조금 누그러진 듯 보여 이재진도 뒤로 물러났다. 바로 곁에 서 있는 아들에게 눈길조차 주지 않은 채, 김무교가 나지막이 말했다.

"당신과 나는 무려 40년 가까이 함께 살았어요. 한 이불을 덮고 지낸 시간은 얼마나 되는지도 모를 정도죠. 그런데, 당신은 지금까지 당신 생각만 한 거예요? 여태 이랬던 적이 없었잖아요? 내가 아는 이성재가 맞아요?"

"나는 가족을 위해 이러는 거요."

오랫동안 입을 열지 않던 이성재가 드디어 한마디 했다. 그 말이 오히려 김무교의 가슴을 송곳처럼 찔렀다. 차라리 아무 말도 하지 않았으면 좋았을 것이리라. 평소처럼 차가운 모습을 보였다면 그냥 체념했을 것이다. 그러나 방금 이성재가 한 말은 그 자체로 김무교의 감정을 무너뜨리기 충분한, 너무나 끔찍한 폭력이었다.

김무교는 더더욱 허망한 눈으로 이성재를 바라봤다. 눈빛만큼이나 기력이 없는 말투로 김무교가 물었다.

"당신이 생각하는 가족에 내가 있기나 해요? 당신이 말하는 가족에 다섯 명 모두가 있기나 해요?"

김무교는 이성재에게 한 물음에 대해서 대답을 기다리지 않았다. 그녀는 그대로 안방을 나왔고, 이재진은 당황한 얼굴로 그 뒤를 따랐다. 만약 김무교까지 집을 나가면 어쩌지? 이재진은 순간 두려웠으나, 김무교는 그대로 2층으로 올라갔다. 이재진은 그런 어머니를 서둘러 따르다 안방 쪽으로 슬쩍 고개를 돌렸다.

열린 문틈 사이로 아버지 이성재가 여전히 앉아 있었다. 미동조차 없는 아버지가 과연 지금 무슨 생각을 하고 있을지 이재진은 예상조차 할 수 없었다. 다만 지금은 이 살얼음판과 같은 분위기를 어떻게든 해결해야 한다는 생각만 머릿속에 가득할 뿐이었다.

김무교는 비어 있는 이석진의 방에서 그날 밤을 보냈다. 이성재와 김무교가 따로 밤을 보낸 적은 이성재가 출장 등 부득이한 사정 때문에 집을 비운 날이 아니면 단 한 번도 없었다. 그리고 늦은 새벽이 될 때까지도 이상진은 돌아오지 않았다. 그가 어디서 무엇을 하는지 어느 누구도 연락하지 않았.

이제는 밤이어도 조금은 덥다고 느껴지는 날씨인데도 저택은 사람 한 명 없는 것처럼 한없이 서늘하고 적막했다.

* * *

사람이라면 누구나 꿈꾸는 미래가 있다. 그 미래를 이루기 위해서는 자신만의 계획을 세우고 이를 실천해야 한다. 무엇보다 가장 중요한 건 자기 자신에 대한 믿음이다. 믿음이 부족하면 실천이 이어질 수 없고, 계획은 흔들릴 수밖에 없다. 게다가 자신이 꿈꾸는 미래는 어느 날 홀연히 사라질 수도 있다. 그러므로 믿음은 결코 흔들려서는 안 된다. 그 자체로 정해진 길이라는 확신을 가져야 한다. 그리고 포기는, 그 단어를 입에 올리는 순간 미래를 바로 지우는 일이다.

지금 이성재가 보이는 태도는 이러한 믿음을 바탕으로 하는 것이었다. 바로 어제, 김무교와 이상진이 자신의 앞에서 울부짖으며 소리치는 모습에도 이성재는 무섭도록 냉정했다. 그렇게 해야만 했다. 아내와 아들이 자신을 원망할지언정, 그에 흔들리지 않아야만 자신의 계획을 완성시킬 수 있었다. 이제 와서 흔들린다면 모든 것이 수포로 돌아가고 만다.

그래서 이성재는 굳건한 마음으로 버텨야 했다. 고통스러운 복통을 무시하고 병원에서 나왔을 때처럼. 그러나 이토록 피도 눈물도 없는 모습을 가족들에게 계속 보이고 싶은 건 아니었다. 특히 아내에게는 말이다.

외출할 채비를 마친 이성재가 안방에서 나와 부엌으로 향했다. 이전보다 식욕이 많이 줄었다. 특히 약을 복용하는 뒤로는 더더욱. 그럼에도 이성재는 평소처럼 부엌으로 가 조금이나마 아침을 챙겨 먹었다. 일찍부터 이희선이 준비한 식사가 마련되어 있었다. 정갈하고 따뜻하게 준비된 밥과 국, 반찬들을 확인한 이성재가 자리에 앉았다. 그의 옆자리에는 한 명의 식사만 따로 준비되어 있었다.

이성재가 숟가락을 들며 그릇을 정리하는 이희선에게 물었다.

"안사람은 벌써 나간 거요?"

"네. 제가 여기 올 때쯤에 이미 나갈 준비를 하시더라고요."

"어디로 갔는지 말했소?"

"아뇨. 전혀요."

이희선은 조심스럽게 자신이 본 바를 이성재에게 알려 줬다. 이희선 또한 어제 일 때문에 다소 피곤한 얼굴이었다. 그러나 굳이 내색하지 않으려 애쓰는 모습이 역력했다. 이성재는 더는 이희선에게 질문하지 않았다.

이성재가 밥 한 숟가락을 뜨자 곧 이재진이 부엌으로 들어왔다. 그는 아버지에게 인사하고는 곧장 자리에 앉았다. 이성재는 밥을 입에 넣어 우물거린 뒤 삼켰다. 평소라면 따뜻하고 고슬고슬한 밥에서 단맛이 느껴졌겠으나 이제는 전혀 느껴지지 않았다. 복용하는 약 때문에 자신의 입맛이 변하고 있음을 그는 깨달았다. 그러나 아들 앞에서는 이를 결코 내색하지 않았다.

"상진이는?"

"어제 안 들어왔나 봐요. 제가 식사 끝나고 연락해 볼게요."

"그럴 필요 없다. 너는 네 일에만 집중해라."

이재진은 대답 대신 조심스레 고개를 끄덕였다. 그렇게 한동안 숟가락이 밥그릇을 때리는 소리만 들렸다. 대화도 없이 식사를 하는 자리는 이재진에게 고역이었다. 곁에 어머니 김무교나 형 이상진이 있었다면 좀 더 부드러운 식사 자리가 됐을 것이다. 그럼에도 이재진은 자신보다 늦게 식사하는 아버지의 곁을 끝까지 지켰다.

마침내 식사가 끝났을 때, 이성재가 이재진에게 말했다.

"고 차장, 그리고 류 부장과 병원에서 말한 게 있다. 그게 무엇인지 아직 네게 말하지 않았구나."

미국에서 돌아온 이석진과 함께 병원을 나섰던 이재진이었으므로, 아버지가 재단 사람들과 무슨 대화를 나누었는지 알지 못하는 것은 당연했다. 사실 그 이야기가 무엇인지 궁금했지만 누구 하나 먼저 알려 주는 사람이 없었으므로, 이재진은 잠자코 기다리고만 있었다. 그런데 지금 아버지 이성재가 먼저 말을 꺼내었으니, 이재진은 두 귀에 온 신경을 집중했다.

"재단은 너무 걱정하지 마라. 두 사람한테 널 도와 달라고 부탁했으니 문제없을 거다."

이재진은 아버지의 말이 끝나자마자 환하게 미소를 지었다. 이성재는 아들의 기뻐하는 얼굴을 보고는 곧장 자리에서 일어났다. 이재진이 기뻐하는 모습을 보면서, 그는 이 정도면 이석진과의 약속을 지켰다고 생각했다. 물론 이석진이 따로 재단 운영비용을 바꾼다는 사실은 이재진에게 말하지 않았고 앞으로도 말할 생각이 없었지만.

냉철하게 따지자면, 이재진의 상황은 변함이 없었다. 여전히 자신의 뜻을 류재선 부장과 고기준 차장에게 내보여 그들을 설득해야 했다. 그러나 아버지의 이 말 한마디가 이재진에게는 엄청난 응원으로 다가왔다. 어쩐지 일이 잘 풀릴 것만 같았다. 그렇다면 자신이 원하는 대로 보육원 리모델링은 물론 더 많은 사업을 통해 어려움에 처한 사람들을 도와줄 수 있으리라.

이재진이 기뻐하는 모습을 뒤로한 채, 이성재는 모든 준비를 마치고 집을 나섰다. 평소처럼 그를 배웅하는 김무교도 없었다. 이성재의 집에서 가장 부산한 시간이 바로 아침이었는데, 오늘은 그렇지 않았다. 사람이 없는 만큼 이루 말할 수 없이 허전했으나, 지금은 그런 여유를 부릴 때가 아니었다.

저택을 나서니 미리 세단을 준비한 주진혁과 김주현 실장이 이성재를 기다리고 있었다. 두 사람 모두 언제나 그렇듯 말끔한 차림이었다. 다만 김주현 실장은 평소보다 다소 피곤한 얼굴로 서 있었다. 이성재가 그런 김주현 실장을 알아보고는 곧장 차에 타지 않았다.

"김 실장. 나랑 같이 가지 말고 따로 어디 좀 다녀오게."

"알겠습니다."

평소처럼 정중한 말투였으나 의아함이 분명 묻어 있는 말투였다. 주진혁이 문을 열어 주었고, 이성재가 뒷좌석에 올라타면서 덤덤히 지시했다.

"곧 재진이가 나올 테니 같이 재단에 다녀오게. 내가 미리 재단 자료를 준비하라고 할 테니 그걸 석진이한테 전달해 주고."

"알겠습니다."

"다 끝나면 연락하게."

문이 닫힌 뒤, 검은 세단이 저택에서 서서히 멀어졌다. 김주현 실장은 세단이 멀어질 때까지 고개를 숙인 채 인사했다. 그러다 세단이 멀어지고 나서야 고개를 들었다. 그는 눈을 가늘게 뜨다가 이내 집 안으로 들어갔다.

물론 그런 김주현의 모습을 이성재는 확인할 수 없었다. 그는 평소처럼 좌석에 앉아 생각에 잠겨 있을 뿐이었다. 차창 밖으로 평소와 다를 바 없는 건물들이 보였고, 이내 큰 도로로 나가자 여러 종류의 차들이 느릿느릿 움직이는 게 보였다.

이성재는 그 모습을 물끄러미 바라보더니 돌연 주진혁에게 지시했다.

"오늘은 오 변호사를 만난 뒤 백화점으로 가지."

"알겠습니다. 무엇을 사시려고요?"

"선물을 좀 사야겠네. 가서 한번 보지. 그러고 나서 안사람한테 가자고."

어제 이성재의 집이 상속 문제 때문에 시끄러웠다는 소식을 이미 알고 있는 주진혁이었다. 그 때문에 그 역시 이성재가 아내 김무교와 갈등이 있었을 것이리라 짐작하고 있었다. 이성재는 지금껏 자기 사정을 분명히 말한 적이 거의 없었는데, 주진혁은 어제 일을 이성재가 해소하기 위해 나름 노력하고 있다는 사실을 단번에 알아차렸다.

오재필 변호사의 사무실로 향하는 이성재의 세단은 이제 한강을 건너고 있었다. 햇볕에 반짝이는 수면이 마치 보석처럼 보였다. 크고 넓은 한강을 바라보던 이성재는 한강 다리까지 오는 동안 류재선 부장에게 연락해 재단 자료를 미리 준비해서 김주현 실장에게 전달하라고 지시했다.

아직 출근 전이었는데도 류재선 부장은 이성재의 연락이 무슨 뜻인지 충분히 이해했다.

"그럼 이전에 말씀하셨던 대로 아드님께 정보를 전달할 예정이십니까?"

"맞네. 내 아들이 자료를 잘 살펴보겠지만 그래도 꼼꼼하게 살펴 주게."

"알겠습니다. 고 차장과 함께 잘 마무리 짓겠습니다."

"내 아들이 재단 운영에 필요한 자산을 따로 운영한다고 하더군. 자네와 고 차장만 알고 있으면 돼. 지금과 똑같이 재단을 운영할 테니 그 점은 걱정하지 말고."

"이사장님도 이 사실을 알고 있나요?"

"전혀 모르네. 그러니 자네들도 이 사실을 재진이한테 알려서는 안 돼. 그 아이는 그냥 이사장으로만 있으면 돼."

"충분히 이해했습니다."

그렇게 이성재는 류재선 부장과의 통화를 종료했다. 여전히 자동차는 한강 다리를 건너고 있었다. 더디게 움직이고 있지만 결국에는 다리를 건널 것이다. 늘 그랬듯이. 이성재는 자신의 남은 삶도 그렇게 흘러갈 것이라 여겼다. 이성재는 자신의 계획대로, 동시에 이석진의 부탁대로 모든 일이 천천히 진행될 미래를 잠시 떠올렸다.

거기까지 생각이 미친 이성재가 주진혁에게 조용히 말했다.

"오늘 김 실장, 꽤 피곤해 보였지?"

"그렇습니다. 아침에 의원님을 뵙기 전까지 하품을 계속하더라고요."

"김 실장도 요새 생각이 많겠지. 어디 김 실장뿐인가. 주 기사도 마찬가지 아니겠나."

"괜찮습니다, 의원님."

"자네나 희선 씨는 아내가 잘 봐줄 거네. 그러니 너무 걱정하지 말고."

"감사합니다, 의원님."

이성재가 자신과 가사도우미 이희선의 앞날까지 신경 쓰고 있다는 사실에 주진혁은 진심으로 감사함을 가지게 되었다. 사실 주진혁 또한 다른 이들처럼 이성재가 세상을 떠난 뒤 앞으로 어떻게 지내야 하는지 내심 걱정했기 때문이다. 그러나 굳이 내색하지는 않았다.

왜냐하면 바로 곁에서 지켜봤던 이성재는 자기 주변 일에 철저하게 대비하는 인물이었기 때문이다. 지금은 상속 때문에 조금 시끄럽지만, 그건 어느 집안이나 비슷할 것이리라. 그러므로 결국 모든 것은 이성재의 뜻대로 될 것이라고 주진혁은 믿었다.

그렇게 한강 다리를 건널 무렵, 무언가 결심한 듯 주진혁이 이성재에게 나지막한 목소리로 말했다.

"의원님, 드릴 말씀이 있습니다."

"뭔가?"

"김 실장이 아무래도 상진 씨와 여러 차례 따로 만난 적이 있나 봅니다."

"왜 그렇게 생각하나?"

"의원님께서 상진 씨한테 호텔로 가서 석진 씨를 데리고 오라고 한 날이 있지 않습니까?"

주진혁이 누가 들으면 안 된다는 듯 조용히 말했다. 이성재는 잠자코 그의 말을 듣기만 했다. 동시에 어떤 말을 할 것인지 어느 정도 예측할 수 있었다. 그럼에도 이성재는 백미러로 주진혁을 바라보기만 했다. 주진혁 또한 백미러로 슬쩍 이성재를 바라봤다.
이어 주진혁이 말했다.
"호텔로 가던 그때, 상진 씨가 김 실장에게 이렇게 말했습니다. 의원님께서 다른 계획이 있는 게 아니냐고요. 두 분이 말하는 계획이 무엇인지 저는 모르겠지만, 그 말을 들은 김 실장은 별일 없다면서 무시했습니다. 그런데 제 눈을 피하더라고요."
"분명 김 실장이 그렇게 행동했나?"
"확실합니다."
주진혁의 확고한 말투에 이성재는 그의 말을 믿기로 했다. 다만 내색하지 않았다. 이미 병원에 입원했을 때부터 두 사람의 관계를 의심했던 이성재였다. 그리고 의심은 어느덧 확신이 되었다. 이미 다른 사람이 의심할 정도라면, 두 사람은 이미 어떤 꿍꿍이를 꾸미고 있는 것이 분명했다.
지금까지 어떤 일에도 흔들리지 않았던 이성재였다. 자기 아들이 몰래 다른 일을 꾸민다고 한들 무너지지 않을 자신이 있었다. 그러나 바로 어제 모든 재산을 이석진에게 상속한다는 말을 이상진이 들었을 때, 이상진은 지나칠 정도로 격정적인 태도를 보였다. 장남의 울분을 이성재는 여전히 기억하고 있었다.
어제의 일을 떠올리던 이성재가 주진혁에게 부탁했다.
"방금 한 말 누구에게도 말하지 말게."
"알겠습니다."
"아내한테도 마찬가지고."
"네. 그럼 어떻게 하실 건가요?"
"다들 스스로 깨닫게 해야지."
이상진이 무슨 일을 벌이고 있는지 몰라도 그건 잘못된 방식이다. 이성재는 그렇게 생각했다. 그러니 그는 아들이 자신의 잘못을 깨닫길 바랐다. 동시에 자신의 계획이 지닌 뜻을 이해해 주길 바랐다. 당연하지만 이성재는 결코 자기 안위를 걱정하는 것이 아니었다. 결국 자신의 계획이 향하는 목표는 무엇인가. 바로 가족 아니겠는가.

그 때문에 이성재는 우선 이상진을 내버려두기로 했다. 결국 상처를 받는 사람은 자신이 아닌 장남이 될 것이었으므로.

* * *

시간이 지날수록 김무교의 고민은 깊어졌다. 해가 저물기 시작하는 오후부터 유은지와 강주원의 표정이 점차 나빠졌기 때문이다. 이제 그들은 피곤한 기색이 역력했고, 얼른 집으로 돌아가고 싶어 했다. 그녀들은 여전히 김무교의 말에 맞장구를 치며 화기애애한 모습을 유지하려고 노력했지만 피곤함을 숨기기에는 역부족이었다.

일찍부터 집을 나선 김무교는 아침부터 부산하게 움직였다. 그녀는 마음에도 없는 영화를 일찍부터 봤고, 백화점에서 쇼핑을 즐겼다. 그리고 점심때부터 유은자와 강주원을 만나 이곳저곳 분주히 움직였다. 벌써 며칠째 많은 곳을 돌아다닌 탓에 이제 김무교도 시간을 보낼 수 있는 마땅한 곳이 없었다. 화려한 백화점과 아케이드, 휘황찬란한 인테리어의 음식점과 카페, 영화관이나 갤러리도 다 비슷비슷하게 느껴질 정도였다. 그건 김무교 말고도 유은자와 강주원 또한 마찬가지였다.

그리고 이제 유은자와 강주원은 김무교가 끼어들기 어려운 대화 주제까지 꺼냈다.

"그러고 보니 주원 씨는 손주들 학원을 어떻게 보내려고 해?"

"애들이 알아서 하겠지 싶으면서도 신경 쓰일 수밖에 없지. 요새는 비용도 만만치 않고 경쟁률도 높다는데."

"맞아. 이제는 초등학교에 들어가기 전부터 학원에 들어가려고 시험을 본다잖아. 우리 애들도 벌써 좋은 학원에 손주들 이름 올리려고 예약을 했다던데."

"그래도 열심히 해야지. 우리도 애들 키울 때 그렇게 했잖아."

"그건 그래."

그 대화에 도통 끼기 힘든 김무교는 그저 조용히 웃기만 했다. 두 사람이 일부러 가족을 대화 주제로 꺼냈다는 사실을 김무교가 모를 리 없었다. 그럼에도 김무교는 두 사람의 의도를 무시했다. 아직 자신은 밖에서 더 시간을 보내야 했으니까. 지금 집으로 돌아간다고 한들, 적막하고 숨막히는 시간만이 자신을 기다리고 있었다.

온갖 이야기가 오가며 즐거운 시간을 보내는 듯했으나 공허하기만 했다. 김무교는 몇 번이고 마시지도 않은 찻잔을 들었다 놓으며 시간을 흘려보냈다. 시간이 지나면 지날수록 앞에 앉은 유은자와 강주원의 이야기도 귀에 들어오지 않았다. 고풍스러운 인테리어로 꾸며진 카페는 아늑했고, 마시는 차 또한 향이 풍부했다. 그러나 김무교는 그런 것을 전혀 느낄 수 없었다. 심지어 자신을 둘러싼 이 모든 게 현실처럼 느껴지지도 않았다.

그 때문에 카페로 들어온 주진혁을 분명 봤음에도 불구하고 김무교는 그를 다른 사람으로 착각하고 말았다.

"사모님."

주진혁이 김무교에게 다가와 가볍게 목례를 했다. 그제야 김무교의 정신이 현실로 돌아왔다. 그녀는 정신이 번쩍 들면서도 주진혁에게 어떻게 여기 왔는지 묻지 않았다. 만약 그런 말을 한다면 유은자와 강주원이 의심할 수 있었기 때문이다.

김무교가 뭐라 말하기도 전에 주진혁이 먼저 입을 열었다.

"의원님께서 곧 오실 겁니다. 인사를 드린다고요."

주진혁의 말은 정말이지 김무교를 깜짝 놀라게 하는 말이었다. 유은자와 강주원 또한 마찬가지였다. 두 사람은 지금까지 이성재를 만난 적이 단 한 번도 없었기 때문이다. 평소 김무교에게 여러 말을 들은 적은 있어도 직접 자리를 하는 건 이번이 처음이었다.

결국 당황스러움을 숨기지 못한 김무교가 평소와 다른 말투로 주진혁에게 물었다.

"그이가 지금 여기로 온다고요?"

"네. 사실 지금 카페 앞에 계십니다. 선물을 챙기시느라 저를 먼저 보냈습니다."

"선물이요? 갑자기 무슨?"

"이 자리에 모이신 분들에게 드릴 선물이지요."

주진혁이 아무렇지도 않다는 듯 말하며 유은자와 강주원을 슬쩍 쳐다봤다. 김무교는 물론이고 유은자와 강주원 또한 주진혁이 무슨 말을 하는지 도통 이해할 수 없는 눈으로 서로를 쳐다봤다. 이 자리가 얼른 끝나길 바라는 마음은 두 사람에게서 사라진 지 오래였다.

그리고 주진혁의 말처럼 곧 이성재가 카페로 들어왔다. 평소처럼 말끔한 차림으로 들어오는 이성재는 근엄하고 위엄 있는 분위기를 물씬 풍기고 있었다. 이미 유은자와 강주원은 그에 압도된 모습이었다. 허나 비즈니스 자리가 아닌, 엄연히 아내의 모임에 갑자기 나타난 것이니만큼 이성재는 좀 더 부드럽고 여유 있는 모습으로 분위기를 바꾸었다.

이성재가 김무교 곁에 서서 유은자와 강주원에게 인사했다.

"처음 뵙겠습니다. 이성재입니다. 오랫동안 아내한테 많은 이야기를 들었는데 이제야 인사를 드리네요."

정중하면서 묵직한 이성재는 평소에는 잘 짓지 않는 미소까지 지었다. 그에게 미소는 나름의 처세술이었다. 특히 국회의원 시절, 그는 자신의 미소를 적절하게 활용해 여러 사람들과 친분을 얻을 수 있었다. 당연히 그의 미소는 유은자와 강주원에게도 통했다. 두 사람은 허둥지둥 자리에서 일어나 이성재에게 인사했고, 이성재가 김무교 옆에 앉고 나서야 다시 자리에 앉았다.

이성재는 여전히 부드럽고 근사한 미소를 머금은 채 두 사람에게 말했다.

"요즘 제가 일이 바빠서 아내와 같이 시간을 보내기가 쉽지 않습니다. 그래서 이렇게 자주 나가 사람들과 어울리고 있지요. 그러니 두 분, 모쪼록 저희 아내를 잘 부탁드립니다."

"아유, 그런 말씀 마세요. 저희가 얼마나 오랫동안 알고 지낸 사이인데요."

"그럼요. 의원님께서는 너무 신경 쓰지 마세요."

유은자와 강주원이 진심으로 아무 일도 아니라는 듯 대답하자 이성재는 조용히 고개만 끄덕였다. 그런 남편을 바라보며 김무교는 내색하지 않았으나 이 상황을 어떻게 받아들여야 하는지 얼른 알 수 없었다. 여전히 이성재가 자기 앞에 나타난 것이 의아하기만 했으니 말이다.

이성재가 곁에 있던 김주현 실장에게 손짓하자 그는 곧장 유은자와 강주원에게 선물을 건넸다. 쇼핑백에는 작은 물건들이 여럿 담겨 있었는데, 모두 호화로운 브랜드의 상품들이었다. 고급 도멘 르루아 와인, 쉽게 구할 수 없는 중국 대익의 자대익 보이차, 해외 유명 브랜드 향수 등.

유은자와 강주원은 선물을 받으면서도 그게 무엇인지 몰라 눈만 깜빡거렸다. 이성재는 여전히 미소 띤 얼굴로 두 사람을 안심시켰다.

"평소에 아내한테서 여러 이야기를 들었음에도 남편으로서 해 준 게 없어 준비했습니다. 부담 갖지 마시고 받아 주십시오."

"의원님, 뭘 이런 걸 준비하셨어요. 저희는 괜찮은데요."

"그냥 인사만 해도 괜찮은데요."

유은자와 강주원은 이 선물을 정말로 받아도 되는 건지 조심스러워 김무교를 슬쩍 쳐다봤다. 그 사이, 김주현 실장이 김무교에게 다가가 슬쩍 귀띔했다.

"의원님께서 직접 준비하신 선물입니다."

그 말에 김부교가 저도 모르게 어깨를 움찔거렸다. 남편이 정말로 철저하게 준비했다는 사실을 그제야 알았기 때문이다. 그러나 유은자와 강주원 앞에서 이 모든 상황을 몰랐다고 말하기에는 이미 늦었다는 걸 깨달았다.

김무교는 최대한 미소 지으며 조용히 고개만 끄덕였다. 그제야 유은자와 강주원도 조용히 선물을 챙겼다.

한동안 이성재는 유은자와 강주원을 상대로 이런저런 대화를 나누었다. 이성재는 두 사람이 좋아할 법한 집안 이야기와 취미, 또는 문화 등에 대해 능숙하게 이야기했다. 유은자와 강주원 또한 마음 편히 대화를 나눌 수 있었다.

그렇게 어느 정도 분위기가 무르익을 때쯤 이성재가 다시 유은자와 강주원에게 인사했다.

"앞으로도 제 아내와 자주 시간을 보내 주십시오. 저나 제 아들들이나 요새 워낙 일이 바빠 아내한테 신경을 쓰지 못하고 있습니다. 부끄러운 일이지만 두 분 덕분에 제 아내가 좋은 시간을 보내고 있습니다."

"괜찮아요, 의원님. 그렇게 말씀해 주시니 저희야 감사하죠."

"맞아요. 정말 감사합니다."

유은자와 강주원이 맞장구를 치는 동시에 김무교를 부러워하는 눈빛으로 바라봤다. 그에 김무교는 저도 모르게 우쭐해졌다. 여전히 이성재가 어떤 의도로 이곳에 왔는지 짐작할 수는 없었으나 어쨌든 분위기가 자신에게 좋게 돌아가고 있으니 기분이 좋아졌다.

그제야 이성재가 김무교를 바라보며 말했다.

"이제 일어납시다. 더 늦기 전에 집에 가야 할 것 같소."

"그럴까요?"

이성재의 말에 김무교가 얼른 자리에서 일어났다. 이성재는 카페에서 나와 세단에 탈 때까지 유은자와 강주원과 정중하게 인사를 나눴다. 한 치의 흐트러짐도 없는 이성재의 모습에 유은자와 강주원은 평소 김무교에게 들었던 이성재의 모습을 그제야 실감할 수 있었다. 남다른 분위기의 이성재를 바라보면서, 그들은 지금껏 쓸데없이 김무교와 시간을 허비했다는 원망과 아쉬움을 순식간에 떨쳐 냈다.

"무교 씨. 나중에 의원님과 같이 시간 또 가져요."

"맞아요. 부부끼리 만나도 참 좋을 것 같아요."

김무교는 조금 어렵겠지만 어쨌든 나중에 시간을 알아보겠다며 평소보다 더 허세를 부렸다. 그리고 곧 김무교와 이성재를 태운 세단은 미끄러지듯 연희동 저택으로 향했다. 이제는 해가 완전히 저문 저녁이었다.

집으로 향하는 동안, 이성재는 유은자와 강주원에게 보였던 미소를 순식간에 거두었다. 동시에 카페에서 즐거워했던 감정 또한 차분하게 가라앉혔다.

그러나 도무지 궁금함을 참을 수 없어 이성재에게 물었다.
"어떻게 여기까지 왔어요? 내가 어디에 있는지 몰랐을 거 아니에요?"
"다 아는 방법이 있소."
이성재는 짧게 대답했다. 그는 굳이 자신이 어떤 시간을 보냈는지 세세하게 설명하지 않았다.

그는 오전에 오재필 변호사와 상속에 대해 이야기를 나눈 뒤 곧장 강남에서 가장 유명한 백화점과 아케이드를 살피며 직접 유은자와 강주원에게 선물할 물건들을 구매했다. 그사이, 김주현 실장은 재단에서 받은 자료를 호텔에 있는 이석진에게 전달한 뒤 이성재의 지시에 따라 김무교가 있는 곳을 찾아냈다. 김주현은 이희선과 주진혁에게 물어 김무교가 평소 자주 방문하는 곳을 알아낸 뒤 일일이 장소를 확인하였고, 간신히 김무교가 단골 카페에 있다는 사실을 알아내어 이성재에게 알렸던 것이다.

이 사실을 이성재가 김무교에게 알려 준다고 해도 달라지는 건 없었다. 이성재에게 지금 중요한 건 과정이 아니라 결과였으니까. 이성재가 평소처럼 담담한 말투로 말했다.

"이제 나에게 남은 날이 얼마나 되겠소? 기껏해야 몇 달도 되지 않는데, 그때까지 당신이 내 편이 되어 주길 바라오."

이성재의 말에 김무교는 오늘 아침까지 마음에 겹겹이 쌓여 있었던 남편에 대한 서운함과 아쉬움이 다시 떠올랐다. 그러나 차 안에서까지 다시 그 일을 들먹이며 따지고 싶지 않았다. 무엇보다 남편 이성재가 오늘 자신에게 보인 모습, 그리고 방금 한 말만으로도 남편이 현재 얼마나 집안일에 신경 쓰고 있는지 너무나도 잘 알 수 있었다.

김무교는 나지막이 한숨을 쉬었다. 지금까지 벌어진 모든 상황을 자신에게 속 시원하게 알려 주지 않는 남편 이성재가 서운하면서도, 동시에 이해가 되었다. 결국 지금 이 모든 상황을, 특히 자신의 미래를 걱정하는 사람은 누구보다 이성재 본인 아니겠는가. 그러니 내 편이 되어 달라는 남편의 말을 김무교는 이해할 수밖에 없었다.

"그럼 상진이는요? 나처럼 조용히 넘어갈 애가 아니잖아요."

"알고 있소. 하지만 상진이는 너무 염려하지 않아도 돼요. 내가 다 알아서 할 테니까."

"걱정하지 않아도 되죠?"

"내가 당신 곁을 떠날 때까지 나는 가족을 위해 움직일 거요. 내 뜻을 이해해 주시오."

남편의 말에 김무교도 더는 묻지 않았다. 언제나 자기 계획대로, 자기 뜻대로 행동했던 남편이지만 결국 모든 부분에서 옳았다는 것을 김무교는 아내로서 충분히 경험했다. 그러니 이번에도 이성재에게 깊은 뜻이 있으리라 그녀는 믿었다.

잠깐의 혼란이 있었으나, 결국 모든 가족은 이성재의 뜻을 이해할 것이다. 오랫동안 집안일에 관여하지 않았던 이석진조차 아버지의 뜻을 받아들이지 않았는가. 그러니 김무교는 장남 이상진 또한 아버지로서 이성재가 잘 다독여 줄 것이라 믿었다.

그렇게 김무교와 대화를 나누는 동안, 이성재는 조수석에 앉아 있는 김주현 실장을 조용히 바라봤다. 방금 김무교와 나눈 대화는 비단 아내에게만 하는 말이 아니었다. 가족을 위한다는 말, 그건 김주현 실장에게도 해당하는 말이었다. 그것은 일종의 경고였다. 김주현 실장 또한 백미러로 이성재가 자신을 예의 주시하고 있다는 걸 알고 있었다.

김주현 실장은 오늘 누구에게도 말하지 못할 시간을 잠시 보냈다. 그는 복지재단에서 받은 자료를 이석진에게 넘기기 전에 따로 복사하여 이상진에게도 전달했다. 물론 이를 아는 사람은 아무도 없었지만 말이다. 그럼에도 불구하고 김주현은 이성재의 시선을 피해 슬쩍 눈을 차창 밖으로 돌렸다. 상황을 되돌리기에는 이미 늦었다고 생각하면서 말이다.

* * *

사무실에 마련된 소파에 앉아 있던 이재진은 무언가 잘못되었다고 확신했다. 그리고 의심은 마침내 확신이 되었다. 그는 연신 불안해하며 휴대폰을 꺼내 만지작거렸다. 액정에는 부재중 전화나 메시지 따위는 없었다. 이재진도 알고 있었다. 불과 5분 전에도 확인했으니까. 그럼에도 이재진은 계속해서 휴대폰을 만지작거렸다. 혹시라도 이상진에게서 연락이 올까, 계속 기다리면서.

이상진이 집을 나간 지 어느새 일주일 가까운 시간이 흘러 있었다. 이렇게 오랫동안 집을 비운 적이 거의 없었던 이상진이기에, 시간이 지날수록 이재진의 걱정은 커져만 갔다. 이석진에게 그런 것처럼 전화를 하고 문자를 계속해서 보냈지만 이상진은 전혀 답장이 없었다. 그나마 이석진은 자신이 어디에 있는지 정도는 알려 주었건만, 이상진은 정말 말 그대로 홀연히 사라지고 말았다.

이상진이 집을 비운 지 나흘째가 되었을 때의 식사 자리에서, 결국 이재진은 형을 찾아야 되지 않겠느냐는 말을 꺼냈다. 며칠 동안 식사 자리에 참석하지 않았던 어머니 김무교가 다시 아버지 이성재 곁에 있었다.

"너는 재단에만 신경 써라. 다른 일은 걱정하지 말고."

언제나 그랬듯 이성재는 무심한 투로 반응했다. 그는 전혀 큰일이 아니라는 듯 식사에만 집중했다. 아버지의 반응은 충분히 예상했던 이재진이었기에 자연스럽게 어머니에게로 눈길을 돌렸다. 그러나 어머니 또한 아버지와 크게 다르지 않은 반응을 보였다.

"상진이도 아버지 뜻을 알면 다시 돌아오겠지. 어디서 머리 좀 식히고 있을 거다."

순간 이재진은 자신이 잘못 들었나, 귀를 의심했다. 어머니 김무교는 언제나 아들들을 걱정했기 때문이다. 하지만 어머니가 이전처럼 아버지를 챙기는 모습을 보면서, 이재진은 삭막했던 두 분의 관계가 이전처럼 돌아왔음을 알 수 있었다.

"그래도 이 상황을 그냥 두는 게 맞는지 모르겠네."

아침 식사 자리에서 보았던 부모님의 모습을 떠올리던 이재진이 나지막이 중얼거리더니 애꿎은 휴대폰을 찰싹 때렸다. 혹시 둘째 형님은 큰형님에 대해 아는 소식이 있지 않을까? 잠시 고민했지만 이내 고개를 저었다. 차라리 이상진이 자신에게 연락했으면 했지 이석진에게 연락할 일은 없을 터였다.

큰형님은 도대체 어디에 계신 걸까? 정말 어디서 잠시 시간을 보내고 있는 걸까? 한동안 어수선했던 집안에서 벗어나 머리를 식히고 있는 걸까. 그래 주기만 한다면 더할 나위 없겠으나, 불행히도 이재진이 아는 이상진은 절대 그런 사람이 아니었다. 이상진이 집에서 마지막으로 어떤 행동을 했었는지 이희선에게 듣지 않았는가. 마치 광인(狂人)처럼 웃으면서 집에서 뛰어나갔다고 말이다.

한참을 고민하던 이재진이 결국 자리에서 일어났다. 그가 소파에서 일어나자 작은 먼지가 사방으로 퍼졌다.

"역시 직접 나서야겠어."

오랫동안 모습을 감추었던 이석진을 어떻게든 찾았던 자신이지 않은

가. 누군가를 찾는 일이라면 도가 텄으니 이상진 역시 반드시 찾을 수 있으리라 그는 확신했다.

그러다 문득, 문밖으로 사람들의 웅성거리는 소리가 들리더니 수십 명이 부산하게 움직이는 소리가 들려왔다. 이어서 무언가 바닥에 떨어지는 소리까지 연달아 들려왔다. 이재진은 밖에서 들리는 소란스러운 소리에 저도 모르게 경직되어 걸음을 멈추었다.

이윽고 찰칵하는 소리와 함께 문고리가 돌아가더니 고기준 차장이 들어왔다. 그는 잔뜩 상기된 얼굴로 다급히 상황을 알렸다.

"이사장님. 검찰에서 사람이 왔답니다. 영장을 가지고요."

"검찰이요?! 갑자기 왜요?"

이이 고기준 차장 뒤로 빳빳하게 깃을 세운 셔츠에 짙은 색의 정장을 입은 사내들이 이사장실로 들어왔다. 그들 중 앞에 서 있는 중년 남자가 이재진을 싸늘하게 쳐다보며 물었다.

"이재진 이사장님?"

"네, 맞습니다. 이게 무슨 일이죠?"

"이성재 씨의 불법자금 운영에 대한 검찰 조사를 실시할 예정입니다. 재단에서 운영하는 이성재 씨 명의로 된 부동산을 모두 확인할 예정이니 협조해 주시길 바랍니다. 법원에서 발부한 영장은 여기 있습니다."

남자가 들고 있는 영장을 펼치고는 이재진에게 사무적인 말투로 차분히 설명했다.

이재진은 남자가 내민 영장을 바라보다 뒤이어 이사장실로 들어오는 사람들에게로 고개를 돌렸다. 서류를 박스에 담는 그들의 모습이 부산하게, 그러나 어쩐지 느리게 움직이는 것 같았다. 이재진은 순간 정신이 아득해졌다. 지금 자신이 헛것을 보고 있는 것은 아닌지 의심이 들 지경이었다.

4부
불멸의 존재

1장

사랑의 방식

　인생을 살다 보면 온갖 일들이 벌어지기 마련이다. 그래서 누군가는 삶이란 폭풍우 치는 바다를 헤엄치는 배와 같다고 말했다. 삶을 뒤흔드는 사건은 서서히 발생하든 어느 날 갑자기 발생하든 나타나기 마련이다. 그럼에도 불구하고 많은 사람들은 안락하고 평온한 삶을 원한다. 사실 대부분은 그러한 삶을 살기란 상당히 어려운데도 말이다.

　김무교 또한 그런 삶을 추구했다. 어린 시절부터 평범한 집안에서 큰 굴곡 없이 평범하게 자라왔다. 일정 나이가 되면 좋은 남자와 결혼하여 화목한 가정을 꾸리는 것은 그녀에게 있어 너무나도 예정된 미래였다. 김무교의 손위 형제자매 또한 어느 정도 나이가 차자마자 바로 가정을 꾸려 분가했고, 그것은 지극히 자연스러운 흐름이었다.

　그 때문에 김무교가 이성재를 소개받아 결혼하고 가정을 꾸리는 건 그녀에게 있어서 지극히 평범하고 당연한 수순이었다. 다만 그녀가 하고많은 남자 중에서 이성재를 선택한 이유는 그가 가진 야망과 미래에 대한 뚜렷한 계획 때문이었다. 그는 또래의 평범한 남자들과는 다른 비범함과 철저함이 있었다. 그러므로 이성재와 결혼하여 가정을 꾸린다면 어린 시절에 누렸던 순탄한 일상을 지속할 수 있을 것이라고 김무교는 확신했다.

그렇다고 이성재와 결혼하여 40년을 가까이 함께 산 김무교의 삶이 마냥 문제가 없었던 건 아니다. 사실 대다수의 문제는 사소했으나, 그중 어떤 문제는 김무교의 일상을 뒤흔들 만큼 심각했다. 허나 돌이켜 보면 그토록 심각해 보였던 문제들도 결국 잘 해결되었다.

허나 지금 맞닥뜨린 사건들은 김무교의 삶, 나아가 김무교란 인간 그 자체를 무너뜨리고 있었다. 그리고 이 모든 사건은 남편 이성재와 밀접한 연관이 있었다. 이에 김무교는 어느 때보다도 정신이 혼미했다. 그녀 스스로 이 모든 일을 감당하기에는 역부족이라는 것을 누구보다 그녀 자신이 가장 잘 알고 있었다.

그녀가 할 수 있는 거라곤 아무도 없는 집에서 홀로 시간을 보내는 것뿐이었다. 김무교는 그저 소파에 멍하니 앉아 있었다. 누군가 그녀를 본다면 혼이 나갔다고 여겼을 것이다. 그만큼 김무교는 초점 없는 눈으로 문이 열린 안방을 무심히 바라보기만 했다. 언뜻 그 옆으로 벽에 걸린 가족사진이 눈에 들어왔지만, 모두가 웃고 있는 그 사진이 오히려 헛것으로 느껴지는 현실에 김무교는 자꾸만 눈을 돌렸다.

혼란에 빠진 김무교를 다시 일상으로 복귀시킬 수 있는 사람은 오직 남편인 이성재 말고는 없었다. 지금 당장 이성재가 그녀 곁에 있어야만 했다. 그런 동시에 김무교는 자꾸만 등골이 서늘해짐을 느꼈다. 얼마나 시간이 남아 있는지는 몰라도, 남편 이성재는 결국 암이 악화되어 자신의 곁을 떠나고 말 것이다. 그렇다면 그때부터 나는 누구를 바라보며 살아야 한단 말인가?

과연 아들들이 남편 이성재의 빈자리를 채울 수 있을까?

"어머니!"

다급한 목소리와 함께 이재진이 모습을 보이자 김무교는 저도 모르게 자리에서 일어났다. 반가운 얼굴이었다. 그러면서도, 김무교는 왜 이상진과 이석진은 도무지 보이지 않는지 이해할 수 없었다. 지금 아버지에게 큰일이 벌어졌는데, 어떻게 아들이란 녀석들은 코빼기도 비치지 않는 것인가!

혼란스러운 마음에 김무교는 천천히 이재진에게 다가갔다. 금방이라도 주저앉을 것처럼 다리에 힘이 없었으나 당장은 다리가 이끄는 대로 움직였다.

"재진아. 아까 오후에 사람들이 와서 네 아버지를 검찰청으로 데려갔다. 불법자금 운영이니 뭐니 그런 말을 하면서 말이야. 긴급체포라고 하는데, 다들 얼마나 놀랐는지 몰라. 도대체 어떻게 해야 할지 몰라서…."

"괜찮아요, 어머니. 우선 진정하세요. 아버지는 괜찮으실 거예요."

"나는 그 사람들이 아무렇지도 않게 네 아버지를 데려가는 모습을 봐야만 했어. 어찌나 소름이 돋던지. 지금껏 이런 적은 단 한 번도 없었어. 교수일 때도, 의원일 때도 네 아버지는 단 한 번도 죄를 저지른 적이 없었다. 너도 알잖니? 그런데 이게 대체 무슨 일이니?"

김무교는 오랫동안 참아 왔던 말을 횡설수설 쏟아 냈다. 이재진은 그런 어머니의 손을 꼭 감싸 쥐며 말했다.

"검찰이 재단도 압수 수색했어요. 자료를 모두 가지고 갔어요."

"뭐라고?"

"걱정 마세요, 어머니. 재단 자금은 전혀 문제될 게 없어요. 아버지가 불법자금을 운영했다는 말도 허위예요. 지금은 아버지를 믿어야 해요."

어떻게든 어머니를 진정시키려는 이재진의 의도와는 달리 김무교의 눈동자가 불안정하게 흔들렸다. 검찰이 내 남편뿐만 아니라 재단까지 압수

수색했다니! 김무교는 결국 그 자리에 주저앉고 말았다. 이재진은 그런 어머니를 얼른 부축하여 소파로 데려갔다.

소파에 겨우 앉은 그녀가 힘없이 중얼거렸다.

"너는 이렇게 왔는데 왜 네 형들은 보이지 않니? 다들 어디서 뭘 하는 건지. 지금 이 소식을 알고는 있는지 내 속이 탄다."

"오늘 상진 형님에게 연락해 봤는데 도통 답장이 없어요. 전화 받을 때까지 계속 연락할게요."

"석진이는?"

"석진 형님이요? 저랑 같이 왔는데요?"

이재진이 의아한 목소리로 되물었다. 김무교는 이게 어떻게 된 일인지 얼른 이해하지 못했다. 그러나 곧 현관에서 다른 인기척이 느껴지더니 이석진이 거실로 들어왔다. 이재진과 달리 이석진은 언제나 그렇듯 차분하고 냉정한 모습으로 집안을 둘러봤다.

이재진에게 연락이 오기 전까지, 이석진은 호텔에서 김주현 실장이 전한 재단 자료를 살피고 있었다. 그 때문에 갑작스러운 이재진의 연락에 조금 묘한 기분을 느꼈다. 그러나 휴대폰 너머로 이재진이 전해 준 소식은 정말이지 황당하기 짝이 없었다.

둘째 이석진이 언제나처럼 아무렇지 않다는 듯 행동하자, 김무교도 결국 화가 치밀었다. 아버지의 상황이 이토록 심각한데도 어쩜 저런 태도를 보일 수 있는지 도무지 알 수가 없었다.

김무교는 결국 둘째 아들을 향해 소리치듯 말했다.

"석진이 너는 지금 이 상황을 알면서도 그렇게 냉정할 수가 있니? 어떻게 그렇게 행동할 수가 있어? 너는 아버지가 전혀 걱정되지도 않아?"

"네. 전혀요. 아버지의 불법자금 운영은 무혐의로 종결될 거니까요. 검찰이 아무리 자료를 샅샅이 살펴봐도 원하는 걸 찾을 수 없을 테니까요."

"뭐라고? 네가 그걸 어떻게 아니?"

"재단 자금 운영이라면 저도 아버지께 자료를 받아 모두 확인했어요. 문제될 만한 사항은 전혀 없어요."

이석진은 차분하게 대답했다. 당황하는 기색 하나 없이 이 상황을 냉철하게 살피는 한편, 자신의 말을 확신하는 아들의 모습에 김무교의 감정도 순식간에 가라앉았다.

"정말 아무 일도 없는 거니? 네 말처럼 되는 게 맞는 거야?"

"어머니께서 더 잘 아시잖아요. 아버지께서는 이토록 어이없게 당신의 죄를 드러낼 분이 아니라는 것을요."

이석진은 아버지 이성재가 용의주도하며 철저하다는 뜻으로 말한 것이지만, 김무교는 아들의 말을 전혀 다르게 받아들였다. 그녀는 40년 가까이 곁에서 지켜본 남편이 절대 죄를 지을 사람이 아니라고 다시금 확신하며 고개를 끄덕였다.

그런 김무교의 마음을 살피는 대신 이석진은 집을 둘러보며 물었다.

"김 실장님과 주 기사님은요?"

"주 기사는 검찰청 앞에서 네 아버지를 기다리고 있을 거야. 금방 조사가 끝날 거라고 네 아버지가 말했으니까. 다시 여기로 올 때까지 기다리겠다고 했었지. 너희들도 검찰청으로 오지 말라고 했고."

"김 실장님도 곁에 있었나요?"

"그 사람은 없었어. 그러고 보니 오늘 집에 왔었던 적이 없네."

어머니의 말을 듣던 이석진의 눈매가 아주 잠깐 매섭게 변했지만 아무도 그 모습을 알아차리지 못했다. 이석진은 모든 생각을 정리하고는 자기 방으로 올라갔다.

"그만 쉬세요. 아버지는 곧 돌아오실 거예요. 그리고 재진아."
"네, 형님."
"상진 형한테는 연락하지 마."
"하지만 석진 형님, 큰형님은 아직 이 소식을 모르고 계시는….'
"알고 있을 거야. 모를 수가 없어. 그리고 금방 집에 돌아올 거야."
"언제쯤이요?"
"아버지가 돌아오신 뒤에."

사실 이석진도 아버지 이성재가 언제 검찰 조사를 마치고 다시 집으로 돌아올지 알 수 없었다. 그러나 그가 아는 한 아버지에게는 어떠한 혐의도 없었다. 즉 아버지가 정말로 불법자금 운영을 시도했어도 검찰이 찾을 방법은 어디에도 없다는 뜻이었다. 그러므로 이석진은 아버지 일은 전혀 걱정되지 않았다.

지금 이석진에게 있어 가장 큰 문제는 형 이상진이었다. 이석진은 지금 벌어지는 일이 분명 형 이상진이 꾸민 짓이라고 확신했다.

                    * * *

자정이 가까운 시간에도 더운 공기는 좀처럼 가라앉지 않았다. 간간이 달리는 자동차들만 보일 뿐, 도로는 이미 더운 공기가 자리를 잡은 지 오래였다. 길가에도 사람들이 없었다. 거의 유일하게 사람들이 보이는 곳은 오직 검찰청 앞이었다. 검찰청 앞을 서성이는 사람들은 저마다 카메라나 휴대폰을 들고 있었다. 언제든지 건물에서 사람이 나오면 즉시 다가가기 위해서였다. 피곤한 기색이 역력했으나, 그들의 눈은 여전히 또렷했다. 흡사 날아가는 새를 사냥하려는 사냥꾼이나 바닷가에 낚싯대를 던지고는 물고기가 미끼를 물기를 기다리는 낚시꾼과 같았다.

얼마 지나지 않아 한 남자가 건물 안에서 모습을 드러냈다. 정문을 빠져나온 그를 확인한 사람들이 그의 주변으로 얼른 모여들었다. 방금까지 또렷했던 눈빛은 이제 번쩍이기까지 했고, 행동은 어느 때보다 민첩했다. 누구랄 것도 없이 휴대폰을 손에 들고, 카메라를 어깨에 멘 채 그에게 다가갔다. 그러나 남자는 그들에게 눈길조차 주지 않았다.

"장기간 조사에 임하셨는데 하실 말씀은 없으신가요?"

"검찰 조사에서 혐의를 인정하셨나요?"

휴대폰을 든 사람들이 이성재에게 질문했다. 그러나 그는 걸음을 멈추지 않았다. 자신을 쫓아오는 날파리와 같은 기자들에게는 어떤 대답도 하지 않았다. 무표정한 얼굴로 자신이 바라보는 것만 바라봤다. 눈에는 분노나 짜증이 전혀 섞여 있지 않았다. 처음 검찰 조사를 받았을 때 모였던 기자들에 비하면 그 수는 상당히 적었기에 오히려 여유를 부릴 수도 있었다.

사람들 사이를 뚫고 주진혁이 다가왔다. 그는 즉시 세단으로 이성재를 안내했다. 자동차는 검찰청사에서 멀지 않은 거리에 주차되어 있었다. 주진혁이 다른 사람들이 다가오지 않게끔 온몸으로 이성재를 막는 동안, 이성재는 잠시 주변을 살피며 계속 걸었다.

그 어디에도 보이지 않았다. 언제나 자신의 곁에 있던 김주현 실장이.

주진혁이 뒷좌석 문을 열자 이성재는 그대로 몸을 실었다. 기자들은 굳게 닫힌 차 문 앞에서 무어라 떠들었다. 어떻게든 원하는 걸 얻으려는 그들의 목소리는 아우성과 같았으나 이성재는 고개조차 돌리지 않았다.

이성재가 탄 세단은 그대로 검찰청을 빠져나왔다. 도망가는 모습이 아니었다. 할 일을 마치고 돌아가는 모습, 그저 그뿐이었다. 그에 기자들은 잠시 아쉬운 표정을 지었지만 이내 머릿속에서 이성재란 존재를 지워 버렸다. 어차피 검찰청에는 여전히 다른 사건과 연관된 사람들이 많았기 때문이었다.

"고생 많았습니다, 의원님."

주진혁은 과거 이성재가 아직 의원이었을 적, 검찰청에 온 적이 있었다. 물론 그때는 이성재와 친분이 있는 검사들이 자문을 얻는다고 연락하여 온 것이었다. 지금과는 전혀 다른 상황이었다. 그 때문에 주진혁은 이성재가 건물에서 나올 때까지 한시도 긴장을 늦출 수가 없었다. 그리고 이성재가 건물에서 나오자마자 바로 차에서 내려 그에게 달려갔다.

"바로 댁으로 모시겠습니다."

주진혁의 말저럼 이성재는 당장에라도 집에 돌아가고 싶었다. 그의 모습은 병원에 입원했을 때와 크게 다르지 않을 정도였다. 아무래도 아픈 몸으로 고강도 조사를 받았으니 피곤할 수밖에 없었다. 그렇다고 아픈 몸을 핑계로 조사에 불응하지 않았다. 처음부터 그럴 생각도 없었다.

그러나 아직 그에게는 할 일이 남아 있었다.

"주 기사. 잠깐 시간 있나?"

"저는 상관없습니다, 의원님. 하지만 피곤하실 텐데요."

"마무리를 지었으면 하는 일이 있네."

"알겠습니다. 어디로 모실까요?"

이성재는 주진혁에게 대답하는 대신 휴대폰을 꺼냈다. 그는 액정에 찍힌 부재중 전화와 메시지를 잠시 바라봤다. 아내 김무교와 막내아들 이재진에게 온 전화가 있었다. 그리고 몇몇 알 수 없는 전화와 메시지가 섞여 있었다. 그러나 이상진과 김주현 실장의 부재중 연락은 끝끝내 보이지 않았다.

이성재는 망설이지 않고 김주현 실장에게 전화를 걸었다. 신호음이 한참 동안 울렸지만 김주현 실장은 전화를 받지 않았다. 연거푸 전화를 걸었지만 마찬가지였다. 그럼에도 이성재는 포기하지 않았다. 그는 김주현 실장에게 뼈 있는 메시지를 보냈다.

"기회를 주는 거니 무시하지 말게."

메시지는 곧장 김주현 실장에게 전달되었고, 이성재는 절대 그가 자신의 메시지를 무시하지 못할 것이라 여겼다. 이성재가 메시지를 보냈다는 건 검찰 조사가 끝났다는 뜻이기도 했다. 무엇보다 이 메시지를 통해서 이번 검찰 조사가 김주현 실장과 관련 있다는 걸 자신이 알린 것이니 이성재는 금방 답이 올 것이라고 확신했다.

그리고 예상대로 얼마 지나지 않아 김주현 실장에게서 전화가 왔다. 검은 화면이 번쩍이면서 김주현 실장과 그의 전화번호가 나타나자 이성재는 차디찬 눈으로 이를 잠시 노려보았다. 그는 천천히 휴대폰을 귀에 가져다 댔다.

연결이 되었는데도 김주현 실장은 아무 말도 하지 않았다. 휴대폰 너머로는 어떤 소리도 들리지 않았지만, 이성재는 그가 자신의 목소리를 듣고 있다는 걸 분명히 알 수 있었다.

이윽고 이성재가 평소처럼 김주현 실장에게 말했다.

"조사 마치고 나오는 길이네. 검찰 조사가 허술하더군. 아마 불기소되겠지. 어떤 생각으로 그랬는지 묻지 않겠네. 문자로 보낸 내용에만 집중했으면 하네."

"…제가 의원님 댁 앞에서 기다리겠습니다."

"좋아. 아무도 모르게 은밀하게 움직였으면 좋겠네."

김주현 실장이 거의 들리지 않는 듯한 목소리로 대답했다. 이성재는 곧장 전화를 끊고는 주진혁에게 다른 곳에 들를 필요 없이 집으로 가자고 지시했다.

이성재는 김주현 실장에게 이번 일에 대해 따지고 싶지 않았다. 이미 검찰 조사가 시작됐을 때부터 그는 모든 상황을 이해한 터였다. 이전부터 염두에 두고 있던 일에 대한 의심이 확신이 되었을 뿐이므로, 그는 조사에 당당히 응했다. 검찰을 상대할 때도 의연하게 대처했다.

사실 이성재는 만반의 준비를 한 상황에서 조사를 받은 것이었지만, 그의 예상과 달리 조사는 너무나 허무했다. 검찰은 그들 나름대로 정황을 포착하였다고 판단한 부분에 대해, 그러니까 재단 운영 과정에서 자금 흐름이 의심되는 부분을 공격적으로 물어 왔으나 이성재는 냉철하게 대응했다. 몇 시간 동안 질문은 노돌이표처럼 반복되었고 그에 신물이 날 정도였다.

다만 이성재는 검찰이 한 질문 중 하나를 확실히 기억했다. 그건 이성재가 이석진에게 전달한 자료 중 일부에 포함된 자금 운영 방식에 대한 질문이었다. 그 질문을 받자마자 이성재는 검찰 조사를 받게 된 경위를 확신할 수 있었다. 바로 김주현 실장 때문이었다. 정확히는 김주현 실장에게 부탁해 이석진에게 전달한 재단 자료에 대해 검찰이 한 질문이 있었다. 그러므로 이 일은 김주현 실장이 꾸민 것이 분명했다!

하지만 김주현 실장이 단독으로 이 일을 꾸민 것이라곤 생각하지 않았다. 이성재가 오랫동안 곁에서 지켜봐 온 김주현 실장은 이렇게 무모하고 어리석은 짓을 할 사람이 아니었다. 그렇다면 과연 누굴까? 설마 둘째 이석진이? 그러나 자신의 재산을 상속하는 마당에 이런 어리석은 짓을 할 아들이 결코 아니었다. 그러나 '아들'은 '아들'이었기에, 이성재는 정말로 애석할 따름이었다.

한참 뒤, 세단이 골목으로 들어와 서행했다. 익숙한 길과 건물들이 나타났으나 이미 밤공기가 가라앉은 시간이어서 모든 게 어둡게만 보였다. 불 켜진 건물은 얼마 되지 않아서 조금은 으스스한 분위기마저 느껴질 지경이었다. 그러나 이성재는 다른 것에 눈길을 주지 않았다. 집 앞에 다다를 무렵, 우두커니 서 있는 그림자 하나를 목격할 때까지 말이다.

그 그림자는 바로 김주현 실장이었다. 그는 혼자였고, 새하얗게 질린 얼굴로 서 있었다. 세단을 바라보는, 정확히는 뒷좌석을 바라보는 그의 눈이 자꾸만 흔들리는 것이 이성재에게도 보일 지경이었다. 밖에서 안을 제대로 볼 수 없게 차창을 새까맣게 차단했는데도 김주현 실장이 흔들리는 게 보이니 처량하기 그지없었다.

이성재는 그런 김주현 실장을 무심히 바라보며 창문을 열었다. 창문을 열자마자 김주현 실장이 실성한 사람처럼 쉴 새 없이 말했다.

"의원님! 전 정말 모르는 일입니다! 아니, 이렇게 될 줄 몰랐습니다! 상진 씨가 자료만 넘겨 달라고만 했습니다! 상진 씨가 이렇게 할 줄은 꿈에도 몰랐다고요! 제 말은…!"

이성재가 집으로 돌아올 때까지만 해도, 김주현 실장은 조심스러운 태도가 역력했다. 허나 지금은 그런 모습이 온데간데없이 사라졌다. 차라리 김주현 실장이 계속 뻣뻣한 자세를 유지했다면, 하다못해 연락이라도 두절되었다면 이렇게 안쓰럽지는 않았을 것이다. 이성재는 이런저런 생각을 하다가 이내 그만두었다. 그저 이성재는 악에 받쳐 소리치는 그를 묵묵히 바라봤다.

무릎이라도 꿇을 기세로 자기 할 말만 하는 김주현 실장을 바라보던 이성재가 천천히 말을 꺼냈다.

"내일 오후 5시까지 시간을 주지. 상진이를 집으로 데려오게. 그게 마지막 기회야."

"하, 하지만 의원님! 저는 상진 씨가 어디에 있는지 정말 모릅니다!"

"내일 오후 5시. 잊지 말게."

이성재가 다시 강조하고는 그대로 자리를 떠났다. 이성재의 세단은 그대로 집 안의 주차장으로 들어갔다. 주차장 문이 완전히 닫힐 때까지, 김주현 실장은 자신이 서 있던 자리에서 황망하게 세단을 바라봤다.

주진혁이 이성재에게 조심스러운 말투로 물었다.

"김 실장이 과연 의원님 말대로 할까요?"

"아니. 못할 거야. 상진이는 제 발로 올 거니까."

"그걸 어떻게 아십니까?"

"내 아들이라면 그러겠지."

이성재가 집에 도착했을 때는 이미 새벽 1시를 훌쩍 넘은 뒤였다. 차에서 내리자 그제야 피로가 급격하게 몰려오는 것이 느껴졌다. 그는 천천히 집 안으로 걸음을 옮겼다. 머리가 잠깐 지끈거렸고, 평소보다 복통이 더 심하게 느껴졌다. 이성재가 조심스레 배를 어루만지는 동안 주진혁이 앞장서서 현관문을 열었다.

"그럼 쉬십시오, 의원님."

"고생 많았네. 주 기사도 가서 쉬게."

이성재가 현관문을 닫자 이내 둔탁한 소리가 들렸고, 안방 불이 켜졌다. 이어 다급한 발소리가 들렸고, 곧 거실로 아내 김무교가 모습을 드러냈다. 그때만큼 아내의 황망한 눈을 본 적이 있었는지, 이성재는 얼른 떠올리지 못했다.

"당신, 괜찮아요?"

아내의 물음에 이성재는 말없이 고개만 끄덕였다. 그는 구두를 벗고 조용히 걸음을 옮겼다. 고작 몇 발자국만 옮기면 되는 일인데, 다리에 무거운 추가 달린 것처럼 쉽게 움직이지 않았다. 정말이지 온몸을 누군가가 짓누르는 것 같았다.

"아버지!"

계단을 내려오는 발소리와 함께 이재진이 나타났다. 그 또한 김무교처럼 복잡한 표정이었다. 차라리 평소처럼 환한 미소를 보여 준다면 좋을 것을. 이성재는 그렇게 생각했다.

그리고 이재진 뒤에는 이석진이 서 있었다. 동생 뒤에 서 있는 이석진은 그저 눈만 깜빡이며 아버지를 바라볼 뿐이었다. 어머니와 동생과 달리 아버지를 걱정하는 모습이 전혀 없는 둘째 아들을 바라보며, 이성재는 지극히 둘째다운 모습이라고 생각했다. 오히려 제 어미나 동생처럼 걱정하는 빛을 내보였다면 그게 더 이상했을 것이다.

이성재는 이석진을 한참 바라보더니 이재진과 아내에게로 천천히 눈길을 돌렸다. 그리고 조용히 말했다. 집안은 어느 때보다 조용했기에 모두가 그의 말을 분명히 들을 수 있었다.

"이제 상진이만 오면 되겠어."

* * *

"의원님께서 이미 다 알고 있어요. 모두 끝장이라고요."

"처음부터 이럴 작정이었어요? 그런 일을 하라고 제가 자료를 준 줄 알아요?"

"빨리 연락 주세요. 얼른 만나서 해결하자고요. 알겠어요?"

"당신 때문에 지금 나만 힘들어지게 됐다고요!"

지난 새벽부터 김주현 실장에게 온 문자들이었다. 수십 개에 달하는 메시지 중 그나마 알아볼 수 있는 내용이었다. 나머지는 잔뜩 흥분한 상태에서 적은 탓에 전혀 알아볼 수 없는 메시지였다. 메시지만큼이나 부재중 전화도 상당히 쌓여 있었다. 그러나 이상진은 아침이 될 때까지 단 한 번도 김주현 실장에게 연락하지 않았다.

아니, 사실은 그럴 수가 없었다. 그는 지금 잔뜩 취해 있었으니까 말이다. 이상진은 며칠째 호텔에서 머무르고 있었다. 프리미엄 룸은 근사한 동시에 깔끔했고, 혼자 지내기에는 너무나도 넓었다. 서너 명은 충분히 사용할 룸에서 이상진은 며칠째 은거하다시피 하며 나오지 않고 있었다. 당연히 건물 관리에도 손을 놓았고, 식사는 룸서비스로만 받았다. 그가 어디에 있는지 아는 사람은 아무도 없었다.

이미 해가 고층 빌딩 사이로 올라와 도시를 밝히고 있는 와중에도 이상진은 넓은 소파에 앉아 멍하니 휴대폰만 바라보았다. 그는 김주현 실장에게서 온 연락을 더는 확인하지 않았다. 그는 인터넷으로 언론보도를 빠르게 확인했다. 이성재가 불법자금 운영으로 검찰 조사를 받았다는 몇몇 기사가 있었다. 이성재의 모습과 복지재단의 모습이 담긴 기사들이었다. 그러나 그게 전부였다. 후속 기사는 어디에도 없었다.

이상진은 그 기사를 보며 홀로 술을 홀짝였다. 아침부터 김주현 실장의 메시지를 확인하니 도저히 술을 안 찾을 수가 없었다. 그는 자신이 가장 좋아하는 체코 맥주를 프런트에 무리하게 요구하였고, 맥주가 방에 오자마자 곧장 들이켰다. 취기가 적당히 올라오자 그제야 자신이 처한 상황을 분명히 알 수 있었다. 이미 모든 계획이 물거품이 되었다는 사실 말이다.

모든 상황은 김주현 실장의 말처럼 되고 있었다.

"망할."

이상진은 가슴 깊숙한 곳에서부터 솟구치는 울분을 참을 수가 없었다. 자신의 계획은 무너졌고, 동시에 돌이킬 수도 없었다. 그 사실을 떠올리자 이상진은 자신의 처지가 새삼 더 처량하게만 느껴졌다. 괜한 짓을 했다는 후회가 마음 깊은 곳에서 꿈틀거렸지만 그는 감정을 억지로 억눌렀다. 후회에 지배되는 순간이야말로 자신이 패배했다는 사실을 인정하는 꼴이었으니 말이다. 누구에게 패배했냐고? 당연히 모두에게 패배했다!

그가 다시 맥주를 들이켜려는 순간, 휴대폰이 울렸다. 이상진은 귀찮다는 듯 휴대폰을 멀리 치우려다가 이내 멈추었다. 시끄럽게 울리는 휴대폰 액정에 뜬 연락처의 주인은 김주현 실장이나 다른 가족들이 아닌 바로 박지희였다.

이상진은 잠시 머뭇거리다가 이내 휴대폰을 귀에 댔다.

"오빠, 어디야?"

박지희가 평소와 달리 차분한 말투로 물었다. 그녀의 목소리를 듣자, 오만가지 생각과 감정이 들었다. 그러나 결국 이상진이 보인 감정은 경계심이었다. 그는 다소 낮은 목소리로 되물었다.

"그건 왜 물어?"

"이야기 좀 해. 내가 오빠 있는 곳으로 갈게."

"갑자기 왜?"

"승준 오빠랑 민호 오빠가 어제 나한테 전화했었어. 그 사람들이 나한테 뭐라고 했는지 알아? 이제 상진 오빠는 끝났으니까 무시하래. 검찰에서 오빠네 집안 조사 들어간다고, 이제 오빠도 위험하다고 말했어. 지금 인터넷에 올라온 이성재 전(前) 의원이라는 사람이 오빠 아버님이셔?"

"망할 자식들. 그깟 일로 나랑 연락을 끊는다고?!"

이상진과 그의 집안에 관심이 많았던 김승준과 최민호라면 진작 인터넷으로 이 모든 사실을 알아차렸을 것이다. 헌데 걱정이나 위로는커녕 어떻게 바로 관계를 끝낼 수 있단 말인가. 평소 내가 얼마나 잘해 줬는데!

이미 흥분한 이상진의 거친 숨이 휴대폰 너머까지 들렸다. 그럼에도 여전히 박지희는 차분했다.

"일단 만나. 만나서 말해. 어디에 있어? 내가 거기로 간다니까."

"이미 알 만큼 알았으면서 뭘 만나려고 해?"

"내가 오빠 집안 이야기를 듣고 싶어서 이러는 줄 알아? 내가 오빠한테 그런 걸 들은 적은 있어?"

박지희의 되물음에 이상진은 머리가 혼란스러웠다. 평소 자기 집안에 대해 자랑스럽게 말한 적은 분명 여럿 있었다. 그런데 박지희에게도 자기 집안에 대해 깊이 말한 적이 있었는지 얼른 떠오르지 않았다. 하지만 그게 뭐가 중요한가. 이제 박지희도 이상진의 상황을 알았는데 말이다.

이상진이 별다른 반응을 보이지 않자 박지희가 더 절박하게 말했다.

"나 오빠 곤란하게 만들 생각 없어. 그러니까 만나. 어디에 있어?"

이상진은 끝까지 흔들리지 말아야 한다고 다짐했다. 박지희의 회유를 무시해야 한다고 몇 번이고 생각했다. 하지만 이성과 달리 마음은 그렇지 않았다. 이상진은 결국 자신이 있는 호텔과 방을 박지희에게 알려 줬다. 박지희는 곧장 전화를 끊었다. 이상진은 이제 자포자기 상태가 되었다는 걸 깨달았다. 여전히 그 사실을 인정하고 싶지 않았지만 말이다.

그렇게 한참을 소파에서 앉아 있으려니 문 두드리는 소리가 들렸다. 이상진은 천천히 자리에서 일어났다. 햇볕이 점점 따가워졌고, 가까운 고층 빌딩에서 반사된 빛이 룸 내부에서 번쩍였다. 날씨도 여느 때보다 화창했다.

그러나 이상진은 마치 자신이 어떤 낯선 환경에 있는 것 같았다. 문으로 다가가는 동안, 자꾸만 문이 시야에서 중심을 잃고 기울어지는 것 같았다.

이상진은 문고리를 잡고 열려다가 멈칫거렸다. 그는 몸을 바짝 문에 기댄 채 누구냐고 물었다. 평소와 다르게 가슴 졸여 하는 제 모습에 그는 기가 찼다. 대체 자신이 왜 이런 행동을 하는 걸까. 어디서부터 잘못된 걸까. 동시에 내가 지금까지 무슨 짓을 했던 걸까. 온갖 생각이 귓가에 맴돌았다.

"나야."

박지희의 목소리가 문 너머로 들렸고, 그는 순순히 문을 열었다. 문을 열자 굳은 표정으로 서 있는 박지희가 보였다. 다른 사람은 없었다. 이상진이 들어오라고 몸을 틀자 박지희는 재빨리 안으로 들어갔다. 찰칵, 하며 문 닫히는 소리가 들리니 다시 룸은 바깥과 단절되었다.

룸 전체에서 퍼지는 술 냄새에 박지희는 미간을 찌푸렸다. 이상진은 그대로 박지희의 곁을 지나쳐 다시 소파에 앉고는 남은 맥주를 홀짝였다.

"얼마나 마신 거야?"

"모르겠네. 너도 마실래? 와인이라도 하나 시킬까?"

"됐어. 술 마시려고 온 게 아니니까."

"그래. 그럼 어떻게 하려고?"

이상진의 물음에 박지희는 황당한 표정으로 그를 바라봤다. 이상진은 피식 웃음을 터뜨렸다. 방금 자신이 한 말이 스스로 생각해도 어이가 없었기 때문이다. 왜 그런 말을 했는지 알 수 없었다. 일부러 그런 모습을 보이려고 했던 것도 아니다. 그런데도 자꾸만 말과 행동이 다르게 나타났다.

박지희가 룸을 천천히 훑어보다가 이상진에게 물었다.

"전부터 이상하다고 생각했었어. 승준 오빠네 가게에서부터. 그때 늦게 찾아온 사람도 이번 일에 관련 있어?"

"그렇다면 뭐 어쩔 건데?"

퉁명스럽게 되묻는 이상진의 태도에도 박지희는 인내심을 발휘했다. 그녀는 의자에 앉지도, 이상진 곁에 서 있지도 않았다. 소파에서 다소 떨어진 거리에서 그녀는 우두커니 서서 이상진을 내려다볼 뿐이었다. 그런 박지희를 이상진도 굳이 쳐다보지 않으려고 했다. 두 사람 사이에서는 묘한 냉랭함이 오갔다.

박지희가 작게 한숨을 내뱉으며 말했다.

"지금이라도 집에 돌아가. 가서 상황이 어떻게 돌아가는지 알아야지."

"이미 충분히 알고 있어. 이 빌어먹을 휴대폰으로 계속 연락이 오고 있거든."

이상진이 힘없이 휴대폰을 흔들었다. 심지어 휴대폰을 흔드는 와중에도 누군가로부터 메시지가 오고 있었다. 그러나 이상진은 확인도 하지 않은 채 그것을 탁상에 대충 올려놓았다.

상황이 어떻게 흘러가는지 명확히 알 수 없는 박지희였지만, 적어도 지금 상황을 해결할 수 있는 사람이 이상진이라는 건 분명히 알 수 있었다. 그러므로 지금 자신이 할 수 있는 일은 하나뿐이며, 그것도 당장 해야 한다고 박지희는 결단을 내렸다.

"집으로 가. 내가 차로 태워 줄게."

"내가 거길 왜 가? 가면 뭐가 달라진대?"

"달라지는지 안 달라지는지 그건 오빠가 직접 가서 확인해야지. 계속 여기 있을 거야?"

"지희 너, 나한테 잔소리하려고 여기 왔어?"

"상황을 보라는 거야. 오빠가 나서야지 뭐가 될 거 아냐? 아무것도 하지 않고 그냥 여기서 숨죽이면서 지낼 거야? 그러면 누가 도와주기라도 해?"

이상진이 들고 있던 잔을 탁상에 힘껏 내려놨다. 탕, 하며 끔찍한 소리가 들리고 이내 유리잔에 금이 갔다. 이상진은 금이 간 잔을 멀리 치운 다음 박지희 쪽으로 고개를 돌렸다. 사나운 눈빛으로 그녀를 노려보는 이상진의 모습에는 명백히 경고가 깃들어 있었다.

"너 말이야. 내 아버지나 동생처럼 말하지 마. 그거 내가 아주 싫어하는 거야. 알아들었어?"

"자존심은 아직 남아 있어?"

"뭐?"

박지희는 이상진이 보인 행동에도 눈 하나 깜짝하지 않았다. 전혀 흐트러지지 않은 자세로 여전히 이상진을 내려다보고 있을 뿐이었다. 지금 그녀의 머릿속 생각은 오직 하나였다.

"자존심이 아직 남아 있으면 얼른 이 상황을 수습해야지. 그게 오빠다운 행동이잖아. 지금 여기서 손 놓고 가만히 있으면서 누가 바꿔 주길 바라는 거야? 그게 진짜 오빠 모습이야?"

"야, 박지희! 너…!"

"오빠가 진짜 오빠답게 행동하고 싶으면 지금 당장 일어나. 가서 뭐라도 해."

박지희의 말에 결국 이상진은 입을 다물었다. 고작 맥주 몇 잔으로 인사불성이 될 이상진이 아니었지만, 그럼에도 그는 움직이지 않았다. 그럴 수가 없었다. 지금껏 이상진은 중요한 순간마다 선택을 미루려고 했었다. 어린 시절에도, 오늘도 그랬다.

이상진의 사나웠던 기세가 누그러지자 박지희가 덧붙였다.

"이번에야말로 제대로 선택해. 최선의 선택을 하라고. 그게 오빠를 지킬 수 있는 유일한 방법이야."

이상진은 어떤 반응도 하지 않았다. 그저 탁상에 놓인 맥주를 바라보더니 한참 뒤 고개를 돌려 창밖을 조용히 지켜봤다. 자꾸만 기울어지게 보이던 세상이 이제는 분명하게 눈에 들어왔다. 적막한 호텔 방에서, 이상진은 머릿속에서 무언가 뚝, 하며 부러지는 것을 느꼈다. 그게 뭔지 이상진은 알 수 없었다. 여전히 억울했고, 화가 났다. 마음속 응어리가 요동치는 걸 이상진은 계속해서 느꼈다. 그래서 모든 걸 끝내려고 했으나, 결국 남은 건 체념이었다.

이상진은 간신히 정신을 차린 뒤 호텔을 나왔다. 며칠 동안 동굴에서 웅크리고 있던 돌짐승처럼 지냈던 낮에, 바깥이 이토록 더운지도 몰랐다. 더운 공기를 똑바로 들이켜며, 이상진은 박지희와 함께 주차장으로 향했다.

이상진의 스포츠카는 호텔 주차장에 주차되어 있었지만 그가 운전하기에는 무리였다. 이상진은 순순히 박지희가 안내하는 방향으로 향했다. 그곳에는 작지만 세련된 외제 차가 있었고, 박지희는 능숙하게 운전석에 올라타서는 운전대를 잡았다.

가는 동안 두 사람은 어떤 대화도 나누지 않았다. 차창 밖으로 자동차들이 오가는 소리와 가게에서 들리는 시끄러운 음악이 간간이 들려왔다. 그러나 이상진은 오직 자기 안에서 들려오는 소리에만 집중했다. 숨을 내뱉는 소리, 심장이 뛰는 소리 같은 것 말이다.

그렇게 박지희의 자동차는 연희동에 도착했다. 며칠 동안 보지 못했던 집이 눈에 들어오자, 그제야 현실을 실감하는 이상진이었다. 그러나 박지희는 집 바로 앞에 차를 세우지 않았다. 그녀는 집에서 조금 떨어진 거리에 차를 세운 뒤 이상진에게 말했다.

"여기서 내려. 천천히 걸어가."

"뭐 하나 묻고 싶은데."

"뭔데?"

"너, 왜 날 도와주는 거야?"

"그러면 모르는 척해 주길 바라? 다른 사람들처럼?"

이상진은 낮게 한숨을 내뱉고는 박지희의 차에서 내렸다. 다시 뜨거운 열기가 지면에서 올라오면서 이상진의 몸을 뜨겁게 만들었다. 당장에라도 집을 향해 빠르게 걷고 싶었지만, 그럴 수 없다는 걸 알고 있었다. 이상진은 그저 자동차 문고리만 잡은 채 멀거니 집을 바라봤다.

"상진 오빠."

박지희가 이상진을 불렀다. 이상진은 고개를 돌려 박지희를 마주 보았다. 호텔에서 보였던 차가운 모습은 온데간데없었다. 그렇다고 이상진을 동정하거나 안쓰럽게 바라보는 것도 아니었다.

박지희가 다시 말했다.

"내가 오빠를 도와준 이유는 같이 지냈던 시간이 있어서야. 그러니까 가서 잘 해결해."

이상진은 곧장 차 문을 닫고는 천천히 저택으로 향했다. 박지희의 외제차는 한참 동안 움직이지 않았다. 이상진이 집 앞에 다다를 때까지. 이상진은 굳이 고개를 돌려 박지희가 있는지 확인하지 않았다. 느낌만으로도 알 수 있었다. 박지희는 자신이 집으로 들어갈 때까지 저기서 기다릴 거란 사실을 말이다.

"보는 눈이 있으니 도망치기도 어렵네."

이상진이 한탄하듯 중얼거리고는 살짝 문을 열었다. 고요하고 깊은 정적만이 느껴졌다. 아무도 없는 건가? 이상진은 얼른 알아차릴 수 없었다. 그러나 분명 인기척이 느껴졌다. 이상진은 묘한 긴장감에 사로잡혔다. 그의 이마에는 어느새 땀이 송골송골 맺혀 있었다. 등에서도 비 오듯이 땀이 흐르는 듯했다.

결국 이상진은 있는 힘껏 문을 열었다. 왜 손에 힘이 들어갔는지 스스로도 알 수 없었다. 그렇게 거실까지 큰 소리가 들릴 정도로 문을 열어 집 안으로 들어가니, 거실에는 이성재와 김무교가 앉아 있었다. 이상진은 그 모습을 보자마자 자기도 모르게 힘이 빠지고 말았다.

이성재 옆에서 차를 마시던 김무교는 장남을 보고도 어떤 반응도 보이지 않았다. 자신이 헛것을 보았다고 생각했기 때문이다. 그러나 이상진이 신발을 벗고 거실로 터덜터덜 걸어오는 모습을 보고는 정말로 아들이 돌아왔다는 사실에 얼른 자리에서 일어났다.

"어머, 얘! 상진아! 왜 이제야 왔니!"

그에 비해 이성재는 조용히 아들을 바라볼 뿐이었다. 표정 하나 바꾸지 않고 자신을 향해 다가오는 아들을 바라보던 이성재는 들고 있던 서류들을 그대로 탁상 위에 올려놓았다.

이상진이 이성재 앞에 섰다. 집안에서 가장 덩치가 큰 이상진은 이성재보다 두 배 이상 커 보였다. 떡 벌어진 어깨에 단단한 허리, 넓은 등을 지닌 이상진의 모습은 처음 보는 사람에게 충분히 위협적이었다. 그을린 얼굴에 짧은 머리도 그러한 분위기를 더욱 부각시켰다.

그런 그가 아버지 이성재 앞에 서자마자 그대로 무릎을 꿇었다. 그리고 울기 시작했다. 그 모습에 김무교는 크게 당황하여 얼른 아들에게 다가가 그의 양손을 붙잡았다.

"상진아. 왜 그러니? 갑자기 왜 울고 그래?"

앞뒤 가리지 않는 성격에 자존심까지 강한 이상진이 부모 앞에서 눈물을 보였던 적은 성인이 된 이후 거의 없었다. 이전에 사업하다가 일이 틀어져 결국 쫓겨나다시피 하던 일을 모두 멈추었을 때 울었던 게 고작이었다. 그때 이상진은 끓어오르는 분노를 이기지 못해 눈물을 흘렸다. 그러나 지금은 달랐다. 분노 때문에 우는 것이 아니었다.

말없이 대성통곡만 하는 아들의 모습에 김무교는 정말로 큰일이 벌어지는 건 아닌지 걱정스러운 마음으로 가슴을 졸였다.

"어머니, 아버지. 죄송해요. 정말 죄송해요."

한참을 울던 이상진은 그대로 거실 바닥에 주저앉더니 같은 말을 몇 번이고 반복했다. 그의 통곡은 너무 강렬했고, 한이 가득 맺혀 있었다. 제 자식을 잃은 짐승도 이렇게까지 울지는 않았을 터였다. 그렇게 이상진은 자신만의 방식으로 있는 힘껏 슬픔을 표출했다.

"당신은 방에 들어가 있어요."

한참 동안 아들을 바라보던 이성재가 입을 열었다. 그 모습에 김무교가 어찌할 바를 몰라 남편과 아들을 번갈아 보면서 눈을 굴렸다. 그에 비해 이성재는 평소와 너무나 똑같은 태도를 보였다.

이성재가 다시 말했다.

"그만 울고 당장 일어나서 어머니를 방에 모셔다드려라. 그런 뒤 내 옆에 앉아라."

그러나 이상진은 좀처럼 울음을 그치지 않았다. 여전히 바닥에 웅크린 채 눈물을 흘리는 아들을 내려다보던 이성재가 근엄한 목소리로 명령했다.

"언제까지 아이처럼 칭얼댈 테냐? 네가 이 집안의 장남이라면 응당 네가 엄마를 지켜야지. 그렇게 울기만 하고 있을 거냐?"

김무교가 그만 나무라고 이성재에게 말하려는 순간, 이상진이 자리에서 벌떡 일어났다. 이제 대성통곡은 멈추었으나 여전히 훌쩍이는 채로, 이상진은 어머니 김무교의 손을 붙잡고는 안방으로 안내했다.

"어머니, 방에 들어가세요."

"너, 정말 괜찮니?"

"괜찮아요. 방에 들어가세요. 아무 일도 없을 거예요."

이상진이 웅얼거리듯 말했고, 김무교는 지금 자기 앞에 펼쳐진 이 상황을 어떻게 받아들여야 할지 알 수 없었다. 그러나 김무교는 결국 방으로 들어갔고, 거실에 남은 사람은 이성재와 이상진, 두 사람뿐이었다.

이상진이 천천히 아버지 이성재에게로 다가갔다. 두려움에 가득한 표정과 웅크린 몸짓으로 그는 아버지 옆에 느리게 앉았다. 이성재는 그런 아들을 조금도 보채지 않았다. 게다가 더욱 놀라운 것은, 방금까지 매서운 눈으로 아들을 바라보던 이성재가 이제는 애타는 눈빛으로 아들을 바라본다는 것이었다.

물론 그런 아버지의 눈빛을 깊이 알아차리지 못한 이상진이었으나, 자신이 어떤 방식으로 아버지를 대해야 하는지는 동물적인 직감으로 알아차렸다. 이상진은 주저하지 않고 아버지를 끌어안은 채 다시 울기 시작했다. 이성재는 그런 이상진의 머리를 조심스럽게 쓰다듬었다.

"못난 놈. 이놈을 어찌할까. 착하긴 착한데, 도통 지 성질은 못 죽이니. 거기다 자존심은 강한데 모질지는 못하지. 상진아, 넌 정말 착한 아들이다. 이 애비는 안다. 너 같은 애들이 겉으로는 악해 보일지라도, 그리고 너에 관하여 조금 알고 있다고 해도, 너를 악하게 말하는 것이 지금의 세상이다. 사실 너 같은 사람들이야말로 가장 순수한 인간의 모습을 하고 있는 솔직한 사람일지도 모르겠구나."

이상진은 울부짖으며 아버지의 말을 전부 빠짐없이 들었다. 그러나 아버지가 자신에게 왜 이런 이야기를 하는지는 도무지 알 길이 없었다. 다만 이상진은 듣고 있을 수밖에 없었다. 그러나 동시에 쉽게 떨어지지 않은 다른 생각 때문에 이상진의 머릿속은 분노와 후회, 슬픔 등이 가득 차 있었다.

이성재가 장남을 계속 다독이며 말했다.

"상진아, 너는 네 엄마를 많이 닮았다. 그래서 모질지 못해. 아비를 베려고 했으면 마음을 단단히 먹었어야지."

이상진은 순간 울음을 멈추고는 눈을 동그랗게 떴다. 그 눈에는 무어라 말할 수 없는 온갖 감정들이 뒤섞여 있었다. 그러나 이성재는 아들의 눈에서 불안을 가장 크게 느꼈다.

"아버지, 그건… 제가…."

이성재는 이상진을 끌어당겨 안았다. 아들의 불안을 마치 씻겨 주려는 듯이 등을 토닥였고, 머리를 쓰다듬었다.

"네가 네 동생들 반만 닮았으면 얼마나 좋았을까."

"아버지, 저는… 아버지…."

겁에 잔뜩 질린 목소리로 이상진은 아버지를 찾았다. 하고 싶은 말이 많았지만 도대체 무슨 말을 꺼내야 할지 본인도 알 수 없었다. 이성재는 그런 아들을 이해했다.

"말하지 않아도 된다. 검찰에 네가 어떤 자료를 넘겨줬을지도 나는 다 알고 있다. 김주현 실장을 이용했겠지. 사내놈이 큰마음 먹었으면 끝까지 부딪혀 봐야지. 지금까지 숨어 있다가 집까지 돌아오면서 후회하고 겁먹으면 쓰겠느냐? 못난 놈, 이 착하고 못난 짐승 같은 놈을 어쩌면 좋을까. 애비는 상진이 네가 너무나도 걱정된다. 물가에 내놓은 아이 같아서 말이다."

간신히 진정되었던 감정이 폭발한 이상진이 결국 눈물로 호소했다.

"아버지, 잘못했어요. 제가 잘못했어요. 제발 용서해 주세요. 하지만 아버지 곁에서 열심히 일한 건 나잖아요. 그 잘난 이석진이 아니라요!"

이성재가 이상진에게서 멀어져 아들을 똑바로 쳐다봤다. 그러고는 차분하면서 분명한 소리로 아들에게 지시했다.

"똑바로 앉아라. 이 아버지가 하는 말을 잘 들을 수 있도록."

지금껏 아버지의 말을 거역한 적은 손에 꼽혔던 이상진이었다. 사실 이상진뿐만이 아니었다. 이성재의 말에는 좀처럼 거절하기 어려운 힘이 담겨 있었다. 그 힘에 많은 이들이 그를 따랐던 것이다. 그 때문에 이상진도 눈물을 거칠게 닦으며 아버지기 말을 꺼내길 기나렸다. 어느덧 이상진의 표정에는 불안과 두려움과는 다른 종류의 감정이 덧입혀지고 있었다.

이성재는 말투만큼이나 분명한 태도로 아들에게 말했다.

"지금 내 몸에 있는 암세포들의 전이가 빠르게 진행되고 있다고 한다. 나 스스로도 알고 있다. 생각보다 나는 오래 살지 못한다는 것을. 치료고 뭐고 해 봤자 더 고통스럽게 살 뿐이지."

아버지의 말을 잠자코 들으려고 했던 이상진이 갑자기 아버지의 말을 가로챘다.

"아버지, 그런 말씀 마세요. 치료를 받으셔야죠. 아버지는 살아야죠. 이 집에서 오래오래 살아야 하잖아요. 제발 그런 말씀하지 마세요. 이제 제 걱정은 하지 않으셔도…."

"들어 봐라."

이성재는 아들의 말을 듣지 않았다. 아들이 어떤 생각을 말하려는지 충분히 알고 있는 그였다. 그러나 그는 아들의 말을 잠자코 들을 시간이 없었다.
 헛기침을 한 번 낸 이성재가 다시 말을 이어 갔다.
 "틀렸어. 그리고 나에게는 시간이 없단다. 네가 검찰에 제출한 자료는 물론이고 다른 모든 것들도 이미 내가 손을 써 놓았다. 그리고 상진이 너는 결국 집에 돌아올 것이라고 예상했지. 아버지는 말이다. 상진이 너를 너무나도 사랑한다. 하지만 네가 나를 미워할 거라는 것도 알고 있다. 그리고 네가 다시 돌아올 때, 결국 마음이 약해져 방금처럼 주저앉을 것도 다 예상했다. 어쩌면, 며칠 더 밖에서 지내다 들어올 줄 알았다. 하지만 이 아비가 걱정되어서 이렇게 집으로 왔겠지. 네 잘못을 숨기지 않고 말이다. 너는 분명 그런 아들이야. 감정을 행동으로 만들어."
 이상진은 아버지의 말을 순순히 들으면서 동시에 호텔에서 있었던 기억을 떠올렸다. 박지희를 만나고 얼마 지나지 않아 머릿속에서 뚝, 하고 부러진 듯한 느낌이 이제 무엇인지 그는 명확히 알 수 있었다.
 이성재가 계속해서 말했다.
 "상진아, 아버지는 엄마와 너를 무척이나 사랑한다. 그런데 이 집안에는 석진이가 필요해. 상진이 네가 감당하기 힘든 세상이 머지않아 곧 올 거야. 상진이 너는 무언가 되려고 하지 말거라. 그리고 남들 앞에 나서려고 하지 말고. 이 아비가 네 앞길 다 닦아 놓을 테니 너는 꽃가마 타고 세상 즐기며 살다가 네 자식들 적당히 물려줘. 그러면서 엄마랑 오랫동안 행복하게 살아. 날이 좋으면 여행도 자주 가고 사진도 많이 찍어 놔. 구정물 튀는 건 이 애비가 다 맞으마. 아비의 마지막 부탁이다."
 말을 마친 이성재가 아들의 두 손을 꼭 잡으며 애타게 바라보았다. 이상진은 그런 아버지를 바라보다 다시 울음을 터뜨렸다. 그는 살면서 이렇게 많이 울어 본 날도 처음이었지만, 이토록 가슴 깊게 타인에게서 진심을 느껴 본 것도 처음이었다. 게다가 이런 행위가 얼마나 기쁜 일이며, 삶에 어떤 영향을 주는지 그는 비로소 깨닫게 되었다. 그리고 먼 훗날, 이상진은 이런 아버지의 모습 때문에라도 좋은 아버지가 될 것을 깊이 결심했다.

여전히 이상진이 아버지 곁에서 눈물을 쏟고 있을 때, 김주현 실장이 유령처럼 집 안으로 모습을 드러냈다. 그는 이성재의 지시를 제대로 해결하지 못했음에도 결코 도망치지 않았다. 사실 그는 이성재에게 모든 것을 사죄하기 위해 집으로 찾아온 것이었다. 그러나 그는 그럴 수 없었다. 목 놓아 우는 이상진을, 그리고 그를 다독이는 이성재를 목격했기 때문이다.

이성재는 여전히 아들을 품에 안은 채로 현관에 서 있는 김주현 실장을 발견했다. 이성재는 대번에 차가운 눈길로 그를 쏘아붙였다. 그리고 이성재의 눈빛을 이해한 김주현은 어떤 말도 남기지 않은 채 홀연히 집을 떠났다. 사실 그는 집 안으로 들어온 순간부터 모든 걸 직감했다. 이제 더는 자신이 들어갈 자리가 없음을. 그리고 이 집의 어느 누구도 자신을 걱정하지 않는다는 사실을 말이다.

김주현이 완전히 사라질 때까지도 이상진은 계속해서 눈물을 쏟아냈다.

2장
내리사랑

검찰 조사의 여파는 이성재와 그의 가족은 물론 복지재단으로도 이어졌다. 이성재가 오랫동안 교수로, 정치인으로 활동하였던 만큼 그 파급력은 상당했다. 무엇보다 검찰이 재단을 압수 수색했다는 소식이 삽시간에 퍼지면서 재단과 관련한 사람들은 누구랄 것도 없이 동요할 수밖에 없었다.

재단 실무를 담당하는 류재선 부장과 고기준 차장도 마찬가지였다. 그들은 자신들이 지닌 지식과 경험을 모두 동원하여 재단을 안정화하기 위해서 노력했다. 그러나 마치 재단이 무너지기라도 한 것처럼, 재단과 협력하는 기업이나 복지관에서 전화가 빗발쳤다. 거기다 이사회에서는 이 문제를 어떻게 수습할 것인지 좀처럼 서로의 의견을 좁히지 못했다.

이토록 재단 분위기가 어수선할 때 나선 사람은 다름 아닌 이재진이었다.

"동요할 필요 없어요. 말 그대로 조사에 불과하지 않나요? 전(前) 이사장님께서 운영하는 자금에서 전혀 문제가 될 일이 없다는 사실을 모두 아실 테니 저희는 저희 일에만 집중하면 됩니다."

모든 것이 혼란스러웠지만 이재진은 어떻게든 상황을 수습하기 위해 노력했다. 그는 류재선 부장과 고기준 차장에게 재단 압수수색과 관련하여 협력업체에서 문의가 올 경우 이에 대해 성실하게 임해 달라고 지시했다. 그리고 다른 사람들이 이번 일을 심각하게 받아들이지 않도록 분위기를 잘 조성해 달라고도 부탁했다.

무엇보다 이재진은 이사장으로서 이사회에 이번 일을 상세하게 알리는 한편, 향후 검찰 조사에 대한 과정 및 결과 또한 절대 숨기지 않겠다고 약속했다. 그리고 이성재에게 어떠한 문제도 없음을 강조하며, 혹여나 나타날 문제가 재단에 어떤 피해로 변하지 않도록 이사장으로서 노력하겠다고 거듭 강조했다.

상황이 어지러우니 이사장실에서는 거의 매일같이 회의가 진행되었다. 이상진이 아버지 이성재 품에서 눈물을 흘렸던 그날도 마찬가지였다. 기나긴 회의가 진행된 뒤 이재진이 이사장실에서 쉬고 있을 때, 류재선 부장과 고기준 차장도 그와 함께했다.

모두가 녹초가 되었음에도, 류재선 부장은 어제 이성재가 검찰 조사를 받았다는 언론보도를 똑똑히 기억하고 있었다. 사실은 처음부터 이재진에게 물어볼 작정이었으나, 이재진이 재단을 수습하느라 정신이 없는 탓에 미처 묻지 못했던 것이다.

류재선 부장은 지체하지 않고 이재진에게 상황을 물었다.

"이사장님. 전 이사장님께서는 어떠셨습니까? 어제 검찰 조사를 받았다면서요?"

"늦은 시간까지 검찰청에 계셨어요. 새벽에나 돌아오셨죠. 하지만 이 상황을 전혀 심각하게 여기지 않으셨어요. 평소와 다르지 않았고요."

"다른 말씀은 없으셨고요?"

"전혀요. 재단에만 집중하라고 하셨어요."

류재선 부장은 궁금한 부분이 많았으나 일단 입을 다물었다. 나중에 이성재에게 직접 전화하여 검찰 조사에 대해 물어볼 작정이었다. 우선은 이재진이 어떤 반응을 보이는지가 궁금했을 뿐, 평소와 다르지 않은 이재진의 모습에 일단 류재선 부장은 크게 고민하지 않았다.

그러다 문득 이재진이 류재선 부장에게 부탁했다.

"류 부장님. 전 이사장님을 걱정하는 마음은 알겠지만, 우선 재단이 흔들리지 않았으면 좋겠어요. 여기가 흔들리지 않아야 전 이사장님도 마음을 놓으실 거예요. 그러니 부장님께서 잘 수습해 주세요. 모든 일은 이사장인 제가 책임지고 적극적으로 해명하고, 수습할게요."

평소와 다르게 분명하고 날카로운 태도의 이재진을 바라보던 류재선 부장이 슬쩍 고개를 돌려 고기준 차장에게로 눈길을 돌렸다. 류재선 부장은 조용히 고개를 끄덕였고, 고기준 차장 또한 그에 응하듯 눈을 부드럽게 깜빡거렸다.

이성재와 함께 재단을 설립했던 류재선 부장과 고기준 차장이었다. 그러니 어떤 문제가 발생해도 가장 분주하게 움직여야 하는 사람은 그들이었다. 그럼에도 어떻게 상황을 수습해야 할지 얼른 판단하지 못해 허둥거렸는데, 이재진이 이사장으로서 적극적으로 나서니 그들 또한 곧장 정신을 차리고 재단을 수습했다. 무엇보다 이번 일로 두 사람은 이재진을 다시 보게 되었다.

어떤 심각한 위험이 발생하면 인간 본연의 솔직한 모습이 나타난다. 류재선 부장과 고기준 차장 또한 그렇게 생각했다. 만약 이재진이 이번 사태에서 나약하고 무능한 모습을 보였다면, 두 사람은 이재진이 추진하는 재단 자금 운영에 대한 계획을 전면 백지화할 예정이었다. 필요하다면 다른 사람들과 협의해 이사회에서 이사장의 자질을 다시 평가할 작정이었다.

그러나 이재진의 모습은 류재선 부장과 고기준 차장의 예상에서 완전히 벗어났다. 그는 검찰에서 압수수색을 했을 때 침착하게 모든 부분을 살폈으며, 늦은 시간까지 문제가 될 수 있는 부분이 있는지 자료를 계속해서 확인했다. 그리고 류재선 부장이나 고기준 차장과 연락을 주고받으며 향후 대책을 함께 논의했다.

그런 이재진을 보며, 두 사람은 이재진이 이성재의 아들이라는 사실을 새삼 깨닫게 되었다. 역시 가족은 가족이라고 두 사람은 판단했다.

그렇게 오후 내내 이재진은 재단 사람들과 앞으로 어떻게 재단 운영을 해야 할지 많은 이야기를 주고받았다. 그리고 협력 기관들에게도 직접 연락하여 재단 운영에는 전혀 문제가 없음을 분명히 못 박았다. 무엇보다 자신이 이사장으로 있는 동안 더 큰 문제는 일어나지 않을 것임을 분명히 밝혔기에, 재단 안팎의 사람들도 더는 불안해하지 않았다.

마침내 퇴근할 무렵, 이재진은 어머니 김무교에게서 연락을 받았다. 김무교는 막내아들에게 큰형 이상진이 집으로 돌아왔다는 기쁜 소식을 알려 주었다. 물론 김무교는 이상진이 아버지 이성재 앞에서 대성통곡을 하며 자신의 죄를 뉘우쳤다는 사실은 알려 주지 않았다. 어쨌든 장남의 기를 살려 주고 싶은 어머니의 마음에서였다.

여하튼 이재진은 이상진이 돌아왔다는 사실에 순수한 마음으로 기뻐했고, 이 사실을 곧장 이석진에게 알리고자 했다. 그는 휴대폰을 꺼내 둘째 형에게 전화를 걸었다.

한참 동안 통화음이 들렸고, 드디어 이석진이 전화를 받았다. 이재진은 밝은 목소리로 말했다.

"형님. 오늘은 집에 함께 가시지 않겠어요? 좋은 소식이 있는데요."

"상진 형이 돌아왔다는 소식 말이지? 이미 들었어."

이석진은 아무렇지도 않다는 듯이 대답했다. 이재진은 그런 이석진의 반응에 그저 웃기만 했다. 역시 어머니가 먼저 둘째 형님에게 소식을 전했구나, 그리 생각했다.

하지만 이석진은 전혀 뜻밖의 말을 꺼냈다.

"형이 직접 내게 전화했어. 잠깐 시간이 있느냐고 묻기까지 하더라."

"네? 정말요?"

"할 말이 있는 모양이야. 일단 만나 보려고."

"좋아요, 형님! 분명 좋은 일이에요! 그럼 혹시 저도 그 자리에…."

"안 돼."

이재진이 다 말하기도 전에 이석진은 바로 선을 그었다. 평소처럼 차가운 목소리가 휴대폰 너머로 들려오자 이재진은 그제야 흥분된 마음을 가라앉혔다.

"죄송해요, 형님. 제가 상진 형님께서 집에 돌아왔다는 사실에 너무 들떴나 봐요."

"이해한다. 아무래도 오늘은 네가 저녁을 책임져야 할 거야."

"걱정 마세요, 형님. 두 분이서 편안한 시간을 보내시면 전 그것만으로도 만족해요."

이재진은 진심이었고, 이석진 역시 동생의 마음을 헤아렸다. 이석진은 늦게 않게 집으로 돌아가라는 말을 한 뒤 전화를 끊었다.

호텔에 머무르고 있던 이석진은 여전히 재단 자료를 검토하는 중이었다. 사실 진작 검토는 끝냈으나 다시금 중요한 부분을 확인하고 있던 차에 뜻밖에도 이상진에게서 문자가 왔다. 너와 따로 시간을 가졌으면 좋겠다며, 평소와는 달리 너무나 정중한 말투로 작성된 문자였다. 그 때문에 이석진은 혹시 문자가 자신에게 잘못 전달된 것이 아닌지 의심했을 정도였다. 그러나 그 문자는 분명 형 이상진이 보낸 문자가 맞았다.

이석진은 메시지를 보자마자 이미 형이 집으로 돌아왔다는 사실을 알 수 있었다. 형 이상진이 선택할 수 있는 수는 얼마 되지 않았고, 게다가 모두 충분히 예측 가능한 수였으니까. 그러면서 이석진은 아버지 이성재를 떠올렸다. 결국 모든 일은 아버지의 뜻대로 되고 있음을 그는 실감했다.

* * *

평소라면 바텐더와 대화를 나누기 위해 바 테이블에 자리를 잡았겠지만 오늘은 아니었다. 이석진은 크게 고민하지 않고 가장 구석진 테이블에 앉았다. 4인 테이블이었고, 다른 사람들이 있더라도 크게 시끄럽지 않을 자리였다.

이석진이 자리에 앉으면서 사장에게 물었다.

"일행이 한 명만 더 오는데 이 자리에 앉아도 될까요?"

"상관없습니다. 그런데 평소와는 다른 자리에 앉으셨네요."

사장이자 바텐더는 의아한 표정을 지으며 컵을 닦았다. 일행이 있어도 언제나 바 테이블에 앉았던 이석진이었으니까. 그러나 이석진은 말없이 조용히 웃기만 했다. 오늘은 이 자리에 온전히 집중해야 했기 때문이다. 어쨌든 이석진의 미소를 읽은 바텐더는 더는 묻지 않았다.

얼마 지나지 않아 이상진이 바에 들어왔다. 처음 보는 얼굴이었기에 바텐더가 정중한 모습으로 인사했다. 이상진은 가볍게 고개를 끄덕이고는 주변을 두리번거렸다. 그를 발견한 이석진이 손을 가볍게 흔들었다.

"여기야."

동생을 향해 걸어오는 이상진에게서는 공격적인 태도는 찾을 수 없었다. 항상 이석진을 철천지원수처럼 보던 눈빛도 사라져 있었다. 물론 여전히 특유의 자신만만한 태도는 있었으나, 분명 형이 상당히 달라졌다는 사실을 이석진은 바로 알아차릴 수 있었다.

"집 근처에 이런 곳이 있는 줄 몰랐는데 말이야."

이상진이 이석진의 건너편에 앉았다. 가까이서 그의 표정을 읽은 이석진은 형이 상당히 애를 쓰고 있다는 걸 깨달았다. 하지만 그 사실을 이상진에게는 전혀 내색하지 않았다.

이석진이 이상진의 말에 대답했다.

"집 주변에도 괜찮은 곳들이 많아. 숨겨진 곳들이라 잘 찾아야 하지만."

"아담하니 좋네. 언제 이런 곳을 알아낸 거야?"

"몇 년 됐어. 여기는 내 단골이야. 알려 준 사람은 없어. 재진이도 여기는 한 번도 온 적이 없어."

이상진이 동생의 말에 천천히 고개를 끄덕였다. 그러나 분명 놀라는 기색이 역력했다. 그도 그럴 것이 이석진이 오직 자기만 아는 아지트와 같은 공간에 자신을 부를 것이라고는 예상하지 못했기 때문이다. 물론 동생이 자신을 그럴듯한 음식점으로 초대할 거라곤 예상했다. 어쩌면 호텔에서 만나자고 제안했을 수도 있었다.

그럼에도 동생 이석진이 자신을 단골 바에 불렀다는 건, 동생 또한 이 자리를 제법 신경 쓰고 있다는 뜻이었다.

"그럼 여기는 뭐가 유명해? 맥주는 있어?"

"맥주보다 더 좋은 술이 있어."

이석진이 자연스럽게 바텐더를 불렀다. 그는 이전에 마셨던 맥켈란 30

년을 주문했고, 바텐더는 그것을 바로 준비했다. 이상진은 바텐더가 뒤편에 마련된 술들 중에서 병 하나를 준비하는 걸 보면서 팔짱을 꼈다.

"저게 좋은 술이야?"

"세계적으로 유명한 위스키지. 한 번도 안 마셔 봤어?"

"나는 저런 술은 잘 모르겠어. 그래도 위스키는 몇 번 마셔봤으니까 걱정 마. 그리고 오늘은 네가 좋아하는 술을 한번 마셔 보지."

"굳이 그럴 필요 없어."

이상진은 대답하지 않았다. 바텐더가 곧 테이블로 왔기 때문이다. 그는 테이블에 병을 올려놓은 뒤 잔과 얼음, 그리고 약간의 안주를 가져왔다. 잔도 여러 모양의 잔을 놓고는 바텐더가 싱긋 웃었다.

"편하게 즐기십시오. 원하시는 잔에 술을 마시면 됩니다."

"감사합니다."

"그리고, 아직 전에 남겼던 술이 그대로 있는데요. 혹시 오늘 자리에 필요하신가요?"

바텐더의 말에 이석진은 조용히 웃었다. 바텐더가 말하는 술은 바로 맥켈란으로 만든 위스키 샤워였다.

"오늘은 아니에요. 하지만 조금씩 그날이 가까워지는 것 같아요."

"전진하는 하루라. 좋네요. 그날이 얼른 더 가까워지길 바랍니다."

바텐더가 곧 자리에서 멀어졌다. 알아들을 수 없는 대화에 이상진의 눈썹이 꿈틀거렸다. 곧 이석진이 잔에 위스키를 따른 뒤 형에게, 그리고 자기 앞에 차분히 내려놓았다.

결국 궁금함을 참지 못한 이상진이 물었다. 그의 눈썹은 어느덧 다시 차분해져 있었다.

"대체 무슨 말이야? 전진하는 하루니 뭐니 그런 말을 하고."

"개인적인 대화야. 거기까지는 말해 줄 수 없어. 단골 가게 사장님과 나누는 깊은 대화 정도로만 해 두지."

"그래야 너답네."

이상진은 그렇게 대답하고는 자기 앞에 놓인 술을 단숨에 들이켰다. 마치 맥주를 마시듯이. 그에 비해 이석진은 향을 한 번 맡은 뒤 가볍게 한 모금을 들이켜 입에 잠시 오물거리고는 그대로 목으로 넘겼다. 자신이 아는 맛과 향이 입과 코로 은은하게 퍼졌고, 이석진은 그에 만족했다.

만약 평소였다면 이석진은 형이 술을 단숨에 들이켜는 모습에 대해 지적했을 것이다. 그렇게 위스키를 마시면 안 된다고 말이다. 그러나 그런 말을 굳이 내뱉어 험악한 분위기를 만들고 싶지 않았다.

이상진은 빈 잔을 슬쩍 보고는 고개를 끄덕였다.

"괜찮네. 아주 좋은 술이야. 난 잘 모르는 술이지만 분명 괜찮아."

"나중에 좋은 자리가 있으면 이 술을 마셔 봐. 물론 이 술을 취급하는 가게여야 하겠지만."

"그래, 비싼 술이겠지. 나는 지금까지 마셔 본 적 없는 술이니까."

그러면서 이상진은 다시 술을 잔을 따르고는 한 번에 들이켰다. 평소에 술을 잘 마시는 그였으나 그렇다고 연거푸 술을 마시는 모습을 보기 위해 마련한 자리는 아니었다. 물론 형이 이토록 급하게 술을 마시는 이유는 자기에게 속내를 드러내기 위해서겠지만, 그렇다고 잔뜩 취한 채 대화를 나누고 싶은 마음은 추호도 없었다.

이석진이 잔에 담긴 술을 한 모금 마신 뒤 물었다.

"이제 말해. 갑자기 날 보자고 한 이유 말이야. 용건이 있잖아."

"뭐, 동생이랑 술 한잔하려고 만나자고 했지."

이상진이 웃었다. 그러나 그 웃음 뒤에 감추어진 쓸쓸함마저 완전히 숨길 수는 없었다. 이석진은 차분한 말투로 대응했다.

"그냥 술 마시자고 했으면 여기로 오지도 않았어. 솔직히 말해. 내게 하고 싶은 말이 있어서 만나자고 한 거잖아. 아직 준비가 되지 않았으면 애당초 연락도 하지 않았겠지. 그러니까 오늘 여기서 형이 하고 싶은 말을 들어야 나 역시 기분이 괜찮아질 것 같은데."

"그래, 네가 이겼다."

이상진이 다시 술을 들이켰다. 이번에도 잔에 있는 술을 모두 비웠는데, 그럼에도 얼굴에는 어떠한 반응도 나타나지 않았다. 뺨이 벌겋게 변하지도 않았고, 눈이 흐릿해지지도 않았다. 오히려 술을 마시면 마실수록 이상진의 눈빛은 또렷해져 갔다. 이석진은 그런 형을 말없이 바라보기만 했다.

이윽고 이상진이 분명한 목소리로 말했다.

"네가 이겼다고. 내가 지금 무슨 말을 하는지 알겠지?"

"그게 다야? 나한테 하고 싶은 말이 겨우 그거야?"

"달리 뭐라고 말할까? 이미 상황이 어떻게 돌아가는지 너는 충분히 알고 있을 것 같은데."

이상진이 한 말에 이석진은 조금 실망했다. 여전히 자신이 어떤 생각을 하고 있는지, 형은 전혀 이해하지 못하고 있었다. 한편으로는 여전히 자기 생각에 확신을 가지고 있는 형이 안타깝기도 했다. 분명 이상진은 아버지 이성재와 어떤 일을 겪은 뒤 자신을 만나자고 했을 터인데, 그의 생각은 크게 달라지지 않은 상태였다.

결국 이석진은 형이 이해하지 못하는 지금의 상황과 미래를 알려 줘야겠다고 마음먹었다.

"틀렸어. 형은 처음부터 잘못 짚고 있었다고."

"뭐가? 내가 아무리 아득바득 움직였어도 지금 상황을 바꿀 수 없다는 점?"

"내가 보기에는 말이야."

이석진이 술잔을 비웠다. 그런 뒤 다시 잔을 채우고는 잠시 술을 바라봤다. 은은하게 퍼지는 맥켈란 30년의 향이 코를 간지럽혔다. 진한 갈색의 술이 흔들리니 천장에서 내려오는 빛 또한 흔들렸다. 마치 강가에서 보는 불빛 같다고 이석진은 잠시 생각했다.

여전히 바에는 두 사람뿐이었다. 그만큼 바는 조용했다. 평소라면 김연희와 함께 바의 조용함과 아늑함을 즐겼을 테지만, 지금의 이석진은 그럴 수 없었다.

결국 이상진이 답답함을 참지 못하고 물었다.

"네가 보기에는 뭐?"

"기다려 봐. 굳이 이런 말을 해도 되는지 고민하고 있으니까."

"사람이 한번 말을 뱉으면 끝내야지. 그게 얼마나 답답한지 몰라서 그래?"

"그럼 편하게 말해도 되지? 대신 조건이 있어."

"너답다. 무슨 조건?"

이상진은 그렇게 말하며 또다시 술을 입에 털어 넣었다. 이석진이 한 잔을 마실 동안 그는 벌써 네 잔이나 비운 상태였다. 형이 여기에서 더 취하면 진지한 대화가 오갈 것 같지 않아, 이석진은 이상진의 잔에 술을 채운 뒤 테이블에 놓은 병을 자기 쪽으로 끌고 왔다.

"우선 하나. 술을 천천히 마셔. 취해서 서로 의미 없는 대화를 주고받고 싶지 않아."

"조건이 많네. 또?"

"우리 두 사람의 대화가 평화롭게 유지되길 바라. 화내지 마. 형이 화내는 걸 내가 겁내서가 아냐. 기분이 매우 불쾌해져. 내가 지금까지 형이 하는 말을 왜 듣지 않고 자리를 뜨는지 알아? 형이 화를 내서야. 큰 소리를 내지 않아도 여기서는 충분히 대화가 가능해. 알겠지?"

평소와 다른 모습을 갖추라고 요구하는 이석진 또한 최대한 차분하고 느긋한 말투로 말했다. 그 역시 괜히 이상진의 기분을 언짢게 만들어 이 대화가 어긋나는 상황을 만들고 싶지 않았다. 이석진에게 다음은 없었다. 만약 이상진이 또 술자리를 마련하려고 시도한다고 한들, 그 자리를 피할 것이기 때문이다.

이상진은 이석진의 말을 듣고도 딱히 반응하지 않았다. 예전 같았다면 버럭 짜증을 내며 소리를 질렀을 그였으나, 어쩐 일인지 이석진의 말에 그저 고개만 주억거렸다. 그러나 그 행동에 진심이 보이지 않는 듯하여, 결국 이석진이 단도직입적으로 이상진에게 질문했다.

"형은 아버지가 우리 가족들 중에 누구를 가장 사랑한다고 생각해?"

"갑자기 무슨 말이야?"

"형, 아직도 아버지 일 때문에 고민 많잖아. 솔직히 날 만나자고 한 이유도 결국 아버지 때문 아냐? 그러니까 형이 생각하는 바를 나한테도 분명히 말해 줘."

이석진의 말이 끝나기 무섭게 이상진의 눈빛이 달라졌다. 그 또한 알고 있었다. 아무리 좋게 생각한다고 한들, 결국 모두의 관심사는 이석진에게로 향하고 있었기 때문이다. 이미 아버지에게 상속을 받는다고 했을 때부터, 누구랄 것도 없이 이석진의 말과 행동에 관심을 가지고 있었다.

그런데 모두의 관심을 받는 동생이 자신에게 다소 엉뚱한 질문을 하니 이상진은 의아할 수밖에 없었다.

"그야, 당연히 너겠지. 아버지는 너를 가장 사랑하시지. 똑똑하고 영리하니까. 그러니까 아버지가 재산을 다 너에게 상속하는 거 아니겠어?"

"형이 그렇게 대답할 줄 알았어."

"어차피 뻔한 대답이잖아. 너도 그렇게 생각하고 있고."

"나는 형이 좀 더 시야를 넓혔으면 좋겠어. 비유하자면, 이렇게 남들이 잘 알지 못하는 좋은 가게를 찾을 수 있는 안목을 가졌으면 해. 형한테 지금 필요한 건 바로 그런 눈이야."

"어차피 그런 눈을 가져도 내가 뭘 할 수 있어?"

"지금 한 말 진심이야? 그럼 아버지가 나한테 모든 재산을 상속하면 형은 내 눈치를 보면서 살 거야?"

이상진이 입술을 우물거리다가 다시 술을 마셨다. 이번에는 단번에 잔을 비우지 않았다. 결국 이상진은 지금 상황을 완전히 받아들인 게 아니었다. 이 상황을 완전히 받아들이고 수용하는 데 형에게 나름의 시간이 필요하다는 사실을, 이석진 역시 알고 있었다.

술을 한 모금 마신 이석진이 다시 이상진에게 질문했다.

"편하게 자리를 갖자고 했지? 그럼 나, 형에게 다른 걸 물어도 돼?"

"우리 가족에 대한 게 아니라?"

"아예 다른 주제는 아냐. 형 혹시 만나는 사람 있어? 전에 재진이가 말해 주기로는 만나는 사람이 있다고 하던데?"

"재진이가 그걸 안다고?"

이상진이 잠시 눈을 굴렸다. 내가 박지희에 대해 재진이에게 말한 적이 있었나? 그는 잠시 고민했지만, 어차피 두 사람은 사귀는 사이가 아니기에 말이 되지 않았다.

그렇게 잠시 생각에 잠겼던 이상진이 별안간 코웃음을 쳤다. 이석진이 말하는 사람이 누구인지 이제야 떠올랐기 때문이다. 아직 이석진이 집에 얼굴을 제대로 비추기 전에 만난 여자가 있었다. 그리고 이상진은 그 여자에 대해, 가족들과 저녁 식사를 하면서 말한 적이 있었다. 사실 진지하게 말한 건 아니었다. 그 자리에서 어머니 김무교가 슬쩍 결혼에 대해 물었기 때문이다. 이상진은 그때 만나는 사람이 있다고 했고, 아무래도 이재진은 그 당시 상황을 기억해 이를 이석진에게 말한 것 같았다.

"망할 녀석. 굳이 네가 없는 자리에서 한 소리였는데. 재진이는 기어코 그걸 너한테 알려 준 거냐? 정말 두 사람 사이 돈독하다."

"형제니까. 그리고 형과 재진이도 마찬가지지. 나랑 형만 아니고. 어쨌든 그 여자와는 헤어진 거야?"

"끝난 지기 언젠데. 지금 와서 생각하면 왜 그런 여자를 만났는지 몰라. 돈을 그렇게 밝혔는데."

"형의 어떤 모습을 보고 돈이 많은 줄 알았겠지. 형이 타고 다니는 스포츠카가 유력하지 않겠어?"

"야, 어설프게 짚어 내지 마. 그 여자는 원래 내가 관리하는 건물에 있던 사람이랑 아는 사이였어. 내가 건물주인 줄 알고 달라붙은 거야."

사실 이석진이 하고 싶은 말은 따로 있었지만, 과거에 만난 여자를 떠올린 탓에 이상진은 다시 흥분하고 말았다. 그렇다고 화를 내거나 목소리를 높이는 것은 결코 아니었다.

이상진은 계속해서 말했다.

"아버지 건물에 세입자로 들어온 놈이 있었어. 나랑 나이가 비슷해. 가게 운영하던 놈이었는데, 한번은 자기 가게에 놀러 오라고 하는 거야. 자기 가게에서 파티를 한다고 날 초대한 거였어. 그러고 보니 그 망할 자식은 얼마 전에 연락이 끊겼네."

이상진이 순간 으르렁거렸다. 방금 말했던 사람은 분명 김승준이나 최민호 둘 중 하나임이 분명했기 때문이다. 이제는 이상진이 별 볼 일 없는 줄 알고 일방적으로 연락을 끊은 두 사람을 떠올리자니 속이 뒤집히는 것 같았다. 그러다 자신의 말을 차분히 듣고 있는 이석진을 슬쩍 보고는 화를 가라앉혔다.

"세입자가 공짜로 술을 준다는데 내가 마다할 이유가 없잖아? 그래서 갔지. 그런데 가니까 꽤나 사람들이 많더라고. 나는 기껏해야 열 명 정도 모여서 자기들끼리 술 마시는 자리인 줄 알았거든. 어쨌든 그 자리에 가자마자 거기 주인이 날 사람들에게 이렇게 소개했어. 내가 이 건물 주인이고 엄청난 재력가라고. 나 때문에 좋은 조건으로 여기서 가게를 운영할 수 있다고 말이지."

"일부러 형을 부추긴 거야. 그리고 형을 다른 사람들한테 소개시켜 줘서 자기가 어떤 사람인지 알리려고 하는 얄팍한 시도라고."

"그랬겠지. 하지만 기분이 좋은 걸 어떡해? 내가 그런 말을 마다할 사람이야? 어쨌든 거기 아는 사람은 아무도 없었지만 여러 사람들과 이야기를 나눴어. 거기에는 여자들도 있었는데. 그중 한 명이랑 말이 잘 통해서 이런저런 대화를 나눴지. 파티가 끝날 때쯤에는 따로 나와서 술도 같이 하고. 그래서 만나게 된 거야."

"대화가 잘 통해서 만난 거야?"

"설마, 그랬겠냐? 그런데 솔직히 그 여자, 정말 괜찮았어. 얼굴도 예쁘고 몸매도 좋았는데, 솔직히 분위기가 정말 괜찮았거든. 내 차에 타면 그렇게 잘 어울릴 수가 없었어. 사람들이 내 차를 보다가도 그 여자를 멍하니 바라보는 모습을 보니까 정말 우쭐해지더라."

"형은 그렇게 사람들의 관심을 받는 게 정말로 행복해?"

"당연하지. 나쁜 게 전혀 아니잖아."

이상진은 크게 고민하지 않고 가볍게 대답했다. 그 모습에, 이석진은 확실히 형이 어머니 김무교를 닮았다고 생각했다. 어머니는 늘 다른 사람의 관심을 받고 싶어 했다. 만약 어머니가 그런 사람이 아니었더라면 자신에게 전교 1등을 강요하지 않았을 것이고, 형에게도 뛰어난 스포츠 선수가 되라고 유난을 떨며 응원하지도 않았을 것이다.

다른 사람의 시선 때문에 자신은 물론 아들들을 이용하는 어머니를 이석진은 상당히 증오했다. 그가 고등학교 시절에 엇나갔던 여러 이유 중 가장 큰 부분을 차지한 사람이 바로 어머니였을 정도였다.

이석진의 이런 속마음을 모르는 채, 이상진은 신나게 말을 이어 나갔다.

"그런데 그 망할 여자, 얼마나 돈을 헤프게 썼는지 알아? 만난 지 얼마 되지도 않았는데 뭘 그렇게 요구하던지. 온갖 비싼 물건은 다 요구하면서 조금이라도 안 들어주면 금세 나 몰라라 했었지. 그러다가 요구하는 물건을 사 주면 좋다고 웃고. 옷이며 가방이며 반지며 뭐 그렇게 살 게 많았는지. 나는 내 주먹보다 조금 큰 가방이 500만 원이나 한다는 것을 그 여우 같은 여자랑 만나면서 처음 알았어!"

"그런데도 그걸 감당할 수 있었어? 내가 보기에 형이 가지고 있는 건물을 잘 관리한다고 해도 한 달에 몇천만 원 정도 수익만이 나잖아. 그렇다고 형이 따로 가지고 있는 재산이 있는 것도 아니고. 형 말처럼 그렇게 돈을 밝히는 여자인데 처음부터 만족시킬 수 있었어?"

이상진이 비로소 말을 멈췄다. 그가 입을 우물거리며 눈을 자꾸만 돌리는 모습을 보자, 이석진은 형이 이 상황을 모면하기 위해 거짓말을 준비하고 있다는 사실을 간파했다. 그러나 이석진은 형의 거짓말을 순순히 받아들일 생각이 없었다.

"형, 솔직히 말해. 내가 지금 아버지 재산을 살피고 있다는 걸 잊지 마. 내가 한번 맞춰 볼까? 형이 관리하는 건물의 수익금, 아버지에게 제대로 말하지 않았지? 조금씩 빼돌리고 있었던 거 아냐?"

그러자 이상진의 눈빛이 평소처럼 날카로워졌다. 그 모습만으로도 이석진은 자신의 예상이 맞아떨어졌다는 걸 알 수 있었다.

이상진이 으르렁거리며 물었다.

"너 그거 어떻게 알았어? 그거 아는 사람 아무도 없는데."

"형, 회계장부만 봐도 알 수 있어. 장부까지 확인할 필요도 없어. 부동산을 조금만 살펴도 알 수 있는 일이야. 형이 관리하는 빌딩 수익률이라고 해봐야 3%에서 5%야. 제아무리 번화가의 건물이라고 해도 6%를 넘기기 힘들다고. 애당초 국가라는 틀에서 부동산의 수익과 규모는 정해져 있어. 수지가 좋든 나쁘든. 그러니까 대충 계산해도 그렇게 많이 수익을 얻지 못할 텐데, 형이 타고 다니는 차나 방금 형이 말한 그 여자의 씀씀이를 보면 절대 감당할 수가 없다고."

"망할. 그래도 잘 넘기고 있는 줄 알았는데."

"솔직히 아버지도 알고 계실 거야. 형이 돈을 빼돌리고 있다는 사실을 말이야. 어쩌면 부족한 돈을 아버지가 메꾸면서 세금 신고를 했을 수도 있어."

"그래서 너, 내가 지금 관리하는 건물까지 어떻게 하려고 하는 거야?"

"그건 차차 계획할 거야. 하나만 말하자면 아버지는 형이 생각하는 것보다 훨씬 무서운 사람이야. 이미 형이 무슨 생각을 하는지 모두 간파하고 있다고. 형을 몰랐으면 이번 일도 이렇게 끝나지 않았겠지. 하지만 지금 내가 묻는 건 그게 아니잖아?"

다시 가족에 대해 말하는 줄 알았는데 여전히 이석진이 자신의 과거에 더 관심을 보이고 있다는 사실에 이상진은 어이가 없었다. 그는 술잔을 비우고는 일부러 소리가 나게 내려놨다. 탁, 하는 소리가 테이블 주변으로 퍼졌다. 여전히 바에는 그 둘만 있었다.

이상진이 이상하다는 표정을 숨기지 않고 물었다.

"김빠지네. 아직도 넌 그 여자 이야기를 듣고 싶어?"

"사람이 한번 말을 뱉으면 끝내야 한다고 한 사람은 형이야."

"너도 어지간히 해라. 대충 마무리를 짓자면 더는 그 여자에 대한 마음이 없어졌어. 나보다는 내가 가진 돈에 더 관심이 많다고 느껴졌지. 만날 때마다 백화점이니 뭐니 그런 곳을 가는데 내가 좋을 수가 있겠어?"

"그럼 처음부터 그 여자는 형에게 비싼 물건을 요구했어?"

"솔직히, 처음에는 내가 먼저 사 준 것도 있어. 그 여자에게 잘해 주고 싶기도 했고, 내 체면도 있었으니까."

"그럼 결국 형이 하는 말은, 괜찮은 사람을 만나서 연인이 됐는데, 그 여자가 점점 무리한 걸 요구했다는 거잖아? 그 여자는 형을 수백억을 소유한 건물주로 알고 있었고, 형은 그 사람을 놓치기 싫어서 처음에는 잘해 줬고."

"내가 감당할 수 없는 사람이었어."

"처음에는 좋아했잖아. 그 여자한테 잘해 주려고 했고. 그리고 형도 처음에 돈을 많이 썼다고 인정했어. 그게 사랑이었지. 지금 사회를 살아가는 사람들은 뭐든 사랑으로 포장하지만."

"비웃을 거면 차라리 소리 내서 비웃어 줄래?"

분이 풀리지 않은 이상진이 술을 단숨에 들이켜려다 이내 멈췄다. 그 모습에 이석진은 형이 자신의 예상보다 더 끈기를 지니고 이 자리에 있다는 걸 알았다. 물론 억지로 있다고 여기지는 않았다. 이미 형은 많은 걸 내려놓았다고 이석진은 확신했기 때문이다.

"내가 하고 싶은 말은 그게 아냐. 형의 방식이 아이러니하다는 거지. 어떻게 보면 우리 집안 내력 같기도 하고."

"갑자기 왜 집안 내력이라고 하는 거야?"

"내가 형의 상황을 완전히 이해하는 건 아니지만, 이성적으로 보자면 형은 이미 수백억 원의 건물주야. 그리고 처음부터 그 여자한테 비싼 선물을 줬지. 받는 사람은 처음에 좋아했어도, 아마 적응할 시간이 필요했을 거야. 물론 그 여자를 옹호하는 건 아냐. 물질욕이 상당하다며? 그런데 형이 예쁘다고 생각하는 여자가 형에게 이것저것 요구했는데도 그걸 계속 받아 줬어. 거기서부터 비극이야. 형은 감당하기 힘들었다고 말했지만, 그 여자는 형에게서 아주 작은 부분만 받는다고 여겼을 거야. 차라리 좀 더 서로에게 솔직했으면 좋았을 텐데 말이지."

이상진은 들고 있던 술잔을 내려놓았다. 이번에는 소리를 내지 않고. 여전히 잔에는 술이 가득했다. 그러나 이상진은 술에는 관심을 두지 않았다. 그는 차분한 태도로 앉은 동생을 계속 바라봤다.

"그러니까 나보고 체면도 없이 여자를 만나라는 거야?"

"물질적으로 다가가는 게 아냐. 진심을 보이라는 거지. 그럴듯한 포장은 중요해. 그러나 하나를 포장하기 위해서 거짓말을 시작하면 결국 포장 때문에 진심이 망가지기 마련이야."

"이미 끝난 일이야."

"맞아. 그 사람은 끝났어. 하지만 더 좋은 사람이 있을 수 있지."

"그러는 너는 솔직한 심정으로 만나는 여자가 있어?"

"있어. 서로에 대해 잘 관여하지 않아. 서로가 서로에게 어떤 상황에 있는지 말했거든. 내가 며칠 동안 어디론가 훌쩍 떠나도 그 사람은 전혀 문제 삼지 않아. 이미 그걸 말했으니까. 내가 다시 돌아온다는 믿음이 그 여자한테는 있어. 왜냐하면 내가 그 여자에게 내 진심을 보여 줬으니까."
"너랑 사귀는 그 여자도 참 대단하다. 너처럼 독특한 사람을 만나다니."
"사람이나 상황을 보면서 판단하는 게 아냐. 사랑에도 방식이 달라. 그런데 형의 태도는 사랑이든 뭐든 너무 일관적이야. 내가 왜 형한테 만나는 사람이 있는지 물었는지 알아? 형은 항상 자기 생각이 옳고, 그것을 일반화하려고 해. 형 혹시 그 여자한테 좋아하는 게 뭔지 물어본 적 있어? 아니면 그 사람이 원하는 공간에서 서로 감정을 교류한 적은 있고?"
이상진은 대답하지 않았다. 생각해 보면 정말로 그 사람한테 무엇을 물었는지 기억이 나지 않았다. 비싼 물건을 좋아하는 허영심 많은 여자로 여겼으니, 정작 그 여자에 대해 제내로 아는 게 없었다. 어떤 취미를 가졌는지, 좋아하는 음식은 무엇인지, 하다못해 음료 취향도 몰랐다. 처음에는 대화가 잘 통한다고 이석진에게 말했는데, 어떤 부분에서 잘 통했는지도 전혀 기억나지 않았다.
그러다 어느 순간, 이상진은 박지희를 떠올렸다. 돌이켜 보면 박지희를 만나는 과정도 그 여자와 비슷했다. 어느 파티에서 만났고, 서로 이야기가 잘 통해서 계속 관계를 유지하고 있다. 거기다 이상진이 선물이라고 비싼 물건을 사 줬다. 그런데 그 과정에서 박지희가 정말 원하는 게 무엇인지, 좋아하는 게 무엇인지 물어본 적이 있는가. 하다못해 박지희가 이상진을 만날 때마다 마시는 고급 와인은 정말로 좋아하는 걸까.
두 사람은 사귀지 않는다. 그럼에도 이상진이 다른 사람보다 박지희를 더 생각하고 있는 건 분명했다. 그건 박지희도 마찬가지였다. 그렇지 않고서야 호텔 방에서 짐승처럼 웅크리고 있던 자신에게 다가올 이유가 없었다. 그런 박지희가 순전히 이상진의 돈을 보고 접근할 걸까.

이상진의 표정이 묘하게 변했다는 걸 알아차린 이석진이 다시금 차분하게 말했다.

"인간은 누구나 큰 착각에 빠져 살 때가 있어. 내가 좋아하는 걸 무조건 상대가 좋아할 것이라는 착각 말이야. 그게 반복되면 착각이 점점 심해져서 결국 일반화의 오류가 심해지지."

"마치 그런 사람을 본 것처럼 말하네."

"형의 문제만이 아냐. 나름대로 저마다의 착각을 하고 있어."

이석진은 형의 이런 모습이 아버지와 참 많이 닮았다고 말하고 싶었다. 자신이 보는 아버지 이성재 또한 자신의 가치를 아들들에게 전달하기 위해 무섭도록 노력했다. 오로지 그것이 옳은 것, 좋은 것이라고 착각하면서 말이다. 이에 이석진은 저항했다. 아주 오랜 시간 동안 말이다.

이석진이 차분히 술을 마시며 물었다.

"다시 질문할게. 아버지는 누구를 가장 사랑하는 것 같아?"

"아까도 말했잖아. 그건 너라고. 이석진 너."

"역시 형 생각은 쉽게 변하지 않아."

"네가 알 수 없는 소리를 하고 있는 거야."

이상진은 다시 술을 들이켰다. 이번에는 상당히 만족하는 표정을 지으면서. 그건 술에 만족하는 표정이 아니었다. 이석진과 대화를 나누면서 어느 정도 억눌렸던 감정이 풀렸기 때문이다. 이제는 긴장이나 어색함보다는 편안함이 느껴졌다. 무엇보다 지금 마음에 자리를 잡은 그 무엇이 이 자리를 만들었으며, 동생과 대화를 나누는 시간을 가지게 했다는 것을 이상진은 잘 알고 있었다.

그런 이상진을 바라보며, 이석진은 방금 자신이 한 말을 부디 이상진이 이해해 주길 바랐다. 그리고 이석진은 머지않아 형이 자신의 심정을 이해할 것이라고 확신했다. 지금 가족들이 처한 상황은 승패를 가르는 게임이나 전쟁 같은 게 전혀 아니었다. 온전히 아버지 이성재의 마음을 이해하며, 서로의 입장을 수용해야 하는 상황이었다.

그리해야만 아버지가 사랑하는 사람은 이석진 한 사람이 아닌 가족 모두라는 사실을, 그 때문에 아버지가 이상진이 아닌 자신을 선택할 수밖에 없었던 이 상황을 형이 납득할 테니 말이다.

* * *

"검찰에서도 금방 포기할걸세. 지금 확보한 자료만으로 무엇을 알아낼 수 있겠나? 설사 다른 자료를 찾는다고 해도 마찬가지시. 그냥 잠깐 소란이 있었을 뿐이야."

이성재가 아무렇지도 않다는 듯 말했다. 류재선 부장은 그제야 안심할 수 있었다. 물론 그도 이성재가 철두철미한 사람이라는 것을 이미 알고 있었기에 재단 운영과 관련해서 어떠한 문제도 없을 것이라고 확신했다.

류재선 부장이 현재의 재단 상황을 알려 주었다.

"재단은 너무 신경 쓰지 않으셔도 됩니다. 잡음이 조금 있지만, 이사장님께서 적극적으로 나서서 수습하고 있어서 금방 가라앉을 예정입니다. 오히려 이번 일 때문에 건강이 악화되는 것은 아닌지 염려스럽습니다."

"마냥 좋지는 않아. 이제는 버겁다는 느낌도 들고."

이성재는 솔직히 자신의 상태를 토로했다. 허심탄회하게 말할 생각은 아니었으나, 그는 일부러 자신의 상태를 류재선 부장에게 알렸다. 재단 운영이 더는 문제가 없도록 상황을 잘 마무리 지으라는 뜻으로 말이다. 류재선 부장은 오랫동안 이성재와 함께 일했기에 그가 어떤 의도로 말하는지 단번에 이해했다.

류재선 부장은 깍듯한 자세를 여전히 유지하며 이재진에 대해 말했다.

"그리고 상황이 모두 해결되면 이사장님의 계획대로 재단 자금 운영을 변경할 예정입니다."

이성재는 별 반응을 보이지 않았다. 그저 깊이 숨을 내뱉을 뿐. 그 소리가 류재선 부장에게도 들렸다. 이미 병원에서 나눈 대화가 있으니 굳이 더 말할 필요는 없었다. 그럼에도 류재선 부장이 이재진의 계획대로 재단을 운영하겠다고 이성재에게 보고하는 이유는, 이제 이재진의 계획을 수용하겠다는 뜻이었다. 자신이 나선다면 다른 사람들도 자연스럽게 따라올 것이다.

간헐적으로 숨을 내뱉던 이성재가 말했다.

"이사회에서 불만을 토로하는 사람들도 있을 거네. 하지만 자네나 고차장이 나서면 큰 불만은 없을 걸세."

"잘 마무리하겠습니다."

"그리고 내 둘째 아들 석진이가 재단을 찾아갈 거야. 이미 재단 자료는 다 검토했을 거야. 그러고도 남을 녀석이지. 지금 재단 상황이 어떻게 돌아가고 있는지 궁금해서 찾을 테니 잘 맞이해 주게."

"그 일도 이사장님께서 전혀 모르는 일인가요?"

"모르는 게 좋아."

류재선 부장은 더 묻지 않았고, 통화는 그렇게 종료되었다. 그는 곧장 고기준 차장을 호출했다. 이성재에게 이미 자신의 뜻을 밝혔으니 굳이 더 미룰 필요가 없다고 판단했기 때문이었다. 고기준 차장과 만난 류재선 부장은 곧장 이사장실로 향했다.

류재선 부장과 고기준 차장이 이사장실을 방문했을 때, 이재진은 혼자 서류를 검토하고 있었다. 검찰 조사 때문에 재단에서 운영하는 사업이 조금 차질을 빚었으나 이재진은 모든 업무를 무리 없이 운영할 수 있도록 분주히 움직였다. 류재선 부장과 고기준 차장 선에서 마무리 지을 수 있는 문제도 꼼꼼히 다시 확인했다.

그 모습에 류재선 부장과 고기준 차장은 이사장으로서 이재진을 인정할 수밖에 없었다.

"이사장님, 보고드릴 게 있습니다."

"검찰 조사 관련해서요?"

"아닙니다."

"그럼 협력업체나 기관에서 문제 제기를 하던가요?"

"그것도 아닙니다. 재단 운영과 관련한 사항입니다."

이재진이 의아한 표정을 지으며 자리에서 일어났다. 세 사람은 이사장실에 마련된 소파에 앉았다. 이재진은 그들의 분위기가 조금은 낯설다고 느꼈지만, 미소를 머금은 채 두 사람을 격려했다.

"아직까지도 상당히 바쁘죠? 두 분 덕분에 그래도 큰 소란은 없네요."

"저희보다는 이사장님 덕분이지요. 협력업체에서도 이사장님 덕분에 안심하고 있습니다. 불법자금 운영에 대해서는 전혀 믿지 않고 있어요."

"다행이죠. 검찰 조사도 조용히 넘어갔으면 하네요. 그런데 재단 운영에서 뭐가 문제가 있나요?"

"사태가 진정되면 재단 자금 운영에 변화를 줄 필요가 있을 것 같습니다. 이사장님의 계획대로요."

류재선 부장이 말하자 옆에 있던 고기준 차장도 고개를 끄덕였다. 이미 두 사람 사이에서는 합의가 된 일이었다. 그리고 이는 이성재가 두 사람에게 부탁해서 하는 말이 아니었다. 두 사람 모두 진심으로 이재진에게 힘을 실어 줄 예정이었다.

불과 며칠 전까지만 해도 자신의 계획을 반대했던 두 사람이 갑자기 태도를 바꾸자 이재진은 어안이 벙벙했다. 그 모습이 류재선 부장에게도 그대로 보였기에 그는 이재진을 안심시켰다.

"허투루 하는 말이 아닙니다, 이사장님. 저희는 이제 이사장님의 계획을 그대로 추진해도 된다고 판단했습니다. 다만 이사회에서 이사장님의 뜻에 모두가 찬성하지는 않을 겁니다. 하지만 그 부분은 저나 고 차장이 잘 해결하겠습니다."

"저한테는 좋은 일이지만, 이렇게 갑자기 진행해도 될까요?"

"오히려 지금이 적기입니다, 이사장님. 검찰 조사 때문에 재단 내외적으로 분위기가 어수선합니다. 점차 안정화를 되찾으면 새롭게 운영 방안을 갖출 필요가 있습니다. 이사장님을 중심으로요."

이사장을 중심으로. 류재선 부장이 그 부분을 분명히 말하자 이재진은 저절로 가슴이 벅차오르는 듯했다. 지금껏 자신이 이사장으로 활동하면서 류재선 부장이나 고기준 차장이 그런 말을 한 적이 단 한 번도 없었기 때문이다.

이재진이 지금까지 이사장으로 재단을 운영하고 있었으나, 엄밀히 따지면 전(前) 이사장이었던 이성재의 운영 방식을 그대로 이어받아 운영하고 있을 뿐이었다. 사실상 변화가 없었으니 재단 운영에서 이재진의 영향력이 부족한 게 사실이었다. 그러니 류재선 부장과 고기준 차장도 이사장으로서 이재진을 다소 낮게 평가했었다.

고기준 차장이 덧붙였다.

"이사장님. 어수선한 상황이었는데도 이사장님께서 적극적으로 나선 덕분에 재단 운영에 대해 의심하는 기관이나 업체는 이제 없습니다. 오히려 이번 기회로 더 신용을 얻었다고 저는 판단합니다. 특히 이사장님에 대한 신뢰가 만들어진 만큼, 이제 운영에서도 이사장님께서 적극적으로 나설 필요가 있습니다."

"저나 고 차장도 이사장님 곁에서 신경 쓰겠습니다."

"두 분 모두 그렇게 말씀해 주시니 감사합니다. 앞으로도 잘 부탁드립니다."

이재진은 환한 미소로 두 사람에게 대답했다. 비가 온 뒤에 땅이 더 굳어진다고 하지 않던가. 시끄러운 문제가 발생하고 나니 오히려 기쁜 일들이 나타나고 있었다. 재단의 실세인 류재선 부장과 고기준 차장이 자신의 계획에 힘을 실어 주면 자금 운영을 쉽게 변경할 수 있을 것이다. 그것은 이재진이 바랐던 일이기도 했다.

이재진이 기뻐하는 모습을 보며 류재선 부장은 미묘한 표정을 지었다. 오랫동안 재단의 실무를 담당했던 그는 지금 이 상황을 충분히 이해했기 때문이다. 이재진은 이사장으로서 계속 활동할 것이고 앞으로 재단 운영에도 자기 계획을 열심히 추진할 것이다. 재단과 관련한 모든 것을 자신이 선택할 수 있다고 믿을 것이다.

그러나 재단 운영에 필요한 자금은 이재진의 소유가 아니다. 엄밀히 따지면 지금도 이성재가 소유한 자산으로 재단이 운영되고 있다. 나중에 이성재의 자산을 상속받은 이석진이 따로 자산을 운영해 재단을 운영할 예정이나, 그렇다고 그것이 이재진의 소유는 아니었다.

결국 이재진은 이사장으로서'만' 활동하게 될 터였다. 류재선 부장은 재단 운영과 관련해서 모든 상황을 이해했으나 자신의 생각을 함부로 말하지 않았다. 그저 이재진에게 인사한 뒤 고기준 차장과 함께 이사장실을 떠날 뿐이었다. 이 모든 일이 이성재의 뜻이라고 여기면서.

3장

진리의 열쇠

　이성재의 예상대로, 이석진은 재단을 찾았다. 아버지로부터 건네받은 자료를 모두 검토했으니 더는 시간을 지체할 이유가 없었다. 무엇보다 형 이상진이 벌인 일을 어느 정도 수습했으니 집안일에 더 신경 쓸 것도 없었다. 그러니 아버지에게서 모든 재산을 상속받기 전에 우선 재단 상황을 정리해야 했다. 게다가 검찰 조사가 아직까지는 진행되고 있었기에 재단이 어떻게 운영되고 있는지 살펴볼 필요가 있었다.

　이석진은 이재진에게 자신이 재단을 찾을 것이라고 미리 말하지 않았다. 다만 류재선 부장에게 연락하여 자신이 재단을 찾겠다고 알려 줬다. 류재선 부장은 이석진의 재단 방문을 이미 예상하고 있었기에 별다른 반응을 보이지 않았다.

　늦은 오후, 재단을 찾은 이석진은 자신의 예상과 다르게 재단 분위기가 나쁘지 않다는 것을 바로 알아차릴 수 있었다. 아버지 이성재의 검찰 조사는 물론 검찰의 압수수색이 벌어졌다는 사실을 전혀 느낄 수 없는 분위기였다. 사람들은 이석진에게 크게 신경 쓰지 않고 자신들의 일을 하느라 분주할 뿐이었다.

"이렇게 찾아와 주셔서 감사합니다."

재단 사무실을 찾은 이석진을 알아본 류재선 부장이 먼저 그에게 인사했다. 그 곁에 있는 고기준 차장도 따라 인사했다. 둘 다 이석진보다도 나이가 많았음에도 이성재의 아들이자 이재진의 형인 이석진을 정중히 예우해 주고 있었다.

"정식으로 인사하겠습니다. 저는 류재선 부장이고, 이쪽은 고기준 차장입니다."

"이석진입니다. 말씀 편하게 하셔도 됩니다."

"재단 운영에 대해 상의할 일이 있다고 하셨지요? 안에서 대화 나누시죠."

그렇게 말하며 류재선 부장과 고기준 차장이 사무실 안쪽에 있는 응접실로 향했다. 그들을 따라 걷던 이석진은 사무실을 둘러보던 중 문득 이상한 점을 알아차렸다. 아무리 봐도 이재진이 이곳에 없는 것 같았기 때문이다.

응접실에 들어가자마자 이석진이 두 사람에게 물었다.

"이사장님은 부재중인가요?"

"석진 씨가 여기 오기 전에 일정이 있어서 먼저 나가셨습니다."

"요새 일이 많으셔서 미리 연락을 주지 못하신 듯합니다."

이석진은 고개를 끄덕였다. 비교적 차분한 사무실 분위기와는 달리, 아직 재단은 아버지 이성재와 관련하여 여러 일이 있을 것이다. 그리고 이재진은 이를 수습하느라 분주할 것이다.

류재선 부장이 우선 말했다.

"이미 전 이사장님께 소식을 들었습니다. 크게 변함은 없는지요?"

"저희 아버지께 어떤 말을 들었는지 모르겠지만, 오늘은 제 생각을 알려 드리러 왔습니다. 아버지는 당신의 모든 재산을 저에게 상속할 예정입니다. 거기에는 재단과 관련한 부동산과 주식도 있죠. 하지만 저는 재단과 관련한 재산은 따로 구분해서 운영할 계획입니다."

이석진은 류재선 부장과 고기준 차장이 아버지 이성재에게 어떤 말을 들었는지 알지 못했다. 물어보지도 않았고, 물어보고 싶지도 않았다. 분명 아버지가 병원에 입원했었을 때 여러 말이 오갔을 것이고, 이후 두 사람과 따로 연락을 주고받았을 것이다.

그럼에도 이석진은 자신의 계획을 분명히 밝혔다.

"제가 두 분을 만나는 이유는 제 뜻을 알려 드리기 위함입니다. 아버지께 많은 말씀을 들으셨겠지만, 나중에 재단 운영과 관련한 자산 운영은 결국 제 손에 달렸지요."

나중에, 라는 단어에 류재선 부장과 고기준 차장은 이해한다는 듯 고개를 끄덕였다. 그들 또한 머지않아 이성재가 세상을 떠날 거란 사실을 알고 있었고, 그 때문에 재단 운영에 관한 일을 정리할 필요가 있었다. 류재선 부장과 고기준 차장이 이석진의 재단 방문을 오히려 긍정적으로 보는 이유가 여기에 있었다.

이석진이 말을 이었다.

"재단 운영과 관련한 자산은 크게 변하지 않을 것입니다. 저도 재단 운영에 관여하고 싶지 않고요. 지금처럼 운영하는 것만으로도 충분히 만족합니다."

그러면서 이석진은 자신이 검토한 자료를 토대로 어떻게 부동산을 운영할 것인지 두 사람에게 알려 줬다. 짧은 시간이었는데도 재단과 관련한 모든 자료를 검토했다는 사실도 놀라운데, 거기다 재단 운영에 필요한 부동산 자산까지 연결하여 미래를 판단하는 이석진의 안목에 류재선 부장은 감탄할 수밖에 없었다.

역시 피는 못 속이는구나. 그렇게 생각하며 류재선 부장은 이석진의 계획을 빠짐없이 들었다. 그러다 문득, 류재선 부장은 이석진에게 자꾸만 이성재의 모습이 겹쳐 보이는 것 같아 눈을 깜빡였다. 허나 그건 착각이 아니었다.

마침내 자신의 계획을 모든 밝힌 이석진이 두 사람에게 물었다.

"혹시 제 계획 외에 두 분이 내실 다른 의견이 있으신지요?"

"없습니다."

"전혀요."

류재선 부장이 먼저, 이어 고기준 차장이 대답했다. 혹시 이석진이 다른 마음을 품은 것은 아닌지 내심 걱정하고 있던 고기준 차상은 안심이 되었는지 살짝 미소까지 지었다. 류재선 부장은 평소처럼 안경 끝을 가볍게 만질 뿐이었다.

이석진이 입을 다물자 세 사람 사이에 잠시 침묵이 오갔다. 류재선 부장이 이제 자신이 나설 차례가 되었음을 알아차리고는 입을 열었다.

"우선 재단 운영에 대해 신경을 써 주셔서 감사합니다. 솔직히 이사장님이 계시는데도 불구하고 따로 석진 씨가 재단 자산을 운영한다고 해서 놀라긴 했습니다."

"그게 아버지의 뜻이니까요."

이석진은 굳이 두 사람에게 아버지의 숨은 의도를 말하지 않았다. 그리고 그 의도에 이재진이 엮여 있다는 사실도. 그저 많고 많은 아버지의 재산 중에서 재단만큼은 따로 운영하고 싶은 모습으로 보이길 바랄 뿐이었다. 물론 그게 이석진의 진심이기도 했다.

류재선 부장은 이해한다는 듯 살짝 미소 지었다.

"그럼 전 이사장님의 뜻대로 재단을 운영하도록 하겠습니다."

"다만 아직 이 일은 이사장님이 듣지 않길 바랍니다. 때가 되면 제가 직접 설명하겠습니다. 그리 오래 걸리지 않을 겁니다. 물론 다른 분들도 마찬가지고요."

"알겠습니다."

류재선 부장이 대답했고, 그 순간 이석진은 미묘하게 변한 류재선의 눈빛을 읽었다. 허나 그게 무엇이든 분명 아버지 이성재와 관련이 있다고 여겼으므로, 모르는 척 넘어갔다. 이미 재단 운영에 대해 자신의 생각을 확실히 밝혔으니 오늘 모임의 목표는 달성했기 때문이다.

세 사람 사이에서는 가벼운 이야기조차 오가지 않았다. 이석진은 준비한 말을 모두 했고, 더는 시간을 끌 필요가 없었다. 이석진이 자리에서 일어나자 류재선 부장과 고기준 차장도 따라 일어났다.

"류 부장님과 고 차장님 모두 경험이 풍부하다고 들었습니다. 아무쪼록 재단 운영을 위해서 힘써 주시길 바랍니다."

"염려하지 않으셔도 됩니다. 저희 말고도 이사장님께서 부단히 노력하고 계십니다."

"이번 일을 잘 수습할 수 있었던 것도 모두 이사장님 덕분이지요."

류재선 부장과 고기준 차장은 진심으로 이재진의 능력을 높이 평가했다. 그 마음이 이석진에게도 전달되었다. 그는 조금은 안심할 수 있었다. 두 실무자를 자기 사람으로 만들었으니, 그만큼 이재진이 재단 운영에 있어서 더 적극적으로 행동할 수 있을 테니까. 그럼 더더욱 재단에 신경 쓸 이유가 없었다.

아버지 이성재는 재단 운영이 결국 이재진의 돈놀이에 불과하다고 신랄하게 말했다. 그러나 이석진은 그렇게 생각하지 않았다. 지금도, 앞으로도 이재진에게 있어 재단이 그의 큰 뜻을 담을 수 있는 수단이 되길 바랐다. 그래야 이재진의 존재가 증명될 수 있었다. 이석진이 구태여 재단 운영과 관련해서 이성재의 재산을 따로 운영하는 이유는, 이재진이 어서 아버지에게서 벗어나 스스로 행동하길 바랐기 때문이다. 그게 무엇이든, 얼마만큼 필요하든 이석진에게는 큰 문제가 되지 않았다.

응접실을 나가려던 이석진이 류재선 부장에게 물었다.

"이사장님은 곧 돌아오시겠죠? 혹시 언제쯤 나갔나요?"

"아마 오늘은 돌아오지 않으실 텐데요?"

류재선 부장이 이상하다는 듯 되물었다. 그의 반응이 무엇인지 몰라 이석진도 의아한 표정을 지었다. 그제야 이석진은 처음 사무실에 왔을 때부터 느꼈던 이상함을 다시 느꼈다.

류재선 부장이 고기준 차장을 바라보니 그는 슬쩍 고개를 끄덕이며 이석진에게 물었다.

"미리 정해진 약속이 있다고 들었는데, 가족 행사가 아니었나요?"

오늘 정해진 가족 행사 따위는 없었다. 만약 있었다면 진작 이재진이 어떻게든 자신에게 연락했을 테니까. 그러나 지금까지 이재진은 이석진에게 어떠한 연락도 하지 않았다. 그런데 정해진 약속이라면, 이석진이 예상할 수 있는 곳은 오직 한 군데밖에 없었다.

***

"좋은 소식은 앞으로 재단 운영 방식에 변화가 있을 것이라는 거예요. 오랫동안 꼭 이루고 싶었어요. 제가 꼭 추진하고 싶은 계획이 있거든요. 아직 이사회에서 정해진 건 아니지만, 재단 사람들은 제 뜻을 이해해 주었어요. 만약 제 계획대로 추진된다면 앞으로 더 많은 사람들에게 도움을 줄 수 있을 거예요!"

이재진은 사뭇 자신감 넘치는 말투로, 벌써 몇 분 동안이나 같은 말을 장황하게 떠들고 있었다. 그리고 이재진이 이런 모습을 보일 사람은 오직 한 사람, 보육원의 조혜민 원장밖에 없었다. 오후가 되자마자, 이재진은 곧장 조혜민 원장에게 시간을 내 달라며 약속을 잡았던 것이다. 그는 보육원에 오자마자 재단에 대한 이야기를 끊임없이 늘어놓으며 기뻐했다. 그러나 이재진과는 달리 조혜민 원장은 시종일관 차분한 모습이었다.

그렇게 한참 동안 떠들던 이재진이 드디어 음료로 목을 축이자, 조혜민 원장이 나긋한 목소리로 물었다.

"재진아. 하나만 물을게. 네 계획으로 더 많은 사람들을 도울 수 있다는 건 참으로 훌륭한 일이야. 하지만 이미 재단에서 많은 사람들을 돕고 있지 않니? 재단 규모를 생각하면 상당할 텐데?"

"원장님 말씀처럼 지금도 많은 사람들을 돕고 있죠. 하지만 저는 예산을 확보해서 더 많은 사람들을 돕고 싶어요."

"혹시 어떻게 도와주려는지 알려 줄 수 있니?"

"여러 목표가 있죠. 하지만 우선 저는 이곳을 포함해서 재단과 협력하는 기관들의 시설을 보수하고 싶어요."

이재진의 말에 조혜민 원장은 말없이 고개를 끄덕였다. 그러나 그의 말에 동의한다는 뜻이 아니었다. 오히려 반대였다. 분명 원장의 눈빛에는 조용한 거절의 의미가 담겨 있었다. 그러나 이재진은 그 눈빛을 얼른 읽어 내지 못했다.

조혜민 원장이 차분히, 그러나 분명한 말투로 말했다.

"재진아. 네가 재단 이사장으로 시설 보수를 해 준다면 정말 기쁠 거야. 하지만 그게 재단의 계획이 아니라 단순히 네 생각이라면 다시 고민했으면 좋겠구나."

"아니에요, 원장님. 저희 재단은 많은 사람들이 건강하고 안전한 삶을 누릴 수 있도록 사회복지를 실현하고자 사업을 진행하고 있어요. 그게 저희 재단의 목표이자 비전이죠. 그러니까 시설 보수도 같은 맥락에서 봐야죠."

"네 뜻은 알겠다. 그걸 나도 나무라고 싶지 않아. 하지만 재진아. 내가 보기에 지금 너는 네 뜻이 마치 재단의 방향과 동일하다고 여기는 것 같구나."

"그건…."

"혹시 시설 보수를 하고 싶다는 네 계획이 이곳과 관련이 있니? 여기를 더 잘 꾸미고 싶어서 일부러 그런 계획을 생각했니?"

"아니에요, 원장님. 저는 이미 여러 시설을 꼼꼼히 확인했는걸요."

이재진이 얼른 손까지 흔들며 대답했다. 조혜민 원장은 자신의 생각이 틀리지 않았다는 걸 확신하면서도 이재진을 질책하지 않았다. 이렇게 보육원을 생각해 주는 사람이 얼마나 귀한지 잘 알았으니까. 그럼에도 조혜민 원장은 이재진이 공과 사를 구분해 주길 바랐다. 인간 이재진으로서 해야 할 행동과 이사장으로서 해야 할 행동을 말이다.

"재진아. 네 계획을 모든 재단 사람들이 다 알고 있니? 그러니까 재단 예산 집행 방식을 바꾸고 싶다는 네 뜻은 이해해도 시설 보수 등에 예산을 집행할 것이라는 사실을 알고 있니?"

이재진은 그 말에 대답하지 않은 채 아이처럼 눈동자만 굴렸다. 정말이지 순진한 모습이었다. 거짓이라고는 전혀 없는, 애당초 그것을 할 수 없는 이재진을 보면서 조혜민 원장은 다시금 인자한 웃음을 지었다. 이재진의 모습에는 어떠한 이익을 얻기 위한 의도가 없었으며, 그렇기에 오히려 이재진을 믿을 수 있었다.

한참 동안 말이 없던 이재진이 결국 솔직한 심정을 말했다.

"원장님. 사실 저는 시설이 점점 낡아지는 모습이 보기 싫었어요. 그래서 나중에 꼭 재단 예산이 확정되면 시설 보수를 하고 싶었어요. 하지만 원장님, 오해하지 말아 주세요. 정말 여기만 보수하려는 뜻은 없어요. 다른 시설도 사정은 비슷해요. 그래서 전 재단 이사장으로서 더 나은 환경에서 많은 사람들이 건강하고 행복하게 지내길 바랐어요."

"네 진심을 알겠어, 재진아. 그렇게 말해 주니 고맙구나. 만약 정말로 네가 그렇게 생각한다면 네 계획대로 해도 상관없단다. 다만 네 계획을 모두가 수용할 수 있을지 걱정이구나."

"그건 자신 있어요. 시간이 조금 걸리겠지만요."

이재진은 특유의 밝은 미소를 지었다. 그 모습에 조혜민 원장도 더는 이재진을 걱정하지 않았다. 순진하고, 그만큼 너무 해맑은 구석이 있는 이재진이었지만, 그렇다고 해서 능력과 경험이 부족한 것은 결코 아니었다.

두 사람은 대화를 마치고 원장실을 나왔다. 이미 오후 6시가 훌쩍 지났는데도 여전히 어스름한 노을이 하늘을 수놓고 있었다. 원장실을 나오자마자 더운 공기가 훅하고 몸을 감싸는 게 느껴졌다. 조혜민 원장은 이재진과 함께 천천히 보육원을 둘러봤다.

조혜민 원장이 보육원에서 오랫동안 활동한 만큼 보육원 시설도 낡은 부분이 많아졌다. 가전제품은 오랫동안 사용해서 손자국이 더는 지워지지 않을 정도였고, 천장이며 기둥이며, 바닥은 신경을 썼는데도 먼지와 거미줄이 아무렇게 걸쳐져 있었다.

조혜민 원장이 보육원 건물의 정문을 열었다. 끼익하는 소리가 들리자 원장은 웃으며 가볍게 문을 두드렸다.

"시설을 잘 관리하려고 해도 이렇구나. 어쩔 수 없는 노릇이지. 사람 손을 타는 곳이라면 낡아지는 건 당연한 거야. 그건 사람도 마찬가지지."

"더 좋은 시설로 만들 수 있도록 노력할게요."

"마음은 고맙구나, 재진아. 그래도 여기는 계속 낡아질 거야. 사람의 때를 타는 모든 것은 그렇단다. 나중에 내가 여길 떠나면 또 어떻게 될지 모르겠지만."

"그런 말씀은 농담이라도 하지 말아 주세요."

이재진이 펄쩍 뛰며 말했다. 그 모습에 조혜민 원장은 가볍게 웃었다. 사실 이재진이 조혜민 원장의 말에 더 민감하게 반응하는 이유는 아버지 이성재 때문이기도 했다. 아버지가 암 투병 중이라는 사실을 이재진은 원장에게 알리지 않았다. 이재진이 아무리 조혜민 원장을 따른다고 해도, 가족 일은 엄연히 가족 일이었다.

그러나 조혜민 원장도 이성재 소식을 전혀 모르는 것은 아니었다. 그는 떠나려는 이재진에게 당부했다.

"아직 의원님께서는 조사를 받는 중이시지? 텔레비전으로 봤단다. 재진이 네가 의원님 곁에서 잘 챙겨 드리렴."

"걱정 마세요, 원장님."

"그 일이 끝난 뒤에 네 계획을 진행해도 늦지 않을 거야."

그렇게 이재진을 배웅하려던 조혜민 원장의 시선이 돌연 이재진의 어깨 너머로 향했다. 이재진도 그녀가 바라보는 쪽으로 고개를 돌렸다. 놀랍게도 그곳에는 둘째 형인 이석진이 서 있었다. 이재진은 순간 자신이 헛것을 봤다고 착각했다. 그러나 아니었다. 분명 둘째 형이었다.

조혜민 원장은 조용히 웃으며 이석진에게 다가가려고 했다. 그녀는 오늘 이석진을 처음 보았으므로, 그가 이재진의 형이라는 사실을 전혀 모르고 있었다.

"오늘은 웬일로 손님이 왔구나. 어쩌면 식사는 조금 뒤에 해야 할지도 모르겠어."

"원장님. 저 사람은 원장님을 뵈러 온 사람이 아니에요."

"그래? 혹시 아는 사람이니?"

"제 형님이세요. 바로 둘째 형님인 이석진이에요."

곧 인기척을 느낀 이석진이 이재진과 조혜민 원장에게로 눈길을 돌렸다. 평소처럼 차분한 모습으로 동생과 원장을 번갈아 보던 이석진은 조용히 원장에게 인사했다. 조혜민 원장은 온화한 미소를 머금은 채 이석진에게 가까이 다가갔다.

"재진이의 형이시라고요? 처음 뵙네요. 이렇게 뵐 줄은 몰랐어요. 밖에서 오랫동안 기다리셨나요? 원장실에서 같이 이야기 나누었다면 참 좋았을 텐데요."

"아닙니다. 저는 방금 여기 도착했습니다."

"재진이가 지냈던 곳은 처음 방문하는 거죠?"

"네. 이런 곳에서 지냈을 줄은 몰랐네요."

이석진은 정중한 말투로 조혜민 원장을 상대했으나 보육원을 바라보는 그의 눈빛은 차가웠다. 그 눈빛을 알아본 원장은 그 눈빛이 조금 익숙하게 느꼈다. 이재진에게서는 전혀 느껴지지 않은 날카로움과 차가움은. 분명 이성재와 닮아 있었다.

그럼에도 조혜민 원장은 웃음을 잃지 않고 이석진을 상대했다.

"저나 재진이에게는 이곳이 뜻깊은 곳이니까요. 재진이 말고 여기를 다시 찾아오는 사람들이 많지 않아요. 그만큼 재진이가 이곳을 생각해 주니 저는 고마울 따름이죠."

"동생은 많은 걸 잊지 않으려고 하죠."

묘한 말이었다. 조혜민 원장은 무슨 뜻인지 얼른 이해하지 못했으나 이재진은 그 말이 자신에게 향하고 있음을 간파했다. 이재진은 평소처럼 웃으며 원장에게 인사했다. 얼른 원장을 보낸 뒤 둘이서만 대화를 나누는 게 더 좋다고 판단했기 때문이다.

"그럼 원장님. 저는 이만 가 볼게요. 다음에 또 연락드릴게요."

"나중에 보자꾸나. 석진 씨도 만나서 반가웠어요. 나중에 한 번 또 보면 좋겠네요."

"원장님. 따로 드릴 말씀이 있습니다."

당연히 서로 인사를 나누고 헤어질 줄 알았는데, 이석진이 먼저 조혜민 원장을 붙잡았다. 이재진은 당황할 수밖에 없었다. 잠깐이었으나 조혜민 원장도 당황한 얼굴을 들키고 말았다. 그러나 이석진은 두 사람의 반응에는 크게 관심을 가지지 않았다.

그는 자신이 보육원을 찾은 이유를 밝혔다.

"저는 동생을 만나러 여기에 왔지만, 동시에 원장님과도 대화를 나누고 싶어서 여기에 왔습니다. 그리 오래 걸리지는 않을 겁니다."

조혜민 원장은 말없이 이석진을 바라봤다. 차가운 그의 두 눈에서는 어떤 의중도 읽을 수 없었으나 그렇다고 대화를 거절할 수는 없는 노릇이었다. 조혜민 원장은 깊이 생각하지 않고 이내 이석진의 제안을 받아들였다.

"그럼 천천히 여기를 둘러볼까요? 어떤 곳인지 보여 주고 싶네요."

"그럼, 부탁합니다."

이석진이 정중히 말했고, 조혜민 원장이 앞장섰다. 이재진은 자신이 두 사람을 따라가지 않아야 한다는 것을 알면서도 발걸음을 조심히 움직였다. 그 순간, 조혜민 원장이 따라오는 이재진을 저지했다.

"재진아. 둘이서 시간을 보낼 테니까 잠깐 차에서 기다리렴."

조혜민 원장은 이재진의 대답을 듣지 않은 채 다시 걸음을 옮겼다. 이석진도 눈빛으로 이재진에게 조용히 말하고는 다시 원장을 따라 움직였다. 이재진은 이 상황을 어떻게 받아들여야 하는지 몰라 눈만 껌뻑거렸다.

멀지 않은 거리에 작은 운동장이 있었다. 축구 골대가 양 끝에 놓여 있는 운동장은 잔디 하나 없어 아이들이 움직일 때마다 흙먼지가 사방으로 퍼졌다. 그런데도 아이들은 공을 따라가느라 정신이 없었다.

원장은 아이들이 뛰노는 모습을 보면서 이석진에게 말했다.

"예전에 재진이도 저 아이들처럼 운동장에서 뛰어놀던 시절이 있었지요. 참 밝고 명랑한 아이였죠. 그리고 지금도 그 모습을 간직하고 있고요. 그렇지 않나요, 석진 씨?"

"여전히 순수한 면이 있죠. 때 묻지 않은 그 모습이 저는 오래오래 남아 있길 바랍니다."

"저도 그렇게 생각해요. 재진이의 장점이죠. 재진이가 여기에 오면 석진 씨에 대해 곧잘 말하곤 해요. 늘 자신을 생각해 주는 가족이라고요. 아는 것도 많고, 경험도 풍부해서 배울 점이 많다고 말한 적도 있죠."

"가족을 잘 챙겨 주는 게 형으로서 해야 할 일이라고 전 생각합니다."

가족. 조혜민 원장은 이석진의 대답에 조용히 고개를 끄덕였다. 보육원에서 지냈던 아이들이 입양을 가서도 가족들과 잘 어울리지 못하는 모습을 여럿 목격한 적이 있는 조혜민 원장이었다. 사랑으로 아이들을 보살필 것이라고 호언장담하던 가족들이, 막상 입양해서는 여러 어려움을 하소연하는 경우도 적지 않았다. 그럴 때마다 조혜민 원장은 보육원에서 지냈던 아이들이 걱정스러웠다.

그러나 이석진은 그들과 달랐다. 몇 마디만 주고받았을 뿐인데도, 조혜민 원장은 이석진이 이재진을 얼마나 아끼는지 단번에 알 수 있었다. 그건 말로 전달받을 수 있는 정보가 아니었다. 경험에서 우러나오는 직감이었다.

운동장에서 뛰어놀던 아이 중 하나가 조혜민 원장에게 힘차게 손을 흔들었다. 원장이 그 모습에 화답했다. 그러면서 그녀는 이석진에게 질문했다.

"재진이를 계속 기다리게 할 수는 없죠. 늦은 시간이기도 하고. 하고 싶은 말이 뭐죠?"

"원장님. 제가 이곳을 찾은 이유는 재진이가 걱정되기 때문입니다. 먼저 제 마음을 잘 헤아려 주세요."

"염려하지 마세요. 다 이해하니까요."

"그럼, 재진이가 앞으로 이곳에 오지 않게 해 주길 부탁드립니다."

여전히 아이를 향해 부드럽게 손을 흔들던 조혜민 원장이 이내 손을 떨어뜨렸다. 그녀는 말없이 운동장의 아이들만 바라봤다. 그건 이석진도 마찬가지였다.

이윽고 조혜민 원장이 나지막한 목소리로 말했다.

"그럴 이유가 있나요?"

"재진이가 이제 재단 이사장으로서 더 집중하길 바라는 마음이 있죠. 무엇보다 이제 가족 일에 더 신경 쓰길 바랍니다."

"지금도 재진이는 가족들에게 잘하고 있지 않나요? 혹시 석진 씨는 재진이가 이사장으로서 못 미더운 구석이 있나요?"

"둘 다 아닙니다. 재진이는 정말로 자기 몫을 다하고 있죠. 가끔은 걱정스러울 때도 있습니다. 형으로서 말이죠. 그래서 더더욱 여기에 오지 않길 바랍니다."

"가족이니까 여기에 더는 오지 않길 바란다. 이런 뜻이죠?"

이석진은 조용히 고개를 끄덕였다. 그는 조혜민 원장이 아직 아버지 이성재에 대한 소식을 듣지 못했다는 것을 그제야 알았다. 아마 이재진이 일부러 알리지 않았으리라. 그러니 이석진도 구태여 아버지를 들먹이지 않았다.

조혜민 원장이 다시 물었다.

"재진이가 힘들어할 텐데요. 여기에 오지 못하면요."

"당장 매몰차게 행동해 달라는 뜻이 아닙니다. 시간을 갖고 천천히, 재진이가 온전히 행동하도록 도와 달라는 뜻입니다."

"꼭 유치원에서 처음 동생을 데려가는 형의 모습 같네요."

"저는 지금보다 더 먼 미래를 보고 있지요. 재진이가 오래오래 행복해지려면 이제 여기와는 분리되어야 해요."

"석진 씨의 마음, 잘 알겠어요."

"원장님. 당장 제 마음을 이해하시지 못할 겁니다. 하지만 머지않아 제가 왜 이런 부탁을 드리는지 알게 되실 겁니다."

그건 아마 이성재가 세상을 떠난 뒤일 것이다. 그러나 이석진은 더는 말을 하지 않았다. 조혜민 원장은 그저 조용히 아이들을 바라보더니 이내 걸음을 돌렸다.

"가요. 재진이를 더 기다리게 해서는 안 되죠."

여전히 아이들이 뛰어노는 운동장을 뒤로한 채 두 사람이 재진이가 있는 곳으로 향했다. 가는 동안 이석진과 조혜민 원장은 어떤 말도 하지 않았다. 다만 이석진은 자신이 해야 할 말을 조혜민 원장에게 모두 전했음에 만족할 따름이었다.

* * *

　초조하게 이석진과 조혜민 원장을 기다리던 이재진은 두 사람이 멀리서 오는 모습을 발견했다. 원장은 평소처럼 입가에 미소를 머금고 있었다. 이재진은 그런 원장을 바라보며 안심했다. 형 이석진과 조혜민 원장이 어떤 대화를 주고받았는지 알 수 없었으나, 어쨌든 심각한 분위기는 아닌 듯했다.
　조혜민 원장은 이재진에게 다가가 인사했다.
　"아쉽지만 오늘은 같이 식사하는 게 어렵겠구나. 나중에 보자꾸나. 석진 씨도 다음에 또 뵙죠."
　원장은 이석진에게 인사한 뒤 곧장 보육원으로 향했다. 조혜민 원장이 건물 안으로 들어가는 모습을 이재진은 찬찬히 바라보았다. 더운 바람이 순간 불었고, 그 바람에 이석진과 이재진의 머리카락이 흔들렸다.
　바람 소리가 잦아질 때쯤, 이재진이 조심히 물었다.
　"형님. 왜 여기까지 오셨어요?"
　"오늘 재단에 볼일이 있어서 갔었는데 네가 보이지 않았어. 여기에 있을 줄 알았지."
　"제가 하고 싶은 말은, 왜 형님이 여기까지 오셨는지 궁금하다는 거예요. 제가 원장님을 뵙는 게 특별한 일은 아니잖아요. 물론 형님께서는 그걸 좋아하지 않지만요."
　"그래. 분명 나는 네가 여기에 오는 걸 반기지 않아. 나는 네가 여기에 더는 관심을 두지 않았으면 좋겠거든."

"형님. 저는 형님의 생각과 행동을 존중하지만, 이 부분에 대해서만큼은 양보하고 싶지 않아요."

이재진은 평소와 달리 물러서지 않겠다는 태도를 확실히 보였다. 그러나 이석진은 그런 동생을 보지 않았다. 그를 위압적인 태도로 대하지도 않았다. 그저 조용히 보육원 시설이 어떤지를 관찰할 뿐이었다.

"여기는 생각보다 낡은 곳이구나. 보수를 언제 했는지 모르겠어."

이석진은 그렇게 말하며 이곳에서 어린 이재진이 어떻게 생활했을지 잠깐 상상했다. 운동장을 뛰어노는 이재진, 원장과 함께 보육원 여기저기를 돌아다니는 이재진을 말이다. 물론 이는 보육원을 이해하려는 태도가 아니었다. 지금 이석진은 이재진을 이해하기 위해 노력하는 중이었다.

"재진아."

"네, 형님."

"너는 여기가 좋니?"

"제가 있었던 곳인데 어떻게 싫어할 수 있겠어요?"

"내 말은 네가 먼 미래까지 여기를 마음에 담고 살 것이냐는 뜻이야."

"무슨 말씀인지 모르겠어요, 형님."

이석진은 그제야 동생을 바라봤다. 보육원을 배경 삼아 말끔한 정장 차림으로 서 있는 이재진의 모습은 말 그대로 훌륭하게 성장한 어른의 표본이었다.

어느새 아이들이 뛰어노는 소리는 들리지 않았다. 그러나 세찬 바람이 계속해서 불기 시작했다. 이석진은 머리를 대충 정리하고는 이재진에게 물었다.

"지난번에 너와 나누었던 대화 기억나니? 본질에 대한 대화 말이야."

"갑자기 왜 그런 말씀을 하시는 거죠?"

"지금 네 행동과 관련이 있어서 그래. 너는 무엇이든 본질은 모른 채 행동만 하려는 경향이 있어. 네가 이 보육원을 자주 오가는 것도 마찬가지야. 너는 늘 여기가 그리워서 오는 거지. 그 행동을 틀렸다고 말하는 게 아니야. 다만 네가 무엇을 좋아하는지는 알아야 해. 그걸 모르고 네가 아주 멀리 혹은 깊은 지점에 도달했을 때, 그때 만약 네가 선택한 길이 틀렸다는 것을 알게 된다면 네가 겪을 상실감은 아주 처절할 정도로 자신을 망가트릴 수도 있다는 거야. 나는 네가 그러지 않길 바라. 나는 네가 원하는 삶의 근본적인 부분을 찾았으면 좋겠어."

그제야 이재진은 왜 이석진은 굳이 보육원까지 방문했는지 알아차렸다. 형은 일부러 이곳을 온 것이다. 자신의 목표와 태도가 온전히 자기 생각에서만 그치는 게 아니라 이 보육원에서부터 시작하였다고 형은 판단했기 때문이다. 동시에 조혜민 원장과 인사를 나눈 것도 우연이 아니었다. 예상대로, 이석진의 모든 행동에는 이유가 있었다.

이제 형의 의도를 이해한 이재진도 자신의 뜻을 분명히 보여야겠다고 다짐했다.

"형님. 그렇게 깊이 저를 생각해 주셔서 정말 감사해요. 저도 지난번 형님과 대화를 나눈 이후에 여러 생각을 했어요. 제가 진정으로 원하는 삶이 무엇인지, 어떤 형태인지 알아봤죠. 하지만 결국 저는 아직도 누군가를 돕고 싶은 마음을 가지고 있을 뿐이에요. 그리고 이런 제 생각을 펼칠 수 있도록 아버지가 도와주신 거죠. 제가 여전히 이사장으로 활동할 수 있도록 말이에요."

이재진의 말을 듣던 이석진은 아버지가 자신의 의도를 그대로 동생에게 전달했다는 것을 새삼 알게 되었다. 재진이에게 언제나 좋은 아버지로 남길 바란다. 별거 아닌 일이지만, 그건 분명 이재진의 인생에 큰 도움이 되는 일이었다.

그러다 문득 이석진은 오늘 아버지에게 받은 재단 자료를 떠올렸다. 그 자료에는 재단과 연관된 부동산과 주식 목록도 있었다. 꽤 많은 자산이었는데, 그보다 더 많은 자산을 아버지 이성재가 가지고 있다고 생각하니 이석진은 저도 모르게 중얼거렸다.

"더러운 돈."

"네?"

형의 말에 이재진은 놀라 눈을 크게 떴다. 이석진은 얼른 고개를 가로저으며 덧붙였다.

"아니, 아니야. 네가 누군가를 도와주고 싶다고 했지? 그 마음, 그 기쁨은 누구에게나 있어. 모두가 타인을 도우려고 하지. 그 이유는 제각각이지만. 그런데 나는 다른 사람을 도울 때 늘 이러한 생각을 해. 그게 뭔지 알아?"

"모르겠어요."

"혹시 남을 돕고자 하는 마음이, 그러니까 그런 윤리적인 행동이 사실 나 자신만을 위한 감정은 아닌지 말이야. 가령 우리는 사랑을 표현한다고 말하지만, 실상 우리는 사랑이라는 이름으로 타인에게 자신의 감정을 표현하곤 해. 이건 결코 남을 위해서가 아냐. 오직 나를 위해서지. 그런데 그 감정은 가끔 다른 사람을 곤란하게 만들어. 특히 그 감정이 일방적일 때, 우리는 난처해질 수밖에 없어. 내 몸과 마음을 도려내서 타인에게 보여 주고 싶을 때가 있지만, 결국 그건 자기만의 감정이잖아."

"형님 말씀이 맞아요. 형님은 언제나 그 마음을 중요하게 여겼죠. 받는 감정이 아닌 주는 감정 말이에요. 저도 이해해요. 저는 지금까지 이사장으로서 많은 사람들을 도와주면서, 그럼에도 더 많은 도움이 필요한 현실을 알게 되었어요. 그래서 저는 그런 사람을 더 살펴보려 하고, 더 많은 예산을 확보하려고 해요."

이재진은 순간 자신이 하는 말에 가슴 한쪽이 뜨끔해졌다. 자신이 많은 사람을 돕는다고 말하고 있지만, 기실 거기에는 자신이 자란 보육원이 포함되어 있었다. 그제야 이재진은 자신의 마음이 온전히 타인을 위한 것이 아니라는 것을 깨달았다. 결국 이 모든 건 나 자신에서 비롯된 감정이다. 이석진의 말처럼 말이다.

이재진이 이어 말했다.

"형님. 아무래도 저는 형님처럼 되기는 힘들 것 같아요. 저는 그냥, 뭐랄까, 자동으로 돌아가는 공장의 선반에서 기계적으로 부품을 조립하는 사람 같아요. 저는 그저 제기 하고 싶은 정도로만 일을 하는 걸까요? 잘 모르겠지만, 저는 그냥 남을 돕고 싶을 뿐이에요. 아직도 형님의 뜻을 이해하지 못하는 제가 탐탁지 않으시겠지만, 저는 깊은 고민에 빠지기보다는 제가 할 수 있는 걸 하고 싶어요."

"나는 너를 낮게 보지 않아, 재진아. 네가 혹시 자책감을 가지고 있다면 그러지 않아도 돼. 다른 사람을 위한 마음으로 너 자신을 낮추는 게 아니라면 그것만큼 바보 같은 행동이 없어. 그러니까 그렇게 말하지 않아도 돼."

"죄송해요, 형님."

"나는 네게 사과를 듣고 싶은 게 아냐. 하나 묻을게. 남을 돕는 건 결국 내가 가진 걸 나누어야 해. 그럼 왜 나누어야 하지? 왜 가진 자가 있는 걸 다른 사람에게 전해야 하는 거지?"

"그야, 사회적 약자를 돕는 행동은 지극히 당연하니까요."

"당연한 건 없어. 네가 말하는 행동을 단순하게 보아서는 안 돼. 우리는 지금까지 우리 행동이 지닌 가치를 확인하고자 했어. 만약 이걸 철학이나 사상과 연결하면 인류 역사상 아주 오랫동안 있었던, 찾기 어려운 난제와 같아. 하지만 나는 네 생각을 듣고 싶어. 왜 우리가 사회적 약자를 도와야 하는지 말이야."

이재진은 당장 대답하지 않았다. 지금 이석진이 묻는 것은 단순히 그가 학교에서 배운 정보와 지식을 확인하는 것이 아니었다. 그의 의도처럼 본질적인 질문이었다. 그리고 이 질문에 대한 답이 자신의 미래에도 상당한 영향을 끼칠 것이라는 사실 그는 직감했다.

마침내 이재진이 자신의 뜻을 밝혔다. 거기에는 이전과는 다른 진정성이 묻어 있었다.

"저는 선(善)을 위해서 남을 도와야 한다고 생각해요. 아니면 인간의 본능과 같을 수도 있죠."

"네 대답을 들으니 카라마조프가의 형제들이 떠오르는구나."

"러시아 소설가의 소설이요?"

"맞아. 도스토예프스키의 소설. 한 가족의 이야기를 담고 있지만, 특히 그 가족에서 둘째 아들인 이반이 동생 알료샤에게 인간의 잔인함을 말해. 인간은 예술적으로 잔인하다고 말이야. 그러니까 인간의 잔인함은 예술과 같지. 그게 떠올랐어. 너처럼 다른 사람을 돕고 싶은 마음이 예술과 같을 수도 있지만, 다른 한편으로는 다른 사람을 위협하는 마음이 예술처럼 나타나는 경우도 있지."

"그럼 형님은, 제 마음이 예술과 같기 때문에 남을 돕는다고 말하고 싶은 건가요?"

"정확히는 선이야. 인간은 누구나 악을 두려워해. 그래서 선을 원하지. 악을 두려워해서 선을 행하는 거야."

"그럴 수도 있죠. 하지만 단정 지을 수는 없어요."

"사람은 누구나 설명하기 어려운 감정이 있어. 너와 나, 그리고 우리 가족, 모든 사람들한테. 나는 지금 사상을 말하려는 게 아냐, 재진아. 다만 네가 선과 악이 존재한다는 이유로 선을 선택한다면, 그건 분명 악에게 억압당할 수 있어."

"선을 선택했는데 악에게 억압당하다니요? 저를 노리는 사람들이 있다는 건가요?"

"외부적인 요인을 말하는 게 아냐. 내부적인 요인을 말하는 거지. 인간은 나약한 존재야. 그래서 우리의 잠재된 인식은 늘 악을 두려워해. 그게 어둠이든 타락이든 뭐든. 나는 지금 문학을 말하는 게 아냐. 우리의 삶에 대해 말하는 거지. 오히려 그런 악에 사로잡혀서 선을 행하고 있을지도 몰라."

이재진은 형의 모든 말을 이해할 수 없었다. 그에게는 너무나 깊은 뜻이 담긴 말들이었으니까. 그러나 이석진이 자신에게 보육원을 계속 마음에 담아 두고 살 수 있느냐고 말한 부분이 지금 대화가 연결된다는 것 정도는 이재진도 알았다.

이재진은 지금 형이 말하는 악이 자신에게는 마치 죄의식과 같다는 걸 알 수 있었다. 자신은 좋은 집안으로 입양되어서 성장하였는데, 자신이 떠나온 보육원은 점차 쇠락하고 낡아지고 있었다. 게다가 조혜민 원장도 늙어 가고 있었다. 이재진은 그것이 두려웠다. 그래서 어떻게든 도와주고 싶었고 그래서 더욱 노력했다.

이재진의 태도가 조금 바뀐 것을 간파한 이석진이 다시 물었다.

"재진아. 다른 걸 물어볼게. 너는 다른 사람을 돕고 싶은데, 왜 그런 사람들을 도울 수 있는 자원은 직접 만들지 않지? 아주 원초적인 자원인데 말이야."

"형님께서 말씀하시는 건 돈인가요? 자본을 말하는 거죠?"

"그래. 너도 이사장으로 있으니 알 거야. 재단에 있는 아버지 명의의 부동산들, 거기서는 매년 얼마만큼의 이익이 나오고 그걸로 재단이 운영되고 있어. 많은 사람들이 얻는 후원이 그 돈이야. 그리고 넌 그 돈을 당연하게 여기면서 누군가를 돕고 있어. 냉정히 말하면 너는 이사장으로 있으면서도 한 번도 수익을 창출하지 않았어. 예산을 변경해서 더 많은 사람들을 도와준다는 계획이 있지만, 결국 그것도 지금 가진 수익을 변경하는 거잖아. 네 행동에 대해서는 어떻게 생각하니?"

"형님. 저는 제가 잘하는 일을 하고 있다고 생각해요. 제가 할 수 있는 범위에서요. 제가 받는 월급도 누군가를 위해서 사용하고 있어요."

"나는 네가 노동을 통해서 얻은 이익을 다른 사람에게 주는 행동에 대해서 말하는 게 아냐. 네가 하는 행동은 그저 가진 사람이 보유한 자본을 아래로 흘려보내는 행동에 불과해. 그건 우리 사회의 모순이기도 해. 창조적인 걸 고민하지 않고 분배에만 집중하지. 차이가 있다면 다른 사람들은 강압에 의해서 그런 행동을 하지만, 너는 재단 이사장이라는 이유로 자유롭게 행동하고 있다는 거야. 만약 네가 이사장이 아니라면, 아버지가 만들어 준 그 자리가 아니라면 지금처럼 행동할 수 있을까?"

순간, 하늘에서 우르릉거리는 소리가 들렸다. 이제는 해가 완전히 저문 어두운 하늘에서 들리는 소리와 함께 밤공기가 빠르게 휘몰아쳤다. 금방이라도 비가 올 것 같았으나 이석진이나 이재진은 조금도 움직이지 않았다.

여전히 이재진은 보육원을 배경으로 서 있었다. 보육원에서 흘러나오는 불빛 때문인지 그의 분위기는 조금 달라져 있었다. 그 모습을 바라보면서, 이석진은 자신에게는 어떤 배경이 있는지 잠시 고민했다.

이재진이 물었다.

"그럼 형님은 제가 모든 걸 포기하길 바라시나요? 아버지의 재산을 모두 상속받은 형님이 원하시는 게 그건가요?"

"나는 네가 이사장에서 물러나길 바라지 않아. 이미 아버지가 정한 일이니 거기에 더 손을 대고 싶지 않거든. 나는 네가 어떤 선택을 하든, 어떤 삶을 살아가든 너를 미워하거나 원망하지 않아. 하지만 이건 확실히 말하고 싶어. 네가 진심으로 원하는 걸 찾을 때까지 너는 고통을 감수해야 해."

"그럼 형님은 찾으셨나요? 형님이 원하는 걸 말이에요."

"나도 너처럼 스스로 대단하다고 여기지 않아. 너와 다른 점이 있다면, 나는 사회적 규정과 질서에 더 익숙하지. 하지만 감정에는 조금 서툴 뿐이야. 그걸 이상하게 여기지 않아. 누구나 정해진 능력의 범주가 정해져 있다고 생각해. 누구나 그걸 이해하고 키우고 있는 거지. 그리고 나는 원하는 모습대로 살고 있느냐고? 아니, 전혀."

"하지만 형님은 자기 자신대로 살고 있잖아요."

"그러는 넌 자신을 위해서 살고 있지 않은 사람처럼 말하는구나. 나는 그저 남들보다 더 많은 짐을 들고 있을 뿐이야. 그 짐이 무엇인지 곰곰이 생각해 봐. 그러면 내 입장을 조금은 이해할 수 있겠지. 나는 많은 사람들이 자기가 좋아하거나 관심이 있는 사람에 대해 너무 관대하게 바라본다고 생각해. 그러다 그 사람한테 실망하면 결국 그 사람을 경멸하게 되지. 자기 마음대로 기준을 정해서 평가해 놓고는 말이야. 지금도 자기 기준에 어긋나는 사람한테 혼자 실망하는 사람을 많이 보잖아."

이석진은 자기가 하는 말이 바로 톨스토이의 〈무도회가 끝난 뒤〉에서 나오는 모습과 비슷하단 사실을 깨달았다. 그는 자조적으로 웃었다. 서로 다른 국가와 문화에 살았음에도, 심지어 시대조차 다른 데도 결국 인간은 늘 비슷한 갈망을 가진 채 살고 있었다. 그저 기기 몇 개가 더 추가되었을 뿐이지 결국 인간의 본질은 다르지 않았다.

이제 이석진은 자기가 여기에 온 이유에 대해 이재진에게 말했다.

"재진아. 나는 오늘 여기까지 오면서 많은 생각을 했어. 나는 지금까지 네게 뭐라고 하려고 했던 게 아냐. 너를 내가 생각하는 방식으로 움직이고 싶었던 것도 아니고. 오히려 그 반대야. 내가 하고 싶은 말은 네가 뭐가 되려고 노력하지 않아도 된다는 거야. 네가 다른 사람들과 상반된 생각을 가졌다고 해도 고민하지 말고, 상처를 받지 않길 바란다는 뜻이야. 지금과 다른 세상이 나타난다고 해도 네가 지금까지 살아온 걸 부정하지 않았으면 좋겠어."

"형님, 변화를 생각하고 있나요?"

"많은 것이 달라질 거야. 네가 상상하는 것 이상으로 말이야. 그게 널 흔들 수도 있고, 널 더 단단하게 만들 수도 있어. 나중에 아버지는 세상을 떠나겠지만, 그래도 내가 널 도와줄 거야. 어떤 상황이 너를 힘들게 하고 어지럽게 해도 날 믿어 줘. 아무리 힘든 일을 겪어도 이성을 잃지 않겠다고. 그리고 네가 모든 걸 잃는다고 해도 내가 너에게 꼭 도움을 주고 방법을 알려 주겠다고 약속할게."

이석진의 말은 진심이었다. 다만 갑자기 변하는 하늘의 변화처럼, 마지막에 이석진이 한 말에 이재진은 적잖게 놀라면서도 한편으로는 두려웠다. 어떤 미래를 형이 예상하고 있는지 자신을 알 수 없었으니까. 그러나 진심 어린 눈으로 서 있는 형을 보면서 이재진은 말없이 고개만 끄덕였다.

다시, 우르릉거리는 소리가 하늘에서 울렸다. 그 소리는 더 커지고 있었다. 바람이 더 세차게 불었다. 모든 것이 예상보다 빠르고, 강렬하게 움직였다.

이석진은 이재진의 차로 천천히 발걸음을 옮겼다. 이재진도 운전석으로 향했다.

"이제 갈까?"

"가요. 집으로요."

운전석에 올라탄 이재진이 곧장 시동을 켰다. 그리고 이석진이 조수석에 앉아 문을 닫기 무섭게 하늘이 번쩍였다. 금방이라도 소나기가 쏟아질 것 같았다. 이재진은 곧장 주차장을 빠져 나와서는 도로를 따라 속도를 높였다. 엔진이 빠르게 회전했다. 두 사람 모두 그것을 분명히 느꼈다.

그러나 그들이 느낀 것은 빠르게 움직이는 자동차의 속력만은 아니었다. 앞으로 다가올 변화에 대해서도 그들은 알 수 있었다. 특히 이석진은 이재진이 자신의 말을 잘 이해해 주길 바랐다. 이석진에게 있어서 이재진은, 자신이 모든 것을 감당한 뒤에도 자기 곁에 기꺼이 머물러 준 형제이니 말이다.

그해 여름은 여느 때보다 비가 많이 내렸다.

그리고 비가 잦아지고 더위가 가실 때쯤, 이성재는 다시 병원에 입원해야만 했다.

김정민은 이제 마음의 준비를 해야 한다고 이성재의 가족들에게 알렸다.

4장

혈육

시간의 흐름을 온전히 이해하는 인간은 이 세상에 없다. 변화는 시시각각 나타난다. 다만 시간의 흐름을 직시해야 하는 것은 인간으로서 반드시 지녀야 하는 태도이다. 그렇지 않으면 인간은 스스로 무엇을 해야 하는지 알 수 없으며, 스스로 어떤 존재인지 충분히 고민하지 않을 것이다. 동물과 인간이 다른 이유는, 동물은 시간이라는 개념을 이해하지 않고 오직 그들이 가지는 본능에 따라 활동하지만 인간은 시간을 이해하고 그에 맞춰 생활한다는 것이다. 그러므로 인간은 시간적 존재다. 시간이라는 개념을 알기 때문에 인간은 인간다운 존재로 거듭날 수 있다. 시작과 끝, 유지와 변화 같은 개념도 마찬가지다.

날씨가 제법 선선해진 가을, 병상에 누운 이성재는 정말로 자신의 끝을 직감했다. 약을 복용해도 복통이 좀처럼 가라앉지 않았고, 수척해진 몸은 원래대로 돌아가지 않았다. 고통이 일상을 좀먹는 나날이 이어졌.

그렇다고 해서 자신의 일생을 후회하지 않는 이성재였다. 입원하기 전에 이미 자신과 관련한 모든 것을 마무리 지었으므로.

이성재의 불법자금 운영에 관한 검찰 조사는 마무리되었다. 검찰은 증거 불충분으로 잠정 결론을 지었고, 이성재는 불기소 처분되었다. 검찰이 확보한 증거는 기껏해야 이상진이 전달한 자료가 전부였으니 당연한 결과였다. 애당초 검찰 조사는 이성재의 건강 악화를 일으키는 요인조차 되지 않았다.

몸은 성치 않았으나 정신만큼은 어느 때보다 또렷한 이성재였다. 그의 주치의인 김정민이 오히려 훨씬 더 복잡한 표정을 짓고 있었다. 움푹 들어간 눈으로 김정민을 바라보던 이성재가 슬쩍 웃었다.

"왜 그런 표정을 짓는 거요, 김 박사? 아직도 뭐가 탐탁지 않은 거요?"

"의원님. 통원치료만으로 지금까지 생활할 수 있었던 것도 실은 엄청난 행운입니다. 다른 사람이었으면 버티지도 못했어요. 이미 전부터 입원하셨어야 합니다. 그때부터 치료를 제대로 받았다면…."

"이미 죽음을 목전에 두고 있는데 과거는 더 말하지 마시오. 김 박사가 말했던 대로 나는 지금까지 목숨을 부지하며 밖에서 지낼 수 있었잖소? 그리고 김 박사도 내가 밖에서 어떤 일을 겪었는지 다 알잖소?"

김정민은 이성재의 질문에 곧장 대답하지 않았다. 환자 치료며 제자 양성이며 병원 일에 치이며 사는 김정민이었으나 그래도 세상이 어떻게 돌아가는지는 충분히 알았다. 그리고 이성재의 말처럼 이제 과거는 중요하지 않았다. 지금 그에게 있어 중요한 건 바로 이성재의 건강상태였다.

이성재의 아내 김무교, 아니면 아들들에게 김정민은 이제 할 말이 없었다. 사실 마음의 준비를 하라고 먼저 말했던 이도 김정민 자신이지 않는가. 김정민은 그 기억을 떠올리며 가운 주머니에 손을 넣고는 괜스레 움직였다.

"그럼 의원님. 하셔야 할 일은 모두 마무리 지으셨나요?"

"이제 모두 끝났소. 나는 충분히 만족하오."

"의원님께서 만족하시면 되었습니다."

"그렇지요. 이제 기다릴 일만 남았소."

김정민은 고개를 끄덕이며 나중에 오겠다는 말만 남긴 채 그대로 병실을 떠났다. 이성재는 떠나는 김정민을 바라보지 않았다.

김정민은 여전히 할 일이 많았다. 그를 찾는 환자는 말 그대로 줄을 섰다. 그에게 환자 상태를 알려 주려는 간호사가 어디에나 있었다. 그럼에도 김정민은 느리게 움직였다. 그가 발을 앞으로 뻗을 때마다 터벅거리며 신발 부딪히는 소리가 병원 복도에 퍼졌다. 무기력하게. 김정민은 그 소리를 듣기만 했다.

그러던 중, 김정민은 누군가 자신을 지나쳐 이성재의 병실로 향하는 모습을 보았다. 김정민을 그를 따라 슬쩍 고개를 돌렸다. 젊은 남자였다. 그는 김정민에게 눈길조차 주지 않았다. 남자는 반듯한 자세에 무표정한 얼굴이었다. 눈빛이 이성재와 비슷한 남자는 곧 병실로 들어갔다.

자신을 바라보는 시선이 있다는 것을 알면서도 이석진은 신경 쓰지 않았다. 그는 병실로 들어가 홀로 누운 아버지에게로 천천히 다가갔다. 아늑한 분위기에 은은한 향이 나는 병실은 이 병원에서도 가장 좋은 병실이었다. 그러나 지금 삶이 얼마 남지 않은 이성재에게는 어떠한 병실로 상관없었다. 그건 이성재도, 그리고 그의 가족들도 이미 알고 있었다.

이성재는 자신에게로 다가오는 이석진을 물끄러미 쳐다봤다. 마치 그 모습을 기억하려는 듯이. 이석진 또한 아버지의 눈을 피하지 않았다.

먼저 입을 연 사람은 이석진이었다.

"어머니와 상진 형이 곧 여기로 올 거예요. 두 분이 교대로 병실에 있겠다고 하더라고요."

"내가 눈을 감을 때까지 네가 신경 써야 할 일은 그게 아니다."

이성재는 평소보다 훨씬 더 엄격한 말투로 말했다. 자신이 이 세상에서 사라지는 순간, 비로소 모든 것이 시작된다는 뜻이었다. 바로 이석진이 이성재의 뒤를 이어 모든 자산을 관리해야 하며, 단순히 자산을 관리하는 정도로 그치는 게 아니라 자신이 그랬던 것처럼 아들인 이석진도 부끄럽지 않게 행동해야 한다는 뜻이었다.

그 사실을 이석진도 모르지 않았다. 오히려 그 사실을 모르지 않기에 상속을 받겠다고 아버지 이성재에게 말한 것이었다. 다만 이석진은 이것 하나는 분명히 정해야겠다고 마음먹었다.

"아버지는 제게 받아야 할 걸 받으셨어요."

"그래. 그리고 나는 네게 내가 가졌던 모든 걸 넘겼다. 그걸 명심해라."

"가족을 위해서 그러셨죠."

"내 마음을 모두 이해해 주겠지. 당장은 아니어도. 먼 훗날에."

이성재는 여한이 없다는 듯 한숨을 내뱉고는 침대에 몸을 기댔다. 설마 이게 끝인가? 이석진은 아버지가 자신에게 어떤 말을 더 할 거라 예상했다. 하지만 이성재는 침묵을 지켰다. 기실 아버지가 던진 도끼와 같은 응어리는 마음에서 사라진 지 오래였다. 다만 이석진은 아버지가 아들인 자신에게 어째서 더 이상의 말을 하지 않는지 이상할 따름이었다.

"더 할 말 없으세요?"

"무엇을 말이냐?"

이성재가 창밖으로 시선을 고정한 채 되물었다. 이석진은 그런 아버지를 바라보다 이내 시선을 거두었다. 이석진은 심정이 복잡해졌다. 서운함인가? 그것은 아니다. 그렇다면 여전히 원망이 남았는가? 그것도 아니다. 그는 어머니 김무교, 형 이상진의 마음을 돌리기 위해 애썼던 아버지가 왜 자신에게는 어떤 말도 하지 않는 것인지 이해가 되지 않았다.

이성재가 갑자시 분명한 말투로 말했다.

"오늘 오 변호사와 만날 때 모든 것을 분명히 확인해라."

과연 아버지다운 말이었다. 이제 와서 무엇을 바라겠는가.

오늘 이석진이 병원을 찾은 이유도 사실은 오재필 변호사 때문이었다. 이석진은 더 늦기 전에 아버지의 재산 목록을 확인하자는 오재필 변호사의 권유를 받았던 터였다. 물론 그 권유는 아버지의 지시였지만 말이다.

이석진은 혹시 아버지가 자신에게 오재필 변호사와의 만남에 대해 어떤 말을 남기지 않았을지 예상했었다. 그러나 이성재는 언제나 똑같이 행동할 뿐이었다.

* * *

병원에서 나온 이석진은 지체하지 않고 강남으로 향했다. 오재필 변호사의 사무실로 향하는 길은 멀었지만 그런 문제는 이석진에게 아무런 문제가 되지 않았다. 약속을 잡을 때도 오재필 변호사는 이석진이 머무는 호텔 혹은 연희동 자택에서 만나지 않겠느냐고 이석진을 배려했으나 그는 바로 거절했다. 차라리 아버지가 자주 만났던 사람, 자주 찾았던 장소를 한번 확인하고 싶었다.

강남의 고층 빌딩들을 지나친 이석진은 미리 안내받은 건물에 멈췄다. 햇빛이 반사되는 대형 유리창으로 만든 커다란 빌딩은 강남 그 자체를 상징하는 모습이었다. 이석진은 곧장 엘리베이터를 타고 오재필 변호사의 사무실이 있는 층으로 올라갔다.

엘리베이터에서 내리자, 이석진을 기다리고 있던 여직원이 그에게 다가왔다.

"안녕하세요. 제가 바로 사무실로 안내하겠습니다."

여직원을 따라 사무실로 향하니 넓은 공간에 오재필 변호사 혼자 앉아 있었다. 그는 사무실로 들어오는 이석진을 보고는 빙긋 웃으며 일어났다.

"어서 오십시오. 오시느라 고생 많았습니다."

"정식으로 인사드립니다. 이석진이라고 합니다."

이석진이 정중한 태도로 인사했다. 오재필 변호사는 그런 이석진은 천천히 훑어보았다. 이성재와 닮았을 것이라고 짐작은 했지만, 역시나 부전자전이었다. 특히 눈빛이 상당히 닮아 있었다.

오재필 변호사는 얼른 여직원을 내보내고는 이석진을 소파로 안내했다.

"이쪽으로 앉으십시오. 편하게 있어도 됩니다. 오랫동안 상의해야 하니까요."

"감사합니다."

"제가 석진 씨라고 불러도 되나요? 아니면 다른 호칭을 써야 할까요?"

"편하게 불러 주세요."

오재필 변호사는 이석진을 단순히 이성재의 아들로서 상대하지 않았다. 오 변호사에 있어 이석진은 엄연한 손님이었다. 앞으로 오랫동안 미래를 같이할 수 있는 손님. 그 때문에 그는 이성재에게 선물로 받았던 반지도 일부러 손가락에 끼지 않았다. 이성재와 이석진의 사이가 그리 좋지 않다는 사실을 이미 알고 있었으므로.

소파 앞에 있는 테이블에는 미리 준비된 서류 뭉치가 있었다. 이재진이 운영하는 재단의 자료만큼은 아니어도 제법 두터웠다. 이석진은 그것이 아버지 이성재의 재산 목록이라는 것은 바로 알아차릴 수 있었다. 모든 것을 글자와 숫자로 기록한, 공식적인 아버지의 재산 목록 말이다.

"의원님은 뵙고 오는 길인가요?"

"네. 만났습니다."

"혹시 저와 만난다고 하니 다른 말은 없었나요?"

"전혀요."

이석진은 짧게만 대답했다. 오재필 변호사는 여전히 웃음을 잃지 않은 채 고개를 끄덕이고는 말했다.

"그럼, 바로 진행해도 될까요? 제 설명이 길어질 수도 있습니다."

"충분한 설명 부탁드립니다."

오재필 변호사가 곧장 서류 뭉치를 펼쳤다. 첫 장부터 표가 잔뜩 그려져 있었고, 그 안에는 빈틈없이 다양한 주소가 적혀 있었다. 그 옆에는 숫자가 어지럽게 있었는데, 이석진은 그 모든 기록을 빠르게 훑었다.

이석진이 눈으로 확인하는 동안 오재필 변호사가 하나씩 손으로 가리키며 설명했다.

"우선 가장 앞 장부터 보시죠. 이건 부동산 목록입니다. 바로 뒷장은 이성재 의원님께서 보유하신 강남 건물들의 목록입니다."

오재필 변호사가 부동산 목록을 하나씩 확인시킨 뒤 곧장 종이를 넘겨 건물들을 확인시켜 줬다. 앞 장에 비하여 목록이 빼곡하지 않았으나 이석진은 그것 또한 전혀 놓치지 않고 열심히 확인했다.

오재필 변호사는 이제 웃음을 거두고 다소 사무적인 말투로 설명을 이어 나갔다.

"강남에 있는 건물들은 모두 부동산 법인으로 묶여 있습니다. 모두 여섯 채죠. 논현동에 한 채, 압구정에 한 채, 신사동에 한 채, 그리고 삼성동에 세 채가 있습니다. 다만 논현동과 신사동에 있는 건물은 조만간 매각하라고 지시하였습니다."

모두 서울에서 내로라하는 땅에 있는 건물들이다. 모두가 돈이 없어서 사지 못하는 땅과 건물이지만 이석진은 전혀 다른 생각을 하고 있었다. 재산 목록을 확인하는 동안 그의 눈빛으로 점점 피곤함이 섞여 들었다.

그것을 얼른 파악한 오재필 변호사가 물었다.

"왜 그러시나요?"

"골치 아프겠어요. 모두 화려한 건물들이죠. 그러나 겉으로만 그렇게 보일 뿐이에요. 전부 세금 덩어리에 불과하니까요. 혹시 변호사님께서는 법인 부동산 과다세는 살펴보셨나요? 그리고 아버지는 건물 매각 이후에 어떻게 하라고 다른 말씀은 없으셨고요?"

"네. 이 정도는 석진 씨가 어렵지 않게 처리할 거라고 하셨습니다."

"정말이지 알 수 없는 분이네요. 일단 알겠습니다."

"마침 매각이 나와서 하는 말인데, 어떻게 처리하는 게 좋을까요?"

"일단 국내 부동산 흐름이라면 아버지가 워낙 경험이 많으시니 매각하라는 이유가 있겠죠. 다만 논현동과 신사동 매각은 동일 연도를 피해 주세요. 그리고 신사동 건물은 우량 임차인이 들어와 있으니 자산운용사를 통하여 수익형 펀드로 전환하여 판매하겠습니다. 이 과정을 도울 사람은 제가 따로 소개시켜 드려도 될까요?"

"편하신 대로 하십시오."

이제 석진 씨의 재산이니까요, 라는 말이 오재필 변호사의 목구멍까지 차올랐지만 그는 얼른 말을 삼켰다. 재산 목록이 적힌 종이를 바라보면서 깊은 고민에 빠진 이석진을 보면서, 오재필 변호사는 왜 이성재가 둘째 아들에게 상속하려는지 충분히 이해할 수 있었다. 아마 다른 아들이었다면, 적어도 이성재에게 들은 바에 따르면, 이석진과 달리 고민을 전혀 하지 않고 대충 넘겼을 것이다. 아니면 변호사인 자신에게 모든 책임을 떠넘겼을 것이다.

이석진은 오재필 변호사가 무슨 생각을 하든 상관하지 않고 계속해서 자기 뜻을 밝혔다.

"다른 건물의 임대 수익률도 좋네요. 이 임대 수익금과 펀드로 전환된 수익금 일부는 막내 재진이가 운영하는 재단으로 넣어 주세요. 세금 문제도 어느 정도 해결될 겁니다. 그리고 논현동 건물이 올해 안으로 매각이 된다면, 일단은 법인 내에 현금 비축을 해 주세요. 그리고 그해에 법인이 소유한 건물이나 모든 재산을 정비해 주세요. 향후 몇 년간 비용이 들어가지 않도록 준비해 주시면 감사하겠습니다."

"정리가 무척 빠르시군요. 발생하는 세금을 조금이라도 줄이기 위해서 그렇게 결정하는 건가요?"

"그런 이유도 있지만, 당장 모든 자재비와 인건비가 오를 겁니다. 이것들을 정리한다고 해서 해결은 안 되겠지만, 우선 정리할 것은 정리해야죠."

"놀랍네요, 이제 막 재산 목록을 확인했을 뿐인데요."

오재필 변호사가 호탕하게 웃었다. 재산 목록을 건조하게 바라보며 빠르게 판단하는 내리는 이석진을 보면서, 그는 오히려 이것이 좋은 기회라고 확신했다. 아직 젊은 데다 이렇게 셈이 빠른 사람이 곁에 있다면 그것만큼 좋은 일이 어디 있겠는가.

오재필 변호사가 이토록 다른 속내를 품는 동안, 이석진은 재산 목록에서 눈을 떼지 않은 채 물었다.

"그리고 그다음은요?"

"이게 두 번째 리스트입니다."

종이를 빠르게 넘기던 오재필 변호사가 어느 지점을 가리켰다. 그가 이어 말했다.

"여기 15쪽을 보시면, 종로, 을지로, 마포에 꼬마빌딩이 하나씩 있습니다. 이건 어떻게 처리할까요?"

"이것들은 그냥 유지하는 게 좋겠어요."

"좋습니다. 그리고 국내 주식과 해외 주식은 전부 정리하시고 현금으로 남겨 두셨습니다. 비상장 주식 몇 가지는 아직 남아 있습니다. 여기 18쪽을 보시면 리스트가 있습니다."

다시 종이를 넘긴 오재필 변호사가 손가락으로 그것을 가리켰다. 이석진은 그것을 확인하고는 고개를 끄덕였다.

"22쪽. 여기에는 의원님께서 개인투자조합에 참여하여 투자하신 리스트도 있습니다."

오재필 변호사가 정신없을 정도로 빠르게 종이를 넘기며 설명했음에도 이석진은 침착하게 그것들을 확인했다. 이미 이런 서류를 확인하는 데 이골이 난 그였다.

잠시 고민하던 이석진이 대답했다.

"이것들도 일단 전부 그대로 유지하겠습니다."

"편하신 대로 하십시오. 다만 이유가 궁금하네요."

"변호사님, 제 아버지와 오래 일하셨죠?"

이석진이 되묻자 오재필 변호사는 의아한 표정을 지었다. 오 변호사가 이성재와 알고 지낸 시간은 적어도 20년은 더 되었다. 그 시간 동안 이성재가 어떻게 부를 축적했는지 곁에서 확인했던 오재필 변호사였으니 모르는 것보다 아는 것이 더 많았다.

"그렇습니다만?"

"그럼 아버지가 어떤 분인지 잘 아시겠죠? 이것들은 그만한 가치가 있어서 남겨 두었을 겁니다. 그리고 이런 개인투자조합과 비상장 주식은 애초에 기업 분석 자체가 불가능하죠. 속을 알 수 없다는 뜻입니다. 헌데 아버지가 이런 것들 사 두었다면, 분명 어떤 목적이 있을 겁니다. 관계자들과 저도 모르게 약속한 부분이 있을지도 모르죠."

여전히 냉철한 얼굴로 재산을 확인하던 이석진이지만, 말투는 묘하게 변해 있었다. 계속 사무적으로 오재필 변호사로 대하고는 있었으나 그 안에는 아버지에 대한 경계심이 여전히 남아 있었다. 오 변호사도 그런 이석진의 태도를 눈치채고는 일단 별다른 말을 하지 않았다.

이어 이석진이 말했다.

"주식을 정리해서 얻은 현금 자산은 투자할 만한 회사를 지목하겠습니다. 그럼 그곳에 투자하겠습니다. 다만 투자는 형 이상진의 명의로 상속 후 투자해 주세요. 이 투자금은 형이 손댈 수 없게 절차를 잘 부탁드립니다."

이재진에 이어 이상진이 가져갈 몫까지 확인하던 이석진은 마지막에 어머니 김무교를 떠올렸다. 과연 어머니는 어떻게 해야 하는가. 아버지보다는 오래 사시겠지만, 결국 어머니도 자식들 곁에서 머무는 시간이 얼마나 남아 있겠나. 머지않아 다시 자식들에게 상속해야 할 수밖에 없는 운명이었다. 그러므로 김무교의 몫은 제외시켜야 한다고 이석진은 판단한다. 그것이 어찌 되었든 가장 이득이 크니 말이다.

오재필 변호사와 이석진은 다시금 재산 목록을 함께 검토했다. 큰 부분은 모두 정리했으므로, 작은 부분은 그리 오래 걸리지 않았다. 그럼에도 이석진은 모든 부분을 꼼꼼하게 확인하고는 향후 이성재의 자산 처리를 부탁했다.

오재필 변호사는 이석진이 말한 내용을 모두 따로 적었다.

"모두 확인하겠습니다. 머지 소액 관련된 건들은 전부 정리해서 나중에 보내 드리죠."

"그럼, 모두 끝났나요?"

"네, 모두 정리됐습니다."

"정말 이게 다인가요?"

"네, 맞습니다. 혹시 더 알고 계신 게 있으신가요?"

"이게 전부가 아닐 텐데요."

분명 지금 오재필 변호사가 보여 준 서류에는 상당한 금액의 자산이 빼곡히 적혀 있었다. 그만큼 이성재가 지금까지 축적한 재산이 어마어마하다는 것을 의미했다. 보통 사람이라면 그 목록만 보더라도 눈앞이 빙글 돌아서 오재필 변호사의 말만 고분고분 들었을 것이다.

그러나 이석진은 시종일관 침착힘을 유지하고 있었다. 그는 아버지 이성재의 재산을, 비록 숫자로만 보고 있음에도 그 재산이 상당하다는 점을 알 수 있었다. 그럼에도 무언가 비어 있다는 인상을 지울 수가 없었다.

이석진의 말에 오재필 변호사가 슬쩍 미소 지었다. 그 묘한 미소를 알아챈 이석진은 감추어진 비밀이 있다는 것을 바로 간파했다.

"나머지는 나중에 더 말씀드리라는 의원님 지시가 있었습니다."

예상대로였다. 끝까지 속내를 알 수 없는 행동을 보인다고 여기면서도 이석진은 고개를 끄덕였다. 따로 말한다는 부분에 대해서는 굳이 꼬치꼬치 캐묻고 싶지 않았다.

"일단 알겠습니다. 다른 부분이 있다는 점만 참고하도록 하죠. 그리고 오늘 정리하다 보니 놀랍네요."

"그렇죠. 이토록 많은 부를 이루셨다는 사실이 새삼 대단하다고 느낍니다."

오재필 변호사가 맞장구쳤다. 어느 누가 이성재의 재산에 대해 왈가왈부하겠는가. 한 사람이 평생 노력해도 이만큼 재산을 축적할 수 있겠는가. 정말 지극히 소수에 불과한 일이었다.

그러나 이석진은 오재필 변호사의 말에 고개를 저었다.

"아니요. 아버지가 부를 축적했다는 사실은 그다지 놀랍지 않습니다."

"그래요? 그럼 어떤 점이 놀라우셨나요?"

"아버지가 암 진단을 받으신 지 채 1년도 되지 않으셨어요. 병원에 입원하기까지는 6개월도 채 걸리지 않았고요. 그만큼 갑자기 몸이 안 좋아지셨죠. 그런데도 그사이에 이 많은 걸 정리해 놓으셨어요. 정말 신기하네요. 최근 자산변동 폭을 보면, 몇 달 사이에도 많은 변화가 있는 게 보이거든요."

언젠가 이재진에게 들었다. 최근 아버지 이성재는 자신처럼 일찍 집을 나서서 늦은 시간에 돌아오신다고, 교수나 의원으로 활동할 때보다 훨씬 더 분주해졌다고 이재진은 덧붙였다. 아마 그렇게 분주히 시간을 보낸 이유는 모든 재산을 정리하기 위함이었으리라. 이토록 짧은 시간에 자산의 흐름을 분석하여 이렇게 정리하셨다니. 이석진은 새삼 그런 아버지가 놀라울 따름이었다.

그제야 이석진의 말을 이해한 오재필 변호사가 고개를 끄덕였다.

"정말 그렇군요. 단순하게 급하게 팔아 치우시는 줄 알았는데 그렇지 않군요. 역시 의원님은 대단하신 분 같아요."

"독하신 분이죠. 그러니 이렇게 재산을 모으셨겠지만."

"누구나 다 독한 부분이 있지 않겠습니까? 사회적 지위든 경제적 여유든 그것을 달성하려면 마음을 독하게 먹어야지요."

"아마 독하게 사는 게 대단하다면, 지금 이런 생각을 하시는 변호사님께서도 만만치 않을 겁니다."

갑자기 자신에게로 향하는 대화의 방향에 오재필 변호사는 의뭉스러운 표정을 나타냈다. 이제 이석진은 서류에서 눈을 떼고 오재필 변호사를 똑바로 바라보고 있었다. 그의 능력에 관심을 보이고, 그를 고객으로 모시려는 자신의 의도를 이석진은 이미 눈치채고 있었다. 이를 깨달은 오재필 변호사가 진심으로 껄껄 소리 내어 웃었다.

"역시 의원님의 아드님이시군요. 피는 속이지 못해요. 이렇게 짧게 대화를 나누었을 뿐인데 보는 눈썰미가 아주 좋으시네요."

"아버지의 재산은 바로 저에게 상속되죠. 제가 어떻게 행동하길 원하시나요?"

"저는 의원님과 오랫동안 관계를 유지했던 사람입니다. 변호사와 의뢰인으로서 말이죠. 물론 비즈니스 관계로만 나타났던 것은 아니죠. 이 정도까지 나이를 먹으면 주변에 있는 사람들이 참 중요하다고 생각합니다."

"연륜이란 그런 것이죠."

이석진은 에둘러 말했다. 그는 재산 목록을 확인하는 동안에도 오재필 변호사가 자신에게 관심이 있음을 알아차렸다. 아니, 처음 사무실에 들어올 때부터 그런 인상을 지울 수 없었다. 이제 이성재가 세상을 떠나면 그 자리를 차지하는 사람은 이석진이다. 그러니 이석진과 알고 지낸다면 오재필 변호사에게도 이익이었다.

이미 모든 것을 알게 되었으므로, 오재필 변호사는 자신의 속내를 솔직히 드러내도 상관없다고 판단했다. 그러나 그는 능숙하게 말할 줄 알았으며, 경험도 풍부했다. 노골적으로 속내를 드러내는 모습은 자신이 추구하는 태도와 달랐으므로, 오재필 변호사는 오히려 이석진에게 다른 질문을 던졌다.

"이미 모두 결정했지만, 그래도 궁금한 점이 있습니다. 재단에 부동산 수익금을 돌린다고 아까 말했었죠? 굳이 그럴 이유가 있습니까? 그만큼 석진 씨의 몫은 줄어들게 될 텐데요."

"이미 아버지와 상의한 내용입니다."

"솔직히 그것도 이해가 되지 않아요. 제가 아는 의원님이라면 굳이 부동산을 따로 구분할 이유가 없어요. 재단을 위해서? 글쎄요. 만약 의원님이 재단을 지금까지 깊이 염두에 두었다면 제가 착각했겠죠. 하지만 의원님은 석진 씨의 의견을 그저 받아들였을 뿐입니다."

"아버지와 그런 대화를 나눈 적이 있나요?"

"한 번도 없어요. 다만 이 재산들을 정리할 때, 의원님은 평소의 의원님다운 결정을 내리지 않았죠. 그래서 제가 물으니 석진 씨가 그렇게 해 달라고 부탁했다고만 말씀하셨습니다."

오재필 변호사는 정말로 궁금하다는 표정으로 이석진을 바라봤다. 흥미와 관심이 가득한 그의 두 눈을 보며, 이석진은 그가 자신에게 다가오려는 의도를 분명히 파악했다. 큰 몫을 챙기기 위해서? 그랬다면 굳이 이석진이 아니어도 만날 사람은 많았다. 그보다는 더 긴밀하게 서로 알고 지내고 싶은 듯했다.

이석진은 자신이 어떻게 대답해야 하는지 잠시 고민했다. 그저 모르는 척 넘길까. 아니면 냉정하게 선을 그을까. 그러나 그 모든 것은 이토록 노련한 변호사를 상대하기에는 그다지 좋은 방법이 아니었다. 그는 미국에서 만났던 앤드류 양과 다니엘 마츠다와는 전혀 달랐다. 이석진에게서 무언가를 얻기 위해 노력한다는 점은 모두 같았으나, 오재필 변호사는 고작 푼돈을 얻으려고 접근하는 것이 아니었다. 오히려 훨씬 더 큰 욕망이 오재필 변호사를 움직이고 있었다.

차라리 자신의 속내를 조금은 드러내야겠다고 이석진은 마음먹었다.

"오늘 병원에서 아버지를 뵙는데 여러 생각이 들더라고요."

"아직 상심하기에는 이릅니다."

"저는 상심하지 않았어요. 오늘 아버지가 병상에 있는 모습을 보다가 이곳으로 오면서 생각을 정리했을 뿐입니다. 그리고 한 가지 결론에 도달했죠."

"그게 무엇인가요?"

"수용은 하지만, 타협은 하지 않는다."

오재필 변호사는 방금 자신이 이석진에게 했던 질문과 지금 이석진이 한 말이 연결되는지 잠시 생각했지만 연결되고 있음을 알 수 있었다. 그리고 그것이 자신에게 향한 말이 아니라 이석진이 생각하는 이성재의 태도라는 점 또한 알 수 있었다.

이석진은 조금 더 자신의 감정을 드러냈다.

"아버지는 이기적인 분이시죠. 언제나 자기가 받으려고 하는 것만 받았죠. 그리고 주려고 하는 모습만 보일 뿐이었어요. 그것도 일방적으로요. 다른 사람의 마음이나 태도는 신경 쓰지 않습니다. 자신이 원하는 것만 주고, 받으려고 해요. 그 모습은 오늘도 마찬가지였고, 마지막까지도 그럴 겁니다. 그런 분께 무엇을 바라는 건 착각이죠."

"이렇게 많은 자산을 받았는데요?"

"그런 건 중요하지 않습니다. 저는 물질적 가치를 추구하는 속물은 아니거든요. 이게 제 대답이 되었으리라고 생각합니다."

말을 마친 이석진이 곧장 자리에서 일어나서는 오재필 변호사에게 인사했다. 오 변호사는 그런 이석진의 인사를 어설프게 받았다. 이석진은 문을 향해 곧게 걸어가서는 그대로 문을 닫았다.

오재필 변호사는 문을 빤히 바라봤다. 그러더니 헛웃음을 내뱉으며 문을 향해 가볍게 손가락을 뻗고는 흔들었다. 물론 그가 가리키는 것은 문이 아니었다.

"이거 참, 다른 의미로 고집불통이군. 제 아비랑 닮았어. 너무나 애증이 큰 관계로군."

언제던가, 이성재가 이석진의 재산 목록을 오재필 변호사에게 보여 준 적이 있었다. 아버지를 능가하는 이석진의 재산을 그는 똑똑히 기억하고 있었다. 오늘 빠르게 아버지의 자산을 관리하는 이석진의 모습을 보면서, 오재필 변호사는 더욱 그와 친해질 필요가 있다고 여겼다. 그러나 이성재와는 다른 접근을 보여야 할 것 같았다. 어떤 방법인지 아직 확실하지 않았으나 길게 봐야겠다고 다짐할 뿐이었다.

* * *

그 후 몇 주 동안 이성재는 계속해서 병원에서 지냈다. 몸 상태를 유지하는 것만으로도 다행이라는 김정민의 진찰을 들으며, 이석진을 제외한 다른 가족들은 울적해질 수밖에 없었다. 이성재 또한 자신의 마지막을 겸허하게 받아들였다.

이제 제법 쌀쌀해진 가을 오후였다. 김무교가 늦은 시간까지 병원에서 이성재와 함께 있을 때, 이석진은 연희동 저택을 둘러보고 있었다. 2층 건물에 넓은 마당과 높은 담으로 이루어진 이성재의 집은 이석진이 어릴 때부터 지냈던 공간이기도 했다. 해마다 어머니 김무교가 이곳저곳을 신경 써서 보수를 했으나, 그럼에도 낡은 부분이 곳곳에 있었다. 이를테면 지붕 아래 녹이 슨 철근, 저택 구석에 아무렇게나 놓인 빈 화분들, 마당에 심은 소나무 주변에 듬성듬성 올라온 잡초들, 균열이 간 담벼락.

사실 이석진은 지금까지 이 집에 대해 크게 신경 쓰지 않았다. 이전보다 낡았다는 느낌은 들었어도, 그게 전부였다. 자신은 언제나 바깥에서 생활했으므로 이 집에 신경 쓸 이유가 없었던 것이다. 그러나 이제 집으로 돌아온 이상, 집의 곳곳이 눈에 들어올 수밖에 없었다.

"뭘 그렇게 살펴보고 있어?"

집으로 돌아온 이상진이 동생을 발견하고는 물었다. 평소라면 건물 관리를 끝낸 뒤 술을 마셨겠지만, 그는 아버지 이성재가 병원에 입원한 뒤 단 한 번도 술을 마시지 않았다. 애당초 그가 자주 찾았던 가게들도 가지 않은 지 오래였다.

"그냥 한번 집을 살펴보고 있었어."

형의 물음에 이서진은 담담히 대답했다. 이상신은 그런 동생을 잠시 보더니 이내 이석진 곁에 나란히 섰다. 그 역시 동생이 그랬던 것처럼 집을 둘러보더니 말했다.

"여기서 지낸 지 얼마나 됐는지 알아? 40년이 다 되어 가. 중간에 리모델링을 한 번 했었는데, 그것도 벌써 20년은 더 된 일이지."

"맞아. 그랬었지."

"아무리 신경 쓴다고 한들 고칠 곳이 많아. 어머니도 고치길 바라고."

"형은?"

"나야 뭐 고치든 말든 상관없어. 나는 지금도 나쁘지 않게 생각하고 있으니까. 이제 네가 정해야겠지."

"내가 왜?"

"이 집도 네 명의가 되지 않겠어? 아버지라면 그렇게 하실 것 같은데."

이상진은 아무렇지도 않게 말했다. 빈정거림이나 날카로움이라고는 전혀 느껴지지 않았다. 최근에 변한 이상진의 태도는 가족 모두를 충분히 놀라게 할 정도였다. 이미 이상진은 자신의 상황을 받아들였고, 그 때문에 이석진에게 으르렁거릴 필요가 전혀 없었다. 당연히 집 문제도 이석진이 알아서 해야 한다고 여기고 있었다.

이석진은 형의 말에 얼른 대답하지 않았다. 그러나 이내 알겠다는 듯 형을 향해 고개를 끄덕였다.

"크게 바꿀 생각은 없어. 정말 고쳐야 할 부분만 손을 쓰면 되겠지."

"그게 낫겠지. 아마 어머니도 그걸 원하실 거야."

이상진은 그렇게 말하고는 연못으로 향했다. 마당 한구석에 놓인 연못에는 잉어들이 여유롭게 수영하고 있었다. 그러나 이상진은 연못에 눈길을 주지 않았다. 그는 연못 옆에 심긴 소나무를 똑바로 응시했다. 사시사철 푸른빛을 내는 소나무는 이성재의 저택에서도 특히 눈에 들어오는 것이었다. 오랫동안 이성재의 가족들이 성장할 때도 그 자리를 지키고 있었고, 그만큼 이성재도 신경 썼기 때문이다.

"이거 아직 있네. 너 이거 본 적 있어?"

"뭘?"

"아직 안 봤나 보네? 너무 집을 대충 본 거 아냐?"

이상진은 재미있다는 듯 웃더니 이석진에게 이쪽으로 다가오라고 손짓했다. 이석진은 천천히 형에게로 다가갔다. 형은 두툼한 손가락으로 나무 허리를 툭 건드렸다. 거기에는 작은 일(一)자 표시가 연이어 있었다.

이석진은 그게 무엇인지 바로 알아차렸다. 이상진과 이석진이 초등학교에 입학하기 전부터 있었던 표시였다. 그건 바로 이성재와 김무교가 이상진과 이석진의 키가 얼마나 자라고 있는지, 나무에 등을 기댄 채 서서 표시했던 흔적이었다.

그 표시가 아직까지도 있었는지 전혀 몰랐던 이석진은 저도 모르게 웃음을 터뜨렸다.

"이거 아직도 있었던 거야? 나무가 자라면서 당연히 사라질 줄 알았는데."

"이런 게 어디 쉽게 없어지겠어? 한번 새겨진 표시가 사라지는 데 몇 년, 아니 몇십 년까지 걸리더라."

이상진은 덤덤하게 대답했으나 이석진은 형의 말에 조금 놀랐다. 그 말은 이 소나무뿐만 아니라 기실 우리 모두에게 해당하는 말이었으니까 말이다. 형이 이런 말을 하는 모습을 처음 본 이상진은 새삼 형을 다시 보게 되었다. 그러나 이상진은 이석진이 자신을 어떻게 보는지 모른 채 허리를 다시 세우고는 가장 높이 새겨진 표시를 가리켰다.

"이제는 허리밖에 안 오네. 예전에는 누가 너 큰지 서로 내기하고 그랬었는데 말이야."

"맞아. 그럴 때가 있었지."

"벌써 30년은 더 된 기억이야. 그런데도 아직도 기억에 남아 있지. 사람의 기억이란 참 대단해."

"기억이 대단한 게 아냐. 시간이 대단한 거지."

"시간은 상대적이라고 하더라고. 누가 말했다고 하던데. 각자의 시간은 다르게 흘러간다, 뭐 그런 뜻이겠지? 그럼 너는 어느 시간을 보내고 있어?"

이상진이 던진 질문은 자못 철학적이었다. 이석진은 그에 자신이 어느 시간을 보고 있는지, 그리고 그 시간에 맞춰 행동하고 있는지 잠시 고민했다. 여전히 나무에 새겨진, 누가 더 자랐는지 알기 어려운 표시를 보면서.

"형님들, 많이 기다렸죠? 늦어서 죄송해요."

정문으로 들어온 이재진이 마당에 서 있는 두 사람을 보고는 미안한 표정을 숨기지 않으며 말했다. 그러나 이상진은 이재진을 나무라지 않았다. 오히려 만족스러운 표정을 짓더니 두 손바닥으로 가볍게 박수 쳤다.

"자, 이제 모두 다 모였네. 이제 형제들끼리 모이는 시간을 가져 보자고."

이상진은 이미 나무에 새겨진 표시는 잊어버린 채 곧장 집 안으로 향했다. 그 모습을 보면서, 이석진은 정말 형의 성정은 쉽게 변하지 않는다고 여기며 슬며시 미소 지었다. 차라리 저런 모습이 형, 이상진다운 모습이리라.

오늘 이상진은 일방적으로 이석진과 이재진에게 저녁을 함께 먹자고 제안했다. 부모님 없이 형제들끼리 한번 식사를 하자고 말이다. 너무나 뜬금없는 제안이었지만, 이석진은 그 제안을 거절하지 않았다. 이재진은 당연히 거절할 이유가 없었다.

이미 식탁에는 음식들이 차려져 있었다. 모두 이희선이 차린 음식이었다. 이상진은 형제들끼리 처음 시간을 가지려고 하니 부디 신경 써 달라고 이희선에게 미리 부탁한 터였다. 그리고 이희선은 이상진의 부탁대로 여러 맛있는 음식들을 준비했다. 이상진이 좋아하는 고기 음식은 물론이고 진득한 소스를 곁들인 생선구이에 조개찜, 각종 나물볶음까지 세 형제가 모두 먹을 수 없을 정도로 식탁은 풍성하게 차려졌다.

가장 먼저 자리를 잡은 사람은 이상진이었다. 그는 평소 이성재가 앉은 상석에 앉았다. 그 모습에 이재진은 조금 머뭇거렸다. 아버지가 없을 때는 장남인 자신이 그 자리를 대신하겠다는 이상진의 의도가 다분해 보였기 때문이다. 그러나 어쨌든 이상진은 세 형제 중 맏이였으니 그런 생각을 가지는 것도 당연하다고 이석진은 생각했다. 그 또한 가장 이상진다운 모습이니까.

이석진은 이상진 옆에 자리를 잡고는 그 건너편을 가리켰다.

"재진아. 너는 이쪽에 앉아."

"네, 형님."

그렇게 세 형제는 식사를 시작했다. 오랫동안 이 집안에서 지냈는데도 세 형제만 따로 식사를 한 적은 오늘이 처음이었다. 그만큼 서로가 서로에게 가진 감정의 골이 깊었으며, 가족에 대한 생각이 달랐던 것이다. 이제는 그러한 문제가 봉합되었고, 드디어 세 형제는 함께 음식을 나누며 한 자리에 있게 된 것이었다.

처음에는 각자가 말없이 식사에만 집중했다. 그 때문에 이재진은 어째서 이런 시간을 큰형이 만들었는지 알 수 없었다. 두 형을 번갈아 쳐다보았지만 두 형은 오로지 식사에만 집중할 따름이었다.

어느 정도 식사가 진행되었을 때쯤, 이상진이 입을 열었다.

"나 요새 만나는 사람 있어. 아직 결혼을 생각하기는 그렇지만, 나중에 부모님께 소개시킬 거야."

"정말요, 형님? 축하드려요."

이재진이 크게 기뻐하며 축하의 말을 건넸다. 이석진 또한 웃으며 축하의 말을 건넸다. 그는 일전에 자신과 바에서 나누었던 대화로 인해 형의 생각이 크게 변했다는 걸 바로 알 수 있었고, 그에 만족감을 느꼈다.

이재진이 조심스럽게 이상진에게 제안했다.

"아버지께 빨리 말씀드리는 게 좋지 않을까요?"

"아직은 안 돼. 나나 걔나 아직 관계가 정리된 지 얼마 되지 않았다고. 지금 너희들한테 처음 말하는 거야."

이상진이 만난다는 사람은 당연히 박지희였다. 이상진은 가을이 될 때부터 박지희와 자주 만남을 가졌다. 이제는 온갖 선물을 주지 않아도 자신을 챙겨 주려는 박지희의 진심과 진정을 알게 된 이상진이 박지희에게 연인으로 함께하자고 제안했고, 박지희는 이를 수락하였다. 비록 두 사람은 오랫동안 알고 지냈으나 연인이 된 것은 고작 몇 주도 되지 않았기에 서로의 관계를 천천히 되짚고 정리해야만 했다.

이상진이 고기 한 점을 입에 넣으며 이재진에게 물었다.

"너는 요새 재단은 어떻게 운영하고 있어? 문제없지?"

"전혀 없어요. 얼마 전에 모든 걸 마무리 지었거든요."

이재진은 최근 재단 운영에 집중하느라 정신이 없었다. 세 형제 중에서 가장 바쁜 사람이 바로 이재진일 정도였다. 검찰 조사 이후 이재진은 류재선 부장과 고기준 차장의 지원을 받아 재단 자금 운영을 변경하였다. 이미 많은 사람들이 예상한 대로 이사회에서는 처음에 이재진의 계획을 반기지 않았다. 물론 이 부분은 류재선 부장과 고기준 차장이 나선 덕분에 원만하게 해결할 수 있었다.

그렇게 이재진의 이름으로 재단 자금 운영이 변경되면서 새로운 사업이 전개될 예정이었다. 빠르면 내년 초부터, 늦어도 내년 여름이 되기 전에는 진행할 계획이었다. 특히 이재진이 꼭 진행하길 바라는 재단 시설의 보수 공사를 위한 관련 자료를 모으느라 재단은 어느 때보다 분주했다. 검찰 조사 때보다 더 바쁜 시기였으나 이재진은 이제 자신의 이름으로 진행되는 새로운 사업이 있다는 사실에 그 어느 때보다 행복하고 뿌듯해했다.

"그럼, 석진이는?"

이상진이 물었다. 이석진은 형의 물음에 그저 조용히 웃었다. 이 모습이 어딘가 아버지를 떠올리게 했기 때문이었다.

"나야 늘 그렇지. 상속 준비하느라 바빠."

그는 아침에 일찍 일어나 미국에서 전달된 일을 처리하고, 상속 과정이 어떻게 되는지 확인했다. 여유가 있으면 김연희와 만나 시간을 보냈다. 사실 상속에 관한 일을 처리하는 것 말고는 그의 일상은 크게 변하지 않았다.

그렇게 세 형제는 저마다 각자의 이야기를 꺼내며 대화를 이어 나갔다. 대부분은 이상진이 말하고, 이재진이 맞장구를 치는 정도였다. 이석진은 대화에 간간이 끼어들 뿐 조용히 듣고만 있었다.

그러다 이상진이 이석진에게 다른 말을 했다.

"나 그런데 전부터 궁금했던 게 있었어."

"뭐가 궁금한데?"

"아버지께서 내게 했던 말이 있거든. 내가 감당할 수 없는 시간이 머지않아 올 것이라고. 내가 지금까지 열심히 고민했는데도 그게 뭔지 모르겠어."

그 말은 호텔에서 며칠 동안 숨어 있던 이상진이 마침내 집으로 돌아왔을 때, 이성재가 이상진을 달래며 했던 말이었다.

이상진의 물음에 이석진의 표정이 순식간에 바뀌었다. 그러나 아주 잠깐이었기에 다른 형제들은 얼른 알아차리지 못했다.

"아버지가 그런 말씀을 하셨다고?"

"맞아. 너라면 무슨 뜻인지 알 것 같은데?"

"별 뜻 아니겠지. 아버지가 떠난 뒤 우리 가족들의 변화를 말씀하는 것일 수도 있고."

이석진의 대답에 이상진과 이재진은 조용히 고개를 끄덕였다. 아버지가 떠나면 남은 가족들에게도 분명 변화가 있으리라. 지금 세 형제가 처음으로 같이 식사를 하는 것처럼. 긍정적이든, 부정적이든.

그러나 이석진이 판단하기에 아버지 이성재가 형 이상진에게 한 말은 분명 경제 위기였다. 과거 외환위기만큼 심각한 경제 불황으로 인해서 모든 것이 침체될 것이 분명했다. 이석진도 그러한 미래를 예측하고 있었는데, 아버지 이성재도 마찬가지였다. 그러나 이석진은 그 사실을 형에게 알려 주지 않았다. 형이 안다고 해도 달라지는 것은 없었으므로.

그러다 이상진이 슬쩍 물었다.

"혹시 상속에 대한 문제는 아니겠지?"

"그건 아닐 거야. 그리고 상속이라면 잘 정리되고 있으니까 너무 신경 쓰지 않아도 돼. 정말 아무 문제 없으니까."

"그래. 네가 알아서 잘하겠지."

예전이었다면 두 사람이 이렇게 대화를 나누는 건 불가능했을 것이다. 새삼 이재진은 정말로 형들의 사이가 달라졌음을 실감하며 행복한 기분에 사로잡혔다.

그렇게 화기애애한 분위기가 이어지고 있을 때, 이상진의 휴대폰이 울렸다. 이상진은 평소처럼 휴대폰을 귀에 가까이 붙였다. 이상진이 고개를 기울이고는 크게 말했다.

"여보세요? 어머니? 왜 이렇게 시끄러워요? 잘 안 들려요! 거기 무슨 일 있어요?"

휴대폰 너머로 들리는 목소리를 가만히 듣던 이상진의 표정이 일순간 굳어졌다. 그는 곧 두 동생에게로 시선을 돌렸다. 이석진은 형의 표정을 금방 읽을 수 있었다. 서늘한 기운이 어깨를 타고 흘러갔다. 이제 해가 완전히 사라져 낮아지는 기온 때문이 아니었다.

누구랄 것도 없이 세 형제는 곧장 주차장으로 향했다. 자신의 스포츠카에 올라탄 이상진은 금방이라도 앞으로 뛰쳐나갈 듯이 운전대를 꽉 잡았다. 그는 이석진이 조수석에, 이재진이 뒷좌석에 타자마자 그대로 집을 벗어났다. 이상진은 도로를 평온하게 달리는 자동차 사이를 추월하며 빠르게 병원으로 향했다. 그런 이상진의 모습을 누구도 비난하지 않았다. 시끄럽게 엔진 돌아가는 소리만 들릴 뿐, 세 형제는 계속 침묵을 지켰다.

병원에 도착한 세 형제는 한달음에 병실로 향했다. 그리고 마침내 병실에 도착했을 때, 세 사람은 동시에 머릿속이 아득해지는 걸 느꼈다.

"여보. 이러지 말아요. 제발요."

김무교가 흐느끼며 이성재의 손을 격렬하게 붙잡았다. 이미 앙상해진 손목이 환자복 사이로 보였다. 링거가 여러 개 달려 있었으나 무의미하게 흔들릴 뿐이었다.

가을이 다가온 직후부터 급격하게 몸이 좋아지시 않았으므로, 이성재는 결국 호흡기까지 달아야 했다. 그전까지 암 투병을 했음에도 건재한 모습을 과시했던 이성재였으나, 이제는 모두가 마지막을 준비하는 환자로 그를 보았다.

그럼에도 그의 위엄 있는 눈빛은 여전했다. 오히려 죽음을 앞둔 현재, 그의 안광은 어느 때보다 강렬하게 빛나고 있었다. 그 눈으로 이성재는 자신의 손을 붙잡은 아내 김무교를, 그리고 병실에 막 도착한 세 형제를 바라보았다.

이석진은 이성재가 힘겹게 숨을 내뱉는 모습을 바라보았다. 동시에 심박 수치가 요동치는 소리를 들었다. 기계에서 울리는 기계음이 불안정했다. 그 소리에 김무교의 목소리가 흔들렸고, 이상진 또한 이성재 곁에서 울부짖었다.

"아버지. 저희 왔어요. 조금만 참으세요. 곧 의사 선생님도 오실 거예요."

이성재는 그런 큰아들을 빤히 쳐다봤다. 마치 그 모습을 영원히 기억하겠다는 듯이.

"아버지. 아버지."

이성재에 이어 이재진이 아버지를 애타게 불렀지만 돌아오는 대답은 없었다. 이성재와 관련된 소리는 오직 심박 수치를 알려 주는 기계뿐이었다. 이성재는 이상진에 이어 이재진을 바라봤다. 이번에도 막내아들을 기억하려는 듯 한참 동안 그를 응시했다. 그런 아버지의 모습에 이재진은 애처롭게 눈물을 흘렸다.

그리고 마침내 이성재는 둘째 아들 이석진에게로 눈길을 돌렸다. 그때까지도 이석진은 병상 앞에 서 있었다. 다만 그는 아버지 이성재의 모든 행동을 지켜볼 뿐이었다. 아버지의 손길, 아버지의 호흡, 아버지의 눈길. 이 모든 것들을 빠짐없이 눈에 담았다.

그리고 마침내, 아버지와 이석진의 눈이 마주쳤다. 이성재와 이석진은 서로를 응시했다.

아버지와 아들은 오래오래 서로를 바라봤다. 무언의 눈길이었으나, 서로가 서로에게 하고자 하는 말은 충분히 전달되고 있었다. 마지막까지 아버지는 가족을 생각하고 있었다. 이석진은 아버지를 향해 천천히, 아주 천천히 고개를 끄덕였다.

기계가 조용해진 건 그 직후였다. 그리고 병실에서 흐느끼는 소리가 들렸다. 무거운 슬픔이 맴도는 병실에서, 이석진은 아버지의 눈을 더는 볼 수 없었다.

* * *

"장례식에서 할 말은 아니지만, 장례 절차가 끝나는 대로 집에서 모두 모여 상속 절차를 알릴 예정입니다."

장례식이 한창 진행되고 있을 때였다. 이석진은 조문을 끝낸 오재필 변호사를 만나고 있었다. 검은 양복에 검은 넥타이로 예를 갖춘 그였으나, 이성재에게서 받은 반지만큼은 감추지 않고 낀 상태였다.

이석진은 아버지의 영정 사진을 바로 보며 물었다.

"이미 모두 끝난 일인데 또 상속에 대해 말할 필요가 있나요?"

"각자 따로 알고 있을 뿐이죠. 이제 가족 모두가 이성재 의원님의 상속을 공유할 필요가 있습니다. 공표를 통해서 말이죠."

오재필 변호사는 정중하면서도 사무적인 태도로 이석진을 상대했다. 장례가 진행된 지 이틀째였고, 이미 수많은 조문객들이 방문했으므로 이석진은 적잖게 피곤했다. 그럼에도 그는 힘든 기색 한 번 보이지 않았다. 이는 오재필 변호사에게도 마찬가지였다. 그는 평소처럼 오 변호사에게 흐트러지지 않는 모습을 보였다.

"알겠습니다. 그럼 마무리가 되는 대로 변호사님께 연락드리겠습니다."

"그럼 마지막까지 의원님을 잘 모시길 바랍니다. 삼가 고인의 명복을 빕니다."

오재필 변호사는 이석진에게 꾸벅 인사를 올린 뒤 그대로 장례식장을 떠났다. 그를 아는 조문객들이 아는 체했으나 오재필 변호사는 조용히 인사만 할 뿐이었다. 이석진을 비롯한 이성재의 가족들은 몰려오는 조문객들을 응대하느라 여전히 정신이 없었다.

대부분 이석진이 모르는 사람이었으나 텔레비전이나 신문, 인터넷에서 본 적 있는 사람들이 있었다. 사회에서 명망 높은 경제계 석학들, 그리고 이성재가 몸을 담았던 정당 정치인은 물론 다른 정당 정치인들도 속속 모습을 드러냈다.

이성재와 함께 교수로 활동했던 석학들이 김무교에게 정중히 인사했다. 그 곁에서 이상진과 이석진, 이재진도 함께했다.

"이 선생은 뛰어난 업적을 남기셨습니다. 그가 지닌 지식과 경험은 지금 우리 교수들 사이에서도 여러 차례 회자되었죠. 그가 사회와 세상을 보는 시선은 남달랐지요. 그러니 지금처럼 입지적인 위치에 오를 수 있었고요. 작은 연구실에서 오직 연구만 하기에는 남다른 그릇이었다는 점은 분명합니다."

연로한 교수 한 명이 김무교와 세 형제 앞에서 이성재의 업적을 높이 치켜세웠다. 물론 틀린 말이 아니었다. 이성재는 살아생전 뛰어난 능력으로 경제계에 이름을 날렸으며, 지금도 그가 집필한 서적이나 발표한 논문이 거론될 정도였다. 오랫동안 사회를 이해하려고 노력했던 이성재의 태도와 학구열은 분명 다른 교수들에게도 귀감이 되었다.

교수들이 떠났고, 얼마 지나지 않아 정치인들이 김무교와 세 형제에게 인사했다. 머리를 반듯하게 정리한 정치인은 과거 이성재가 몸을 담았던 정당 대표였다. 그는 진심으로 격려하는 얼굴로 네 사람을 걱정했다.

"삼가 고인의 명복을 빕니다. 이 의원님은 더 오랫동안 저희 정당에서 활동하셔야 했습니다. 이 의원이 국회에서 활동하는 동안 얼마나 많은 법안을 검토하고 처리했었는지 실감하지 못하실 겁니다. 당 대표로서 허투루 하는 말이 아니라는 점을 알려 드리고 싶습니다. 지역구 활동도 활발하게 해서 이전보다 더 좋아졌으니, 모두 이 의원 덕분입니다."

무릇 정치인들이란 뻔뻔한 구석이 있기 마련이지만, 이성재는 분명 그들과 다른 점이 있었다. 그는 정말로 정치인으로서 지역구 발전에 힘을 쏟았고, 덕분에 지역 주민의 호감도 또한 상당히 높은 편이었다. 정치적으로 모진 사건들이 여러 차례 있었음에도 이성재가 굳건하게 국회의원으로 활동할 수 있었던 것은 그가 지역사회를 발전시켰을 뿐만 아니라 성실하고 뛰어난 정치인으로서의 능력 덕분이었다.

그리고 이름 모를 사업가들도 장례식을 찾았다. 고급스러운 정장을 입은 그들은 이성재가 사업 흐름을 읽을 줄 아는 인물이라고 높이 평가했다.

"지역 개발에 대한 흐름을 확실히 아는 분이었죠. 그 덕분에 자수성가 하지 않으셨습니까? 지금도 그분의 식견을 따라올 사람은 어디에도 없죠. 돈 만지기 급급한 이들과는 비교할 수가 없습니다. 정말 사업가이자 투자자였죠. 예전에 그분이 관리했던 건물에서 지냈던 임차인들도 그분을 얼마나 좋아했는데요."

입발림하는 소리가 아니라는 것을 김무교도 잘 알고 있었다. 세 형제도 마찬가지였다. 모두가 이성재의 죽음을 진심으로 안타까워하는 모습에 아내였던 김무교는 그저 고맙다고 인사할 뿐이었다.

오랫동안 여러 분야에서 굵직한 족적을 남긴 이성재였다. 그 때문에 장례를 진행한 지 이틀째가 되었음에도 여전히 조문객은 물밀듯이 밀려왔다. 대부분 살아생전 이성재와 친분을 지녔던 사람들이었고, 드물게는 김무교, 이상진, 이재진과 아는 이들도 있었다. 김무교와 친분을 과시했던 유은자와 강주원, 보육원의 조혜민 원장이 그들이었다.

조혜민 원장은 이재진과 대화를 나눈 뒤 조용히 이석진을 따로 불러냈다. 아무도 없는 사이에 조혜민 원장이 이석진에게 물었다.

"석진 씨가 말한 날이 바로 이 날이었나요? 재진이가 힘들어할 날이요."

"아버지가 돌아가실 날은 이미 정해져 있었습니다. 이는 저희 가족들 사이에서 있는 일이죠. 하지만 더 큰 문제가 나중에 올 것입니다."

"아직도 말해 줄 생각이 없나요?"

"나중에 알게 되실 겁니다. 그러니 전에 제가 드렸던 부탁은 잘 고민해 주시길 바랍니다."

조혜민 원장은 한참 동안 이석진을 바라보더니 이내 조용히 고개를 끄덕였다. 결국 가족을 걱정하는 사람은 가족이었다. 이재진이 조혜민 원장을 잘 따른다고 해도, 이제 가족들 품에서 생활해야 했다. 그러니 조혜민 원장도 이석진의 부탁을 들어줄 것이다.

조문객 중에는 박지희도 있었다. 장례식장을 찾는 박지희를 발견한 이상진은 따로 김무교에게 인사시켰다. 이석진은 그런 두 사람을 보며, 이제 형이 어느 정도 관계를 정리했음을 알 수 있었다. 떠나는 사람이 있으면, 새롭게 인연을 시작하는 이들이 있는 법이었다.

이석진 또한 마찬가지였다. 조문객 중에서 가장 눈에 띄는 사람은 바로 최건웅과 최재학이었다. 장례식장에는 이름 높은 사람들도 제법 있었는데, 그들조차 최건웅이 장례식장에 오는 모습을 보고는 그에게 얼른 인사를 올릴 정도였다.

조문을 마친 최건웅은 지팡이로 바닥을 툭툭 두드리며 중얼거렸다.

"나중에 아들 만나게 따로 시간을 마련한다고 하더니만 그 시간이 지금인 줄은 몰랐군. 마지막까지도 정말 알다가도 모를 사람이란 말이지."

최건웅은 이성재의 가족들과 모두 인사를 나누었다. 그러면서 특히 그는 이석진을 면밀히 살폈는데, 장남보다 차남이 분명 이성재와 상당히 닮았다는 걸 바로 직감했다. 연륜에서 나온 눈썰미였기에 최건웅은 자신의 판단을 믿어 의심치 않았다.

그는 아들 최재학을 시켜 따로 이석진과 만났다. 이석진은 아버지의 사람들에게 정중한 태도로 인사를 올렸다.

"찾아와 주셔서 감사합니다, 어르신. 마무리가 되는 대로 다시 연락드리겠습니다."

"이석진이라고 했지? 자네 아버지가 살아생전에 내게도 부탁한 일이 있지. 자네를 잘 봐 달라고 말이야. 혹시 그런 말을 들은 적이 있나?"

"전혀 없습니다."

"오재필 변호사를 만났을 텐데, 그 사람도 아무 말도 하지 않던가?"

"변호사님도 별다른 말은 없었습니다."

"아무래도 두 사람 모두 자네가 따로 나를 만나게 할 속셈이었나 보군. 그러고도 남을 양반들이지."

최건웅이 끌끌 웃더니 바닥을 지팡이로 때렸다. 탁, 하는 소리가 이석진에게도 들렸다. 이석진은 다른 누구보다도 지금 자기 앞에 서 있는 이 노인이 아버지 이성재의 사람들 중 가장 영향력이 막강한 사람이라는 걸 깨달았다.

최건웅이 다시 물었다.

"이성재의 재산을 모두 상속받을 겐가?"

"그렇습니다, 선생님."

"예정대로 됐군. 이제 자네의 재산이 됐으니 요긴하게 써야 할 걸세. 이미 자네의 능력을 인정한 이성재였고, 나도 들은 바가 있으니 섭섭하지 않게 해 주겠네."

비록 세상을 떠난 이성재보다도 나이가 많은 최건웅이었으나 아직까지도 그가 가진 힘은 상당했다. 그런 최건웅이 먼저 손을 내밀었으니 누가 이를 쉽게 뿌리칠 수 있겠는가. 아버지 최건웅의 말에 최재학도 적이 놀란 눈치였다.

새삼 이석진은 이성재의 빈자리를 이제는 자신이 차지하게 되었음을, 장례식을 진행하면서 더욱 실감했다. 그 사실을 모르던 이석진이 아니었다. 충분히 감내해야 한다고 마음을 다잡았던 그였다. 그럼에도 이석진은 최건웅의 제안을 선뜻 반기지 않았다. 그저 최건웅에게 조용히 인사만 올렸다.

"마무리가 되는 대로 인사드리겠습니다."

"자네는 눈이 아버지랑 쏙 빼닮았군. 좋은 눈빛이야. 하지만 시간이 많지 않았다는 걸 명심하게. 자네 아버지와 달리 나는 언제 세상을 떠나도 이상하지 않을 나이니까."

최건웅은 끌끌 웃더니 이석진에게서 천천히 멀어졌다. 최재학이 어디론가 손짓하니 장례식장 앞에서 대기하던 고급 세단이 즉시 두 사람 앞에 섰다. 그들이 사라질 때까지 이석진은 건물 앞에서 조용히 서서 지켜봤다.

이석진은 최건웅의 제안을 거절하지 않았다. 어쨌든 이성재가 미리 최건웅에게 부탁을 했던 만큼, 그리고 자신이 아버지의 모든 걸 상속받은 만큼 이를 매정하게 뿌리치기란 쉽지 않았다. 최건웅과 대화하면서, 이석진은 이미 아버지가 자신의 미래까지도 모두 계획하고 있었음을 깨닫게 되었다. 자신이 어느 길로 가야 하는지 말이다.

다시 장례식장으로 향하려던 순간, 이석진은 문득 발걸음을 멈추었다. 장례식장 앞에 있는 사람들 사이로 낯익은 얼굴이 보였다. 그 사람은 여러 사람 부리에서 멀리 떨어진 채 자신을 지켜보고 있었다.

그건 다름 아닌 김주현이었다. 그는 검은 양복에 검은 넥타이를 맨 채 이석진을 응시하고 있었다. 그는 다소 창백해졌다는 것을 제외하고는 거의 달라진 점이 보이지 않았다. 그는 미동도 하지 않은 채 이석진을 한참 동안 쳐다보았다.

이윽고 김주현은 반듯한 자세로 이석진에게 목례했다. 이석진은 그런 김주현을 무시하지 않았다. 그저 찬찬히 지켜볼 뿐이었다. 마침내 인사를 끝낸 김주현은 홀연히 장례식장을 떠났다. 그는 어떤 말도 하지 않았지만, 이석진은 김주현이 자신의 몫을 다 했음을 알 수 있었다.

그렇게 문전성시를 이루었던 장례식이 끝나고, 김무교와 세 형제는 이성재를 화장터로 옮겼다. 이성재를 화장한 뒤 선산에 있는 납골당으로 옮길 예정이었다. 네 사람 모두 며칠 동안 장례식을 지키느라 정신이 없었지만 모두가 이성재의 마지막을 확인했다.

이성재는 단단한 관에 들어간 뒤 뜨거운 불길로 들어갔다. 모두가 그 모습을 지켜보았다. 그리고 마지막으로 문이 닫힐 때, 결국 김무교는 눈물을 쏟아 냈다. 이성재가 화장되는 동안에도 김무교의 눈물은 도무지 멈출 생각을 하지 않았다.

"야속한 사람이다. 너희 아버지는 참으로 야속한 사람이야."

김무교는 몇 번이고 같은 말만 되풀이하며 울부짖었다.

그리고 마침내 화장이 끝난 뒤, 안내인의 도움에 따라 세 형제가 관을 확인했다. 아버지 이성재의 모습은 사라지고 하얀 재만 남아 있었다.

"이성재 씨의 뼛가루입니다. 잘 정리해서 전달하겠습니다."

안내인의 말에 장남 이상진이 연거푸 고개를 끄덕였다. 이런 모습을 생전 처음 보는 그는 넋이 나간 모습이었다.

이석진은 천천히 재를 담아내는 사람들을 보면서 씁쓸한 감정을 지울 수 없었다. 그는 어머니 김무교처럼 울지 않았고, 형처럼 정신이 아득해지지도 않았다. 다만 오랫동안 모든 것을 짊어진 채, 그럼에도 자신의 뜻을 기어코 관철시키고자 노력했던 아버지의 모습만이 눈앞에 생생할 뿐이었다.

그런 아버지가 이제는 한낱 흰 재가 되어 돌아온 것이다.

허탈하다. 이석진이 느낌 감정은 바로 그것이다. 지금 이 상황이? 아니면 아무 말도 하지 않고 떠난 아버지가? 그게 무엇이든 이석진은 오랫동안 그 마음을 떨쳐 낼 수가 없었다. 아버지 이성재를 납골당으로 옮기는 과정에서도, 오랫동안 찾지 않아 기억이 흐릿한 선산에 도착했을 때도 그는 허탈하고 또 허탈했다.

* * *

장례식이 끝난 뒤에도, 김무교에게는 여러 사람의 안부 전화가 빗발치듯 쏟아졌다. 그중에는 가족도 있었지만 가까이 지낸 사람들이 대부분이었다. 때로는 기억조차 가물가물한 사람들에게까지 연락이 와 살아생전 이성재에게 많은 도움을 받았다는 말을 듣기도 했다.

자신에게 연락한 사람이 누구든, 김무교는 자신에게 연락한 그들을 정중하게 대했다.

"이렇게 연락을 주셔서 감사합니다. 남편도 감사하게 생각할 거예요."

이제는 남편 이성재가 세상에 없음에도, 여전히 김무교는 마치 남편이 늘 곁에 있는 것처럼 말했다. 그런 김무교에게 사람들은 판에 박힌 위로의 말을 건넨 뒤 전화를 끊었다.

남편의 장례가 끝난 뒤, 그녀는 마당에서 대부분의 시간을 보냈다. 겨우 한 사람만이 없을 뿐인데, 마음이 온통 텅 빈 것만 같아 울적한 마음을 가라앉힐 수가 없었다.

오늘도 마당에서 멍하니 서 있던 김무교는 방에 있을 아들들을 불러 볼까 잠시 고민했다. 게다가 오늘은 오재필 변호사가 집으로 찾아와 이성재가 살아생전 남긴 유언장을 읽어 줄 것이었다. 거기에 생각이 미치자 김무교는 더더욱 울적한 마음을 감출 수가 없었다. 정말로 남편이 세상을 떠났다는 사실이 실감되었고, 그녀는 저도 모르게 가슴을 펑펑 때렸다.
 그리고 마침내, 오재필 변호사가 연희동 저택에 모습을 드러냈다. 그가 마당으로 성큼성큼 걸어오는 모습을 발견한 김무교가 천천히 자리에서 일어났다. 그녀가 조용히 인사하자 오재필 변호사는 깜짝 놀라 그녀에게 물었다.
 "여기서 기다리셨던 거예요, 사모님? 날씨가 찬데요."
 "그냥, 그이가 여기서 자주 시간을 보냈던 게 생각나서…."
 그렇게 말하며 그녀는 마당 한쪽에 놓인 야외 테이블을 바라보았다. 살아생진 이성재는 전화를 걸거나 김주현 실장과 대화를 나누거나, 그것도 아니면 밖에서 찾아온 사람을 응대할 때 자주는 아니어도 그곳에서 시간을 보내면 꽤 오랫동안 앉아 있곤 했다.
 오재필 변호사는 그런 김무교를 측은하게 바라보더니 이내 집 안으로 안내했다.
 "의원님께서 없으셔도 부디 잘 지내셔야 합니다. 앞으로도 할 일이 많은데요."
 "그 할 일이란 게 나와 얼마나 관련이 있겠어요."
 김무교가 한숨을 내뱉으며 말했으나 오재필 변호사는 별다른 반응을 보이지 않았다. 어쨌든 그는 김무교의 울적한 마음을 달래기 위해 여기 온 것이 아니었으니 말이다. 거실로 들어온 김무교는 이희선에게 부탁하여 세 아들 모두 거실로 내려오라고 전달했다.
 곧 이상진, 이석진, 이재진이 차례로 거실에 모습을 드러냈고, 오재필 변호사는 그들과 악수를 나누었다. 아주 잠깐이었지만, 오재필 변호사는 역시 이성재가 이석진을 선택한 이유를 알 것 같았다.
 이제 모든 가족이 모인 자리에서 오재필 변호사가 말했다.

"지금까지 많은 것을 정리하시느라 고생 많으셨습니다. 다시 한번 삼가 고인의 명복을 빕니다. 그리고 오늘은 의원님의 마지막 뜻을 전달하는 날입니다. 모두 슬픈 날이지만, 부디 조금만 더 기운 내 주길 바랍니다."

오재필 변호사가 가방에서 종이를 꺼냈다. 평소 서류 뭉치만 보았던 이석진이었기에 고작 종이 한 장만 든 오재필 변호사가 어쩐지 이상하게 보였다. 아버지가 남긴 유언장이 저렇게 짧다니! 그 사실에 새삼 놀랍기도 했다.

숨을 깊이 들이마신 오재필 변호사가 이윽고 유언장을 읊었다.

"내가 보유한 대부분의 자산을 둘째 이석진에게 상속하기로 한다. 그 이유에 관하여는 앞으로도 서로 간에 아무런 이야기가 오가지 않기를 바란다. 다만, 너희가 먹고살기 부족하지 않을 정도로 살아갈 수 있는 세상을 만들어 놓았다. 앞으로 세상은 크게 변할 거다. 정신 똑바로 차려라. 그리고 내가 가장 크게 놓친 부분이 있다. 부디 건강하길 바란다."

오재필 변호사의 말이 끝나기 무섭게 이상진이 훌쩍였다. 김무교만큼은 아니었을지언정 장례식에서 무척이나 힘들어하던 이상진이었다. 막내 이재진이 얼른 큰형을 달래기 시작했다. 이석진은 그들을 잠시 바라보다 오재필 변호사에게로 다시 눈길을 돌렸다.

오재필 변호사는 이상진이 조금 진정되자 다시 이성재의 유언을 읊었다.

"사랑하는 아내 무교, 상진이에게 남긴다. 이제 이 집은 당신과 큰아들의 것이오. 나에게서 두 사람의 명의로 이을 테니 이 집을 잘 고치고 살아가길 바라오."

이석진은 놀라지 않을 수 없었다. 독하디독한 아버지 이성재가 공동명의라는 합리적이지 않은 상속방식을 선택했으니 말이다. 거기다 또 한 번 다시 상속을 해야 하는 수고와 비용을 들이는 이런 방식을 왜 생각했을

지 의문이 들었다. 이 방법은 전혀 아버지 이성재다운 결정이 아니었다.

물론 놀란 사람은 이석진만이 아니었다.

"분명 이 집을 저와 어머니께 남기겠다고 하셨나요? 아버지가 직접요?"

"네, 맞습니다. 의원님께서 이 유언장을 쓰실 때 제가 곁에 있었으니 확실합니다."

방금 전까지 눈물을 흘렸던 이상진이 벌건 눈으로 오재필 변호사에게 물었다. 분명 모든 재산을 이석진에게 넘겼을 것이라고 여겼는데, 뜻하지 않게 지금까지 살았던 집을 어머니와 함께 물려받으니 이상진은 이 상황을 얼른 받아들이지 못했다.

눈물을 닦아 낸 이상진이 결연한 얼굴로 말했다.

"좋아요. 장남으로서 이 집을 고스란히 간직하겠습니다. 저는 그게 아버지가 제게 남긴 뜻이라고 확신하니까요."

"집 관리에 대해서는 제가 따로 설명하지 않아도 될 테니 남은 분들께서 잘 진행하시길 바랍니다. 혹시 더 질문이 있으신가요?"

"없습니다."

이상진과 달리 김무교는 차분한 표정으로 고개만 저었다. 그녀 또한 이성재가 남긴 유언에 놀라긴 했지만 아주 잠깐이었다. 비록 공동명의라고 이 집이 자신의 것이라고 한들, 그것이 자신에게 무슨 소용이 있겠는가. 결국 자기 자신도 얼마나 이 집에 머무를지 모르는데 말이다.

오재필 변호사가 거실에 모인 사람들을 쭉 훑어보고는 유언장을 가방에 넣은 뒤 인사했다.

"아무쪼록 남은 부분을 잘 처리하시길 바랍니다. 나중에 필요하시다면 얼마든지 연락 주시길 바랍니다. 그럼 석진 씨, 잠깐 할 말이 있으니까 나가서 이야기하죠."

이석진은 오재필 변호사와 함께 마당으로 나갔다. 따뜻한 햇살이 마당을 비추었으나 쌀쌀한 바람이 불었다. 이제 겨울이 오기까지 얼마 남지 않았다.

오재필 변호사가 슬쩍 이석진에게 귀띔했다.

"혹시 의원님께서 다른 가족들을 위해 남긴 재산이 있는지 궁금하실까 봐 따로 불렀습니다. 전혀 없으니 안심하십시오."

"이 집이 누구의 명의가 되었든 상관없습니다. 다만 저는 다른 부분이 궁금하네요."

"다른 부분이요?"

"왜 아버지가 이 집을 어머니와 형의 이름으로 남겼을까요?"

"그건 석진 씨가 잘 고민하시길 바랍니다. 어차피 떠난 사람은 말이 없으니까요."

오재필 변호사는 묘한 표정으로 이석진에게 말하고는 이내 집을 나섰다. 이석진은 그에게 인사하지 않았다. 그저 멀어지는 그의 뒷모습을 말없이 바라볼 뿐이었다

과연 아버지 이성재의 뜻을 오재필 변호사가 알고 있을까? 아니, 그는 전혀 모른다. 자신이 아는 아버지라면, 절대 오재필 변호사에게 어떤 말도 남기지 않았을 것이라고 이석진은 생각했다. 그러므로 아버지의 뜻을 이해해야 하는 것은 온전히 자신의 몫이었다.

이석진은 한참 동안 마당을 둘러보았다. 그런 뒤 낡은 부분이 있으나 여전히 예전과 그대로인 집을 바라보았다. 아버지 이성재의 삶이 고스란히 담긴 집. 한참이나 집을 바라보던 이석진은 이내 조용히 집 안으로 들어갔다.

* * *

  이성재의 유골이 안치된 선산은 서울에서 몇 시간을 움직여야 하는 지방에 있었다. 인근에 마을이 있었지만, 이제는 몇 가구만 남아 있을 뿐이었다. 빨갛거나 푸른 지붕을 가진 낡은 집들, 그리고 그 주변에는 논과 밭만 널찍하게 놓여 있었다. 과거에 이성재의 집안사람 몇몇이 살면서 선산을 관리했다는 말이 있었으나 이석진은 그게 누구인지 알지 못했다.
  서울에서 한참을 달려 선산에 도착한 이석진은 내리자마자 허연 입김을 내뿜었다. 아직 초겨울인데도 얼굴이 바짝 어는 듯했다. 서울에서 출발할 때 잠깐 확인했던 뉴스에서는 올해가 예년에 비해 추울 것이라고 말해 주었다. 이석진은 뉴스 보도를 잠시 떠올리면서 선산 입구에 섰다. 납골당으로 향하는 길은 오직 하나였다.
  그 길을 따라, 이석진은 선산을 지긋이 바라보았다. 낙엽이 수북하게 쌓이고 앙상한 나뭇가지만 얼기설기 엉킨 나무들이 있는, 이성재의 유골을 납골당으로 옮길 때보다 더 차가워진 산이었다.
  "그럼 잠시 다녀올게요. 여기서 기다리고 계세요."
  "알겠습니다."
  이석진의 말에 지금까지 차를 운전했던 주진혁이 정중하게 대답했다. 이석진은 주진혁을 뒤로하고 천천히 산길을 따라 납골당으로 향했다. 오직 이씨 집안을 위해 마련된 납골당은 수백 명의 유골이 안치된 추모공원에 비하면 규모가 작았으나 엄숙한 분위기에 잘 관리된 모습이었다. 언젠가 이석진도 이 선산에 묻힐 테지만, 이석진은 지금 그런 문제를 머리에 담고 싶지 않았다.
  산길로 올라가는 동안 납골묘들이 하나둘 보였다. 단단한 황등석을 둘러싼 봉분이 여럿이었는데, 모두 이씨 집안 사람들의 유골이 모셔지고 있었다. 그들 모두 이석진의 조상들 또는 친척들이었다. 그러나 이석진은 묘들을 빠르게 지나쳤다. 그가 가야 할 곳은 오직 하나였다.

그리고 마침내 한 납골묘에서 이석진의 걸음이 멈추었다. 이제 봉분한 지 얼마 되지 않은 납골묘는 다른 묘에 비해 상당히 깔끔했고 잘 정돈되어 있었다. 이석진은 그 앞에서 묘비를 잠시 바라봤다. 검은 오석으로 만든 묘비에는 아버지 이성재의 이름이 똑똑히 새겨져 있었다.

이성재. 이석진은 아버지의 이름을 똑바로 내려다보았다. 그토록 독하고 강인하였던 한 명의 인간은 지금 흙 아래 덮여 있다. 이석진은 여전히 아버지의 유골이 납골묘에 안치되는 모습을 생생히 기억했다. 그 모습을 어떻게 잊을 수 있겠는가. 아마 죽을 때까지 잊지 못할 것이라 이석진은 생각했다.

이석진은 무덤을 바라보며 입을 열었다.

"봄이 돌아오면 집을 고칠 거예요. 상진 형이 고집했죠. 형답게요. 어머니도 그러라고 허락하셨어요. 지금 어머니는 어떤 일에도 관여하지 않으려고 해요."

이상진은 겨울이 되자마자 내년 봄이 오면 집을 전체적으로 고치겠다고 선언했다. 모든 비용은 자신이 부담하겠다면서 말이다. 장남으로서. 다만 모든 부분을 뜯어고치는 것이 아니라 지금의 모습은 그대로 유지할 것이라고 몇 번이고 강조했다. 그리고 그것이 아버지가 자신에게 남긴 뜻이라고 주장했다. 어머니 김무교는 크게 고민도 하지 않고 바로 허락했다. 이석진이나 이재진도 장남의 말에 동의했다.

"재진이도 내년부터 바쁠 거예요. 새로운 사업을 진행한다고 매일 사람들 만나느라 정신이 없어요."

이재진은 자기 뜻대로 재단 운영비 중 일부를 예산으로 확보하여 협력 기관의 시설을 보수할 예정이었다. 이사회에서 반대하려고 했으나 류재선 부장과 고기준 차장이 이재진을 성실히 보좌하고 있었으므로, 큰 문제 없이 진행할 수 있었다. 이재진은 이제 정말로 이사장으로서 자신의 뜻을 마음껏 펼칠 수 있었다. 그리고 그것이 모두 아버지 이성재 덕분이라고 여겼다.

 "전 오재필 변호사와 자주 만나고 있어요. 아직 처리할 일이 있거든요. 그리고 아버지의 사람들도 절 찾기 시작했어요."

 이석진은 자신의 상황을 묵묵히 말하면서 아버지 이성재의 묘를 내려다봤다. 말을 마친 뒤에도 한참이나 묘를 내려다봤다. 묵묵히 차가운 바람을 맞으면서, 그는 아버지 앞에 서 있었다. 바람에 나뭇가지가 흔들리니 탁탁, 하며 딱딱한 소리가 들렸다. 이어 나뭇잎이 굴러다녔다. 그럼에도 이석진은 오직 아버지만 내려다봤다.

 "마지막까지 아버지 당신이란 사람이 참으로 밉고 원망스럽습니다. 살아가면서 한 번쯤은 나에게 미안했다고 말해 줄 것이라고 생각했어요. 지금 당장 그런 말을 못 하더라도, 당신이 조금 더 나이가 들고 쇠약해지면서 나에게 그런 감정을 조금이라도 느낄 수 있지 않을까 기대도 했습니다. 죽음까지 자기 멋대로 선택한 당신이 원망스러울 뿐입니다. 곁에서 내가 당신을 미워하고 용서할 틈조차 결국에는 허락하지 않았네요. 저도 당신을 용서하지 않고 살아가기로 다짐했습니다."

 아버지 이성재는 모든 것을 남기고 떠났다. 가족을 위해서. 가족이라는 이름으로. 돈, 명예, 책임, 의무까지. 그러나 이석진은 마지막에 아버지가 가족들을 위해서 남기려고 했던 본질이 무엇인지 알고 싶었다. 그것은 자신에게 떠넘긴 재산과, 이재진에게 남긴 이사장이라는 자리와, 그리고 어머니 김무교와 형 이상진에게 남긴 집과도 연결되어 있었다. 모든 것이 핏줄처럼 연결되어 있었다.

 그리고 마침내 이석진은 결론에 도달했다. 이것이 아버지의 사랑이라고. 그런데 사랑이라니. 이 모든 것이 아버지의 사랑이라면, 아버지 이성재는 사랑을 베풀 줄만 알 뿐 도무지 사랑을 받을 줄은 모르는 사람이었다. 아버지의 사랑은 일방적이었다. 이석진은 그런 아버지의 사랑을 도저히 받아들일 수가 없었다. 그 사실을 말하기 위해 이렇게 다시, 그는 아버지를 찾은 것이었다.

 자신의 할 말을 모두 마친 이석진은 뒤돌아 발걸음을 옮겼다. 사박거리며 풀 밟는 소리가 작게 들리다 흩어졌다. 이석진은 올라왔던 산길을 따라 다시 내려갔다.

 선산을 떠나는 동안, 그는 아버지 이성재의 묘를 단 한 번도 돌아보지 않았다.

작가의 말

필자가 살아오면서 가장 많이 고민하고 상상하며 시간을 보냈던 것이 "불멸의 존재"라는 개념이었다.

내가 했던 모든 기억과 관념, 생각 이것들은 타인과 교류하지 않는다면, 그저 사라지고 소멸될 뿐이다. 그래서 용기를 내어 말하고, 이야기로 엮었다.

이성재라는 인물을 표현하면서 혼자 많은 눈물을 흘렸다.

그가 가난을 탈피하면서 가장 먼저 했던 일은 사랑이었다. 가난에서는 사랑을 찾을 수 없다. 그저 자신이 해 주지 못하는 것을 탓하는 혼자만의 가엾은 감정이 아닌, 자신의 것을 나누어 줄 수 있는, 전혀 다른 타인을 만나 새로운 시작을 하는 사랑 말이다.

이성재는 세 아들들을 만나면서 자신은 점차 불멸의 존재로 승화하게 된다.

그럼 이성재가 남긴 막대한 유산이 불멸의 존재일까?

아니다. 그가 남긴 진정한 유산은, 이성재가 품고 있던 그리고 끝까지 버리지 못한 그의 지고지순한 자신만의 감정이다.

이제 그 하나뿐인 감정은 각자 세 명의 아들들에게 그대로 승화되었다.

그가 눈을 감았을 때, 아마도 필자의 짐작이지만… 그의 생에서 가장 편안했던 순간이 아니었을까?

끝